Knaur

Über die Autoren:

Rainer M. Schröder trampte nach dem Abitur durch die USA und die Karibik und schlug sich dann als Trucker und Bauarbeiter durch, bevor er Lokalreporter bei einer Düsseldorfer Tageszeitung wurde. Er begann ein Jurastudium, sattelte dann um auf Theater-, Film- und Fernsehwissenschaft und arbeitete für Theater und Verlage. Seit 1977 ist er Schriftsteller. Er schrieb viele Jugendbücher, historische Romane und Sachbücher sowie zahlreiche Hörspiele und Reiseberichte. Seine Bücher erreichen inzwischen eine Gesamtauflage von 2,5 Millionen Exemplaren. Der begeisterte Sportflieger, Segler und Wracktaucher unternahm u. a. Abenteuerreisen durch Amazonien und Afrika und lebte mehrere Jahre in den USA. Er tauchte erfolgreich mit Mel Fisher, der 1985 vor Key West den Milliardenschatz der *Atocha* fand.

Der Kanadier *John Ralston Saul* promovierte über Charles de Gaulle, wozu er abwechselnd am Londoner King's College und an der Pariser Ecole Libre des Sciences Politiques studierte. Anschließend leitete er eine Investmentgesellschaft in Paris, wurde Vorstandsassistent bei einer Ölgesellschaft. Er war im Fernosthandel aktiv und verbrachte längere Zeit mit Guerillagruppen in der Sahara und in den Dschungeln von Südostasien. Heute lebt John Ralston Saul in Paris.
Seine Romane, millionenfach verkauft, in mehr als zehn Sprachen übersetzt und wegen des hervorragenden Stils hochgelobt, wurden nicht zu Unrecht mit Graham Greenes und Joseph Conrads Werken verglichen. Saul schreibt für *The Spectator* in London, *The Globe and Mail* in Toronto und *Le Monde* in Paris.

SPANNUNG

Zwei Romane in einem Band

Rainer M. Schröder

DAS GOLDRIFF

John Ralston Saul

TEUFELSKREIS BANGKOK

Aus dem Englischen von
Johannes Gottwald

Knaur

Besuchen Sie uns im Internet:
www.droemer-knaur.de

Vollständige Taschenbuchausgaben Januar 1999
Droemersche Verlagsanstalt Th. Knaur Nachf., München

Umschlaggestaltung: Agentur ZERO, München
Satz: Ventura Publisher im Verlag
Druck und Bindung: Elsnerdruck, Berlin
Printed in Germany
ISBN 3-426-61068-X

5 4 3 2 1

Rainer M. Schröder

DAS GOLDRIFF

Einzelband »Das Goldriff«
Dieser Titel ist auch unter der Bandnummer 2026 erschienen.

In Liebe meiner Frau Helga gewidmet,
die so zahlreiche Abenteuer auf See,
im Dschungel und in der Wüste
ohne Klagen mit mir bestanden
hat und meine Träume teilt.
You are the one and only, my love!

PROLOG

SEPTEMBER 1973 – FEBRUAR 1974

1 Regungslos kauerte Richard Harding zwischen den zerklüfteten Felsen am Ende der Landzunge. Wie eine Lanze bohrte sie sich gut sechzig Meter weit ins Meer. Zu beiden Seiten der Halbinsel erstreckten sich sichelförmige Strände. Weite Olivenhaine überzogen die dahinterliegenden Hügelketten.

Mitternacht war längst vorbei. Am Himmel über der griechischen Westküste blinkten Sterne. Das Meer, das die steinige Landzunge umspülte und sich schäumend gegen die Strände warf, schimmerte im schwachen Licht der Gestirne wie flüssige Kohle, auf der Millionen glitzernder Silbersplitter schwammen.

Er blickte zum südlichen Strand hinüber. Unterhalb der Olivenbäume loderte ein kleines Lagerfeuer im Sand. Vier Gestalten hockten um das Feuer. Jemand warf einen Ast in die Flammen. Funken stoben in die Nacht. Der warme, ablandige Wind wehte Gitarrenklänge, Lachen und den schwachen Duft der Olivenbäume zu ihm herüber. Ein paar Strandhippies. Von ihnen drohte ihm keine Gefahr.

Richard Harding hatte keine Eile. Jetzt nicht mehr. Über vier Wochen hatte er in einem Zustand extremer innerer Anspannung gelebt, hatte auf das Ende der Touristensaison in Parga gewartet und dieser Nacht entgegengefiebert. Er hatte auf die Septembernächte gewartet, wenn die Strände und Olivenhaine nicht mehr von Liebespaaren bevölkert waren; Pärchen, die im warmen Sand oder zwischen den Bäumen bis zum Sonnenaufgang ausharrten, um dann die auslaufenden Boote der einheimischen Fischer zu beobachten. Es waren lange Wochen gewesen, doch er hatte

nichts riskieren wollen und sich in Geduld geübt. Sehr widerwillig, denn Geduld war nie seine Stärke gewesen.
Nun kam es auf ein paar Minuten mehr oder weniger nicht an. Die Strände waren bis auf die vier am Lagerfeuer ausgestorben, die Fischer von Parga lagen noch in ihren Betten, und die See war ruhig.
Richard Harding schwitzte. Sein halblanges, dunkelblondes Haar klebte naß am Kopf. Schweiß rann ihm über das Gesicht. Er trug einen enganliegenden Taucheranzug aus tiefschwarzem Neopren. Vor ihm, in einer kleinen sandigen Mulde zwischen schroffen Felsen, lag der Rest seiner Taucherausrüstung: Maske mit Schnorchel, Flossen, Rettungsweste, Bleigürtel, Lungenautomat, Sauerstofftank und Unterwasserstrahler sowie fünfzig Meter Nylonseil und eine zusammenfaltbare Taschenboje, die sich mit Hilfe einer Preßluftpatrone innerhalb von Sekunden aufblasen ließ. Um sein rechtes Bein hatte er ein Messer geschnallt. Und am linken Handgelenk trug er einen Unterwasserkompaß und eine Taucheruhr mit Tiefenmesser. Beide Instrumente besaßen phosphoreszierende Anzeigen. Damit war seine Ausrüstung komplett.
Vorsichtshalber hatte er den Sauerstofftank mit mattschwarzer Farbe angestrichen, um mögliche Reflexionen des Sternenlichtes von vornherein auszuschließen. Und seine eigene signalgelbe Rettungsweste hatte er gegen eine blaue ausgetauscht. In der Dunkelheit war das Blau nur um einen unbedeutenden Grad heller als das Schwarz von Tank und Taucheranzug.
Richard fuhr nun in die Rettungsweste, schnallte sich das Tragegestell mit dem Sauerstofftank um und legte den Gürtel mit den schweren Bleigewichten an. Er hielt sich geduckt im Sichtschutz der Felsen. Das Seil, die aufblasbare Boje und den Unterwasserstrahler befestigte er an den beiden Karabinerhaken, die am Bleigürtel baumelten. Maske und Flossen nahm er in die linke Hand.
Er war in Schweiß gebadet, als er zum Tauchen fertig war. Bevor

er sich vorsichtig über ein abschüssiges und gefährlich glitschiges Felsband ins knietiefe Wasser tastete, blickte er sich noch einmal zum Südstrand um. Das Feuer war in sich zusammengefallen, und von den vier Gestalten war weit und breit nichts mehr zu sehen. Er nahm das als ein gutes Omen.

Sowie ihn die ersten sanft anrollenden Wellen hüfthoch umspülten, wich die innere Anspannung und machte professioneller Ruhe Platz. Er spuckte in die Maske, rieb das Glas mit Speichel ein und spülte sie. Bevor er sie anlegte, kippte er sich drei volle Masken Wasser über seinen verschwitzten Kopf. Dann biß er auf das Gummimundstück des Lungenautomaten und atmete zweimal tief durch. Er fuhr in die Flossen, ging in die Hocke und stieß sich von der Felsplatte ab.

Das Wasser schlug über ihm zusammen. Eine ungewöhnlich tiefschwarze, flüssige Nacht umgab ihn, doch er kannte hier jeden einzelnen Felsvorsprung, jede unterseeische Bodenerhebung, so daß er den Unterwasserscheinwerfer noch nicht einzuschalten brauchte.

Die schweren Bleigewichte zogen ihn schnell in die Tiefe. Plötzlich blitzte es rund um ihn in der Schwärze auf. Tausende von winzigen Lichtern umschwirrten ihn bei jeder Bewegung. Meeresleuchten. Im Meer wimmelte es von leuchtenden Einzellern namens Noctiluca, den winzigen Glühwürmern der Unterwasserwelt.

Richard Harding sah im unwirklichen Licht dieser Leuchtorganismen den sandigen Meeresboden, blickte auf seinen Handkompaß und wandte sich nach Nordwesten. Nach zweihundert Metern fiel der Meeresboden in acht Meter Tiefe abrupt ab. Richard knickte in der Hüfte ein, sein Oberkörper kippte steil in die Tiefe hinunter, ein paar kraftvolle Flossenschläge – und wie ein Pfeil schoß er an der Absturzkante der senkrecht abfallenden Felswand vorbei in die lautlose Schwärze, in der es nur das gleichmäßige Zischen des Lungenautomaten und das Blubbern der ausgeatmeten Luft gab, die perlend zur Oberfläche hochstieg.

Nun schaltete er auch den Unterwasserstrahler ein. Und die Tiefe wurde lebendig, voller Farben und Verheißungen.

2 Tom hatte den Wagen am einsamen Strand hinter einer Buschgruppe geparkt, Motor und Scheinwerfer ausgeschaltet und die Fenster heruntergekurbelt. Die Wagensitze waren mit wenigen Handgriffen nach hinten geklappt. Hier waren sie völlig ungestört.

Während er sie küßte, schob er ihr T-Shirt hoch. Dann preßte er seinen Mund auf ihre linke Brust. Er atmete schnell und flach.

Dann schob sich seine schwitzige Hand unter ihren dünnen Baumwollrock, wanderte an der Innenseite ihrer Oberschenkel hoch und versuchte, sich in ihr Höschen zu schieben. Er war erregt, nervös und ungeduldig, und er merkte nicht, wie sich ihr Atem plötzlich veränderte und ihr Körper sich versteifte. Statt zärtlich und einfühlsam zu sein, wurde er in seinem Verlangen grob und direkt.

Ashley Clatterbuck preßte die Beine zusammen und versuchte sich aufzurichten. Doch sein Gewicht drückte sie in die unbequemen Polster des Sitzes zurück. »Tom! ... Nicht, bitte!« bat sie mit heiserer Stimme. Sie hatte in dieser Nacht zuviel geraucht und entschieden zuviel getrunken. »Ach komm, verkrampf dich doch nicht so«, murmelte Tom Kendall mit alkoholschwerer Stimme und wollte ihre Beine auseinanderdrücken. »Du magst es doch auch ...«

»Nein, ich mag dein Gefummel überhaupt nicht!« widersprach Ashley Clatterbuck heftig und schob ihn von sich. »Hör auf damit!«

»Stell dich doch jetzt nicht so an!« Er klang gereizt.

»Ich stell' mich überhaupt nicht an. Und jetzt nimm die Hand da weg!«

»Tu doch nicht so, als hättest du nicht gewußt, weshalb wir hier zum Strand hinuntergefahren sind.«
Sie mußte all ihre Kraft aufbringen, um sich von ihm zu befreien und seine Hand wegzudrücken. »*Daran* habe ich bestimmt nicht gedacht!« rief sie, zog ihr T-Shirt herunter und strich hastig ihren Rock glatt.
Das prickelnde Gefühl der Erregung, das sie noch vor wenigen Augenblicken von Kopf bis Fuß erfüllt hatte, war schlagartig verflogen. Und wenn sie auch noch längst nicht nüchtern war, so war sie auf einmal doch nüchtern genug, um ihren Fehler zu erkennen. Sie hatte die ganze Nacht mit diesem Tom Kendall, der aus Toronto stammte und dort studierte, in der Diskothek von Parga verbracht. Sie war froh gewesen, jemanden getroffen zu haben, der ihre Sprache sprach, denn es war nicht mehr viel los im Ort, und sie hatte mit ihm wild geflirtet und geschmust und mehr Alkohol getrunken, als es sonst ihre Art war. Tom sah blendend aus, tanzte gut und war alles andere als ein Langweiler. Doch es war falsch gewesen, daß sie mit ihm an diesen einsamen Strand gefahren war, nachdem die Diskothek um eins geschlossen hatte. Sie hatte mit Zärtlichkeit gerechnet, nicht jedoch mit plumpem Gegrabsche.
»Hast du vielleicht gedacht, wir würden nur händchenhaltend im Sand sitzen und die leuchtenden Sterne am Himmel zählen?« fragte er aufgebracht. »Komm mir jetzt bloß nicht mit dieser alten Masche, daß du nicht zu denjenigen gehörst, die gleich beim ersten Mal ...«
»Ich komm' mit gar keiner Masche!« fiel Ashley ihm nicht weniger wütend ins Wort und warf den Kopf mit einer energischen Bewegung in den Nacken, daß ihre langen blonden Locken flogen. »Ich mag deine grobe Fummelei nicht! Tut mir leid, wenn du dir mehr erhofft hast! Ich habe vielleicht zuviel getrunken ... und du wohl auch. Fahr bitte in den Ort zurück!«
»Den Teufel werde ich!« fluchte Tom. »Erst machst du mich scharf und tust so, als könntest du es nicht abwarten, und dann

markierst du die prüde Unschuld vom Land. Aber das läuft bei mir nicht!«
Das Blut schoß ihr ins Gesicht. »Das ist nicht fair!«
»Was du nicht sagst!« gab er bissig zurück. Er beugte sich vor und stieß die Beifahrertür auf. »Sieh zu, wie du zu Fuß zurückkommst! Ich spiel' doch nicht für so eine Zicke wie dich den Chauffeur! Na los, steig aus ... wenn du nicht willst, daß ich dich eigenhändig rausschmeiße.«
Ashley Clatterbuck starrte ihn im Dunkel ungläubig an. »Mein Gott ... wie habe ich einen so ... primitiven Möchtegern-Casanova wie dich bloß für fünf Minuten nett finden können!« stieß sie mit zitternder Stimme hervor und stieg aus.
»Weil du nach außen hin den scharfen Vamp spielst und in Wirklichkeit eine frigide Schachtel bist! Und darin seid ihr Ami-Zicken euch alle gleich!« rief er zornig und zog die Tür knallend zu.
Der Motor sprang an, und die Scheinwerfer flammten auf. Tom Kendall trat das Gaspedal in seiner Wut voll durch. Die Hinterräder drehten durch und schleuderten einen Hagel aus Sand und Steinen in die Büsche. Dann packten die Reifen auf dem sandigen Boden. Der Wagen schoß davon und verschwand Augenblicke später am unteren Ende des Strandes, wo ein holpriger Pfad durch den Olivenhain zurück zur befestigten Straße führte. Das Motorengeräusch entfernte sich schnell in der Nacht und wurde schließlich ganz von der Dunkelheit geschluckt.
Daß sie weinte, merkte sie erst, als sie ihre salzigen Tränen auf den Lippen schmeckte. Sie fühlte sich gedemütigt, verletzt, ja geradezu beschmutzt. Und sie machte sich nun Selbstvorwürfe, daß sie es so weit hatte kommen lassen.
Ashley ging durch den warmen Sand zum Strand hinunter, zog die Sandalen aus und watete mit tränenfeuchten Augen durch das Wasser. Es war warm, aufgeheizt von der Sonne der heißen Sommermonate, und erfrischend zugleich.
Sie dachte daran, daß sie zu Fuß zu ihrem Hotel in Parga zurück-

kehren mußte. Eine Strecke von mehreren Kilometern. Und das bei der Dunkelheit. Sie fühlte sich auf einmal hundemüde und zerschlagen. Vielleicht sollte sie die Nacht hier am Strand verbringen. Die ersten kleinen Fährboote, die die Touristen von Parga zu diesem Strand brachten, verließen schon morgens um acht den Hafen. Während der Hauptsaison. Doch galt das auch jetzt noch, wo sich die wenigen Gäste in der kleinen, malerischen Ortschaft schon verliefen?
Ihr Blick ging über die geschützte Bucht. Das Rauschen der sanften Brandung war wie Seelenbalsam. Und plötzlich verspürte sie das Verlangen, ihre verschwitzten Sachen auszuziehen und sich splitternackt in die Fluten zu stürzen. Ja, warum auch nicht? Sie hatte den Strand ja ganz für sich allein. Und der warme Wind würde sie nach dem erfrischenden Bad trocknen.
Schnell zog sie T-Shirt und Rock aus und streifte den Slip ab. Sie fühlte sich wie befreit, stand einen Augenblick regungslos und mit geschlossenen Augen und atmete tief durch. Dann lief sie in die Wellen, daß das Wasser hoch aufspritzte. Sie stieß einen Laut aus, der zwischen erschrockenem Atemanhalten und fröhlichem Jauchzer lag. Dann warf sie sich nach vorn in die Wellen und kraulte hinaus. Sie fühlte sich wie neugeboren, als sie mit kräftigen Schlägen durch das dunkle Wasser glitt. Als ihr die Arme etwas lahm wurden, legte sie sich auf den Rücken, ließ sich treiben und blickte fasziniert zum funkelnden Sternenhimmel hoch. Noch nie zuvor hatte sie die Milchstraße so klar und leuchtend gesehen. Sie war wie berauscht, doch anders als mit Alkohol. Ihr Blick und ihre Gedanken verloren sich in der glitzernden Endlosigkeit des Kosmos.
Plötzlich fuhr sie aus dem Zustand entrückter Verzückung auf. Das Wasser fühlte sich längst nicht mehr so warm an, und sie drehte sich wieder auf den Bauch herum. Ein eisiger Schreck durchfuhr sie, als sie sah, wie weit sie sich aus der geschützten Bucht entfernt hatte. Sie war schon weit über die vorspringende Landzunge hinausgetrieben.

Sie bekämpfte die in ihr aufwallende Panik. Sie war eine gute Schwimmerin, und wenn sie ihre Kräfte sinnvoll einteilte, hatte sie nichts zu befürchten.
Ruhig kraulte sie zurück.
Doch die Bucht kam nicht näher. Oder täuschte sie sich nur? Die Dunkelheit machte es schwer, Entfernungen richtig abzuschätzen.
Sie schwamm weiter, schlug jedoch unwillkürlich ein schnelleres Tempo an. Doch auch nach zehn, fünfzehn Minuten schien sich die Distanz zwischen ihr und der Halbinsel, an der sie sich jetzt orientierte, nicht wesentlich verringert zu haben.
»Ich bin in eine Strömung geraten, die mich vom Ufer wegtreibt!« schoß es ihr durch den Kopf. »Oder die Ebbe zieht mich zurück! … Ich schaffe es nicht … *Ich schaffe es nicht zurück an Land!*« Die Erkenntnis hallte wie ein innerer Schrei durch ihren Schädel.
Wie ein altes Geschwür brach die Angst wieder in ihr auf. Ja, Panik ergriff von ihr Besitz. Obwohl sie wußte, daß sie nur ihre Kräfte vergeudete und ihre Überlebenschancen dadurch noch weiter verringerte, kraulte sie wild drauflos. Ihre Panik schaltete jeden vernünftigen Gedanken aus. So schnell sie konnte, peitschten ihre Arme das Wasser. Sie atmete falsch, schluckte Wasser, hustete und brüllte auf einmal gellend vor Schmerz auf.
Ein Krampf.
Ein Oberschenkelkrampf.
Schreiend warf sie sich auf den Rücken, krümmte sich im Wasser und umfaßte ihren Oberschenkel, der scharfstechende Schmerzen durch ihren ganzen Körper schickte, mit beiden Händen. Sofort verlor sie jeglichen Auftrieb und ging unter. Sie tauchte spuckend, würgend und in Todesangst um sich schlagend wieder auf. Ihre Schreie schallten über die See. Doch wer sollte sie hier hören?
Sie kämpfte voller Verzweiflung gegen ihr scheinbar unabwendbares Schicksal.

Plötzlich berührte sie etwas. Sie sah neben sich einen langen, schwarzen Schatten, und ein schriller, überkippender Schrei drang aus ihrer Kehle. Sie glaubte, jetzt sei ihr Ende gekommen. Eine Stimme antwortete ihr. »Seien Sie ruhig! ... Hören Sie auf, um sich zu schlagen! ... Ich bringe Sie zurück! ... Ruhig, verdammt noch mal! ... Hören Sie mich?«

Ashley hörte die Stimme, die durch den Schleier ihrer grenzenlosen Todesangst drang, doch sie war nicht fähig, der Aufforderung zu folgen. Sie schlug weiterhin unkontrolliert um sich, weil sie von der panischen Überzeugung besessen war, sofort unterzugehen, sowie sie aufhörte, sich zu bewegen.

Richard Harding schlug ihr zweimal hart ins Gesicht. »Reißen Sie sich zusammen!« schrie er sie an. »Sie werden nicht ertrinken, haben Sie mich verstanden!? Legen Sie sich auf den Rücken! ... Ich bringe Sie zurück!«

Diesmal gehorchte sie, und ihr Schreien ging in ein Wimmern über. Er legte seinen linken Arm um sie, nahm sie in den Rettungsgriff und paddelte gegen die Strömung an. Langsam kamen sie voran, und beruhigend redete er auf sie ein.

Richard Harding war völlig ausgepumpt, als er sie endlich in der geschützten Bucht hatte und sich im seichten Wasser aufrichten konnte.

»Hier können Sie stehen. Schaffen Sie es allein?«

»Ja«, sagte sie mit tonloser Stimme. Der Krampf hatte sich inzwischen gelöst. Sie zitterte, doch nicht vor Kälte. Sie stand noch immer unter Schock, der nur langsam abebbte.

Er gab sie frei, und sie taumelte an Land, sank in den warmen Sand. Verstört blickte sie ihn an. »Sie haben mich geschlagen!«

Ein schwacher, silbriger Schein fiel auf sein markantes Gesicht, als er die Tauchermaske abnahm, und deutlich sah sie die daumenlange Narbe über seiner rechten Augenbraue.

»Das war leider nötig. Lassen Sie mal sehen.« Er kniete sich neben sie in den Sand.

»Starren Sie mich nicht so an!« schrie sie plötzlich hysterisch, als

sie sich ihrer totalen Nacktheit bewußt wurde. »Geben Sie mir meine Sachen! … Meine Sachen!«
Richard Harding fuhr zurück. »Regen Sie sich ab, okay? Ich weiß zufällig, wie eine nackte Frau aussieht!« Doch er erhob sich, holte ihre Sachen und warf sie ihr zu.
Ashley Clatterbuck preßte Rock und T-Shirt vor ihre Brust. Fast feindlich blickte sie zu ihm hoch.
»Ziehen Sie sich an. Ich hole gleich meinen Wagen und bringe Sie nach Parga …«
»Nicht nötig!« stieß sie hervor. »Ich bleibe hier, bis das erste Fährboot kommt! … Ich … ich bin okay!«
»Sind Sie sicher, daß das eine so gute Idee ist?«
»Ja! Lassen Sie mich endlich allein! Es war nur ein Krampf, ein Oberschenkelkrampf … sonst hätte ich es auch allein zurück geschafft! Ich bin okay … *OKAY!*«
Richard Harding sah sie einen Augenblick scharf an. Wie eine potentielle Selbstmörderin sah sie nicht aus. Sie war vermutlich einfach nur hysterisch, eine Nachwirkung der psychischen Belastung, wenn man plötzlich den Tod vor Augen hat. Ihre Nerven würden sich schon beruhigen, und daß sie nicht unterkühlt war, hatte er gefühlt. Es sprach also nichts dagegen, sie allein zu lassen, wenn sie unbedingt darauf bestand.
»Also gut, ganz wie Sie wollen«, sagte er schließlich mit einem gleichmütigen Schulterzucken, wandte sich um und ging ins Wasser zurück. Wie betäubt starrte Ashley Clatterbuck ihm nach. Sie hatte das Gefühl, als würde sie aus einem gräßlichen Alptraum erwachen. Sie wollte ihm nachrufen, doch wieder zurückzukommen, aber da war er schon untergetaucht, als hätte es ihn nie gegeben.

3 In den einfachen Cafés und Restaurants entlang der kurzen Hafenpromenade saßen nur ein paar Dutzend Gäste bei Ouzo und Retsina. Sie spielten Domino und Backgammon oder dösten in der warmen Sonne des späten Vormittags. Es waren fast nur Männer, die dort an den Tischen saßen. Griechen, unter denen die wenigen noch verbliebenen Fremden wie die verlorene Nachhut einer Armee wirkten, die sich nach einer verheerenden Schlacht aufgelöst und in alle Himmelsrichtungen verstreut hatte. Nach den lärmenden Monaten der Touristensaison hatten die Bewohner von Parga ihren Ort wieder ganz für sich. Beinahe. Und allmählich fiel das ehemalige Fischerdorf in einen Zustand fast schläfriger Beschaulichkeit und Ruhe zurück.

Von Ruhe und Beschaulichkeit konnte bei Richard Harding keine Rede sein. Er lag mit schweißüberströmter Brust und schmerzenden Armen unter einem bauchigen Fischerboot. Es stand auf schweren, primitiven Holzblöcken direkt neben dem winzigen Hafenbecken, wo sich ein schmaler Streifen steinigen Strandes erstreckte, der noch nicht zubetoniert war.

In der linken Hand hielt er einen Bunsenbrenner und in der rechten einen breiten Spachtel. Er ließ die lange, weißblaue Gasflamme des Brenners über die Bootsplanken des Rumpfes tänzeln, bis sich der alte Anstrich löste und Blasen schlug. Dann kratzte er die Farbe mit dem Spachtel vom Holz. Zentimeter für Zentimeter. Handbreit für Handbreit. Eine anstrengende, schweißtreibende Arbeit, die eine geradezu stoische Ausdauer, viel Muskelkraft und nur ein Minimum an Fachkenntnis erforderte. Er haßte diesen Job aus tiefster Seele.

Aus einem der nahe liegenden Cafés drang griechische Musik zu ihm an den Strand. Was hätte er dafür gegeben, wenn er jetzt dort bei einem eisgekühlten Gin-Tonic und einem Teller mit olivengespickten Imbißhäppchen hätte sitzen können. Aber er hatte Spiros, diesem verdammten Halsabschneider, schon im Juli versprochen, seinem Boot einen neuen Unterwasseranstrich

zu verpassen – versprechen *müssen*, um bei der Wahrheit zu bleiben.
Schritte näherten sich dem aufgebockten Holzboot. Er wandte den Kopf und sah zwei schlanke, sonnengebräunte Beine, die in goldenen Riemchensandalen steckten. Die Zehennägel waren dunkelrot lackiert. Die hübschen Beine blieben vorn beim Bug stehen.
»Mr. Harding?«
Mit fauchendem Bunsenbrenner und verklebtem Spachtel kroch er ein Stück unter Spiros' Boot hervor. Sein Blick glitt ohne Eile an den langen Beinen empor, die in schneeweißen Shorts verschwanden, wanderte über die rote, vor der Brust verknotete Bluse und blieb an dem Gesicht der Frau hängen, das von langen, blonden Haaren umrahmt wurde. Ihr Gesicht trug einen angespannten, verunsicherten Ausdruck. Es war ganz offensichtlich, daß sie sich nicht wohl in ihrer Haut fühlte.
»Hallo«, sagte er gleichmütig und zeigte sich nicht im geringsten überrascht, sie zu sehen. Er hatte irgendwie damit gerechnet, daß sie ihn ausfindig machen und früher oder später bei ihm auftauchen würde.
»Hallo.« Ihre Stimme klang schwach. Sie war nervös, und ihre unruhigen Augen bestätigten das. Sie versuchte zu lächeln. Doch der Versuch mißlang. Statt eines Lächelns brachte sie nur eine Grimasse zustande, und sie biß sich auf die Unterlippe, wich seinem aufreizend gelassenen Blick aus.
Richard Harding dachte gar nicht daran, es ihr leicht zu machen. Wie alt mochte sie sein? Vielleicht fünf, sechs Jahre jünger als er. Zwanzig. Höchstens einundzwanzig, schätzte er. Also alt genug, um auch mal von den bitteren Pillen des Erwachsenseins zu kosten. Sie sah ihm nicht danach aus, als hätte sie davon in der Vergangenheit schon ausreichend zu schlucken bekommen.
Er griff nach seinen Zigaretten, die im Schatten eines schweren Stützblockes lagen, neben seinem T-Shirt und der Flasche Sprudelwasser, das jetzt bestimmt ekelhaft warm war. Er zog eine

Zigarette heraus und steckte sie sich an der Flamme des Bunsenbrenners an. Dann hielt er ihr die Schachtel hin. »Keine Papastratos. Deutsche Zigaretten. Fast so gut wie Marlboros.«
Sie zögerte, nahm dann jedoch eine aus der Schachtel, ohne ihn anzublicken. »Danke, ... Mr. Harding.«
»Richard«, korrigierte er sie mit beiläufigem Tonfall, in dem eine Spur Sarkasmus mitschwang. »Mr. Harding nennt man mich nur, wenn man mit mir über eine Gehaltskürzung sprechen will oder mich an der Grenze zur Körpervisite in einen Nebenraum bittet.«
Ihr hübsches Gesicht rötete sich unter der Bräune. »Ich bin Ashley ... Ashley Clatterbuck.«
Einen Augenblick lang war er versucht, ihr den Bunsenbrenner hinzuhalten. Doch das verkniff er sich. Er drehte den Gashahn zu und reichte ihr sein billiges Wegwerffeuerzeug. Sie nahm es mit spitzen Fingern, als hätte sie Angst, seine Hand zu berühren, steckte ihre Zigarette schnell an und rauchte hastig.
Er blickte sie an und wartete.
»Es ... es tut mir leid«, brachte sie schließlich mühsam hervor.
Er hob die Augenbrauen, als verstände er nicht. »Was tut Ihnen leid, Ashley?« fragte er. Er war gemein, ein Schweinehund. Doch er genoß ihre peinliche Verlegenheit.
»Wie ich heute nacht zu Ihnen gewesen bin, am Strand«, antwortete sie und vermied es noch immer, ihn anzuschauen.
»Ach das«, sagte er gedehnt, als hätte er Schwierigkeiten, sich an den Vorfall zu erinnern.
»Ich weiß nicht, was in mich gefahren ist. Ich ... habe mich wohl sehr kindisch benommen.«
Er nickte. »Ein wenig hysterisch, würde ich sagen.«
»Wenn Sie nicht gekommen wären, hätte ich es wohl nicht mehr zurück geschafft ...«
»Mit Sicherheit nicht.«
»Sie haben mir das Leben gerettet.«
»Ja, darauf lief es wohl hinaus«, sagte er trocken.
»Ich weiß nicht, was ich jetzt sagen soll ... wie ich Ihnen danken

kann. Erst als Sie verschwunden waren, wurde mir bewußt, was Sie für mich getan haben … und wie dumm ich mich Ihnen gegenüber benommen habe. Es tut mir wirklich leid, daß ich Sie so angefahren habe. Es muß der Schock gewesen sein.« Sie blickte ihn nun zum erstenmal richtig an. In ihren dunklen Augen stand eine Bitte, deutlich und eindringlich.

Es war an der Zeit, daß er aufhörte, den Gleichgültigen zu spielen und sich an ihrer Schwäche zu weiden. Er hatte es ihr schwer genug gemacht, sich zu entschuldigen. Jetzt reichte es.

»Schon gut«, sagte er mit veränderter, einlenkender Stimme. »Nehmen Sie es nicht so tragisch. Sie waren verstört. So ein Beinahe-Absaufen rüttelt einen psychisch schon ganz schön durch. Ich kann davon ein Lied singen. Also vergessen wir, was gewesen ist. Wie haben Sie mich überhaupt gefunden?«

»Es gibt in Parga nicht viele Taucher mit einer Narbe auf der Stirn.«

»Stimmt.«

Sie rauchte einen Moment schweigend, und ihr Blick wurde fester, sicherer. »Sie hätten nicht weggehen dürfen. Egal, was ich zu Ihnen gesagt habe.«

»Wieso? Sie behaupteten doch, wieder topfit zu sein.«

»Ich hätte ja noch unter schwerem Schock stehen können!« Es klang wie ein ernster Vorwurf. Sie schien verlorenen Boden zurückgewinnen zu wollen. »Und was wäre passiert, wenn ich unterkühlt gewesen wäre und dort am Strand einen Kreislaufkollaps bekommen hätte?« Sie klang auf einmal regelrecht herausfordernd.

Richard Harding zeigte nun zum erstenmal, seit sie ihn angesprochen hatte, Überraschung. »Nun mal langsam! Okay, Sie waren ganz schön überreizt und zittrig, aber unter schwerem Schock standen Sie nicht. Das hätte ich mitbekommen. Und am Rande eines Kreislaufkollapses standen Sie auch nicht!«

»Woher wollen Sie das wissen?«

»Weil jemand, der kurz vor dem Zusammenklappen steht, nicht

wütend am Strand auf und ab geht und seine Sandalen in den Sand feuert!«

Sie öffnete den Mund, war jedoch einen Moment lang sprachlos. Schließlich stieß sie hervor: »Sie ... Sie haben mich beobachtet?«

Er grinste breit. »Ich verlasse mich ungern auf das Wort einer Frau, die ich gerade wie einen nassen Sack an Land geschleppt habe. Ich habe Sie eine ganze Weile von der gegenüberliegenden Landzunge aus im Auge behalten, bis ich sicher war, daß Sie *wirklich* okay waren ... und nicht noch einmal ins Wasser springen würden.« Und spöttisch fügte er hinzu: »Ich schlafe gern mit ruhigem Gewissen.«

Ashley Clatterbuck wußte nicht, ob sie ihm böse oder dankbar sein sollte. Doch dann lachte sie und schüttelte den Kopf. »Ich gebe auf! Sie wissen offenbar immer ganz genau, was Sie zu tun und zu lassen haben, nicht wahr?«

»Manchmal habe ich Glück und tue irgendwie das Richtige.«

»Ist das Ihr Boot, an dem Sie da arbeiten?«

»Gott bewahre, nein! Ich habe einen besseren Geschmack – und darum auch kein eigenes Boot. Was mir gefällt, kann ich leider nicht bezahlen.«

»Dann jobben Sie hier in Parga?«

»Nein, ich trage eine Ehrenschuld ab.«

Sie runzelte verständnislos die Stirn.

»Spielschulden besser gesagt«, erklärte er freimütig. »Diese Plackerei ist das Ergebnis einer langen Pokernacht mit ein paar einheimischen, trinkfesten Kneipenbesitzern. Hatte in der Nacht nichts als Pech und am Schluß leere Taschen.«

Die Geschichte gefiel ihr, und sie lachte. »Und was tun Sie sonst so?«

»Amerikanischen Nymphen bei Nacht das Leben retten.«

»Müssen Sie sich immer über mich lustig machen?«

»Das tue ich nur bei Leuten, an die mein umwerfender Witz nicht verschwendet ist«, erwiderte er und sagte dann ernsthaft: »Ich bin Tauch- und Segellehrer. Hatte drüben im internationalen Ferienclub eine Anstellung. Aber seit einer Woche gibt es da nichts mehr für mich zu tun. Die Saison ist vorbei, mein Vertrag ist ausgelaufen, und ich habe also Zeit genug, um Spiros' Boot in Schuß zu bringen.«

»Also deshalb sprechen Sie so gut Englisch!«

»Mein Vater war Engländer, meine Mutter ist Deutsche. Ich bin also zweisprachig aufgewachsen. Fast das einzige, was meine Eltern bei meiner Erziehung richtig gemacht haben. Und was machen Sie in Griechenland?«

»Was von der Welt sehen«, antwortete sie fröhlich. »Meine Eltern haben mir zum High-School-Abschluß einen Europa-Trip geschenkt.«

»High-School?« entfuhr es ihm unwillkürlich. »Sie sehen ein bißchen älter als achtzehn aus.«

»Ich bin fast zwanzig! Ich war als Kind sehr krank und kam deshalb zwei Jahre später in die Schule.«

»Und wie lange sind Sie schon in der Alten Welt?«

»Fast dreieinhalb Monate. Ich bin mit einer Freundin herumgereist. Ein bißchen England, dann Frankreich, vier Wochen Spanien und schließlich Griechenland. Tja, und hier bin ich dann hängengeblieben. Habe mich richtig in den Ort verliebt. Jetzt, wo es so ruhig geworden ist, gefällt es mir am besten.«

»Und Ihre Freundin?«

»Wir haben uns vor einer Woche getrennt. Sie ist noch in Athen, weil sie da jemanden kennt. Ich mache mir nichts aus Athen. Zwei, drei Tage – okay, aber länger hält es mich da nicht. Doch bei Evelyn ist das ja was anderes. Egal, in vierzehn Tagen kommt sie, und dann geht's zurück nach Virginia. Ich darf gar nicht daran denken.« Sie seufzte bei dem Gedanken, daß es mit der großen Freiheit bald vorbei sein würde.

»Dreieinhalb Monate Europa-Trip auf Daddys Kosten – das ist nobel, äußerst nobel sogar. Da könnte man ja direkt neidisch werden.«

»Na ja, wenn ich wieder drüben bin, werde ich wohl oder übel

aufs College gehen müssen«, sagte sie verdrossen. »Daddy besteht darauf, dabei weiß ich überhaupt nicht, was ich studieren soll …«
Er lachte trocken auf, drückte seine Zigarette auf einem Kiesel aus und schnippte die Kippe in den Sand. »Haben Sie vorhin nicht gesagt, Sie wüßten nicht, wie Sie mir danken könnten?«
»Ja, wieso?«
Er lächelte. »Nun, ich wüßte, wie ich Ihnen da aus der Klemme helfen könnte.«
»Und wie?«
»Indem wir zusammen zu Dimitri Zigouris gehen und Sie mich zum Essen einladen«, sagte er mit entwaffnender Offenheit. »Bei Dimitri gibt's die besten Kalamaris im Umkreis von fünf Meilen, und sein Weißwein ist kalt genug, daß man nicht so genau schmeckt, was man da trinkt.«
Sie lachte herzhaft. »Gern! … Ich glaube, ich mag Sie, Richard.«
Er verzog das Gesicht und stand auf. »Das habe ich schon befürchtet.«

4 Eine halbvolle Literflasche Weißwein und zwei einfache Zahnputzgläser standen auf dem Fliesenboden des billigen Hotelzimmers. Daneben lagen auf einem ausgebreiteten Stück Packpapier die Reste eines in Scheiben zerschnittenen Stangenbrotes, ein paar Salamischeiben und ein Stück Käse. Das Glas mit Artischockenherzen war schon leer.
Mitternachtsimbiß.
Nackt lagen Ashley und Richard auf dem Bett. Das Fenster, das zum Meer hinausging, stand offen. Der Himmel war wolkenlos und sternenhell. Wenn es tagsüber auch noch wunderbar warm war und die Sonne abends die geweißten Häuser zu vergolden schien, so wurden die Nächte doch spürbar kühler. Empfindlich kühl, so daß man gut eine Überdecke vertragen konnte.

Richard und Ashley brauchten keine Decke. Erhitzt lagen sie auf dem Laken und genossen die Kühle, die durch das Fenster ins Zimmer drang. Die Hitze der Leidenschaft glühte noch in ihnen nach. Und der Wein hatte ein übriges getan, um sie die schnell fallenden Temperaturen vergessen zu lassen.

Ashley rekelte sich wohlig neben ihm, drehte sich auf die Seite, so daß sie ihn anschauen konnte, und ließ ihren Zeigefinger langsam über seine Brust abwärts gleiten.

»Vorsicht! Wer mit dem Feuer spielt, kommt darin um!«

Sie lachte. »In *dem* Feuer sterbe ich gern tausend Tode und mehr.« Sie seufzte. »Ach, es war so schön, Richard.«

»Mhm«, antwortete er nur. Es war schön gewesen, doch darüber zu sprechen fiel ihm schwer.

»Wie lange sind wir jetzt schon zusammen, Richard?«

»Fast zwei Wochen.«

»Richtig. Und du hast mir noch immer nicht gesagt, was du damals in der Nacht da draußen gemacht hast.«

Er langte hinter sich nach Zigaretten und Feuerzeug. »Getaucht natürlich.«

»Darauf wäre ich nie gekommen.«

Er steckte eine Zigarette an, gab sie ihr und nahm sich dann selbst eine. »Ich habe einen Schatz gehoben«, sagte er schließlich.

Jetzt konnte er ihr davon erzählen, denn das Geschäft war abgewickelt. »Keinen großen, aber immerhin.«

»Jetzt nimmst du mich auf den Arm!« protestierte Ashley.

»Nein. Es stimmt. Amphoren. Zwei alte griechische Amphoren. Ich hatte sie schon Wochen zuvor zufällig entdeckt, aber damals waren noch zu viele Touristen hier. Und an diesen Stränden herrschte ja sogar nachts noch Hochbetrieb.«

»Du hast zwei alte Amphoren gefunden und sie heimlich gehoben? Aber das ist doch verboten!«

»Warum, meinst du, habe ich so lange gewartet und sie bei Nacht hochgeholt? Ich weiß, daß so etwas unter Strafe steht und ich ins Kittchen gewandert wäre, wenn man mich geschnappt hätte«, räumte er ein. »Aber ich war abgebrannt, und von irgendwas muß der Mensch ja leben. Damals kannte ich dich ja noch nicht, sonst hätte ich es vielleicht mal nur mit Luft und Liebe versucht.«

»Und?«

»Was und?«

»Die Amphoren! Wo sind sie jetzt? Du kannst sie doch nicht so ohne weiteres aus dem Land schmuggeln!« Sie klang sehr besorgt und aufgeregt zugleich.

Er lachte. »Das ist schon längst gelaufen. Spiros hat sie für mich verscherbelt – und mich dabei natürlich kräftig über das Ohr gehauen. Das ist ein Schurke, wie er im Buche steht. Aber besser ein paar Tausender als gar nichts. Und allein hätte ich die Dinger ja gar nicht an den Mann bringen können. Ich muß ihm direkt dankbar sein.«

»Du bist mir ein Abenteurer!«

»Ich denke, das gefällt dir so sehr an mir?«

»Nicht nur das«, erwiderte sie lächelnd und küßte ihn, während ihre Hand ihn mit zärtlichem Verlangen streichelte.

»Weißt du, daß du nackt genauso hübsch aussiehst wie angezogen?« fragte er und strich über ihre Brüste. »Meist verspricht die Verpackung leider mehr, als die Ware letztlich hält.«

»Ware? Oh, du Chauvi!« gab sie sich entrüstet. »Dafür verpasse ich dir den größten Knutschfleck, den du je gehabt hast – und zwar da, wo ihn jeder sehen kann!«

»He, das ist das größte Kompliment, das ich einem Mädchen oder einer Frau jemals gemacht habe.«

Ashley ließ von ihm ab. Das fröhliche Lächeln verschwand von ihrem Gesicht. »Du, ich habe vorhin noch mal mit Evelyn gesprochen ...«

»Ja?«

»Es bleibt dabei. Sie kommt morgen.«

Richard schwieg. Er war nicht bereit, mit ihr über morgen zu sprechen – und schon gar nicht über übermorgen. »Noch Wein?« fragte er schließlich.

Sie nickte nur.
Er schwang die Beine über den Bettrand, goß beide Zahnputzgläser voll und reichte ihr eins. Dann stand er auf und schloß das Fenster. Jetzt spürte er die Kühle der Nacht.
»Und auf was trinken wir?« fragte sie leise.
»Auf uns natürlich«, sagte er. Sie tranken, und er schnitt ein paar Würfel vom Käsestück.
»Erzähl mir von dir, was du früher gemacht hast«, bat Ashley ihn.
»Da gibt es nicht viel zu erzählen«, antwortete er und war doch froh, daß sie nicht über morgen oder übermorgen zu reden brauchten. Noch nicht. »Ich hatte eine bewegte Jugend, wie viele andere auch, aber bei aller Misere doch immer noch eine gute Portion Glück. Ich schaffte das Gymnasium mit Ach und Krach, ließ mich ein halbes Jahr durchhängen und schrieb mich dann an der Sporthochschule ein. Fünf Semester hielt ich den Quark durch, dann hatte ich genug und stieg aus.« Er zuckte die Achseln. »Na ja, und dann habe ich eben hier und da als Tauch- und Segellehrer gearbeitet, alle drei, vier Monate woanders.«
»Und was kommt nach ... Parga?« fragte sie leise, und mit ihrer Frage schloß sich der Kreis. Sie waren wieder bei dem Punkt angelangt, den zu bereden sie bisher so krampfhaft vermieden hatten.
Er drückte seine Zigarette aus. »Ich habe ein Angebot von einem Ferien-Resort auf Mauritius. Jemand, den ich hier kennengelernt habe, übernimmt dort unten den Dive-Shop. Aber das Angebot gilt erst für Anfang November.«
»Und? Wirst du annehmen?«
»Es ist nur eine Stellung als Assistent.«
»Was heißt das?«
»Daß ich die meiste Arbeit aufgebrummt bekomme und mich dafür mit der Hälfte des normalen Gehalts zufriedengeben muß.«
»Warum kommst du nicht mit mir nach Virginia?«
Er sah sie nur an.
»Wir müssen darüber reden!«

»Was soll ich im Winter in Virginia? Da finde ich bestimmt keinen Job.« Es war ein letztes Ausweichmanöver, das am Kern ihrer Frage weit vorbeiging, und er wußte es.
»Ich liebe dich, Richard.«
Die Vorstellung, daß sie übermorgen abreisen und plötzlich nicht mehr dasein würde, quälte ihn schon seit Tagen. Ashley war nicht seine erste Frau gewesen. Sein Job brachte es mit sich, daß Frauen sich für ihn interessierten. Urlaubsliebschaften. Davon hatte es in den letzten Jahren viele gegeben, und manche hatten sogar erstaunlich lange gehalten. Doch noch nie war es so ernst gewesen, war ihm eine Beziehung so tief unter die Haut gegangen. Wenn sie nach Amerika zurückging und er blieb, würde er nicht einfach zu seinem gewohnten Lebensrhythmus zurückkehren können, wie das früher der Fall gewesen war. Nicht nach diesen beiden Wochen.
»Wir sind doch keine Kinder mehr, Richard«, sagte Ashley eindringlich und nahm seine Hand. »Warum geben wir uns nicht eine richtige Chance? Komm mit, du hast doch nichts zu verlieren.«
Er versuchte es ins Spaßige zu ziehen. »O doch, das Geld für ein verdammt teures Flugticket. Virginia liegt nun nicht gerade um die Ecke.«
Sie griff nach ihrer Handtasche und zog eine Kreditkarte von American Express heraus. »Weißt du, was das ist?«
Er zuckte die Achseln. »Eine Kreditkarte, was sonst.«
Sie nickte. »*Plastic money.* Und damit kriege ich an jedem Flugschalter ein Ticket für dich. Daddy hat mir ein großzügiges Reisebudget eingeräumt, und ich habe davon noch längst nicht alles auf den Kopf gehauen. Und wenn du zu stolz bist, um es als Geschenk anzunehmen, kannst du es ja als Darlehen betrachten.«
»Daddy wird sich freuen, wenn du mich als Souvenir mit nach Hause schleppst. Hast du nicht selbst gesagt, er will, daß du studierst? Glaube nicht, daß er mich mit offenen Armen empfangen würde.«

»Ich könnte an der Uni in Miami studieren. In Florida findest du garantiert einen Job als Tauchlehrer«, versicherte sie. »Da beginnt jetzt bald die Hochsaison.«
Florida! Ashley und Florida – was für eine Versuchung! Und sie hatte recht: Was hatte er denn wirklich schon zu verlieren? Er könnte vielleicht ein verbilligtes Stand-by-Ticket bekommen. Die Flüge waren um diese Jahreszeit alles andere als bis auf den letzten Sitzplatz ausgebucht. Mit dem Geld, das Spiros ihm für die beiden Amphoren gezahlt hatte, würde er sich schon eine Zeitlang auf eigenen Beinen halten können. Mindestens bis Anfang November. Und dann konnte er notfalls auf das Angebot, nach Mauritius zu gehen, zurückgreifen und sich telegrafisch einen Vorschuß für das Flugticket schicken lassen.
»Es klingt verlockend, und ich werde es mir durch den Kopf gehen lassen«, antwortete er schließlich.
Ashley schmiegte sich an ihn. »Entscheide nicht mit deinem Kopf, Liebling, entscheide mit deinem Herzen ... sag mir, daß du mich liebst.« Sie nahm ihm die Zigarette weg, drückte sie aus und sah ihn verlangend an. Sie legte ihre Hand zwischen seine Beine, liebkoste und erregte ihn. »Komm«, flüsterte sie. »Zeige mir, wie sehr du mich liebst ...«
Als die Morgendämmerung einsetzte und das erste Licht des neuen Tages die Schatten der Nacht nach Westen über das offene Meer vertrieb, hatte sich Richard Harding entschieden – für Ashley und für Amerika.

5 Meilenweit und schnurgerade zog sich die breite Straße hin, die zu beiden Seiten von hohen Palmen gesäumt wurde. Sie fuhren genau nach Westen, direkt auf den Glutball der untergehenden Februarsonne zu. Doch die tiefhängenden, bleigrauen Wolken und der böige Wind, der die Palmwedel wie Peitschen wehen ließ, paßten so gar nicht zu dem Bild, das sich Richard

Harding vom amerikanischen Sonnenparadies Florida gemacht hatte. Es sah nach Sturm aus. Nicht gerade ein glücklicher Beginn ihrer Flitterwochen.

Es war ihr Hochzeitstag. Am Vormittag hatte er Ashley in der Methodisten-Kirche von Roanoke sein Jawort gegeben und die Glückwünsche ihrer Eltern entgegengenommen. Sie hatten das Beste aus der für sie unglückseligen Situation gemacht und sich zumindest nach außen hin um Herzlichkeit bemüht. Immerhin wußten sie, was der Anstand erforderte, und vor den wachsamen Augen der großen Hochzeitsgesellschaft hatten sie sich auch keine Blöße geben wollen. Schon wegen Ashley nicht. Sie war ihr einziges Kind, und beide hingen voller Liebe und Zärtlichkeit an ihr.

Nach der Trauung waren sie zum Country Club gefahren. Daddy hatte sich nicht lumpen lassen. Nur das Feinste vom Feinen. Und zu Richards Erstaunen war es sogar eine recht fröhliche, ausgelassene Feier geworden. Am frühen Nachmittag waren sie dann nach Orlando geflogen, hatten sich dort einen Mietwagen Marke Buick genommen und waren nach Süden gefahren. Ihr Ziel war das *King Palms Resort,* eine exklusive Hotelanlage bei Vero Beach, ein Stück oberhalb von Fort Pierce an der Ostküste Floridas. Dort würden sie ihre Flitterwochen verbringen. Ein Geschenk von Daddy, dem für sein Sweetheart nichts zu gut war – was er auch häufig genug betonte.

»Woran denkst du, Liebling?«

»Daß ich mir wie der häßliche Frosch vorkomme, der vom Kuß der wunderschönen Prinzessin von seinem bis dahin freudlosen Leben befreit wurde«, sagte Richard scherzhaft und dachte: Nur daß aus mir nie der strahlende Prinz wird, den sich Daddy und Mom für dich erhofft hatten! Ashley beugte sich schnell zu ihm hinüber und küßte ihn. »Oh, Richard! … Mrs. Ashley Harding!« Sie sprach den Namen aus, als würde der Klang sie in Verzückung versetzen. »Ich kann es noch gar nicht glauben!«

Er lachte. »Da bist du nicht die einzige«, sagte er und dachte an ihre Eltern, die anfangs nichts unversucht gelassen hatten, um sie von ihrem Vorhaben abzubringen, diesen mittellosen Abenteurer ohne Zukunftsperspektive zu heiraten. Natürlich diskret und niemals in seiner Gegenwart. Doch als Ashley zu Weihnachten ihre Verlobung vor der versammelten Verwandtschaft bekanntgegeben hatte, hatten auch Mom und Daddy die Waffen strecken müssen – und sich, ganz die pragmatischen Amerikaner, eine neue Aufgabe gestellt: nämlich ihren zukünftigen Schwiegersohn beruflich in die richtigen Bahnen zu lenken. Man mußte ja jetzt an Ashley denken!

»War es nicht eine wunderbare Trauung?« fragte sie mit einem wehmütigen Seufzer und bedauerte, daß man nur einmal im Leben so eine traumhaft schöne Hochzeit in Weiß haben durfte.

»Den vielen Tränen und Schluchzern der Leute in der Kirche nach zu urteilen, war es wohl eine sehr bewegende Trauung«, antwortete er mit liebevollem Spott. »Leider habe ich selbst nicht viel davon mitbekommen.«

»Es war schöner, als ich es mir je vorgestellt hatte! Oh, Richard ...«

Ihr Gesicht schien vor Glück von innen heraus zu leuchten, als Richard zu ihr hinüberblickte. Sie sah hinreißend aus. Natürlich trug sie nicht mehr das Brautkleid mit der langen Schleppe. Vor der Abreise hatte sie sich umgezogen, doch ein weißes Kleid mit einem dezent violetten Spitzenbesatz hatte es auch für die Reise sein müssen.

Meine Frau, dachte er stolz. Was bin ich doch für ein Glückspilz! Und er wäre am liebsten von der belebten Straße abgefahren und hätte irgendwo in einem stillen Seitenweg angehalten, um sie in die Arme zu nehmen und zu lieben. Doch bis zum Strand-Resort konnte es nicht mehr allzuweit sein.

Der Himmel war fast schwarz und die Sonnenscheibe hinter dunklen Wolken kaum noch als Silhouette zu erkennen, als Richard die erste Reklamewand mit dem Namen der Hotel- und Bungalowanlage entdeckte. An der nächsten großen Kreuzung

verließ er die Palmenallee, fuhr eine halbe Schleife und folgte den Hinweistafeln, die sie zum Strand hinunterführten.
Kurz darauf waren sie am Ziel. Richard hielt vor dem flachen Empfangsgebäude. Ein livrierter Boy riß Ashley die Tür auf, ein zweiter stand für das Gepäck bereit, und ein dritter hielt ihnen die getönte Glastür mit der goldenen Krone und den beiden Palmen, das Signet des *King Palms Resort*, auf. Richard ließ die Schlüssel stecken, ein Angestellter würde ihn auf den bewachten Parkplatz bringen. Natürlich erwartete jeder ein Trinkgeld.
Richard fühlte sich reichlich unwohl, als er Dollarscheine verteilte und dann mit Ashley durch die prachtvolle Lobby zur Rezeption ging.
»Mrs. und Mr. Harding.«
Der grauhaarige Empfangschef schlug in seinem Buch nach, und seine professionelle Zuvorkommenheit wich plötzlich persönlicher Herzlichkeit. »Darf ich Ihnen meine Glückwünsche und die des Hauses aussprechen, Mrs. Harding ... Mr. Harding. Ich sehe, Sie haben eine Reservation für den Honeymoon-Bungalow ...«
Ashley errötete und lächelte tapfer. Richard merkte, daß auch ihm das Blut ins Gesicht schoß und seine Ohren zu brennen schienen. Es ärgerte ihn, und schnell füllte er die Anmeldung aus, während sich der Empfangschef für einen Moment entschuldigte und zum Telefon griff.
»Ihr Bungalow steht für Sie bereit«, informierte er sie dann. »Darf ich fragen, ob Sie eine Dinner-Reservierung für unser Restaurant wünschen?«
Sie blickten sich kurz an, waren sich einig. »Nein, danke, höchstens eine Flasche Champagner ...«
»Dafür ist gesorgt, Sir«, fiel ihm der Empfangschef mit einem verständnisvollen, jedoch nicht anzüglichen Lächeln ins Wort. Er winkte einen schlaksigen jungen Mann in Hotellivree heran und trug ihm auf, Mrs. und Mr. Harding zu ihrem Bungalow zu bringen.
»Zieht ein Sturm auf?« fragte Richard, bevor sie dem Boy folgten.

»Die Ausläufer eines tropischen Sturms, fast schon eines Hurrikans, aber nichts, was Sie beunruhigen sollte. Letzten Wettermeldungen zufolge wird der Sturm weit draußen vor der Küste vorbeiziehen. Es wird sehr windig und das Meer aufgewühlt sein, aber mehr auch nicht«, versicherte der Grauhaarige.
Der schlaksige Boy wartete draußen schon mit einem weißen Golfwagen, der von einem fast lautlosen Elektromotor angetrieben wurde und ein Sonnendach über den beiden Sitzbänken hatte. Sie setzten sich auf die hintere Bank, vorn neben dem Fahrer lagen ihre beiden Koffer.
Die Hotelanlage war in der Tat exklusiv, gepflegt und bot genau den exotischen Flair, den Urlaubsgäste mit gutgefüllter Brieftasche erwarteten. Auch der bedrohlich dunkle Himmel und die böigen Winde konnten dem fast paradiesischen Zauber des Strandresorts nichts anhaben.
Der Honeymoon-Bungalow lag in einem eigenen, idyllischen Palmenhain, umgeben von blühenden Jasmin- und Bougainvilleasträuchern und in unmittelbarer Nähe des langen Privatstrandes.
»Bitte hier entlang, Ma'am ... Sir.«
Sie folgten dem Boy über einen Weg aus Marmorplatten zum vorderen Eingang. Er schloß die Tür auf, schaltete die Lichter an und ging mit den beiden Koffern voran.
Der Wohnraum war geräumig und geschmackvoll eingerichtet. Doch als Richard das Schlafzimmer mit dem großen Rundbett sah, glaubte er im ersten Moment, seinen Augen nicht trauen zu dürfen. Die Wände waren mit blaßrosa Seide bespannt, der flauschige Teppichboden war in einem etwas kräftigeren Rosaton gehalten, und die Deckentapete zeigte das, was sich ein amerikanischer Tapetendesigner wohl unter einer erotischen Szene in einem Lustgarten zur Zeit des sittenlosen römischen Imperiums vorgestellt hatte. Die Rückwand des Rundbettes war verspiegelt, und als Lampenschirmhalter posierten nackte Nymphen und Apollostatuen. Auch Amor mit Pfeil und Bogen fehlte nicht. Er

zierte gleich in dutzendfacher Präsenz die Schiebetüren der Einbauschränke. Flitterwöchnerparadies auf amerikanisch!
Ashley war begeistert. Sie ging zum runden Marmortisch, auf dem ein Strauß Rosen, eine Flasche Champagner im Eiskübel und zwei Gläser sowie ein großer Korb mit Früchten standen.
»Himmel!« stieß Richard hervor. »Wer hier seine Flitterwochen übersteht, ohne impotent zu werden, hat für den Rest seines Ehelebens nichts mehr zu fürchten!«
Ashley hörte es nicht, sie war schon ins Bad geeilt. »Schau dir das mal an!« rief sie. »Ist das nicht himmlisch?«
Er folgte ihr. »Umwerfend!« Die große Badewanne mit eingebautem Whirlpool und Unterwasserstrahlern war aus rotem Hartplastik und hatte die Form eines Herzens. Auch hier im Bad wurde man von Nymphen, Amorsboten und effektvollen Spiegeln verfolgt.
Ashley fand es wunderbar.
»Wenn Sie sonst noch irgendeinen Wunsch haben ...«, machte sich der Boy bemerkbar.
Richard wandte sich ihm zu, denn er wußte, daß mal wieder ein Trinkgeld fällig war. Er hatte ihm drei Dollar geben wollen, doch als er das kumpelhafte, anzügliche Grinsen des jungen Mannes sah, besann er sich eines anderen. »Dein Grinsen ist hier völlig fehl am Platz, Freundchen. Danke für die Führung. Mit dem Rest kommen wir schon allein klar, falls du da Sorgen gehabt haben solltest!«
Das Grinsen verschwand schlagartig vom Gesicht des schlaksigen Mannes, der nun eine Entschuldigung murmelte und machte, daß er ihm aus den Augen kam.
Als sie allein waren, flog Ashley ihm in die Arme, küßte ihn leidenschaftlich und zog ihn auf das Bett. Richard knöpfte ihr das Kleid auf, streifte es ihr von den Schultern. Darunter trug sie nur hauchzarte Unterwäsche sowie weiße Seidenstrümpfe und einen spitzenbesetzten Strumpfgürtel. Ein schmales, weißes Strumpfband mit Rüschen und einem kleinen aufgenähten Her-

zen lag um ihren rechten Oberschenkel. Um nichts auf der Welt hätte Ashley auch nur auf eine Kleinigkeit von all jenen Dingen verzichtet, die ihrer Ansicht und der ihrer sehr resoluten Mutter nach nun mal zu einer Hochzeit und einer Hochzeitsnacht dazugehörten. Und in diesem Fall hatte er an Evelyn Clatterbucks Art, unerschütterlich und mit eisernem Durchsetzungsvermögen an Althergebrachtem festzuhalten, nichts auszusetzen, ganz im Gegenteil.

6 Ein schmaler Lichtstrahl fiel aus dem Bad zu ihnen ins Schlafzimmer. Der Wind hatte an Heftigkeit zugenommen, heulte um den Bungalow und pfiff durch die Palmkronen. Sand und kleine Steine prasselten gegen die Lamellenblenden vor den Glastüren, die zur Terrasse hinausführten.

Sie hatten sich so stürmisch geliebt, als hätten sie sich Monate nicht gesehen. Jetzt lagen sie auf dem Bett, rauchten und genossen den eiskalten Champagner. Zwischendurch pflückten sie Trauben von der schweren Dolde, die Richard ihr auf den flachen Bauch gelegt hatte.

»So läßt es sich aushalten ... sogar in diesem rosaroten Lustkabinett«, sagte Richard, entspannt und gewillt, großzügig gegenüber der sie umgebenden Geschmacksverirrung zu sein.

»Zwei lange Wochen«, seufzte Ashley. »Das muß ja ein Vermögen kosten! Ein schöneres Geschenk hätte Daddy uns gar nicht machen können, nicht wahr?«

»Mhm«, sagte Richard nur.

»Sag mal, hast du schon über Daddys Angebot nachgedacht?«

»Gedacht habe ich eine ganze Menge«, antwortete er ausweichend. »Aber ich weiß nicht, ob mir die Idee schmeckt, Liebling.«

»Aber das ist doch die Chance für dich! ... Für uns!« verbesserte sie sich schnell.

»Ich lasse mich nicht gern einkaufen«, erwiderte er so freundlich

wie möglich, »auch nicht von deinem Vater, so gut er es ja meinen mag.«
»Einkaufen? Da tust du ihm aber unrecht! Du gehörst doch jetzt zur Familie! Und Clatterbucks halten zusammen, das war schon immer so.« Sie klang verletzt.
Richard verzichtete darauf, ihr zu sagen, daß er sich ganz und gar nicht wie ein Clatterbuck fühlte und sie nun zum weniger noblen Harding-Clan gehörte.
»Er gibt uns die 30 000 Dollar doch nur als Darlehen, damit du als Partner bei Ron Milton einsteigen und die Marina am Smith Mountain Lake mit aufbauen kannst!«
»Die Bank würde mir so ein zinsloses, zeitlich unbegrenztes Darlehen bestimmt nicht geben.«
»Daddy ist Daddy und nicht irgendeine dumme Bank!« sagte sie unwillig. »Aber du kannst mir glauben, daß er dir das Angebot bestimmt nicht gemacht hätte, wenn er nicht davon überzeugt gewesen wäre, daß diese Marina ein Bombengeschäft wird!«
Er verzog das Gesicht. »Ich weiß, ich weiß, der See ist in ein paar Jahren das Erholungsgebiet von Süd-Virginia. Und Ron scheint kein übler Bursche zu sein. Aber dennoch, ich möchte mir doch lieber etwas Eigenes aufbauen ...«
»Aber so eine Chance kann man doch nicht einfach aus falschem Stolz ausschlagen! Mein Gott, den Stausee gibt es erst seit zehn Jahren, und schau dir mal an, wie viele Wochenendhäuser und sogar ganze Villensiedlungen rund um den See schon aus dem Boden geschossen sind! Und wie die Immobilienpreise klettern!«
Richard Harding war darüber bestens informiert, dank Daddy, der sein Vermögen mit Immobilien gemacht und natürlich auch am Smith Mountain Lake investiert hatte. Sicherlich eine hervorragende Investition, denn der See, keine ganze Autostunde von Roanoke entfernt und auch von den großen Städten an der Ostküste aus in wenigen Stunden zu erreichen, lag in einer wirklich wunderbaren Landschaft. Der See bot großartige Möglichkeiten für ebenso großartige Geschäfte. Dan Clatterbuck hatte ihm in

seinem Arbeitszimmer mehrfach lang und breit von den Profiten vorgeschwärmt, die einem cleveren Geschäftsmann in der Zukunft winkten, der am Smith Mountain Lake früh genug in den Freizeitmarkt einstieg. Und das Angebot mit den 50 000 Dollar hatte er sogar noch einmal wiederholt, bevor sie in ihre Flitterwochen aufgebrochen waren. Wenn sie nach Roanoke zurückkehrten, erwartete er seine, Richards, Entscheidung. Und er hatte keinen Zweifel gelassen, wie er sich diese Entscheidung vorstellte. Er wollte, daß sein Schwiegersohn ein seriöser Geschäftsmann wurde und seiner Tochter ein standesgemäßes Leben bot. 50 000 Dollar für die Zähmung des widerspenstigen Abenteurers, das schien Dan Clatterbuck ein akzeptabler Preis zu sein.
Richard schlürfte sinnierend seinen Champagner. Das Dumme an dem Angebot war, daß er es wirklich schlecht ausschlagen konnte. Die Chancen, daß diese geplante Marina mit Bootsverkauf, -verleih und angeschlossener Werkstatt eine Goldgrube wurde, standen ausgezeichnet. Ashley hatte recht, es war sein Stolz, der sich mit aller Kraft dagegen wehrte, die Chance beim Schopf zu packen – und dafür bis an sein Lebensende Daddy dankbar sein zu müssen.
»Und mit Ron Milton wirst du bestimmt gut auskommen«, redete Ashley weiter eifrig auf ihn ein. »Er ist doch nur drei Jahre älter als du und wäre glücklich, dich als Partner zu haben.«
Ja, mit Dan Clatterbucks Geld im Rücken! dachte er und sagte laut: »Ron ist schon in Ordnung. Vielleicht sollte ich es tun.«
»Oh, Liebling! Bitte sag mir jetzt, daß du es tust! Du weißt gar nicht, wie glücklich du mich damit machen würdest!« bettelte sie und rollte sich über ihn.
Er lachte. »He, ich dachte, ich würde dich auch ohne das glücklich machen!« wandte er ein. »Vorhin hast du gar nicht den Eindruck gemacht, als würdest du unglücklich sein!«
»Glücklich auf andere Art!« redete Ashley hastig und küßte ihn zwischendurch. »Oh, bitte, bitte, sag ja! Du wirst es bestimmt nicht bereuen!«

»Also gut«, sagte Richard schließlich. »Wenn dir soviel daran liegt, werde ich eben versuchen, ein seriöser Geschäftsmann zu werden und Boote am Smith Mountain Lake zu verkaufen. Aber Daddy kriegt seine Zinsen ... oder seinen Anteil an der Konkursmasse, einverstanden?«

»O Richie! Ich liebe dich!« Vor Freude küßte sie ihn wie wild. Richard lachte und wälzte sich mit ihr über das überdimensionale Bett. Und als Ashley sich auf ihn niederließ und er ihre Brüste küßte, wurde alles andere zu Zukunftsproblemen von untergeordneter Bedeutung. Jetzt zählte nur ihre stürmische Liebe, ihre Leidenschaft. Später mochte kommen, was wollte.

7 Das Licht im Bad war noch immer an, als Richard erwachte. Im Zimmer roch es nach kalter Zigarettenasche und abgestandenem Champagner. Er blickte auf die Uhr. Es war noch früh am Morgen, zehn vor sechs.

Einen Augenblick lag er ruhig im Bett und lauschte Ashleys gleichmäßigem Atem. Sie hatte sich im Schlaf von der dünnen Überdecke freigestrampelt und hielt das glänzende Satinkissen mit beiden Armen wie in einer innigen Umarmung. Ein friedliches Lächeln lag auf ihrem Gesicht. Richard hielt es nicht länger im Bett. Er war ein Frühaufsteher und wollte nun zum Strand hinunter, zum Wasser. Irgendwann in der Nacht hatte der tropische Sturm die Küste bei Vero Beach hinter sich gelassen, und das Heulen des Windes war erstorben.

Obwohl er ganz vorsichtig aufstand, wachte Ashley von der Bewegung auf. »Was ist?« fragte sie verschlafen.

Er beugte sich zu ihr hinunter, küßte sie zärtlich auf die Stirn. »Schlaf nur weiter. Es ist noch früh. Ich geh' nur mal zum Strand hinunter, um den Morgen zu genießen.«

»Bleib nicht so lange«, murmelte sie und kuschelte sich wieder ins Kissen. Richard leerte die beiden Gläser und den Aschen-

becher im Bad, schaltete das Licht aus und fuhr in Hemd und Hose. Auf Schuhe verzichtete er. Er wollte den Sand und das Wasser des Atlantiks fühlen.
Er schob die Glastür zurück, hakte die Lamellenblenden auf und trat auf die kleine Terrasse, hinaus in den jungen Morgen. Tief atmete er die frische, salzige Brise ein. Es war noch immer ein wenig windig, doch die Luft war warm.
Bis zum Strand waren es keine fünfzig Schritte. Sowie er aus dem Palmenhain kam, lag der Strand vor ihm. Breit, sanft zum Wasser hin abfallend und meilenweit. Die See war noch aufgewühlt und brandete kraftvoll gegen das Ufer. Viel Seetang und Treibholz sprenkelten den weichen Sand, angespült von den Wogen der aufgepeitschten nächtlichen See.
Richard hatte den Strand ganz für sich allein. Am heller werdenden Himmel kreisten ein paar einsame Seevögel und verschwanden dann hinter den Palmwipfeln. Im Osten kündigte sich der Sonnenaufgang an. Rotgoldenes Licht schien am Horizont wie flüssige Farbe direkt aus dem Meer zu strömen und legte sich als immer breiter werdender Streifen zwischen Himmel und See. Anfangs herrschte das intensive, fast purpurne Rot vor, doch allmählich drang mehr und mehr von dem warmen Goldton nach. In wenigen Minuten würde die Sonne hinter der Kimm aus dem Meer aufsteigen und ihr Licht über die Weite der See bis an den Strand werfen.
Richard ging den Strand hoch, Richtung Vero Beach. Mit hochgekrempelten Hosenbeinen schritt er durch die im nassen Sand auslaufenden Brandungswellen. Das Wasser umspülte seine Füße. Er dachte über den gestrigen Tag und das Versprechen nach, das er Ashley gegeben hatte. Daddy würde zufrieden sein, wenn er hörte, daß er das Angebot angenommen hatte und seßhaft werden würde. Bei dem Gedanken regte sich leichtes Bedauern in ihm, daß er sich nun festgelegt hatte. Vorbei der Traum, sich irgendwo in Florida oder Kalifornien einen Job als Tauchlehrer zu suchen und mit Ashley, fern von Mom und

Daddy, etwas Eigenes aufzubauen. Aber vermutlich war das nun mal der Lauf der Dinge, wenn man feste Bindungen und damit Verpflichtungen einging.

In Gedanken versunken folgte Richard der Brandungslinie. Die Sonne stand schon wie eine glühende Kugel frisch aus der Esse über der See. Er wollte schon umkehren, als er vor seinen Füßen auf einmal etwas glänzen sah. Im nächsten Moment verschwand es unter den schäumenden Ausläufern einer Welle. Als das Wasser zurückfloß, kam es wieder zum Vorschein und reflektierte das frühe Morgenlicht. Ein Stück Metall, etwas größer als eine Daumenspitze und unregelmäßig gezackt. Ein Sechs- oder Achteck, ja ein Achteck.

Er bückte sich, hob es auf und hielt es mit wachsender Erregung in das Sonnenlicht.

Eine Goldmünze.

Er ritzte mit dem Daumennagel den Rand an, und der Nagel hinterließ eine deutliche, wenn auch winzige Kerbe. Kein Zweifel, es war Gold, jahrhundertealtes Münzgold!

Er besah sich die Prägung mit dem großen Kreuz in der Mitte. Es war der Prägestempel der spanischen Krone, als Westindien noch zu Spaniens Kolonien gehörte. Die Münze war mindestens zweihundertfünfzig Jahre alt und mußte irgendwo dort draußen auf dem Meeresboden gelegen haben. Und nun hatte sie die vom Sturm aufgewühlte See an Land gespült.

Richard blickte über das Meer, und eine Gänsehaut bildete sich auf seinen Armen. Vor Floridas Küsten waren unzählige Kauffahrer und spanische Schatzgaleonen an Riffen zerschellt und in Stürmen gesunken. Irgendwo dort draußen mußte ein spanisches Wrack in der blauen Tiefe der See liegen – und vielleicht noch Tausende von diesen Goldmünzen. Schätze, die seit Jahrhunderten darauf warteten, gefunden und geborgen zu werden …

ERSTER TEIL

1 Aus der sonnendurchfluteten Region, wo noch alle Farben des Spektrums im Wasser zu finden waren und das Riff in den intensivsten Tönen leuchtete, stürzten sie hinab in die dämmrige Tiefe. Es war ein Abstieg in die gefährliche Zone, wo die farbige Vielfalt des Lichtes zu einem kalten ewigen Graublau verblaßte und der Tiefenrausch zum ständig drohenden Begleiter wurde. Richard schenkte den Korallen, Algen und zahllosen Fischen, die das Riff bevölkerten und zu einem bunt schillernden Unterwassergarten machten, kaum einen Blick. Dieser Tauchgang diente nicht sportlichem Vergnügen oder der Erkundung eines besonders schönen Korallenriffs in der Karibik, sondern ihr Ziel war das Wrack, das dort unten in über hundert Fuß Tiefe am Sockel des Riffs begraben liegen sollte. Bei so einer Tiefe war jede Minute, die beim Abstieg vertrödelt wurde, wie eine verschenkte Stunde. Richard verzog das Gesicht hinter der Maske zu einem verzerrten Grinsen, als er sah, wie Coffee nach unten hinabschoß. Sein dunkelhäutiger Freund und Tauchpartner schien einen neuen Rekord im Absteigen aufstellen zu wollen. Den Unterwasserdetektor seitlich an den Körper gepreßt, ging er steil hinunter wie eine Rakete. Coffee war noch mehr versessen darauf, diese vielversprechende Stelle vierzig Meilen südwestlich von Key West zu untersuchen, als er, und dabei warf man *ihm* schon vor, an einer besonders schwerwiegenden Form von Schatztauchfieber zu leiden.

Coffee hatte sich erst gar nicht damit aufgehalten, die Ankertrosse ihres Charterbootes als Wegweiser und Abstiegshilfe zu benutzen, wie sie das sonst so oft taten. Er war gleich senkrecht in die Tiefe gekippt, wußte er doch, daß die Zeit knapp war. Was waren schon vierzig Minuten Suche mit dem Unterwasserdetektor, wenn es darum ging, auf einer Fläche von mehreren Quadratmeilen Überreste eines versunkenen Schiffes zu suchen, die von Meersand bedeckt waren.

Wie ein endloser Strom Champagnerbläschen stieg die ausgeatmete Luft seines Freundes links von ihm auf und verlor sich weit über ihnen, wo sich der Spiegel des Meeres als hellgrüner Fleck abzeichnete. Automatisch sorgte Richard für Druckausgleich, als es in seinen Ohren zu schmerzen begann. Es knackte laut, und das Stechen ließ sofort nach. Er blickte auf den Tiefenmesser an seinem linken Handgelenk. Siebenundachtzig Fuß. Schon eine beachtliche Tiefe, aber immer noch nicht das Ende ihres Abstiegs. Von den schweren Gewichten am Bleigürtel herabgezogen und unterstützt von kräftigen Flossenschlägen, schossen die beiden Taucher hinab in das diffuse Blau.

Hundertdrei Fuß zeigte der Tiefenmesser an, als sie endlich den sandigen Boden erreicht hatten. Coffee ging sanft in die Knie und wartete auf Richard, der zu seiner Schreibtafel griff und draufschrieb: »Wir bleiben dreißig Minuten!«

Coffee formte Daumen und Zeigefinger zum Okay-Zeichen der Taucher und stülpte sich sofort den Kopfhörer des Detektors über. Auch Richard machte seinen Magnetometer klar, der auf Anomalien im magnetischen Feld der Erde reagierte, hervorgerufen etwa durch Eisen. Dieses Unterwassergerät setzte die normalerweise optischen und graphischen Ausschläge in akustische Signale um und zeigte an, wo im Sand Metall verborgen lag.

Drei, vier Fuß über dem welligen Grund glitten sie dahin, schwenkten die Detektoren gleichmäßig hin und her und hofften auf einen Signalton aus den Kopfhörern.

Es war eine automatische Bewegung, die Richard nach der Druckanzeige seiner Sauerstoffflasche greifen ließ. Eine Ge-

wohnheit, die ihm im Laufe der Jahre in Fleisch und Blut übergegangen war wie der Blick auf Tiefenmesser und Uhr.
Ein eisiger Schreck durchfuhr ihn. Der Zeiger stand einen Teilstrich über der 800er Marke und sank weiter! Er glaubte erst an einen Defekt des Druckmessers, denn die Flasche war mit 2500 Pfund komprimierter Luft gefüllt gewesen, als er hinabgetaucht war, und in diesen wenigen Minuten konnte er unmöglich schon soviel Sauerstoff verbraucht haben. Doch der Zeiger bewegte sich langsam, aber stetig an der 800er Marke vorbei.
»Die Dichtung der Flasche muß defekt sein!« schoß es ihm durch den Kopf, und für einen Augenblick flackerte Panik in ihm auf und ließ ihn schneller atmen. Doch er hatte sich sofort wieder unter Kontrolle und zwang sich zu einem ruhigen, gleichmäßigen Atemrhythmus. Panik in dieser Tiefe konnte den Tod bedeuten. Er mußte sofort aufsteigen!
Coffee befand sich etwa dreißig Fuß vor ihm. Schnell riß Richard sein Messer aus der Gummischeide und schlug mit dem Stahlgriff mehrmals gegen seine Flasche. Das metallische Geräusch ließ Coffee sofort herumfahren. Wie ein Pfeil schoß er zu ihm. Er sah den schäumenden Luftstrom, der dem Halsstück der Sauerstoffflasche entwich, und wußte, daß sein Freund in ernsten Schwierigkeiten und keine Zeit zu verlieren war. Richard deutete mit dem Daumen nach oben.
Coffee nickte, und gemeinsam stiegen sie auf. Sie achteten darauf, daß sie ihre eigenen Luftblasen nicht überholten. Ein überhasteter Aufstieg hätte die Gefahr eines Lungenrisses mit sich gebracht.
Hundert Fuß Tiefe erschienen Richard nun wie ein Abgrund ohne Ende. Er starrte nach oben hoch, wo das Sonnenlicht einen Kreis auf die Wasseroberfläche warf, der nicht größer aussah als ein Unterteller. Ein winziges Oval zeichnete sich mitten in diesem Lichtkreis ab. Das war der Rumpf ihres Bootes, das aus dieser Entfernung zu einer anderen, scheinbar unerreichbaren Welt zu gehören schien.

Coffee blieb ganz nahe bei ihm, eine Hand an Richards Brustgurt und den Blick auf den Druckmesser seines Freundes gerichtet. Der Zeiger flog förmlich auf den roten Bereich der Skala zu. Er würde es mit seinem eigenen Luftvorrat nicht mehr bis nach oben schaffen.

Als der Zeiger die 400er Marke unterschritt, griff Richard hinter sich und legte den Hebel am Flaschenhals um, der die Sauerstoffreserve freigab. Wenig später merkte er schon, wie die Luft nur noch schwerfällig aus dem Lungenautomaten drang. Er mußte schon kräftig saugen, um seine Lungen zu füllen. Immer schneller schien die Luft an der defekten Dichtung vorbei zu entweichen. Ein gewaltiger Strom perlender Bläschen schoß über ihm dahin.

Sie befanden sich noch in dreiundfünfzig Fuß Tiefe, als auch die Reserve erschöpft war. Coffee gab sein Mundstück frei, und Richard schob es sich zwischen die Lippen, blies das Wasser mit seiner verbrauchten Luft aus dem Ansaugstutzen und nahm zwei tiefe Züge, um es dann Coffee wieder zurückzugeben.

Abwechselnd durch seinen Lungenautomaten atmend, schwebten sie dem Licht und den Farben entgegen. Ein Schwarm bunter Papageienfische stob auseinander, als sie am Riff emporstiegen. Ein Barakuda, der über einer gewaltigen Hirnkoralle schwebte, beobachtete sie mit kalten, starren Augen.

Noch zwanzig Fuß.

Richard holte noch einmal tief Luft, und dann durchbrachen sie den smaragdgrünen Spiegel der See. Gleißendes Sonnenlicht blendete sie. Fünf Bootslängen von ihnen entfernt rollte die SANDPIPER in der sanften Dünung. Es war eine schon fast zwanzig Jahre alte Griffon von fünfundvierzig Fuß Länge mit einer Flybridge über dem Ruderhaus. Vom ehemals pinkfarbenen Anstrich war nicht mehr viel übrig. Auch die Fahne am Mast, die ein rotes Feld mit einem weißen diagonalen Balken zeigte und auf Taucher in der Nähe des Bootes hinwies, war verschlissen und nur noch von blasser Farbe. Doch der äußerlich etwas vernach-

lässigte Eindruck täuschte. Die SANDPIPER war ein solides, robustes Boot, das sich mit seinem breiten, halb überdachten Achterdeck gut für Taucheinsätze eignete. Und die Motoren liefen einwandfrei.
Skip Kincaid stand am Heck und rief ihnen irgend etwas mit besorgter Stimme zu, was sie bei dem Lärm, den der Kompressor an Deck verursachte, jedoch nicht verstehen konnten. Sie hoben die Arme, um anzuzeigen, daß alles in Ordnung war.
Coffee spuckte sein Mundstück aus. »Heilige Makrele!« rief er. »Du hast mir den Schreck meines Lebens eingejagt. Weißt du, daß wir mehr Glück als Verstand gehabt haben?«
Richard grinste schief. »Hab mich auch nicht gerade wie Weihnachten gefühlt, Coffee. Aber wir hatten noch Zeit genug.«
»Gerade so. Zehn Minuten später, und wir hätten verteufelte Schwierigkeiten mit der Dekompression bekommen. Meine Flasche hätte dann für uns beide nicht gereicht.«
Richard ersparte sich eine Antwort, weil er wußte, wie recht sein Freund hatte, und sie schwammen ans Heck der SANDPIPER, an der ein Gitter angebracht war, das es einem leichter machte, die fünf Fuß breite Tauchplattform zu erklimmen.
Skip Kincaid, ein stämmiger Mann Anfang Vierzig mit einem von Salz und Sonne gegerbten Gesicht und einer dicht behaarten, sonnengebräunten Brust, erwartete sie dort. Er trug schrecklich geschmacklose Bermudashorts, die ihm zudem noch zu groß waren. Auf dem ausgeblichenen rosafarbenen Stoff waren nackte, speerschwingende Eingeborene aufgedruckt, wie sie Touristengruppen in Polynesien vorgeführt wurden. Auf See trug er allein diese Shorts, als besäße er kein anderes geeignetes Kleidungsstück.
Als Richard das Gitter erreichte und sich auf eine der Querstreben stellte, beugte sich Skip vor und packte den Flaschenhals. »Was ist passiert?« fragte er besorgt. »Die Luftblasen kamen hochgeschossen, als wäre da unten eine ganze Tauchschule um das Riff gefegt.«

»Defekte Dichtung«, sagte Richard knapp und öffnete den Gurt, damit Skip die Flasche vom Tragegestell ziehen konnte.
Skip erschrak und wurde blaß unter der tiefgebräunten Haut. Als Captain und Eigentümer dieses Tauchbootes war er für den einwandfreien Zustand des Materials verantwortlich. »Um Himmels willen!« stieß er hervor. »Das versteh' ich nicht. Ich hab' die Flasche doch noch überprüft. Coffee zog die Maske vom Gesicht. »Das kostet dich mindestens ein freies Essen bei *Bogy's*«, knurrte er in seinem besten gedehnten Südstaatenslang, der immer dann bei ihm durchschlug, wenn er sich über etwas besonders aufregte. »Und die Charter für diesen Tag kannst du in den Wind schreiben, Skip! Hätte für Richie der letzte Abstieg sein können.«
»Laß man gut sein«, sagte Richard begütigend. Coffee, der eigentlich Jimmy Sherman hieß und den Spitznamen seiner kaffeedunklen Haut verdankte, besaß einen Hang zur Übertreibung. »So schlimm war es nun auch wieder nicht.«
Skip schüttelte betroffen den Kopf. »Ich kann's mir wirklich nicht erklären. Die Flasche war in Ordnung, als ich sie vom Kompressor nahm«, beteuerte er, in seinem beruflichen Stolz getroffen. »Ich weiß nicht, wie das passieren konnte. Hab' noch nie jemanden mit einer defekten Dichtung runtergeschickt.«
»Für alles gibt's ein erstes Mal«, brummte Coffee und warf die Flossen an Deck.
»Nun macht mal nicht so einen Wirbel«, sagte Richard Harding und warf seinem Freund einen ungehaltenen Blick zu. »Es ist ja nichts passiert. Kann schon mal vorkommen, daß eine Dichtung ihren Geist aufgibt. Als ich den Lungenautomat draufschraubte, war auf jeden Fall noch alles in Ordnung. Und nun laßt uns die Geschichte vergessen.«
Skip sah ihn dankbar an und wuchtete die beiden Flaschen an Deck während Richard und Coffee sich aus den Neoprenanzügen schälten. Die Januarsonne brannte mit fast dreißig Grad im Schatten von einem stahlblauen Himmel herab. Die Luft flirrte über dem Wasser, das alle Schattierungen von Blau und Grün aufwies.

Nur in unmittelbarer Nähe des Riffes leuchtete es in Rotbraun. Einige Meilen von ihrem Ankerplatz entfernt zeichneten sich im Westen die Umrisse einer winzigen unbewohnten Mangroveninsel ab. Es war noch früher Nachmittag.

»Kaum aus dem Wasser, schwitzt man in diesen Dingern wie in einer Sauna«, meinte Coffee, stieg aus der Hose und griff zum Wasserschlauch, um sich und die Tauchanzüge mit Frischwasser aus den Tanks der SANDPIPER abzuspülen.

Er war ein großer, schlanker Mann von zweiunddreißig Jahren, der die Figur eines durchtrainierten Athleten besaß und genausoviel vom Tauchen verstand wie vom Innenleben jeder Art von Bootsmotoren. Das schwarze, drahtig krause Haar trug er streichholzkurz, und sein Gesicht war von einer sympathischen Offenheit.

Richard hatte einen guten Griff getan, als er ihn als Bootsmechaniker für die Marina am Smith Mountain Lake eingestellt hatte. Und die gemeinsame Leidenschaft, das Tauchen nach Wracks, hatte sie schnell zu Freunden werden lassen, was Ashley und Ronnie weniger paßte. Aber man konnte es im Leben nun mal nicht allen recht machen, und wie die Dinge augenblicklich lagen, gab es wohl kaum etwas, was Ashleys Billigung fand. Diese gemeinsamen Tauchausflüge mit Coffee gehörten ganz sicher nicht dazu.

»Bier oder was Stärkeres?« fragte Coffee, als Richard sich unter den warmen Wasserstrahl stellte und sich das Salz vom Körper spülte.

»Kannst ruhig den Whiskey rausholen«, sagte Richard.

»Woraus ich messerscharf die Schlußfolgerung ziehe, daß wir für heute Schluß mit dem Tauchen machen«, sagte Coffee mit hochgezogenen Augenbrauen.

»Du bist ein wahres Genie«, spottete Richard. Er hielt sich eisern an die Regel, vor einem Tauchtrip und zwischen den Abstiegen Alkohol und Nikotin strikt zu meiden. *No drink, no smoke!* wie es bei ihnen hieß.

Coffee grinste und ließ sein blendendes Gebiß sehen. »Ich dachte, so schlimm wäre es angeblich gar nicht gewesen? Scheint dir aber doch ganz hübsch an die Nieren gegangen zu sein, Richie.«
»Mir geht's nur darum, deine angegriffenen Nerven zu schonen, Coffee«, gab Richard schlagfertig zurück. »Du wärst Skip ja gerade fast an den Kragen gegangen, und das gibt mir doch sehr zu denken.«
»Daß so ein Kraut wie du immer das letzte Wort behalten muß«, brummte der Schwarze.
»Wie überaus großzügig von dir, daß du meinen englischen Vater unter den Tisch fallen läßt, du Bimbo!« frotzelte er zurück.
Coffee gab auf und ging unter Deck, um den Whiskey zu holen. Richard beugte sich vor und schaltete den Kompressor aus. Er konnte das unablässige Dröhnen nicht länger ertragen. So ganz spurlos, wie er gerade behauptet hatte, war der Notaufstieg aus über hundert Fuß Tiefe nun doch nicht an ihm vorübergegangen. Eine defekte Dichtung in der Tiefe ging einem doch ganz hübsch ans Nervenkostüm, auch wenn man ein noch so erfahrener Taucher war. Einen kräftigen Drink konnte er jetzt auf jeden Fall verdammt gut vertragen.
Coffee kam mit drei Plastikbechern, die mit Eisstücken gefüllt waren, und einer Flasche Tennessee-Whiskey an Deck zurück. Sie setzten sich in den Schatten unter das vorgezogene Dach des Ruderstandes.
»Es war von vornherein Unsinn, es an dieser Stelle überhaupt zu versuchen«, meinte Richard, während Coffee drei großzügige Drinks eingoß und Skip sich nach kurzem Zögern zu ihnen auf die Abdeckung der Dieselmaschine setzte.
Coffee zuckte die Achseln. »Einen Versuch war es schon wert. Wenn da unten wirklich ein Wrack liegt ...« Er reichte jedem einen Becher.
»Und wenn da eins läge, wir würden es vermutlich überhaupt nicht finden«, meinte Richard und kippte den Drink fast mit einem Schluck hinunter. Der Whiskey entwickelte eine angeneh-

me Wärme in seinem Magen und vertrieb dort das flaue Gefühl. Er hielt Coffee seinen Becher gleich wieder hin, damit dieser nachgoß, bevor die Eiswürfel bei der Hitze geschmolzen waren.
»Hundert Fuß! Das ist für uns einfach zu tief, Coffee. Ohne Profiausrüstung und eine mindestens sechsköpfige Crew ist da gar nichts zu machen. Bei hundert Fuß sind bestenfalls zwei Tauchgänge pro Tag drin, allein schon wegen der Dekompression. Oder willst du dir die *Bends* holen? Ich jedenfalls bin auf eine Lähmung oder so einen Mist nicht unbedingt scharf. Hab' schon genug Taucher gesehen, die sich einen Dreck um den Druckausgleich gekümmert haben und mit quasi schäumendem Blut aufgetaucht sind. Es ist verdammt leicht, sich beim Tauchen selbst zum Krüppel zu machen. Das müßte ich doch nicht ausgerechnet dir noch erzählen müssen.«
»Okay, ein bißchen happig sind hundert Fuß schon«, räumte Coffee ein. »Sollte ja nur mal ein Test sein, wo doch der Tip mit dem Wrack so vielversprechend war.«
»Das ist das Dumme an dieser Gegend«, sagte Richard grimmig. »In jeder Bar die Küsten Floridas rauf und runter werden mehr geheime Wracktips gehandelt, als ungedeckte Schecks über den Tisch gehen, und das sind schon eine Menge.« Und er fragte sich, wie es kam, daß auch er immer mal wieder auf so einen angeblich heißen Tip hereinfiel. Dabei war es viel sinnvoller, sich an die allgemein bekannten Karten zu halten, auf denen die wirklich lohnenden Wracks schon seit hundert Jahren und länger eingezeichnet waren. Diese Karten hatten nur den Nachteil, daß sie die Position der gesunkenen spanischen Schatzschiffe so genau angaben wie ein Dreikäsehoch, der sich nur noch daran erinnern kann, sein Portemonnaie irgendwo in New York verloren zu haben.
Skip stimmte Richard zu. »Außerdem gibt es bei der Tiefe zu viele Probleme mit der Beseitigung der Sandschichten, die über so einem Wrack liegen. Man bräuchte dazu einen verdammt leistungsfähigen Airlift, der in dieser Tiefe noch aufräumt. So ein

Gerät haben noch nicht einmal die berufsmäßigen Wracktaucher, nur die industriellen Bergungsfirmen, weil es ein Heidengeld kostet.«
Richard steckte sich eine Zigarette an und genoß den zweiten Drink in kleinen Zügen. Allmählich wich die innere Anspannung von ihm. Er empfand jetzt sogar eine merkwürdige Befriedigung darüber, daß sie diese nicht ganz ungefährliche Situation vorhin so gut gemeistert hatten. Das festigte ihr gegenseitiges Vertrauen und bestärkte sie darin, daß sie ein ausgezeichnet eingespieltes Team waren. »Wir sollten bei vierzig, fünfzig Fuß bleiben. Damit kommen wir klar. Am besten sind und bleiben vierzig Fuß. Da brauchen wir uns nicht um die Dekompression zu kümmern.«
»Du bist der Boß«, meinte Coffee spöttisch. »Ich bin nur der Wasserträger.«
»Red nicht so einen Quatsch«, brummte Richard. »Wir sind Partner.«
Aus dem Sprechfunkgerät auf der Steuerkonsole kam die verzerrte Stimme eines Hochseefischers, der einem anderen Boot seine Position durchgab. Er war offensichtlich auf einen Schwarm Makrelen gestoßen.
Skip hob sein Glas. »Das hätte ich ja fast vergessen«, sagte er und deutete mit dem Kopf zum Ruderstand hinüber. »Vorhin kam eine Meldung von der Marina für dich durch, Richard.«
»Was für eine Meldung?«
Der Captain griente. »Vom Hotel. Deine Frau hat wieder angerufen. Du sollst dringend zurückrufen. Sie soll ganz schön sauer gewesen sein.«
Richard verzog das Gesicht. »Reizend. Du verstehst es, einem einen lausigen Tag zu vergolden, Skip!«
Dieser warf ihm einen spöttischen Blick zu. »Schätze, wir holen den Anker ein und nehmen Kurs auf Key West.«
Richard nickte nur. »Laß noch mal die Luft aus dem Becher«, sagte er zu Coffee, während Skip aufstand und zum Bug ging, um die Ankerleine einzuholen.

»Wir haben den Bogen diesmal ganz schön überzogen, was?« sagte sein Freund schuldbewußt.

»Das haben wir wohl«, pflichtete Richard ihm widerwillig bei. Er hatte Ashley und seinem Partner gesagt, daß sie höchstens eine Woche bis zehn Tage in die Sonne fliegen und ein paar Tauchtrips unternehmen würden. Aber aus diesen zehn Tagen waren mittlerweile fast drei Wochen geworden. Sie hatten ihre Abreise immer wieder um einen Tag verschoben, weil es stets eine neue, bessere, vielversprechendere Wrackstelle zu untersuchen galt. Ein typisches Symptom hochgradigen Schatztauchfiebers – es war wie eine Sucht.

Wenig später war der Anker eingeholt und das Gitter hochgeklappt, und die Dieselmaschine der SANDPIPER erwachte zu dröhnendem Leben. An diesem Nachmittag tuckerten sie nicht gemütlich zum Hafen zurück. Skip ließ das Boot mit zwölf Knoten durch die grünblaue See pflügen.

2 Die Sonne stand im Westen noch zwei Handbreit über der Kimm, als sie in den Hafen von Key West einliefen. Es war die letzte Insel in jener langen Kette, die sich unterhalb von Miami in einem südwestlich geschwungenen Bogen gut hundertfünfzig Meilen in den Golf von Mexiko erstreckte. Mehr als vierzig Brücken, die oftmals atemberaubend schmal waren und meilenweit über das Meer führten, verbanden die Inseln. Diese einzige Landverbindung mit dem Festland von Florida, der sogenannte *Overseas Highway,* endete in Key West. Früher bestimmten Fischer, Rumschmuggler, Zigarrendreher und Schwammtaucher das Bild der kleinen Stadt. Geschmuggelt wurde noch immer, und zwar Rauschgift aus dem karibischen Raum. Doch rein äußerlich beherrschten Touristen und vor allem das bunte Volk der Yachties, Taucher, Hippies, Künstler und Tramper die Straßen des malerischen Ortes mit dem karibisch farbenfrohen und irgend-

wie noch leicht verschlafenen Charakter, der Männer wie Ernest Hemingway und Tennessee Williams angelockt hatte.
Richard stand am Bug der Sandpiper, als sie an den Anlegesteg glitt. Er hatte sich eine helle Leinenhose und ein T-Shirt übergezogen. Es war noch immer sehr warm.
Er legte die Bugleine mit einem fachmännischen Knoten um den Holzpfahl und kam dann wieder an Bord. »Bring unsere Sachen schon ins Hotel, Coffee, und pack deine Klamotten. Ich zahl' indessen Skip aus und kümmere mich um unseren Flug. Vielleicht kriegen wir noch Plätze in der Nachtmaschine über Tampa. Wir treffen uns gleich bei *Rick's* auf der Terrasse.«
Coffee machte ein trauriges Gesicht. »Das war's denn also mal wieder«, sagte er betrübt und nahm die beiden Segeltuchtaschen, die ihre Taucherausrüstungen enthielten. Die beiden Magnetometer klemmte er sich unter den Arm.
Skip wollte die Charter für den letzten Tag nicht annehmen, doch Richard bestand darauf. »Das mit der Dichtung war nicht deine Schuld. Also nimm schon! Und wenn du was Gutes tun willst, dann kauf dir für die heutige Charter zwei anständige Bermudashorts«, versuchte er die Sache ins Spaßige zu ziehen. »Das nächste Mal siehst du uns nämlich nicht auf deinem Kahn, wenn du noch immer in diesem Ding herumläufst.«
»Ich komm' einfach nicht darüber hinweg.«
»Ist schon gut, Skip.«
Skip Kincaid steckte das Geld zögernd ein und druckste dann einen Augenblick herum, bevor er mit fragendem Unterton sagte: »Ich hoffe, das hängt mir jetzt nicht nach. Du weißt, wie schnell sich so etwas rumspricht. Hier auf den Keys kennt jeder jeden, der im Tauchgeschäft irgendwas zu melden hat, und wenn das mit der verfluchten Dichtung die Runde macht, kann ich den roten Fetzen vom Mast holen. Coffee war ganz schön sauer auf mich.«
Richard legte ihm eine Hand auf die Schulter. »Wie viele Trips haben wir in den letzten Jahren schon zusammen unternommen?« fragte er.

»Keine Ahnung. Ein halbes Dutzend bestimmt.«
Richard nickte. »Mindestens, und da müßtest du Coffee doch allmählich kennen, Skip. Er riskiert gern mal eine dicke Lippe, aber er meint es nicht so. Und er würde schon gar nicht auf den Gedanken kommen, dir das Geschäft kaputtzumachen, indem er jedem von dieser dummen Geschichte mit der Dichtung erzählt. Er ist manchmal ein bißchen hitzig, okay, aber er würde dich doch niemals anschwärzen. Das tut er nicht. Also mach dir deswegen keine Gedanken. Ein Taucher ist letztendlich immer noch allein für seine Ausrüstung verantwortlich. Und von der defekten Dichtung hat keiner von uns was gemerkt. Also vergiß es, okay?«
Erleichterung zeigte sich auf seinem Gesicht. »Du bist in Ordnung. Und eines Tages wird dein Traum in Erfüllung gehen, wenn du dein Goldriff findest.«
»Erzähl das mal meiner Frau«, erwiderte Richard mit einem gequälten Grinsen, gab ihm einen freundschaftlichen Rippenstoß und sprang auf den Anlegesteg. »Bis bald mal wieder! Und gute Geschäfte!«
»Ruf mich an, wenn du dir mal wieder freinehmen kannst!« rief Skip Kincaid ihm nach. »Streich jede andere Charter, wenn du wieder auf einen Trip runterkommst.«
Richard winkte ihm zu und steuerte die nächste Telefonzelle am Mallory Square an. Mit einem schweren Seufzer warf er einen Vierteldollar in den Geldschlitz und rief die Reservierung des Flughafens an. In der Maschine um halb zehn waren noch Plätze frei, und er buchte für sie beide. Dann meldete er ein R-Gespräch nach Roanoke, Virginia, an. Er hatte ein schlechtes Gewissen, ganz ohne Zweifel.
Augenblicke später hatte er Ashley am Apparat.
»Hallo, Darling!« rief er betont herzlich. »Ich hab' gehört, du hast Sehnsucht nach mir?«
Einen Augenblick herrschte Stille am anderen Ende der Leitung, doch er konnte ihren Atem hören. Dann fragte sie ärgerlich: »Sag

mal, was denkst du dir überhaupt? Weißt du, wie oft ich die letzten Tage schon in deinem Hotel angerufen habe? Warum hast du nie zurückgerufen?«
»Ashley, wir waren draußen und …«
»Erzähl mir doch nichts!« unterbrach sie ihn ungehalten. »Zehn Tage wolltest du wegbleiben!«
»Okay, es ist eben etwas länger geworden.«
»Etwas ist gut! Du bist jetzt schon drei Wochen weg!«
»Achtzehn Tage genau«, korrigierte er sie.
»Dann eben achtzehn Tage. Das sind immer noch acht zuviel!« sagte sie ärgerlich.
Es war unerträglich heiß in der Telefonzelle, die von der Sonne so aufgeheizt war wie ein Gewächshaus für tropische Gewächse. Ihm rann der Schweiß über das Gesicht, und er stieß die Tür auf, trat so weit hinaus, wie es das metallene Kabel erlaubte. »Okay, ich hab' ein bißchen überzogen. Es tut mir auch leid«, sagte er.
»Das glaube ich dir nicht«, gab sie schroff zurück. »Du hättest dich sonst zumindest mal gemeldet.«
Er atmete tief durch. Sie hatte völlig recht. »Du weißt doch, wie sehr ich das Telefonieren aus dem Urlaub hasse. All diese Gemeinplätze.«
»Das sagst du jedesmal.«
»Du hättest mitkommen sollen, Ashley.«
»Du weißt, was ich davon halte, Richard.«
Er verzog das Gesicht. »Ja, das weiß ich sehr wohl.«
»Ich kann dem Tauchen nun mal nichts abgewinnen«, schwächte sie ab. »Und was soll ich den ganzen Tag auf dem Boot oder im Hotel sitzen und auf dich warten?«
»Wie ist das Wetter in Virginia?« wechselte er das Thema.
Sie zögerte kurz. »Es hat wieder zu schneien begonnen.«
»Da wird sich Ron über zuviel Arbeit wohl kaum beschweren können«, meinte er. »Januar ist sowieso nicht der Monat, wo uns die Kunden die Bude einrennen.«

Ashley wußte genau, worauf Richard anspielte. »Es geht nicht allein um das Geschäft. Damit kommt Ron schon klar.«
»Daran habe ich auch nie gezweifelt.«
»Er hat sich auch nicht darüber beschwert, daß du mal wieder länger wegbleibst als ausgemacht. Dafür ist er ein viel zu anständiger Kerl«, rieb sie ihm wütend unter die Nase und fragte dann gereizt: »Aber hast du das Wohltätigkeitsfest am Wochenende vergessen?«
»Ich denke, das schmeißt du zusammen mit deinem Vater und Ron«, wandte er ein. »Und wie ich euch drei kenne, habt ihr bestimmt alles bestens im Griff.« Sarkasmus schwang in seiner Stimme mit. Sie wußte ganz genau, daß er von diesen ewigen Wohltätigkeitsveranstaltungen so viel hielt wie sie vom Tauchsport.
»Die *Pelican Point Marina* gehört nun mal zu den Hauptsponsoren, und du bist einer der beiden Geschäftsführer dieser Firma!« erinnerte sie ihn. »Und ich denke nicht daran, ohne dich dort hinzugehen! Du hast da zu erscheinen, ob es dir nun schmeckt oder nicht. Es gehört mit zum Geschäft. Viele eurer besten Kunden werden kommen. Soll ich denen sagen, daß dich das nicht interessiert?«
»Und ich dachte schon, du hättest Sehnsucht nach mir«, sagte er und bedauerte schon im nächsten Moment, daß ihm diese spöttische Bemerkung über die Zunge gekommen war.
»Du kannst es einem manchmal verdammt schwer machen, Richard« drang es beleidigt aus dem Hörer.
»Schon gut, war nicht so gemeint. Ich komme an den heimischen Herd zurück«, versuchte er sie zu besänftigen. »Hab' den Rückflug schon gebucht. Wir fliegen um halb zehn von hier los, müssen aber in Tampa und Greensboro umsteigen. Werden erst kurz nach eins in Roanoke landen.«
»Gut. Ich werde dich abholen.« Sie klang erleichtert.
»Ist nicht nötig.«
»Doch, ich werde da sein.«

»Also gut, bis dann, Ashley.« Er wollte sagen, daß er sich trotz allem freute, sie wiederzusehen, doch irgendwie brachte er es nicht über die Lippen.
»Ja ... und einen guten Flug«, sagte sie, zögerte einen Augenblick, als wartete sie noch auf etwas, und legte dann auf.
Ihm klebte das T-Shirt auf dem Rücken, als er den Hörer einhängte, und daran war nicht allein die Hitze schuld. Er fühlte sich irgendwie ausgelaugt und deprimiert. Er steckte sich eine Zigarette an und inhalierte tief, während er die Duval Street hochging. *Rick's* lag nur einen Block vom Mallory Square entfernt, gleich gegenüber von *Sloppy Joe's Bar,* das sich damit brüstete, früher einmal die Stammkneipe von Papa Hemingway gewesen zu sein. Eine Conntry-Rock-Band heizte dort schon ein.
Richard stieg die Treppe zur Terrasse von *Rick's* hoch, fand einen freien Tisch an der Balustrade zur Straße hin und bestellte sich einen eiskalten Daiquirie.
Coffee tauchte zehn Minuten später bei ihm auf und ließ sich ihm gegenüber in den Korbstuhl fallen. »Hab' alles gepackt, auch deine Sachen. Garantiere aber nicht, daß deine Hemden und Hosen knitterfrei aus dem Koffer kommen, wenn du auspackst«, sagte er.
Richard winkte ab. »Ist sowieso kaum die passende Garderobe für Virginia um diese Jahreszeit.«
»Hast du mit deiner Frau gesprochen?« fragte Coffee und winkte einen der Kellner heran. Er bestellte einen doppelten Scotch.
»Es schneit zu Hause.«
Coffee sah ihn mitfühlend an. »Nicht nur draußen, wie ich deinem Gesicht entnehmen kann.«
»Du hast recht, Ashley war reichlich frostig. Aber lassen wir das. Ich habe noch zwei Plätze für die Maschine um halb zehn bekommen.«
»Dann sollten wir uns mit dem Trinken beeilen«, spottete Coffee. Sie saßen eine Weile schweigend da, während die Sonne unterging und sich die Terrasse mehr und mehr füllte. Die Musik drang aus

Sloppy Joe's zu ihnen herüber. Auf den Straßen war jetzt schon eine Menge los, doch das richtige Nachtleben von Key West begann erst gegen neun.
»Alles in allem war es doch wieder eine tolle Zeit«, brach Richard schließlich das Schweigen.
»Nur zu kurz«, meinte Coffee. »Und einen wirklich guten Fund haben wir diesmal auch nicht gemacht.«
»Was erwartest du von achtzehn Tagen Tauchzeit.«
»Du hast recht. Man müßte ein paar Monate zur Verfügung haben«, sinnierte Coffee. »Am besten noch völlig unabhängig sein, damit man die Sache hauptberuflich betreiben kann. Ein gutes Boot und eine Menge Zeit, und ich sag' dir, dann holen wir das Gold genauso hoch wie dieser Tim Fender. Hast du gelesen, was der für Schätze drüben bei den Bahamas hochgeholt hat?«
»Kennst du irgendeinen Schatztaucher, auch wenn er das nur als Hobby betreibt, der nicht davon gelesen hat?« fragte Richard zurück und spielte gedankenversunken mit dem Anhänger seiner Halskette. Es war die spanische Goldmünze, die er nach dem Hurrikan am Strand bei Fort Pierce gefunden hatte. Sieben Jahre lag das nun zurück, sieben lange Jahre, in denen so viel passiert war. Im Rückblick fragte er sich, wo die Zeit geblieben war – und so vieles andere auch. Er war jetzt dreiunddreißig, ein erfolgreicher Geschäftsmann.
Dan Clatterbuck hatte recht behalten, wie so oft, wenn es um geschäftliche Dinge ging. Der Smith Mountain Lake war für die Immobilien- und Wassersportbranche zu einem Bombengeschäft geworden. Nach zwei ersten harten Jahren war ihre neu gegründete *Pelican Point Marina* mit Segelschule, Bootsverkauf und -verleih zu einer kleinen Goldgrube geworden. Die Anlage war schon zweimal vergrößert worden. Jetzt gehörte auch noch ein Restaurant dazu, das sie verpachtet hatten, und im März würden die Arbeiten an der zweiten großen Halle beginnen, in dem kleinere Boote wie in einem riesigen Regal gelagert werden konnten. Die fünfzigtausend Dollar Startkapital, die Ashleys Vater

schon längst mit Zinsen zurückbekommen hatte, erschienen ihm jetzt im nachhinein wie ein lächerliches Trinkgeld, wenn er daran dachte, mit welchen Summen Ron und er inzwischen jonglierten. Allein der Wert der Boote, die sie zum Verkauf in der Marina liegen hatten, überschritt schon die Millionengrenze. Gut, sie arbeiteten mit hohen Bankkrediten, aber ihre Umsätze waren auch dementsprechend, und die Marina mit all dem Land und den Gebäuden stellte ein Vermögen dar. Aus dem abenteuerhungrigen Herumtreiber, der sich seinen Lebensunterhalt mit dem Anstreichen fremder Boote und mit Tauch- und Segelunterricht verdienen mußte, war ein äußerst erfolgreicher Geschäftsmann geworden, der von Banken und Firmen hofiert wurde. Welch eine Ironie des Schicksals!

Er schüttelte ganz in Gedanken den Kopf.

»Was ist?« fragte Coffee.

»Ach, nichts eigentlich. Dachte nur daran, daß ich mir vor sieben Jahren noch Sorgen gemacht habe, ob ich das Flugticket in die Staaten auch würde bezahlen können.«

»Du hast es weit gebracht, Richie.«

»Da ist was dran, Coffee«, sagte er nachdenklich und mit einem bitteren Unterton in der Stimme. »Doch manchmal frage ich mich, ob es mich nicht in Wirklichkeit weit weg von alldem gebracht hat, was ich mir früher mal erträumt habe.«

»Erzähl mir von deinen Jugendträumen, Partner«, forderte sein Freund ihn auf und bedeutete dem Kellner, ihnen noch mal dasselbe zu bringen. »Noch bin ich nicht so alt, daß ich mir in der Vergangenheit Trost holen müßte«, brummte Richard. »Es fällt mir manchmal einfach schwer zu glauben, daß ich es bin, der da mit Ron Milton die Marina aus dem Boden gestampft hat und zehn Monate im Jahr den cleveren Geschäftsmann mimt. Daß ausgerechnet ich mit den Bankfritzen und Bootsvertretern um Prozente feilsche und stinkreiche Geldsäcke mit einer 200 000-Dollar-Chris-Craft über den See gurke, um ihnen den Kauf schmackhaft zu machen, erscheint mir wie ein Witz.«

Coffee zuckte die Achseln. »Irgendwie muß man eben an die Knete kommen, um das tun zu können, was einem Spaß macht. Du hast da eine saubere Sache auf die Beine gestellt, die sich nicht nur sehen lassen kann, sondern auch noch ein paar Cents abwirft«, untertrieb er scherzhaft. »Das gibt dir doch die Freiheit, zu tun und zu lassen, was dir gefällt.«
»Genau das bezweifle ich eben manchmal. Eher bin ich der Meinung, daß das Gegenteil zutrifft. Mit dem Erfolg kommt die Zwangsjacke, mein Freund. Du siehst es doch. Zweimal im Jahr maximal zwei bis drei Wochen Tauchen, mehr ist doch nicht drin. Reicht dir das etwa, Coffee?«
»Ich bin's nicht anders gewöhnt.«
»Gewohnheit ist das Ende aller Träume.«
»He, wie viele Drinks hast du schon gehabt, bevor ich gekommen bin?« fragte Coffee erstaunt. »Muß schon ein halbes Dutzend gewesen sein, wenn du mal wieder anfängst, philosophisch zu werden.«
Richard schob die trüben Gedanken beiseite. »Du hast vollkommen recht. Es ist noch ein wenig zu früh, um mit dem Unrecht der Welt ins Gericht zu gehen. Da fehlen uns noch ein paar Drinks. Aber bis zum Abflug kriegen wir das schon noch geregelt. Sehen wir jetzt erst mal zu, daß wir unser Essen bestellen, bevor hier das Gedränge losgeht. Den Fraß im Flugzeug kriege ich eh nicht runter, nachdem wir die letzten Tage nur frischen Fisch serviert bekommen haben. Wie wär's mit einem Red-Snapper-Filet und davor eine Conch Chowder? Ich lade dich ein, Partner. Damit du auch bei meinem nächsten Notaufstieg bei Kräften bist und mich retten kannst.«
Coffee lachte. »Wird wohl noch was dauern, bis wir wieder in die Flossen steigen. Aber dennoch, ich mach' dir die Ehre und nehm' deine Einladung an.«
Sie bestellten frische Drinks und frischen Fisch, und ihre Unterhaltung drehte sich um versunkene Schatzschiffe, Magnetometer und das Glück der anderen Taucher, die nicht auf zwei, drei

Wochen beschränkt waren, um dem Meer seine Schätze zu entreißen.

Als sie um halb neun aufbrachen, um ihr Gepäck vom Hotel abzuholen und zum Flughafen zu fahren, wäre keiner von ihnen noch in der Lage gewesen, selbst zu fahren. Als der kleine Jet vom Inselflughafen abhob und Richard aus dem Fenster auf das Lichtermeer von Key West hinabblickte, erfaßte ihn Wehmut. Er hatte plötzlich das entsetzliche Gefühl, sein Leben zu vergeuden.

3 Die Maschine der Piedmont Airlines flog über den dunklen Bergrücken der Blue Ridge Mountains und ging dann in den Landeanflug auf den Flughafen von Roanoke über, einer geschäftigen Stadt mit rund zweihunderttausend Einwohnern im Süden von Virginia, unweit der Grenze zu North Carolina. Sanft setzte der Pilot die Maschine auf die Rollbahn und stoppte sie mit donnerndem Gegenschub ab.

Eisige Luft schlug ihnen entgegen, als sie auf die Gangway hinaustraten, und nahm ihnen augenblicklich den letzten Rest Schläfrigkeit. Es war zwanzig nach eins. Ein sternenklarer Nachthimmel spannte sich über ihnen. Die Temperaturen mußten reichlich unter null Grad liegen, und Schnee bedeckte gut fünf Inch hoch das Gelände.

Als Richard mit Coffee auf das Flughafengebäude zuging, hatte er das Gefühl, als hätte er sich in Key West bei *Rick's* nicht einen einzigen Drink gegönnt. Er war stocknüchtern und wußte nicht, ob er sich darüber freuen sollte oder nicht.

Als sie die Schwingtüren zur Ankunftshalle erreicht hatten, blieb Coffee stehen und trat zur Seite, um die anderen Passagiere vorbeizulassen. »Ich bleib' was zurück, Richie. Möchte nicht unbedingt dabeisein, wenn deine Frau dich gleich in Empfang nimmt.«

»Aber das ist doch Unsinn«, widersprach Richard, wenn auch

halbherzig. »Wir bringen dich nach Hause, das versteht sich doch von selbst.«

Coffee schüttelte den Kopf. »Ich nehm' mir ein Taxi. Das wird Ashley auch lieber sein. Und versuch nicht, mir weismachen zu wollen, daß ihr das Herz bricht, wenn ich sie nicht begrüße. Du weißt doch ganz genau, wie wenig es ihr paßt, daß du ausgerechnet mit mir immer zu diesen Tauchtrips aufbrichst.«

Richard wich seinem Blick verlegen aus. Sein Freund hatte nur zu recht. Es paßte weder Ashley noch Ron, daß er mit seinem Mechaniker eine so innige Freundschaft geschlossen hatte. Zwar wurde es niemals auch nur mit einem Wort erwähnt, aber gesellschaftlicher Umgang mit Farbigen, zumal wenn sie der Schicht der Arbeiter angehörten, war in den besseren Kreisen der Gesellschaft noch immer verpönt. In dieser Hinsicht hatte sich in den Südstaaten wenig geändert.

»Okay, dann sehen wir uns morgen früh in der Marina, Partner«, sagte Richard und schlug ihm freundschaftlich auf die Schulter.

»Ich wünsch' dir was, Richie!« rief Coffee ihm nach, der wußte, daß sein Freund einige unangenehme Fragen und Vorwürfe zu hören bekommen würde. Er war froh, daß nicht er jemandem Rede und Antwort stehen mußte. Nun, alle Dinge hatten eben ihre zwei Seiten, und es waren gewiß nicht nur goldene.

Ashley wartete hinter der elektronischen Sicherheitsschleuse auf ihn. Sie schaute gerade zur Wanduhr hoch, als sein Blick auf sie fiel, und so konnte er sie einen Moment lang betrachten, ohne daß sie sich dessen bewußt wurde.

Sie sah blendend aus, doch das war bei ihr nichts Besonderes. Er konnte sich nicht erinnern, sie jemals nachlässig gekleidet oder unfrisiert gesehen zu haben, höchstens damals in Parga. Auch jetzt, um halb zwei, erweckte sie den Eindruck, als käme sie geradewegs aus einem Schönheitssalon. Ihr langes blondes Haar war zu beiden Seiten ihres hübschen Gesichtes in Wellen nach hinten gefönt und fiel ihr bis auf den Kragen des herrlichen Pelzes aus Breitschwanzfell, den er ihr zu Weihnachten geschenkt hatte.

Der Mantel stand vorn offen und zeigte, daß sie auch darunter in konservativer Eleganz gekleidet war. Sie trug ein zweiteiliges Kostüm aus curryfarbenem Samtcord. Schuhe, Strümpfe und Tasche waren sorgfältig darauf abgestimmt. Siebenundzwanzig war sie jetzt, doch sie kleidete sich, als wäre sie schon zehn Jahre älter, wenn auch mit untrüglichem Geschmack. Manchmal erschien es ihm, als hätte sie ihr zweites Jahrzehnt einfach übersprungen, die Jahre, die andere brauchten, um ihren eigenen Stil und ihren Lebensweg zu finden. Es war, als hätte sie nach jenem Spätsommer einen großen Sprung getan, bei dem er ihr nicht gefolgt war.
Als sie sich nun umdrehte und ihm ins Gesicht schaute, wurde ihm bewußt, wie schön sie aussah – aber auch, wie kühl der Blick ihrer dunklen Augen war.
»Hallo, Liebling!« rief er, und ein Gefühl merkwürdiger Verlegenheit überkam ihn. Er wollte ihr einen Kuß geben, doch sie bot ihm nur ihre Wange, und er war in diesem Moment ganz froh, daß er beide Hände voll hatte.
»Schön, dich mal wieder zu sehen«, begrüßte sie ihn reserviert.
»Soll ich dir was abnehmen?«
»Danke, es geht schon.«
»Der Wagen steht gleich vor dem Ausgang.«
»Sicherlich im Parkverbot.«
»Es ist halb zwei«, erinnerte sie ihn.
»Es hätte mir nichts ausgemacht, mit dem Taxi zu kommen«, sagte er.
»Ich wollte sichergehen, daß du es dir nicht doch noch anders überlegt hast«, sagte sie und fragte mit keinem Wort nach Coffee.
»Ich weiß deine Fürsorge sehr zu schätzen«, murmelte er, und die Schiebetüren glitten mit einem hydraulischen Zischen vor ihnen zurück, als sie die Kontaktplatte betraten.
»Das dachte ich mir.«
»Schau an!« sagte Richard überrascht, als sein Blick auf den Mercedes-Sportwagen fiel, der vor dem Ausgang auf dem weiß

straffierten Feld stand. Die Goldmetallic-Lackierung funkelte im Licht der Strahler. »Er ist also in der Zwischenzeit gekommen!«
»Ja, vor einer Woche«, sagte Ashley stolz und öffnete den Kofferraum.
»Wenigstens ein Trost, nicht wahr?« konnte er sich nicht verkneifen zu sagen und warf seinen Reisekoffer und die Tasche mit der Tauchausrüstung hinein. Ashley hatte ihm schon seit einem Jahr mit ihrem Wunsch nach einem solchen Luxussportwagen mit dem Stern auf der Haube in den Ohren gelegen. Im September hatte er sich dann schließlich breitschlagen lassen und ihn bestellt.
»Du kannst doch wirklich nicht sagen, daß ich dich stiefmütterlich behandle«, sagte er, als er neben ihr auf dem Beifahrersitz Platz nahm und sich anschnallte. Im Wageninnern roch es angenehm nach neuem Leder. »Es war wohl eher dein schlechtes Gewissen, das dich dazu veranlaßt hat«, erwiderte Ashley trocken.
Er nickte. »Natürlich, mein schlechtes Gewissen. Das hatte ich doch glatt vergessen.« Er zog seine Zigaretten aus der Jackentasche.
»Es gibt vieles, was du offenbar mit viel Erfolg vergißt«, gab sie zurück. »Und wenn es nicht sein muß, wäre es mir ganz lieb, wenn du nicht im Wagen rauchen würdest.«
Richard seufzte und steckte die Schachtel zurück. »Ich hätte wirklich doch besser ein Taxi genommen und dich schlafen lassen«, sagte er grimmig.
Sie schwiegen eine Weile, während Ashley den Wagen mit zügiger Geschwindigkeit vom Flughafenvorplatz fuhr und dann auf die Schnellstraße einbog, die dreispurig nach Roanoke hineinführte.
»Hattest du einen guten Flug?« fragte sie dann, und ihre Stimme hatte nun einen versöhnlichen Klang, als täte es ihr leid, bei ihrer Begrüßung so schroff gewesen zu sein.
»Ich nehme es an. Ich habe die meiste Zeit geschlafen. Wir hatten einen anstrengenden Tag hinter uns.«

»Du siehst gut aus, so sonnengebräunt«, sagte sie, ohne ihn anzublicken.
»Dasselbe dachte ich von dir, als ich dich vor der Sperre stehen sah«, erwiderte er das Kompliment und entspannte sich ein wenig. Er verspürte den Drang, ihre Hand zu nehmen, doch er unterließ es, dabei war sie seine Frau, was immer es auch an ernsten Meinungsverschiedenheiten zwischen ihnen gab. Es war lächerlich, aber es war so. »Was sagen denn deine Freundinnen zu deiner neuen Nobelkarosserie?«
Sie lachte, und in diesem Lachen klang für Richard die Erinnerung an die schöne Zeit an, die sie miteinander verbracht hatten. Trotz ihrer konservativen, bodenständigen Art konnte sie manchmal so wunderbar mädchenhaft unbeschwert sein, wenn auch in letzter Zeit immer seltener, daß er sich fragte, wie es nur zu ihren inneren Spannungen hatte kommen können. Es war wohl eine müßige Überlegung. So etwas kam mit dem Alter. Er wollte gern daran glauben, weil ihm die Unabänderlichkeit Trost schenken würde. Nur war sein Verstand mit solch simplen Erklärungen nicht so einfach einzulullen. Liebe hatte nun mal nichts mit dem Alter zu tun. Auch nicht mit der Dauer einer Ehe.
»Sie finden es ganz aufregend. Beth hat innerlich natürlich geschäumt vor Neid, auch wenn sie so getan hat, als freute sie sich für mich wie eine Schneekönigin.«
»Dann ist die Freude ja wirklich komplett«, sagte Richard mit sanftem Spott.
Ashley verließ die Schnellstraße und passierte wenig später das Tor der vornehmen Villengegend, wo sie seit drei Jahren wohnten. Sawyer Drive 18.
Die Scheinwerfer umfaßten das herrschaftliche Haus mit der neokolonialen Architektur, das einer fünfköpfigen Familie mit häufigen Wochenendbesuchern ausreichend Platz geboten hätte. Nach den drei Wochen, die er mit Coffee überwiegend auf Skip Kincaids Boot und in der kleinen Pension in der Greene Street verbracht hatte, kam ihm das protzige Haus mit dem weitläufi-

gen, gepflegten Garten, der Doppelgarage und dem Säulenportal wie das zu Stein und Holz gewordene Symbol ihres gemeinsamen Versagens vor.
Und dabei haben wir noch nicht einmal einen Hund, geschweige denn Kinder, dachte er unwillkürlich. Anfangs, als sie sich in das ungewisse Geschäft mit der Marina gestürzt hatten, waren sie übereingekommen, mit dem Nachwuchs einige Jahre zu warten, waren sie beide doch jung genug gewesen, um nicht unter Zeitnot zu stehen. Später dann waren sie stillschweigend übereingekommen, daß es für sie beide besser war, wenn sie keine Kinder in die Welt setzten. Wann war das gewesen? Wohl nachdem sie in dieses Haus eingezogen waren, also vor drei Jahren.
Das Garagentor schwang elektronisch gesteuert auf, und Ashley parkte den Mercedes neben seinem alten Chevy Blazer, einem hochbockigen Geländewagen, mit dem er auch kleinere Boote ziehen konnte.
»Willkommen zu Hause«, sagte Ashley beschwingt, als sie durch die Verbindungstür ins hell erleuchtete Haus traten.
Unwillkürlich lachte er trocken auf, als sein Blick über die exquisite Einrichtung glitt, die zum überwiegenden Teil Ashley mit diesem Innenarchitekten bei Ethan Allen und anderen ähnlich feudalen Möbelgeschäften ausgesucht hatte.
»Worüber lachst du?« wollte sie wissen, als sie ihm ins Wohnzimmer folgte, deren gläserne Längsfront auf eine breite Veranda mit Pergola hinausführte, die von Rosenbüschen überrankt war.
Richard ging die beiden Stufen hinunter, hinüber zur Bar neben dem Kamin aus schweren Bruchsteinen. Er brauchte einen Drink.
Er nahm sich Scotch und goß ihr einen trockenen Sherry ein. »Ich mußte unwillkürlich an unser erstes Haus denken, drüben an der 220. Denkst du manchmal auch noch daran?«
Sie zuckte die Achseln, warf ihren Mantel über einen der perlgrauen Ledersessel und nahm das Glas, das er ihr reichte. »So fängt man eben an. Es war klein wie eine Puppenstube und laut. Nichts, an das es sich zu erinnern lohnt.«

»Aber es war gemütlich«, sagte er.
»Willst du damit sagen, daß es hier nicht gemütlich ist?« fragte sie mit einem Stirnrunzeln.
»Ich denke jedenfalls gern an diese Zeit zurück«, antwortete er ausweichend und nahm einen kräftigen Schluck. Er dachte daran, was Coffee zu ihm gesagt hatte, als sie bei *Rick's* gesessen hatten. »Wir haben es wirklich zu was gebracht, nicht wahr?«
Der bittere Unterton entging ihr. Sie nickte und sagte voller Stolz: »Das kannst du wohl sagen. Daddys Idee mit der Marina war Gold wert. Wir können ihm gar nicht genug dafür danken.«
»Er hat bekommen, was er wollte.«
»Wie meinst du das?«
»Er war entschlossen, aus mir etwas Anständiges zu machen«, sagte er mit einem Hintersinn, der ihr nicht gefallen hätte, wenn sie ihn begriffen hätte, was ihrer Antwort nach jedoch nicht der Fall war.
»Er ist stolz auf dich, und zu Recht. Du hast eine tolle Karriere gemacht.«
»Ja, das habe ich wohl.«
Sprunghaft wechselte Ashley das Thema. »Weißt du überhaupt, daß Ron es geschafft hat, das Fernsehen für das Wohltätigkeitsfest am Wochenende zu gewinnen?« fragte sie, und ihr freudiger Tonfall verriet, wie wichtig ihr das war.
»Nein, das ist mir neu.« Er hatte Mühe, Interesse zu heucheln. Doch er tat es, weil er wußte, wie ernst Ashley ihre Tätigkeit in den zahllosen Ausschüssen und Komitees nahm, die sich für den Bau eines neuen Gemeindehauses für die Methodistenkirche einsetzten, für bessere Parkanlagen, eine Blindenbibliothek und was weiß der Teufel noch alles. Das Wohltätigkeitsfest am Wochenende galt, wenn er sich nicht sehr täuschte, der Sammlung von Geldern für den Kulturverein der Stadt. Deshalb war auch nur die High-Society geladen. Wer sonst konnte auch schon zweihundert Dollar für ein Dinner und Tanz in stilvoller Umgebung hinblättern. Coffee hatte jedenfalls keine Einladung für die Ver-

anstaltung im *Hidden Valley Conntry Club* erhalten. Aber er hatte ja auch keinen Smoking im Kleiderschrank hängen.
»Ja, Channel 7 schickt ein Team, und im *P. M. Magazine* bringen sie auch einen Bericht. Er soll sogar von Wüste zu Wüste ausgestrahlt werden und nicht nur regional«, erzählte Ashley begeistert. »Und Congressman Finney und Senator Glandston haben ihr Kommen jetzt definitiv zugesagt.«
Er lächelte. »Na, dann kriegt unsere provinzielle High-Society ja einiges geboten für ihre zweihundert Dollar Kopfgeld. Vermutlich werden sie ihren Enkeln noch von dieser illustren Veranstaltung erzählen.«
»Daß du immer alles belächeln mußt«, sagte sie vorwurfsvoll und leerte ihr Glas. »Es ist für einen guten Zweck, und ich schufte mich schon seit Monaten ab, um ein gutes Programm auf die Beine zu stellen!«
»Entschuldige, mein Schatz, ich hatte nicht die Absicht, deinen ehrenvollen Einsatz herabzumindern«, sagte er mit ehrlichem Bedauern. »Ich weiß, daß du mit Leib und Seele dahinterstehst. Nur frage ich mich, ob diese Geschäftsleute mit den dicken Brieftaschen deinen Einsatz überhaupt zu würdigen wissen.«
Ihr verschlossenes Gesicht hellte sich wieder ein wenig auf. »Darauf kommt es letztlich nicht an, Richard. Es geht uns allein darum, eine hohe Spendensumme für den Kulturverein zusammenzubekommen. Und das werden wir.«
Er schmunzelte. »Daran hege ich bei dir auch nicht den geringsten Zweifel. Du hast das außergewöhnliche Talent, alles zu bekommen, was du dir erst einmal in den Kopf gesetzt hast.«
»So?« fragte sie mit einem Anflug von Belustigung. »Ich glaube, du übertreibst maßlos.«
»Hast du mir damals nicht erzählt, daß Daddy dich erst unter keinen Umständen nach Europa reisen lassen wollte? Aber gereist bist du dann dennoch.« Er ließ unausgesprochen, daß sie ihn damals überredet hatte, mit ihr nach Amerika zu fliegen, ihn gegen den Widerstand ihrer Eltern geheiratet und zu einem

seßhaften und erfolgreichen Geschäftsmann gemacht hatte. Alles Beispiele, wo sie ihren Kopf durchgesetzt hatte. Er brauchte es nicht extra zu erwähnen, es stand auch so im Raum.
Doch um die Atmosphäre nicht wieder in kritische, angespannte Zonen zu bringen, fügte Richard mit gutmütigem Spott hinzu: »Und der Mercedes-Sport war so früh bei mir eigentlich auch noch nicht eingeplant gewesen.«
»Man muß auch mal über seinen eigenen Schatten springen können«, erwiderte sie fast fröhlich und stellte ihr Sherryglas ab. »So, und jetzt wird es Zeit, daß wir ins Bett kommen. Ich geh' schon mal ins Bad.«
Er nickte und blieb auf dem Barhocker sitzen. Dann goß er sich noch einen kleinen Drink ein und ging damit ins Bad. Er setzte sich auf die Kante der Wanne.
Als er zu ihr ins Bad trat, hielt sie einen Augenblick im Zähneputzen inne, als wollte sie ihm etwas sagen, fuhr dann jedoch fort.
»Weißt du, daß wir schon lange keinen gemeinsamen Urlaub mehr verbracht haben?« fragte er nachdenklich und musterte sie mit unverhohlener Bewunderung und mit einem wehmütigen Schmerz, weil sie beide etwas verloren hatten, was ihnen einmal als das Kostbarste im Leben erschienen war. Äußerlich hatte sie sich nur zu ihren Gunsten verändert. Als er sie kennengelernt hatte, war sie trotz ihrer neunzehneinhalb Jahre doch nur ein hübsches, junges Mädchen gewesen. Doch nun war sie eine erregende Frau mit einem makellosen Körper, der an den richtigen Stellen die richtigen Proportionen besaß.
Ashley war aus dem Kleid geschlüpft und trug jetzt nur noch ihre Unterwäsche, die es an Eleganz und erstklassiger Ware mit all ihrer anderen Kleidung aufnehmen konnte. Hemd, BH und das Höschen im weiten französischen Schnitt waren aus grauer Seide. Strumpfhosen trug sie keine. Sie hatte dafür nur Geringschätzung übrig, und mochten sie noch so praktisch sein.
»Du verbringst ja jede Woche, die du dir nur freinehmen kannst,

irgendwo auf einem blöden Boot, um ein Wrack nach dem anderen zu suchen«, erwiderte sie und verrieb die Nachtcreme, die sie auf Gesicht, Hals und Arme aufgetragen hatte.
Er beobachtete sie dabei und hatte das Verlangen, sie in die Arme zu nehmen. »Und mich treibt es zum Wahnsinn, in irgendeinem Luxushotel auf Hawaii untätig am Pool zu liegen und mich von der Sonne wie ein Hummer im Siedetopf garen zu lassen.«
Sie lachte unwillkürlich, schaute ihn im Spiegel an und zog das taillenknappe Hemd über den Kopf. »Offenbar ist es doch gut, daß wir getrennt Urlaub machen«, sagte sie, während sie den BH aufhakte. Dann streifte sie das Höschen ab.
Er betrachtete ihre vollen, festen Brüste und fuhr mit seiner Hand über ihr straffes Gesäß, als sie zu ihm trat, um ihr apricotfarbenes Négligé vom Haken zu nehmen. Ihre Haut war herrlich glatt und geschmeidig. Doch diese Berührung dauerte nur einen kurzen, viel zu flüchtigen Moment, denn mit einem Schritt zur Wand hin, wo ihre Bademäntel und das Négligé hingen, hatte sie sich seiner Hand entzogen.
»Nein, das ist es nicht, Ashley«, sagte er mit belegter Stimme. »Vielleicht sollten wir das in Zukunft ändern ... und noch einiges andere mehr. Warum können wir übrigens nicht gemeinsam Urlaub machen und doch unsere eigenen Wege gehen?«
»Ein interessanter Vorschlag, der jedoch wenig praktikabel klingt«, meinte sie und fuhr in das wallende, hauchzarte Gewand, das ihren aufreizenden Körper eher noch betonte als verhüllte.
»Er klingt eben nur so. Es gibt doch genügend erstklassige Hotels unten in Florida. Während du dich in den Beauty-Salons herumtreibst oder dich am Pool bewundern läßt, zu Recht übrigens, könnte ich doch zum Tauchen rausfahren«, schlug er vor. »Die Nachmittage und Abende könnten wir dann zusammen verbringen.« Und in Gedanken fügte er hinzu: Und die Nächte.
»Laß uns später darüber reden, Richard«, bat sie. »Jetzt ist dafür bestimmt nicht der richtige Zeitpunkt.«
Er wollte ihr widersprechen, unterließ es aber. Er wollte sich mit

ihr versöhnen und versuchen, einen neuen Anfang zu finden. Und er wollte sie spüren, sie lieben und ihr zeigen, daß es noch eine Sprache gab, die sie gemeinsam sprachen und die ihnen helfen würde, ihre Probleme zu bewältigen.

Er beeilte sich, daß er im Bad fertig wurde, und verzichtete auf den Pyjama, als er zu ihr unter die Decke schlüpfte. Er streckte die Hand nach ihr aus, legte sie auf ihren Bauch und ließ sie dann zärtlich zu ihren Brüsten hochwandern.

»Weißt du, daß du schöner aussiehst als je zuvor?« fragte er leise.

»Richard! Du hast dir aber eine merkwürdige Stunde ausgesucht, um mir Komplimente zu machen.«

»Es gibt Dinge, für die ist keine Stunde zu früh oder zu spät.«

»Das ist ganz lieb von dir«, sagte sie, streichelte seine Hand und schob sie dann aber von sich. »Weißt du, wie spät es ist? Drei Uhr zehn! Ich bin wirklich todmüde. Laß uns schlafen, sonst kriegen wir morgen nicht die Augen auf.« Sie drehte sich um und löschte das Licht ihrer Nachttischlampe. »Schlaf gut, Richard.«

»Ja, erholsamen Schlaf«, murmelte er bitter und schaltete auch seine Bettleuchte aus. Erschöpft und doch hellwach lag er auf dem Rücken und starrte in die Dunkelheit. Ihre Abfuhr hatte seiner Erregung nichts anhaben können, jedenfalls nicht sofort. Es waren eher Zorn und Bitterkeit, die sein Verlangen nach körperlicher Liebe schwinden ließen, als er überlegte, wann sie sich das letzte Mal geliebt hatten. Es war irgendwann im November gewesen. Ganz sicher konnte er sich nur an die Nacht im September erinnern, als er sie mit der Nachricht, daß der Mercedes-Sportwagen bestellt war, in helle Verzückung und sinnliche Bereitschaft versetzt hatte.

Er lauschte auf ihren ruhigen, gleichmäßigen Atem und empfand wilden Zorn, daß sie es fertiggebracht hatte, ihn abzuweisen und ruhig einzuschlafen.

Mit einer wütenden Bewegung schlug er die Bettdecke zurück, stand auf und ging ins Wohnzimmer, nackt wie er war. Er fand seine Zigaretten auf der kleinen Bar und steckte sich eine im

Dunkel an. Als das Feuerzeug aufflammte, sah er im Licht der flackernden Flamme sein Gesicht, das ihn von der verspiegelten Wand des Gläserregals anstarrte. Deutlich zeichnete sich die Narbe über seinem rechten Auge ab.

Er wandte sich ab, ging zur Terrassentür hinüber und blickte hinaus in den Garten. Der Schnee auf Bäumen und Büschen hatte einen silbrigen Glanz. Und ihm war, als könnte er die Kälte, die ihren eisigen Hauch über das Land gelegt hatte, spüren. Doch es war ein Frösteln, das von innen kam. »Wir haben es wirklich weit gebracht, Ashley«, murmelte er und starrte grübelnd in die frostige Nacht.

4 Von Roanoke bis zum Smith Mountain Lake waren es etwas mehr als zwanzig Meilen. Die Straße, die über Windy Gap Mountain führte, war geräumt und eisfrei. Doch auch wenn es anders gewesen wäre, hätte er keine Schwierigkeiten gehabt, die Serpentinen zu erklimmen. Der Blazer wurde mit seinen breiten, grobstolligen Reifen mit allen Bodenbeschaffenheiten fertig, wenn er nur den richtigen Geländegang zuschaltete.

Als er die Kuppe erreichte, nahm er den Fuß vom Gas. Er war jedesmal aufs neue von der fantastischen Aussicht begeistert, die sich einem von hier oben bot. Scheinbar endlos weit breitete sich unter ihm die fruchtbare Farmlandschaft Virginias aus. Wie Spielzeughäuser wirkten die Scheunen, Stallungen und Wohnhäuser der Farmen, die hier und da aus der verschneiten Landschaft herausragten. Rauch stieg aus den Kaminen in den klaren blauen Morgen. Braune und schwarze Tupfer auf dem Weiß der Farmen verrieten, daß dort Black-Angus-Rinder und Herford-Rinder über die verschneiten Weiden zogen. Und die verschneiten Smith Mountains, die dem riesigen Stausee seinen Namen gegeben hatten, schienen zum Greifen nahe.

Richard fuhr ohne Eile, passierte die kleine Siedlung Burnt Chimney und bog dann auf die Landstraße nach Rocky Mount ab. Die *Pelican Point Marina* lag auf der Seite, wo der Blackwater River in den See floß.

Es war kurz nach zehn, als er sie erreichte. Einer der Angestellten war schon damit beschäftigt, den Schnee, der letzte Nacht gefallen war, mit einem Schneepflug vom Vorplatz zu räumen.

Richard parkte seinen Wagen neben dem Cadillac seines Partners, der vermutlich schon um halb zehn als erster eingetroffen war, als gäbe es um diese Jahreszeit eine Unmenge wichtiger Dinge zu erledigen. Aus der Bootshalle drang das helle Sirren einer Schleifmaschine.

»Oh, Mr. Harding!« rief Debbie Hutcherson erfreut, als er das flache Bürogebäude der Marina betrat. Sie war eine attraktive Brünette mit einem Busen, der Dolly Parton Konkurrenz machen konnte, und eine tüchtige Sekretärin. »Schön, daß Sie wieder da sind.« Ihre Begrüßung kam von Herzen.

»Tag, Debbie. Jetzt weiß ich endlich, was mir all die Zeit da unten gefehlt hat«, scherzte er. »Es war Ihr reizender Anblick.«

Obwohl sie seine lockere Art gewöhnt war, errötete sie nun doch. »Sie sind unverbesserlich, Mr. Harding. Dabei glaube ich Ihnen kein Wort ... bei all den hübschen Wassernixen, die Ihnen in Florida über den Weg gelaufen sind.«

»Mir sind leider nur glubschäugige Barrakudas und ein paar ekelige Quallen über den Weg gelaufen beziehungsweise geschwommen«, erwiderte er und hängte seine Lammfelljacke auf. »Irgend etwas Wichtiges für mich?«

»Mr. Milton hat die Post schon in sein Büro genommen.«

»Na, dann will ich mich auch mal bei ihm zurückmelden«, sagte Richard und trat in das Büro seines Partners.

Ron Milton, dreieinhalb Jahre älter als er, saß hinter seinem Schreibtisch. Er war ein gutaussehender Mann mit breiten Schultern, der immer noch davon zehrte, daß er zu seiner High-School-Zeit im Football einer der besten Wide Receiver von ganz Virginia gewesen war. Er hatte von einer Profikarriere geträumt, doch

ein komplizierter Bänderriß hatte ihm einen Strich durch die Rechnung gemacht.
Er war wie immer so korrekt gekleidet, wie man das seiner Meinung nach von einem seriösen Geschäftsmann erwarten konnte. Dreiteiliger Anzug in gedeckten Farben, dazu blütenweißes Hemd und Krawatte.
»Hallo, Ron, störe ich bei der Arbeit?«
Ron Milton blickte überrascht auf und kam hinter seinem Schreibtisch hervor. Er knöpfte sich automatisch das Jackett zu, eine Angewohnheit, die Richard nie verstanden hatte.
»Richard! Was für eine Überraschung! Ich dachte schon, du hättest völlig vergessen, daß du noch ein paar Geschäftsanteile an der Marina hältst!« Seine sarkastische Begrüßung erinnerte Richard fatal an die Worte, mit denen Ashley ihn am Flughafen begrüßt hatte. Er empfand sie nicht nur als überflüssig, sondern auch als ungerecht. Im letzten Jahr hatte er sich keine vier Wochen Urlaub gegönnt, und dann auch nur in der flauen Geschäftszeit. Er arbeitete nicht weniger hart als sein Partner und hatte wohl zur Genüge bewiesen, daß man auch ohne Dreiteiler guten Kontakt zu Kunden halten und gewinnträchtige Abschlüsse tätigen konnte. Und wenn er mal all die Geschäftsreisen zusammenzählte, die Ron jährlich mit größtem Vergnügen zu Bootsmessen im In- und Ausland unternahm, um die er sich förmlich riß, ohne daß sie wirklich alle wichtig für sie gewesen wären, dann kam er schnell auf mehr Wochen, als er sich freigenommen hatte.
Doch er ließ sich seinen Ärger darüber nicht anmerken und erwiderte seinen kräftigen Händedruck. »Ich glaube nicht, daß meine Abwesenheit eine Katastrophe bewirkt hat, Ron. Obwohl du sie gewiß mit Bravour gemeistert hättest.«
Ron Milton ließ es dabei bewenden. »Weißt du, daß du geradezu unverschämt braun aussiehst?« sagte er jovial. »Hattest wohl eine tolle Zeit da unten, was? Wenn ich ehrlich sein soll, im stillen hab' ich dich beneidet. Sonne, Palmen und all die Tanga-Schönheiten, die sich da in Key West herumtreiben sollen ...« Er seufzte

sehnsüchtig und warf ihm einen Blick zu, der wohl so etwas wie stillschweigendes Einverständnis ausdrücken sollte.
»Es passiert relativ selten, daß einem in fünfzig Fuß Tiefe Tanga-Schönheiten begegnen, Ron«, gab Richard spöttisch zurück und verstand nicht, warum Leute wie Ron mit einem Urlaub, den man ohne seine Frau verbrachte, stets amouröse Abenteuer verbanden.
Ron lachte. »Ich weiß, dich interessieren nur Schätze, die ein paar Jahrhunderte alt sind und am besten noch die Form von Goldbarren haben. Bist du denn diesmal nun endlich auf die große Unterwasser-Bonanza gestoßen?«
»Ich war nahe dran, als man mich an den heimischen Herd zurückrief«, sagte Richard, nicht interessiert, seine Wracktauchleidenschaft mit ihm zu erörtern, wußte er doch nur zu gut, daß Ron das Verständnis für solche Hobbys fehlte. Football und Golf mit betuchten Kunden waren alles, was ihn neben dem Geschäft noch interessierte. »Wie ist es hier gegangen?«
Ron zuckte die Achseln. »Ruhig, was die Marina betrifft. Hatten ein paar Reparaturaufträge. Drei Boote mit angeknacksten Rümpfen. Die Leute kapieren doch nie, daß ein Bootshaus allein bei dieser Kälte nicht ausreicht. Statt die paar hundert Dollar für das Gerät auszugeben, das das Wasser an ihrem Dock in Bewegung und eisfrei hält, verlassen sie sich darauf, daß es schon nicht so schlimm sein wird. Jetzt müssen sie tief in die Tasche greifen. Na ja, uns soll's recht sein.«
»Und sonst?«
»Sonst ist eine Menge los gewesen. Die Organisation dieser Wohltätigkeitsveranstaltung hat mich ganz schön auf Trab gehalten, das kann ich dir sagen«, machte Ron sich wichtig. »Manchmal war ich nahe dran, den ganze Kram hinzuschmeißen.«
»Mein Vorschlag von Anfang an.« Richard grinste.
Ron fand das gar nicht komisch. Er kniff die Augen zusammen. »Werbung belebt das Geschäft, das muß ich dir doch eigentlich nicht sagen.«

»Aber deshalb muß man doch nicht gleich bei jedem Tamtam mithopsen.«
»Laß man gut sein, das mit dem Fest war schon eine blendende Idee von deinem Schwiegervater, und der Zeitpunkt ist gut gewählt. Kann nicht schaden, die *Pelican Point Marina* in die Erinnerung unserer Kunden zu rufen – von denen ja ein Großteil morgen im Country Club sein wird. Ashley hat mir übrigens viel Arbeit und Laufereien abgenommen«, lobte Ron. »Sie hat sich toll eingesetzt.«
»Da bin ich ja beruhigt, daß dir wenigstens einer der Hardings die Stange gehalten hat«, spöttelte Richard.
»Hat sie dir schon erzählt ...«
»Sie hat, wenn du das mit der Prominenz aus Washington und den Fernsehfritzen meinst.«
»Vor Begeisterung schäumst ja nun nicht gerade über«, bemerkte Ron säuerlich.
»Den Part überlass' ich doch lieber denjenigen, die sich so aufopfernd in die Seile gelegt haben.«
Ron schüttelte mißbilligend den Kopf. »Manchmal bist du schon ein merkwürdiger Kauz. Aber lassen wir das. Bin jedenfalls froh, daß du wieder zurück bist. Wollte nämlich Montag mit der Inventur beginnen.«
»Ist mir recht. Steht sonst was Dringendes an?« erkundigte Richard sich. »Eigentlich nicht, das heißt bis auf die Sache mit der *Seagull Enterprise*«, sagte Ron. »Ich bin dafür, daß wir in die Sache einsteigen und ihre Boote in unser Angebot übernehmen sollten.«
Richard verzog das Gesicht. »Schwimmende Kaffeetische, die zufällig einen Außenborder hintendran montiert haben? Du weißt, was ich davon halte, Ron, nämlich herzlich wenig. Wir haben ein erstklassiges Angebot an Segelbooten und Motoryachten. Da passen diese Dinge so schlecht rein wie ein Kaufhausfummel in eine Designerkollektion.«
»Das sind keine schwimmenden Kaffeetische, sondern solide

gebaute Pontonboote«, korrigierte Ron ihn verdrossen. »Genau richtig für Leute, die gemütlich über den See tuckern wollen …«
»Und sich unter dem Fransensonnendach bei Kaffee und Kuchen amüsieren oder sich ein paar Steaks grillen«, fügte Richard bissig hinzu. Er mochte diese breiten, plumpen Pontonboote einfach nicht.
»Aber die Dinger liegen nun mal im Trend, und sie bieten uns eine verdammt gute Gewinnspanne.«
Richard nickte. »Hauptsache, der Umsatz stimmt, nicht wahr?«
Ron schaute ihn verblüfft an. »Sag mal, bist du heute mit dem falschen Fuß aufgestanden? Was ist an einem profitablen Geschäft so falsch? Wozu betreiben wir diese Marina überhaupt?«
Richard riß sich zusammen und schlug ihm auf die Schulter. »Du hast ja völlig recht, Ron. Stecken wir jeden Dollar ein, den wir kriegen können. Doch erwarte bitte nicht von mir, daß ich diese Dinger anpreise. Um die Kunden darfst du dich dann kümmern.«
»Wird mir ein Vergnügen sein.« Ron grinste. »Dann bist du also einverstanden?«
»Wie könnte ich einem so tüchtigen Mann wie dir Knüppel in den Weg werfen wollen?« erwiderte Richard. »Meinetwegen kannst du den Abschluß klarmachen, aber bitte überschwemm die Marina nicht gleich mit diesen schwimmenden Partywiesen.«
»Du wirst sehen, wir ziehen damit ein tolles Geschäft an Land«, sagte Ron strahlend und begann geschäftig nach dem Angebot von *Seagull Enterprise* zu suchen.
Richard zuckte nur die Achseln und ging in sein Büro. Er blickte auf die überdachten Liegeplätze hinaus und fragte sich, warum er diesmal so wenig Begeisterung für seine Arbeit aufbringen konnte – und warum er sich so wenig über ein weiteres lukratives Geschäft freute.
Er dachte an Ashley, und das hob seine Stimmung auch nicht. Ganz im Gegenteil. Die Entfremdung, die sich bei ihnen eingestellt hatte, bedrückte ihn, und er wünschte, er wüßte einen Weg, wie sie aus dieser Sackgasse herauskommen konnten.

Schließlich zwang er sich und widmete sich den Arbeiten, die unerledigt auf seinem Schreibtisch liegengeblieben waren. Es war nichts darunter, was wirklich interessant und von Belang war, jedoch auf Erledigung drängte.

Gegen Mittag ging er dann in die Bootshalle zu Coffee hinüber, der gerade über einer Penta-Dieselmaschine brütete. »Ob du es glaubst oder nicht, ich krieg' doch einfach nicht raus, wo hier der Wurm drin sitzt«, brummte er kopfschüttelnd und wischte sich die öligen Hände an einem Tuch ab. »Ist wohl nicht mein Tag. Man sollte eben nicht an einem Freitag mit der Arbeit beginnen.«

»Hab' auch schon mal bessere Freitage gesehen«, tröstete Richard ihn.

»Hast du Zeit für einen Kaffee?«

Richard nickte, und sie gingen ins Ersatzteillager, wo Coffee ein kleines Büro hatte. Ein ramponierter Schreibtisch, zwei verbeulte Metallschränke, ein quietschender Drehstuhl und ein ausrangierter dreibeiniger Sessel bildeten die ganze Einrichtung. Auf dem Schreibtisch türmten sich dicke Wälzer, in denen zu jedem Motor jedes noch so winzige Teil zu finden war. An den Bretterwänden hingen Poster, die die Vertreter der betreffenden Motoren-Firmen zurückgelassen hatten. Es gab kaum eines, auf dem nicht auch ein leichtgeschürztes Mädchen abgebildet war. Auch wenn jeder logische Zusammenhang fehlte. Das lächerlichste Poster war das, wo eine makellose Blondine in einem superknappen Bikini sich über einen Zylinderblock beugte, Schraubenschlüssel in den Händen, die so groß waren, daß sie aus Pappmaché sein mußten. Denn hätte sie die Originalwerkzeuge in der Hand gehalten, wäre ihr kaum dieses zuckersüße Lächeln gelungen.

Das Büro war total überheizt, aber Richard fühlte sich in diesem muffigen Kabuff immer wohl. Er steckte sich eine Zigarette an, während Coffee zur Kaffeemaschine ging, zwei Pappbecher füllte und die Trockenmilch verrührte.

»Wie war der Empfang?« fragte er.

Richard nahm den Becher. »Der Jahreszeit entsprechend frostig.«

»Tut mir leid. Ich hätte darauf drängen sollen, daß wir eher zurückreisen ... bei deinen Verpflichtungen«, sagte er mitfühlend.

»Ja, die Verpflichtungen«, sagte Richard sarkastisch und nippte am Kaffee. Er war heiß und dünn, eben amerikanischer Kaffee Marke Spülwasser. »Weißt du, manchmal frage ich mich, warum ich das alles überhaupt mache.«

»Was das?« fragte Coffee.

Richard machte eine vage Handbewegung. »Na, die Geschichte mit der Marina eben. Als ich nach Amerika kam, dachte ich, daß jetzt das große Abenteuer beginnen würde. Tauchen in Florida, an der Küste von Kalifornien, Trips in die Karibik und so weiter. Das Rüstzeug hatte ich dafür ja als ausgebildeter Tauch- und Segellehrer. Aber was ist daraus geworden?«

»Big Business, mein Freund.«

»Du sagst es, Big Business!« bestätigte Richard grimmig. »Teilhaber einer florierenden Marina, die mich neun, zehn Monate am Schreibtisch festnagelt, und dann und wann einmal eine halbherzige Flucht in ein Zwei-Wochen-Tauchabenteuer. Ich muß dir ehrlich sagen, hätte mir das einer vor sieben Jahren gesagt, ich hätte ihn für verrückt erklärt.«

»Erfolg und Freiheit sind eben zwei grundverschiedene Paar Schuhe.«

Richard sah ihn prüfend an. »Würdest du mit mir tauschen wollen, Coffee? Nehmen wir mal an, jemand würde dir sagen: ›Coffee, alter Bimbo, hier hast du fünfzig Prozent an der *Pelican Point Marina.* Sie kosten dich keinen Cent. Spring nur an meine Stelle.‹ Was würdest du tun?«

Coffee rührte gedankenversunken in seiner Brühe. »Auf den ersten Blick wäre das ein höllisch verlockendes Angebot«, räumte er ein, »und ich bin froh, daß niemand wirklich auf die Idee kommt, mich auf die Probe zu stellen, wie leicht ich zu korrumpieren bin. Da das Angebot aber zum Glück nur ein theoretisches ist, kann ich leichten Herzens mit einem Nein antworten. Hatte schon immer einen Riesenhorror vor einem Bürojob.« Richard verzog das Gesicht. »Wem sagst du das.«

»Mir paßt ja dieser Job schon nicht, obwohl ich leidenschaftlich gern an Motoren herumbastle«, fuhr Coffee fort. »Aber was soll ich hier an so einem Tümpel, wenn ich auch woanders arbeiten kann.«

»Beispielsweise in Key West«, sagte Richard spöttisch.

»Ja, beispielsweise. Also was habe ich hier verloren? Mir ist der Winter noch nie so auf den Geist gegangen wie dieses Jahr. Die Wochen unten in Florida waren Gift für meine Arbeitsmoral, wenn ich ganz offen sein soll, Richard. Warum soll ich mir hier den Arsch abfrieren, wenn ich es anders haben und näher an guten Tauchgründen sein kann. Wenn man auf den Keys lebt, könnte man schon mal an einem Wochenende rausfahren und auf andere Gedanken kommen. Von hier aus ist so etwas nicht drin, es sei denn, man ist scharf darauf, nach Bierdosen oder abgerissenen Angelhaken im See zu tauchen. Aber das ist nicht ganz mein Stil.«

»Das klingt ja so, als hättest du nicht schlecht Lust, den Job hier hinzuschmeißen und nach Süden zu ziehen«, sagte Richard überrascht.

Coffee zuckte die Achseln. »Meine Wurzeln reichen hier nicht sehr tief, und meine Verpflichtungen kann ich an einem freien Tag ins reine bringen. Das Apartment ist schnell gekündigt. Ich glaube, das war wirklich mein letzter Winter, Richard.«

»Wann wirst du kündigen?«

»Ich denke, im Spätsommer pack' ich ein. Zeit genug, einen neuen Mann zu finden.«

»Irgendeinen Mechaniker schon, aber nicht so einen wie dich, Coffee. Du bist der beste«, sagte Richard bedrückt und konnte sich gar nicht vorstellen, daß sein bester Freund in ein paar Monaten schon nicht mehr in seiner Nähe sein würde.

»Wir sind mehr als nur gute Tauchbuddies, darüber brauchen wir nicht viel Worte zu verlieren«, sagte er ernst, »aber du wirst verstehen, daß ich nicht aus Freundschaft bleiben kann.«

Richard berührte ihn kurz am Arm. »Klar doch. Wünschte nur, ich könnte ebenso leicht meine Sachen packen und einen neuen Anfang machen.« Er atmete tief durch und erhob sich. »Du hast recht. Das ist nicht unser Tag heute. Wir reden noch mal drüber. Big Business ruft.«

Coffee nickte ihm wortlos zu, und in seinen Augen lag ein trauriger Blick.

Als Richard die Bootshalle verließ, kam ihm seine Schwiegermutter entgegen. Evelyn Clatterbuck war für ihre sechzig Jahre noch eine nicht nur attraktive, sondern auch modische Erscheinung, die sehr viel auf ihr Äußeres gab. Ihr dunkelblond gefärbtes Haar lag so perfekt unter einer Wolke von Spray, daß es schon einer heftigen Bö bedurft hätte, um nur eine Strähne aus dem Kunstwerk zu lösen. Ihrem schmalen Gesicht sah man an, daß sie in jüngeren Jahren wohl mal eine außergewöhnliche Schönheit gewesen sein mußte. Ihre Augen waren klar und ausdrucksvoll und bekannt dafür, durchdringend und unerbittlich zu sein. Und die scharfe Zunge ihres Mundes, der so trügerisch lächeln konnte, hatte schon so manchen ahnungslosen Widersacher ganz klein mit Hut werden lassen. Schlank wie eine Gerte, hielt sie sich aufrecht wie ein Gardeoffizier. Ihr Gang hatte nie etwas Zögerndes, Unsicheres an sich, wie das bei älteren Menschen häufig der Fall war. Evelyn Clatterbuck kannte stets ihr Ziel und steuerte energisch darauf zu.

»Richard!« rief sie mit einem scheinbar verzückten Lächeln und schlug die Hände zusammen. »Ich hätte dich ja fast nicht wiedererkannt. Aber bei dieser herrlichen Urlaubsbräune, und wo wir dich in letzter Zeit so wenig zu Gesicht bekommen …« Damit hatte sie ihren ersten Pfeil abgeschossen.

»Kokettiere nicht mit deinem Alter, Eve«, erwiderte er mit einem ebenso aufgesetzt herzlichen Lächeln und revanchierte sich damit für ihren Vorwurf. Denn nichts haßte sie mehr, als wenn man sie an ihr Alter erinnerte. »Erinnerungsschwächen gibt es doch bei dir nicht.«

»Du sagst es, mein Lieber. Ich vergesse nichts!« versicherte sie zweideutig. »Aber lassen wir das. Es ist wirklich sehr großzügig von dir, daß du dich mal wieder bei deiner Familie blicken läßt.«
Er ließ sich von ihr umarmen und folgte ihrem Beispiel, einen mehr symbolischen Kuß *neben* die Wange zu hauchen, um ja nicht ihr Make-up oder ihre Frisur zu beeinträchtigen. Sie achtete streng auf Konventionen und fast noch strenger darauf, daß ihr keiner zu nah kam, sowohl buchstäblich als auch in übertragenem Sinne.
»Das warme Nest der Familie weiß man immer erst dann richtig zu schätzen, wenn man aus der feindseligen Fremde zurückkehrt«, erwiderte er spöttisch und dachte, daß umgekehrt wohl eher ein Schuh daraus wurde.
Sie überging seine bissige Bemerkung. »Ich hab' dich schon überall gesucht.«
»Du weißt doch, wo du mich in solchen Fällen fast mit hundertprozentiger Sicherheit findest, Eve.«
Seine Freundschaft mit Coffee war ihr ein Dorn im Auge, und dementsprechend scharf fiel ihre Antwort auch aus. »Ich weiß, daß du dich gern unter das einfache Volk mischst, wie du dich einmal selbst ausgedrückt hast. Und es ist sicherlich bei dem einen oder anderen ganz angebracht, sich gelegentlich seine Herkunft vor Augen zu führen. Aber man kann es auch übertreiben.«
Richard lächelte, und diesmal kam es von Herzen. Er konnte einfach nicht anders, als ihre Schlagfertigkeit und Scharfzüngigkeit zu bewundern. »Es hat nun mal nicht jeder das Glück, als Clatterbuck geboren zu werden. Und jetzt laß uns reingehen. Wir können uns auch drinnen nach altgewohnter Manier in den Haaren liegen, während wir so tun, als hätten wir nur die edelsten Motive. Was das betrifft, können wir alle von dir noch eine ganze Menge lernen. Keiner könnte die Löwin der Familie für mich besser symbolisieren als du, Eve.« Er hatte sich nie überwinden können, seine Schwiegermutter »Mom« zu nennen, wie sie es nach der Heirat vorgeschlagen hatte. Sie hatten sich nie herzlich

nahegestanden, sondern all die Jahre eine Beziehung gepflegt, die von gegenseitiger Zurückhaltung, aber auch von Respekt gekennzeichnet war.

Richard hatte die Wahrheit noch nie so deutlich ausgesprochen. Doch seine Schwiegermutter gönnte ihm noch nicht einmal die Genugtuung, zumindest für einen Augenblick Überraschung zu zeigen. Sie hatte sich stets unter Kontrolle – und sie hatte auf eine Art, die er im stillen nur bewundern konnte, Stil.

Sie hakte sich bei ihm ein. »Richard, du hast mehr gelernt, als ich je für möglich gehalten hätte«, antwortete sie ihm gelassen. »Diese Marina beweist es. Doch es gibt Dinge im Leben, die du nie lernen wirst.«

Er schmunzelte und führte sie ins Haus. »Du hast mir noch immer nicht verraten, was dich überhaupt zu uns an den See geführt hat«, sagte er, als sie in sein Büro kamen.

»Du hast mir gefehlt.«

Er hob die Augenbrauen. »In welcher Hinsicht?«

»Du scheinst der einzige zu sein, der sich mit mir anzulegen wagt. Manchmal kann das sehr enervierend sein, aber Langweiler irritieren mich mehr«, gestand sie.

Es gab Augenblicke, wo Richard sie regelrecht mochte und ein Gefühl der Verbundenheit empfand, weil sie sich trotz ihrer Gegensätzlichkeit doch in vieler Hinsicht sehr ähnlich waren. Dies war so ein Augenblick. Doch er wußte, daß es bei solch flüchtigen Momenten bleiben würde, trennten sie doch Welten.

»Da stimme ich dir ohne Einschränkung zu. Aber nun sag schon, warum du wirklich gekommen bist«, bat er.

»Ach, es ist nur eine Kleinigkeit, die ich auch am Telefon hätte erledigen können, aber ich dachte, ich schau hier mal gleich nach dem Rechten«, sagte sie mit einer Nonchalance, als hielte sie bedeutende Anteile an der Marina. »Ich habe vor ein paar Tagen mit Mr. Beagle gesprochen. Du wirst ihn kennen.«

Er nickte. »Das ist doch dieser schwergewichtige Glatzkopf, der ein Billig-Restaurant nach dem anderen hochzieht, nicht wahr?«

»Mr. Beagle versteht sein Geschäft«, gab sie mit einem zurechtweisenden Unterton in der Stimme zurück. »Er ist an dieser Motoryacht interessiert, du weißt schon, dieser Grand Banks. Hast du die Unterlagen noch?«
»Natürlich.«
»Gut, dann sei doch bitte so gut, und bring sie morgen mit zum Wohltätigkeitsfest. Mr. Beagle kommt auch, und wie ich ihn kenne, wird er mit dem Auftrag nicht lange zögern. Ich nehme doch an, daß du ihm dieses Boot besorgen kannst.«
»Ich kann ihm jedes Boot besorgen, und wenn es die QUEEN ELIZABETH ist«, erwiderte Richard, »aber was will er denn mit einer fast sechzig Fuß langen Grand Banks auf dem Smith Mountain Lake, Eve? Das ist ja so blödsinnig wie ein Schnellboot auf einem Seerosenteich. Die Grand Banks ist für große Fahrt und Küstengewässer ausgelegt.«
»Des Menschen Wille ist sein Himmelreich, Richard. Wenn er unbedingt so eine Yacht haben möchte und dafür bezahlen kann, was nun wirklich außer Frage steht, dann solltest du dich nicht mit solchen Nebensächlichkeiten aufhalten«, wies sie ihn zurecht.
»Ich finde nicht, daß mein Einwand eine Nebensächlichkeit ist«, widersprach er. »Ich halte es für meine Pflicht, meinen Kunden nicht nur irgend etwas zu verkaufen, sondern sie auch zu beraten. Und so eine Grand Banks auf unserem See halte ich für das Dümmste, was man tun kann.«
Evelyn Clatterbuck erhob sich. »Wenn es dir lieber ist, kann ich ja Ron bitten, sich dieser Angelegenheit anzunehmen«, sagte sie kühl. »Ich habe Mr. Beagle jedenfalls mein Wort gegeben, daß er die Unterlagen morgen bekommt und mit dir oder Ron über alle Einzelheiten reden kann.«
Richard seufzte. »Schon gut. Ich suche die Unterlagen raus und bring' sie morgen mit«, versprach er und begleitete sie zu ihrem Wagen hinaus.
In sein Büro zurückgekehrt, steckte er sich eine Zigarette an und

ließ seine Gedanken treiben. Was Coffee ihm eröffnet hatte, beschäftigte ihn sehr. Er konnte seine Unzufriedenheit allzugut nachempfinden. Die ersten Jahre, als alles noch neu gewesen war und er sich hatte im Geschäft bewähren müssen, hatte er nicht viel Zeit gehabt, sich groß Gedanken darüber zu machen, welche ungeahnte Richtung sein Leben genommen hatte. Die Marina aufzubauen war eine Herausforderung gewesen, und der Wunsch, Ashley glücklich zu sehen, hatte es ihm leichter gemacht, sein unstetes Leben aufzugeben.

Doch diese Zeit war vorbei. Die Marina war zu einem soliden, gewinnbringenden Unternehmen geworden, das es nur noch zu verwalten galt. Eine Aufgabe, die ihm immer schwerer fiel und das Unbehagen in ihm wachsen ließ. Die Vorstellung, noch in zehn oder gar zwanzig Jahren Kunden wie Mr. Beagle hofieren zu müssen, erschreckte ihn. Das war ein Leben in einem goldenen Käfig. Aber das war es nicht allein, denn er kam auch nicht um die bittere Erkenntnis herum, daß auch das große private Glück ausgeblieben war.

Grübelnd saß er da, während es draußen wieder zu schneien begann. Es mußte einen Weg geben, das Ruder herumzuwerfen. Und er überlegte, ob er Ron nicht seinen Anteil an der Marina anbieten sollte. Er mußte ihn ja nicht sofort bis auf den letzten Cent auszahlen.

Richard nahm sich vor, bei Gelegenheit bei Ron vorzufühlen. Und dieser Entschluß, seinem Leben eine neue Wendung zu geben, hob seine Stimmung ganz beträchtlich.

5

»Du hättest wirklich eine steile Karriere als Mixer machen können«, sagte Ron Milton anerkennend am frühen Samstagabend, als er mit Richard an der Hausbar stand und den trockenen Martini kostete, den sein Geschäftspartner gemixt hatte. »Wo hast du das bloß gelernt?«

»In einem feudalen Ferienclub in Kenia. Der Chefmixer an der Bar war eine Frau, die mich in die Geheimnisse der gehobenen Trinkkultur einweihte.«

»Wohl nicht nur darin«, sagte Ron mit einem Augenzwinkern.

»Junge, du bist wirklich ganz schön rumgekommen, wenn man dich so erzählen hört.«

»Ja, und wo bin ich schließlich gelandet? In der Provinz von Süd-Virginia«, spottete Richard.

»Na, ich würde mit keinem tauschen wollen.«

»Das ist ja eben das Kreuz mit euch Hinterwäldlern. Ihr könnt nie weiter als bis zum nächsten Bergrücken schauen.«

Ron sah ihn an. »Du scheinst ja heute in blendender Laune zu sein.«

»Das muß wohl am Smoking liegen«, meinte Richard. »Du weißt, wie freudig mich diese bessere Oberkellnerbekleidung stimmt.«

Ron schüttelte verständnislos den Kopf. »Der steht dir doch ausgezeichnet. Und Mitternachtsblau ist genau die richtige Farbe für dich. Komm, mach nicht so ein verdrossenes Gesicht. Ich sag' dir, wir werden heute einen Heidenspaß haben. Von diesem Fest wird man noch lange sprechen. Wir haben wirklich ein erstklassiges Programm auf die Beine gestellt. Es wird dir bestimmt gut gefallen.«

»Sofern Ashley noch vor der großen Tombolaziehung mit dem Anziehen fertig wird«, wandte er ein und warf einen Blick auf die Uhr. »Ich sehe mal, wie weit sie ist.«

»Dräng sie bloß nicht! Du weißt doch, wie Frauen sind!« rief Ron. »Wir haben doch noch jede Menge Zeit.«

Ashley saß im Schlafzimmer vor dem Frisiertisch und legte Lidschatten auf. Das lindgrüne Taftkleid, das einer Debütantin alle Ehre gemacht hätte, hing noch am Einbaukleiderschrank.

»Wie sieht es aus, Mylady?«

»Schon unruhig?« fragte sie zurück, ohne den Blick zu heben.

»Wollte nur sehen, ob wir noch Zeit für einen zweiten Drink haben.«

»Ihr werdet euch schon noch etwas gedulden müssen. Immerhin kommt das Fernsehen.«
»Richtig, das hatte ich ja ganz vergessen. Meinst du, ich sollte auch etwas Puder auflegen, damit meine Nase im Scheinwerferlicht nicht so glänzt?« zog er sie auf.
»Du leistest besser Ron im Wohnzimmer Gesellschaft, anstatt hier deinen zweifelhaften Witz an mich zu vergeuden«, gab Ashley ungehalten zurück.
»Ganz wie Sie wünschen.«
»Und vergiß nicht, die Broschüren bereitzulegen, um die Mom dich gebeten hat!« erinnerte sie ihn. »Sie reißt dir den Kopf ab, wenn du ohne sie kommst.«
»Natürlich, die Broschüren!«
Richard ging in sein Arbeitszimmer und suchte in seiner Aktentasche nach den Grand-Banks-Prospekten, konnte sie jedoch nicht finden. Dabei war er sicher, sie eingesteckt zu haben.
»Wo sind die verdammten Dinger bloß?« murmelte er ärgerlich über sich selbst.
Plötzlich fiel es ihm ein. Er hatte sie zusammen mit den neuen Tauchmagazinen eingesteckt, die er Coffee gestern nachmittag gegeben hatte. Der Prospekt mußte in einem dieser Hefte sein. Dumm war nur, daß Coffee kein Telefon hatte.
Er ging zu Ron ins Wohnzimmer zurück. »Ich muß noch mal weg«, sagte er und erzählte ihm kurz von seinem Mißgeschick. »Coffee wohnt droben in Salem. Ich komme von ihm dann gleich zum Club. Ihr braucht nicht auf mich zu warten.«
»Okay, aber sieh zu, daß du nicht bei ihm versackst«, ermahnte Ron ihn. »Wenn ihr beide zusammenhockt, könnt ihr ja nie ein Ende finden. Ashley wird es dir nicht verzeihen, wenn du zu spät kommst.«
»Keine Sorge, ich werde mir euer grandioses Fest nicht entgehen lassen. Bis später dann!« Er nahm seine Wagenschlüssel und verließ das Haus.
Die Scheinwerfer des Blazer bohrten sich in die schneegetränkte

Dunkelheit, als er den Geländewagen durch die ruhigen Straßen der Villengegend lenkte.
Plötzlich tauchte von rechts ein chromblitzender Cadillac auf, der sich keinen Deut um das Stopschild kümmerte und ihm die Vorfahrt nahm. Fluchend trat Richard voll auf die Bremse, um einen Zusammenstoß zu vermeiden. Der Cadillac fuhr ungerührt und keine Armlänge von seiner Stoßstange mehr entfernt an ihm vorbei. Wütend hupte er ihm hinterher. Er wollte gerade wieder anfahren, als sein Blick auf die Klarsichtmappe fiel, die bei dem abrupten Bremsmanöver unter dem Beifahrersitz hervorgerutscht war. Sie enthielt die gesuchten Prospekte der Grand Banks.
»Mein lieber Freund, wo hast du in letzter Zeit nur deine Gedanken«, seufzte er, bückte sich nach der Mappe und hob sie auf. Er konnte sich die Fahrt zu Coffee also sparen und fuhr zurück.
Als er das Haus betrat, hörte er Ashleys Lachen – und so etwas wie einen nicht ernst gemeinten Protest. Er wußte später nicht zu sagen, was ihn bewogen hatte, sich nicht zu melden. Doch das Gefühl, daß irgend etwas nicht stimmte, hielt ihn in der Diele zurück und ließ ihn lauschen.
»Liebling, ich kann mich nicht konzentrieren, wenn du das machst! ... Ronnie, bitte nicht!«
Richard erstarrte.
Liebling? Ronnie?
Ein schrecklich flaues Gefühl breitete sich in seinem Magen aus.
»Du sollst dich ja auch nicht auf dein Make-up konzentrieren, Schatz, sondern auf mich. Du bist außerdem selber schuld. Warum siehst du auch so verführerisch aus.«
»Aber ich muß mich anziehen ...«
»Für meinen Geschmack hast du noch immer viel zuviel an, Liebling. Du weißt gar nicht, was ich vorhin gelitten habe, als ich daran dachte, daß du nur ein paar Schritte von mir entfernt so aufreizend herumläufst, und ich nicht zu dir kann. Einen größe-

ren Gefallen, als zu diesem Coffee zu fahren, hätte mir Richard gar nicht tun können.«
Richard schluckte schwer. Er glaubte, seinen Ohren nicht zu trauen. *Ashley und Ron!* Seine Frau betrog ihn mit seinem Partner! Das war unmöglich. Aber die Stimmen der beiden waren kein Traum, keine Einbildung.
»Zieh das aus, mein Schatz. Wir haben noch soviel Zeit. Ich möchte dich – jetzt sofort.«
Richard ballte die Fäuste. Dieser Mistkerl hatte doch wahrhaftig die Frechheit, es auch noch in seinem eigenen Haus mit seiner Frau zu treiben.
Einen kurzen Moment lang war er versucht, zu ihnen ins Schlafzimmer zu stürzen und Ron windelweich zu prügeln. Doch da fiel sein Blick auf das Handdiktaphon, das er auf den Dielentisch gelegt hatte. Es war ein Wunder japanischer Technik. Er nahm es an sich, ließ es schnell zurücklaufen und ging dann zögernd nach links auf die Schlafzimmertür zu, die einen Spalt offenstand.
»Ron, du bist verrückt!«
Richard drückte die Aufnahmetaste.
»Ja, verrückt nach dir, Liebling.«
»O Gott, was ist er stark …«
Richard preßte die Lippen zusammen und schloß die Augen. Jedes Wort, jedes intime Geräusch und jedes Stöhnen war wie ein Stich. Er sagte sich, daß es Masochismus war, vor der eigenen Schlafzimmertür zu stehen und zu lauschen, wie Ashley ihn mit Ron betrog – und zwar mit einer Leidenschaft, die ihn daran erinnerte, wie wunderbar es einmal zwischen ihnen gewesen war.
Doch irgend etwas in ihm zwang ihn dazu, dort auszuharren und ihrem Liebesgestöhne zuzuhören wie ein Voyeur, nur daß er dabei keine Befriedigung empfand, sondern Trauer und ohnmächtigen Zorn.

Das fröhliche Stimmengewirr, Gläserklingen und Lachen wiesen ihm den Weg, als er anderthalb Stunden später den *Hidden Valley Conntry Club* betrat. Man hatte durch Herausnehmen der beweglichen Trennwand beide Festsäle zusammengelegt, ein blumengeschmücktes Podium für das Orchester und die Darbietungen aufgebaut und um das Parkett der Tanzfläche etwa vierzig festlich dekorierte Vierertische aufgestellt.
Das Dinner hatte noch nicht begonnen; man war noch beim Begrüßungscocktail und stand in kleinen Gruppen zusammen. Die geladenen Gäste, allesamt in Smoking und langer Abendgarderobe, bildeten ein recht repräsentatives Abbild der gehobenen Geschäftswelt von Roanoke und Umgebung. Nach den beiden Ehrengästen aus Washington brauchte er nicht lange Ausschau zu halten. Die Politiker waren nicht nur von den Geschäftsleuten umlagert, sondern standen auch im Brennpunkt der Lampen der mobilen Kamerateams.
»Einen Augenblick«, sagte Richard zu einem der Kellner, die Tabletts mit Cocktails und Champagner durch die Menge trugen. Er kippte ein Glas Champagner hinunter und nahm sich einen zweiten.
Ashley entdeckte er in der Nähe des Podiums. Sie unterhielt sich offenbar angeregt mit zwei ihrer Freundinnen, die nicht weniger elegant gekleidet waren. Sie sah absolut hinreißend in ihrem wallenden Taftkleid aus, dessen Dekolleté raffiniert geschnitten war. Sein Magen krampfte sich zusammen, als er daran dachte, wie sie es mit Ron im Schlafzimmer getrieben hatte, und der unbändige Zorn, den er in einer Bar mit einem halben Dutzend doppelten Scotchs bekämpft hatte, drohte ihn wieder zu überwältigen.
Ihr Blick fiel auf ihn, und das Lächeln verschwand augenblicklich aus ihrem Gesicht. Sie sagte etwas zu ihren Freundinnen kam auf ihn zu.
»Wo bist du gewesen?« zischte sie leise. »Weißt du, wie spät es ist?«

»Weshalb regst du dich so auf? Eigentlich solltest du doch jetzt völlig entspannt sein. Ich glaube nicht, daß du mich sehr vermißt hast«, erwiderte er.

Sie sah ihn wütend an. »Du hast getrunken! Eine regelrechte Fahne hast du. Ich finde das unerhört, daß du mit diesem Coffee zusammenhockst und dich betrinkst, während wir hier auf dich warten!«

»Du hattest doch den lieben Ronnie an deiner Seite. Ich bin sicher, er hat dir über den Schmerz meiner Abwesenheit blendend hinweggeholfen.«

»Du bist ja betrunken!« Ihre Augen funkelten.

»Es gibt Dinge, die kann man nur im Suff ertragen, Ashley.«

Sie warf ihm einen zornigen Blick zu und wandte sich ab.

Ron trat zu ihm. »Da bist du ja endlich, Richard. Wir dachten schon, du würdest gar nicht mehr kommen.«

Richard spürte das kaum zu bezähmende Verlangen, ihm das falsche Lächeln aus dem Gesicht zu schlagen und zu sehen, wie Blut über sein Smokinghemd floß. Doch er riß sich zusammen.

»Danke, daß du dich so aufopfernd um Ashley gekümmert hast, Ron. Es ist immer gut zu wissen, daß man einen Partner hat, auf den man sich blind verlassen kann, wenn man selbst mal nicht in Form ist.«

Ron wich seinem Blick aus und räusperte sich verlegen. »Das war doch selbstverständlich.«

»Nur nicht so bescheiden. Ich weiß schon, was ich an dir habe ... und Ashley ganz sicherlich auch«, sagte Richard spöttisch und leerte sein Glas. »Habe ich dir schon davon erzählt, daß es mich bei unserem letzten Tauchgang beinahe erwischt hätte?«

»Nein? Was ist passiert?« tat Ron interessiert und war sichtlich froh, daß Richard scheinbar das Thema wechselte.

»Eine defekte Dichtung. In über hundert Fuß Tiefe ist das alles andere als ein Spaß. Ich hatte Glück, daß ich noch mal davongekommen bin«, übertrieb Richard. »Aber das hat mir doch zu denken gegeben, und ich hab' mich gefragt, was wohl aus Ashley

geworden wäre. Du weißt ja, was man sich manchmal so Gedanken macht. Tja, und da hab' ich mich eben gefragt, wer Ashley denn in so einer Situation beistehen würde. Du mußt mir versprechen, dich ihrer anzunehmen, Ron. Ich glaube, du wirst sie trösten können. Was meinst du?«
Ron Milton fühlte sich ganz offensichtlich reichlich unwohl in seiner Haut. »Natürlich würde ich in so einer Situation alles in meiner Macht Stehende für sie tun, das versteht sich doch.«
»Das beruhigt mich, Ron, das beruhigt mich wirklich ungemein«, sagte Richard mit einem merkwürdigen Unterton, der seinen Geschäftspartner noch unruhiger werden ließ.
»Entschuldige mich, Richard. Aber ich bekomme gerade ein Zeichen, daß wir mit dem Dinner beginnen können. Ich muß jetzt mal schnell auf das Podium, um ein paar Worte zu sagen, du weißt, der übliche Sermon bei so einer Veranstaltung.«
»Nur zu, versprüh deinen unwiderstehlichen Charme.«
Ron eilte davon und trat ans Mikrophon. Er machte seine Sache ausgezeichnet. Er begrüßte die Gäste, namentlich den Senator und Kongreßabgeordneten sowie drei weitere Honoratioren von Roanoke, gab einen kurzen Überblick über das Programm und bat dann noch Ashley zu sich, um ihr für ihre tatkräftige Unterstützung bei der Organisation der Wohltätigkeitsveranstaltung zu danken.
Als Richard die beiden oben auf dem Podium stehen sah, ging irgend etwas in ihm durch. Er schnappte sich den nächsten greifbaren Champagnerkühler und nahm die Stufen auf die Bühne mit einem Satz. Völlig verdutzt starrten Ashley und Ron ihn an, als er nach dem höflichen Beifall der Gäste nun ebenfalls ans Mikrophon trat.
»Richard!« zischte Ashley, die ahnte, daß sein ungeplanter Auftritt nichts Gutes zu bedeuten hatte.
Er kümmerte sich nicht um sie. »Keine Sorge, verehrte Gäste, einen Ansprachen-Marathon wird es nicht geben, auch wenn das schon die zweite Rede ist, die Sie auf nüchternen Magen hinneh-

men müssen, aber ein Wohltätigkeitsfest soll ja auch kein reines Vergnügen sein.«
Seine Worte lösten verhaltene Heiterkeit aus.
»Ich werde mich kurz fassen«, fuhr Richard fort und blickte in die Runde. Er entdeckte Ashleys Eltern an einem der vordersten Tische. Evelyn blickte mit einem mißbilligenden Stirnrunzeln zu ihm hoch. Dan dagegen schien sich zu amüsieren, zumindest lag ein Schmunzeln auf seinem markanten Gesicht, das nicht wie das eines Sechsundsechzigjährigen aussah. Er trug eine burgunderrote Smokingjacke, die einen wunderbaren Kontrast zu seinem noch vollen, jedoch gänzlich ergrauten Haar bildete. Er war eine hochgewachsene, beeindruckende Persönlichkeit, die nicht so leicht aus dem Gleichgewicht zu bringen war. »Dies hier ist eine Wohltätigkeitsveranstaltung, womit ich Ihnen nichts Neues verrate. Jeder von Ihnen hat zweihundert Dollar hingeblättert, um hier gesehen und gefilmt zu werden und sich damit brüsten zu können, etwas für den Kulturverein getan zu haben.«
Ashley wurde blaß. »Ron, er ist betrunken! Tu doch was!« raunte sie beschwörend. »Wenn er so weiterredet, gibt es einen Skandal!«
Richard deckte das Mikrophon mit einer Hand zu und drehte sich zu ihr um. Er lächelte sie an, doch seine Augen blickten kalt. »Lächle und halte den Mund, wenn du einen echten Skandal vermeiden willst!« sagte er leise und wandte sich dann wieder dem Publikum zu. »Zweihundert Dollar wie gesagt. Aber Hand aufs Herz, Ladies und Gentlemen, was sind schon zweihundert Dollar für unsereins. Tun wir doch nicht so, als hätten wir jeden einzelnen Cent sauer verdienen müssen. Wir leben wie die Maden im fetten Speck, und wenn ich mich so umblicke, sehe ich so manchen guten Kunden der *Pelican Point Marina,* der, ohne mit der Wimper zu zucken, fünfzig-, sechzigtausend Dollar auf den Tisch legt, um sich ein Boot zu kaufen, das er so häufig benutzt, daß er nur alle zwei Jahre den Aschenbecher zu leeren braucht, nicht wahr, Mr. Beagle?«

Gelächter erhob sich an einigen Tischen, doch die konsternierten Blicke waren in der Überzahl. Die beiden Kamerateams ließen sich diese ungewöhnliche Rede natürlich nicht entgehen. Längst hatten sie ihre Kameras auf ihn geschwenkt.
»Um es kurz zu machen, verehrte Wohltäter«, sagte Richard und begegnete dem wütenden Blick seiner Schwiegermutter mit einem fröhlichen Lächeln. »Ich schlage vor, wir alle tun ein bißchen mehr, um diese Bezeichnung auch wirklich zu verdienen und das Dinner ohne Gewissensbisse genießen zu können. Ich habe hier einen Champagnerkübel, den wir mit Dollarnoten füllen sollten – aber bitte nicht mit Eindollarscheinen. Vergessen Sie nicht, daß Ihr Nachbar sieht, was Sie spenden. Geiz macht sich bei der Klatschsucht in unseren besseren Kreisen nicht bezahlt. Zehn Dollar, und Sie werden nächste Woche überall hören können, daß Sie kurz vor dem Bankrott stehen.«
Vereinzeltes Gelächter erhob sich, doch die meisten Gesichter zeigten eine Mischung aus Verständnislosigkeit und Zögern, als wüßten sie noch nicht, was sie von diesem reichlich merkwürdigen Spendenaufruf halten sollten. Und daß Richard nicht mehr ganz nüchtern auf dem Podium stand, konnte man ihm anhören, auch wenn er noch weit davon entfernt war, die Kontrolle über seine Stimme zu verlieren.
»Am besten machen Sie es mir nach und legen auf Ihren Eintrittspreis noch einmal dieselbe Summe drauf! Zweihundert Dollar, und der nächste Drink schmeckt Ihnen gleich doppelt so gut! Zweihundert Dollar, das geben doch manche der hier versammelten Ladies im Monat für ihren Friseur aus!« Richard klappte seine Brieftasche auf, zog vier Fünfziger heraus und ließ sie in den Kübel flattern. »Und wenn ich jetzt Sie zur Kasse bitten darf, verehrte Wochenendwohltäter! Tun Sie Ihrem Drang, etwas Gutes zu tun, keinen Zwang an. Und vergessen Sie die Kameras nicht. So werbewirksam haben Sie noch nie spenden können. Schecks werden natürlich auch akzeptiert, falls Sie soviel Kleingeld nicht dabeihaben.«

Einen Augenblick herrschte unschlüssiges Schweigen darüber, ob man Richards Rede als beleidigend und geschmacklos oder aber als derben Witz werten sollte.
Es war Dan Clatterbuck, der die Situation rettete. Er erhob sich und applaudierte. Im nächsten Augenblick klatschte der ganze Saal. Er trat zum Podium, und als der Applaus abebbte, sagte er: »Mein Schwiegersohn hat manchmal ganz eigene Ideen, die den Rahmen des Üblichen sprengen. Doch ich bin sicher, daß der Kulturverein seinen außergewöhnlichen Einsatz schätzen wird, wenn der Inhalt dieses Champagnerkübels ausgezählt ist. Da ich nicht hinter Richard zurückstehen möchte, spende ich dieselbe Summe.« Er legte mehrere Scheine in den Champagnerkühler, winkte einen Kellner heran und trug ihm auf, damit von Tisch zu Tisch zu gehen.
Lautes Stimmengewirr setzte ein. Man war allgemein zu dem Entschluß gekommen, sich darüber zu amüsieren, daß man durch den Kakao gezogen worden war.
»Du verschwindest jetzt besser von da oben«, sagte Dan Clatterbuck leise zu Richard, ohne jedoch aufgebracht zu wirken, »und läßt das Programm so weiterlaufen, wie es geplant ist. Kommst du zu uns an den Tisch?«
Richard schüttelte nur stumm den Kopf.
»Gut, dann eben nicht«, sagte Dan nur und kehrte langsam zu seinem Tisch zurück.
Ashley war noch immer ganz blaß im Gesicht. »Du solltest dich schämen!«
»Findest du?«
»Du hast uns bis auf die Knochen blamiert mit deiner unverschämten Pöbelei! Wie konntest du nur so etwas ... Vulgäres tun?« fuhr sie ihn mit gedämpfter Stimme an.
Er starrte sie an und vermochte sich nicht gegen die Bilder zur Wehr zu setzen, die sich ihm mit aller Macht aufdrängten. Ganz deutlich sah er vor seinem inneren Auge, wie sie sich von Ron das Höschen abstreifen ließ, wie ihre schlanken Finger sich um seine

Männlichkeit legten, wie ihr Mund sich auf ihn senkte, wie sie ihn in sich aufnahm und stöhnte.
Richard konnte ihren Anblick nicht länger ertragen, und er ließ sie stehen, ohne ihr geantwortet zu haben. Die fröhliche Atmosphäre um ihn herum klang wie Hohn in seinen Ohren. Er mußte hier raus. Blieb er, konnte es passieren, daß er wirklich durchdrehte.
Er stürzte aus dem Saal und ließ sich am Empfang Briefbogen, Umschlag und Kugelschreiber geben. Hastig schrieb er ein paar Zeilen. »Geben Sie das bitte meiner Frau nach dem Dinner«, sagte er zu dem Clubangestellten.
»Gern, Mr. Harding.«
»Aber bitte nicht vorher.«
»Sie können sich auf mich verlassen!« versicherte der Mann.
Richard steckte ihm zehn Dollar zu, und als dieser ablehnen wollte, sagte er mit einem Blick auf das Namensschild, das er wie jeder Angestellte des Clubs über dem Emblem am Jackett trug: »Nehmen Sie es nur, Mister Edwards, das ist das letzte Trinkgeld, daß Sie von mir zu sehen bekommen.«
Verdutzt blickte der Mann ihm nach.
Richard trat in die kalte Nacht hinaus. Es hatte aufgehört zu schneien. Die frische Luft tat ihm gut, und langsam ging er zum Parkplatz hinüber. Den Mercedes-Sportwagen hatte er schnell entdeckt. Er zog die Ersatzschlüssel heraus, die er sich geholt hatte, bevor er zum Club gefahren war, und setzte sich in den Wagen. Mit grimmiger Genugtuung zündete er sich eine Zigarette an. Dann fuhr er zu Coffee.
Sein Freund war sichtlich perplex, als er ihn im Smoking vor seiner Tür stehen sah. »He, du bist auf der falschen Party, Richard. Bei mir gibt's nur Dosenbier und Kartoffelchips.«
Richard verzog das Gesicht. »Ich misch' mich gern mal unter das einfache Volk, Coffee.«
»Dann nichts wie hereinspaziert.«
Coffee bewohnte ein kleines Zweizimmerapartment, das spärlich

eingerichtet war. Das meiste Geld steckte in den Büchern, die ausnahmslos etwas mit Technik und Tauchen zu tun hatten und eine kleine Regalwand im Wohnzimmer füllten.
Richard ließ sich in einen der billigen Polstersessel fallen und nahm seine Samtfliege ab. »Hol uns was zu trinken, du wirst einen guten Schluck gebrauchen können.«
»Was ist passiert?«
»Erst das Bier.«
Coffee brachte zwei Heineken-Dosen.
Richard trank aus der Dose. Dann sagte er: »Du bist gekündigt, Partner.«
»Und wer hat mir gekündigt? Ron etwa?«
»Nein, ich.«
Coffee sah ihn besorgt an. »Du siehst verdammt schlecht aus, Richard. Also, erzähl schon, was passiert ist.«
»Ich bin fertig mit *Pelican Point Marina*, mit Ron, mit Ashley, mit allem. Und wenn ich nicht mehr da bin, wird deine Kündigung das erste sein, was Ron, dieser Mistkerl, tun wird. Aber diesen Spaß werde ich ihm gründlich versalzen, indem ich dir schon die Kündigung schreibe.«
»Hast du zuviel getrunken?«
Richard sah ihn bitter an. »Was würdest du tun, wenn dich deine Frau mit deinem Partner betrügt und mit ihr in deinem eigenen Bett vögelt?«
Fassungslosigkeit trat auf Coffees Gesicht. »Hast du dir das nur zusammengereimt, oder bist du dir sicher?« fragte er betroffen.
»So sicher wie man sich nur sein kann, wenn man keine drei Schritte davon entfernt stand, während sie es getrieben haben«, erwiderte Richard.
»Heilige Makrele!« stieß Coffee hervor. »Wo ist Ron jetzt? Im Krankenhaus?«
Richard lachte freudlos auf. »Glaubst du, ich spiel' den eifersüchtigen Ehemann und prügel' mich mit dem Schweinehund, während er mit heruntergelassenen Hosen dasteht? Da müßte ich ja

auch Ashley verprügeln, und so etwas entspricht nicht ganz meinem Stil.«

»Und was ist dein Stil?«

»Frag mich was Leichteres«, sagte Richard finster. »Weißt du, ich fühl' mich so, als hätte man mich durch den Fleischwolf gedreht und als müßte ich dafür auch noch dankbar sein. Ich weiß jetzt, daß ich vor sieben Jahren den größten Fehler meines Lebens gemacht habe.«

»Als du Ashley geheiratet hast.«

»Nein, als ich mich an die Kette legen und in die Rolle des seriösen Geschäftsmannes drängen ließ«, sinnierte Richard. »Ashley habe ich geliebt, und sie hat mich geliebt, auf ihre Art. Und vielleicht hätte was daraus werden können, wenn ich mich nicht selbst verraten hätte. Aber darüber zu lamentieren ist jetzt völlig sinnlos. Eigentlich bin ich ganz froh, daß es so plötzlich gekommen ist und sich nicht noch jahrelang hingezogen hat.«

»Na, ich weiß nicht«, sagte Coffee skeptisch. »Direkt froh kommst du mir nun nicht gerade vor.«

Richard zuckte die Achseln. »Zumindest aber erleichtert. Jetzt fühle ich mich nicht mehr verpflichtet, etwas zu tun, was mir in den letzten Jahren immer weniger Spaß gemacht hat, Coffee. Endlich kann ich den ganzen verdammten Ballast, den ich mit mir herumgeschleppt habe, abwerfen.«

»Und was wird aus der Marina?«

»Zum Teufel mit der Marina, Coffee! Ron kann sie sich sonstwohin stecken. Sie interessiert mich nicht mehr. Soll er doch Geld damit scheffeln.«

»Was genau hast du vor?«

»Tauchen, mein Freund!« erklärte Richard entschlossen. »Ich geh' runter nach Florida, leg' mir ein gutes Boot zu und mach' meinen alten Traum endlich wahr, die Schätze hochzuholen, die nur darauf warten, daß wir beide sie ausbuddeln. Was hältst du davon?«

Coffee grinste. »Mich brauchst du nicht erst lange zu überreden,

Partner. Ich bin mit von der Partie. Lieber heute als morgen. Aber ich glaube nicht, daß du dich so schnell wirst loseisen können. Du hast eine Menge am Hals, was erst noch geklärt werden muß. Und du wirst dafür einen verdammt cleveren Anwalt brauchen.«

»Das laß mal meine Sorge sein, Coffee. Ich versprech' dir, nächste Woche sind wir schon auf dem Weg nach Florida!« versprach Richard.

Sie redeten die ganze Nacht, und es tat Richard gut, sich bei seinem Freund alles von der Seele reden zu können. Es half ihm, ein wenig Abstand zu gewinnen.

»Tust du mir einen Gefallen?« fragte er dann, als die Morgendämmerung näherte.

»Nur heraus damit.«

»Ich möchte, daß du mit mir auf den Blue Ridge Parkway kommst.«

»Jetzt?« fragte Coffee verständnislos.

»Ja, jetzt.«

»Was willst du denn da?«

»Sehen, wie die Sonne aufgeht.«

»Du spinnst!«

»Ja oder nein?«

Coffee schüttelte den Kopf und seufzte. »Okay, ich tu dir den Gefallen. Aber werd' mir da oben bloß nicht sentimental!«

»Ich versprech's dir.«

Sie zogen sich an und gingen hinaus. Als Coffee den nagelneuen Sportwagen sah, pfiff er anerkennend durch die Zähne. »Junge, wenn dich die Taucher in Key West mit der Nobelkiste sehen, werden sie glauben, du hättest schon den Schatz aller Schätze gehoben.«

»Fahr du in deinem Wagen hinter mir her«, sagte Richard ohne weitere Erklärung.

»Okay, heute hast du Narrenfreiheit bei mir.«

Die Straßen waren noch ausgestorben, als sie durch Roanoke fuhren und dann der Straße folgten, die zu den verschneiten

Bergzügen der Blue Ridge Mountains hochführte. Der Parkway, eine der landschaftlichen Attraktionen Virginias, führte genau über den Kamm, war jedoch um diese Jahreszeit gesperrt.
Sie gelangten jedoch zur ersten Aussichtsterrasse, die vom Schnee geräumt war. Als die beiden Wagen ein Stück oberhalb der Balkenabsperrung hielten, ging gerade die Sonne auf und warf ihr Licht in das weite Tal, das sich vor ihren Augen bis in die noch dunkle Ferne erstreckte. Richard ließ den Motor laufen und stieg aus. Er steckte sich eine Zigarette an und trat an die Absperrung. Coffee folgte ihm. Vor ihnen fiel der Hang steil in die Tiefe und ging in ein Waldstück über.
»Tolle Aussicht«, brummte Coffee. »Aber ich war schon ein paarmal hier oben, wenn auch nicht so früh am Morgen und bei so einer Affenkälte.« Richard blickte in die Ferne. »Das Leben ist zu aberwitzig, als daß man es ernst nehmen könnte.«
»Ja, da braucht man nur dich anzusehen«, erwiderte Coffee und rieb sich die klammen Hände.
»Weißt du noch, was ich vor jedem Tauchgang tue?« fragte Richard scheinbar ohne jeden Zusammenhang.
Coffee lachte auf. »Und ob ich das weiß. Du kippst jedesmal eine kostbare Dose Bier ins Wasser, um Neptun gnädig zu stimmen«, spottete er.
Richard nickte. »Eine kleine symbolische Geste, Coffee. Ein Opfer an das Meer.«
»Ein verdammter Aberglaube.«
»Nein, ein ganz persönlicher Tick von mir. Ich gebe etwas her, und wenn es nur der Gegenwert von einem Dollar ist, weil ich mir etwas wünsche, mein Freund. Wie man auch eine Münze in einen Brunnen wirft. Nichts weiter als eine kleine Geste.«
»Du wirst also doch sentimental.«
»Schon gut«, sagte Richard und ging zum Wagen zurück.
»He, was soll das?« rief Coffee erschrocken, als er sah, wie Richard die Handbremse löste und der Wagen zu rollen begann. »Mein Gott, bist du verrückt geworden?«

»Halt dich zurück, Coffee!«
»Ich träum' wohl!«
Der Wagen wurde auf dem leicht abschüssigen Gelände schneller und rollte auf das Geländer zu. Augenblicke später durchbrach er die Balken und stürzte in die Tiefe. Er überschlug sich zweimal. Glas splitterte und Blech wurde aufgefetzt und gestaucht. Dann prallte der Mercedes zwischen die Bäume und kam dann endlich auf dem Dach zum Liegen. Ein Wrack. Reif für die Schrottpresse.
Coffee war blaß geworden. »Du ... du mußt sie nicht mehr alle haben« keuchte er verstört. »Mensch, die Kiste war doch nagelneu! Da sind dreißigtausend Dollar, die du da in die Tiefe gestürzt hast!«
»Dafür würdest du den Wagen nicht kriegen.«
»Himmelherrgott, hast du noch alle Tassen im Schrank?«
Richard lächelte und atmete tief durch. »Du weißt gar nicht, wie gut ich mich fühle. Besser als nach der schönsten Schlägerei mit Ronnie. Ich hatte Ashley den Wagen gekauft, weil ich ein schlechtes Gewissen hatte. Jetzt weiß ich, daß ich mir das hätte sparen können.«
»Aber das ist doch noch längst kein Grund, dreißig- oder vierzigtausend Dollar in den Abgrund zu werfen!« wandte Coffee erregt ein.
»Findest du nicht, daß man mit seinen Opfergaben schon ein bißchen großzügiger sein sollte, wenn man einen Schlußstrich unter sein bisheriges Leben setzt und zu neuen Ufern aufbricht?« fragte er spöttisch.
»Du bist verrückt«, murmelte Coffee. »Du bist absolut verrückt!«
»Na, das ist doch gar keine so schlechte Vorgabe für das, was wir vorhaben«, erklärte Richard unbeschwert. »Ich hab' mal gehört, daß man nicht unbedingt verrückt sein muß, wenn man sich entschließt, das Schatztauchen zu seinem Beruf zu machen, aber es heißt doch, daß es ungemein helfen soll. Und nun laß uns

zurückfahren. Ich habe einen Mordshunger. Und dann muß ich ein paar Telefongespräche erledigen. Ist das nicht ein toller Tag?«

»Ruf doch auch gleich mal deinen Psychiater an«, erwiderte Coffee und setzte sich in seinen rostigen Buick, der kaum noch einen Tausender wert war.

Richard lachte nur. »Dir fehlt der Sinn für die kleinen Gesten des Lebens, mein Freund. Und nun fahr los. Ich lad' dich zum Frühstück bei McDonald's ein.«

»Fällt dir kein besseres Restaurant ein?«

»Doch, aber von jetzt an müssen wir unser Geld zusammenhalten.«

Coffee stöhnte auf. »Heilige Makrele! Auf was laß ich mich da bloß ein!«

»Auf das Abenteuer deines Lebens!«

6 Das Telefon klingelte mindestens ein dutzendmal. Dann wurde endlich abgenommen, und eine verschlafene Stimme meldete sich. »Hier Rhodes ...«

»Morgen, Henry«, sagte Richard und blickte auf seine Uhr. Es war kurz nach halb neun. »Sie klingen, als hätte ich Sie aus dem Schlaf geholt.«

»Das haben Sie auch, Richard«, brummte Henry Rhodes.

»Morgenstund hat Gold im Mund.«

»Sie unterschlagen die wichtigste Passage dieses alten Kalauers!«

»Ich dachte, Sie säßen schon taufrisch am Frühstückstisch, um gleich zur Kirche zu fahren.«

»Ihr Humor in Ehren, Richard, aber sonntags morgens um halb neun fehlt mir jeder Sinn dafür. Vermutlich liegt das an meinem Job. Meine Klienten halten mich auch unter der Woche mit Ansinnen, von denen die meisten zum Totlachen sind, in Atem. Also, was steht an?« fragte er.

»Wessen Anwalt sind Sie, Henry? Meiner oder Ashleys?«

Henry Rhodes war ein ausgezeichneter Anwalt und daher kein Mann von schnellen Antworten. »Ganz eindeutig Ihrer, wenn es da Interessenkonflikte geben sollte, und Ihrer Frage nach zu urteilen, gibt es diese.«
»Richtig, Henry. Ich muß Sie sprechen.«
»Heute? Am Sonntag?«
»Ja, es ist dringend.«
Henry Rhodes seufzte. »Also gut, geben Sie mir eine Stunde, und kommen Sie dann zu mir.«
»Mir wäre es lieber, wir würden uns in Ihrer Kanzlei treffen, Henry. Es wird mehr als nur eine gewöhnliche Besprechung sein.«
»Wie Sie wollen, es ist ja Ihr Geld. Und Sie wissen ja, daß ich sonntags ein unverschämt hohes Honorar nehme.«
»Nicht nur sonntags.«
Henry Rhodes lachte. »Also gut, sagen wir um zehn Uhr in meinem Büro.«
»Einverstanden.«
Die Anwaltskanzlei befand sich in einem Bürokomplex gegenüber der großen Einkaufsplaza Tanglewood Mall. Punkt zehn Uhr stieg Richard aus dem Blazer, betrat das Gebäude und fuhr mit dem Fahrstuhl in den dritten Stock hoch. Die Tür zur Kanzlei stand offen.
Richard schloß die Tür hinter sich und ging geradewegs in das Büro seines Anwaltes, das mit seinen Bücherwänden voll juristischer Fachliteratur und der Holztäfelung eher wie eine kleine Privatbibliothek aussah.
»Pünktlich wie immer«, sagte Henry Rhodes und kam hinter seinem Schreibtisch hervor. »Ich liebe Klienten, die sich noch auf das Lesen einer Uhr verstehen, auch wenn sie mich am Sonntag aus dem Bett und den Armen meiner Frau treiben.«
»Die Liebe kann auch mittags prächtige Blüten treiben«, spottete Richard und tauschte mit ihm einen kräftigen Händedruck.
Henry Rhodes war gut zehn Jahre älter als er, reichte ihm jedoch

gerade bis zur Brust. Daß er kein Anhänger diätorientierter Kost war, sah man seiner beachtlichen Körperfülle an. Rund und wohlgenährt war auch sein Gesicht, was durch die runde Nickelbrille noch verstärkt wurde. Die schwarzen, glatten Haare trug er in einer altmodischen Frisur mit Mittelscheitel schräg nach hinten zurückgekämmt. Wer ihm das erstemal begegnete, konnte ihn für einen in die Jahre gekommenen genießerischen Collegestudenten halten, der sich weigerte, den Fuß endlich ins harte Berufsleben zu setzen. Eine fatale Fehleinschätzung, die schon so manchem gegnerischen Anwalt ein böses Erwachen vor Gericht beschert hatte. Denn Henry Rhodes war so brillant, wie er unscheinbar wirkte.

»Hab' gehört, daß Sie gestern im Country Club Furore gemacht haben«, sagte Henry mit einem spöttischen Blick und wies auf den lederbezogenen Armstuhl, der vor seinem Schreibtisch stand. »Ihre Rede muß wirklich überwältigend drastisch gewesen sein. Da ist mir wohl wirklich was entgangen. Schade, daß ich nicht kommen konnte.«

Richard setzte sich. »Wußte gar nicht, daß die Buschtrommeln der Roanoker Gesellschaft das schon so schnell verbreitet haben. Wer hat Ihnen denn davon erzählt?«

»Edgar Wilmington, mein geschätzter Kollege, der soviel von Kultur versteht, daß er Rigoletto für eine neue Tiefkühlpizza hält.« Er schmunzelte. »Sie müssen ihnen ganz schön die Meinung gegeigt haben.«

»Und dafür haben sie dann auch noch gezahlt.«

Henry Rhodes machte es sich in seinem Chefsessel bequem. »So, und jetzt raus mit der Sprache, Richard. Was gibt es denn so dringend zu besprechen?«

»Meine Scheidung und die Auflösung meiner Beteiligung an der *Pelican Point Marina*«, erklärte Richard ohne Umschweife.

Henry hob überrascht die Augenbrauen. »Und Sie sind sicher, daß Sie von gestern keinen Restalkohol im Blut haben, ja? Edgar meinte nämlich, Sie hätten schon mehr Drinks intus gehabt, als

Sie Ihre unvergeßliche Begrüßungsrede hielten, als er am Schluß des Festes, und Edgar ist kein Freund von Traurigkeit.«
»Ich bin so nüchtern wie Sie, wenn Sie Ihren Einkommensteuerbescheid bekommen und sehen, was Sie Uncle Sam zu überweisen haben.«
»Wenn das so ist, schlage ich vor, daß wir alles Weitere bei einem guten Brandy besprechen«, meinte Henry, den die Nachricht sichtlich geschockt hatte.
»Ihrem Antrag wird stattgegeben.«
Henry Rhodes holte eine Flasche Brandy und zwei Gläser. »Ich nehme an, daß Sie schwerwiegende Gründe haben, die Sie zu diesen krassen Schritten bewogen haben«, sagte er mit fragendem Unterton und reichte ihm ein Glas.
Richard prostete ihm kurz zu, nahm einen Schluck und antwortete:
»Reicht Ihnen Ehebruch?«
»Für die Scheidung, ja. Aber was hat Ihre Ehe mit der Marina zu tun?«
»Ron Milton ist Ashleys Liebhaber.« Richard sorgte sich nicht, daß Henry nicht Stillschweigen bewahren würde. Was seine Mandanten ihm anvertrauten, war bei ihm so gut aufgehoben wie die Goldreserven von Fort Knox.
Betroffen setzte der Anwalt das Glas ab. »Das ist bitter«, murmelte er. »Und Sie sind sich Ihrer Sache sicher?«
»Hundertprozentig. Wir brauchen über diesen Punkt nicht weiter zu reden. Es ist kein Verdacht, sondern Tatsache.«
Der Anwalt atmete tief durch. »Weiß Ashley, daß Sie es wissen?«
»Nein.«
»Erwarten Sie, daß ich Ihnen mein Mitgefühl ausspreche?«
»Folgen Sie der nüchternen Stimme Ihrer berechnenden Anwaltsseele und verzichten Sie darauf, Henry. Sie würden mich nur enttäuschen. Oder gibt's neuerdings einen Zuschlag für persönliche Anteilnahme?«
Es zuckte um den Mund des Anwalts. Sie kannten sich zu gut,

um ihren gegenseitigen Frotzeleien allzuviel Bedeutung beizumessen. »Nicht offiziell, Richard. Aber es gibt immer Möglichkeiten, diesen Sonderposten irgendwo anders in der Rechnung unterzubringen. Aber das hat Zeit bis später. Zurück zu Ashley und Mr. Milton. Warum kaufen Sie ihn nicht aus? Finanziell dürfte das keine Probleme mit sich bringen. Ich habe mir Ihre Unterlagen angesehen, als ich hier auf Sie wartete. Die Marina ist eine Goldgrube, und die Banken werden Ihnen das nötige Geld geben.«

»Es ist eine Goldgrube, die mich anödet, Henry. Ich möchte einen glatten, sauberen Schnitt machen.«

»Gut, dann befassen wir uns erst einmal mit der Scheidung. Wie haben Sie sich das vorgestellt? Ashley wird versuchen, Sie wie eine Zitrone auszupressen.«

Richard schüttelte den Kopf. »Das wird sie nicht, Henry. Sie wird lammfromm und einverstanden sein, wenn Sie ihr eine faire Abfindung anbieten.«

»Woher wollen Sie das wissen? Sie haben doch noch nicht einmal mit ihr darüber gesprochen, daß sie sich scheiden lassen wollen! Richard, ich habe schon genug Scheidungen durchgezogen, um mir ein Urteil erlauben zu können. Wenn der Hickhack mit den Anwälten erst einmal beginnt, sind alle Versprechungen, sich nobel zu trennen, vergesse. Dann fließen Blut und Geld!«

Richard dachte an das Tonband. »Es wird keinen Hickhack geben, Sie haben mein Wort. Fragen Sie mich jetzt nicht, warum ich mir so sicher bin. Ich habe meine Gründe. Sagen Sie mir lieber, ob Sie sich in der Lage sehen, die Scheidung und den Verkauf meiner Marina-Beteiligung ohne meine Anwesenheit hier in Roanoke über die Bühne zu ziehen.«

»Wollen Sie weg?«

»Ja, nach Florida. Endlich werde ich das tun, was ich mir schon immer gewünscht habe.«

»Und was ist das?«

»Schatztauchen.«

Henry starrte ihn verblüfft an und lachte dann. »Sie sind verrückt und werden deshalb vermutlich genau das tun, was Sie gesagt haben, nicht wahr?«
»Sie haben es erfaßt, Henry«, sagte Richard mit grimmiger Entschlossenheit. »Und ich habe nicht vor, hier Wochen oder gar Monate herumzuhängen und mich mit finanziellen Belangen herumzuschlagen. Sie werden das für mich übernehmen, Henry, und dafür gut bezahlt werden. Sagen Sie mir nur, ob das juristisch möglich ist.«
»Möglich ist alles, Richard. Sie brauchen mir nur die entsprechenden Vollmachten zu geben, die am besten noch notariell beglaubigt sind.«
»Gut, das werden wir gleich morgen machen.«
»Wann wollen Sie denn Roanoke verlassen?«
»Morgen abend.«
Henry stöhnte auf. »Sie hätten mich vielleicht doch besser schon um sieben aus dem Bett geholt, Richard!«
»Ich will mit den Einzelheiten nichts zu tun haben, Henry. Dafür bezahle ich Sie. Was die Scheidung und Ashleys Unterhalt angeht, so wird sie von mir eine einmalige Abfindung und das Haus bekommen. Der Kasten hat einen Marktwert von etwa dreihundertzwanzigtausend Dollar. Die Bankhypotheken liegen bei etwas mehr als der Hälfte. Mir ist es schnuppe, ob sie das Haus verkauft oder weiter darin wohnen bleibt. Solange die Scheidung nicht ausgesprochen ist, sorgen Sie dafür, daß die monatliche Rate von meinen Geschäftsführerbezügen, die Ron und ich uns zugestanden haben, bezahlt wird. Außerdem erhält Ashley monatlich noch tausend Dollar Unterhalt bis zu ihrer Scheidung, jedoch nicht länger als zwölf Monate.«
»Wenn sie damit einverstanden ist und die Sache nicht bis in die Ewigkeit hinauszögert«, wandte Henry Rhodes skeptisch ein.
»Sie wird einverstanden sein.«
»Hoffentlich. Wie hoch soll die Abfindung sein?« fragte Henry und machte sich Notizen.

»Sie erhält die Hälfte meiner Geschäftsanteile an der *Pelican Point Marina.* Die andere Hälfte verkaufen Sie. Mir ist es völlig egal, wer sie kauft. Ron Milton hat natürlich die Erstoption. Wenn er nicht will, bieten Sie sie Ashley an.«

»Er wäre schön dumm, wenn er die günstige Gelegenheit nicht beim Schopfe packen würde«, meinte Henry verstimmt. »Paßt mir eigentlich gar nicht, daß er aus dieser Geschichte auch noch Profit schlagen soll.«

»Soll er doch beides bekommen«, sagte Richard bitter. »Ashley und die Marina!«

»Was ist mit Wertpapieren, Giro- und Sparkonten und Wertgegenständen?«

»Ashley kann alles haben, was im Haus ist. Die Wertpapiere werde ich morgen eincashen und die Konten bis auf ein paar Tausender plündern. Ich brauche das Geld für ein Boot und Ausrüstung. Irgendwelche Bedenken?« fragte er, als er Henrys besorgte Miene sah.

»Solange Sie noch verheiratet sind und die Scheidung nicht eingereicht ist, kann Sie keiner daran hindern, Ihr Konto zu plündern. Aber dennoch wäre es mir lieber, daß Sie die Vollmachten erst unterschreiben, *nachdem* Sie sich von Ihrem gemeinsamen Konto bedient haben.«

»Warum nicht.«

Richard ging mit ihm noch eine Menge Einzelheiten durch. Es war zwölf, als er sich von Henry verabschiedete, der wohl noch einige Stunden in seinem Büro verbringen würde, um die notwendigen Papiere vorzubereiten.

Er fuhr geradewegs zum *Hotel Roanoke,* wo er sich für halb eins mit seinem Schwiegervater verabredet hatte. Dieses letzte Treffen war er ihm einfach schuldig, denn auf seine Art hatte Ashleys Vater es immer gut mit ihm gemeint, nachdem er sich damit abgefunden hatte, ihn als Schwiegersohn zu bekommen.

Als er die Bar betrat, in der sich ein gutes Dutzend Personen aufhielten, saß Dan Clatterbuck schon an einem Tisch. »Ent-

schuldige, wenn ich dich hab' warten lassen, Dan«, begrüßte er ihn und setzte sich zu ihm.
»Ich bin etwas zu früh gewesen. Schön, daß wir uns mal wieder unterhalten können. Gestern hast du dich ja schnell aus dem Staub gemacht«, sagte Dan Clatterbuck anzüglich, doch in seinen Augen stand ein Lächeln.
»Damit habe ich wohl uns allen einen Gefallen getan. Tut mir leid, daß ich ein bißchen aus der Rolle gefallen bin. Es war nicht mein bester Tag.«
Dan zuckte die Achseln. »Evelyn und Ashley haben sich ganz schön aufgeregt, aber so schlimm, daß man von einem Skandal sprechen könnte, war es nun wieder auch nicht«, erklärte er auf seine bedächtige Art. »Außerdem ist bei deinem einzigartigen Spendenaufruf ganz schön was zusammengekommen, nämlich über neunzehntausend Dollar – zusätzlich zu den Eintrittsgeldern. Der Kulturverein wird dir deinen Hohn ganz sicherlich nicht nachtragen. Aber jetzt sag mir, was diese Heimlichtuerei zu bedeuten hat. Warum sollte ich Evelyn und Ashley nichts von unserem Treffen sagen?«
»Weil ich mich in aller Ruhe von dir verabschieden wollte«, sagte Richard.
»Verabschieden?«
Richard nickte und sah ihn an. »Ich werde aus der Marina aussteigen und mich von Ashley scheiden lassen.«
Bestürzung zeigte sich auf Dan Clatterbucks Gesicht, und er sah plötzlich so alt aus, wie er war. »Ist das dein Ernst?« fragte er leise.
»Ja. Es tut mir leid, dir das sagen zu müssen.«
»Eine andere Frau?« fragte Dan nach einer Weile bedrückenden Schweigens.
»Nein, ein anderer Mann.«
»Ashley?« stieß Dan ungläubig hervor.
»Ja.«
Dan fuhr sich über das Gesicht. »Ich weiß, daß du mich niemals belügen würdest, Richard. Aber ich kann es nicht glauben.«

»Mir fiel es auch schwer.«
»Wann hast du es erfahren?«
»Dreimal darfst du raten.«
Dan seufzte schwer. »Also gestern. Jetzt versteh' ich. Mein Gott, daß Ashley so etwas tun würde. Ich weiß nicht, was ich dazu sagen soll.«
»Für das, was geschehen ist, kannst du sie nicht allein verantwortlich machen. Es gibt wohl kaum eine gescheiterte Ehe, wo nur einer schuldig ist. Ich habe auch eine Menge Fehler gemacht und hätte damals auf dich hören sollen, als du mir sagtest, daß ich der falsche Mann für Ashley sei.«
Dan verzog das Gesicht zu einer theatralisch schmerzlichen Leidensmiene.
»Mein Gott, ich kannte dich damals doch gar nicht. Es war Unsinn, was ich da geredet habe, Richard! Du weißt, wie stolz ich auf dich bin. Ich hab' dich für einen Herumtreiber gehalten, der sich vor verantwortungsvoller Arbeit drückt. Aber du hast mich längst vom Gegenteil überzeugt. Was du da zusammen mit Ron Milton auf die Beine gestellt hast, ist eine verdammt großartige Leistung!«
»Aber ich hab' dafür einen zu hohen Preis gezahlt, Dan, denn im Grunde meines Herzens habe ich mich all die Jahre verstellt und mich nach dem gerichtet, was andere von mir erwarteten. Das soll kein Vorwurf sein, Dan, es ist meine eigene Schuld. Du hattest damals schon recht. Ich bin ein Herumtreiber, und diese Freiheit hat mir gefehlt. Deshalb hat es wohl auch nicht mit mir und Ashley geklappt. Ich bin nun mal nicht für das Leben eines seriösen Geschäftsmannes geboren.«
Dan machte einen niedergeschlagenen Eindruck. »Und was wird jetzt aus der Marina?«
»Ich nehme an, daß Ron die Hälfte meiner Anteile kaufen wird. Ashley bekommt die andere Hälfte. Und ich würde mich nicht wundern, wenn er Ashley heiratet. Ich hoffe, sie wird mit ihm glücklich.«

Dan Clatterbuck wurde grau im Gesicht. »Meine Tochter betrügt dich mit deinem Partner?«
Richard lächelte gequält. »Immerhin habe ich ihn oft genug darum gebeten, sich um Ashley zu kümmern, während ich auf Tauchtrip war. Wem willst du da einen Vorwurf machen? Zwar hätte ich nicht schlecht Lust, ihn grün und blau zu schlagen, aber das würde mir bei jedem anderen genauso ergehen.«
»Hast du Ashley schon zur Rede gestellt?«
»Das hebe ich mir für morgen auf. Aber mach dir deswegen bitte keine Sorgen. Ich fühle mich zwar in meiner männlichen Eitelkeit verletzt, aber ich habe Ashley immerhin mal geliebt, und ich werde nicht aus der Rolle fallen. Es wird auch keinen Skandal geben. Morgen abend bin ich schon aus der Stadt. Henry Rhodes wird mich vertreten. Ashley wird gut versorgt sein, wenn sie von mir geschieden ist.«
»Ich weiß nicht, was ich an deiner Stelle täte«, gestand Dan. »Aber ich bin froh, daß du so anständig bist. Was wirst du jetzt tun?«
Richard erzählte ihm von seinen Plänen.
»Vor Jahren hätte ich dich noch für einen weltfremden Spinner gehalten, wenn du mir erzählt hättest, du wolltest nach versunkenen Schatzgaleonen tauchen«, sagte Dan schwermütig. »Aber inzwischen kenne ich dich besser, Richard. Was du da vorhast, ist ein riskantes und höchst ungewisses Unternehmen, aber ich traue dir zu, daß du Erfolg hast, wenn nur eine reelle Chance besteht.«
Richard zuckte mit den Achseln. »Es liegt nachweislich mehr Gold auf dem Meeresboden, als man es sich vorzustellen vermag. Gold, Silber und Juwelen im Wert von Milliarden Dollar.«
»Ja, aber diese Schätze, die seit Jahrhunderten da liegen, muß man erst mal finden«, wandte Dan skeptisch ein.
»Ich werde sie finden«, versicherte Richard.
Eine halbe Stunde später verabschiedete er sich von Dan Clatterbuck, und ein feuchter, verräterischer Glanz stand in seinen Augen, als er Richard kurz umarmte und ihm Glück wünschte.
Richard war froh, als er im Blazer saß. Der Abschied von Dan

war ihm näher gegangen, als er es sich je hätte träumen lassen. Es war gut, daß er noch viel zu erledigen und keine Zeit hatte, sich sentimentalen Anwandlungen hinzugeben.

Am Nachmittag rief er Terry an, Ashleys beste Freundin. Sie reagierte erst sehr distanziert, als er sie um einen Gefallen bat.

»Das kommt ganz darauf an, Richard.«

»Weißt du, ich habe in letzter Zeit eine Menge Fehler gemacht, Terry ...«

»Das kannst du wohl laut sagen«, fiel sie ihm vorwurfsvoll ins Wort. »Ashley wäre gestern am liebsten im Boden versunken, so peinlich war ihr das, was du da angestellt hast. Ich habe vorhin mit ihr gesprochen. Sie sagt, du wärst die Nacht gar nicht nach Hause gekommen und hättest auch noch ihren Wagen genommen. Du weißt gar nicht, wie wütend sie ist.«

»Oh, doch, das weiß ich sehr wohl«, versicherte Richard. »Ich bin gestern ganz schön ausgeflippt, das weiß ich, aber in Zukunft wird alles anders. Ich weiß jetzt, was ich tun muß, um zwischen Ashley und mir alles ins reine zu bringen.«

»Das klingt ja vielversprechend«, meinte Terry zurückhaltend. »Aber weshalb rufst du ausgerechnet mich an?«

»Wie schon gesagt, ich möchte dich um einen Gefallen bitten, Terry.«

»Und der wäre?«

»Ich plane, Ashley morgen mit etwas zu überraschen, doch sie darf noch nichts davon wissen«, sagte er und log noch nicht einmal. »Und damit alles so klappt, wie ich es mir ausgedacht habe, muß ich morgen das Haus für ein paar Stunden für mich allein haben. Könntest du sie deshalb nicht anrufen und sie zu einem Einkaufsbummel oder etwas in der Art einladen?«

»Tja, wenn es für einen guten Zweck ist«, sagte Terry zögernd.

»Das ist es ganz bestimmt.«

»Also gut, ich werde sehen, was ich tun kann. Wie lange brauchst du denn für diese Überraschungsvorbereitungen?«

»So von elf bis drei. Das würde mir reichen.«

»Gut, dann gehe ich mit ihr bummeln und lade sie zum Essen ein. Das dürfte dir Zeit genug geben. Aber sieh bloß zu, daß du wieder gutmachst, was du angerichtet hast. Ashley hat es nicht verdient, so wie du sie behandelt hast!«
»Nein, das hat sie wirklich nicht. Danke für deine Hilfe, Terry«, sagte Richard erleichtert und legte auf.
»Wenn Terry erfährt, wie du sie reingelegt hast, wird sie dir die Augen auskratzen, Richie«, meinte Coffee.
»Es ist so für uns alle einfacher. Ich habe nicht vor, meine paar Klamotten einzupacken, während Ashley in der Tür steht und mir sonstwas an den Kopf wirft«, erwiderte Richard. »Und jetzt laß uns überlegen, was wir mit deinen Sachen machen. Du wirst nur mitnehmen können, was du in deiner Klapperkiste transportieren kannst.«
»Was ich brauche, kriege ich in zwei Koffern und ein paar Kisten unter. Sieh du nur zu, daß du morgen alles geregelt hast. Glaube immer noch nicht, daß wir morgen abend schon auf dem Weg nach Florida sein sollen.«
»Du hast mein Wort darauf!«
Am nächsten Tag war Richard schon früh am Morgen in der Stadt und der erste Kunde, als die First National Bank ihre Tore öffnete. Er löste sein Wertpapierdepot und seine Termingeldkonten auf und fuhr dann zu Henry Rhodes, um die Vollmachten zu unterschreiben und notariell beglaubigen zu lassen.
Es war kurz vor zwölf, als er nach Hause fuhr und seine Sachen packte. Terry hatte Wort gehalten. Auf dem Eßtisch fand er eine kurze Notiz von Ashley, in der sie ihm mitteilte, daß sie mit ihrer Freundin unterwegs war und am frühen Nachmittag zurück sein würde.
Viel zu packen gab es für ihn nicht. Er brauchte keine Stunde, um alles im Blazer zu verstauen. Dann setzte er sich ins Wohnzimmer und wartete. Es waren die längsten und deprimierendsten Stunden seines Lebens, und der Aschenbecher füllte sich mit Zigarettenkippen.

Um kurz vor drei hörte er einen Wagen vorfahren. Dann schlug die Haustür.

»Richard?«

»Ich bin hier, Ashley.«

Sie kam zu ihm ins Wohnzimmer. Ihrem Gesichtsausdruck war anzusehen, daß sie sich unschlüssig war, wie sie sich ihm gegenüber verhalten sollte. Sie sah sich irgendwie suchend um, und Richard war sich sicher, daß Terry ihr von seiner geplanten Überraschung erzählt hatte.

»Wo bist du gewesen?« fragte sie, ohne ihrer Stimme jedoch zuviel Schärfe zu geben.

»Bei Coffee. Ich brauchte Abstand, um einen klaren Kopf zu bekommen.«

»Und den hast du jetzt?« fragte sie spitz.

Er nickte. »Setz dich bitte. Wir haben etwas Wichtiges zu besprechen. Aber ich werde es kurz machen.«

Verwundert nahm sie Platz.

Richard hatte sich seine Worte gut zurechtgelegt, doch als er ihr nun ins Gesicht schaute, war das alles wie weggewischt. Sieben Jahre waren eine zu lange Zeit, um sie mit einem gleichgültigen Schulterzucken abtun zu können. Und ihre Affäre mit Ron war für ihn ein Tiefschlag, der sich nicht so leicht abschütteln ließ.

»Wie lange geht das schon mit dir und Ron?« platzte er heraus.

Bestürzung flackerte in ihren Augen auf, doch sie bekam sich sofort wieder unter Kontrolle. »Ich verstehe nicht, was du damit meinst ...«

»Du hast ein Verhältnis mit ihm! Wie lange?«

Das Blut wich aus ihrem Gesicht. »Ron und ich ein Verhältnis? Mach dich doch nicht lächerlich!« stieß sie hervor.

»Du kannst dir deine Ausflüchte sparen, Ashley!« sagte er hart. »Ich weiß es, und ich weiß jetzt auch, daß unsere Ehe schon längst gescheitert ist. Es ist eigentlich egal, wie lange du es schon mit Ron treibst. Von nun an hast du sogar meinen Segen. Ich werde die Scheidung einreichen. Du bekommst das Haus und die Hälfte meiner Marinaanteile als Abfindung. Henry Rhodes wird sich mit dir in Verbindung setzen und ...«

Ashley sprang auf. »Bist du verrückt geworden? Ich verbitte mir diesen Ton. Deine Anschuldigungen sind ja absurd!«

Richard packte sie am Arm und stieß sie zurück in den Sessel. »Du bleibst hier, bis ich fertig bin. Es wird nicht lange dauern. Ich habe meine Sachen schon gepackt. Und da du noch nicht einmal soviel Charakter hast, um zu deinem Ronnie zu stehen, möchte ich dir etwas vorspielen. Vielleicht kannst du dich dann wieder besser erinnern.« Er zog das kleine Tonbandgerät aus der Tasche, stellte es auf den Tisch und schaltete es ein. »Die Qualität ist lausig, du mußt schon gut hinhören, aber hören kann man genug.«

Verstört blickte Ashley auf das Diktaphon. Dann hörte sie ihre Stimme und die von Ron. Entsetzen trat in ihre Augen, als ihr lustvolles Stöhnen aus dem kleinen Lautsprecher drang. Mit einer jähen Bewegung beugte sie sich vor und gab Richard eine schallende Ohrfeige. »Du Schwein!« schrie sie.

Er rieb sich die brennende Wange. »Richtig, ein Schwein, wer seine Frau beim Ehebruch ertappt und dann auch noch die Dreistigkeit besitzt, sie daran zu erinnern. Es wird nicht wieder vorkommen. Ich werde eurem Glück nicht länger im Weg stehen – und meinem eigenen auch nicht. Ich glaube nicht, daß du etwas gegen eine Scheidung haben wirst, nicht wahr?« sagte er mit beißendem Hohn. »Wir hatten ein paar schöne Jahre und ein paar weniger schöne, Ashley. Es ist vorbei. Der Rest ist Bürokratie, und für die ist Henry Rhodes zuständig.«

Hastig griff Ashley nach dem Diktaphon mit der entlarvenden Aufnahme, war jedoch unfähig, ein Wort herauszubringen. Sie zitterte am ganzen Leib.

»Du kannst das Tonband ruhig haben«, sagte er und erhob sich. »Mach es gut, Ashley.« Er beugte sich, einer spontanen Eingebung folgend, zu ihr hinunter und gab ihr einen Kuß. Ihre Lippen waren kalt.

In der Tür zur Diele blieb er noch einmal stehen. »Du wirst wissen wollen, wo der Mercedes geblieben ist. Ich habe ihn zu Schrott gefahren. Er liegt in einer Schlucht oben in den Blue Ridge Mountains. Mir ist klargeworden, daß ich kein schlechtes Gewissen hätte haben müssen. Aber dein Ronnie-Liebling wird dir bestimmt einen neuen schenken ... vielleicht zur Hochzeit. Lebwohl, Ashley.«

Sanft zog er die Tür hinter sich ins Schloß. Es war vorbei. Zwar würde es wohl noch lange dauern, bis die Wunden in ihm vernarbt waren, aber die längst fällige Entscheidung war gefallen. Endlich hatte er den Mut gefunden, sich von den Fesseln einer gescheiterten Ehe und eines unbefriedigenden Lebens zu befreien. Nun konnte er endlich drangehen, das große Abenteuer zu suchen und seinen Lebenstraum in die Tat umzusetzen, die Suche nach dem Schatz der Schätze, nach dem Goldriff, von dem er schon so oft geträumt hatte. Er konnte gewinnen oder scheitern. Doch was die Zukunft auch immer bringen mochte, er würde sich auf jeden Fall eines Tages nicht den Vorwurf machen müssen, es nicht zumindest versucht zu haben.

ZWEITER TEIL

1 Das Wrack lag in fünfunddreißig Fuß Tiefe, bedeckt von Hunderten Tonnen Sand und Korallengestein. Diese Unmengen Sand zu bewegen war knochenharte Arbeit.

Richard Harding schwang das Ende des Ansaugrohrs, das bis zur SANDPIPER hochführte und die Funktion eines primitiven Unterwasserstaubsaugers erfüllte, über dem welligen Meeresboden hin und her. Sand, Pflanzen, Muscheln und kleinere Korallenstücke wurden angesogen schossen durch die lange Röhre bis an die Oberfläche und wurden dort wieder ausgespuckt. Teile, die jedoch größer waren als ein Vierteldollarstück, blieben am Drahtgitter des Ansaugstutzens hängen.

Die Sicht war miserabel. Keine zehn Fuß. Er konnte Coffee nur als schemenhafte Silhouette ausmachen. Das Wasser war nach dem Sturm noch immer aufgewühlt und trübe. Unter diesen Umständen zu tauchen und stundenlang zu arbeiten war nichts für Leute mit schwachen Nerven. Denn in unmittelbarer Nähe der Wrackstelle erhob sich ein zerklüftetes Riff, das sich gut und gern über eine Meile erstreckte und mit seinem nordöstlichen Ausläufer bis in hundertvierzig Fuß Tiefe reichte. Ein wahres Paradies für Raubfische auf Beutezug. Wenn Haie auch nicht allzu häufig in diesem Gebiet gesichtet wurden, rechnen mußte man doch immer mit ihnen. Bei klarem Wasser war die Gefahr, von einem Hai überrascht und angegriffen zu werden, nicht sonderlich groß. Doch bei dieser trüben Brühe lag das Risiko schon beträchtlich höher.

Nicht daran denken! sagte sich Richard und untersuchte einen kinderkopfgroßen Steinbrocken, der vor ihm aus dem Sandbett auftauchte. Es war eine leere Conchmuschel, von abgestorbenen Korallen überzogen. Enttäuscht schleuderte er sie hinter sich.

Seit den frühen Morgenstunden arbeiteten sie nun schon an dieser vielversprechenden Stelle. Doch obwohl die Magnetometersonde, die die SANDPIPER hinter sich hergezogen hatte, einen enormen Ausschlag auf dem Graphitpapier hinterlassen und damit eine starke Abnormalität im magnetischen Kraftfeld der Erde an genau dieser Stelle angezeigt hatte, war ihre Suche bisher ergebnislos verlaufen.

Sandwolken wirbelten links von ihm auf, wo Coffee arbeitete. Er hatte offenbar etwas gefunden, denn Augenblicke später brachte er sich mit einem leichten Flossenschlag an seine Seite. Er hielt einen korallenverkrusteten Gegenstand in der Hand, der etwa fünfzehn Inches lang war. An einem Ende ragte ein Stock Metall heraus, das schwarz angelaufen war. Erregung packte Richard, und er erwiderte das Grinsen seines Freundes, der nun mit dem Daumen nach oben deutete und ihn zum Aufsteigen aufforderte.

Richard antwortete ihm mit dem Okay-Zeichen der Taucher und ließ das Saugrohr los. Wie eine wildgewordene Schlange zuckte das Rohr über den Meeresboden und wirbelte noch mehr Sand auf.

Sie stiegen auf, und die Sicht wurde besser, je höher sie kamen. In fünfzehn Fuß Tiefe war das Wasser wieder so klar, daß die Sicht zehnmal so weit reichte wie auf dem Grund.

Sie durchbrachen die Wasseroberfläche.

»Was meinst du, was du da gefunden hast?« rief Richard ihm zu.

»Keine Ahnung, Richie. Auf jeden Fall ein solides Stück Metall. Der Detektor hat verrückt gespielt. Hoffentlich sind wir endlich fündig geworden!«

»Gleich werden wir es wissen.«

Sie schwammen ans Heck der SANDPIPER. Skip und die beiden Taucher Hank Yarborough und Norman Gridley, die sie vor drei

Monaten angestellt hatten, sprangen auf, als sie die beiden zum Boot zurückkommen sahen.

»Habt ihr etwas gefunden?« rief Skip aufgeregt, als Richard das Gitter erreichte und die Gurte des Tragegestells mit der Sauerstoffflasche löste.

»Ja, irgend etwas Metallisches. Holt das Werkzeug und den Behälter mit der verdünnten Säure. Werden dem Ding damit gleich zu Leibe rücken.« Hank Yarborough, ein stämmiger Texaner, nahm ihm die Flasche ab, während sein bärtiger Freund Norman unter Deck eilte, um den Kanister mit der Säure zu holen. Beide waren erst Anfang Zwanzig, doch schon erfahrene Taucher, die sich gut in ihre Crew eingepaßt hatten. Skip schaltete die ratternde Pumpe ab, und göttliche Stille kehrte ein.

Während Coffee und Richard Flossen und Maske ablegten und die Neoprenjacken auszogen, untersuchte Skip Kincaid das Fundstück. »Könnte ein Stück von einer Muskete sein«, sagte er hoffnungsvoll und deutete auf das herausragende Stück Metall. »Sieht mir wie eine Pistolenmündung aus.«

»Mensch, das wäre endlich einmal eine gute Nachricht«, meinte Hank. »Abwarten«, sagte Richard skeptisch. Die letzten Monate hatten ihn gelehrt, daß überzogene Erwartungen völlig fehl am Platz waren. Die Suche nach versunkenen spanischen Schatzschiffen war noch schlimmer als die Suche nach der Stecknadel im Heuhaufen. Zwar waren unzählige spanische Schiffe, die die Schätze aus den ausgebeuteten Kolonien in Lateinamerika in die Heimat gebracht hatten, in diesen von Stürmen heimgesuchten und von Riffen verseuchten Gewässern gesunken. Doch nach zweihundert, dreihundert Jahren war von diesen Galeonen kaum noch etwas übriggeblieben. Und das wenige, was im Laufe der Jahrhunderte nicht vom Salzwasser zerfressen und aufgelöst worden war wie Metalle, Keramiken, Glas und Juwelen, lag nicht nur weit verstreut, sondern auch unter dicken Sandschichten und oftmals umschlossen von Korallgestein. Es bedurfte schon eines guten Auges, um ein Artefakt als solches zu erkennen, wenn man auf dem Meeresboden darauf stieß. Nur wenn man eine Kanone fand, am besten eine aus Bronze, wie sie die CAPITANA, das Flaggschiff einer jeden Flotte aus Schatzgaleonen, an Bord hatte, konnte man ein Wrack aufgrund der Nummern, die diese Geschütze trugen, identifizieren und ihre Fracht bestimmen. Aber dieses Glück hatten sie bisher noch nicht gehabt. Genaugenommen hatten sie noch gar kein Glück gehabt. Sie hatten zwar ein halbes Dutzend Wracks lokalisiert, doch es waren zumeist die Überreste von Handelsschiffen gewesen, die aus der Zeit nach der spanischen Hochblüte datierten, britische und amerikanische Segelschiffe.

Coffee holte zwei Cola aus der großen Plastiktonne, die sie am Tag, als sie zu einer neuen Tauchfahrt aus dem Hafen von Key West ausgelaufen waren, randvoll mit Eiswürfeln gefüllt hatten. Jetzt, sechs Tage später, war das Eis längst geschmolzen, doch das Wasser war immer noch etwas kühl, so daß man Softdrinks und Bier noch genießen konnte. Er warf Richard eine Dose zu und setzte sich zu ihm.

»Dann macht euch mal an die Arbeit«, sagte er und spülte sich mit der Cola den Salzgeschmack aus dem Mund.

Skip schlug mit einem kleinen Meißel die dicksten Korallenstücke ab. Dann griff er zu einem Schraubenzieher. Die Kruste brach ab, und mehr Metall kam zum Vorschein.

»Ich glaube, die Säurebehandlung können wir uns sparen«, sagte er dann. »Von einer alten Galeone stammt dieses Ding ganz sicherlich nicht.«

»Wieso bist du dir da so sicher, Skip«, fragte Hank, der zwar eine Menge vom Tauchen verstand, aber noch nicht allzuviel von der Einordnung der Funde.

Richard verzog das Gesicht. »Der Lauf da stammt nie und nimmer von einer alten Muskete. Er ist achteckig. Das ist garantiert ein amerikanischer Revolver, vielleicht aus der Zeit des Bürgerkrieges. Würde mich gar nicht wundern, wenn hinter dem Lauf eine Revolvertrommel zum Vorschein kommt.«

»Mich auch nicht«, brummte Skip und machte weiter.
Enttäuschung zeichnete sich auf den Gesichtern der SANDPIPER-Crew ab, als Richard mit seiner Vermutung recht behielt. Skip brauchte keine zehn Minuten, um so viel vom Mittelstück freizulegen, daß man die Trommel erkennen konnte. Mit einer ärgerlichen Gebärde warf er die Waffe in einen mit Salzwasser gefüllten Eimer. »Ich schätze, wir sind hier auf einen Blockadebrecher gestoßen, der auch ein paar Geschütze an Bord hatte. Das würde den starken Ausschlag des Magnetometers erklären.«
Coffee nickte. »Irgendein Konföderierter, der vielleicht bei Nacht und Nebel oder im Sturm auf das Riff aufgelaufen und hier abgesoffen ist«, sagte er verdrossen.
»Machen wir dennoch weiter?« fragte Norman.
Richard überlegte kurz. Artefakte aus der Zeit des amerikanischen Bürgerkriegs erzielten bei Antiquitätenhändlern einen hübschen Preis, wenn sie noch gut erhalten waren. Aber im Vergleich zu dem, was sie wirklich suchten, waren das Tropfen auf dem heißen Stein.
»Nein, der Aufwand lohnt sich nicht«, entschied er dann.
»Wir müssen sowieso zurück«, meinte Skip. »Wir sind jetzt den sechsten Tag draußen und haben eine Menge Treibstoff verbraucht. Ich möchte nicht unbedingt mit dem letzten Tropfen Diesel nach Key West zurückkommen.«
»Okay, holen wir den Anker auf, damit wir noch vor Einbruch der Dunkelheit zurück sind«, sagte Coffee, zerdrückte die leere Coladose und schleuderte sie zu dem Revolver in den Eimer.
Hank und Norman holten den Anker ein, während Richard und Coffee das Saugrohr hochzogen, zusammenrollten und festzurrten. Dann startete Skip die Motoren und ging auf nordwestlichen Kurs.
Es herrschte gedrückte Stimmung an Bord, während die SANDPIPER durch die grünblaue See schnitt. Drei Monate erfolglose Suche dämpften auch den stärksten Optimismus.
Richard war froh, daß sie Skip für ihr Unternehmen hatten

gewinnen können. So hatte er die nicht unbeträchtliche Investition in ein eigenes Boot sparen können. Sie hatten einen Vertrag geschlossen, demzufolge Coffee und Skip jeweils zu fünfundzwanzig Prozent an allen Funden beteiligt waren. Er selbst erhielt fünfzig Prozent, weil er für die laufenden Kosten aufkam. Coffee und Skip hatten auf diesen Aufteilungsschlüssel bestanden. Und was da für Treibstoff, Lebensmittel, Reparaturen und Ausrüstung anfiel, hatte sich in den drei Wochen schon zu einigen tausend Dollar summiert.

Richard steckte sich eine Zigarette an und blickte gedankenversunken auf das Meer hinaus. Heiß brannte die Aprilsonne vom wolkenlosen Himmel, und der Fahrtwind brachte nur wenig Kühlung. Ein Schwarm springender Fische durchbrach an Backbord die Wasseroberfläche. Silbrig glitzernd flogen sie zu Dutzenden über dem Wasser dahin, um wieder einzutauchen und wenig später erneut hinauszuschnellen. Er lächelte unwillkürlich, und seine gedrückte Stimmung hob sich. Zwar war der erhoffte Erfolg bisher ausgeblieben, aber dennoch hatte es noch nicht einen Tag gegeben, wo er es bereut hätte, dem bürgerlichen Leben Lebwohl gesagt und sich auf das Abenteuer der professionellen Schatzsuche eingelassen zu haben. Es war ein freies, ungebundenes Leben, das er mit Skip, Coffee und den angeheuerten Tauchern führte, einfach und von herzlicher Kameradschaft bestimmt. Und mit jedem neuen Tag war auch die erregende Spannung wieder da, die nur jemand nachempfinden konnte, der vom Fieber der Schatzsuche befallen war.

Hank und Norman waren diesem Fieber noch nicht so sehr erlegen wie Coffee, Skip und er. Als es nur noch ein paar Meilen bis nach Key West waren, kamen die beiden Männer zu Richard, um mit ihm zu reden.

»Wir müssen mal mit dir reden, Richie«, sagte Hank.

»Schieß los.«

»Ich glaube, das war erst einmal unsere letzte Ausfahrt«, rückte Hank nach kurzem Zögern mit der Sprache heraus. »Wir lassen euch zwar ungern hängen, aber wir haben beschlossen, daß es Zeit ist, uns mal wieder zu Hause blicken zu lassen und uns einen Job zu suchen, der unsere Kasse ein bißchen auffüllt. Wir werden morgen von Bord gehen, wenn ihr nichts dagegen habt, daß wir die Nacht noch an Bord bleiben.« Richard war nicht überrascht. Er hatte insgeheim schon damit gerechnet, daß sie bald abspringen würden, wenn ihre Ausbeute weiterhin so mager blieb. Er zahlte ihnen achtzig Dollar die Woche bei freier Kost und Logis an Bord der SANDPIPER. Ihre einprozentige Beteiligung an etwaigen Funden hatte ihnen nichts gebracht.

»Ich kann euch verstehen, und natürlich könnt ihr noch über Nacht an Bord bleiben«, sagte er. »Ich zahl' euch euren Wochenlohn nachher aus.«

»Es hat 'ne Menge Spaß gemacht«, sagte Norman bedauernd. »Aber auf die Dauer ist das nichts für uns. Vielleicht kommen wir im Winter wieder, wenn ihr dann noch zwei Taucher gebrauchen könnt.«

Richard nickte. »Meldet euch. Ihr wißt ja, wo wir zu finden sind.«

Wenig später legten sie an. Am Abend gingen Richard, Coffee und Skip in *Captain Tony's Bar,* wie sie es immer taten, wenn sie nach einer längeren Tour nach Key West zurückkamen. Es war gut, bei der Hitze wieder etwas wirklich Eiskaltes serviert zu bekommen.

»Ich habe irgendwie das dumme Gefühl, daß wir noch immer völlig falsch an die Sache herangehen«, sinnierte Coffee, als sie über die ergebnislose Suche der letzten drei Monate diskutierten.

»Dann klär uns doch mal auf, wie wir es besser machen können«, forderte Skip ihn auf.

»Wir arbeiten einfach zu unsystematisch, Freunde«, verkündete Coffee. »Wir suchen auf gut Glück nach dem Wahnsinnsschatz. Wenn wir so weitermachen, hocken wir noch in zwanzig Jahren hier, ohne etwas Nennenswertes hochgebracht zu haben. Es reicht einfach nicht, mit dem Magnetometer die See abzusuchen. Das Gebiet ist dafür zu riesig. Wir brauchen von diesen Schatzgaleonen zumindest die ungefähren Positionsangaben, wo sie abgesoffen sind.«

»Was es an Unterlagen gibt, haben wir uns doch besorgt«, wandte Skip ein. Coffee verzog das Gesicht zu einer geringschätzigen Miene. »Diese Berichte und Auflistungen sind doch total ungenau. Habe vorhin noch in einem dieser Wrack-Führer geblättert. Wenn es sich um Schiffe aus dem 20. Jahrhundert handelt, sind die Positionen bis auf den Zoll genau. Aber wir suchen ja keine gesunkenen Frachter oder Torpedoboote, sondern spanische Galeonen, die im 17. und 18. Jahrhundert in dieser Gegend verlorengegangen sind. Und da reicht es einfach nicht, wenn man weiß, daß beispielsweise das Schiff Sowieso in Sichtweite von den Dry Tortugas mit Mann und Maus gesunken ist. Du kannst zehn Jahre in Sichtweite dieser Inseln suchen, ohne auch nur eine Goldmünze zwischen die Finger zu kriegen.«

»Coffee hat leider recht«, stimmte Richard ihm zu. »Aber wo willst du wirklich exakte Angaben herholen?«

»Es gibt doch Archive.«

»Ja, auf Kuba zum Beispiel«, sagte Skip grimmig. »In Havanna kamen die Schiffe, die das Gold und Silber aus Mexiko und den anderen Kolonien unten in Lateinamerika brachten, zusammen und wurden neu ausgerüstet und wegen der Piratengefahr zu Kampf-Flotten zusammengestellt, bevor sie von dort aus nach Spanien aufbrachen. Aber an die Cargounterlagen, die in Havanna liegen, läßt dich Genosse Castro bestimmt nicht ran, auch wenn du ein schwarzer Ami bist.«

»Aber es gibt doch noch das Westindische Archiv in Sevilla und maritime Museen in Virginia und Washington, D. C.«, erwiderte Coffee. »Da müßte doch was zu finden sein. Früher wurde doch jeder Kleinkram festgehalten.«

Richard seufzte. »Von dem Westindien-Archiv in Sevilla hat wohl jeder von uns, der sich mit der Suche nach spanischen Schatzgaleonen beschäftigt, schon gehört oder gelesen. Muß eine irrsinnige Fundgrube sein. Aber der Haken daran ist, daß die

Millionen Dokumente, die da aufbewahrt werden, in Altspanisch verfaßt sind. Handschriftlich versteht sich. Und wie gut ist dein Spanisch, Coffee? Ich jedenfalls kann mir in Mexiko gerade ein paar Tacos und Tequila bestellen.«

»Das könnte ich auch, aber mehr nicht«, gestand Coffee.

»Sevilla können wir somit vergessen«, stellte Skip fest. »Aber vielleicht lohnt sich ein Trip nach Newport News oder nach Washington. Einen Versuch wäre es zumindest wert.«

»Ja, das sollten wir im Auge behalten«, sagte Richard. »Aber ich habe euch erst einmal einen anderen Trip vorzuschlagen.«

Coffee hob interessiert die Augenbrauen. »Und der wäre?«

»In ein paar Tagen haben wir Mai, und dann beginnt hier unten auf den Keys der Sommer. Es ist jetzt schon verdammt heiß, aber gegen die Treibhaushitze der nächsten Monate ist das gar nichts. Stimmt's, Skip?« Der Captain nickte bekräftigend. »Die reinste Sauna. Nicht gerade eine ideale Zeit, um auf See zu sein und zu tauchen. Das Wasser wird häufig aufgewühlt sein.«

»Der Meinung bin ich auch«, fuhr Richard fort. »Was haltet ihr deshalb davon, wenn wir uns für die Sommermonate an die Ostküste Floridas verziehen? Jetzt beginnt dort gerade die beste Zeit zum Tauchen. Und ihr wißt, daß vor der Küste von Fort Pierce eine Menge Spanier auf Grund liegen.«

Coffee grinste. »Dir ist wohl nicht aus dem Kopf gegangen, was letzte Woche über unseren Kollegen, diesen Jerry Redcliff, in der Zeitung stand, he?«

Richard zuckte die Achseln. »Er scheint der Flotte, die 1735 bei einem Sturm gesunken ist, ziemlich nahe gekommen zu sein. Aber er ist bestimmt nicht der einzige, der da oben nach Gold und Silber taucht. Warum sollen wir also nicht mitmischen? Immerhin habe ich schon vor sieben Jahren dort Gold gefunden.« Er zog seine Halskette mit der Goldmünze unter seinem T-Shirt hervor.

»Ich hab' nichts dagegen einzuwenden, wenn wir unsere Basis den Sommer über an die Ostküste verlegen«, meinte Skip.

»Ich auch nicht«, sagte Coffee.
Richard grinste und hob sein Glas. »Prächtig. Dann laßt uns einen darauf heben, Freunde! Auf daß wir da oben mehr Glück haben!« brachte er einen Toast aus.
»Und wann brechen wir auf?« wollte Skip wissen.
»Warum nicht gleich morgen?« schlug Richard vor. Sie lebten ja alle an Bord der SANDPIPER, so daß sie nicht erst Apartments kündigen und räumen mußten. Ihre Wagen konnten sie getrost auf dem Parkplatz der gewerblichen Kaianlagen zurücklassen. Sie waren so alt, daß sich niemand die Mühe machen würde, sie zu stehlen. Und ein neues Bankkonto in Fort Pierce oder Vero Beach einzurichten, war eine Sache von zehn Minuten.
Coffee und Skip hatten nichts dagegen. Auch sie waren für seinen Vorschlag, ihr Glück vor der Ostküste Floridas zu versuchen, Feuer und Flamme.

2 Von Key West bis auf die Höhe von Fort Pierce war es mit der SANDPIPER eine beachtliche Strecke, über dreihundert Meilen, wie Skip grob überschlagen hatte. Bei einem Schnitt von zehn Knoten und acht Stunden Fahrt pro Tag würden sie gut drei Tage unterwegs sein.
Sie ließen es ruhig angehen, denn auf einen Tag mehr oder weniger kam es ihnen nicht an. Sie deckten sich mit Proviant ein, füllten die Dieseltanks bis oben hin und nahmen frische Köder an Bord, weil Richard die Schleppangeln auswerfen und so ihren Speisezettel um frischen Fisch bereichern wollte.
Da es schon elf Uhr war, als sie den Hafen von Key West verließen, kamen sie an diesem Tag nicht sehr weit. Sie ankerten in einer kleinen Marina auf Grassy Key und ließen sich das zarte Filet des mindestens fünfzehn Pfund schweren Dolphins schmecken, der Richard kurz hinter Marathon Key an den Haken gegangen war. Der Dolphin, nicht zu verwechseln mit den gesel-

ligen Delphinen à la Flipper, gehörte zu den schmackhaftesten Speisefischen, die die Karibik dem passionierten Hochseeangler zu bieten hatte.

Am nächsten Tag brachen sie schon bei Sonnenaufgang auf. Der Himmel war bewölkt, und eine drückende Schwüle lastete über dem Golf von Mexiko. Sie folgten dem markierten Intercoastal Waterway, der von Key West aus Tausende Meilen nach Norden führte, bis hoch nach New York. »Was haltet ihr davon, wenn wir unsere Sonde ein bißchen eintunken und hinter uns herziehen?« schlug Coffee vor, als er es leid war, auf die glitzernde See hinauszustarren und mit dem Fernglas Segelboote und Motoryachten unter die Lupe zu nehmen, voller Hoffnung, eine nackte Schönheit beim Sonnenbaden an Deck zu entdecken.

Skip blickte Richard fragend an.

»Warum nicht«, meinte Richard. »Wir haben ja wirklich keine Eile, Skip. Ob wir nun morgen oder erst übermorgen in Fort Pierce sind, spielt keine Rolle.«

»Mir soll's recht sein«, sagte Skip.

Coffee grinste. »Und weißt du was? In Miami machen wir einen kurzen Zwischenstopp und gehen mit dir einkaufen!«

»Ich wüßte nicht, was ich einkaufen müßte«, gab Skip zurück und drosselte die Maschinen.

»Da frag mal Richie.« Coffee zwinkerte seinem Freund vielsagend und verschmitzt zu.

»Coffee hat recht. Ein Paar Shorts brauchst du dringender als wir die spanische Bonanza«, flachste Richard.

Scheinbar empört fuhr Skip am Ruderpult zu ihnen herum. »Euch hat die Sonne wohl ein paar weiche Stellen in die Birne gebrannt, was? Diese Shorts halten noch mindestens eine Saison durch. Seht ihr lieber zu, daß ihr das verdammte Ding über Bord kriegt.«

Sie machten die Magnetometersonde fertig, beschwerten sie mit Blei, so daß sie in etwa zwanzig Fuß Tiefe über dem Meeresboden dahinglitt, und warfen sie über Bord.

»Komm, Baby, bring uns zu 'ner Truhe voll Gold und Juwelen«, rief Coffee gutgelaunt und behielt den Schreiber des Magnetometers im Auge.
Sie hatten mehrere Ausschläge an diesem Nachmittag, doch ein kurzer Tauchgang brachte jeweils ein enttäuschendes Ergebnis. Sie stießen auf eine alte Stahltrosse, einen verrosteten Kanister und anderen modernen Abfall.
Die letzte Stelle, die sie untersuchten, lag auf der Höhe von Key Largo jedoch außer Sichtweite dieser längsten Insel der Florida-Keys-Kette. Auf Anhieb fanden sie nichts, was darauf hinwies, daß sie wieder mal nur auf Produkte ihrer Industriegesellschaft gestoßen waren, die rücksichtslose Bootsbesitzer einfach über Bord geworfen hatten. Die Stelle lag auch in unmittelbarer Nähe eines Riffes, so daß die äußeren Bedingungen recht günstig waren. Nur lief ihnen die Zeit davon, denn es war schon Abend, und die Dunkelheit würde schnell hereinbrechen.
»Was sollen wir machen?« fragte Richard. »Was meint ihr, tuckern wir nach Key Largo hinüber, oder ankern wir hier irgendwo, um morgen noch mal in aller Ruhe da unten zu suchen?«
»Wir sparen ein paar Stunden Fahrt, wenn wir in der Nähe vor Anker gehen«, meinte Skip und griff zum Fernglas. »Da drüben liegen ein paar Mangroveninseln. Da finden wir die Nacht über genug Schutz.«
»Mir ist's recht«, sagte Coffee.
Sie nahmen Kurs auf eine Gruppe winziger Inseln, die kaum eine halbe Meile im Durchmesser maßen und von dichtem Mangrovengestrüpp überwuchert waren. Ein Vogelparadies, wie sie feststellten, als sie näher kamen und dann den Anker auswarfen, denn ganze Schwärme Pelikane und anderer Vögel erhoben sich von den Mangroven, kreisten eine Weile in sicherem Abstand und ließen sich dann wieder auf den Ästen nieder, als die Maschinen der SANDPIPER verstummten und Stille einkehrte.
Die Nacht legte sich schlagartig über die See. Kaum war der

Glutball im Westen versunken, als die Dunkelheit das letzte Tageslicht erstickte.
Der lange Tag in der brennenden Sonne hatte sie alle erschöpft. Sie aßen noch mal Dolphin-Filet mit Weißbrot, tranken ein paar Dosen Bier und waren nach einer halben Stunde Pokern schon reif für die Nachtruhe. Unter Deck war es zu schwül, und so rollten sie ihre Schaumstoffunterlagen an Deck aus und legten sich hin.
»Es liegt irgend etwas in der Luft«, sagte Coffee in die Dunkelheit. »Es ist schwüler als sonst, und nicht der geringste Lufthauch regt sich. Ich würde mich nicht wundern, wenn wir von einem Gewitter geweckt werden.«
»Die Wettervorhersage hat nichts gemeldet«, beruhigte Skip ihn. »Aber ein Regenschauer ist schon drin.«
Richard lag noch lange wach, denn er spürte dieselbe Unruhe wie Coffee. Er fragte sich, ob sie nicht doch besser beraten gewesen wären, wenn sie eine Marina angelaufen hätten. Aber dafür war es jetzt zu spät, und schließlich fiel er in einen unruhigen Schlaf.
Der Sturm überraschte sie gegen zwei Uhr. Es war einer jener plötzlich auftretenden Stürme, die sich in diesen Breitengraden scheinbar ohne jede Vorwarnung wie aus dem Nichts entwickeln und die Meteorologen genauso überraschen wie alle anderen.
Richard wurde als erster wach. Er war von seiner Matte gerollt und mit dem Kopf gegen die Bordwand gestoßen. Schläfrig richtete er sich auf, doch im nächsten Moment fiel jegliche Benommenheit von ihm ab, als er sah, daß sich der Anker der SANDPIPER losgerissen hatte und sie in einem Meer mindestens sechs Fuß hoher Wellen trieben.
»Coffee! ... Skip!« schrie er.
Skip fuhr hoch und starrte über Bord. »Verdammt, ein Sturm!« stieß er hervor und stürzte zum Ruderstand. Donnernd sprangen die Dieselmotoren an. »Holt den Anker ein!«

»Wo sind die Inseln?« rief Coffee verstört, als er Halt auf dem schwankenden Deck suchte. Nirgends waren die Umrisse der Inseln zu sehen, in deren Schutz sie geankert hatten.
»Zum Teufel mit den Inseln!« brüllte Skip. »Wir sitzen bis über beide Ohren in der Scheiße! Das wird ein Sturm, der sich gewaschen hat.« Er deutete zum Himmel hoch. Pechschwarze Wolken trieben tief über der See, die von Minute zu Minute wilder wurde. Schon krönte Schaum die Wellen. Und dann setzte ein heftiger Regenschauer ein, der sie augenblicklich durchnäßte. Gischt und Regen vermischten sich.
»Wie weit ist es bis Key Largo?« wollte Richard wissen, während er sich an der Reling entlang zum Bug vorarbeitete, der in der aufgewühlten See auf und ab tanzte wie ein Korken.
»Vielleicht zehn, zwölf Meilen!« schrie Skip ihm zu. »Aber das können zwei Meilen zuviel sein!«
»Wir Idioten, wir verdammten!« fluchte Coffee, während er Richard half, den Anker einzuholen. »Hätten wir doch einen Hafen angelaufen.«
»Das hilft uns jetzt nicht, Coffee. Jetzt sind wir mittendrin, und ich fürchte, es wird eine echte Zitterpartie!«
Skip gab volle Kraft und brachte die SANDPIPER auf nordöstlichen Kurs. Doch die Wucht des Sturms, der aus Südosten über das Meer jagte, nahm immer mehr zu. Die Brecher schienen von Minute zu Minute zu wachsen und an zerstörerischer Gewalt zu gewinnen. Sie donnerten gegen das Boot, daß es klang, als würde ein Riese mit dem Schmiedehammer auf die SANDPIPER einschlagen. Sturzseen gingen über das Vorschiff nieder und begruben es für entsetzlich lange Sekunden unter tonnenschweren Wassermassen.
»Ich kann den Kurs nicht beihalten!« schrie Skip gegen das anschwellende Tosen des Sturms an. »Die Brecher schlagen uns das Boot in Stücke, und wir nehmen zuviel Wasser über. Wir müssen vor dem Sturm laufen, wenn wir eine Chance haben wollen!«

»Aber bis nach Key Largo können es doch nur noch ein paar Meilen sein!« wandte Coffee ein und hielt sich an der Seitenwand des zum Heck hin offenen Ruderstandes fest, als ein Brecher sie querab erwischte.

»Trotzdem, wir schaffen es nicht. Eher kentern wir bei dieser See!« gab Skip zurück und warf das Ruder herum. Eine Woge, die Richard haushoch vorkam, traf das Heck und setzte das Deck knöchelhoch unter Wasser. Die Pumpe riß sich los und krachte gegen die Bordwand.

Coffee und Richard sprangen schnell nach hinten, griffen sich feste Bootsleinen und zurrten die Maschine wieder fest. Ihre Schaumstoffmatten waren schon über Bord geflogen.

Die See wurde zu einem Hexenkessel, in dem die SANDPIPER umhertaumelte. Die Sturmböen jagten dunkle Wolkenfelder über den Himmel. Es war, als wäre das Ende der Welt gekommen.

Richard empfand keine Angst, noch nicht, jedoch eine fassungslose Ehrfurcht für die Wildheit der Naturgewalt. Ein Schauer durchlief ihn, und auf seinen Armen bildete sich eine Gänsehaut, als er sah, wie hilflos sie waren und welche unglaublichen Kräfte der Sturm besaß.

Die Brecher schienen das Boot zermalmen zu wollen. Sie hämmerten gegen die Bordwände und ließen die SANDPIPER erzittern. Eine Sturzsee warf das Boot nach Backbord, drückte es für einen Augenblick unter Wasser. Als sich die SANDPIPER wieder aufrichtete, fehlte ein Teil der vorderen Reling.

Skip hielt das Ruder verzweifelt umklammert. Die Knöchel seiner Hände traten vor Anstrengung weiß hervor. »Zeig es ihnen, Baby, zeig es ihnen«, murmelte er immer wieder vor sich hin und starrte in die tobende Nacht hinaus. Er hatte das Sprechfunkgerät eingeschaltet, doch die Stimmen, die mit starkem atmosphärischem Rauschen aus dem Lautsprecher drangen, waren bei dem Donnern und Heulen des Sturms kaum zu verstehen.

»Wir sollten auf alles gefaßt sein!« schrie Richard Coffee und Skip zu. Das Salz brannte ihm in den Augen. Wirr und in nassen

Strähnen hing ihm das Haar ins Gesicht. »Kann nicht schaden, wenn wir die Rettungswesten anlegen.«
Skip schüttelte den Kopf, die Lippen zu einem schmalen Strich zusammengepreßt. »Verdammt noch mal, wir werden keine Schwimmwesten brauchen!« stieß er hervor, doch seine Worte hatten mehr beschwörenden als versichernden Charakter. »Die SANDPIPER ist ein gutes Boot, und mit dem Sturm wird sie schon fertig. Da muß schon mehr kommen, um sie in die Knie zu zwingen.«
»Mir reicht es jetzt schon!« rief Coffee, das Gesicht angespannt, doch beherrscht. Nur der unstete Blick seiner Augen verriet, wie sehr ihm der Sturm unter die Haut ging. »Ich wünschte, ich könnte etwas tun.«
Richard zerrte die Rettungswesten unter der Bank hervor und drückte ihm eine in die Hand. »Zieh das Ding an. Wenn uns ein Brecher über Bord spült, haben wir ohne Weste keine Chance. Und du legst auch eine um, Skip.«
»Den Teufel werde ich tun!«
Richard packte ihn hart an der Schulter. »Verdammt noch mal, du wirst die Rettungsweste anlegen, genau wie wir!« brüllte er ihn wütend an. »Vorsicht hat mit Feigheit nichts zu tun, Skip. Also leg das verdammte Ding endlich an, wenn du willst, daß wir Freunde bleiben!«
Skip warf ihm einen zornigen Blick zu, fuhr jedoch in die rote Rettungsweste und zurrte die Gurte vor der Brust mit einer Hand fest, während cr mit der anderen das Ruder hielt.
Sie wurden hin und her geworfen. Die SANDPIPER stürzte in Wellentäler, schien sich mit dem Bug geradewegs in das aufgepeitschte Meer bohren zu wollen, um dann ächzend und zitternd die Wassermassen abzuschütteln und den nächsten Wellenberg hochzuklettern, um gleich darauf wieder hinabzuschießen. Sie war ein Spielball der tosenden See, vermochte sich jedoch noch zu behaupten. Noch kamen die Pumpen mit dem Wasser, das sie über Bord nahmen, nach.

»Jetzt weiß ich, wie sich die Spanier gefühlt haben, auf deren versunkene Schätze wir so scharf sind!« rief Coffee und verzog das Gesicht zu einer Grimasse. »Noch nicht mal eine letzte Zigarette kann man rauchen.«

»Wir werden den verfluchten Sturm abwettern!« rief Skip grimmig.

Richard hielt sich an der Kante des Niedergangs fest und blickte kurz auf die tanzende Nadel vom Kompaß. Sie liefen etwa 320 Grad, und das bedeutete, daß der Sturm sie mitten in die Florida Bay hineintrieb, die von Key Largo im Osten und Südosten und von den Everglades im Norden begrenzt wurde. Es war ein Hunderte von Quadratmeilen riesiges Labyrinth aus Tausenden von kleinen Inseln, Sandbänken und Riffen. Aber das brauchte er einem Mann wie Skip nicht erst zu sagen. Skip wußte vermutlich sogar noch besser als er, was ihnen blühte, falls sich der Sturm nicht bald legte – nämlich Schiffbruch.

»Ich schau' mir mal das Chaos unter Deck an!« rief Richard seinen Partnern zu und holte sich blaue Flecken, als er den Niedergang hinunterstolperte. Die SANDPIPER taumelte wie ein angeschlagener Boxer.

Für das, was ihn unter Deck erwartete, war Chaos genau das richtige Wort. Trotz bester Sicherungen waren viele Türen und Luken aufgesprungen und hatten den Inhalt ihrer Stauräume hinausgeschleudert. Bücher, Zeitschriften, Kochtöpfe, Lebensmittel, Kleider und vieles andere kamen ihm entgegen. Der Boden war damit bedeckt. Mehrere Tüten mit Nudeln sowie ein Beutel Mehl waren aufgeplatzt. Eine Ketchupflasche war ausgelaufen und hatte sich mit dem eingedrungenen Wasser und anderen Lebensmitteln zu einer entsetzlichen Pampe vermischt, in der Skips zerfledderte Krimis und Coffees farbige Ringelsocken schwammen.

»Die Putzfrau wird sich freuen, wenn sie das sieht«, sagte Coffee, der Richard unter Deck gefolgt war.

»Ich fürchte, sie wird kündigen«, erwiderte Richard und stützte

sich mit beiden Händen seitlich ab, um die Schlingerbewegungen der SANDPIPER zum größten Teil abzufangen.
»Und ich fürchte, daß das noch nicht einmal das Schlimmste ist, was uns erwartet«, brummte Coffee. »Dir ist doch klar, daß wir soviel Chancen haben, mit heilem Boot aus dem Sturm herauszukommen, wie eine lahme Maus aus den Fängen einer hungrigen Katze. Der Sturm treibt uns mitten in die Florida Bay!«
»Was passiert, das passiert«, meinte Richard mit erzwungener Ruhe. »Es lohnt aber nicht, sich vorher schon graue Haare wachsen zu lassen. Wir können nur für den Fall der Fälle Vorsorge treffen.«
Coffee grinste schief. »Dann hattest du ja denselben Gedanken, Richie. Machen wir uns an die Arbeit.«
»Hol mal die Kühlbox, Coffee. Sie steht drüben in der Pantry. Papiere und anderen Kleinkram, der nicht naß werden darf, können wir noch extra in diese wasserdichten Plastikbeutel tun, wo ich früher meine Fotosachen aufbewahrt habe. Die Dinger sind absolut wasserdicht und unsinkbar, wenn man sie aufbläst.«
Coffee zerrte die Coleman-Kühlbox hervor, während Richard die wasserdichten Beutel suchte. Dann packten sie alles, was wichtig war, ein. Scheckbuch, Bargeld, IDs und Kreditkarten steckte Richard in einen kleinen Plastikbeutel, versiegelte ihn und klebte ihn sich mit breitem Klebeband unter die Badehose auf die Haut. Coffee machte es ihm nach. »Hörst du das?« fragte Coffee plötzlich.
Richard stemmte sich gegen einen Schrank und lauschte. »Klingt so, als läßt der Sturm nach.«
Das Toben und Donnern ebbte hörbar ab, aber dennoch zurrten sie die Box an den Streben des Tisches fest. Als sie wieder zu Skip an Deck hochkamen, sahen sie, daß der Sturm tatsächlich an Kraft verloren hatte, auch wenn die Wellen noch hoch genug waren, um der SANDPIPER ihren Kurs vorzuschreiben.
»Ich glaube, wir habe das Schlimmste überstanden«, rief Skip ihm

zu, und aus seiner Stimme klang zum erstenmal wirkliche Zuversicht.

Es war Coffee, der das drohende Verhängnis zuerst gewahrte. Er sah etwas Weißschäumendes aus der regendurchtränkten Nacht auftauchen, riß die Augen entsetzt auf und schrie: »Riff! ... Riff voraus!«

Skip hatte die gefährliche Stelle, wo sich die haushohen Brecher an der Mauer aus hartem Korallengestein donnernd brachen, fast im selben Augenblick bemerkt. Geistesgegenwärtig schlug er das Steuer scharf ein und riß gleichzeitig die Gashebel für die Dieselmaschinen zurück. Doch dieses Manöver erfolgte zu spät. Zu nahe waren sie schon dem Riff, und die Brecher drückten sie gnadenlos auf die Unterwasserbarriere zu. Es waren nur noch Sekunden, bis die scharfen Kanten den Rumpf aufschlitzen und eindrücken würden.

Entsetzen packte die drei Freunde, als sie sich bewußt wurden, daß das Schicksal der SANDPIPER besiegelt war. Skip ließ beide Motoren mit voller Kraft rückwärts laufen, aber das half auch nichts mehr.

»Festhalten!« brüllte Richard.

»Heilige Makrele!« Coffee starrte mit weit aufgerissenen Augen auf das Riff. »Wir machen Bruch ... wie die verdammten Spanier!«

Eine Woge hob das Boot an und warf es nach vorn. Es war, als würde eine unsichtbare Faust die SANDPIPER von unten treffen. Coffee stürzte zu Boden, als sie auf das Riff aufliefen. Die Korallen bohrten sich wie Rammdorne in den Rumpf. Planken und Spanten barsten, als wären sie nicht stärker als Streichhölzer, und Wasser strömte ins Boot, das nun fest auf dem Riff aufsaß und von den Brechern hin und her geworfen wurde. Richard half Coffee auf die Beine und hörte, wie Skip einen Notruf absetzte. Seine Stimme war völlig ruhig. Nichts deutete mehr auf die nervöse Erregung hin, die ihn noch bis vor wenigen Minuten beherrscht hatte. Kein Anzeichen von Panik oder Verzweiflung,

denn die Sandpiper war nicht mehr zu retten, das stand jetzt schon fest.
»Mayday, Mayday, Mayday! ... Sandpiper an alle! ... Mayday! Sind auf ein Riff aufgelaufen, etwa achtzehn Meilen nordwestlich von Sunset Point auf Key Largo! ... Ich wiederhole, wir sind etwa achtzehn Meilen nordwestlich von Sunset Point auf ein Riff gelaufen! ... Mayday, Mayday, Mayday! ... Sandpiper an alle! ... Mayday.«
Coffee rappelte sich mühsam hoch. Er hatte sich beim Sturz die Schulter geprellt. »Kriegst du keine Antwort?« fragte er und rieb sich die schmerzende Stelle.
Skip wandte sich kurz zu ihnen um, und trotz der Dunkelheit sahen sie, wie eingefallen und grau sein Gesicht war. Aber seine Stimme klang fest, als er antwortete: »Nachts gegen drei ist nun mal auf See nicht viel los, schon gar nicht bei so einem Wetter. Aber irgendwer wird uns schon hören, und es wird noch was dauern, bis die Korallen und die Brecher die Sandpiper zerlegt haben.« Damit griff er wieder zum Handmike und wiederholte seinen Notruf.
Endlich erhielt er eine Antwort. Eine verzerrte Stimme, die immer wieder bis ins Unverständliche wegdriftete, meldete sich: »Hier ... Küstenwache ... Key Largo ... an Sandpiper ... Notruf erhalten ... bestätige Position ... beginnen mit Rettungsaktion ... wie wie ... Ihre ... Situation ...«
»Hier Sandpiper an Küstenwache Key Largo«, antwortete Skip »Sitzen mit dem Boot auf, befinden uns im Augenblick jedoch nicht in Lebensgefahr. Jedoch unsicher, wie lange wir hier ausharren können. Werden die Sandpiper möglicherweise verlassen müssen.«
»Da drüben scheinen ein paar Inseln zu sein«, meinte Coffee zu Richard und deutete über Steuerbord in die Dunkelheit.
»Ja, sieht so aus.«
Eine halbe Stunde verging, in der die Sandpiper knirschend und ächzend über das Riff gezerrt wurde. Der Motorraum stand ganz

unter Wasser, und die Wellen brachen über dem Heck zusammen.

Dann rollte eine mächtige Woge heran und riß das Boot über den kaum dreißig Fuß breiten Kamm des Korallenriffes, und im nächsten Augenblick war die SANDPIPER frei.

»Verdammt, das ist das schnelle Ende!« fluchte Skip.

Das Boot sank mit seinem aufgefetzten Rumpf wie ein Stein. Richard zögerte nicht lange. »Los, über Bord und rüber zu der Insel!«

Skip griff hastig zum Mike. »Hier SANDPIPER! ... SANDPIPER an Küstenwache. Wir verlassen das sinkende Boot und versuchen uns auf die nächste Insel zu retten!«

Gurgelnd stieg das Wasser den Niedergang hoch, schwemmte die Brühe und das Chaos aus dem Salon hoch.

»Komm jetzt, Skip!« drängte Richard. »Wir müssen zusammenbleiben.« Skip schaltete das Gerät aus, wie jemand ordentlich das Licht ausschaltet, wenn er seine Wohnung verläßt. Mit einer fast zärtlichen Bewegung strich er noch einmal kurz über das Holz des Steuerruders. Dann straffte er sich. »Okay, bringen wir es hinter uns!«

Fast gleichzeitig sprangen sie an Steuerbord in die aufgewühlte See. Es waren vielleicht zweihundert, dreihundert Yards bis zu der nächsten Insel. Doch sogar für Coffee und Richard, die durchtrainierte Schwimmer waren, wurde diese Strecke zu einer Tortur. Skip hatte noch mehr zu kämpfen, und wenn Coffee und Richard ihn auf dem letzten Drittel nicht in ihre Mitte genommen und ihm geholfen hätten, hätte er es wohl kaum geschafft.

Doch plötzlich hatten sie festen Grund unter den Füßen. Skip wollte sich aufrichten, doch er war so entkräftet, daß ihn die nächste anrollende Woge niederwarf und unter Wasser drückte. Richard und Coffee packten ihn und zogen ihn an Land. Überall wucherten Mangroven, doch zu ihrer rechten Hand war eine etwa zwanzig Yards lange und halb so breite freie Stelle. Völlig ausgepumpt sanken sie in den nassen Sand.

»Es werden doch noch Träume wahr«, keuchte Coffee.
»Träume?« fragte Richard atemlos.
Coffee grinste gequält. »Ich wollte früher immer mal Robinson Crusoe spielen. Du nicht auch?«
»Coffee, es gibt Träume, die verlieren verdammt viel an Reiz, wenn sie Wirklichkeit werden«, gab Richard grimmig zurück.
Stumm starrte Skip auf das Wasser hinaus. Von der SANDPIPER war nichts mehr zu sehen. Die See hatte das Boot geschluckt – wie schon so viele andere.

3 Ein Helikopter der Küstenwache entdeckte sie kurz nach Tagesanbruch, eine knappe Stunde später brachte sie ein Patrouillenboot nach Key Largo. Die See war noch immer bewegt, doch der Sturm hatte sich gelegt. Die Wolken rissen auf, und strahlender Sonnenschein lag über der Insel, als sie an Land gingen.
Skip machte sich bittere Vorwürfe. Die SANDPIPER war alles gewesen, was er besessen hatte. Sein Kapital, seine Existenz. Jetzt stand er mit leeren Händen da.
»Ich werde mir einen Job suchen müssen«, sagte er deprimiert und mutlos, als sie im noch leeren Restaurant des Hotels, das gleich am Hafen lag, bei heißem Kaffee und Pancakes saßen. »Für ein neues Boot habe ich kein Geld.«
»Du hast schon einen Job«, sagte Richard ungehalten. »Oder willst du bei uns aussteigen?«
»Das Boot war mein Job und meine Beteiligung.«
»Dein Job ist es, Captain auf einem Boot zu sein, und deine Beteiligung sind dein Einsatz und deine Erfahrungen. Wir kaufen ein neues Boot, und ich möchte, daß du Captain auf diesem Kahn bist«, sagte Richard ernst. »Wir sind ein Team, Skip, und das soll auch so bleiben.«
Skeptisch blickte Skip ihn an. »Ein Boot wie die SANDPIPER

kostet eine Stange Geld, Richie. Unter zwanzig, dreißig Riesen kriegst du nichts Anständiges.«

»Das Geld laß mal meine Sorge sein, Skip«, beruhigte Richard ihn und dachte an die achtundsechzigtausend Dollar, die er auf seinem Konto bei der Bank in Key West liegen hatte. »Ich weiß, wie sehr dir der Verlust der SANDPIPER unter die Haut geht, aber tröste dich damit, daß wir dennoch Glück im Unglück gehabt haben. Das hätte auch viel bitterer ausgehen können.«

Coffee nickte und sagte mit vollem Mund. »Du hättest ja auch deine rosa Shorts verlieren können. Stell dir das mal vor. Ich glaube, darüber wärst du nie hinweggekommen«, versuchte er ihn aufzumuntern.

Skip lächelte schwach. »Du hast Nerven, Coffee. Es ist mir ein Wunder, wie du nach all dem einen Pancake nach dem anderen herunterschlingen kannst.«

»Ich bin nun mal Fatalist, was wohl an meiner Hautfarbe liegt«, erwiderte Coffee trocken. »Außerdem haben wir einen anstrengenden Tag vor uns, nicht wahr, Richie?«

Dieser nickte. »Wir werden uns ein Boot und Tauchausrüstung mieten und sehen, was wir aus dem Wrack noch bergen können. Wir dürfen keine Zeit verlieren, sonst sind andere Burschen vor uns bei der SANDPIPER und plündern sie aus. Gibt bestimmt noch eine Menge, was wir retten können. Die Pumpe, den Kompressor und ganz sicherlich unsere Tauchausrüstung. Also iß was, Skip, und finde dich damit ab, daß wir alle zusammen noch mal von vorn anfangen müssen.«

»Wenn wir erst mal die Goldbarren hochholen, dann wirst du über die dreißig Riesen, die du da aufs Riff gesetzt hast, lachen«, sagte Coffee. »Weißt du, ich kenne da einen Burschen, der hat, ohne mit der Wimper zu zucken, einen nagelneuen Mercedes-Sportwagen über die Kante in eine Schlucht gekippt und noch zufrieden gegrinst, als die Nobelkutsche sich ein paarmal überschlug und dann als komprimierter Haufen Schrott gegen ein paar Bäume knallte. Nimm dir ein Beispiel an diesem Typen, Skip.«

Skip warf ihm einen verdrossenen Blick zu. »Noch gehören Schwachsinnige nicht zu meinen Vorbildern!« brummte er.
Coffee tat empört. »Was sagst du denn dazu, Richie?«
Richard verkniff sich ein Grinsen. »Genug der Sprüche, Coffee. Skip kommt schon darüber hinweg. Ich sehe mal, ob ich schon jemanden vom Bootsverleih und Dive-Shop auftreiben kann. Das Herumsitzen macht mich ganz nervös.«
»Hast du was dagegen, wenn ich mir noch eine Portion Pancakes erlaube?« fragte Coffee.
»Tu dir keinen Zwang an«, sagte Richard. »Nur komm mir nachher nicht damit, daß dir von den Unmengen Ahornsirup schlecht ist und du nicht tauchen kannst.«
»Ich komm' mit, Richie«, sagte Skip hastig. »Mir wird ja schon vom Zusehen schlecht.«
»Helden kennen keine Magenbeschwerden!« rief Coffee ihnen mit unerschütterlicher Fröhlichkeit nach. »Und wenn ihr so weitermacht, werdet ihr nie groß und stark, Kids!«
»Wenn mir jemand einen Dollar für jeden schlechten Witz geben würde, den Coffee vom Stapel läßt, wäre ich im Handumdrehen ein reicher Mann«, meinte Skip, als sie zum Hafen hinuntergingen.
Richard lachte kurz auf. »Vermutlich haben wir einander verdient, Skip.« Eine Stunde später waren sie mit einem vierundzwanzig Fuß langen Trojan auf dem Weg zum Riff, das der SANDPIPER zum Verhängnis geworden war. Da sie nicht wußten, ob der Kompressor noch funktionierte, wenn sie ihn geborgen hatten, hatte Richard gleich sechs volle Sauerstoffflaschen mitgenommen. Das reichte für ihn und Coffee für drei Tauchgänge von gut einer Stunde, denn die tiefste Stelle in diesem Gebiet betrug vierunddreißig Fuß, wie sie der nautischen Karte entnommen hatten.
Die SANDPIPER lag in noch nicht einmal zwanzig Fuß Tiefe, und es zeigte sich, wie richtig es gewesen war, daß Richard zur Eile gedrängt hatte. Denn kaum hatten sie über dem Wrack Anker

geworfen und sich zum Tauchen bereitgemacht, als schon die ersten Neugierigen auftauchten. Der Untergang der Sandpiper hatte sich im Hafen von Key Largo schnell herumgesprochen, doch diesmal waren die Aasgeier nicht schnell genug gewesen. Die Boote zogen ein paar Kreise und drehten dann wieder ab, als sie sahen, daß es diesmal für sie nichts zu holen gab.

Die Sandpiper lag auf der Backbordseite und bot mit ihrem aufgeschlitzten Rumpf einen häßlichen Anblick. Die Fische vom Riff umschwärmten das Wrack und suchten schon nach geeigneten Verstecken.

Als Richard zum Ruderhaus hinuntertauchte, entdeckte er einen ausgewachsenen Barrakuda, der im Niedergang schwebte, als wollte er sagen, daß er nun von diesem Wrack Besitz ergriffen habe. Es dauerte eine Weile, bis er den Zugang endlich freigab und sich zum Bug verzog.

Die Coleman-Kühlbox fand Richard noch dort, wo er sie mit Coffee festgezurrt hatte. Ein unangenehmes Gefühl beschlich ihn, als er den Lichtstrahl der Unterwassertaschenlampe durch den Salon wandern ließ. Ein Red Snapper und zwei Grunts schossen aus der Pantry hervor, als der grelle Schein sie erfaßte. Sie huschten mit blitzschnellen Flossenschlägen ins Dunkel davon.

Richard war froh, als er die Box losgeschnitten hatte und aus der Kabine herauskonnte, die ihm unter Wasser entsetzlich eng vorkam.

Gegen Mittag hatten sie das meiste geborgen, darunter auch die Pumpe und den Kompressor. Die Pumpe hatte einige Schäden davongetragen, die aber mit ein paar Ersatzteilen schnell zu beheben waren, wie Coffee versicherte. Doch der Kompressor lief noch einwandfrei, nachdem sie ihn gesäubert hatten.

»Das ist doch schon etwas«, meinte Coffee zufrieden.

»Was ist mit den Maschinen?« wollte Skip wissen. »Lohnt es sich, sie auszubauen und zu heben?«

Richard schüttelte den Kopf. »Tut mir leid, aber die Motoren

haben nur noch Schrottwert, Skip. Die Korallen haben ganze Arbeit geleistet. Außerdem bräuchten wir dazu ein schweres Bergungsboot mit Ladebaum und schwerer Winde. Der Aufwand lohnt sich nicht.«
Skip seufzte nur.
Coffee und Richard tauchten noch einmal hinunter, um Kleinkram zu bergen. Um kurz nach drei waren sie dann fertig und nahmen wieder Kurs auf Key Largo. Der Bootsverleiher stellte ihnen gegen eine geringe Gebühr einen Schuppen zur Verfügung, wo sie ihre Sachen vorübergehend lagern konnten.
Tags darauf fuhren sie mit einem Leihwagen zurück nach Key West, um ihre Wagen zu holen.
Dann begann die Suche nach einem passenden Boot.

4 »Ich hab' dir doch gesagt, daß es verdammt schwer ist, ein Boot zu finden, das was taugt und zudem noch zu einem vernünftigen Preis gehandelt wird«, sagte Skip zu Richard, als sie eines Abends, eine Woche nach dem Untergang der SANDPIPER, auf der Terrasse vom *Pilot House* an der Bar saßen und die Hitze mit eiskalten Daiquiris bekämpften. Das Restaurant, das am Rande einer kleinen Marina auf Key Largo lag, war bekannt für seine erstklassigen Drinks und berühmt für seine ausgezeichnete Küche.
»Die Chris Craft, die wir uns gestern angesehen haben, sah mir nicht übel aus«, sinnierte Richard und malte Schlangenlinien auf sein leeres Glas.
Skip machte eine wegwischende Handbewegung. »Vergiß sie, Richie. Viel zu kurzes Heck und zudem noch hohe Bordwände. So ein Boot ist nicht das Richtige für Bergungsfahrten. Das ist eine Yacht für Vergnügungstrips, bestenfalls noch fürs Hochseefischen. Außerdem habe ich was gegen Benziner. Da passiert so leicht was. Wenn sich da mal Benzindämpfe in der Bilge ansam-

meln und du vergißt, die Lüfter einzuschalten, bevor du die Motoren anläßt, fliegst du in die Luft. Außerdem wollte der Lackaffe für die Chris Craft ein Heidengeld.«
Coffee nickte. »Fünfundsechzig Riesen, ganz schön happig.«
»Ja, das sind um mindestens zehntausend mehr, als ich auszugeben bereit bin«, räumte nun auch Richard ein und bedauerte einen kurzen Augenblick, daß er sich den kostspieligen Spaß mit dem Mercedes geleistet hatte. Der Wagen war bar bezahlt gewesen und hätte ihm sogar bei einem Verkauf Hals über Kopf mindestens vierzigtausend Dollar gebracht. Aber nein, es war richtig gewesen. Und was nutzte es, Vergangenem nachzuhängen. Es stand ja noch eine hübsche Summe aus dem Verkauf der Marina aus. Aber wie Henry Rhodes ihm vor zwei Wochen am Telefon gesagt hatte, würden mindestens noch sechs Monate vergehen, bevor das geregelt war. Ronnie stellte sich offenbar quer und versuchte, die fünfundzwanzig Prozent für einen Apfel und ein Ei zu bekommen. Doch er machte sich keine Sorgen, was das anging. Henry ließ sich nicht einen Krümel vom Butterbrot nehmen. Seine Interessen waren bei ihm gut aufgehoben.
»Mein Gott, es wimmelt in Florida doch nur so von Booten, die zum Verkauf stehen. Wir werden schon etwas finden«, meinte Coffee aufmunternd. »Es dauert eben was – na gut. Eine Woche mehr oder weniger macht den Braten doch nicht fett.«
»Noch mal dasselbe bitte«, sagte Richard zum Barkeeper, der gerade den Mixer ausgespült hatte.
»Gern«, sagte der Barkeeper, blieb aber bei ihnen stehen. »Entschuldigen Sie, aber ich konnte nicht umhin, Ihr Gespräch mit anzuhören.«
Skip zuckte die Achseln.
»Sie suchen ein preisgünstiges Boot, nicht wahr?«
»So ist es«, bestätigte Richard. »Ein Arbeitsboot, nicht unter fünfunddreißig Fuß.«
»Und es soll natürlich tipptopp in Ordnung sein, dafür aber nicht viel mehr als ein Hamburger mit Fritten und Cola kosten«,

fügte Coffee spöttisch dazu. »Haben Sie vielleicht eins an der Hand?«

»Nein, das nicht«, antwortete der Barkeeper schmunzelnd. »Aber haben Sie schon mal daran gedacht, zu einer von diesen Auktionen zu gehen?«

»Welche meinen Sie?« fragte Richard interessiert.

»Na, die in Miami«, erklärte der Barkeeper. »Hab' noch vor ein paar Tagen davon in der Zeitung gelesen, daß die Stadtverwaltung gar nicht mehr weiß, wohin sie mit all den beschlagnahmten Booten soll, die an den Staat gefallen sind. Sie wissen doch, wer mit Rauschgift gefaßt wird, der ist seinen Wagen oder sein Boot sofort los.« Er verzog das Gesicht und lachte grimmig auf. »Aber das kratzt die großen Dealer natürlich wenig. Was sind schon fünfzig- oder gar hunderttausend für sie, wenn sie mit einem erfolgreichen Trip von den Bahamas oder den Biminis eine satte Million und mehr einfahren. Koks, Hasch und Heroin, Mann, da sind doch Wahnsinnsgewinnspannen drin. Und die Küstenwache kommt gar nicht nach. Für einen, den sie schnappen, gehen ihnen neun andere durch die Lappen. Aber das wissen Sie ja wohl selber. Was ich nur sagen wollte, ist, daß diese Boote natürlich weit unter Preis weggehen. Hab' mir letztes Jahr bei so einer Auktion einen kleinen schnellen Flitzer ersteigert – für einen Spottpreis. Wie Sie vorhin schon sagten, Mister«, sagte er zu Coffee gewandt, »es gibt in Florida Unmengen von Booten, die zum Verkauf stehen. Das drückt natürlich bei diesen stattlichen Auktionen ganz gewaltig den Preis. Und die Aufkäufer denken nicht daran, dem Staat die Taschen zu füllen. Die sprechen sich vorher ab.«

Richards Gesicht hellte sich auf. »Mann, das hätte uns auch einfallen können. Der Tip ist Gold wert. Trinken Sie etwas mit uns?«

»Danke, gern.«

»Machen Sie sich einen Drink Ihrer Wahl«, sagte Richard großzügig.

»Wissen Sie zufällig auch, wann die nächste Auktion stattfindet?« wollte Coffee wissen.
»Es war eine Auktion für nächste Woche angesetzt, wenn ich mich recht entsinne«, überlegte der Barkeeper. »Aber nageln Sie mich nicht darauf fest, sicher bin ich mir nicht. Aber das erfahren Sie mit einem Anruf. Die Stadtverwaltung wird Ihnen Ort und Zeit nennen können.«
»Das erste, was ich morgen tun werde«, versicherte Richard mit neuer Zuversicht. Der Tip mit der Auktion hob ihre Stimmung ungemein. Sogar Skip verlor an diesem Abend seinen düsteren Ausdruck.
Ein Anruf am nächsten Morgen ergab, daß die nächste Auktion am kommenden Montag stattfand, also in fünf Tagen. Die Boote, die zur Versteigerung standen, konnten am Donnerstag, Freitag und Samstag besichtigt werden.
Richard notierte sich die Adresse der Hafenanlagen, wo die Auktion am Montag stattfinden würde, und fuhr mit Skip und Coffee sofort hin.
Es war eine üble Gegend am Hafen, im Dunstkreis von Little Havanna. Verkommene Mietshäuser, baufällige Lagerhallen und schlaglochübersäte Straßen bestimmten das Bild dieses Hafenviertels. Überall lagen Dreck und Abfall herum. Und wer hier mit dem Wagen durchfuhr, war gut beraten, auch bei fehlender Klimaanlage alle Fenster zu schließen und die Türen von innen zu verriegeln. Eine vermutlich nicht beabsichtigte Ironie, daß der Staat ausgerechnet in dieser heruntergekommenen Gegend, wo Armut und Verbrechen oftmals zwangsläufig eine Verbindung eingingen, einen Lagerplatz für die beschlagnahmten Boote der Rauschgiftschmuggler unterhielt.
Als Richard auf den sandigen Parkplatz fuhr, auf dem schon mehrere Dutzend Wagen standen, und die Halbstarken in Gruppen herumlungern sah, war er froh, daß ihm die Antenne schon in Key West abgebrochen worden war und er den Blazer schon ohne Radkappen gekauft hatte. Und was den Kassettenrecorder

betraf, so würde niemand seine Freude daran haben. Er machte aus jeder Kassette unweigerlich Bandsalat. Sogar Coffee hatte es aufgegeben, den Fehler finden und beheben zu wollen. Er konnte den Wagen also parken, ohne sich Sorgen machen zu müssen. Gegen durchstochene Reifen war man ja nirgendwo gefeit, in Miami schon gar nicht.

»Heilige Makrele, das sieht ja wie die reinste Messe für gebrauchte Boote aus!« meinte Coffee, als sie das Gelände betraten, das früher einmal einer kleinen Werft gehört hatte, die aber längst nach North Miami in ein Industriegebiet umgesiedelt war. Hohe Maschendrahtzäune mit Stacheldrahtkrone umgaben das Areal, und verrostete Schilder, die alle paar Schritte am Zaun hingen, warnten vor scharfen Hunden, die nachts das Gelände bewachten. Mindestens zwei Dutzend uniformierter Wachleute, den Revolver an der Hüfte, waren über das Gelände verteilt und achteten darauf, daß nichts aus den Booten verschwand.

Etwa fünfzig, sechzig Schnellboote um die dreißig Fuß waren an Land aufgebockt und trugen Nummern. Primitive Leitern und Treppen führten an Bord. Private und kommerzielle Kaufinteressenten gingen von Boot zu Boot und informierten sich. Zu ihrem Erstaunen schienen es aber zumeist professionelle Händler zu sein.

Die größeren Yachten, etwa zwei Dutzend an der Zahl, lagen im Hafenbecken vertäut. Diese Boote durfte man nur in Begleitung eines Wachmannes betreten. Im Büro, gleich neben einer der Lagerhallen, konnte man eine fotokopierte und zusammengeheftete Broschüre bekommen, die die Boote nach Nummern auflistete und genaue Angaben zu Fabrikat, Baujahr, Motoren, Navigationsgeräten und anderen Ausstattungsdetails machte sowie den Mindestpreis, mit dem die Auktion beginnen würde.

Richard, Skip und Coffee schenkten den schnellen Flitzern keine Beachtung. Sie holten sich die Angebotsliste und steuerten sofort auf die größeren Boote zu, unter denen sich auch einige Chris

Crafts, Grand Banks und Hatteras befanden, alle zwischen vierzig und sechzig Fuß.
Richard sah jedoch schon auf den ersten Blick, daß diese Yachten für sie nicht geeignet waren, wie billig sie auch zu haben sein mochten. Was sie brauchten, war keine schnittige, luxuriöse und raketenschnelle Vergnügungsyacht, sondern ein grundsolides Boot. Kein rassiges Rennpferd, sondern ein ausdauernder Ackergaul.
»He, Richie!« rief Skip plötzlich aufgeregt und stieß ihn an. »Sieh mal da drüben!«
Richard blickte in die Richtung, in die Skip zeigte, und seine Augen begannen zu leuchten, als er das Boot auf der anderen Seite des kleinen Hafenbeckens sah. »Donnerwetter, ein Trawler! Der sieht aus wie für uns gemacht!«
»Aber ob der auch zum Verkauf steht?« fragte Coffee nicht weniger aufgeregt.
Skip blätterte schnell nach. »Ja, ist er. Hier steht's. Trawler, 54 Fuß Länge über alles, Baujahr 62, Dieselmotoren von General Motors zweimal 290 PS, Stromgenerator, Loran, Autopilot ...«, las er vor.
»Und was soll er kosten?« drängte Richard.
»Er wird mit achtundzwanzig in die Auktion einsteigen«, sagte Skip. »Ein Spottpreis.«
»Aber wer weiß, wie hoch ihn die Gebote treiben«, meinte Richard, der sich nicht zu früh freuen wollte.
»Schauen wir uns den Trawler doch erst mal an«, schlug Coffee vor. »Immerhin ist er Baujahr 62 und damit nun nicht gerade taufrisch. Vielleicht sitzt schon der Wurm im Holz, oder die Motoren können es gar nicht erwarten, auf dem Schrottplatz zu landen.«
»Das habe ich schnell festgestellt«, sagte Skip entschlossen.
Der Trawler besaß keine eleganten Linien, und der Decksaufbau mittschiffs mit der Flybridge über dem Ruderstand sah eher etwas plump aus. Auch brauchte er einen neuen Anstrich. Aber

das waren alles nur Äußerlichkeiten, die den Gesamteindruck, daß sie es mit einem robusten Arbeitsboot zu tun hatten, nicht schmälerten.

Der Salon war geräumig, und es gab drei Kabinen, zwei am Bug und eine Achterkabine. Es sah alles ein wenig abgenutzt und vernachlässigt aus, doch Richard ließ sich davon nicht täuschen. Er wußte, was man auf solchen Booten erreichen konnte, wenn man nur zwei, drei Tage fürs Säubern, Polieren und Ausbessern investierte.

Skip öffnete alle Bodenluken vom Heck bis zum Bug. Er kroch in die hinterste Ecke, lugte mit der Taschenlampe in jeden Spalt und stieß den Schraubenzieher immer wieder ins Holz.

»He, wollen Sie ein Loch bohren, Mister?« rief der Wachmann mißbilligend, als Skip in den Motorraum kroch und auch hier wieder mit dem Schraubenzieher in Spanten und Planken stieß.

»Wenn das Holz in Ordnung ist, macht es ihm nichts aus. Ist der Holzwurm drin, ersparen wir uns mit jedem Stich ein paar Riesen«, antwortete Skip und führte seine buchstäblichen Stichproben ungerührt weiter.

»Und wie ist das Holz?« wollte der Wachmann wissen.

»Es gibt Boote, die sind geschenkt noch zu teuer«, brummte Skip und kroch wieder hervor. »Kann ich mal die Motoren hören?«

»Sicher, aber das ist schon alles, Mister«, sagte der Wachmann. »Probefahrten oder andere Geschichten sind nicht drin. Die Boote werden verkauft, so wie sie hier liegen. Darum sind sie ja auch so billig.«

»Billig ist nicht immer preiswert, junger Freund«, belehrte Skip ihn. »Manchmal ist das Teuerste letztlich das Preiswerteste. Und nun schmeiß mal die Diesel an. Bin gespannt auf die Musik.«

Coffee und Skip hockten zwischen den Maschinen, als sie zu lautem Leben erwachten. Richard verstand nicht viel von Technik und wartete darauf, daß sie endlich irgend etwas sagten. Doch die beiden schienen ihn völlig vergessen zu haben. Mit grimmiger Miene fummelte Skip mal an diesem Zug, mal an jener Einstellung, und Coffees Gesicht sah nicht viel freundlicher aus. Was sich die beiden über den Motorenlärm hinweg zuriefen, konnte Richard nicht verstehen. Aber ihre Gesten und Mienen ließen nichts Gutes ahnen.

»Na, nun sagt doch schon was!« forderte Richard sie ungehalten auf, als sie schließlich aus dem Maschinenraum herauskamen und die Motoren verstummten.

Coffee wischte sich mit einem Kleenex Öl von den Fingern. »Tja, ich weiß nicht«, sagte er zögernd und blickte Skip an.

»Achtundzwanzigtausend Dollar für diesen Trawler?« Skip schüttelte den Kopf, während er auf den Kai sprang. »Der Preis ist lächerlich.«

Coffee nickte. »Der Meinung bin ich auch.«

Richard seufzte. »Also wieder mal nichts«, sagte er enttäuscht.

Sie waren schon beim Blazer, als Skip ganz beiläufig sagte: »Drück bloß die Daumen, daß uns Montag keiner den Kahn vor der Nase wegschnappt.«

Richard sah ihn verblüfft an. »Aber ihr habt doch beide gesagt, daß ...« Er brach ab, als er die grinsenden Gesichter seiner Freunde sah, und wußte, daß sie ihm die ganze Zeit etwas vorgespielt hatten. »Los, raus mit der Sprache!«

Skip lachte. »Ich sagte es doch, der Preis ist absolut lächerlich! Sechzigtausend ist der schon unter Brüdern wert. Der Trawler sieht zwar ein bißchen ungepflegt aus, aber das Holz ist hart wie Stahl. Da ist nichts dran. Und die Motoren sind tipptopp.«

»Könnten gar nicht besser sein«, pflichtete Coffee ihm bei.

Richard strahlte. »Dann haben wir also endlich den richtigen Dampfer gefunden!«

Skip nickte. »Genau das richtige für unser Vorhaben, Richie. Grundsolide. Fragt sich nur, wer Montag den Zuschlag kriegt.«

»Wie hoch würdest du gehen?« wollte Richard wissen.

»Fragt sich, wie hoch du gehen kannst«, erwiderte Skip.

»Fünfundvierzig, maximal fünfzig«, sagte Richard nach kurzem Überlegen.

»Dann müßten wir eine gute Chance haben«, meinte Skip.
Richard wünschte, er könnte die Tage bis Montag einfach durchschlafen. Die Ungewißheit, ob er in der Lage sein würde, bei der Auktion für den Trawler mithalten zu können, machte ihm die Tage entsetzlich lang. Skip und Coffee waren nicht weniger nervös. Um sich abzulenken, fuhren sie die Westküste bis nach Tampa hoch und schauten sich noch Dutzende Boote an. Es gab einige, die ihr Wohlwollen fanden, aber doch nichts, was den Trawler in den Schatten stellte.
Quälend langsam verstrich das Wochenende. Dann war endlich Montag. Richard war schon um fünf wach und brach zu einem Dauerlauf auf, um seine Unruhe zu bekämpfen.
Um halb acht fuhren sie nach Miami. Sie dachten, sie kämen viel zu früh, da der Beginn der Auktion erst für zehn angesetzt war. Um so überraschter waren sie, als sie sahen, wie viele Menschen sich schon um halb neun auf dem Platz drängten. Es waren mehr als hundert Leute.
In einer der Hallen hatte man Klappstühle in langen Reihen aufgestellt sowie ein erhöhtes Pult für den Auktionator. Wer mitbieten wollte, mußte sich vorher registrieren lassen und erhielt ein rundes Pappschild mit einer Nummer an einem kurzen Holzstiel. Richard erhielt die Nummer 77.
Endlich ging es los. Zuerst wurden die kleinen Boote versteigert, an denen das Interesse der Leute auch am größten war. Um zwölf Uhr hatten sich die Sitzreihen schon erheblich gelichtet, denn die Sportboote waren nun alle versteigert, und der Auktionator wandte sich den größeren Yachten zu.
Ein halbes Dutzend Händler kämpfte nun um den Zuschlag für mehrere Grand Banks, Trojans und drei Hatteras-Yachten. Die Preise kletterten jeweils um tausend Dollar pro Gebot. Doch wie der Barkeeper gesagt hatte, blieben sie alle unter den wirklichen Marktpreisen, was Richard Hoffnung machte.
Es war halb drei, als der Auktionator schließlich den Trawler mit achtundzwanzigtausend Dollar ausrief. Es waren jetzt höchstens

noch zwei Dutzend potentielle Bieter anwesend. Der Preis stieg schnell auf fünfunddreißigtausend.
»Jetzt wird es Zeit, daß du mit einsteigst«, raunte Coffee ihm zu. Richard nickte und hob sein Schild.
»Sechsunddreißig.«
Ein hagerer Mann zwei Reihen vor ihnen in einem verschlissenen Overall hob seine Nummer.
»Siebenunddreißig!« rief der Auktionator.
Wieder zeigte Richard auf.
»Achtunddreißig.«
Ein breitschultriger Mann mit roten Haaren, der links außen in der vordersten Reihe saß und auf einer kalten Zigarre kaute, überbot ihn.
»Neununddreißig.«
»Vierzigtausend!« rief der Auktionator und wies auf Richard.
Der Rothaarige blickte sich kurz zu ihm um und hob dann lässig sein Pappschild.
»Einundvierzig.«
»He, weißt du, wer das da drüben ist?« flüsterte Skip. »Das ist Jerry Redcliff, der Schatztaucher aus Fort Pierce. Der ist wohl auch scharf auf den Trawler.«
»Noch bin ich mit im Spiel«, erwiderte Richard und ging tausend Dollar höher.
Jerry Redcliff war jetzt der einzige, der mit ihm um den Trawler bot.
»Dreiundvierzig ... vierundvierzig ... fünfundvierzig ... sechsundvierzig«, hallte die Stimme des Auktionators durch die Halle.
Jerry Redcliff ging auf siebenundvierzig.
Richard brach der Schweiß aus. Er wollte den Trawler unbedingt haben, doch allmählich erreichte er die Grenze seiner finanziellen Möglichkeiten. Noch einmal hob er seine Nummer.
»Achtundvierzig!« rief der Auktionator und blickte fragend zu Redcliff hinüber. »Achtundvierzig! ... Bietet jemand mehr?«

Der Schatztaucher aus Fort Pierce schien zu zögern.
Richard hielt den Atem an.
Dann schüttelte Redcliff den Kopf.
»Achtundvierzig zum ersten, zum zweiten und ... zum dritten! Der Trawler, Listennummer dreiundsechzig, geht an den Bieter mit der Nummer siebenundsiebzig!« verkündete der Auktionator.
Coffee boxte Richard in die Rippen. »Wir haben ihn!« rief er überschwenglich, und auch Skip strahlte vor Freude.
Richard erhob sich. »Zwei Tausender mehr, und ich hätte aufgeben müssen«, sagte er und atmete tief durch. Er besaß nun einen Trawler!
Sie begaben sich in das Büro, um die Formalitäten zu erledigen. Als sie das Büro verließen, erwartete sie Jerry Redcliff. Er war ein bullig gebauter Mann um die Vierzig mit einem etwas kantigen Gesicht, das von stahlblauen Augen beherrscht wurde. Er trug ein buntes Hawaii-Hemd über einer hellen Leinenhose. Eine dicke Goldkette, an der eine goldene Bootsmannspfeife baumelte, hing um seinen kurzen Hals.
»Meinen Glückwunsch, obwohl Sie mir den Trawler vor der Nase weggeschnappt haben«, sagte er.
»Der Auktionator hätte gegen einen höheren Preis nichts einzuwenden gehabt«, erwiderte Richard.
Jerry Redcliff lachte fröhlich. »So scharf, daß ich jeden Preis dafür gezahlt hätte, war ich nun wieder nicht. Mein Name ist Redcliff, Jerry Redcliff«, sagte er und streckte ihm seine Hand hin. »Ich denke, wir sind Kollegen, Mister Harding.«
Richard ergriff die Hand. »Sie kennen mich, Mister Redcliff?«
»Nennen Sie mich Jerry oder Red wie meine Freunde«, sagte der Schatztaucher mit einem gewinnenden Lächeln. »Ich kenne jeden, der so verrückt ist wie ich, hauptberuflich in Floridas Gewässern nach spanischen Wracks zu suchen, zumindest vom Hörensagen. Sie haben letzte Woche Ihr Boot vor Key Largo verloren, nicht wahr?«

Richard hob die Augenbrauen. »Das hat sich ja schnell bis zu Ihnen nach Fort Pierce rumgesprochen.«
Er lachte. »Sie wissen doch, schlechte Nachrichten reisen am schnellsten. Haben Sie irgendwelche konkreten Pläne?« fragte er dann.
»Kann sein, daß wir bald Nachbarn werden.«
»Oh, Sie wollen Ihr Glück bei uns oben versuchen?«
»Ja, ich glaube nicht, daß wir einander in die Quere kommen.«
Jerry Redcliff lachte unbeschwert. »Das glaube ich auch nicht. Aber kommen Sie mich doch mal besuchen. Wenn ich nicht gerade auf See bin, treffen Sie mich meist im *Ever Breeze,* das ist eine Kneipe am Hafen von Fort Pierce. Jeder kennt sie – und den verrückten Jerry Redcliff.«
»Gern«, sagte Richard.
»Okay, dann bis bald mal«, sagte Redcliff, nickte ihnen zu und entfernte sich.
»Gar nicht eingebildet«, murmelte Coffee ihm nach.
Richard zuckte nur amüsiert die Achseln. »Du wirst wohl kaum einen unter uns Schatztauchern finden, der nicht irgendeine Macke hat oder gar unter Minderwertigkeitskomplexen leidet, Coffee.«
Skip grinste. »Also, ich besteh' auch auf meine paar Macken.«
Coffee winkte ab. »Versuch gar nicht, sie uns aufzählen zu wollen, sonst stehen wir morgen noch hier«, spottete er. »Wir haben jetzt viel wichtigere Dinge zu tun.«
»Als da wären?«
»Mann, wir müssen die stolze Errungenschaft doch zünftig feiern«, meinte Coffee mit einem fragenden Blick zu Richard.
Dieser nickte. »Und ob wir darauf einen heben, Freunde. Wir müssen uns auch Gedanken machen, wie wir unser Flaggschiff nennen. Also laßt euch was einfallen.«
Sie feierten den Kauf auf Key Largo im *Pilot House* und verwarfen zwei Dutzend Namen, bevor sie den richtigen fanden, der ihnen allen zusagte – GOLDDIGGER.

Tags darauf zerschellte eine Flasche Champagner am Bug des Trawlers. Anschließend brachten sie die GOLDDIGGER in den Hafen von Key Largo, wo sie vier Tage damit beschäftigt waren, sie gründlich zu reinigen, einige kleinere Ausbesserungsarbeiten vorzunehmen und sie für die bevorstehende Tauchsaison auszurüsten. Dann nahmen sie Kurs auf die Gewässer vor Fort Pierce, wo Anfang des 18. Jahrhunderts mehrere spanische Schatzflotten gesunken waren. Daß er gerade hier bei Vero Beach seine erste Goldmünze gefunden hatte, nahm Richard als ein gutes Omen.

5 Richard saß am Kartentisch der GOLDDIGGER und verglich die nautischen Seekarten mit den Aufzeichnungen, die er vom Marine-Museum in Washington erhalten hatte, Kopien jahrhundertealter Karten, auf denen angeblich die ungefähren Positionen der vier Schiffe eingetragen waren, die hier vor der Küste 1735 im Sturm gesunken waren. An Deck ratterten der Kompressor und der Motor des Airlifts. Er wußte, daß die alten Skizzen so gut wie wertlos waren, denn aufgrund der damals ungenauen Positionsbestimmungen und der über die Jahrhunderte veränderten Küstenlinie ließen sich die Wrackstellen mit diesen Angaben nur so grob rekonstruieren, daß man es immer noch mit einem Gebiet von mindestens dreißig mal zwanzig Meilen zu tun hatte.
»Sechshundert Quadratmeilen!« stöhnte er auf, erhob sich und ging an Deck. Coffee schloß gerade seinen Lungenautomaten an eine frisch gefüllte Sauerstoffflasche. Bald mußten Carlos und Murphy auftauchen, die beiden Taucher, die sie vor zehn Tagen in Fort Pierce angeheuert hatten, so daß sie wieder in zwei Schichten tauchen konnten und mehr aus ihrer Zeit herausholten.
Carlos Camacho war ein drahtiger Puertoricaner, vierundzwanzig, schwarzhaarig, temperamentvoll und draufgängerisch. Mur-

phy Garland, zwei Jahre älter, war das genaue Gegenteil. Er war von gedrungener Gestalt, trug das lange blonde Haar im Nacken zu einem Zopf gebunden, war wortkarg und bedächtig. Doch was das Tauchen anging, da machte ihnen keiner etwas vor.

»Ich glaub', sie kommen hoch«, sagte Coffee und deutete auf die Lufblasen, die neben der GOLDDIGGER aufstiegen.

»Okay, ich mach' mich fertig.«

Carlos tauchte zuerst auf und zog sich auf die Tauchplattform. Er spuckte aus. »Die Sicht ist mal wieder bescheiden. Zehn Fuß, und dann fällt schon der Vorhang. Es müßte eine Möglichkeit geben, das klare Wasser von hier oben nach unten zu bringen«, sagte er.

»Nimm doch das nächstemal einen Mundvoll mit«, flachste Coffee, setzte seine Maske auf und biß auf das Mundstück.

Richard tauchte mit ihm hinunter und setzte die Arbeit mit dem Airlift fort. Doch die ganze Zeit über ging ihm nicht aus dem Sinn, was Carlos gesagt hatte. Während das Oberflächenwasser kristallklar war, herrschte unten in Grundnähe miserable Sicht, was die Suche natürlich ungemein erschwerte.

Wie konnte man das ändern?

Dieser Gedanke ließ Richard keine Ruhe. Und er grübelte noch darüber nach, als Skip die GOLDDIGGER am späten Nachmittag nach Vero Beach lenkte, wo sie einen Anlegeplatz im Hafen gemietet hatten. In Fort Pierce war zwar mehr los, doch die Gebühren lagen in Vero Beach bedeutend niedriger, und Geld spielte jetzt eine große Rolle. Seine Barreserven waren auf unter zwölftausend Dollar zusammengeschrumpft. Und allein Carlos und Murphy kosteten ihn mit Kost rund tausend Dollar im Monat. Richard hatte an diesem Abend keine Lust, in einer der Kneipen zu hocken, und blieb mit Skip und Coffee an Bord, während Carlos und Murphy hofften, irgendwo zwei unternehmungslustige Mädchen aufzugabeln.

»Das war gar nicht so dumm, was Carlos heute gesagt hat«, meinte Richard, als sie an Deck saßen und Dosenbier tranken.

»Ich meine, das mit dem klaren Wasser, das wir eigentlich unten auf dem Meeresboden bräuchten.«
»Eine feine Sache wäre das schon, Richie«, stimmte Coffee ihm zu. »Aber mit einem Wasser-Jet kannst du nicht viel ausrichten. Wenn das Rohr dicker als zwölf Inches ist, brauchst du ein Monster von einer Maschine um das Wasser mit genügend Druck in dreißig Fuß Tiefe zu bekommen.«
»Und auch dann hast du nur einen gerade handtellergroßen Wasserstrahl«, fügte Skip hinzu.
»Ich weiß, mit einem Wasser-Jet geht das nicht«, räumte Richard ein, »aber was die Monster-Maschine betrifft, so haben wir die doch schon an Bord.«
Coffee sah ihn verständnislos an. »Da komm ich nicht mit. Das verstehe ich nicht.«
»Meinst du etwa die Dieselmaschinen?« fragte Skip.
Richard nickte. »Ja, genau die. Der Druck der Schrauben ist doch gewaltig. Wir bräuchten eigentlich doch nur etwas, um diese Kraft richtig auszunutzen und für unsere Zwecke umzufunktionieren.«
Coffee runzelte die Stirn. »Willst du die GOLDDIGGER vielleicht aufs Heck stellen?«
»Natürlich nicht. Aber es müßte doch eine Möglichkeit geben, den Druck der Schrauben irgendwie nach unten zu leiten«, sinnierte Richard. »Ich bin kein Techniker, aber ...«
»Verdammt, das ist überhaupt die Idee!« rief Skip begeistert und schlug sich mit der flachen Hand vor die Stirn. »Wir müssen den Schraubendruck gerade nach unten lenken. Und ich weiß auch schon, wie das zu machen wäre.«
»Machst du Witze?« fragte Coffee verblüfft.
»Ganz und gar nicht! Wartet. Ich hol' nur was zum Zeichnen!« rief Skip und holte Papier und Bleistift. »Was wir brauchen, sind Ellbogenrohre mit einem Durchmesser von vier, fünf Fuß. Die eine Öffnung wird vor die Schraube montiert, während die andere Öffnung gerade nach unten weist. Wenn wir dann Gas geben,

pressen die Schrauben das Wasser durch diese Ellbogenrohre nach unten.«
Richard schlug ihm auf den Rücken. »Fantastisch! Das ist genau das, was wir brauchen.«
»Klingt gut«, sagte auch Coffee. »Aber es wird verdammt mühsam sein, ständig die Rohre an- und abmontieren zu müssen, wenn wir unsere Position wechseln wollen.«
Skip schüttelte den Kopf. »Überhaupt nicht. Wir müssen uns nur eine Konstruktion ausdenken, mit der wir die Rohre hoch- und runterklappen können. Aber das dürfte die kleinste Schwierigkeit sein. Die Schweißer von *Morgan's Wharf* haben was auf dem Kasten. Wir sollten morgen mit ihnen sprechen. So teuer kann der Spaß gar nicht sein.«
»Das machen wir!« erklärte Richard begeistert.
Am nächsten Morgen um acht setzten sie sich mit einem von Pete Morgans Schweißern zusammen und besprachen das Problem, das für diesen erfahrenen Bootsbauer keines war.
Richard gab die *Blaster,* wie sie die Vorrichtungen nannten, sofort in Auftrag. Zwei Tage später ragten zwei Rohre in einem abklappbaren Stahlrahmen am Heck der GOLDDIGGER. Die Rohre hatten einen Durchmesser von vier Fuß. Von der Öffnung, die vor die Schraube abgeklappt und dort verriegelt wurde, bis zum Knick waren es fünf Fuß, dahinter wiesen sechs Fuß Stahlrohr senkrecht in die Tiefe. Ein Gitterkäfig, der mit den Rohren abklappte, verhinderte, daß ein Taucher in den Sog der Schrauben geraten konnte. Sie hatten die Tauchplattform am Heck abnehmen müssen, dafür jedoch ein Stahlrohrgitter an Steuerbord montiert, das man ebenfalls hochklappen konnte.
»Bin höllisch gespannt, ob diese Pusteröhrchen wirklich was bringen«, sagte Carlos aufgeregt, als sie hinausfuhren, um die Blaster zu testen.
»Ulkig sehen die Dinger ja schon aus«, meinte Murphy gedehnt und drehte sich eine Zigarette. Er konnte das in Windeseile. Mit nur einer Hand. Eines seiner Hippie-Kunststücke, wie er einmal

mit breitem Grinsen gesagt hatte. Murphy war ein echter Dropout, der mit fünfzehn von der High-School abgegangen war und sich schon überall in den USA, Kanada und Mexiko herumgetrieben hatte. Er hatte sich in unzähligen Jobs versucht, war jedoch immer wieder aufs Tauchen zurückgekommen.
»Du solltest dir ein Patent darauf geben lassen«, meinte Coffee.
»Erst mal abwarten«, erwiderte Skip, doch auch ihm war die Aufregung anzusehen. »Wo sollen wir es versuchen, Richie?«
»Gleich in tiefem Wasser. Nicht unter dreißig Fuß.«
»Also gleich voller Härtetest«, sagte Skip grinsend.
Richard nickte. »Wenn schon, denn schon. Will doch sehen, wofür ich sechshundert Dollar hingeblättert habe.«
Eine Stunde später erreichten sie die Stelle, wo sie gestern noch mit dem Airlift gearbeitet hatten. Sie warfen zwei Anker aus, einen am Bug und einen am Heck. Dann klappten sie das Rohrgitter und die Blaster ab und hakten die Unterwasserhaltevorrichtungen ein.
»Das Schauspiel sehe ich mir von unten an«, meinte Coffee, der mit Carlos die Verriegelung unter Wasser vorgenommen hatte und schon seine Taucherausrüstung trug. »Richie, Murphy! Kommt ihr mit?«
Murphy grinste. »Könnte ganz interessant sein«, sagte er auf seine bedächtige, tiefstapelnde Art.
Richard und Carlos wollten sich das natürlich auch nicht entgehen lassen. »Bleibt aber um Gottes willen bloß aus dem Strahlbereich der Blaster!« beschwor Skip sie. »Ich geb' euch fünf Minuten, um unten in sichere Position zu gehen. Dann geb' ich Gas.«
»Vielleicht tut sich ja gar nicht viel. Aber wir werden Abstand halten!« versicherte Richard, preßte die Maske vors Gesicht und stieß sich vom Gitter ab.
Die GOLDDIGGER bot unter Wasser einen irgendwie unheimlichen Anblick. Die Blaster erinnerten Richard an die dunklen Mündungen einer doppelläufigen Schrotflinte, die nun auf sie

gerichtet waren. Noch schwiegen die Blaster. Doch was würde geschehen, wenn Skip gleich die Motoren laufen ließ? Freudige Erwartung und Nervosität erfüllten ihn, und er gab das Zeichen zum gemeinsamen Abstieg.
Fast in Formation tauchten sie hinab, erst durch das glasklare Wasser der oberen Schicht und dann hinein in die trübe Region in Grundnähe. Als Richard sich umdrehte, waren Coffee, Carlos und Murphy zu drei konturenlosen Schatten geworden, die immer mehr mit der trüben Brühe verschwammen, obwohl sie doch nicht weiter als zehn, zwölf Fuß von ihm entfernt waren.
Richard winkte sie zu sich heran und sank mit den Knien in den Sand. Der Abstand zu der Stelle, auf die die Blaster wiesen, betrug etwa zwanzig Fuß.
Coffee schaute auf seine Uhr. Sie hatten noch fast drei Minuten Zeit. Fast eine Ewigkeit, wenn man unter Wasser untätig wartete. Sie starrten nach oben, und sie hörten nur das scharfe Zischen ihrer Lungenautomaten und das blubbernde Ausströmen der ausgeatmeten Luft.
Die Spannung wuchs.
Coffee wollte wieder auf seine Uhr schauen, als das Inferno begann.
Als Skip die Gashebel der beiden 290 PS starken Dieselmotoren aufzog und die Schrauben das Wasser durch die Blaster preßten, war den vier Tauchern so zumute, als bräche die Hölle los. Ein ohrenbetäubendes Dröhnen und Donnern drang bis zu ihnen in dreißig Fuß Tiefe. Gleichzeitig sahen sie, wie sich eine klare Säule durch das trübe Wasser bohrte, und dieses klare Oberflächenwasser breitete sich wie eine dicke Blase aus.
Der Druck der Blaster war so mächtig, daß sogar sie davon erfaßt wurden und sich abstemmen mußten, um nicht weggedrückt zu werden, obwohl sie sich mehr als zwanzig Fuß vom Zentrum dieses Unterwasserwirbels entfernt befanden. Es war, als tobte ein Hurrikan unter Wasser.
Aber das war noch nicht das Schlimmste. Fassungslos beobach-

teten die vier Taucher, welch gewaltige Kraft die Blaster noch in dreißig Fuß Tiefe hatten. Der Wasserdruck von oben war so unglaublich, daß der Doppelstrahl sich in den Meeresboden bohrte und einen gewaltigen Krater bildete, der rasend schnell breiter und tiefer wurde. Mit unvorstellbarer Gefräßigkeit fraß sich der Strahl durch dicke Sandschichten.

Doch es wurden nicht nur Sand, Muscheln und kleinere Steine zur Seite weggewirbelt, sondern auch schwere Teile. Mit Erschrecken sah Richard, wie die Blaster eine Stelle mit dicken Korallbrocken freilegten und sie wie Geschosse in alle Richtungen davonschleuderte. Brocken, die bestimmt ihre fünf, sechs Pfund schwer waren.

Die zwanzig Fuß Abstand waren bei der zerstörerischen Kraft der Blaster längst nicht genug. Schon hatte sie der Rand des Kraters erreicht und drohte, sie in den Hexenkessel hinunterzuziehen.

Sie mußten sich so schnell wie möglich in Sicherheit bringen. Hier befanden sie sich in höchster Lebensgefahr! Carlos und Murphy warteten nicht lange. Sie kippten einfach nach hinten weg und schossen nahe am Boden wie Torpedos davon, weg vom Krater, um dann in sicherer Entfernung aufzusteigen und sich das spektakuläre Schauspiel von oben anzusehen.

Richard riß die Arme hoch, als ein Hagel dieser dicken Gesteinsklumpen in ihre Richtung durch das Wasser schoß. Coffee hatte die drohende Gefahr auch erkannt. Er stieß sich vom Boden ab und wollte aufsteigen. Doch er kam nicht weit.

Er schwamm genau in die Bahn eines schweren Steines, den die Blaster zur Seite weggeschleudert hatten. Richard schrie auf, weil er das Unglück kommen sah. Der Stein war gut faustgroß und traf Coffee mitten ins Gesicht. Die Maske splitterte, und mit Entsetzen sah Richard, wie der Lungenautomat aus dem Mund seines Freundes glitt, der wie tot abgetrieben wurde. Er zog eine Blutspur hinter sich her, die in dieser Tiefe von beinahe schwarzer Farbe war.

Richard katapultiere sich durch den Geschoßhagel zu ihm. Zwei Steine trafen auch ihn, an der Hüfte und am Bein. Doch er spürte den Schmerz kaum. Angst, wie er sie noch nie erlebt hatte, schnürte ihm die Kehle zu. Mit drei, vier kraftvollen Flossenschlägen war er bei seinem Freund, der wie tot auf den Meeresboden gesunken war. Er hielt sich nicht lange damit auf, Coffees Lungenautomaten aus dem Sand zu zerren, sondern preßte ihm sein eigenes Atemstück zwischen die Lippen, drückte auf den Knopf des Rückstoßventils und jagte ihm einen kurzen Sauerstoffstoß in die Lungen. Dann erst spülte er Coffees eigenen Ansaugstutzen aus und schob es ihm in den Mund. Er achtete darauf, ihm nur ganz kurz Sauerstoffstöße zu verpassen, um keinen Lungenriß zu verursachen.
Gleichzeitig packte er ihn mit einer Hand am Schultergurt und zerrte ihn hoch. Doch ihm war, als ginge alles so entsetzlich langsam.
Carlos und Murphy hatten indessen bemerkt, daß etwas passiert war. Sie kamen ihm zu Hilfe. Coffee rührte sich noch immer nicht. Blut strömte aus einer Wunde über der Nase. Bewußtlos hing er zwischen ihnen.
Während sie so schnell wie möglich aufstiegen, nahm Richard ihm die zertrümmerte Maske ab. Ein Glassplitter hatte die Haut über der Nasenwurzel daumenbreit aufgeschlitzt.
Endlich durchbrachen sie die Wasseroberfläche.
»Abstellen! ... Sofort abstellen!« brüllte Richard so laut er konnte zu Skip hinüber, der die Motoren noch immer voll laufen ließ. Skip riß sofort die Gashebel zurück, als er Coffee reglos zwischen ihnen treiben sah. »Was ist passiert?« rief er erschrocken.
»Da unten war die Hölle los!« keuchte Richard. »Aber davon später. Coffee hat's schwer erwischt. Los, hilf uns, ihn an Bord zu ziehen.«
Coffee gab einen Laut von sich, als sie ihn über die Reling wuchteten, ein entsetzliches Röcheln. Doch immerhin war es ein Lebenszeichen. Er war aus der Bewußtlosigkeit erwacht. Er

krümmte sich an Deck und erbrach sich. Schließlich saß er nach Atem ringend, aber mit klaren Augen im Schatten des Ruderhauses und preßte eine jodgetränkte Mullbinde auf seine klaffende Wunde.

»Was hast du uns für einen Heidenschreck eingejagt«, sagte Richard und hatte vor Erleichterung ein ganz flaues Gefühl im Magen. »Skip, bring uns Whiskey. Bitte sei so nett. Ich glaube, wir alle können auf den Schock einen Schluck vertragen. Ich dachte schon, wir müßten einen neuen Taucher anheuern.«

Coffee grinste verzerrt. »War nur ein Test, ob auf euch Burschen auch Verlaß ist«, erwiderte er.

»Und? Wie haben wir den Test bestanden, Coffee?« fragte Carlos.

»Ihr seid noch mal davongekommen. Hättet ihr mich absaufen lassen, hätte ich mit euch nichts mehr zu tun haben wollen«, erklärte Coffee.

Skip kam mit einer noch halbvollen Flasche Whiskey, Eiswürfeln und Plastikbechern zurück. »Jetzt erzählt aber endlich, was nun wirklich passiert ist!« drängte er.

Carlos küßte seine Fingerspitzen. »Skip, die Blaster sind die tollste Erfindung seit der Entdeckung des Surfbretts!« sagte er begeistert. Surfen war seine große Leidenschaft. »Du kannst dir gar nicht vorstellen, wie die Dinger da unten aufräumen!«

»Aufräumen«, fragte Skip verwirrt. »Aber was ist mit dem klaren Wasser?«

Carlos winkte in seiner Überschwenglichkeit großspurig ab. »Mann, das ist so nebensächlich wie ein Bett beim Bumsen. Es geht auch ohne.«

Richard grinste. »Da ist was dran, Skip. Das mit dem klaren Wasser funktioniert wirklich, aber was noch viel toller ist, ist dieser Doppelstrahl, der wie ein Gebläse wirkt. Du hättest das mal sehen sollen. Da unten ist jetzt ein riesiger Krater, für den wir mit dem Airlift bestimmt einen ganzen Tag gebraucht hätten. Skip, wir sind zufällig auf die tollste Methode gestoßen, diese dicken Sandschichten im Handumdrehen wegzuräumen. Das ist genau das, was wir brauchen!«

»Aber bitte nicht in dieser Stärke«, warf Coffee spöttisch ein. »Sonst wird die Arbeit da unten zu einem Himmelfahrtskommando.«

Murphy nickte. »Du solltest ein wenig dezenter mit dem Gas umgehen, Skip. Diese Unterwasserturbulenzen sind nicht jedermanns Sache. Und wenn die Blaster schon dicke Felsbrocken dreißig, vierzig Fuß weit wegschleudern, können wir uns ja ausrechnen, was mit hübschen kleinen Goldmünzen und Juwelen passiert.«

Richard nickte bekräftigend. »Wir müssen ein System erarbeiten, damit wir in Zukunft genau wissen, bei wieviel Fuß Tiefe Skip wieviel Gas wie lange geben muß, soundso viel Fuß Sand abzutragen.«

»Am besten fangen wir gleich damit an!« schlug Coffee vor.

Skip goß ihm noch einen Whiskey ein. »Ja, und ich weiß auch schon, wer hier oben mit dem Hintern an Deck bleibt und die Tabelle führt!« sagte er energisch.

Wenige Tage später wußten sie, wie sie die Blaster am effektivsten einsetzen konnten. Um in vierzig Fuß Tiefe einen Krater zu waschen, der fünfzig Fuß im Durchmesser maß und zwanzig Fuß tief war, bedurfte es nur weniger Minuten. Doch war diese Methode nur angebracht, wenn es galt, dicke Sand- und Korallenschichten zu durchdringen.

Ließ Skip die Motoren mit 1200 r.p.m. laufen, schafften die Blaster in genau drei Minuten eine zwölf Fuß tiefe Sandschicht beiseite. Um jedoch im Krater unter den Blastern arbeiten zu können, mußte Skip die Motoren anschließend auf 400 r.p.m. drosseln. Dann war der Wasserstrahl immerhin noch stark genug, um in dieser Tiefe noch einen Inch pro Minute zu bewegen. Das gab den Tauchern Zeit, die schweren Teile, die in den Kraterboden fielen und freigewaschen wurden, zu untersuchen.

Doch mit zwei Ankern allein ließ sich das nicht bewerkstelligen, wenn sie genau arbeiten wollten. Nach einigen Experimenten kamen sie schließlich darauf, vier Anker zu benutzen, jeweils zwei an Bug und Heck, ausgebracht in einem Winkel von neunzig Grad zueinander.
Dieses System hielt das Boot nicht nur exakt über der gewünschten Stelle, sondern sie konnten die GOLDDIGGER auch hin und her bewegen, ohne die Blaster hochklappen zu müssen. Wenn sie beispielsweise die Leinen der beiden Buganker um zehn oder zwanzig Fuß einholten und dabei gleichzeitig die der Heckanker um dieselbe Länge abwickeln ließ, konnten sie das Boot so über eine Stelle bringen, die noch nicht »gediggt« war. Das Boot ließ sich auf diese Weise ohne großen Arbeitsaufwand vor und zurück und seitlich verholen. Und sie konnten einen Krater neben den anderen setzen.
»Jetzt wird aufgeräumt!« tönte Coffee, als sie im Umgang mit den Blastern vertraut waren. »Jetzt wird der Meeresboden gefegt, bis er vor Goldmünzen und -barren nur so glänzt! Jungs, von nun an sind wir nicht mehr aufzuhalten!«

6 Der *Lobster Pot* war eine einfache, urige Kneipe am Hafen von Vero Beach und ihr Stammlokal geworden. Dennis, der kahlköpfige Wirt, der wie ein in die Jahre gekommener Catcher aussah und stets nur eine speckige Lederweste über der nackten muskulösen Brust trug, servierte als Gericht ausschließlich frischen Hummer mit Stangenweißbrot, den er von den einheimischen Fischern bezog.
Richard hockte mit seinen Freunden an einem der runden Holztische und kaute genüßlich auf einem letzten Stück Hummerschwanz, das er in warme, flüssige Butter getaucht hatte. Am nächsten Tag wollten sie zu einer längeren Tour aufbrechen, nun, nachdem ihre Tests mit den Blastern abgeschlossen waren. Die

Langzeitwettervorhersage war günstig, und die GOLDDIGGER war aufgetankt und verproviantiert für eine Woche auf See.
»He, seht mal, wer da kommt!« rief Skip auf einmal und deutete mit dem Kopf zur offenstehenden Tür.
»Jerry Redcliff persönlich!« sagte Coffee.
Der Schatztaucher war in Begleitung von fünf Männern, die wohl zu seiner Crew gehörten. Sie trugen Jeans, die über den Knien abgeschnitten und ausgefranst waren, und T-Shirts, die den Namen von Redcliffs Bergungsschiff BUCCANEER trugen. Sie stellten sich an die Theke.
»Ich wünschte, wir könnten uns mal in ihrem Gebiet umsehen«, sagte Carlos seufzend.
»Wenn du dir Ärger einhandeln willst, kannst du das ja mal versuchen«, meinte Skip spöttisch. »Redcliff geht mit Leuten, die bei ihm wildern, nicht gerade zimperlich um. Richard, wir sollten uns auch mal um einen Contract in Tallahassee bemühen.«
»Erst mal müssen wir ein Wrack finden«, erwiderte Richard. »Oder willst du vielleicht auf gut Glück einen Contract für ein Gebiet beantragen, das sich hinterher als so unergiebig wie eine Kiesgrube erweist?«
»Aber ohne Contract können wir uns eine Menge Ärger aufhalsen – mit den verdammten Bürokraten und diesen Aasgeiern, die anderer Leute Schatzgründe plündern«, erwiderte Skip.
Noch vor zehn, fünfzehn Jahren war die Schatzsuche vor den Küsten Floridas ungeregelt gewesen, und jeder hatte sowohl bei der Suche als auch bei der Bergung freie Hand gehabt. Es war eine wilde Zeit gewesen, in der nur die Devise galt: Wer zuerst kommt, mahlt zuerst. Doch die Zunahme wertvoller Funde aufgrund besserer technischer Bergungsmöglichkeiten hatte dazu geführt, daß Historiker und besonders Marine-Archäologen immer mehr Druck auf die Regierung in Tallahassee ausübten und eine strikte staatliche Regelung und Überwachung der zunehmenden Schatztauchunternehmen verlangten. Mit Erfolg. Von nun an mußten Schatztaucher angeben, wo und nach was sie tauchen

wollten. Die Regierung vergab sogenannte *contracts* an *treasure salvage companies* mit besonderen Auflagen. Die contracts waren zeitlich begrenzt, meist auf ein Jahr, gaben aber dem Unternehmen zumindest theoretisch die Sicherheit, daß niemand anders in diesem angegebenen Gebiet Bergungsarbeiten vornehmen durfte. Ein Viertel der Funde ging automatisch an den Staat sowie das Recht, besonders einzigartige Artefakte für sich zu beanspruchen.

Doch die meisten Schatztaucher, von Natur aus mißtrauisch, waren einfach nicht bereit, einen Antrag zu stellen, weil sie dabei ja die genaue Lage ihrer vielversprechenden Schatzgründe angeben mußten und fürchteten, ein anderer könnte ihnen zuvorkommen.

Redcliff, dem man beste Beziehungen zu den zuständigen Stellen in Tallahassee nachsagte, hatte diese Sorge nicht. Er hatte sich das Kerngebiet, wo die Wracks der Flotte von 1715 vermutet wurden, gesichert – wie es hieß durch massive Bestechung und/oder einen Verwandten, der in diesem Departement eine einflußreiche Stellung bekleidete – und dort zwei Boote im Einsatz. Die BUCCANEER und die gecharterte ARGOSY.

Es dauerte nicht lange, bis der rothaarige, breitschultrige Schatztaucher sie entdeckte. Er nahm sein Bierglas und kam zu ihnen herüber.

»Hallo, allerseits!« rief er. »Was dagegen, wenn ich mich was zu euch setze?«

»Nur zu«, sagte Richard.

Jerry Redcliff zog sich einen Stuhl heran. »Ich hatte gehofft, ihr würdet euch mal bei mir melden. Immerhin seid ihr ja schon 'ne Weile in der Gegend.«

»Wir hatten eine Menge zu tun«, erklärte Skip.

Jerry Redcliff grinste wissend. »Ja, das hab' ich gesehen. Der Meeresboden beim Breaker's Reef sieht so aus, als hätte dort ein Bombenangriff stattgefunden. Ganz hübsch tiefe Krater, die ihr da gewaschen habt.«

Richard hob die Augenbrauen. »Das ist euch also nicht entgangen, ja?«
»Mir entgeht nichts, Richard. Das gehört zu meinem Job. Ist eine tolle Erfindung, die ihr da gemacht habt«, sagte er anerkennend. »Mit diesen Dingern, Blaster, wie ihr sie nennt, scheint man den Sand ja spielend leicht wegblasen zu können.«
»Ja, sie sind ganz hilfreich«, räumte Skip zurückhaltend ein.
»Ein Patent habt ihr nicht darauf, nicht wahr?«
»Nein«, gab Richard zu. Vor zwei Tagen war er mit Skip nach Miami gefahren, um ihre Erfindung als Patent anzumelden. Doch so neu war ihre Idee gar nicht, wie sie erfahren hatten. Anfang des Jahrhunderts hatte man diese Methode schon auf dem Mississippi und in der Chesepeake Bay angewandt.
Jerry Redcliff nickte. »Ihr seid clever, das muß man euch lassen. Aber ihr verschwendet eure Zeit, wenn ihr glaubt, beim Breaker's Reef was zu finden.«
»Vielleicht kannst du uns einen Tip geben, wo die Kisten mit dem Gold liegen«, sagte Coffee spöttisch.
»Das kann ich dir auf vierzig, fünfzig Quadratmeilen genau sagen« erwiderte Redcliff.
»Natürlich in deinem Gebiet«, sagte Carlos säuerlich.
»So ist es.«
Richard lachte. »Schätze, du wirst was dagegen haben, wenn wir dir da den Boden umbuddeln.«
»Ganz und gar nicht«, antwortete Redcliff zum Erstaunen aller. »Im Gegenteil. Ich denke, Ihr solltet genau das tun.«
Richard sah ihn verständnislos an. »Du läßt uns da rein?«
Redcliff lachte. »Natürlich nicht so ohne weiteres. Aber ich mache euch ein Angebot. Ihr arbeitet für mich. Ich brauche dringend noch ein drittes Boot mit einer kompletten Crew. Ich weiß, daß da unten die verdammten Schatzgaleonen liegen, aber mit zwei Booten dauert es zu lange, um so eine Riesenfläche gründlich auf den Kopf zu stellen.«
»Ich glaube nicht, daß das das richtige für uns ist«, sagte Richard.

»Ich arbeite lieber auf meine eigene Rechnung. Aber danke für das Angebot.« Redcliff beugte sich vor. »Du hast mich mißverstanden, Richard.«
»So?«
»Ja. Ich habe nicht vor, dich anzustellen. Es geht nur darum, daß wir beide an derselben Geschichte arbeiten. Wir werden Partner, die sich einen Contract teilen, Richard. Mehr nicht. Ihr bekommt von mir ein Planquadrat zugewiesen und könnt dort tun und lassen, was ihr wollt. Jeder bleibt sein eigener Boß. Und geteilt wird halbe-halbe. Wie du deine Crew beteiligst, ist deine Sache.«
»Wo ist der Haken?« wollte Coffee wissen.
»Da ist kein Haken«, versicherte Redcliff.
Coffee war so schnell nicht vom Gegenteil zu überzeugen. »Niemand gibt etwas ohne eine Gegenleistung her, Mann. Schon gar keiner aus unserer Branche.«
»He, wir nennen uns die ›Brüderschaft der Küste‹!« protestierte Redcliff mehr im Scherz.
Coffee schnaubte geringschätzig. »Ja, Brüderschaft im Sinne von Kain und Abel. Der eine kratzt dem anderen die Augen aus und schnüffelt ihm hinterher.«
»Du hast ja einen ganz schön bärbeißigen Typen in deiner Crew«, sagte Redcliff zu Richard.
»Coffee, Skip und ich sind Partner«, korrigierte Richard ihn. »Murphy und Carlos sind am Gewinn beteiligt.«
»An welchem Gewinn?« fragte Redcliff spöttisch.
»Abwarten«, brummte Skip.
Der rothaarige Schatztaucher zog eine dicke Zigarre hervor und steckte sie an. »Was ich euch anbiete, Jungs, ist ein Köder mit eingebautem Haken, der euch beim Schlucken in der Kehle steckenbleibt«, sagte er noch einmal nachdrücklich. »Ich hab' einen Contract für das Gebiet, und ich weiß, daß die Flotte von 1735 da unten liegt. Wenn ihr einsteigt, bekommt ihr Einsicht in meine Unterlagen. Aber ich will schnell vorankommen. Deshalb brauche ich noch ein drittes Boot. Mein Gott, da unten liegt

genug Gold. Also warum soll ich nicht halbe-halbe mit euch machen, falls ihr das Zeug zutage fördert?«

»Tja«, sagte Richard nur.

Jerry Redcliff stand auf und nahm sein Glas. »Ich will hier keinen überreden, Leute. Werde schon jemanden finden, der erkennt, was ich ihm da anbiete. Dachte nur, wir könnten ein gutes Gespann abgeben, weil ihr offensichtlich was auf dem Kasten habt. Überlegt es euch.«

»Wie lange?« fragte Murphy.

»Ich halte mein Angebot für eine Woche«, sagte Redcliff. »Aber egal, wie ihr euch entscheidet, laßt euch doch mal drüben in Fort Pierce auf ein Bier sehen. *Ever Breeze* heißt der Schuppen, wo ich meist anzutreffen bin. Den besseren Lobster gibt's hier, aber wenn ihr's feurig liebt, dann seid ihr in meiner Stammkneipe genau richtig. Also ...« Er hob die Hand zu einem lässigen Gruß und kehrte zu seinen Freunden an die Bar zurück.

»Was haltet ihr davon?« fragte Richard und signalisierte Dennis, daß er noch eine Runde bringen sollte.

»Soviel wie vom freundlichen Grinsen eines Buchprüfers. Letztendlich wollen dir beide in die Tasche greifen«, meinte Coffee, ohne lange zu überlegen. »Redcliff ist doch bloß scharf auf unsere Blaster. Du hast doch gehört, daß er sich unsere Krater angesehen hat. Der weiß genau, warum er uns haben will.«

Skip schüttelte den Kopf. »Ich glaube nicht, daß es ihm allein um unsere Blaster geht. Wir haben darauf kein Patent, und ich garantiere dir, daß nicht nur Redcliffs Boote nächste Woche schon damit ausgerüstet sein werden. Der Bursche hat schon eine Menge Gold und Silber hochgeholt, daß es ihm auf die paar hundert Dollar gewiß nicht ankommen wird.«

»Der Meinung bin ich auch«, pflichtete Richard ihm bei.

»Mag sein«, räumte Coffee widerstrebend ein. »Aber Typen, die dicke Zigarren qualmen, sind mir von vornherein suspekt. Ich trau' ihnen einfach nicht.«

»Ich finde das Angebot gar nicht mal so uninteressant«, mischte sich Murphy nun ein. »Ihr drei werdet das zwar allein entscheiden müssen, aber Tatsache ist doch nun mal, daß Redcliff hier der Lokalmatador ist. Er ist nicht nur eine große Nummer unter den Schatztauchern, sondern hat auch den Daumen auf dem besten Contract, den man in dieser Gegend haben kann. Wenn er uns also an seine Fleischtöpfe ranläßt, sollten wir ihn eigentlich beim Wort nehmen. Und halbe-halbe scheint mir ein faires Angebot zu sein.«

Carlos nickte. »Genau. Und was haben wir schon groß zu verlieren? Eigentlich können wir bei diesem Deal doch bloß gewinnen.«

»Finde ich auch«, sagte Skip. »Das muß natürlich schriftlich festgehalten werden.«

»Ich schlage vor, wir lassen uns das noch ein paar Tage durch den Kopf gehen«, sagte Richard. »Wir fahren morgen erst mal los und sehen, ob wir nicht auf eine eigene heiße Stelle stoßen. Wenn nicht, können wir sein Angebot ja noch immer annehmen.«

Sie blieben fünf Tage auf See, doch die Suche war ergebnislos. Als die fast leeren Dieseltanks sie zwangen, den nächsten Hafen anzulaufen, nahmen sie Kurs auf Fort Pierce. Auch Coffee hatte nun keine Einwände mehr gegen ein Abkommen mit Jerry Redcliff.

Ein Vertrag wurde aufgesetzt, der die Aufteilung etwaiger Funde regelte und beiden Parteien die Möglichkeit einräumte, jederzeit aus der Partnerschaft auszusteigen. Schon zwei Tage später begann die GOLDDIGGER mit der Arbeit in einem dreißig Quadratmeilen großen Gebiet, das zu Jerry Redcliffs Contract gehörte. Es war mittlerweile Hochsommer geworden.

7

Es war Coffee, der drei Wochen später das erste Gold fand. Zwei Goldmünzen, die am Rand eines frischen Kraters lagen. Sie waren von einer dünnen Sandschicht bedeckt. Als er mit der

Hand wedelte, lagen sie plötzlich vor ihm, glänzend und wie neu aussehend, als lägen sie erst seit kurzem da unten und nicht seit über zweihundertfünfzig Jahren. Die Jahrhunderte hatten dem Gold nichts anhaben können. Die Münzen trugen die Prägung der spanischen Münze von Mexiko mit der Jahreszahl 1735. Sie waren der versunkenen Flotte also endlich auf der Spur!

Der Fund ließ die Erwartungen hochschnellen, brachte jedoch auch erste Reibereien mit Redcliff, der seine Schiffe nun auch in dieses Gebiet bringen wollte. Doch Richard bestand darauf, daß allein die GOLDDIGGER dieses Planquadrat bearbeitete, wie es ausgemacht war. Redcliff gab schließlich nach.

Die Aufregung legte sich jedoch bald wieder. Denn obwohl sie fieberhaft arbeiteten, einen Trichter neben dem anderen gruben und mit Unterwasserdetektoren alles absuchten, fanden sie doch keine weitere Münze. Noch nicht einmal eine Kanonenkugel oder einen Ballaststein. Wochen vergingen, der ganze Juli verstrich und dann der unerträglich heiße August, ohne daß sie irgend etwas Wertvolles hochbrachten.

»Ich verstehe das einfach nicht«, sagte Coffee, als sie eines Spätnachmittags nach Vero Beach zurückkehrten, wieder mal ohne einen Fund. »Da muß doch einfach noch mehr von dem Zeug liegen!«

»Tut es auch, Coffee. Nur sind wir eben noch nicht auf die richtige Stelle getroffen. Aber wenn da unten noch was liegt, holen wir es auch hoch!« versicherte Richard.

»Aber wie erklärst du dir unsere Pleite? Mein Gott, wo zwei verdammte Dublonen liegen, müssen doch noch mehr sein!« meinte Carlos. »In drei Monaten Buddelei *müßten* wir doch eigentlich auf irgendwelche Artefakte gestoßen sein. Wenn schon nicht auf weiteres Gold und Silber, dann aber doch auf ein paar Keramikgefäße, Musketen und Degen oder Kanonen, und Ankerreste, mein Gott, auf *irgend etwas*, das zumindest die Existenz eines Wracks anzeigt!«

»Wir können von der Wrackstelle noch weit weg sein«, erwiderte

Richard. »Ein Sturm kann die Münzen vom Wrack weggetragen haben. Du weißt ja, wo ich meine erste Münze gefunden habe. Mein Gott, in zweihundertfünfzig Jahren hat es eine Unmenge Stürme gegeben. Ein Teil der Schätze liegt sicherlich über die ganze Küste verstreut.«

»Ich glaube, da hat jemand Probleme!« rief Murphy und unterbrach ihn in seinen Überlegungen.

Ein kleiner Kabinenkreuzer dümpelte in Sichtweite der Küste in der See. Eine Gestalt stand am Heck und winkte mit beiden Armen.

»Vermutlich einer dieser Sonntagskapitäne, die gerade noch Bug und Heck auseinanderhalten können und mit leerem Tank rausfahren«, spottete Skip und legte die GOLDDIGGER in eine weite Kurve.

Coffee holte sein Fernglas, stellte es scharf und verzog das Gesicht zu einem breiten Grinsen. »Ich melde mich freiwillig zum Rettungseinsatz!« rief er.

»Dann muß es sich um eine Frau handeln«, erkannte Carlos sofort. »Laß mal sehen.«

»Ich will nicht, daß du blind wirst«, erwiderte Coffee. »Ich beschreib' sie euch, Freunde.«

Coffee konnte sich die Beschreibung ersparen, denn die GOLDDIGGER war mittlerweile nahe genug gekommen, daß man die Frau auch mit bloßem Auge erkennen konnte. Sie sah sehr attraktiv aus. Richard schätzte sie auf Anfang bis Mitte Zwanzig. Eine Mähne dunkelblonden Haares fiel ihr auf die sonnengebräunten Schultern. Und sie war sich ihres wohlgeformten Körpers offenbar nicht nur bewußt, sondern fand wohl auch nichts dabei, ihn zu zeigen, denn der pinkfarbene Bikini, den sie trug, bestand eigentlich nur aus drei handtellergroßen Stoffdreiecken. »Heilige Makrele!« seufzte Coffee fast andächtig. »Schaut euch doch mal diese prächtigen Brüste an. Die schreien doch förmlich nach …«

»Reiß dich zusammen!« raunte Richard, denn Skip brachte die GOLDDIGGER längsseits.

»Aber was hast du?« fragte Coffee mit einem scheinbar unschuldigen Blick. »Ich wollte doch nur sagen, daß sie bei dieser intensiven Sonne nach einer hautfreundlichen Massage à la Coffee geradezu verlangen.«
Richard griente. »Glaube nicht, daß sie deiner Meinung ist.«
»Manchmal muß man sie von ihrem Glück überzeugen.«
Richard beugte sich vor. »Hallo!« rief er zum Kabinenkreuzer hinüber, der den Namen JASMIN trug. »Können wir etwas für Sie tun?«
»Und ob Sie das können! Uns ist der Motor verreckt!« rief die junge Frau im Bikini zurück. »Und ich komme mit dem verdammten Ding nicht zurecht.«
»Hauptsache, du kommst mit anderen Dingen zurecht, Baby«, murmelte Coffee anzüglich und tauschte mit Carlos und Murphy einen vielsagenden Blick.
»Wir kommen rüber und schauen uns das an. Werfen Sie uns eine Leine zu!« forderte Richard sie auf.
Augenblicke später sprangen Coffee und Richard an Deck des kleinen Kabinenkreuzers, der nicht länger als dreißig Fuß war. Dankbarkeit und Erleichterung zeigten sich auf dem Gesicht der Frau.
»Danke, daß Sie uns helfen«, sagte sie.
»Nicht der Rede wert, Miß ...?« Coffee sah sie fragend an.
»Jasmin Gordon.«
»Wissen Sie, Jasmin, es ist nämlich unser Job, Schätze zu bergen« flachste er.
Sie lachte unsicher. »Jedenfalls bin ich froh, daß Sie uns bemerkt haben. Wir treiben hier nämlich schon eine gute halbe Stunde.«
»Wir?« fragte Richard.
»Ja, meine Freundin Karen ist in der Kabine. Sie mußte sich hinlegen. Zuviel Sonne. Wir waren wohl zu lange draußen«, sagte sie zerknirscht.
»Haben Sie kein Funkgerät an Bord?« wollte Richard wissen.
»Doch, schon, aber es funktioniert nicht. Vermutlich ist die

Sicherung durchgebrannt. Ich weiß, ich hätte es vor der Fahrt testen müssen. Aber ich hab's nicht getan. Kann mir schon denken, was Sie im stillen über uns denken.«

»Das bezweifle ich«, meinte Coffee.

»Schau du dir mal den Motor an«, trug Richard ihm auf. »Ich sehe mal nach ihrer Freundin.«

»Aye, aye«, sagte Coffee frohgelaunt.

Richard schob die Tür zur kleinen Kajüte auf und trat ein. Angenehm gedämpftes Licht umfing ihn, und er mußte seine stark getönte Sonnenbrille abnehmen.

Jasmins Freundin lag auf der Sitzbank, mehrere Kissen im Nacken. Sie schien das genaue Gegenteil von ihr zu sein und trug das blauschwarze Haar als kurze Pagenfrisur. Und obwohl sie noch schlanker war als Jasmin, stellte sie ihren Körper nicht so zur Schau, sondern trug einen schlichten goldfarbenen Einteiler. Richard fand, daß er dreimal so sexy wirkte wie der knappste Tanga. Aber vielleicht lag das auch an den langen hübschen Beinen, die sich seinen Augen darboten.

»Karen?« fragte er.

Sie blickte ihn aus dunklen, ausdrucksvollen Augen an, die unter langen, seidig schwarzen Lidern lagen. »Ja?«

Ihr Blick verwirrte ihn. Er brauchte einen Augenblick, um sich wieder darauf zu besinnen, warum er bei ihr war. »Ihre Freundin Jasmin hat uns gesagt, daß Sie wohl zu lange in der Sonne waren. Wie geht es Ihnen? Soll ich per Funk einen Arzt zum Hafen bestellen?«

»Nein, das ist wirklich nicht nötig. Mir geht es schon wieder viel besser«, sagte sie mit ruhiger Stimme und zwang sich zu einem Lächeln.

Richard musterte ihr Gesicht. Er konnte sich vorstellen, daß sie ausgesprochen hübsch aussehen mußte, wenn der Sonnenbrand erst einmal abgeklungen war. »Sie sehen ganz schön krebsrot aus. Hatten Sie einen Hitzschlag?« fragte er.

Karen richtete sich etwas auf. »Nein, das nicht. Aber ich stand wohl kurz davor. Als ich das Gefühl hatte, daß mir schwindlig wurde, bin ich gleich unter Deck gegangen und hab' mich hingelegt. Wissen Sie schon, was mit dem Motor ist?«

»Ich glaube nicht, daß der Motor so wichtig ist wie Sie. Aber mein Freund schaut ihn sich gerade an. Wenn es nur eine Kleinigkeit ist, reparieren wir es gleich hier. Ansonsten schleppen wir Sie in den Hafen.«

»Das ist sehr nett von Ihnen.«

»Das ist reiner Egoismus«, erwiderte er.

»So? Warum?«

»Weil ich mir wünsche, daß mir auch jemand zu Hilfe kommt, wenn ich mal mit meinem Boot Probleme habe«, sagte er und beugte sich zu ihr vor. »Entschuldigen Sie, darf ich mal Ihre Stirn fühlen? Ich möchte nämlich kein Risiko eingehen.«

»Bitte.«

Er legte ihr seine Hand auf die Stirn. Einen Augenblick sahen sie sich an. Dann schaute er schnell weg. »Sie sind schon reichlich erhitzt«, sagte er und nahm ihre Hand, um ihren Puls zu fühlen.

»Sind Sie Arzt?« fragte sie.

Er lachte. »Nein, aber wenn man als Taucher nicht ein bißchen was vom menschlichen Organismus und seinen Funktionen und Reaktionen versteht, wird man auch mit viel Glück nicht alt«, erklärte er und ließ ihre Hand los. »Ihr Pulsschlag ist erhöht, aber nicht besorgniserregend. Haben Sie Eis an Bord?«

»Nein. Das Eis in der Kühlbox war schon mittags geschmolzen.«

»Ich bring' Ihnen was. Ein Eisbeutel wirkt manchmal Wunder – vor allem auch gegen Sonnenbrand. Ich bin gleich wieder zurück«, sagte er und ging hinaus. Coffee hantierte am Motor. »Wie schaut es aus?«

»Kompliziert, kompliziert, aber es muß schon mit dem Teufel zugehen, wenn ich das Boot nicht wieder zum Laufen kriege«, murmelte er, doch als er zu Richard aufblickte, zwinkerte er ihm zu, als wollte er sagen: Hab' den Fehler schon längst gefunden. Aber laß die Süße mal ruhig zappeln.

»Ja, wenn sich einer auf komplizierte Geschichten versteht, dann bist du das, Coffee«, sagte Richard spöttisch und kletterte an Bord der GOLDDIGGER.

Wenige Minuten später kehrte er mit einem Eimer voll Eis und einer Tube Creme zu Karen zurück. Der Trawler besaß einen Stromgenerator, so daß sie stets Eis an Bord hatten. Ein Luxus, den sie zu schätzen wußten, wenn sie länger auf See blieben.

Er füllte einen Gefrierbeutel mit Eiswürfeln, versiegelte ihn und wickelte ein dünnes Küchentuch herum. »Legen Sie ihn aufs Gesicht. Das nimmt das Feuer und hemmt die Schwellungen. Und wenn der Sonnenbrand Sie heute nacht nicht schlafen läßt, nehmen Sie diese Salbe. Sie hilft wirklich.«

Der Motor sprang mit einem satten Röhren an.

»Das andere Problem scheint auch beseitigt zu sein«, sagte Richard und lächelte ihr zu. »Also … alles Gute! Und nehmen Sie sich das nächstemal in acht.«

»Das … das war sehr lieb von Ihnen«, sagte sie und schaute ihn mit einem warmherzigen Blick an, der ihm unter die Haut ging.

»Es war mir ein Vergnügen, Karen.« Schnell verließ er die Kabine, ohne zu wissen, warum er es so eilig hatte.

Als die GOLDDIGGER ablegte und sich schnell von der JASMIN entfernte fragte Richard: »Was war denn nun dran?«

Coffee lachte. »Die Zündkerzen waren verölt. Das hatte ich schon in der ersten Minute raus. Hast du gesehen, wie sie mich angehimmelt hat?«

»Das ist mir entgangen. Aber du wirst es uns bestimmt in aller Ausführlichkeit erzählen«, meinte Richard mit gutmütigem Spott und sah, daß Karen an Deck getreten war. Sie winkte – und er winkte zurück.

Wenig später liefen sie in den Hafen von Vero Beach ein, vertäuten das Boot am Kai und begaben sich geschlossen in den *Lobster Pot,* wie sie das stets taten, wenn sie von einem längeren Tauchtrip zurückkamen.

Richard beteiligte sich kaum an dem Gespräch. Er war mit den

Gedanken bei den beiden Goldmünzen, die sie gefunden hatten. Er hatte das dumme Gefühl, daß er den Schlüssel zum Erfolg in der Hand hielt, wenn ihm nur einfiel, welchen gedanklichen Fehler er und Redcliff in ihren bisherigen Berechnungen gemacht hatten.

»He, Richie!« rief Carlos ihn aus seinen Gedanken. »Pokerst du mit uns?« Richard schüttelte den Kopf. »Nehmt es mir nicht übel, aber heute ist mir nicht danach. Aber laßt euch den Spaß nicht von mir verderben. Ich geh' auf die GOLDDIGGER zurück. Mir geht zuviel durch den Kopf. Bis später dann.«

Gedankenversunken ging er die Straße hinunter. Er wurde einfach das Gefühl nicht los, daß er irgend etwas Wichtiges im Zusammenhang mit den zwei Goldmünzen übersehen hatte. Doch was war es nur?

Er stutzte plötzlich, als er den roten offenen Ford Mustang entdeckte, der vor der GOLDDIGGER auf dem Kai parkte. Das war Jerry Redcliffs Wagen. Und die beiden Kerle, die am Wagen lehnten, gehörten zu seiner Crew. Einer von ihnen rief etwas, und Redcliff tauchte an Deck auf.

Ärger stieg in Richard auf. »He, was hat denn das zu bedeuten?« rief er und sprang zu Redcliff an Deck des Trawlers. Sein Blick fiel auf die offene Tür des Ruderhauses. »Wer hat die Tür aufgebrochen, Jerry?«

Jerry Redcliff hob beide Hände in einer besänftigenden Gebärde. »Komm, reg dich doch nicht gleich auf, Richard. Diese Türen braucht man doch bloß mal scharf anzublicken, dann springen sie schon von selbst auf.«

»Lüg mich doch nicht an! Ihr habt das Schloß geknackt!« fuhr Richard ihn wütend an.

»Nun fühl dich mal nicht gleich auf den Schlips getreten«, erwiderte Redcliff grimmig. »Es war nun mal keiner an Bord, und da habe ich mir selbst Einlaß verschafft. Was ist denn schon dabei? Wir sind doch Partner. Oder hast du vielleicht was zu verbergen?«

Richard sah ihn verdutzt an. »Verbergen? Was sollte ich zu verbergen haben?«
»Eine gute Frage«, sagte Redcliff gedehnt und musterte ihn scharf. »Weißt du, mir will einfach nicht in den Sinn, daß ihr außer diesen zwei Goldmünzen sonst nichts gefunden habt.«
Richards Zorn wuchs. »Willst du damit sagen, daß du mich verdächtigst, ich würde dir irgend etwas unterschlagen?« zischte er.
»Das habe ich nicht gesagt.«
»Aber gedacht!«
»Du wirst zugeben müssen, daß man schon auf die merkwürdigsten Gedanken kommen kann«, sagte Jerry Redcliff mit einem falschen Lächeln.
»Jetzt werde ich dir mal was sagen, Jerry!« erwiderte Richard, mühsam beherrscht. »Wir sind zwar Partner, aber das gibt dir noch längst nicht das Recht, einfach an Bord zu kommen und bei mir einzubrechen. Mir paßt dein verdammtes Mißtrauen und Rumschnüffeln nicht. Und wenn *dir das* nicht paßt, kannst du dir unseren Vertrag sonstwohin stecken.«
»He, nun mal langsam!«
»Das ist alles, was ich dazu zu sagen habe, Jerry. Und jetzt verschwinde von meinem Boot, bevor ich dir die Prügel deines Lebens verpasse!«
Redcliffs Begleiter traten näher, als rechneten sie damit, jeden Moment in Aktion treten zu müssen. Doch er schüttelte nur knapp den Kopf und sah Richard mit zusammengekniffenen Augen an. »Okay, ich gehe, Richard. Aber versuch bloß nicht, mich übers Ohr hauen zu wollen. Das haben schon ganz andere versucht und wenig Freude daran gehabt.«
»Verschwinde!« befahl Richard.
»Wir sprechen uns noch«, sagte Redcliff kalt, ging von Bord und stieg in den Mustang. Er ließ den Motor aufheulen und schoß mit quietschenden Reifen davon.
Wütend blickte Richard ihm nach und ging dann unter Deck. Er

sah sofort, daß Redcliff sich gründlich an Bord der GOLDDIGGER umgesehen hatte. Er war zwar geschickt vorgegangen und hatte versucht, alles wieder so an Ort und Stelle zu legen, wie er es vorgefunden hatte. Doch es gab Anzeichen, die dennoch verrieten, daß er das Boot durchsucht hatte. So waren die Sitzkissen auf den Bänken, unter denen sich Stauräume befanden, nicht ganz an ihrem Platz. Auch stand die Tür zur Achterkabine noch offen. Richard wußte, daß er sie geschlossen hatte, bevor er von Bord gegangen war.

Als Skip, Coffee, Carlos und Murphy zurückkamen und von dem Zwischenfall erfuhren, herrschte helle Empörung.

»Das ist ja eine bodenlose Frechheit von dem Kerl!« erregte sich Coffee. »Der kann von Glück sagen, daß wir nicht dabei waren. Dann hätte er aber sein blaues Wunder erlebt! Ich hab' doch gesagt, daß dem Mistkerl nicht zu trauen ist.«

»Wer hindert uns denn daran, ihm mal ordentlich aufs Dach zu steigen?« meinte Carlos.

»Die Vernunft«, sagte Richard grimmig.

»Sag bloß, du willst trotzdem weitermachen?« fragte Coffee.

»Jetzt erst recht«, erklärte Richard entschlossen. »Ich weiß, daß wir nahe dran sind, Freunde, und ich denke nicht daran, ausgerechnet jetzt alles hinzuschmeißen. Die Saison ist in ein paar Wochen sowieso vorbei. Im Oktober ist es zum Tauchen hier zu kalt. Bis dahin sollten wir noch durchhalten. Dann kann er uns meinetwegen den Buckel runterrutschen.«

»Richard hat recht«, stimmte Skip ihm zu. »Redcliff ist zwar ein mißtrauisches Stinktier, aber nachdem wir nun schon drei Monate in seinen Contract investiert haben, sollten wir auch die letzten vier Wochen noch durchziehen.«

Coffee verzog das Gesicht. »Der soll mir aber bloß nicht unter die Augen treten«, brummte er.

Als Richard später in seinem Bett lag und über den Tag nachdachte, wanderten seine Gedanken immer wieder zu Karen. Sie hatte ihn irgendwie beeindruckt und den Wunsch in ihm geweckt, sie

wiederzusehen. Seit er Virginia verlassen hatte, hatte er dieses Bedürfnis nicht mehr gehabt. Zwar hatte er nicht gerade wie ein Mönch gelebt. In Key West und auch in Vero Beach hatte es immer mal wieder flüchtige Bekanntschaften gegeben. Doch es waren stets nur Affären für eine Nacht gewesen, und keine dieser Frauen hatte ihn gedanklich beschäftigt. Aber es hatte auch keine die Ausstrahlung gehabt, die Karen besaß. Doch er hatte sie ja noch nicht einmal nach ihrem Nachnamen gefragt. Es würde schwer sein, sie ausfindig zu machen. Vielleicht über diese Jasmin Gordon. Immerhin hatte er am Heck des Bootes gelesen, daß es in Fort Pierce registriert war. Das war eine Möglichkeit.
Er brauchte sich diese Mühe jedoch nicht zu machen. Zwei Tage später erhielt er einen Brief von ihr. »Karen Douglas« stand auf dem Absender, der eine Adresse in Miami nannte. Ihr Schreiben war nur kurz.

Lieber Mr. Harding,
ich möchte mich noch einmal dafür bedanken, daß Sie meiner Freundin und mir so bereitwillig geholfen haben. Ihr Eisbeutel hat wirklich Wunder gewirkt, und wenn ich Ihre Salbe nicht gehabt hätte, hätte ich mir wohl das Gesicht blutig gekratzt. Nochmals ganz herzlichen Dank. Es wäre jedoch schön, wenn ich mich bei Ihnen noch einmal persönlich bedanken könnte. Wenn Sie mal in der Gegend von Miami sind, würde ich mich über einen Anruf von Ihnen freuen. Drinks und Essen gehen dann auf meine Rechnung. Sie müssen nur für die Unterhaltung sorgen, was einem Schatztaucher ja nicht schwerfallen sollte. Viel Glück – und melden Sie sich mal.
Herzlichst
Karen Douglas

Richard legte den Brief mit ihrer Adresse zu seinen persönlichen Unterlagen und nahm sich vor, mit dem Anruf nicht lange zu warten. Doch es sollte alles ganz anders kommen.

8 Sie waren den dritten Tag auf See, als Richard und Coffee den erlösenden Fund machten. Sie waren schon hinabgetaucht, während die Blaster noch einen neuen Trichter in den Meeresboden gruben. Als Skip die Motoren drosselte und sie zum neuen Krater schwammen, sah es so aus, als würden kleine schwarze Kohlestücke den Kraterboden bedecken.
Doch es waren keine Kohlestücke.
Es waren Silbermünzen. Und am linken äußeren Rand entdeckte Richard etwas, das golden glänzte. Sein Puls begann wie verrückt zu schlagen, und er stieß seinen Freund an.
Coffee grinste durch die Maske hindurch, knickte in der Hüfte ab und schoß hinunter in den Krater, während Richard auf den Rand zuhielt, wo er das verheißende Funkeln gesehen hatte. Er wedelte einmal mit der Hand über den Boden, Sandwolken stoben auf – und sieben Goldmünzen lagen vor seinen Augen. Fast zärtlich hob er die erste auf, rieb mit dem Daumen über die Münze, die wie neu aussah. Sie trug das Jerusalem-Kreuz als Prägezeichen, die Jahreszahl 1735 und den Buchstaben M, der verriet, daß die Münzen in Mexico City geprägt worden waren.
Richard sammelte die Geldmünzen schnell ein und schwamm zu Coffee, der vor Freude einen lächerlich aussehenden Unterwassertanz aufführte. Auch Richard verspürte den Drang, seiner Freude Luft zu machen und laut zu jubeln.
Schnell stiegen sie auf.
»Freunde, die Flaute hat ein Ende!« schrie Richard überglücklich, als er auf die Tauchgitter an Steuerbord zuschwamm. »Da unten liegen Gold- und Silbermünzen!«
Skip gab einen Jubelschrei von sich und schlug Carlos so kräftig auf den Rücken, daß er fast über die Bordwand gekippt wäre.
Richard ließ die sieben Goldmünzen auf das Deck kullern. Sie glitzerten im Sonnenlicht, und die fünf Männer hätten in diesem Moment schwören können, noch nie im Leben etwas Schöneres gesehen zu haben.

»Los, runter mit euch!« drängte Richard dann. »Es gibt noch eine Menge Arbeit für uns, bis es dunkel ist.«
Carlos grinste. »Okay, Boß, fahren wir die Ernte in die Scheune!«
Coffee klatschte in die Hände. »Heute wird abkassiert!« rief er und war als erster wieder unten.
Als die Dunkelheit hereinbrach und sie das Tauchen einstellten, hatten sie insgesamt siebenundzwanzig Goldmünzen, eine wunderbar gearbeitete Goldkette und über zweihundert Silbermünzen geborgen. Von den Silbermünzen waren jedoch schon viele vom Salzwasser so zerfressen, daß sie einem zwischen den Fingern zerbröselten. Sie hatten auch dicke, schwarze Brocken gefunden, wo sich ein Dutzend Silbermünzen zusammengeklumpt hatten. Die äußeren waren oxydiert und keinen Cent mehr wert. Doch die Münzen im Kern würden noch gut erhalten sein und bestimmt an die tausend Dollar bringen.
»Was meinst du, wieviel wir heute hochgeholt haben?« wollte Carlos mit leuchtenden Augen wissen, als sie an Deck saßen und den Fund ordentlich feierten.
Richard zuckte die Achseln. »Das läßt sich immer schwer schätzen, weil diese Stücke ja einen Sammlerwert haben.«
»Na, komm schon, so über den Daumen gepeilt!« drängte Carlos.
Richard ließ die Goldkette, die gut drei Fuß lang war, durch die Finger gleiten. »Die ist einige Zehntausende wert. Und die Goldmünzen gehen bestimmt nicht unter dreitausend, wenn nicht gar viertausend Dollar weg. Dazu etwa sechzig, siebzig Silbermünzen, die nicht verrottet sind ... tja, insgesamt dürften wir um die zweihunderttausend Dollar vor unseren Füßen liegen haben«, schätzte er.
Coffee grinste breit. »Kein übler Anfang! Ich denke, jetzt haben wir den Durchbruch endlich geschafft. Denn da unten liegt bestimmt noch viel, viel mehr!«
»Und wir werden jede verdammte Münze hochholen!« versicherte Carlos.
Skip hob seinen Becher voll Whiskey. »Ich trinke auf die toten

Seelen der Spanier, die uns jetzt so reich beschenken! Mögen sie noch schön viel aus ihrer Schatzkammer rausrücken!« rief er, schon leicht beschwipst, und schwankte ein wenig.

»Ich denke, wir haben jetzt genug getrunken und sollten uns nun aufs Ohr hauen«, appellierte Richard an ihre Vernunft. »Morgen geht es weiter, und ich will keinen mit einem Kater da unten haben.«

»Aye, aye, Boß«, sagte Carlos, hängte sich die Kette um den Hals und legte sich schlafen.

Am nächsten Morgen setzten sie die Bergungsarbeiten schon früh am Morgen fort. Carlos und Murphy übernahmen die erste Schicht.

Skip schloß gerade eine leere Sauerstoffflasche an den Kompressor an, als sein Blick nach Westen ging und er stutzte. »Coffee! ... Richard! ... Ich glaube, wir bekommen Besuch!«

»Kannst du schon ausmachen, was für ein Boot das ist?« fragte Richard argwöhnisch.

»Bloß nicht die BUCCANEER«, murmelte Coffee.

Skip griff zum Fernglas. »Doch, es ist die BUCCANEER, und ihrer schäumenden Bugwelle nach zu urteilen, hat sie es verdammt eilig, zu uns zu kommen.«

»Na, dann stellt euch schon mal auf Ärger ein«, seufzte Richard. »Skip, hol Carlos und Murphy hoch. Ich möchte sie hier an Deck haben.«

Carlos und Murphy brachten noch ein Netz voll Silbermünzen mit hoch. Die BUCCANEER, zwölf Fuß länger als die GOLDDIGGER, kam wenig später längsseits. Am Heck ragten auch Blaster auf. Jerry Redcliff stand an Deck. Er rauchte wieder eine seiner dicken Zigarren, die er mit den Zähnen festhielt, daß es so aussah, als wollte er ihnen sein kräftiges Gebiß zeigen.

»Hallo, Richard, schon so früh an der Arbeit?« rief er und gab seinen Männern mit einer herrischen Bewegung zu verstehen, daß sie die BUCCANEER näher an die GOLDDIGGER heranbringen sollten.

»Du hast einen bewundernswerten Riecher, Jerry«, erwiderte Richard zurückhaltend. »Wir sind auf eine ergiebige Stelle gestoßen. Jede Menge Silber und auch einiges an Gold.«
»Ach, nein! Du wirst doch wohl nichts dagegen haben, wenn ich an Bord komme und mir das mal ansehe, oder?« fragte Redcliff spöttisch.
Richard verzog das Gesicht. »Carlos, fang die Leine auf!«
Redcliff sprang im nächsten Augenblick zu ihnen an Bord. Richard hatte ein unangenehmes Gefühl. Redcliffs Männer musterten sie mit einem spöttisch abfälligen Lächeln. Und die drei Typen, die da drüben im Schatten des Ruderhauses standen, gefielen ihm gar nicht.
»Wo ist das Zeug?« fragte Redcliff knapp.
»Komm mit, ich zeig's dir.«
»Nein, ich will es hier sehen!« verlangte der rothaarige Schatztaucher und schnippte die Zigarrenasche einfach auf das Deck.
Coffee und Skip trugen die Box an Deck.
Redcliff warf nur einen kurzen Blick hinein. Dann rief er: »Ernie! ... Jeff! Bringt das Zeug zu uns an Bord!«
»He, so geht das nicht!« rief Richard scharf. »Dir steht die Hälfte zu. Aber es ist ausgemacht, daß wir ...«
»Mir steht alles zu!« fuhr Redcliff ihm barsch ins Wort. »Du hast hier in meinem Contract gewildert, Richard! Nicht eine einzige Münze wirst du zu sehen bekommen.«
»Du hast sie wohl nicht mehr alle unter der Mütze!« schnaubte Coffee aufgebracht. »Die Hälfte davon gehört uns. Und die Kette geht nicht von Bord, ohne von einem Sachverständigen geschätzt worden zu sein.«
»Du hältst dich da raus, Nigger!« zischte Redcliff.
»Ich werd' dir die Zigarre in dein dreckiges Maul stopfen!« Coffee machte Anstalten, sich auf Redcliff zu stürzen.
In dem Moment ratterte an Deck der BUCCANEER eine Maschinenpistole los. Ein Geschoßhagel sirrte über ihre Köpfe hinweg in den blauen Himmel.

Erschrocken fuhren die Männer von der GOLDDIGGER herum und starrten ungläubig in die Mündungen von drei Maschinenpistolen, die Redcliffs Männer auf sie gerichtet hielten.
»Gibt es noch irgend etwas, was du sagen möchtest, Nigger?« fragte Redcliff verächtlich.
Als sie sich zu ihm umdrehten, sahen sie, daß auch er eine Waffe in der Hand hielt – einen kurzläufigen Revolver, den er offenbar unter seinem weiten Hawaiihemd im Hosenbund stecken gehabt hatte.
»Du Dreckschwein!« Coffee spuckte aus.
Richard zwang sich zur Ruhe. »Was soll diese lächerliche Gangstervorstellung, Redcliff?« fragte er scharf. »Du glaubst doch nicht im Ernst, daß du damit durchkommst! Das hier ist nicht der Wilde Westen, wo man eine Postkutsche ausraubte und irgendwo untertauchen konnte. Du wirst deinen Leuten sofort sagen, daß sie die Maschinenpistolen runternehmen sollen, sonst sorge ich dafür, daß ihr alle im Knast landet!«
Redcliff lachte höhnisch. »Du bist nicht ganz auf dem laufenden, Richie. Ich habe sehr wohl das Recht, dich und deine Männer mit der Waffe in Schach zu halten – immerhin habe ich euch beim Wildern in meinem Revier überrascht.«
»Du redest geistigen Dünnschiß zusammen!« explodierte Richard. »Wir haben einen Vertrag und ...«
»Wir hatten, mein Lieber!« schnitt Redcliff ihm das Wort ab. »Du selber hast den Vertrag vor drei Tagen mündlich aufgekündigt – in meiner Gegenwart! Jeff und Ernie können es bezeugen. Aber um ganz sicherzugehen, habe ich dir das auch noch schriftlich gegeben.«
»Schriftlich? Du tickst wohl nicht ganz richtig! Ich habe nichts bekommen!«
Redcliff lächelte. »Oh, doch, Richie-Boy. Das hast du. Ich habe mich abgesichert. Meine Aufkündigung unserer Partnerschaft ist dir gestern schriftlich zugegangen – an dein Postfach, und damit ist die Sache rechtsgültig. Ich glaube, du hast unseren Vertrag

nicht richtig durchgelesen. Aber es bleibt dir unbelassen, dich bei einem Anwalt zu erkundigen.«
»Das kann doch wohl nicht wahr sein!« stieß Skip ungläubig hervor.
»Richie, die Hälfte davon gehört uns!« Carlos machte einen Schritt auf Redcliff zu.
Dieser richtete den Revolver auf ihn. »Ich warne euch! Ich werde schießen, wenn ihr mich dazu zwingt, und ich bin im Recht! Also kommt bloß nicht auf dumme Gedanken. Ihr habt hier nichts mehr zu suchen!« Richard hielt Carlos zurück. »Ganz ruhig, Carlos. Dieser Dreckskerl ist es nicht wert, und er hat nun mal die besseren Karten in der Hand.«
»Sehr vernünftig, Richie«, spottete Redcliff. »Jeff .... Ernie! Schafft das Zeug endlich auf die BUCCANEER.« Die beiden Männer sprangen an Deck der GOLDDIGGER und trugen die Box mit den Schätzen auf ihr Boot hinüber.
»So billig kommst du nicht davon!« zischte Skip, ganz blaß vor ohnmächtiger Wut.
Redcliff bewegte sich rückwärts zur Bordwand hin. »Macht, daß ihr von hier verschwindet, sonst hetze ich *euch* die Polizei auf den Hals! Los, haut ab!« befahl er und sprang wieder an Bord der BUCCANEER.
»Los, tut schon, was er sagt!« forderte Richard seine Freunde auf. »Coffee! ... Carlos! Klappt die Blaster hoch. Murphy, du kommst mit mir. Wir holen die Anker ein.«
»Und laßt euch in meinem Revier bloß nicht wieder blicken! schrie Redcliff ihnen zu, als die GOLDDIGGER endlich Fahrt aufnahm.
»Ich kann es noch nicht glauben!« stieß Coffee hervor und hämmerte mit der Faust gegen die Bordwand. »Schaut euch das an! Sie gehen über unserem Schatzgrund vor Anker und sahnen ab, wofür wir monatelang geschuftet haben!«
»Wir hätten das nicht zulassen dürfen«, sagte Murphy lahm.
Richard sah ihn wütend an. »So? Hätten wir nicht? Sag mal, bist

du blind, oder wolltest du die Knarren nicht sehen? Himmelherrgott, es hätte ein Blutbad gegeben!« rief er erbost.
Coffee legte ihm eine Hand auf die Schulter. »Ist ja okay, Richie. Wir hatten wirklich keine Chance. Der Schweinehund hat uns ausgetrickst. Ich wußte ja von Anfang an, daß diesem Kerl nicht zu trauen ist.«
»Danke für die Erinnerung, Coffee«, sagte Richard grimmig und steckte sich eine Zigarette an.
»Aber das können wir doch nicht einfach so hinnehmen«, sagte Carlos. »Da muß man doch etwas gegen tun können.«
»Es ist sein Contract, und ich bezweifle nicht, daß diese Kündigung unseres Vertrages in meinem Postfach liegt«, erwiderte Richard düster. »Hunderttausend Dollar vergeigt!« fluchte Murphy.
Als sie nach Vero Beach zurückkamen, fuhr Richard sofort zum Postamt und fand das Schreiben von Redcliff in seinem Postfach vor. Noch am selben Tag suchte er einen Anwalt auf. Doch der bestätigte ihm nur, was er schon vermutet hatte. Redcliff hatte sie ausgetrickst. Er konnte zwar einen Prozeß anstrengen, doch der Anwalt riet ihm davon ab.
»Der Vertrag ist in diesem Punkt so allgemein formuliert, daß Sie keine großen Chancen haben. Ich werde den Fall natürlich übernehmen, wenn Sie es wollen, aber ich bin überzeugt, daß Sie damit nur noch Geld hinterherschmeißen. Mr. Harding. Ich bedaure, Ihnen das sagen zu müssen.«
»Ja, ich auch«, brummte Richard niedergeschlagen und verließ mit gebeugtem Kopf die Kanzlei. Er hatte hunderttausend Dollar einfach in den Sand gesetzt und die Hälfte von dem, was da draußen noch lag.
Zwei Tage später hörten sie, daß Redcliffs Crew zwei Bronzekanonen gefunden und sie anhand der Nummern, die diese Geschütze trugen, als die von der SANTO CRISTOBAL identifiziert hatten, dem Flaggschiff der Flotte von 1735.
»Und wir haben ihm das Wrack auf dem Präsentierteller ser-

viert!« sagte Coffee mit ohnmächtigem Zorn. »He, wo willst du hin, Richard?«
»In den *Lobster Pot!*« gab Richard zurück. »Ist schon fünfzehn Jahre her, seit ich das letztemal sinnlos betrunken war. Heute ist ein Tag, das zu wiederholen.«
»Ich schließe mich dir an!«

9 »Hier, trink das, Richie!« sagte Skip und schob ihm das Glas Wasser zu, in dem er zwei Aspirin aufgelöst hatte. »Das hilft dir wieder auf die Beine.«
Richard verzog das Gesicht. »Auf den Beinen bin ich schon wieder. Nur mein Schädel will mir nicht so ganz folgen. Er dröhnt wie eine Kesselschmiede.«
»Du bist eben nichts mehr gewöhnt«, spottete Coffee. »Du kommst ins Alter, wo man solide leben sollte.«
Richard sah ihn grimmig an. »Du siehst so munter aus, daß es schon eine Frechheit ist«, brummte er, kippte das Aspirinwasser hinunter und schüttelte sich angewidert. »Kannst du mir mal verraten, wieso du keinen Kater hast?«
»Ich bin eisern bei meinem Bier geblieben, während du später auf harte Sachen umgestiegen bist«, erklärte Coffee mit einem müden Lächeln. »Und daß du ausgerechnet Dennis mit Tequila unter den Tisch trinken wolltest, war wohl im wahrsten Sinne des Wortes eine Schnapsidee. Als du Tequila schon nicht mehr aussprechen konntest, hat er noch sein Lokal aufgeräumt.«
»Daran kann ich mich gar nicht mehr erinnern«, sagte Richard und lehnte sich gegen die Polster der Sitzbank im Salon der GOLDDIGGER. »Hast du mich zurück aufs Boot gebracht?«
Coffee grinste. »Konnte dich ja schlecht auf allen vieren kriechen lassen, so wie du ausgesehen hast.«
Richard seufzte. »Es gibt also wirklich noch Freunde. Skip, tu mir bitte den Gefallen und mach mir eine Bloody Mary. Nur ganz

wenig Wodka, dafür aber jede Menge Eis und Pfeffer in den Tomatensaft.«
»Klar, mach ich doch«, sagte Skip.
»Wie geht es jetzt weiter?« wollte Coffee wissen.
»Wir packen unsere Sachen hier ein und gehen wieder runter auf die Keys«, sagte Richard niedergeschlagen. »Das Wetter wird schlecht. Wir haben hier nichts mehr verloren.«
»Der Dreckskerl hat uns um fünf Monate Arbeit und einige Hunderttausende betrogen«, stieß Coffee wütend hervor. »Irgendwie schmeckt es mir nicht, daß wir den Schwanz einkneifen und ihn damit davonkommen lassen.«
Skip brachte Richard die Bloody Mary. »Du sprichst mir aus der Seele. Aber was willst du denn tun?«
»Ihm das gemeine Grinsen aus dem Gesicht prügeln!« erwiderte Coffee. Richard nahm einen kräftigen Schluck und winkte ab. »Daran hab' ich auch schon gedacht, Coffee, aber Redcliff ist alles andere als ein Dummkopf. Er weiß, daß wir darauf brennen, ihn zwischen die Finger zu bekommen, und wird sich darauf einstellen. Gehe jede Wette ein, daß er sich ohne seine Truppe nicht von Bord bewegt. Und hier herumzuhängen und darauf zu warten, daß er sich mal eine Blöße gibt, ist dummes Zeug und vergeudete Zeit.«
»Richie hat recht«, sagte Skip, »sowenig mir das auch schmeckt.«
»Ich denke nicht daran, so zu tun, als ob nichts gewesen wäre«, widersprach Coffee aufgebracht.
»Ich auch nicht«, beruhigte Richard seinen Freund. »Die Rechnung bleibt offen, und ich versprech' dir, daß sie beglichen wird. Aber nicht jetzt, Coffee. Redcliff wird seinen Saft abbekommen, wenn die Karten ein bißchen günstiger verteilt sind. Er läuft uns nicht weg. Ich versprech' dir, daß er seine Abreibung erhält.«
»Schöner Trost«, brummte Coffee, gab sich jedoch damit zufrieden.
Carlos kam den Niedergang herunter. »Richie, da will dich jemand sprechen.«

»Mich? ... Wer?«
»Jemand vom *Miami Herald.* Es ist wegen der Geschichte mit Redcliff.«
»Ich mach' mich doch nicht noch selber öffentlich zum Gespött«, sagte Richard unwillig. »Wimmel ihn ab. Bin heute sowieso nicht in allerbester Verfassung.«
»Es ist eine *Sie,* eine Reporterin«, sagte Carlos mit einem breiten Grinsen. »Also, ich würde sie schon an Bord bitten. Muß ja nicht unbedingt bei einem Interview bleiben.«
»Du sollst sie abwimmeln, habe ich gesagt!«
Carlos hob besänftigend die Hände. »Okay, okay, bin ja schon unterwegs!« Er ließ die Tür zum Salon offenstehen und kehrte an Deck zurück.
Richard griff zu seinem Glas.
»Tut mir leid, aber er möchte sich zu dieser Sache nicht äußern, Miß Douglas«, drang Carlos' Stimme zu ihnen hinunter.
Richard verschluckte sich, hustete und stellte das Glas so abrupt ab, daß die Bloody Mary über den Rand schwappte. »Douglas? Hat er Douglas gesagt?« stieß er hervor.
Skip und Coffee sahen ihn verwundert an. »Ja, hat er«, sagte Skip. »Was ist denn auf einmal mit dir los?«
Richard ignorierte seine bohrenden Kopfschmerzen und sprang auf, ohne seinen Freunden eine Antwort zu geben. Er stürmte hoch.
Karen Douglas wollte gerade in ihren schneeweißen, offenen Jeep Renegade einsteigen.
»Miß Douglas!« rief Richard und sprang auf den Kai. »Warten Sie!«
Karen Douglas drehte sich um, ein halb spöttisches, halb verlegenes Lächeln auf dem Gesicht, das noch viel hübscher war, als er es in Erinnerung gehabt hatte. »Hallo«, sagte sie mit sanfter Stimme. »Haben Sie es sich doch noch überlegt?«
Richard war von ihrem Anblick so verwirrt, daß er sie nur anstarrte. Ihr kurzes schwarzes Haar glänzte in der Sonne, und

ihre Augen schienen tief in ihn zu dringen. Sie trug einen modischen lindgrünen Overall, der ihren schlanken Körper wunderbar zur Geltung brachte. Der Reißverschluß stand etwas offen und ließ den Ansatz ihrer Brüste sehen. Ein goldenes Kreuz pendelte an einer zierlichen Kette zwischen den sanften Rundungen.

»Ist etwas?« fragte sie.

Er riß sich zusammen. »Entschuldigen Sie bitte. Carlos hat mir nicht gesagt, daß Sie es sind. Außerdem bin ich heute ein wenig aus dem Gleis. Ich hab' gestern ein paar Gläser zuviel getrunken. Ich fühle mich nicht besonders wohl heute.«

Sie lächelte. »Ja, Sie sehen so aus, als könnten Sie diesmal einen Eisbeutel gebrauchen.«

Er fuhr sich über das Gesicht. »Danke für Ihren Brief.«

Sie hob die Augenbrauen. »Oh, Sie haben ihn also doch bekommen?«

»Ja.«

»Ich war mir nicht sicher.«

»Ich wollte Sie anrufen, aber dann ist mir einiges dazwischengekommen.«

»Redcliff, nicht wahr?«

»Hat sich das schon bis nach Miami herumgesprochen?« fragte er grimmig.

Sie nickte. »Redcliff hat heute morgen eine Pressekonferenz in Fort Pierce abgehalten und einen Teil der Schätze, die er gefunden hat, gezeigt. Er hat sich blendend verkauft – und an Ihnen kein gutes Haar gelassen.«

»Das wundert mich nicht. Und? Glauben Sie ihm?«

»Ich bin hier, um mir Ihre Version anzuhören.«

»Nur deshalb?« fragte er.

Sie lächelte. »Manchmal kann man das Angenehme mit dem Nützlichen verbinden, Mr. Harding. Ich habe mich noch immer nicht richtig für Ihre Hilfe bedanken können. Aber vermutlich werden Sie heute nicht in der Stimmung sein, um sich von mir zu

einem Essen einladen zu lassen.« Ein fragender Unterton schwang in ihrer samtenen Stimme mit.
»Sie unterschätzen mich. Ich wüßte nichts, was ich lieber täte. Geben Sie mir nur ein paar Minuten, damit ich mir was anderes anziehen kann.«
»Lassen Sie sich nur Zeit. Ich bin nicht in Eile.«
Aber er war es. Nicht eine Minute wollte er vertrödeln. Er konnte sein Glück kaum fassen. Seine Niederschlagenheit war wie weggeblasen.
»Skip, mach mir schnell noch einen von deinen ekelhaften Aspirindrinks!« rief er, während er in seine Kabine lief.
»Was ist denn nun in dich gefahren?«
»Die Sonne ist aufgegangen, Freunde!« Richard riß seinen Schrank auf und zog schnell eine weiße Leinenhose und ein frisches T-Shirt an. Im Handumdrehen war er wieder im Salon und kippte das Aspirinwasser hinunter.
Coffee sah ihn verwirrt an. »Würdest du uns mal erklären, was Sache ist?« Carlos zeigte sich unter Deck. »Geh hoch und schau dir die Schwarzhaarige an, dann weißt du, warum das Leben wieder in Richie zurückgekehrt ist«, sagte er grinsend. »Schätze, daß ein Lächeln von ihr fast dieselbe berauschende Wirkung hat wie eine halbe Flasche Tequila. Ist es nicht so, Richie?«
»Darauf geb' ich dir eine erschöpfende Antwort, wenn du trocken hinter den Ohren bist, Kleiner«, erwiderte Richard mit einem Grienen und griff nach seiner Leinenjacke.
»Seht ihr, er ist schon ganz hinüber«, spottete Carlos.
»Bis später, Freunde, und haltet die Decks sauber«, verabschiedete sich Richard frohgelaunt und mußte an sich halten, daß er nicht mit jugendlicher Ungestümheit den Niedergang hochstürzte. Es erstaunte ihn selbst, wie froh es ihn machte, sie wiederzusehen.
»Sagen Sie mir, wo ich hinfahren soll«, sagte Karen Douglas, als er neben ihr im Jeep saß. »Ich kenne mich hier nicht so gut aus.«

»Das *Trade Winds* wird Ihnen gefallen, zumindest hoffe ich das«, sagte er nach kurzem Überlegen.
»In erster Linie soll es Ihnen gefallen, Mr. Harding.«
»Könnten Sie sich daran gewöhnen, mich Richard zu nennen?«
Sie lachte und sah ihn kurz an. »Ja, ich glaube, das könnte ich, wenn Sie Karen zu mir sagen.«
»Nichts lieber als das, Karen«, sagte Richard und bewunderte ihr reizendes Profil. Diese Frau zog ihn unwiderstehlich an. Er hatte sie nur einmal für ein paar Minuten gesehen und gesprochen, doch das hatte schon gereicht, um sie nicht vergessen zu können. Sie hatte irgend etwas an sich, was ihn gefangennahm und seinen Puls beschleunigte, und es war nicht allein ihre Schönheit. Was ihn in Bann schlug, war ihre Ausstrahlung, ihre Schönheit, die von innen kam. Es war lächerlich, aber ihm war so, als würde er sie schon lange kennen.
Das *Trade Winds* war eine hufeisenförmige Hotelanlage direkt am Meer.
Das hervorragende, jedoch nicht allzu formelle Restaurant war im Innenhof untergebracht, der zur See hin offen war und dem Gast mit seinen Rattanmöbeln und den zahllosen subtropischen Gewächsen, Palmen, Gummibäumen und Blumen den Eindruck vermittelte, sich in der Nähe des Äquators zu befinden.
»Gefällt es Ihnen?« fragte Richard, als sie an einem Tisch Platz nahmen, von dem aus sie auch aufs Meer schauen konnten.
»Zauberhaft.«
»Dann ist der Ort Ihnen angemessen«, kam es ihm über die Lippen, bevor er sich bewußt wurde, was er da sagte. Er war selbst überrascht.
Ein Lächeln kräuselte ihre Lippen. »Erzählen Sie mir ein wenig über sich, Richard«, bat sie ihn, ohne mit Worten auf sein Kompliment einzugehen. Die Wärme ihres Blickes sagte viel mehr aus, als es Worte gekonnt hätten. Er hob die Augenbrauen. »Wo haben sie Ihren Stenoblock oder Ihr Diktaphon, Karen?«

»Ich hab' den Kopf nicht nur zum Frisieren und Schminken«, erwiderte sie schmunzelnd.
»Jemand wie Sie braucht sich nicht zu schminken«, sagte er und sah ihr offen ins Gesicht. »Es sei denn, er will der Natur ins Handwerk pfuschen und einem vollendeten Bild die Harmonie rauben.«
Ihr Lächeln empfand er wie eine zärtliche Berührung. »Ich fühle mich geschmeichelt ...«, begann sie.
»Es ist nicht meine Absicht, Ihnen zu schmeicheln, Karen«, korrigierte er sie. »Es ist einfach so. Manchmal haben es Tatsachen nun mal so an sich, daß sie überzogen klingen, wenn man sie ausspricht. Doch das ändert nichts daran, daß es wirklich so ist.«
Sie wich seinem Blick nicht aus. »Ich weiß, Richard. Doch Sie stürzen mich damit in Verwirrung.«
»Warum soll es Ihnen besser ergehen als mir?«
Sie senkte den Kopf, und ihre zarten Finger spielten mit der Serviette. »Sie sind zu schnell für mich, Richard. Manchmal ist es nicht nur ratsamer, sondern auch schöner, die Wahrheit in kleinen Portionen zu genießen.« Ein bittender Unterton schwang in ihrer Stimme mit.
Richard spürte das Verlangen, seine Hand auszustrecken und ihre zu ergreifen. Doch er beherrschte sich. »Was wollen Sie denn über mich wissen?« wechselte er das Thema und kam damit ihrer Bitte nach.
»Sind Sie in Eile?«
»Sie wissen, daß wir alle Zeit der Welt haben«, antwortete er ernst.
Ihr Gesicht rötete sich leicht. »Warum beginnen Sie dann nicht mit Ihrer Kindheit?« schlug sie vor.
»Brauchen Sie so viel Hintergrundmaterial für Ihren Artikel, Karen?«
»Nein, dafür nicht. Aber ich möchte gern mehr über Sie wissen, Richard«, erklärte sie offen und errötete dabei noch mehr.

»Das ist ein Grund, den ich gelten lasse«, sagte Richard, und nachdem sie trockenen Weißwein geordert hatten, erzählte er ihr seinen Werdegang. Erst hatte er vorgehabt, ihr einen groben Überblick zu geben, doch dieser Vorsatz war bald vergessen. Karens interessiertes Zuhören und ihre Fragen führten dazu, daß sich ein reges Gespräch zwischen ihnen entwickelte und sie vom Hölzchen aufs Stöckchen kamen. Es machte ihm auch nichts aus, ihr von seiner gescheiterten Ehe zu berichten.

»Im November wird die Scheidung ausgesprochen, wie ich von meinem Anwalt erfahren habe. Dann ist dieses unrühmliche Kapitel meiner Vergangenheit endgültig abgeschlossen«, sagte er mit einem schiefen Grinsen.

»Es geht Ihnen bestimmt nahe«, meinte sie und sah ihn prüfend an.

Er nippte an seinem Wein und schüttelte den Kopf. »Nein, merkwürdigerweise berührt mich das überhaupt nicht. Es ist so, als wäre das eine Sache aus einer ganz anderen Welt, die mich eigentlich nie etwas angegangen ist und zu der ich schon längst jede Verbindung verloren habe«, sagte er nachdenklich. »Diese Ehe war ein Fehler, den ich jedoch nicht bereue. Ich werfe meiner Exfrau in spe auch nichts vor. Wir paßten einfach nicht zusammen, haben das damals aber nicht erkannt, nicht erkennen können, weil uns die Erfahrung fehlte. Die Ehe hat uns zu dieser Erfahrung verholfen und uns beiden die Augen für das geöffnet, was wir uns vom Leben und vom Partner erhoffen – und das sind in unserem Fall einfach grundverschiedene Dinge.«

»Und was erhoffen sie sich, Richard?«

Er zögerte. »Fragen Sie mich das vielleicht später noch mal. Auf jeden Fall möchte ich nicht zu denjenigen gehören, die sich eines Tages verzweifelt fragen, was sie aus ihrem Leben bloß gemacht und warum sie niemals versucht haben, ihre Träume, so verrückt sie auch sein mochten, in die Tat umzusetzen.«

»Viele Träume verlieren ihren Glanz, wenn sie wahr werden«, wandte Karen ein.

Er nickte zustimmend. »Doch das Schöne ist, daß schon der Versuch, einen Traum Wirklichkeit werden zu lassen, einen oder mehrere neue Träume im Keim in sich birgt.«
Sie runzelte die Stirn. »Wie meinen Sie das?«
»Ich will Ihnen ein Beispiel geben, Karen«, sagte er und räusperte sich. »Im Augenblick wünsche ich mir nur, Ihre Hand zu nehmen und zu halten. Doch sowie mir das vergönnt ist, werde ich mir wünschen, Sie zu küssen, und dann ...«
»Sie sind nicht fair!« warf sie ihm vor, während ihr das Blut ins Gesicht schoß.
»Nein, das bin ich wohl nicht. Bitte entschuldigen Sie. Ich sollte wirklich ein bißchen mehr über Sie in Erfahrung bringen, bevor ich Sie zu küssen versuche«, sagte er mit einem entwaffnenden Lächeln. »Warum helfen Sie mir nicht ein bißchen auf die Sprünge und erzählen ein wenig über sich?«
»Mit so aufregenden Geschichten wie Sie kann ich nicht dienen«, erklärte sie. »Mein Lebenslauf füllte kaum eine Seite, als ich mich beim *Miami Herald* bewarb. Ich bin in San Diego geboren, vor fünfundzwanzig Jahren. Mutter Mexikanerin, Vater Amerikaner im diplomatischen Dienst. Aufgewachsen bis zum sechzehnten Lebensjahr in Mexico City. Dann Studium der brotlosen Künste Literatur und Journalismus in Berkeley. Drei Jahre Lokalreporterin bei einer Provinzzeitung im Sacramentotal. Dann habe ich zwei Jahre lang mal hier und mal dort gearbeitet, nichts bestimmtes, schließlich der Sprung ins kalte Wasser als freie Journalistin für den *Miami Herald.* Das ist es schon. Sie sehen, damit kann man keinen großen Staat machen.«
»Beim Bild Ihrer Biographie sind Sie für meinen Geschmack mit reichlich groben Pinselstrichen zu Werke gegangen«, sagte er vorwurfsvoll.
Sie lachte vergnügt. »Das will ich nicht bestreiten. Aber mir ist gerade aufgefallen, daß wir schon seit zwei Stunden zusammensitzen und ich noch immer nichts von Ihnen über diese Geschichte mit Jerry Redcliff gehört habe. Wenn ich den Artikel heute

noch schreiben und der Redaktion durchgeben will, sollten wir langsam anfangen, davon zu reden.«

»Sie wollten meine Version hören, nun, die ist schnell erzählt«, sagte er und berichtete ihr, wie Jerry Redcliff ihn erst als Partner angeworben und dann um seinen Anteil betrogen hatte.

Betroffen hörte sie ihm zu. »Und Sie können wirklich nichts gegen ihn unternehmen?« fragte sie, als er geendet hatte.

»Nein, und es ist allein meine eigene Schuld. Ich hab' mich einfach zuwenig um diesen Papierkram gekümmert und mich dadurch übers Ohr hauen lassen. Wieder eine Erfahrung mehr.« Er zuckte die Achseln. »Aber das bringt mich nicht aus dem Gleichgewicht. Die SANTO CRISTOBAL ist nicht das einzige spanische Schatzschiff, das vor den Küsten Floridas gesunken ist. Ich habe den Trawler und eine tolle Crew, und ich werde meine eigene Galeone finden.«

Sie bestellten ein leichtes Mittagessen und saßen noch bis kurz nach drei zusammen, redeten über die professionelle Schatzsuche und vieles andere. Ihm war, als ob auch Karen immer wieder ein neues Thema anschnitt, als wollte auch sie nicht, daß ihr Zusammensein ein Ende fand.

Es war halb vier, als sie ihn schließlich zum Boot zurückbrachte. Ein eigentümliches Gefühl beschlich ihn, als es Zeit war, sich von ihr zu verabschieden.

»Sehen wir uns wieder?« fragte er und hielt ihre Hand fest.

»Gern«, sagte sie. »Doch ich fahre morgen wieder nach Miami zurück.«

»Miami liegt auf meinem Weg; wir werden da ein paar Tage verbringen, um unsere Ausrüstung zu vervollständigen«, log Richard. »Wir werden den Winter über auf den Keys verbringen und sehen, ob wir diesmal dort mehr Glück haben. Und von den Inseln ist es ja kein weiter Weg bis nach Miami ... und umgekehrt. Aber ich melde mich auf jeden Fall, wenn wir mit der GOLDDIGGER in Miami sind.«

»Ich freue mich schon«, versicherte sie. Widerwillig gab er ihre

Hand frei und stieg aus dem Jeep. Sie fuhr an. Bevor sie hinter einem Lagerschuppen in eine Querstraße einbog, drehte sie sich noch einmal kurz zu ihm um und winkte ihm zu.
Mit einem versonnenen Lächeln ging Richard an Bord der GOLDDIGGER. Er war entschlossen, schon morgen Kurs auf Miami zu nehmen. Himmelherrgott, er hatte sich bis über beide Ohren in sie verliebt!

10

Die Crew der GOLDDIGGER war am nächsten Morgen schon in aller Frühe auf den Beinen. Irgendwie hatten auch Skip und Coffee es sehr eilig, aus dem Hafen von Vero Beach zu kommen.
Richard rasierte sich gerade, als er hörte, wie ein Wagen mit quietschenden Reifen neben der GOLDDIGGER auf dem Kai zum Stehen kam. Türen schlugen, und dann vernahm er die wütende Stimme von Jerry Redcliff. Schnell legte er den Rasierer weg und begab sich an Deck.
»Was hat der Aufstand zu bedeuten?« fragte er ungehalten, als er Skip und Coffee mit schweren Preßluftharpunen bewaffnet erblickte, die sie auf Redcliff und seine beiden Muskelmänner Ernie und Jeff gerichtet hielten. »Er muß schlecht geschlafen haben«, meinte Coffee spöttisch. »Außerdem redet er wirres Zeug zusammen.«
»Ihr Dreckskerle wißt genau, wovon ich rede!« brüllte Redcliff.
»Bleib schön dort stehen, sonst krieg' ich das Zucken im Finger!« warnte Skip ihn, als Redcliff Anstalten machte, sich ihrem Boot zu nähern. »Und das gilt auch für deine beiden Kraftprotze! Diese Patronen in der Harpune haben eine verheerende Wirkung!«
»Was willst du?« fragte Richard noch einmal.
Redcliff funkelte ihn an. »Ich weiß genau, daß ihr hinter dieser Schweinerei steckt!«
»Ich weiß wirklich nicht, wovon du sprichst!« sagte Richard

ärgerlich »Also sag endlich, was das Theater soll, oder verschwinde!«
»Jemand hat sich in der Nacht an meinem Boot zu schaffen gemacht und eine Eisenkette um die Schrauben gelegt!« zischte Redcliff wutbebend.
Coffee tat bestürzt. »Ach, du Schreck! Dann sind Schrauben und Schraubenwellen bestimmt total im Eimer, als du die Maschinen heute morgen angeworfen hast!«
»Ihr habt das gemacht!« schrie Redcliff.
Skip schüttelte mißbilligend den Kopf. »Du solltest dich wirklich schämen, deinen ehemaligen Partnern so etwas Gemeines zuzutrauen, Redcliff! Wir haben überhaupt keinen Fuß vom Boot gesetzt. Oder hast du vielleicht Beweise für deine unsinnige Beschuldigung?«
»Ich brauche keine Beweise! Ich weiß, daß ihr das gemacht habt!«
»Ein Mann deines Kalibers hat bestimmt eine Menge Feinde, denen so etwas zuzutrauen wäre«, sagte Coffee gelassen. »Ich wüßte jedoch nicht, wie wir dir da helfen könnten.«
Richard wußte, daß Skip und Coffee die Sache ausgeheckt hatten, und er konnte nicht behaupten, daß ihm der Gedanke, daß die BUCCANEER mit einem schweren Schaden im Hafen von Fort Pierce lag, Unbehagen bereitete. Eher traf das Gegenteil zu. »Du hast mein Ehrenwort, daß ich davon absolut nichts weiß und auch nichts damit zu tun habe«, versicherte er und brauchte noch nicht einmal zu lügen. »Doch ich gebe dir den guten Rat, uns zukünftig aus den Augen zu bleiben. Du weißt genau, daß du uns betrogen hast ...«
»Einen Dreck habe ich!«
Richard sah ihn scharf an. »Ich habe Besseres zu tun, als mich mit dir Schweinehund zu streiten. Das nächstemal kommst du nicht so billig davon, das schwöre ich dir. Und jetzt verschwinde!«
»Ihr werdet dafür bezahlen!« drohte Redcliff, blaß vor Wut, daß er nichts ausrichten konnte.

»Versuch nur, mir noch einmal in die Quere zu kommen, Redcliff«, sagte Richard kalt. »Dann wirst du mich kennenlernen! Versuch es nur!«

»Aufgeblasener Anfänger!« schnaubte Redcliff. »Dich mach ich doch mit einer Hand fertig!«

»Wenn du möchtest, können wir die Angelegenheit jetzt sofort erledigen. Nur wir beide – mit den Fäusten«, sagte Richard, ohne zu zögern.

Jerry Redcliff spuckte aus. »Ich laß mir von dir doch nichts aufzwingen, du Scheißkerl!« schnaubte er und wandte sich zu seinen Männern um. »Los, fahren wir. Mit dem Pack rechnen wir später noch ab!«

»He, sagt bloß, ihr habt wirklich das Ding in Fort Pierce gedreht«, sagte Carlos bewundernd, als der Wagen davonschoß.

Coffee und Skip sahen sich grinsend an.

»Na ja, wir dachten, daß Redcliff sich schon ein kleines Souvenir unserer besonderen Wertschätzung verdient hätte«, sagte Skip schließlich.

Richard stemmte die Fäuste in die Hüften. »Deshalb wolltet ihr gestern also unbedingt allein weg. Aber wie habt ihr das bloß gemacht? Ich hab' ja noch nicht einmal mitbekommen, daß ihr eure Tauchersachen von Bord gebracht habt.«

Coffee grinste. »Das hatten wir schon gemacht, als du mit dieser Karen unterwegs warst. Der Rest war ein Kinderspiel. Wir hatten nämlich Glück, daß Redcliff mit seiner Crew an Land war, als wir uns ein bißchen um sein Boot gekümmert haben.«

»Muß ja ganz schön gerumst haben«, meinte Murphy.

Skip lachte. »Was meint ihr, wie Redcliff erst toben wird, wenn er dahinterkommt, daß er seine Maschinen auf den Müll schmeißen kann.« Richard runzelte die Stirn. »Was habt ihr gemacht?«

Coffee verzog das Gesicht zu einem breiten Grinsen. »Wir haben uns erlaubt, seinem Treibstoff einen kleinen Zusatz beizumengen.«

»Und um was für einen Zusatz handelt es sich da?« fragte Carlos mit glänzenden Augen.
Skip winkte ab. »Nichts Weltbewegendes. Nur eine Mischung aus Sand und Eisenspänen. Ruiniert garantiert die robusteste Maschine. Da möchte ich drauf wetten.«
Carlos lachte auf und schlug sich die geballte Faust begeistert in die Handfläche. »Verdammt, ich wünschte, ich wäre dabeigewesen!«
Richard stöhnte. »Gütiger Gott, das wird ihn ein Heidengeld kosten!«
»Nicht mal die Hälfte von dem, was er uns gestohlen hat«, erwiderte Coffee grimmig und fügte spöttisch hinzu: »Aber manchmal erfreuen auch kleine Überraschungen das Herz eines einfachen Mannes. Skip, wie war's jetzt mit einem ausgiebigen Frühstück, alter Pirat? Ich fühl' mich heute irgendwie sauwohl und hab' einen Bärenhunger, mag der Teufel wissen, was mich so in Stimmung gebracht hat!« Er grinste in die Runde.
»Ich schlag' ein feuriges Omelett à la tobender Redcliff vor und gebratene Speckscheiben, die sich in der Pfanne so krümmen wie seine Schraubenwellen«, spottete Skip. »Dazu Kartoffelspäne und Kaffee Marke Kolbenfresser!«
»Du solltest Redcliff eine Kopie dieses Gerichtes zukommen lassen«, meinte Carlos vergnügt.
Richard konnte sich ein Lachen nicht verkneifen. Redcliff hatte seine gerechte Strafe erhalten. Jetzt waren sie quitt. War nur zu hoffen, daß auch er das so sah.

II Richard konnte es nicht erwarten, nach Miami zu Karen zu kommen. Ständig mußte er an sie denken. Er konnte sich nicht erinnern, jemals so ungeduldig und aufgeregt gewesen zu sein. Er schalt sich selbst einen Narren und erinnerte sich daran, daß er doch bald schon vierunddreißig wurde und damit eigentlich aus dem Alter heraus sein müßte, wo man sich noch mit der Kopflosigkeit eines unerfahrenen Teenagers entschuldigen konnte. Aber helfen tat diese Selbstermahnung wenig. Wie ein Schüler, der seiner ersten »ernsten Verabredung« mit dem von ihm angehimmelten Mädchen entgegenfiebert, zählte er die Stunden.

Als er Ashley kennengelernt und sich in sie verliebt hatte, war das eine Liebe gewesen, die sich nach und nach entwickelt hatte und mehr von Leidenschaft und Neugier auf das Abenteuer Amerika und Ehe als von Liebe beherrscht worden war. Doch Karen hatte ihn erwischt wie ein Faustschlag. Plötzlich und mit aller Macht. Er wollte nicht unbedingt behaupten, daß es Liebe auf den ersten Blick gewesen war, aber es kam dem schon recht nahe. Er konnte einfach nicht gegen das quälend sehnsüchtige Gefühl an, bei ihr zu sein. Und es verwunderte ihn, daß es ihm dabei überhaupt nicht darauf ankam, sie im Handumdrehen zu erobern und mit ihr zu schlafen, wie das bei seinen früheren flüchtigen Abenteuern stets der Fall gewesen war. Es steckte viel mehr dahinter als der Wunsch nach einer schnellen Eroberung und unverbindlicher sexueller Befriedigung.

Skip und Coffee zogen ihn schon auf, weil ihm die GOLDDIGGER plötzlich so lahm wie eine bleierne Ente erschien und er darauf drängte, daß Skip sie hart rannahm und die Maschinen mit voller Kraft laufen ließ.

»Und nun die Quizfrage der Woche«, scherzte Coffee, als sie endlich in den Hafen von Miami einliefen. »Was ist schlimmer und verhängnisvoller als Schatztauchfieber?«

»Ein Schatztaucher mit Liebesfieber!« antwortete Skip.

»Ich schmeiß' euch alle von Bord!« drohte Richard halb ärgerlich, halb belustigt.

»Willst wohl die GOLDDIGGER zu einer schwimmenden Liebeslaube umfunktionieren, was?« zog Murphy ihn auf.

»Hört auf mit euern dummen Sprüchen! Und du, bring den Kahn endlich an den Steg, Skip!« forderte Richard ihn ungeduldig auf.

Endlich kam der Anlegesteg längsseits. Richard sprang mit einem

Satz hinüber und steuerte die nächste Telefonzelle an. Wie groß war jedoch die Enttäuschung, als er sie zu Hause nicht erreichte und von einem Redakteur des *Miami Herald* erfuhr, daß Karen eine Story an der Westküste recherchierte und erst in einigen Tagen zurückerwartet wurde.

Richard war ganz froh, daß Carlos und Murphy sich für eine Woche freinahmen. Nachdem sie so viele Monate zusammen auf der GOLDDIGGER gelebt und gearbeitet hatten, waren sie reif für ein paar Tage fern vom Boot und vom Rest der Crew.

»Okay, in einer Woche sehen wir uns wieder – unten in Key West«, schlug Richard vor und zahlte jedem noch einen Wochenlohn aus. Dann gingen Carlos und Murphy ihre getrennten Wege für die nächsten Tage.

Richard mußte sich zusammenreißen, um nicht zehnmal am Tag zum Telefon zu laufen und die Redaktion zu nerven. Er versuchte sich in das Studium der Schatztauchfachliteratur zu vertiefen. Doch er ertappte sich immer wieder dabei, daß er eine Seite dreimal lesen mußte, weil seine Gedanken ständig zu Karen wanderten.

Sie lagen schon zwei Tage im Hafen von Miami, als ein Pick-up mit geschlossener Ladefläche, der scheinbar nur noch vom Rost zusammengehalten wurde, gegen zehn Uhr abends auf der Höhe der GOLDDIGGER hielt. Skip und Coffee gingen schnell an Land und redeten kurz mit dem Fahrer. Dann trugen sie ein sperriges Paket an Bord, das noch in eine alte Decke eingewickelt war. Der Pick-up entfernte sich schnell wieder.

»Was habt ihr denn da?« fragte Richard, als sie mit dem Paket im Salon auftauchten.

»Augenblick«, sagte Coffee, schloß die Tür zum Niedergang und zog die Vorhänge vor die Bullaugen.

Dann erst schlug Skip die Decke zurück und riß das dicke Packpapier auf. Darunter kamen zwei Maschinenpistolen, zwei Revolver, mehrere Magazine und vier Schachteln Munition zum Vorschein.

Fassungslos starrte Richard auf die Waffen. »Seid ihr verrückt geworden?« stieß er schließlich hervor. »Wo habt ihr die Bleispritzen her? Und was soll das?«
»Reg dich nicht auf, Richie«, sagte Skip. »Das ist keine Hehlerware. Hab' da einen alten Kontakt aufgefrischt. Die Waffen sind sauber und registriert. Werden keinen Ärger mit der Polizei kriegen. Und zu deiner Frage, was das soll, so brauch' ich dich ja wohl nicht lange zu erinnern, wie Redcliff es geschafft hat, uns das Gold und Silber abzunehmen. Ich habe mir geschworen, daß uns so etwas nicht noch einmal passieren wird.«
Coffee nickte zustimmend. »Finde auch, daß es ganz beruhigend ist, diese Ballermänner an Bord zu wissen. Wir handeln ja nicht mit Murmeln. Du weißt selbst, wie viele Halsabschneider sich in der Nähe von Schatztauchunternehmen herumtreiben. Redcliff ist da nicht der einzige von dieser üblen Sorte.«
»Wenn wir sie niemals brauchen – um so besser«, meinte Skip. »Aber wenn es mal Ärger geben sollte, werden wir uns notfalls zu wehren wissen. Dachte, daß die Gelegenheit, wo Carlos und Murphy eine Woche nicht an Bord sind, ganz günstig ist, um die Waffen an einem sicheren, aber doch schnell zugänglichen Ort unterzubringen. Es reicht ja, wenn wir wissen, wo die Dinger stecken.«
Richard ließ sich überzeugen, daß es eine Sicherheitsmaßnahme war, auf die sie in ihrem Geschäft nicht verzichten sollten. Und er gab ihnen recht, daß Redcliff ihnen kaum den Fund von der SANTO CRISTOBAL hätte abnehmen können, wenn sie genauso bewaffnet gewesen wären wie seine Mannschaft. Auf eine Schießerei hätte er sich wohl kaum eingelassen.
Als er am nächsten Vormittag in der Redaktion der Zeitung anrief, bekam er endlich die erlösende Antwort: »Ja, Miß Douglas ist im Haus. Warten Sie, ich verbinde Sie.« Augenblicke später hatte er sie am Apparat.
»Hallo, Karen!«
»Hallo, Richard!«

»Ich war schon versucht, Vermißtenanzeige zu erstatten, Karen.«
Es tat ihm gut, ihr warmes Lachen zu hören. »Ich war ganz schön im Streß, um diese Story in Tampa auf die Reihe zu bekommen. Bin gerade dabei, sie zu Papier zu bringen.«
»Dann werden Sie wohl kaum in der Stimmung sein, mit mir heute abend auszugehen, oder?«
»Im Gegenteil, Richard«, antwortete sie zu seiner Freude. »Ich könnte mir gar nichts Schöneres vorstellen.«
»Dann schlagen Sie etwas vor.«
»Lieben Sie mexikanische Küche?«
»Je feuriger Sie mir kommen, desto besser.«
Sie lachte belustigt auf. »Gut, dann schlage ich vor, daß wir uns um acht im *Senor Frog's* treffen, 3008 Grand Avenue. Bis dahin, glaube ich, habe ich hier alles unter Dach und Fach. Ich freue mich.«
»Ich werd' die Minuten zählen, Karen.«
Wieder dieses sanfte Lachen, das ihm unter die Haut ging. »Passen Sie auf, daß Sie sich nicht verzählen. Ich muß jetzt ins Fotolabor. Bis dann, Richard.«
Richard wußte wirklich kaum, wie er die Stunden bis zum Abend am besten ausfüllen sollte. Um sich abzulenken und in der Hoffnung, daß die Stunden so schneller vergehen würden, half er Coffee, den Kompressor auseinanderzunehmen und von Grund auf zu überholen.
Die Arbeit brachte ihn auch wirklich auf andere Gedanken, zumindest zeitweilig. Dennoch war es eine lange Zeit. Er sehnte den Einbruch der Dämmerung geradezu herbei. Um sieben war er schon fertig angezogen. Am liebsten hätte er seine Nervosität mit einem doppelten Whiskey bekämpft. Aber er gab diesem Wunsch nicht nach, weil er nicht schon mit einer Fahne zu ihrem Treffen erscheinen wollte.
Schließlich stieg er beim Yachtclub in ein Taxi und nannte ihm den Namen des Restaurants in Coconut Grove. Es war fast auf die Minute genau acht Uhr, als der Wagen auf der Grand Avenue

vor *Senor Frog's* hielt und Richard dem Kubaner ein großzügiges Trinkgeld gab.

Mit beschleunigtem Puls betrat Richard das mexikanische Restaurant, das gut besucht war. Angeregtes Stimmengewirr schlug ihm entgegen. Suchend glitt sein Blick über die Tische.

»Richard!«

Er schaute nach rechts und erblickte Karen, die aufgestanden war und ihn freudig anlächelte. Sie trug eine weiße, volantbesetzte Spitzenbluse aus Baumwolle mit Lochstickereien am Halsausschnitt und an den Ärmelbündchen. Dazu einen figurbetonten engen Jeansrock mit weißem Gürtel. Sie sah darin so sportlich-frisch und hübsch aus, daß es ihn danach verlangte, sie in seine Arme zu nehmen.

»Karen, Sie werden heute alles mindestens zweimal sagen müssen«, begrüßte er sie und blickte ihr in die dunklen Augen. Wie lang und seidig ihre Wimpern waren! Ein Hauch von Lip gloss glänzte auf ihrem sinnlichen Mund.

»Zweimal? Wieso das?« wollte sie wissen.

»Weil Sie so hinreißend aussehen, daß ich mich wohl kaum auf etwas anderes konzentrieren kann.«

Sie lächelte, und in ihre Augen trat ein fröhliches Leuchten. »Das wäre aber schade, wenn Sie sich ausgerechnet heute abend nicht konzentrieren könnten.« Sie machte eine halbe Drehung zum Tisch hin und sagte: »Richard, darf ich Sie mit Dr. Sidney Pearson bekannt machen?«

Richard, der nur Augen für sie gehabt hatte, stutzte, als er jetzt erst den Mann bemerkte, der ruhig am Tisch gesessen hatte und mit einem versteckten Schmunzeln ihrem Wortwechsel gefolgt war. Seine freudige Stimmung erhielt einen herben Dämpfer, als ihm zu Bewußtsein kam, daß er Karen an diesem Abend nicht für sich allein hatte. Es würde ein Abendessen zu dritt werden! Ärger und Eifersucht machten sich augenblicklich bei ihm bemerkbar, und er mußte sich zwingen, sich das nicht anmerken zu lassen.

»Sidney, das ist Mr. Richard Harding, der Schatztaucher, von dem ich dir erzählt habe«, sagte Karen zu ihrem Begleiter gewandt.

Dr. Sidney Pearson erhob sich und streckte Richard die Hand hin. »Freut mich, Ihre Bekanntschaft zu machen«, sagte er herzlich. Er war ein sehr attraktiver Mann Ende Zwanzig, Anfang Dreißig. Schlank, etwas kleiner als Richard und offenbar sehr modebewußt. Er trug nämlich einen cremefarbenen Sommeranzug mit einem fliederfarbenen Hemd und einer dazu passenden gestreiften Seidenkrawatte. Die Brille mit dem schmalen gemaserten Hornrand gab ihm das intellektuelle Aussehen eines Mannes, der im State Department angestellt oder Berater eines Senators war.

Richard kannte ihn nicht und hatte auch nicht das Verlangen, ihn näher kennenzulernen. Doch er spielte das Spielchen mit. »Ja, ganz meinerseits, Dr. Pearson«, log er.

»Sidney, bitte«, sagte er und zog Karen den Stuhl an seiner Seite zurück, bevor Richard noch die Hand heben konnte.

Richards Verstimmung wuchs. Er sah Karen an. »Sie hätten mir ruhig sagen können, daß Sie für heute schon eine Verabredung hatten, Karen. Wir hätten uns dann an einem anderen Tag treffen können.«

»Nein, nein«, sagte Sidney Pearson eilig und mit einem selbstbewußten Lachen, das Richard seine eigene Verkrampftheit vor Augen führte. »Karen und ich waren für heute gar nicht verabredet. Ich hab' vorhin ganz ohne Voranmeldung mal bei ihr im *Herald* reingeschaut – mehr auf Verdacht. Und da hat sie mich gleich hier ins Restaurant mitgeschleift.«

»Sidney ist ein alter Freund von mir. Wir waren zusammen in San Diego auf der Uni«, erklärte Karen mit einem unschuldigen Lächeln, als wüßte sie nicht, wie enttäuscht er war, sie mit ihrem Studienfreund teilen zu müssen.

»Ja, das waren noch Zeiten«, seufzte Sidney und zog seine Zigarettenschachtel hervor. Sie war leer.

Richard stellte sich schon mit Grauen vor, daß er ihnen wohl den ganzen Abend zuhören müßte, wie sie in Erinnerungen schwelgten und versuchten, ihm klarzumachen, was das damals doch für eine tolle Zeit gewesen sei. Und sie würden erwarten, daß er über Scherze und Anekdoten lachte, die für ihn jeglichen Witzes entbehrten, weil er nichts weiter wünschte, als mit ihr allein zu sein.
Dieser Abend wird eine Tortur! Mein Gott, warum hat Karen ihn bloß mitgeschleift? fragte er sich verzweifelt und dachte nicht daran, dem geschniegelten Burschen eine seiner Zigaretten anzubieten.
»Entschuldigt mich einen Augenblick, ich hol' mir nur Zigaretten«, sagte Sidney Pearson und erhob sich. »Karen, bestell mir noch ein Bier, okay?«
Karen nickte.
»Warum haben Sie mir das angetan, Karen?« fragte Richard mit gedämpfter Stimme, aber unverhohlen vorwurfsvoll. »Ich hatte mich so auf diesen Abend mit Ihnen gefreut.«
»Ich auch, Richard.«
»Das scheint mir aber nicht so.«
»Ich dachte mir, daß Sie Sidney nicht nur sehr unterhaltsam, sondern auch hilfreich finden würden«, erwiderte sie völlig unbeeindruckt von seinem Vorwurf, als wäre sie sich keiner Schuld bewußt.
»Trauen Sie uns beiden nicht zu, daß wir uns auch ohne Dritten gut unterhalten?« fragte er bitter.
Sie hob die Augenbrauen. »Sie werden auf Sidney doch wohl nicht eifersüchtig sein, oder?« fragte sie spöttisch.
»Sie wissen verdammt genau, daß ich auf diesen geschniegelten Dandy eifersüchtig bin!« sagte er knurrig. »Ich bin auf jeden eifersüchtig, der mich daran hindert, mit Ihnen allein zu sein. Außerdem hasse ich Dreiergeschichten dieser Art.«
Sie lachte hell und belustigt. »Aber Richard!« sagte sie tadelnd. »Sie werden doch nicht auf einen verheirateten Mann eifersüchtig

sein, der vorgestern zum zweitenmal glücklicher Vater geworden ist und es gar nicht erwarten kann, zu seiner angebeteten Frau zurückzukommen.«

»Ich bin ja kein Hellseher«, sagte Richard, und die Anspannung löste sich ein wenig. »Aber dennoch wäre ich lieber allein mit Ihnen gewesen.«

Ein spöttisches Lächeln trat auf ihr Gesicht. »Sidney muß um halb zehn am Flughafen sein. Er fliegt nach Washington zurück. Meinen Sie, Sie werden es bis dahin aushalten?«

Richard hatte das Gefühl, als würde sie sich über ihn lustig machen. »Ich werde mich bemühen.«

»Dabei dachte ich, ich würde Ihnen einen großen Gefallen tun, wenn ich Sie mit Sidney zusammenbringe.«

»Aus welchem Grund?«

»Sidney ist Historiker.«

Er hob fragend die Augenbrauen. »Und?«

»Historiker beim Smithonian-Institut.«

Verblüfft sah er sie an. »Bei *dem* Smithonian-Institut in Washington?« Dieses Institut, das Forschungen und Expeditionen auf allen Gebieten unterstützte, war weltberühmt. Seine Sachverständigen gehörten zu den qualifiziertesten Wissenschaftlern. Interessierte sich das Smithonian-Institut für irgendein Projekt oder eine Forschungsarbeit, dann bedeutete das eine ungeheure Auszeichnung.

Sie lächelte. »Ja, und spanische Kolonialgeschichte ist sein Fachgebiet. Es gibt wohl kaum einen, der mehr über die spanische Ausbeutung der Kolonien im karibischen Raum und die Schatzflotten weiß als der gute Sidney.«

Richard wußte gar nicht, was er darauf erwidern sollte. Ihn mit einem Mann wie Sidney zusammenzubringen, war in diesem Licht natürlich mehr als ein Gefallen. Zerknirscht sagte er schließlich: »Sieht so aus, als wäre ich mit meinem Urteil wohl ein bißchen vorschnell gewesen. Tut mir leid, daß ich mich so kindisch benommen habe, Karen.«

Sie lächelte. »Machen Sie sich nichts daraus. Ich fand Ihre anfängliche Verstimmung ganz amüsant«, zog sie ihn auf.
»Ich sehe, ich muß mich vor Ihnen in acht nehmen.«
»Und umgekehrt«, gab sie vieldeutig zurück.
Sidney tauchte wieder auf. »Entschuldigt, aber es hat ein wenig gedauert«, sagte er und setzte sich zu ihnen.
Sie gaben ihre Bestellung auf, und das Gespräch wandte sich zwangsläufig der Schatzsuche zu, als Sidney erzählte, daß er tags zuvor in Fort Pierce gewesen war, um die Funde von Jerry Redcliff zu begutachten.
»Die Regierung von Florida bat meine Dienststelle, die Stücke, die kulturhistorisch am wertvollsten sind, zu bestimmen«, erklärte er. »Aber bis auf ein goldenes Navigationsgerät war nichts darunter, was Museen interessieren würde.«
Richard verzog das Gesicht. »Wenn es Ihnen nichts ausmacht, würde ich das Thema Jerry Redcliff doch lieber meiden.«
»Redcliff ist ein Reizwort für Richard«, sagte Karen zu Sidney gewandt. Dieser nickte verständnisvoll. »Ich habe gehört, wie Redcliff Sie ausgebootet hat. Nicht gerade die feine englische Art. Kann auch nicht behaupten, daß dieser Mann meine Sympathien besitzt. Er gehört meines Wissens nach zu denjenigen, die sich einen Dreck um die archäologische, kulturhistorische Seite seines Berufes kümmern. Wissen Sie, was er mir antwortete, als ich ihn beiläufig fragte, wie er denn die vielen Goldmünzen am Markt absetzen wolle, ohne dadurch einen Preisverfall zu erzielen?«
»Nein, aber wenn er schlau ist, verteilt er die Verkäufe über einen Zeitraum von vielen Jahren«, meinte Richard. »Aber ich nehme nicht an, daß er Ihnen das geantwortet hatte.«
Sidney machte ein grimmiges Gesicht. »Ganz sicher nicht! ›Was ich nicht unter die Leute bringe, lasse ich einfach zu Goldbarren einschmelzen!‹ Das war seine Antwort. Stellen Sie sich das mal vor. Münzen, die mehrere Jahrhunderte alt sind, will er einschmelzen lassen, weil er nicht die Geduld hat, sie über Jah-

re hinweg abzusetzen. Nur der schnelle Dollar zählt bei ihm! Ich hätte den Kerl erwürgen können, als er mir das ins Gesicht sagte.«
»Sie hätten mich damit nicht in ewige Trauer gestürzt«, meinte Richard. Das Essen wurde serviert.
»Karen erzählte mir, Sie wollten Ihr Operationsgebiet wieder auf die Florida Keys verlegen«, sagte Sidney und machte sich über die Tortillas her.
Richard nickte. »Das scheint mir das Vernünftigste zu sein, nicht nur wegen des idealen Klimas über die Wintermonate.«
»Sie haben recht. In dem Dreieck Kuba, Bahamas und Florida Keys sind die meisten Schiffe gesunken. Hunderte! Die See ist da ein einziger gigantischer Schiffsfriedhof«, pflichtete der Historiker ihm bei. »Darf man fragen, ob Sie sich schon auf ein besonderes Objekt festgelegt haben?«
»Sidney kann schweigen wie ein Grab«, warf Karen ein, als sie sah, daß Richard mit der Antwort zögerte.
»Ich habe vor, die NUESTRA SEÑORA DE CONCEPCIÓN zu suchen, die vor Vacas Key gesunken ist«, sagte er dann.
Sidney wußte sofort, wovon er sprach. »Ah, die Almiranta der Tierra Firme Flota, die unter dem Kommando von Antonio de Rojas stand und 1678 mit sechs weiteren Schiffen gesunken ist.«
»Scheint mir ein vielversprechendes Wrack zu sein. Die Cargolisten sprechen von über achthunderttausend Pesos in Gold und Silber.«
Sidney winkte ab. »Sie vergeuden nur Ihr Geld und Ihre Zeit damit.«
»Woher wollen Sie das wissen?« fragte Richard verwirrt.
»Von der Schatzladung kann nicht mehr viel auf dem Meeresboden liegen. Das meiste ist nämlich achtzehn Jahre später schon geborgen worden«, sagte Sidney.
»Das ist mir aber neu«, sagte Richard skeptisch. »In der Fachliteratur steht von diesem Bergungsunternehmen nichts.«
»Fachliteratur!« Sidney seufzte geplagt. »Da schreibt doch einer

vom andern ab, und das wenigste beruht auf Tatsachen. Ich habe mal mit einem professionellen Schatztaucher geredet, der sich die Mühe gemacht hatte, die Richtigkeit dieser Wrack-Bücher zu überprüfen. Von hundert aufgelisteten Wracks haben letztlich nur neunzehn existiert.«

»Schön, ich weiß, daß von diesen Wrack-Führern und Karten nicht viel zu halten ist. Aber der Untergang der CONCEPCIÓN ist historisch verbürgt«, wandte Richard ein. »Nicht jedoch, daß die Ladung geborgen wurde.«

»Wissen Sie, wie viele Dokumente in den Archiven in Sevilla liegen?« antwortete Sidney mit einer Gegenfrage.

Richard zuckte die Achseln. »Es müssen ein paar Millionen sein, wie ich gelesen habe.«

»Richtig. Vier bis sechs Millionen etwa«, bestätigte Sidney Pearson. »Es ist unglaublich, was da für Schätze in Form von Dokumenten lagern.«

»Du redest aus eigener Anschauung, nicht wahr?« sagte Karen.

»Ja, ich war in Sevilla. Habe dort fast ein Jahr verbracht, die meiste Zeit im Archiv, als ich an meiner Doktorarbeit arbeitete. Die Leute tun wirklich ihr Bestes«, erzählte Sidney, »und sie geben sich allergrößte Mühe, aber die Dokumente wie Frachtlisten, offizielle Manifeste, Berichte von überlebenden Schiffbrüchigen und Bergungsarbeiten, Briefe und was weiß ich noch alles, all diese handgeschriebenen Papiere sind erst zu einem Bruchteil erfaßt. Es gibt noch ganze Räume, in denen sich die Dokumente, zu dicken Bündeln zusammengeschnürt, deckenhoch stapeln. Und keiner weiß genau, was da alles in diesen Bündeln an Informationen steckt – gewiß jedoch Arbeit für mehrere Generationen von Archivaren und Historikern.«

»Du wolltest Richard etwas über diese CONCEPCIÓN erzählen«, erinnerte Karen ihn.

Sidney lachte, weil er sich hatte hinreißen lassen. »Richtig. Die Ladung der CONCEPCIÓN gilt gemeinhin immer noch als nicht geborgen. Aber das stimmt nicht. Bei meinen Recherchen bin ich nämlich auf das Bordbuch eines Captain Juan Farfan gestoßen, der von erfolgreichen Bergungsarbeiten an ebendiesem Wrack berichtet. Er ist dann geradewegs nach Spanien gesegelt, zwei Tagesreisen vor der heimatlichen Küste dann aber von holländischen Piraten überfallen und ausgeraubt worden. Ob das nun der Wahrheit entspricht, sei dahingestellt. Sicher ist für mich jedoch, daß die CONCEPCIÓN, die Sie im Auge haben, kein lohnendes Objekt für Sie ist.«

»Dem Himmel sei Dank, daß Karen Sie heute mitgebracht hat!« sagte Richard und bemerkte das spöttische Lächeln in ihren Augen. »Da hätte ich mich doch fast in ein verlustreiches Unternehmen eingelassen.«

Sidney nickte wohlwollend. »Erfolgreiche Schatzsuche erfordert nun mal mehr als nur Mut, Ausdauer und gute Ausrüstung. Monatelange wissenschaftliche Auswertung alter Dokumente ist immer noch der sicherste Weg zum Erfolg. Nur ist Schreibtischarbeit für Leute wie Sie vermutlich die schlimmste Tortur, die man ihnen zumuten kann, nicht wahr?«

»Sie sagen es«, räumte Richard ein.

»Nun, wenn ich in diesen Gewässern auf Schatzsuche gehen würde, wüßte ich schon, welches Schiff ich suchen würde«, sagte Sidney gedehnt und sich sehr wohl bewußt, welch kostbare Information er da anbot.

Richard beugte sich unwillkürlich vor. »Aber Sie hüten Ihr Geheimnis, ja?« fragte er gespannt.

Sidney griff zu seinem Glas, um die dramatische Pause auszudehnen. Schließlich sagte er: »Nein, ich erzähl' Ihnen gern, was ich weiß. Ich bin an diesen materiellen Werten nicht interessiert.«

»Kein Wunder bei dem Vermögen deiner Eltern«, spottete Karen. »Und wenn mich nicht alles täuscht, ist deine Frau auch nicht gerade arm in die Ehe mit dir gegangen.«

Sidney nahm ihr diese Anspielung nicht übel, sondern lachte herzhaft. »Ich gebe zu, daß ich mir diese Einstellung leisten kann, weil mein Vater so geschäftstüchtig war und meine Frau ein paar hübsche Aktienpakete geerbt hat. Aber das wird Richard weniger interessieren. Also zurück zu den Schatzgaleonen.«

»Nur zu«, forderte Richard ihn auf.

»Wenn Sie sich mit der Geschichte der spanischen Kolonien in Lateinamerika beschäftigt haben«, fuhr Sidney fort, »dann wird Ihnen das Jahr 1641 bestimmt etwas sagen.«

»War das nicht das Jahr, als die Nueva España Flota unterging?«

»Ja, die Neuspanien-Flotte und die Armada de Barlovento. Es war der 27. September, als sie Opfer eines Hurrikans wurden, ein schwarzer Tag für die spanische Krone, denn vom pünktlichen Eintreffen dieser Schatzflotten hing in der Heimat in jener Zeit unheimlich viel ab. Traf eine Flotte ein, zwei Monate später ein als geplant, begann der Hof das schon empfindlich zu spüren, denn die Gelder waren fest verplant und meist auch längst ausgegeben. Jeder Flottenverlust brachte das Reich an den Rand der Zahlungsunfähigkeit und des Bankrotts. Der Flottenkonvoi, der 1641 bei den Bahamas unterging, hatte offiziell Schätze im Wert von mehr als zwei Millionen Pesos an Bord. Gold, Silber und Juwelen dürften heute das Vierzigfache wert sein, den Sammlerwert gar nicht berücksichtigt.«

»Aber hat nicht Sir William Phips gut vierzig Jahre später den Hauptteil der Ladung geborgen?« fragte Richard.

»Das stimmt, aber ich will Ihre Nase ja auch nicht auf diese Flotte stoßen, sondern auf die MARAVILLA«, erwiderte Sidney.

Richard runzelte die Stirn. »MARAVILLA? Der Name sagt mir nichts.«

Sidney lächelte verständnisvoll. »Was mich auch nicht verwundert, denn das Schicksal der MARAVILLA ist wohl nicht mehr als einem halben Dutzend Historikern bekannt.«

»Dann klär uns mal auf«, bat Karen.

»Gern. Nach dem Untergang der Neuspanien-Flotte wurde in Havanna die 1000-Tonnen-Galeone MARAVILLA ausgerüstet und mit Schätzen beladen, um so schnell wie möglich Gold und Silber nach Spanien zu bringen, wo die Gläubiger dem Hof schon im

Nacken saßen. Zwei Millionen Pesos kamen natürlich nicht zusammen, sondern gerade vierhunderttausend«, berichtete Sidney. »Aber was die MARAVILLA für einen Schatztaucher interessant macht, ist nicht ihre offizielle Fracht, sondern die Tatsache, daß zu den Passagieren auch drei einflußreiche Edelleute gehörten, die lange genug in den reichen Kolonien gelebt und ihr Vermögen gemacht hatten und nun nach Spanien zurückwollten. Sie werden wissen, daß jeder Passagier genau angeben mußte, was er mit in die Heimat zurückbrachte, damit sich die Steuer davon eine satte Scheibe abschneiden konnte.«

Richard nickte. »Deshalb stimmten ihre Angaben mit den wirklichen Werten, die sie nach Spanien brachten, auch nie überein.«

Sidney neigte den Kopf ein wenig und fragte mit spöttischer Miene: »Wie hoch würden Sie den Wert ihrer persönlichen Gold- und Silberladung einschätzen, wenn ich Ihnen sage, daß diese drei Gentlemen den Wert ihres Vermögens im Manifest mit dreihundertvierzigtausend Pesos beziffert haben?«

Erregung durchflutete Richard. »Mindestens auf das Fünf- bis Sechsfache, wenn sie wirklich Männer von Rang und Einfluß waren und sicher sein konnten, daß ihnen die Steuerfritzen nicht so genau auf die Finger schauen wurden.«

Sidney verzog das Gesicht. »Don Antonio de Oqenso, Don Rodrigo Barrooso und Don Manuel Diaz waren Männer von Einfluß, mein Freund. Und wenn Sie den wahren Wert ihrer Fracht mit etwa anderthalb Millionen Pesos ansetzen, dann liegen Sie damit an der äußersten unteren Grenze. Zweieinhalb Millionen sind realistischer, wenn Sie meine Meinung wissen möchten. Zusammen mit der offiziellen Ladung ergibt das Gold, Silber und Juwelen für über drei Millionen Pesos. Umgerechnet in Dollar müssen da also mindestens hundertfünfzig Millionen liegen, denn die MARAVILLA ereilte dasselbe Schicksal – sie fiel einem Hurrikan und den Riffen zum Opfer.«

»Heilige Mutter Gottes!« rief Karen fassungslos. »Hundertfünfzig Millionen *Dollar?*«

»Sehr zurückhaltend geschätzt. Es können auch sehr gut dreihundert Millionen sein. Ein hübscher Batzen Geld, nicht wahr?« Sidney lächelte in die Runde.
Richard hatte einen ganz trockenen Mund. Er wagte gar nicht zu fragen, ob Sidney die ungefähre Stelle kannte, wo die MARAVILLA gesunken war. Einen Augenblick herrschte angespannte Stille an ihrem Tisch.
Sidney steckte sich eine Zigarette an und blies den Rauch zur Decke hoch. »Ich will Sie nicht auf die Folter spannen, Richard. Ich weiß, wo das Schiff gesunken ist, natürlich nicht auf zehn Quadratmeilen genau, doch den Papieren zufolge, die ich in Sevilla eingesehen habe, ist sie vor den *cayos de Matecumbe* gesunken.«
»Matecumbe Key!« stieß Richard hervor. »Das ist etwa auf halber Strecke zwischen Miami und Key West!«
»Genau. Dorthin sollten Sie Ihr Operationsgebiet verlegen, denn ein paar hundert Millionen sind die Suche wohl schon wert, finden Sie nicht auch?« Das Untertreiben machte ihm sichtlich Spaß.
Richard atmete laut aus und fuhr sich hastig über das Gesicht. Er war innerlich ganz aufgewühlt. »Ich weiß wirklich gar nicht, was ich sagen soll ... und wie ich Ihnen für Ihren Millionentip danken soll«, stotterte er verlegen und dachte mit Schrecken daran, daß er anfangs drauf und dran gewesen war, diesen Mann zu vergraulen.
»Indem Sie die Rechnung heute abend begleichen und mich rufen, wenn Sie das Wrack gefunden haben, was aber bestimmt nicht gerade leicht sein wird«, sagte Sidney großzügig und blickte auf seine Uhr. »Wird Zeit für mich, daß ich zum Flughafen fahre. Wenn ich in Washington bin, sehe ich meine Mikrofilme durch und schicke Ihnen alles zu, was mir damals über die MARAVILLA in die Hände gekommen ist. Viel ist es nicht, da ich mich ja mit anderen Dingen beschäftigt habe, aber es kann Ihnen doch vielleicht von Nutzen sein.«

»Das ist unheimlich nett von Ihnen, aber Spanisch ist nicht meine Stärke«, sagte Richard.

»Aber Karens zweite Muttersprache. Vielleicht können Sie sie überreden, Ihnen zu helfen.«

»Ich werde darüber nachdenken«, sagte Karen, doch ihr Lächeln strafte ihre zurückhaltende Antwort Lügen.

Sidney Pearson erhob sich. »Ich wünsche Ihnen viel Glück – und verfluchen Sie mich nicht, falls Sie nicht gleich in der ersten Woche schon auf das Wrack stoßen. Ich bin nur ein trockener Wissenschaftler. Sie müssen schon selbst entscheiden, ob Sie Jagd auf die MARAVILLA machen wollen oder nicht. Das Risiko kann Ihnen keiner abnehmen.«

Richard faßte Sidneys Hand mit beiden Händen. »Die Entscheidung ist schon gefallen, Sidney. Und bei diesem Projekt sind Sie als stiller Partner an den Funden beteiligt. Nein, ich bestehe darauf. Was Sie damit machen, ist Ihre Sache, aber beteiligt werden Sie.«

»Sie sind verrückt ...«

»Das muß man in meinem Job sein«, erwiderte Richard trocken.

Sidney lachte kopfschüttelnd. »Wir bleiben in Kontakt, Richard. Also dann, allzeit gut Luft da unten«, verabschiedete er sich.

»Ich kann's nicht glauben«, murmelte Richard, als er wieder auf seinen Stuhl sank. »Verschleudert einfach einen Tip, für den andere ein Vermögen zahlen würden.«

Karen musterte ihn amüsiert. »Habe ich zuviel versprochen, Richard? Nehmen Sie es mir immer noch übel, daß ich ihn gebeten habe, mit uns zu Abend zu essen?«

»Sie gehören übers Knie gelegt!«

»Zeigt ein Schatztaucher so seine Dankbarkeit?« spottete sie.

»Lassen Sie sich überraschen, Karen«, erwiderte Richard und winkte den Kellner heran, um zu zahlen. »Die Nacht ist noch jung, und wenn Sie nichts dagegen haben, machen wir jetzt eine fröhliche Tour durch die Nachtclubs von Miami.«

Es wurde in der Tat eine feucht-fröhliche Tour durch ein halbes

Dutzend Clubs und Discos. Und obwohl Richard nicht gerade ein eingefleischter Tänzer war, konnte er in dieser Nacht kaum von der Tanzfläche kommen. Endlich konnte er sie in seinen Armen halten, ihren Körper nah spüren und den Duft ihrer Haut einatmen.

Doch er nahm sich keine Freiheiten heraus, die über versteckte Zärtlichkeiten hinausgingen. Instinktiv spürte er, daß Karen nicht zu den Frauen gehörte, die sich schon nach dem ersten oder zweiten Treffen in Richtung Bett orientierten, und seltsamerweise fand er es ausgesprochen aufregend, denn die knisternde Erotik, deren sie sich zweifellos beide nur zu bewußt waren, übertraf alles andere, was er jemals in der Nähe einer Frau empfunden hatte.

Es war schon halb drei, als er sie im Taxi nach Hause brachte. »Warten Sie bitte«, sagte Karen zum Fahrer, als der Wagen vor dem Apartmenthaus hielt, und damit gab sie Richard gleichzeitig zu verstehen, daß sie nicht beabsichtigte, ihn zu einem letzten Drink oder Kaffee in ihre Wohnung zu bitten.

Richard brachte sie zur Tür. »Werden Sie sich mein Angebot überlegen?« fragte er. Karen hatte ihm erzählt, daß sie noch nie mit Flasche und Lungenautomat getaucht war, aber schon immer vorgehabt hätte, es zu lernen. Er hatte ihr sofort angeboten, sie im Tauchen zu unterrichten, und sie auf die GOLDDIGGER eingeladen. »Sie werden Ihre eigene Kabine haben. Und Skip, mein Captain, wird ein scharfes Auge auf mich haben und Anstandsdame spielen.«

»Sie meinen also, die bräuchte ich bei Ihnen?«

»Nein, aber Sie sollen wissen, daß ich Sie unbedingt und zu jedem Preis wiedersehen möchte – und zwar nicht nur für einen Abend.«

»Es ist ein sehr verlockendes Angebot, Richard, und Zeit hätte ich ja eigentlich. Aber lassen Sie mich darüber schlafen, ja? Morgen komme ich zum Hafen und gebe Ihnen Bescheid.«

Er seufzte. »Also wieder Minuten zählen«, scherzte er.

»Es war ein wunderbarer Abend mit Ihnen. Vielen Dank für alles ... und schlafen Sie gut«, sagte sie, stellte sich auf die Zehenspitzen und hauchte ihm einen Kuß auf die Wange. Dann verschwand sie schnell im Haus.
In dieser Nacht träumte Richard von einem Riff aus purem Gold und einer Art Meerjungfrau, die eindeutig Karens Züge trug.

12

Schillernde Regenbogenfarben liefen in schmalen leuchtenden Streifen quer über das knappe Bikinioberteil und das weiße Höschen mit dem hohen Beinausschnitt. Wassertropfen glitzerten auf der sonnengebräunten Haut.
Richard konnte seinen Blick nicht von Karens goldenem Körper nehmen. Man hätte denken mögen, daß er sich allmählich an ihren Anblick gewöhnt hätte, nachdem sie nun schon fünf Tage bei ihnen auf der GOLDDIGGER war. Doch dem war nicht so. Er war von ihrem Anblick, ihrer erfrischenden Natürlichkeit, ihrem Lächeln und ihrer erregenden Weiblichkeit immer wieder aufs neue überwältigt.
Als er einen gutmütig-spöttischen Blick von Skip auffing, der am Ruderstand lehnte und genüßlich eine Zigarette rauchte, gab er sich endlich einen Ruck und stieß sich von der Reling ab. Er ging zu Karen hinüber, die sich auf ihren Tauchgang vorbereitete. Sie hatte sich als begeisterte Tauchelevin erwiesen und die reine Technik im Handumdrehen gelernt. Was ihr nun noch fehlte, war Erfahrung.
»Kommst du klar?« fragte er.
Sie schraubte den Lungenautomaten auf den Tank und strahlte ihn dann an. »Ja, danke, Richard. Ich bin gleich fertig. Von mir aus können wir los.«
»Scheint so, als könntest du gar nicht schnell genug hinunterkommen.«
»Kann ich auch nicht«, gestand sie. »Du hast ja auch so von

diesem Riff geschwärmt. Jetzt brenne ich darauf, es mit eigenen Augen zu sehen.«

»Du wirst nicht enttäuscht sein«, versicherte er und reichte ihr die Neoprenjacke. »Es ist eines der größten und schönsten Riffe, die es in dieser Gegend gibt. Zum Glück ist es zu weit von Key West entfernt, als daß die Leute von den Dive-Shops die Unterwassertouristen zu einem vernünftigen Preis hier rausbringen könnten. Wäre ein Zwei-Tage-Trip.«

»Dann nichts wie runter«, sagte Karen, schloß den Reißverschluß, zog die Rückenlasche durch die Beine hindurch und verhakte sie am Vorderteil. Richard stellte zum wiederholten Mal fest, daß es scheinbar völlig gleichgültig war, was Karen trug – sie sah in allem hinreißend aus. Und er glaubte nicht, daß seine brennende Verliebtheit ihm sein kritisches Urteilsvermögen geraubt hatte.

»Vergiß nicht, mehr Bleigewichte auf den Gürtel zu schieben«, erinnerte er sie. »Heute morgen bist du ohne Jacke getaucht. Die Luftblasen im Neopren haben einen ganz schönen Auftrieb.«

»Okay«, sagte Karen fröhlich.

Richard half ihr wenig später, das Rückengestell mit der Sauerstoffflasche anzulegen und den Sitz von Rettungsweste und Bleigurt zu prüfen. »Druck okay? Maske klar? Flossen fest?« fragte er.

Karen nickte.

»Dann ab mit dir! Ich komme gleich nach. Und denk nachher daran, daß du die Finger von den Feuerkorallen läßt. Am besten fäßt du gar nichts an. Okay!«

»Okay!« kam es undeutlich aus ihrem Mund, denn sie biß schon auf das Gummi des Lungenautomaten. Sie stieß sich vom Gitter ab und klatschte in das türkisgrüne Wasser. Wie sie es von ihm gelernt hatte, schwamm sie geradewegs zur Ankerleine und wartete dort auf ihn, während sie noch einmal ihre Ausrüstung kontrollierte und sich gedanklich auf den Abstieg vorbereitete.

Richard fuhr schnell in Neoprenhosen und -jacke. »He, Coffee! Weißt du, wo die Schreibtafel geblieben ist?«
»Vielleicht hast du ihr einen Unterwasserliebesbrief geschrieben, und die Tafel liegt jetzt in der Schublade bei ihren Negligés«, zog Coffee ihn auf.
Richard ging nicht darauf ein, wußte er doch, daß Karen die Herzen seiner Partner im Handumdrehen erobert hatte, was Skip und Coffee aber nicht daran hinderte, ihn aufzuziehen. »Tu mir bitte den Gefallen und schau mal auf dem Kartentisch nach. Ich glaube, da habe ich sie vorhin gesehen.«
»Aye, aye, Herzensbrecher«, sagte Coffee und ging unter Deck.
Skip schnippte seine Zigarettenkippe über Bord und reichte Richard den Tank an. »Hör mal, Richie«, sagte er zögernd.
»Ja, Skip?«
»Ich will dir ja nicht den Spaß verderben, und Karen ist wirklich ein patenter Kerl für eine Frau«, sagte er und kratzte sich das Kinn, das täglich glatt rasiert war, seit Karen bei ihnen an Bord war.
»Aber?« fragte Richard, spuckte in seine Maske und verrieb den Speichel innen auf dem Glas, damit es unter Wasser nicht beschlug.
»Carlos und Murphy warten in Key West auf uns. Die Woche ist längst rum, Richie. Es wird Zeit, daß wir wieder mit der Arbeit anfangen«, ermahnte er ihn sanft, aber doch nachdrücklich.
Richard grinste schief. »Hab' euch wohl die letzten Tage eine Menge zugemutet, was?«
Skip zuckte die Achseln. »Du hättest besser daran getan, uns noch nichts von der MARAVILLA zu erzählen. Aber du hast es getan, und natürlich sind Coffee und ich scharf darauf, loszulegen und dieses Wrack zu suchen. Du etwa nicht?«
Richard atmetete tief durch. Er fühlte sich hin- und hergerissen. Einerseits brannte er wie seine Freunde darauf, sich auf die Suche nach dem sagenhaften Schatz der MARAVILLA zu machen, andererseits ertrug er den Gedanken nicht, Karen nicht bei sich

zu wissen – und dabei hatte er sie noch nicht einmal richtig geküßt!
Aber Skip hatte recht mit dem, was er in seiner Ermahnung hatte durchblicken lassen. Sie waren ein Team, und jeder mußte auf den anderen Rücksicht nehmen – bis zu einem gewissen Punkt. Er hatte Skips und Coffees Verständnis lange genug strapaziert. Es war wirklich an der Zeit, sich wieder ihrer gemeinsamen Aufgabe und Zielsetzung zu besinnen.
»Skip, morgen nehmen wir Kurs auf Key West!« beschloß er, so schwer es ihm auch fiel, damit das Ende seiner wunderbaren Tage mit Karen festzulegen. »Und wenn wir Treibstoff und Proviant gebunkert und Carlos und Murphy an Bord genommen haben, geht es hoch nach Matecumbe Key – und der MARAVILLA ans Eingemachte.«
Skip machte einen sichtlich erleichterten Eindruck. »Das ist ein Wort, Richie!«
Coffee erschien an Deck und schwenkte die Schreibtafel. »Weißt du, wo das blöde Ding war?« rief er.
»Im Toaster?« fragte Skip aufgekratzt.
»Warm, aber nicht heiß genug.«
»Wo steckte es dann?« wollte Richard wissen.
»Es lag unter Karens Kopfkissen«, erklärte Coffee mit einem breiten Grinsen. »Was draufstand, habe ich schnell ausgewischt, Richie. Das wäre dir doch nur zu Kopf gestiegen.«
»Pfeife!« erwiderte Richard lachend, hängte sich die Tafel an den Gürtel und fuhr in die Flossen.
»Seht bloß zu, daß ihr da unten keinen Tiefenrausch bekommt! Und Sex in vierzig Fuß Tiefe soll geradewegs zum Gehirnschlag führen, also Vorsicht«, frotzelte Coffee, als Richard die Maske vors Gesicht zog, sie festhielt und sich plötzlich rückwärts ins Wasser fallen ließ.
Er schwamm zu Karen, die sich mit einer Hand an der Ankerleine festhielt und schon zum Riff hinunterschaute. Er berührte sie am Bein, und sie schreckte zusammen.

Richard schrieb auf die Tafel: *Wir gehen runter. Bleib immer an meiner Seite!*, hielt sie ihr hin und sah sie fragend an.
Karen nickte und formte in der Tauchersprache das Unterwasser-Okay-Zeichen.
Richard überprüfte noch einmal ihre Sauerstoffanzeige, knickte dann in der Hüfte ein und tauchte langsam hinab, so daß Karen ihm gut folgen konnte. Für eine Anfängerin hatte sie erstaunlich wenig Schwierigkeiten mit dem Druckausgleich. Nicht einmal mußten sie ihren Abstieg unterbrechen, weil sie ihre Ohren nicht freikriegte. Mit einer angeborenen Eleganz und Leichtigkeit schwamm sie neben ihm her – hinunter in die Zauberwelt des Riffes.
Schräg fiel das Sonnenlicht in hellen Bahnen durch das kristallklare Wasser und tauchte den oberen Teil des Riffes in einen warmen Schein, der die farbige Vielfalt von Flora und Fauna mit atemberaubenden Tönen zur Geltung brachte. Weiter tiefer sog die Tiefe eine Farbe des Spektrums nach der anderen auf und ging in ein ewiges Graublau über, wo auch das Kleid des buntesten Fisches nur noch aus verschiedenen Grauschattierungen bestand.
Doch Richard führte sie nicht tiefer als dreißig, vierzig Fuß, wo das Riff seine ganze bezaubernde Wunderwelt an Farben und Formen entfaltete. Vorbei an den verschiedensten Arten von Korallen, die wie filigrane Fächer oder aber in mächtigen Blöcken aufragten. Bräunliche Feuerkorallen mit ihren bräunlichen Netzdiademen, Hirschhornkorallen und Tischkorallen mit ihren steinharten Verästelungen. Dazwischen zarte Algen und Gewächse, die die Felsen bedeckten und sich zu wiegen schienen. Daneben Schwämme und die schaufelartigen Zweige der Elchhornkoralle. Dazu ein Kaleidoskop schillernder Fische vom kleinen Engelsfisch bis hin zum mächtigen Zackenbarsch, der majestätisch seine Bahn zog.
Staunend folgte Karen ihm durch diesen zerklüfteten Unterwassergarten und erlebte erneut das Phänomen, daß die Zeit in dieser

fremden, atemberaubenden Welt einem anderen Rhythmus zu folgen schien.
Richard tauchte zu einem Gewirr von Spalten hinunter und machte sie auf eine Muräne aufmerksam, deren langer grüner Leib sich gerade durch ein Labyrinth kleiner Grotten wand und im Dunkel einer Spalte verschwand. Unter einem Überhang entdeckten sie eine Kolonie Hummer. Ihre langen Fühler bewegten sich tastend hin und her. Ein kleiner Rochen, der gut getarnt unter einer dünnen Sandschicht gelegen hatte, stob aufgeschreckt davon. Wie ein Vogel mit ausgebreiteten Schwingen schien er über dem Boden dahinzuschweben.
Es war Karen, die eine halbe Stunde später den Schatten aus der Tiefe zu ihnen heraufschießen sah. Sie stieß Richard an und deutete nach rechts. Er erschrak, als er den langen, schlanken Leib und die scharfe Rückenflosse sah. Ein Hai! Wie ein Torpedo zog er über die Korallen hinweg und kam schnell näher, hielt dann aber Abstand und zog Kreise, als würde er sie belauern. Es war ein Weißspitzenhai. Die weißen Spitzen an den Flossen des Raubtieres waren gut zu erkennen. Richard schätzte seine Länge auf über zwölf Fuß. Er konnte ihnen gefährlich werden, wenn er hungrig war und sie für schmackhafte Beute hielt. Jetzt hieß es Ruhe bewahren und kaltblütig sein.
Karen wollte unwillkürlich aufsteigen, doch Richard packte sie am Fuß und hielt sie fest, drängte sie zur Riffwand. Dort waren sie am sichersten. An der Oberfläche war ein Mensch so gut wie wehrlos und leichte Beute für einen angriffslustigen Hai.
Mit aufgerissenen Augen starrte Karen auf den Hai, dessen unruhige Kreise immer enger wurden und ihn näher an sie heran brachten.
Hastig kritzelte Richard auf die Schreibtafel: *Unbedingt im Schutz der Korallenwand bleiben! Nicht bewegen! Ruhig atmen! Bloß nickt aufsteigen. Hier am sichersten!*
Sie machte das Okay-Zeichen, und Richard war erleichtert, als er keine Panik in ihren Augen sah, nur Anspannung. Dann wandte

er seine Aufmerksamkeit sofort wieder dem Hai zu und überlegte fieberhaft, was er tun konnte, um sie sicher zur GOLDDIGGER zu bringen. Daß Haie Menschen anfielen, geschah höchst selten, auch wenn die Sensationspresse mit schöner Regelmäßigkeit das Gegenteil behauptete und ihre Leser mit Gruselgeschichten über menschenfressende Haie fütterte. Doch daß sie eine nicht zu unterschätzende Gefahr für jeden Taucher darstellten, war nicht zu leugnen.

Was sollte er bloß tun?

Der Hai wurde neugieriger und kam nun zielstrebig auf sie zu. Richard spuckte das Mundstück aus und stieß einen gellenden Schrei aus, ein Abschreckungsmanöver, das sich in solchen Situationen schon oft bewährt hatte.

Auch diesmal verfehlte der Schrei seine Wirkung nicht. Der Hai drehte sofort ab und schoß wie ein Düsenjäger nach links weg. Eine große Fächerkoralle wurde vom heftigen Schlag seiner Schwanzflosse zertrümmert, als er dieses abrupte Ausweichmanöver ausführte. Doch er dachte nicht daran, sie in Ruhe zu lassen. Er belauerte sie weiter.

Richard warf einen schnellen Blick auf Karens Sauerstoffanzeige. Sie hatte noch Luft für knapp fünfzehn Minuten. Also nicht mehr viel Zeit, die ihnen blieb, um den Hai abzulenken. Er wünschte, er hätte eine der schweren Harpunen mitgenommen oder zumindest einen Haistock. Ein Stich in seine empfindliche Riechgrube hätte vielleicht genügt, um ihn davonzujagen. Doch es nützte nichts, sich lange mit Wenn und Aber aufzuhalten. Ihm mußte etwas einfallen, und zwar verflixt schnell.

Er hatte auf einmal eine Idee. Schnell fuhr er aus seinen Flossen und drückte sie Karen in die Hand. Dann zog er hastig seine Neoprenhose aus, was unter Wasser bedeutend einfacher ging als über Wasser. Er hob die Hose über seinen Kopf, stieß sich vom Riff etwas ab und gab sie dann frei, um schnell wieder zurück in die Riffnische zu kommen, wo sie Schutz gesucht hatten.

Die im Neopren eingeschlossene Luft bewirkte, daß die Hose

schnell aufstieg. Richard bezweckte damit zweierlei. Er hoffte, daß die aufsteigende Hose die Aufmerksamkeit des Hais für eine Zeitlang von ihnen ablenken würde. Aber auch wenn er sie nicht beachten sollte, würden Coffee und Skip doch sofort wissen, daß etwas nicht stimmte, wenn sie die Hose auf der Oberfläche treiben sahen. Einer von ihnen war auf Beobachtungsposten wenn sie tauchten. Das hatten sie sich zur Gewohnheit gemacht.

Die Neoprenhose schwebte keinen Fuß unter der Wasseroberfläche, als der Hai reagierte. Wie ein Geschoß schnitt er durch das Wasser, riß das Maul mit den Reihen messerscharfer Zähne auf und trennte mit einem Biß ein Bein ab.

Richard hoffte, daß Coffee oder Skip den Hai inzwischen bemerkt hatte, der nun erneut auf die Hose losging. Diesmal biß er sie mittendurch, und ein Schauer durchlief Richard, als er sich vorstellte, er steckte noch in der Hose.

Die Minuten krochen entsetzlich langsam dahin.

Dann kamen Coffee und Skip. Fast senkrecht stießen sie hinab. Jeder von ihnen war mit zwei Preßluftharpunen bewaffnet. Sie blieben nahe zusammen, um den Hai notfalls gemeinsam mit einer Attacke erledigen zu können. Dann entdeckten sie Richard und Karen und stiegen zu ihnen hinab.

Coffee grinste verzerrt und deutete mit dem Daumen nach oben. Richard nickte und nahm Karen an die Hand. Ganz langsam stiegen sie auf, während Coffee und Skip mit schußbereiten Harpunen an ihrer Seite blieben. Doch der Hai kümmerte sich nicht mehr um sie. Er war dem treibenden Neoprenfetzen gefolgt.

Unangefochten erreichten sie die GOLDDIGGER und stiegen am Gitter hoch.

Richards erste Sorge galt Karen, als sie das sichere Deck unter den Füßen hatte. »Bist du okay?« fragte er.

Karen nahm die Maske ab und öffnete ihre Jacke. Sie sah etwas blaß aus. »Ja, ich bin in Ordnung. Mein erster Hai! Puh, das war

ganz schön aufregend!« stieß sie hervor. »Hast du gesehen, wie er die Hose zerfetzt hat?«
»Und ob ich das gesehen habe«, sagte Richard grimmig und steckte sich eine Zigarette an.
»Auf diese Art von Aufregung kann ich verzichten«, meinte Skip.
»Danke für eure Hilfe«, sagte Richard. »Wir hatten gerade noch Luft für zehn Minuten.«
»Die Idee mit der Hose war nicht übel«, meinte Coffee anerkennend. »Hätte glatt von mir sein können.«
»Irgendwie war es faszinierend, so einen Hai aus der Nähe zu erleben ... auch wenn ich Angst gehabt habe«, gestand Karen.
»Na, ich weiß nicht«, sagte Coffee skeptisch. »Mir jedenfalls würde nichts fehlen, wenn ich nie wieder einen zu Gesicht bekäme. Wenn sie meist auch nicht angreifen, unheimlich sind mir die Biester doch. Weil man eben nie weiß, an was für einen Burschen man da geraten ist.«
»Zum Glück ist es ja gutgegangen«, sagte Richard. »Ich schlage vor, wir packen für heute zusammen und nehmen Kurs auf Key West. Bis zu den Marquesas werden wir es heute doch noch schaffen, oder?«
Skip warf einen Blick auf die Sonne, die sich schon dem westlichen Horizont zuneigte. »Ich denke doch.«
Während Karen sich in die Achterkabine begab, um sich zu duschen und umzuziehen, verstauten die Männer die Taucherausrüstung und holten den Anker ein. Zwanzig Minuten später pflügte die GOLDDIGGER schon mit rauschender Bugwelle durch die ruhige See.
Richard ging in den Salon und machte zwei Drinks. Dann klopfte er an die Tür zu seiner Kabine, die er Karen für die Dauer ihres Aufenthaltes an Bord seines Trawlers überlassen hatte.
»Karen?« rief er. »Ich hab' hier einen Drink für dich.«
»Komm nur rein, Richard.«
Er stieß die Tür auf. Dämmerlicht herrschte in der Kabine, die in Mahagoni getäfelt war. Auf dem Bett hatte Karen frische Shorts,

T-Shirt und hauchzarte Unterwäsche zurechtgelegt. Er zögerte daher.

Karen kam aus dem kleinen Bad, ein großes Badetuch um ihren Körper geschlungen.

»Entschuldige, ich wußte nicht, daß du noch nicht fertig warst.« Sie lächelte. »Ich habe etwas getrödelt.«

Er sah sie an, und etwas in ihren Augen veranlaßte ihn, die beiden Gläser auf die abgeklappte Schreibplatte zu stellen. Nur ein Schritt trennte sie. Einer spontanen Eingebung folgend, trat er auf sie zu und legte seine Arme um sie, zog sie sanft an sich.

Einen Augenblick blickten sie sich an, und Worte waren unnötig. Er las in ihren Augen dasselbe Verlangen, das ihn erfüllte, und er beugte sich zu ihr hinunter und küßte sie. Sie erwiderte den leidenschaftlichen Druck seiner Lippen, schlang ihre Arme um seinen Nacken und preßte sich an ihn. Ihre Zungen trafen sich. Zärtlich glitten seine Hände über ihre Schultern.

Dann trat Karen zurück, löste das Badetuch und ließ es zu Boden fallen. Nackt stand sie vor ihm und lächelte ihn ohne Scham an. Sein Blick ruhte auf ihrem Körper, der so makellos war, wie er ihn sich schöner und erregender nicht hätte vorstellen können.

»Du siehst wunderbar aus«, sagte er fast andächtig und streckte die Hände nach ihr aus. Seine Stimme war belegt vor Erregung. Seine Fingerkuppen strichen über ihre Hüften, wanderten über ihren flachen Bauch und glitten hoch zu ihren vollen Brüsten. Ihre Haut fühlte sich wie Samt und Seide an. Es erschien ihm wie ein Traum, als er ihre Brüste liebkoste, deren Knospen unter seinen Händen hart wurden.

»Ich möchte dich lieben, Richard«, flüsterte sie, nahm seine Hand, küßte sie und führte ihn zum Bett. Ohne Hast schlug sie die Decke zurück.

Er trug noch immer seine Badeshorts, die er nun schnell abstreifte. Augenblicke später lagen sie in inniger Umarmung auf dem Bett und vergaßen die Welt um sich herum, das Dröhnen der Dieselmotoren und die Bewegungen des Bootes. Zärtlich und mit

immer drängenderer Leidenschaft erkundeten sie den Körper des anderen, verwöhnten sich gegenseitig mit Händen, Mund und Zunge, bis sie die Erregung nicht länger ertragen konnten.
Schließlich streckte sich Karen auf dem kühlen Laken aus, öffnete sich für ihn und zog ihn zwischen ihre schlanken, muskulösen Beine. »Komm jetzt, bitte!«
Einen Augenblick kniete Richard über ihr, bewunderte ihren goldenen sinnlichen Körper, den sie ihm darbot, während ihre Hände sein steifes Glied streichelten und verlangend umfaßten. Dann senkte er sich über sie und drang in sie ein.
Mit einem leisen Stöhnen, in dem Erlösung und Lust lagen, nahm sie ihn in sich auf und drängte ihm ihr Becken entgegen, voller Ungeduld, ihn tief in sich zu spüren und ihn mit ihrer Hitze zu umfangen, während er sich vorbeugte und ihre linke Brust mit seinen Lippen umschloß.
»Oh, Richard! ... Richard!« keuchte sie lustvoll und vergrub ihre Hände in seinem salzigen Haar. Ihre Körper verschmolzen, wurden eins und folgten dem wilden Rhythmus ihrer Leidenschaft.
Als er sich schließlich in ihr verströmte, kam auch sie. Sie bäumte sich unter ihm auf, klammerte sich an ihn und erstickte ihr wollüstiges Stöhnen an seiner Schulter.
Später dann lag sie erschöpft und glücklich an seiner Brust, streichelte ihn zärtlich und kostete die Nachglut ihrer Liebe aus.
»Ich glaube, ich habe dich vom ersten Tag an geliebt«, sagte Richard nach einer Weile.
Sie hob den Kopf und lächelte ihn an. »Ich konnte dich auch nicht vergessen. Dabei fühlte ich mich ziemlich elend, und es waren doch nur ein paar Minuten, die wir miteinander gesprochen haben. Ist das nicht komisch?«
»Ich finde es wunderbar«, sagte er.
»Ich habe mich noch nie so wunschlos glücklich gefühlt wie in den letzten fünf Tagen ... und ganz besonders jetzt«, sagte sie mit einem wohligen Seufzer. »Ich wollte dich schon viel eher, Richard. Schon in Miami wollte ich dich. Du hättest mich nur an

dich zu ziehen und mich zu küssen brauchen, und ich hätte dir nicht widerstehen können.«

»So? Das sah mir aber anders aus. Ich habe jedenfalls nicht gewagt, dir auch nur einen richtigen Kuß zu rauben.«

»Bereust du es?«

»Jetzt nicht«, sagte er schmunzelnd und küßte sie aufs Haar.

»Ich bin wirklich froh, daß wir uns zunächst etwas bezähmt haben. Ich wollte mir erst meiner Gefühle für dich sicher sein«, erklärte sie ernst.

»Und das bist du jetzt?«

»Ja, Richard, ich liebe dich«, sagte sie ernst.

»Ich liebe dich, Karen.«

»Ich möchte ein Kind von dir«, sagte sie versonnen.

Richard richtete sich unwillkürlich auf. »Himmel, du hast doch wohl nicht ...«

Karen verschloß seinen Mund mit ihren warmen Lippen und sagte dann belustigt: »Keine Sorge, es kann nichts passieren. Ich habe vorgesorgt. Aber es stimmt, ich möchte gern ein Kind von dir ...«

Er fuhr ihr zärtlich über das Gesicht. Der Gedanke an Kinder war ihm immer fremd gewesen, als er mit Ashley verheiratet gewesen war – auch in ihrer guten Zeit. Doch jetzt bereitete ihm der Gedanke, mit Karen ein Kind zu zeugen, Freude. »Du hast recht, ein Kind wäre etwas Wunderschönes, Karen. Aber wir sollten damit warten, bis ich die MARAVILLA gefunden habe.«

»Und wann wird das sein?« fragte sie.

»Weihnachten behänge ich dich schon mit dem Schmuck der drei vornehmen Spanier, die die Steuer so dreist übers Ohr hauen wollten«, versicherte er überschwenglich.

»Na,« sagte sie nur skeptisch.

»Glaubst du nicht an mich?« fragte er und gab sich empört.

Sie gab ihm einen Kuß. »An dich glaube ich schon, nicht jedoch an die Genauigkeit von Sidneys Dokumenten, was er ja selber zugibt. Die Angaben sind reichlich dürftig.«

Richard machte eine lässige Handbewegung. »Wir werden die Schatzgaleone schon aufstöbern, darauf hast du mein Wort. Wir sind ein verdammt gutes Team. Wir haben auch die SANTO CRISTOBAL gefunden, nach der Redcliff so lange vergeblich gesucht hatte. Ich sag' dir, in nicht allzu ferner Zukunft stoße ich auf das Goldriff, von dem ich schon all die Jahre geträumt habe.«
»Und was machst du dann mit all dem Geld?« wollte sie wissen.
Die Frage ließ ihn stutzen. »Was ich damit mache? Keine Ahnung. Das Geld interessiert mich eigentlich gar nicht. Okay, ein bißchen was zu haben, um nicht mit leeren Taschen und trockenen Tanks dazustehen, ist schon in Ordnung. Aber sonst reizt mich das Geld nicht, Karen. Was mich reizt, ist die Herausforderung, das freie Leben, das Abenteuer. Mein Gott, das Leben ist keine Generalprobe. Es ist uns nur einmal gegeben, und ich will es auskosten, auf meine Weise – mit dir.«
»Ja«, sagte Karen mit einem Seufzer und schmiegte sich an ihn.
»Ich darf jedoch nicht daran denken, daß dies schon das Ende ist und wir morgen in Key West anlegen«, sagte er mit bedrückter Stimme. »Mir ist so, als hätte ich etwas einmalig Kostbares gefunden, nach dem ich mich insgeheim schon immer gesehnt habe, das ich nun gleich wieder hergeben soll. Ich möchte, daß du neben mir liegst, wenn ich morgens aufwache, Karen, und nicht nur morgen.«
»Ja, das möchte ich auch ...«
»Und ich möchte dich lachen sehen, wenn ich nach einem Tauchgang wieder an Bord komme, dich berühren und in meiner Nähe wissen. Der Gedanke, daß wir uns morgen schon wieder trennen müssen, ist mir unerträglich.«
Sie zögerte einen Augenblick. »Wir müssen uns nicht trennen, Richard.«
»Wie meinst du das?«
»Ich bin frei. Ich kann tun und lassen, was ich will, und was ich am meisten will, ist, bei dir zu sein.«
Freudige Erregung packte ihn. »Willst du damit sagen, daß du bei

uns bleiben und mit mir auf die Suche nach der MARAVILLA gehen willst?« fragte er aufgeregt.
Sie nickte. »Ja, unheimlich gern. Natürlich nur, wenn du mit Coffee und Skip deswegen keinen Ärger bekommst.«
»Die hast du doch jetzt schon um den kleinen Finger gewickelt!« Er lachte und nahm sie in seine Arme. »Karen, Liebling! Ich kann es gar nicht glauben.« Ihre Brüste streiften seine Brust, und das Verlangen, sie erneut zu heben, durchströmte ihn.
Karen drückte ihn zurück in die Kissen. »Ich stelle jedoch eine Bedingung«, sagte sie mit einem versteckten Lächeln, während ihre Hände seine erstarkte Männlichkeit umschlossen.
»Du siehst, ich gebe mich ganz in deine Hände. Was willst du mehr?«
»Daß ich nicht das Maskottchen bin, sondern genauso gleichberechtigt arbeiten und tauchen darf wie jeder andere an Bord der GOLDDIGGER auch«, verlangte sie.
»Du willst also mal oben und mal unten sein«, stellte Richard mehrdeutig fest und stöhnte auf, als er den warmen Hauch ihres Atems und dann ihren heißen Mund spürte, »und an alles deine zarten Hände legen, ja?«
»So ist es.«
»Und wonach ist dir jetzt zumute?«
»Nach oben, mein Liebling«, flüsterte sie und ließ sich auf ihm nieder.
Richard verzehrte sie förmlich mit seinen Blicken, als sie sich auf ihm zu bewegen begann, und er wußte in diesem lustvollen Augenblick, daß er nicht nur sein privates Glück gefunden hatte, sondern auch den sagenhaften Schatz der MARAVILLA dem Meer entreißen würde. Denn er wollte seinen Samen in Karen pflanzen und ein Kind zeugen. Bald schon.

DRITTER TEIL

1 Drei dicht zusammenstehende Palmen überragten den flachen marineblauen Schuppen, der hinter der Pier mit den Benzin- und Dieselzapfsäulen lag und die schon verblichene Aufschrift trug: *Matecumbe Marine Land – Gas & Service.* Nicht ein Palmenwedel bewegte sich an diesem brütendheißen Septembernachmittag, als Skip die GOLDDIGGER an die Pier mit der Dieselsäule legte und die Motoren ausschaltete. Kein noch so schwacher Windhauch kräuselte die Wasseroberfläche im Hafen. Glatt wie ein Spiegel glitzerte die See unter der unbarmherzigen Sonne.
Es dauerte eine Weile, bis sich jemand zu ihnen hinausbemühte. Endlich wurde die Tür aufgestoßen. Ein schlaksiger Mann um die Dreißig in einem blauen Overall und mit einer roten Pudelmütze auf dem Kopf kam aus dem Schuppen. Gemächlich schlenderte er zu den Zapfsäulen herüber.
»Hallo, Jessy!« rief Richard und sprang auf die Pier.
»He, Richie.«
»Höllisch heiß heute, was?«
Jessy zuckte die hageren Schultern und lehnte sich gegen die Zapfsäule. »'nen Iglu könnteste nicht bauen bei diesem Wetter«, meinte er.
»Aber offenbar immer noch nicht heiß genug, als daß du auf deinen Eierwärmer verzichten würdest«, frotzelte Richard und deutete auf seine warme Mütze. Er konnte sich nicht erinnern, Jessy Oakes in den letzten beiden Jahren auch nur einmal ohne seine rote Pudelmütze gesehen zu haben – egal wie hoch die Temperaturen auch geklettert waren.

Jessy grinste. »Was gegen Kälte gut ist, ist auch gegen Hitze gut.«
Richard schüttelte den Kopf.
»Ist dein Schweiß, den du da vergießt, Jessy.«
»Wollt ihr wieder raus?«
»Ja, morgen früh«, sagte Richard und deutete mit dem Kopf auf den Trawler. »Sei so gut und füll sie auf, Jessy.«
»Kann ich nicht, Richie.«
»Wie bitte?«
»Tut mir leid, aber für die GOLDDIGGER gibt es keinen Tropfen Diesel mehr«, bedauerte Jessy Oakes.
Richard sah ihn ungläubig an. »Das kann doch nicht dein Ernst sein!«
»Doch, leider. Direkte Order vom Boß.«
»Ist er da?«
Jessy nickte. »In seinem Büro. Aber tritt ihm nicht auf die Zehenspitzen, Richie. Das ist heute nicht sein Tag. Du weißt ja, daß er die Hitze so sehr liebt wie 'n Eisbär die Sauna.«
»Schon gut, Jessy«, brummte Richard.
»Was steht an?« rief Skip ihnen vom Boot zu.
»Ärger«, gab Richard knapp zurück und begab sich in das Büro von Colin McCall, dem Besitzer der Tankstelle. Er war ein übergewichtiger Mann von untersetzter Gestalt mit fast albinoblondem Haar. Er mied die Sonne so sehr wie der Teufel das Weihwasser. Die Jalousien waren heruntergelassen, und die Klimaanlage ratterte auf vollen Touren. Nach der Hitze draußen kam sich Richard bei ihm wie in einem Eiskeller vor.
»Jessy sagt, ich kriege kein Diesel mehr bei dir«, kam Richard sofort zur Sache.
Colin McCall lehnte sich zurück. »Du kriegst von mir jede Menge Diesel, Richard«, erwiderte er. »Wenn du dafür bezahlst. Aber auf Kredit läuft nichts mehr.«
»Hör mal, Colin!« sagte Richard eindringlich. »Wir sind jetzt schon zwei Jahre mit dir im Geschäft, und du wirst doch wohl

nicht leugnen wollen, daß du an uns verdammt gut verdient hast, oder?«
»Hab' ich das behauptet?«
»Nein, aber du verhältst dich so, als hättest du Angst, du könntest an mir ein paar lausige Dollar verlieren«, sagte Richard ärgerlich.
Eine Unmutsfalte zeigte sich auf Colin McCalls blasser Stirn.
»Ein paar lausige Dollar?« Er schnaubte ärgerlich, klappte einen kleinen Metallkasten auf seinem Schreibtisch aus und zog eine Rechnungskarte hervor. »Du stehst bei mir mit eintausendeinhundertsechs Dollar in der Kreide. Für dich mag das ein lächerliches Taschengeld sein, wenn du mal den großen Fund gemacht hast, mein Freund, aber für mich ist ein Riese noch immer ein Riese und nicht ein paar lausige Dollar!«
»Okay, okay, in den letzten Wochen bin ich was knapp gewesen«, räumte Richard ein.
»Zu knapp für meinen Geschmack!«
»Aber wir sind am Ball, Colin!« beteuerte Richard. »In ein paar Wochen kann das schon wieder ganz anders aussehen. Du weißt doch, wie das in unserem Job geht. Mal gibt es lange Durststrecken, und dann holen wir wieder ordentlich was hoch.«
Colin McCall verzog das Gesicht. »Mir brauchst du nichts zu erzählen, Richard. Du bist nicht der erste Schatztaucher, mit dem ich Geschäfte gemacht habe und dem zu lange Durststrecken das Genick gebrochen haben. Du kannst mir auch nicht nachsagen, daß ich nicht großzügig gewesen bin. Ich habe dir tausend Dollar Kredit eingeräumt, aber das ist die Grenze. Jetzt gibt es Sprit nur noch gegen Bares auf die Kralle. Tut mir leid, aber da bin ich hart.«
»Ohne Treibstoff liegen wir fest!« beschwor Richard ihn. »Und dann kannst du die tausend Dollar auch in den Wind schreiben.«
»Immerhin hast du noch das Boot«, erwiderte Colin kühl, »und einiges an Ausrüstung. Ich hol' mir meine tausend Dollar schon, darauf kannst du dich verlassen. Wenn du deine Schulden nächsten Monat nicht bei mir beglichen hast, werde ich mich gezwun-

gen sehen, bei dir pfänden zu lassen. Also sieh zu, daß du irgendwie Geld auftreibst!«

»Und das ist dein letztes Wort?«

»Absolut!«

Ohne eine Erwiderung wandte sich Richard ab und knallte die Tür wütend hinter sich zu. Verdammt, er saß in der Klemme. Seine Barreserven waren bis auf ein paar Dollar verbraucht. Zwei Jahre waren nun schon vergangen, seit Sidney ihm den angeblich heißen Tip mit der MARAVILLA gegeben hatte. Zwei harte, arbeitsreiche Jahre, die zwar kleinere Funde gebracht hatten, nicht jedoch den sagenhaften Schatz der spanischen Schatzgaleone. Über fünfzigtausend Dollar hatte er in dieser Zeit ausgegeben, das ganze Geld, das er nach Abzug der Anwaltskosten für die Scheidung aus dem Verkauf seiner Anteile an Ron Milton erzielt hatte. Das Geld war dahingeschmolzen wie Butter in der Sonne.

Tiefe Niedergeschlagenheit erfüllte ihn, als er an Bord des Trawlers zurückkehrte. Coffee, Skip, Karen, Carlos und Murphy sahen ihn erwartungsvoll an.

»Colin hat uns den Hahn abgedreht, Freunde«, verkündete er. »Ich steh' bei ihm zu hoch in den roten Zahlen. Sieht so aus, als wär' das das Ende der Fahnenstange.«

»Ich hab' noch was auf der hohen Kante«, sagte Coffee. »Wenn wir zusammenlegen, kriegen wir die GOLDDIGGER schon wieder flott.«

»Ja, vielleicht für einen Wochentrip, aber dann stehen wir wieder mit leeren Taschen da«, sagte Richard bedrückt.

»Ich bin bereit, auf den Wochenlohn zu verzichten«, bot Carlos an.

Murphy schloß sich ihm nach kurzem Zögern an. »Wir könnten eine höhere Gewinnbeteiligung ausmachen.«

»Das ist schwer in Ordnung von euch, aber im Augenblick hilft uns das auch nicht weiter«, meinte Richard.

Karen sah ihn mitfühlend an. »Uns wird schon ein Ausweg

einfallen«, versuchte sie ihm Mut zu machen. »Du willst doch jetzt nicht aufgeben, oder?«
Richard verzog das Gesicht. »Manchmal hab' ich nicht schlecht Lust, die Brocken hinzuschmeißen, weil ich das verdammt ungute Gefühl habe, daß wir zwei verdammt lange Jahre ein Phantom gesucht haben.«
»Nein, das glaube ich nicht!« widersprach Karen. »Die MARAVILLA ist kein Phantom. Das Wrack liegt irgendwo da draußen. Und wir werden es finden.«
»Falls uns Redcliff nicht zuvorkommt«, warf Skip grimmig ein. Jerry Redcliff hielt sich auch in diesen Gewässern auf. Er hatte damals schnell Wind von ihrer Suche nach der MARAVILLA bekommen und sein Operationsgebiet auch in diese Gegend verlegt. Doch bisher war ihm genausowenig Erfolg beschieden gewesen wie ihnen, was aber nur ein schwacher Trost war.
»Wir werden eben Geld auf andere Weise verdienen müssen«, sagte Coffee.
Richard sah ihn gereizt an. »Und wie?«
Coffee zuckte die Achseln. »Die GOLDDIGGER ist ein Tauchboot, und wir haben eine Unmenge Wracks gefunden ...«, begann er.
»Ja, Wracks, die uns eine Menge Geld gekostet und nichts eingebracht haben«, erwiderte Richard.
»Es gibt genügend Sporttaucher, die versessen darauf sind, an solchen Wrackstellen zu tauchen, und auch gut dafür bezahlen«, gab Coffee zu bedenken.
»Du meinst, wir sollen die GOLDDIGGER zu einem Touristendampfer umfunktionieren?« fragte Richard mit gefurchter Stirn.
»Warum nicht?« fragte Coffee zurück. »Die Burschen zahlen für einen Tagestrip locker fünfzig Dollar, und wenn wir mit acht oder zehn Leuten rausfahren, machen wir an einem Tag fünfhundert Dollar. Natürlich kriegen wir das Boot wohl nicht jeden Tag voll. Aber bald beginnt hier unten die Hauptsaison, und dann könnten wir das Boot bestimmt zweimal die Woche voll kriegen.«

»Ich finde, das ist keine so üble Idee«, meinte Karen mit einem fragenden Blick auf Richard.
Richard war versucht zu sagen, daß er nicht im Traum daran dachte, Urlaubstaucher von Wrack zu Wrack zu schippern und den Unterwasserfremdenführer zu spielen. Aber er unterdrückte diesen Impuls, wußte er doch, daß Coffee es nur gut gemeint hatte. »Mal sehen«, antwortete er deshalb ausweichend. »Ich werde es mir durch den Kopf gehen lassen.« Er ging unter Deck, während Skip den Trawler zu ihrer Anlegestelle zurückbrachte, für den nächste Woche auch wieder die Monatsgebühr fällig war.
Karen folgte ihm. Sie schloß die Tür zu ihrer Kajüte, setzte sich zu ihm aufs Bett und nahm seine Hand. »Wir werden es schon irgendwie schaffen«, sagte sie. »Wir haben es bisher noch immer geschafft, Richard.«
»Ja, wir haben es geschafft, über fünfzigtausend Dollar und zwei Jahre zu verplempern, ohne einen einzigen handfesten Hinweis auf die Existenz der MARAVILLA zu finden«, sagte er bedrückt, und er dachte an das Versprechen, daß er ihr gegeben hatte: Wenn sie das Wrack fanden, würden sie ein Kind zeugen. Wie zuversichtlich waren sie damals gewesen. Nicht zu glauben, daß seit jenem Nachmittag, als sie sich das erstemal geliebt hatten, schon zwei Jahre vergangen waren. Jetzt im nachhinein erschienen sie ihm wie ein paar Wochen.
»Wir haben nicht einen Tag verplempert«, widersprach sie sanft, als wüßte sie, was ihm durch den Kopf ging. »Zwar haben wir das Wrack noch nicht gefunden, aber dennoch würde ich nicht auf einen Tag verzichten wollen.«
Er sah sie an und fragte sich, womit er das Glück ihrer Liebe nur verdient hatte. Der Rausch der Leidenschaft und das Verlangen, einander nahe zu sein und alles gemeinsam zu machen, war nicht geschwunden, sondern im Gegenteil noch stärker geworden. Ein Leben ohne Karen erschien ihm genauso unvorstellbar wie eine Rückkehr in das geregelte Leben eines Geschäftsmannes, wie er

es sieben Jahre lang in Virginia geführt hatte. »Wie hältst du es nur mit mir aus, Karen?«
»Ich liebe dich, Richard.«
»Du hättest ein besseres Leben verdient.«
»Ich habe mehr, als ich mir jemals erträumt habe«, gab sie zärtlich zurück.
»Wir sollten endlich heiraten«, sagte er unvermittelt.
Sie lächelte. »Kein noch so hübsches Papier kann das, was wir haben, noch schöner machen.«
Er seufzte. »Wie kannst du nur so stur sein.«
»Du weißt, was ich dir gesagt habe.«
»Ja, daß wir erst dann heiraten, wenn du schwanger bist. Und bis wir die MARAVILLA nicht gefunden haben, willst du dich nicht von mir schwängern lassen. Ein Teufelskreis!« beklagte er sich.
Sie schüttelte den Kopf. »Nein, ganz im Gegenteil. Ich kenne dich gut genug, um zu wissen, daß du nicht eher ruhen wirst, bis du dein Ziel erreicht hast. Du bist besessen von dem Gedanken, den Schatz einer spanischen Galeone zu heben, und ich muß gestehen, daß du mich mit diesem Fieber angesteckt hast. Und ich möchte dieses Wrack gemeinsam mit dir finden und nicht irgendwo an Land in einem Apartment sitzen und auf dich warten. Denn du wirst doch wohl zugeben, daß die GOLDDIGGER kaum der richtige Aufenthaltsort für eine hochschwangere Frau ist. Außerdem brauchen wir das mit dem Baby nicht zu überstürzen. Noch bin ich nicht in dem Alter, wo ich mir Gedanken machen müßte, ob es nicht Zeit ist, an Nachwuchs zu denken.«
»Aber ich! Ich bin schon sechsunddreißig!« wandte er nicht ganz ernsthaft ein.
Sie gab ihm einen Kuß. »Es gibt Nächte, da kommst du mir wie ein erfahrener Zwanzigjähriger vor«, flüsterte sie ihm zärtlich zu.
Richard grinste. »Der Mensch wächst mit seinen Herausforderungen, und du hast das wunderbare Talent, Dinge wachsen zu lassen, die bei anderen schändlichst verkümmern würden, mein Liebling.«

Sie lachte, wurde dann aber ernst. »Ich weiß, daß dir Coffees Vorschlag nicht schmeckt, und jeder andere an Bord hier weiß es auch, aber dennoch finde ich die Idee gar nicht mal so schlecht. Zumindest könnten wir uns so über Wasser halten.«

»Es muß auch eine andere Möglichkeit geben.«

»Gibt es auch.«

Er sah sie erwartungsvoll an.

»Ich könnte wieder für den *Miami Herald* arbeiten«, sagte sie. »Meine Kontakte zur Redaktion sind noch immer gut, wie du weißt. Ich brauche den Chefredakteur nur anzurufen. Er hat bestimmt ein paar Stories, auf die er mich ansetzen kann.«

»Was bedeuten würde, daß du die meiste Zeit auf Recherche unterwegs sein würdest ... in fremden Städten, billigen Motels und fern von mir.«

»Das bringt der Job nun mal mit sich.«

»Dein Vorschlag gefällt mir noch weniger als Coffees!«

»Es wäre ja nur für eine Übergangszeit.«

»Du weißt, ich brauche dich«, sagte er schlicht.

Karen lächelte traurig. »Und ich dich, aber davon können wir keine Rechnungen bezahlen. Aber ich weiß, wie wir die nächsten Wochen über die Runden kommen können«, sagte sie, ging zum Einbauschrank und holte aus einer Schublade ein schmales Etui. Sie reichte es ihm. »Bring das zu dem Juwelier zurück, bei dem du es gekauft hast.«

»Kommt gar nicht in Frage!« protestierte er. Vier Monate nachdem sie mit der Suche nach der MARAVILLA begonnen hatten, waren sie auf das Wrack eines amerikanischen Blockadebrechers gestoßen. Sie hatten ein paar wertvolle Artefakte gefunden sowie einige Golddollar. Von seinem Anteil hatte er Karen damals ein Armband mit kleinen Diamanten und Smaragden geschenkt. Er wußte, wie sehr sie an diesem Geschenk hing.

»Und ob es in Frage kommt!« erwiderte sie energisch. »Wenn du es nicht versetzen willst, dann werde ich es tun. Wir brauchen Geld, Richard, und da können wir es uns nicht leisten, falsche

Rücksichten zu nehmen. Du hast mir damals mit dem Armband eine große Freude gemacht. Doch ich bin keine Geliebte, die sich aushalten läßt und die Hände in den Schoß legt, während du nicht weiterweißt. Du mußt es tun, Richard, schon mir zuliebe. Es ist lächerlich, daß ich so ein teures Schmuckstück in der Schublade liegen habe, während wir noch nicht einmal genug Geld zusammenkratzen können, um unsere Treibstoffrechnung zu bezahlen. Sei bitte vernünftig und versuch nicht, mich davon abzubringen. So, und jetzt fahre ich mit Carlos Proviant einkaufen. Sieh du zu, daß du das Armband an den Mann kriegst. Wir laufen morgen nämlich wie geplant aus!«

»Hast du überhaupt noch genug Geld?«

Sie nickte. »Für einen Großeinkauf reicht es gerade noch. Also, bis später.« Sie gab ihm einen Kuß und verließ die Kabine.

Wenig später ging Richard an Deck, das Etui mit dem Armband in der Tasche. Die Vorstellung, das Geschenk zu versetzen, war ihm zuwider, doch Karen hatte leider nur zu recht. Es war vernünftig, sich davon trennen zu wollen, wo sie sich finanziell so in der Klemme befanden.

»Was hast du vor?« fragte Coffee.

»Geld ranschaffen«, brummte Richard. »Karen will, daß ich das Armband versetze, das ich ihr geschenkt habe.«

»Ich wünschte, mir würde mal so eine Frau über den Weg laufen«, seufzte Coffee. »Wenn du nichts dagegen hast, komme ich mit. Habe da auch noch was, was ich zu Geld machen kann.«

Richard versuchte gar nicht erst, mit seinem Freund zu argumentieren. Er wußte, daß Coffee sich genausowenig beirren ließ wie Karen, wenn er sich erst einmal etwas in den Kopf gesetzt hatte.

»Wenn es denn sein muß, Coffee.«

»Schätze, es muß.«

Sie fuhren nach Key West und nutzten die Fahrt von gut zwei Stunden, um mögliche neue Techniken der Unterwasserschatzsuche zu diskutieren.

»Was hältst du von dem seitwärts strahlenden Sonar, das uns die

Burschen in Miami angeboten haben?« fragte Richard, als sie die Seven Mile Bridge überquerten, die längste Brücke auf diesem Overseas Highway. Die Insel am Ende der Brücke zeichnete sich als kleiner grüner Fleck in der Weite der blauen See ab.
»Interessante Ansätze, aber mein Fall ist Sonar nicht, auch nicht Vertikal-Sonar«, meinte Coffee. »Es ist eine verdammt zeitraubende Angelegenheit, und ohne absolut genaue Navigation kannst du es gleich vergessen. Wir bräuchten noch mindestens drei Mann mit Vermessungsinstrumenten und Funksprechgeräten an festen Punkten außerhalb der GOLDDIGGER, um navigatorische Daten bereitzustellen. Und wie willst du das auf See anstellen?«
»Das Wasser ist an vielen Stellen flach genug, daß man Navigationstürme errichten könnte. Anhand dieser Türme könnte Skip das Boot auf den Yard genau manövrieren, nachts sogar mit Hilfe von Strobelights. Die sieht man meilenweit. Der Bursche auf den Bahamas hat es so gemacht. Erinnerst du dich?«
Coffee verzog das Gesicht. »Sicher erinnere ich mich. Aber hast du vergessen, daß es sich bei dem Unternehmen um ein Konsortium zahlungskräftiger Geldgeber handelt? Die haben ja schon Hunderttausende ausgegeben, bevor sie überhaupt zur Suche aus dem Hafen ausgelaufen sind.«
»Ja, dagegen kochen wir unser Süppchen auf ganz kleiner Flamme«, räumte Richard ein. »Und jetzt sieht es sogar noch so aus, als würde auch diese kleine Flamme bald noch verlöschen.«
»Daran glaubst du doch selbst nicht, oder?«
Richard lachte. »Nein, wir machen weiter, Coffee. Irgend etwas wird uns schon einfallen.«
»*Mir* ist schon was eingefallen«, erinnerte Coffee ihn an seinen Vorschlag. »Und ich könnte mir üblere Jobs vorstellen, um wieder Kies in die Kasse zu bekommen.«
»Du hast ja recht. Aber ich hoffe, wir kriegen heute genug Geld zusammen, um noch ein paar Wochen so durchhalten zu können. Wer weiß, vielleicht stoßen wir ja morgen oder übermorgen

schon auf einen prächtigen Fund, der uns die Geldsorgen nimmt«, erwiderte Richard.

Coffee grinste. »Ja, das ist das Herrliche an unserem Beruf, nicht wahr? Jeder Tag kann *der* große Tag sein«, sagte er, und ein wenig Selbstironie schwang in seiner Stimme mit. »Und auf diese Tour kann man Jahre verbringen in Wechselbädern von himmelhochjauchzender Euphorie und grimmigen Depressionen – immer in der Hoffnung à la ›Einst wird kommen der Tag‹.«

»Er wird kommen!« versicherte Richard.

In Key West suchten sie den Juwelier auf der Duval Street auf, mit dem Richard in der Vergangenheit nach guten Funden schon häufig Geschäfte gemacht hatte. Kenneth Watkins verkaufte in seinem Geschäft nämlich auch spanische Gold- und Silbermünzen.

»Ah, Mr. Harding! Wir haben uns ja schon lange nicht mehr gesehen«, begrüßte der elegant gekleidete Juwelier ihn freudig, als sie sein Geschäft betraten. »Gehe ich recht in der Annahme, daß Sie mir mal wieder ein Geschäft anzubieten haben?«

»Ja, das habe ich«, bestätigte Richard und zog das Etui hervor. »Doch diesmal kommt die Ware aus Ihrer eigenen Werkstatt.«

»Das ist natürlich weniger angenehm«, sagte Watkins zurückhaltend und klappte das Etui auf. »Ein schönes Stück, das Sie damals gekauft haben.«

»Was geben Sie mir dafür?«

Der Juwelier ließ das Geschmeide durch seine schlanken Finger gleiten und seufzte. »Ich brauche Ihnen ja wohl nicht zu erzählen, daß Sie mit einem großen Verlust rechnen müssen, wenn Sie derlei Schmuck an einen Juwelier zurückgeben wollen.«

»Sagen Sie mir nur, was Sie mir zahlen.«

»Tja, tausendfünfhundert …«, sagte Watkins zögernd.

»Aber Sie haben mir damals das Dreifache berechnet!« protestierte Richard.

»Ich weiß«, räumte Watkins ein. »Unter normalen Umständen würde ich auch Schmuck überhaupt nicht zurückkaufen. Ich bin nun mal kein Pfandleiher, sondern *verkaufe* Schmuck, Mr. Harding. Sie müssen verstehen, daß ich meine Kosten habe, und wer weiß, wie lange ich brauche, um das Stück wieder zu verkaufen. Aber weil Sie es sind, gebe ich Ihnen zweitausend.«

»Das ist immer noch weit unter Wert!«

»Dann lassen Sie es mir in Kommission hier, und ich berechne Ihnen nur zehn Prozent Provision.«

»Ich brauche das Geld sofort.«

»Dann sind zweitausend das beste Angebot, das ich Ihnen machen kann«, bedauerte der Juwelier.

Coffee griff in die Tasche und legte drei Golddollar auf das Samttuch auf der Glasvitrine. Es waren Münzen aus der Zeit des amerikanischen Bürgerkriegs. »Machen Sie uns für alles zusammen einen anständigen Preis, Mr. Watkins! Und vergessen Sie nicht, daß Sie an unseren Münzen immer gut verdient haben.«

Der Juwelier begutachtete die Münzen und nickte dann sichtlich zufrieden. »Fünfzehnhundert für jede Münze und zweieinhalb für das Armband.«

Sie feilschten noch eine Weile und verließen das Geschäft schließlich mit siebentausendachthundert Dollar. Richard fühlte sich nicht wohl, daß Coffee seine letzten Münzen verkauft hatte.

»Ich betrachte das als Darlehen, Coffee.«

»Betrachte es, wie du willst. Hauptsache, die Arbeit kann weitergehen. Und jetzt laß uns zu *Rick's* gehen. Mir hängt die Zunge auf den Knien.« Als sie bei *Rick's* auf der Dachterrasse saßen und ihren Durst bei eiskalten Daiquiris löschten, hatte Richard plötzlich eine Idee. »Muß mal einen Anruf machen, Coffee. Bin gleich wieder zurück.«

»Laß dir nur Zeit. Ich sitz' hier gut.«

Richard ging zum Münztelefon zurück und wählte die Nummer von Ralph Romanos *Pool Bar,* die auf der anderen Seite des Zentrums lag, nahe bei der U.S. Naval Air Station.

»Ist Ralph da?« fragte er, als am anderen Ende abgenommen wurde und sich der Barkeeper meldete.

»Ja, einen Augenblick.«
Es knackte in der Leitung, und ein paar Sekunden später hatte er Ralph Romano am Apparat, der sich freute, mal wieder von ihm zu hören.
»Was macht das Geschäft?« fragte Richard, nachdem sie ein paar Belanglosigkeiten ausgetauscht hatten.
»Welches?«
»Du weißt schon. An deinen Billardtischen bin ich nicht interessiert. Kugeln über den Filz zu schieben ist meine Sache nicht.«
Ralph Romano lachte. »Es läuft prächtig. Willst du mal wieder mitmischen?«
»Du hast es erraten. Wann steht denn wieder eine Runde ins Haus?«
»Heute. Sieht ganz vielversprechend aus. Willst du kommen?«
»Ja. Wann geht's los?«
»Um acht.«
»Welche Visitenkarte?« fragte Richard.
»Der große Blaue, du weißt schon.«
»Okay, halt mir einen Stuhl frei.«
»Mach' ich. Bis nachher also.«
Richard hängte ein und kehrte zu Coffee auf die Terrasse zurück. Die Dunkelheit war schon hereingebrochen. Bunte Neonreklamen tauchten die Palmen, die die Duval Street säumten, in farbiges Kunstlicht.
»Wird langsam Zeit, daß wir die Kurve kratzen und zum Boot zurückfahren«, meinte Coffee.
Richard zögerte einen Moment und überlegte, ob er seinen Freund in sein Vorhaben einweihen sollte. Er kam schnell zu dem Ergebnis, daß er Coffee nichts vorenthalten durfte. »Ich werd' die Nacht wohl hier in Key West bleiben.«
Coffee zog die Augenbrauen hoch. »Was hast du vor?«
»Zocken. Bei Ralph steigt heute nacht eine heiße Pokerrunde. Mal sehen, ob ich noch nichts verlernt habe.«

»Mensch, Richie! Wir haben gerade mühsam Geld zusammengekratzt, und das willst du jetzt am Pokertisch riskieren?«
»Das Geld, das wir für deine Münzen bekommen haben, rühre ich nicht an«, versprach Richard. »Aber das für das Armband nehme ich als Einsatz. Du weißt, ich bin kein Anfänger, und wenn ich nur einigermaßen passable Karten kriege, brauchen wir uns morgen keine Sorgen mehr zu machen, wie wir die nächsten Monate finanzieren sollen.«
»Vorausgesetzt, du siehst den neuen Sonnenaufgang nicht mit leeren Taschen«, wandte Coffee ein. »Die Brüder, die bei Romano zusammenkommen, sind bekanntlich keine Sonntagsschüler, was das Pokern angeht.«
»Ich auch nicht.«
»Da wird mit hohen Einsätzen gespielt!« warnte Coffee.
Richard zuckte nur die Achseln. »Um so besser, je höher der Einsatz, desto höher die Gewinne.«
»Und Verluste!«
»Coffee, du weißt doch ganz genau, daß Pokern nicht halb so riskant ist wie das, was wir Tag für Tag tun. Im Gegenteil. Die Gewinnchancen stehen am Pokertisch für einen Spieler, der sich darauf versteht, hundertmal besser als unsere, die MARAVILLA zu finden.«
»Stimmt«, gab sein Freund zu.
»Also werd' auf deine alten Tage nicht bedächtiger als ein Postangestellter. Du weißt, daß wir nicht auf Sicherheit gehen können.«
»Karen wird dir ganz schön was erzählen, wenn sie davon erfährt, und sie wird es erfahren.«
Richard lächelte. »Das wird sie nur, wenn du ihr davon erzählst, Partner.«
»Und was willst du ihr sagen, warum wir die Nacht hier in Key West bleiben?«
»Defekt am Wagen, der erst morgen repariert werden kann«, erwiderte Richard, ohne lange zu überlegen. »Und am besten

erledigst du den Anruf, Coffee. Bei dir wird sie nicht lange nachfragen.«
»Wie großzügig von dir, daß du mich an allen Freuden deines Lebens teilhaben läßt.«
»Ja, findest du nicht auch? So was nennt man übrigens wahre Freundschaft.«
»Ich bin gerührt.«

2 Zwei gekreuzte Billardstöcke über drei Bällen flackerten als bunte Neonleuchten über dem Eingang von Ralph Romanos *Pool Bar*, als Richard und Coffee um kurz vor acht auf der gegenüberliegenden Straßenseite einen Parkplatz fanden und ausstiegen.
Richard lehnte sich an den Kotflügel des Blazers und steckte sich eine Zigarette an, während er die Leute beobachtete, die kamen und gingen. Es waren viele GIs vom nahen Marinestützpunkt darunter. Aber von denen wußte bestimmt keiner, daß die wirklich heißen Spiele in Romanos *Pool Bar* nicht an den Billardtischen stattfanden, obwohl auch dort so mancher Schein den Besitzer wechselte.
Die Dunkelheit hatte keine Abkühlung gebracht. Jede Bewegung verursachte einen Schweißausbruch. September war stets ein unerträglich schwüler Monat. Erst im November, Dezember pendelten sich die Temperaturen und vor allem die Luftfeuchtigkeit soweit ein, daß man es wieder aushalten konnte.
»Kommst du mit hoch?« fragte Richard.
»Damit du mich anpumpen kannst, wenn sie dir die Hosen ausgezogen haben?« Coffee schüttelte den Kopf. »Von den fünf Riesen in meiner Tasche mache ich auch nicht einen Dime für den Pokertisch locker. Also versuch es gar nicht erst, Richie. Ich hab' nichts dagegen, daß du was riskierst. Du bist ein Spielertyp, und vielleicht schaffst du es, ein paar saftige Töpfe einzukassieren und zu behalten. Aber die fünf Riesen bleiben unsere eiserne Reserve,

damit wir Colin morgen eine Freude bereiten können und die nächsten zwei Monate über die Runden kommen – wenn auch knapp.«

»Keine Sorge, Coffee, das Geld bleibt unangetastet«, versicherte Richard ihm. »Dachte nur, du hättest vielleicht Lust, dir das Spielchen anzusehen.«

Coffee warf ihm einen geplagten Blick zu. »Glaubst du, ich bin scharf darauf, von einem nervösen Schweißausbruch in den nächsten zu fallen, wenn ich sehe, welche Einsätze ihr über den Tisch schiebt? Nein, da such' ich mir doch lieber einen von diesen Pool-Jünglingen, die ganz happy sind, wenn sie mit jemandem um eine Runde Bier oder um einen schlichten Dollar spielen können.«

»Bis ich wieder runterkomme, wirst du aber eine Menge Bälle in die Löcher schicken müssen«, warnte Richard ihn vor. »Romanos Pokerrunden sind bekannt dafür, daß sie zwar nach Sonnenuntergang beginnen, aber nicht unbedingt bei Sonnenaufgang schon beendet sind.«

»Ich werd' schon dafür sorgen, daß mir die Zeit nicht zu lang wird. Und jetzt solltest du sehen, daß du in Romanos Allerheiligstes kommst, sonst verpaßt du die Aufwärmrunde.«

Richard trat die Zigarette aus und ging mit Coffee in die Billard-Kneipe, die aus zwei großen Räumen bestand, in der insgesamt acht Billardtische aufgestellt waren. Zwischen diesen beiden Räumen befand sich die kreisrunde Bar. Zu dieser frühen Abendstunde waren noch viele Hocker an der Bar frei und auch einige der Tische.

»Kühlen Kopf und eine glückliche Hand«, wünschte Coffee ihm leise, als sie sich trennten. Er steuerte auf einen der freien Tische zu, während Richard sich an die Bar stellte und eine Cola orderte, die er sofort bezahlte. Er trank nur einen Schluck, dann ging er den Gang hinunter, der zu den Toiletten führte. Doch er ging an den Toiletten vorbei und stieß die schmale Tür auf, auf der PRIVAT stand und durch die man in einen Innenhof gelangte, der jetzt zum größten Teil in Dunkelheit getaucht lag. Das einzige Licht kam von einem plätschernden Springbrunnen, der von innen angestrahlt wurde und umstanden war von drei Gruppen kleinwüchsiger Palmen und üppigen Frangipani-, Oleander- und Hibiskussträuchern.

Richard folgte dem Plattenweg um den Springbrunnen herum auf die andere Seite des Hofes, wo eine Holztreppe nach oben ins Haus führte. Die Fenster, die zum Hof hinausgingen, waren mit Schlagläden verschlossen. Er stieg die Treppe hoch und klopfte gegen die Tür, in die ein kleines Sichtfenster mit Blende eingelassen war.

Die Blende wurde aufgeschoben, und ein forschendes Augenpaar musterte ihn kritisch. »Ja?« fragte der Mann knapp und abweisend, wie es seine Aufgabe war.

»Bin angemeldet, Blue Marlin«, nannte Richard das Losungswort.

»In Ordnung.« Der Türsteher schloß die Klappe und ließ ihn herein.

Richard war mit Romanos Sicherheitsvorkehrungen vertraut und blieb abwartend beim Türsteher, der seinen Boß schon per Summer vom Kommen eines neuen Spielers unterrichtet hatte, in der kleinen Eingangshalle stehen, die mit Muttergottesbildern und Madonnenfiguren auf kleinen Tischchen penetrant kitschig eingerichtet war. Wer hier ahnungslos hereinkam, würde wohl kaum auf die Idee kommen, in diesem Hause so etwas wie einen kleinen illegalen Pokerclub zu vermuten.

»Der Boß kommt gleich«, sagte der bullige Türsteher, setzte sich in seinen verschlissenen Korbsessel bei der Tür und vertiefte sich wieder in seinen Krimi, den er im Licht einer Wandlampe in Form eines Kerzenhalters las. Er brauchte keine dreißig Sekunden zu warten, dann kam der Besitzer der *Pool-Bar* und leidenschaftliche Pokerfreund um die Ecke des Flurs, der mit Läufern ausgelegt war, deren Qualität der künstlerischen Brillanz der Madonnenfiguren entsprach.

»Schön, daß du dich mal wieder in meiner bescheidenen Hütte sehen läßt. Dachte schon, du hättest es dir anders überlegt«, begrüßte Ralph Romano ihn überschwenglich und schüttelte seine Hand mit beiden Händen. Er war ein kleiner, schlanker Mann Mitte Vierzig. Auf dem Kopf war er so gut wie kahl. Ein schmaler Haarkranz zierte seinen Schädel wie ein schwarzer Kopfreif. Doch was ihm an Haaren auf dem Kopf fehlte, schienen sein dichter Schurrbart und die buschigen Brauen, unter denen lebhafte Augen lagen, wieder wettmachen zu wollen. Im linken Ohrläppchen trug er einen kleinen, in Gold gefaßten Diamanten. Eine goldene Rolex protzte an seinem linken Handgelenk, und um den Hals trug er gleich drei verschieden lange Ketten, von denen ein Kruzifix, ein Elfenbeinzahn und eine Figa baumelten – bis auf das Elfenbein alles in massivem Gold. Er war energiegeladen und schien nicht eine Sekunde ruhig stehen zu können. Immer war er in Bewegung, was auch für seine Hände galt, die jetzt mit einem goldenen Feuerzeug spielten. Doch am Pokertisch war er wie verwandelt. Da konnte er stundenlang fast regungslos ausharren und seine Hände so ruhig halten wie ein Gehirnchirurg bei einem komplizierten Eingriff.
»Kann dich doch nicht mit einem Haufen Verlierer sitzenlassen«, scherzte Richard und gab ihm die zweihundert Dollar, die Ralph als Vermittlungsgebühr von jedem Spieler einstrich, der sich bei ihm an den Tisch setzte. Dafür garantierte er seinen Spielern eine interessante Runde unter gleichgesinnten Pokerfreunden, die nicht schon feuchte Hände kriegten, wenn sie ihren Einsatz um hundert Dollar erhöhten.
»Ich sag' dir, es wird eine tolle Nacht. Hab' schon lange nicht mehr so eine gute Runde zusammengekriegt«, versicherte Ralph und steckte die beiden Hunderter in die Brusttasche seines grauseidenen Hemdes.
»Wieviel sind wir denn?«
»Mit dir sechs.«
»Blendend, da liegt dann wenigstens was im Topf.«

Sie gingen den Flur zum Spielzimmer hinunter. Auf halbem Weg zur Tür blieb Ralph Romano stehen. Gelächter und gedämpfte Stimmen drangen zu ihnen.

»Hör mal, da ist noch was, das ich am Telefon ganz vergessen habe zu erwähnen«, sagte er leicht verunsichert, und auf seinem Gesicht zeichnete sich Besorgnis ab.

»Und das wäre?«

»Redcliff ist mit von der Partie«, rückte Ralph mit der Sprache heraus. »Wie bitte?« fragte Richard überrascht.

Ralph Romano hob beschwörend die Hände, als erwartete er eine Flut von Vorwürfen, und sprudelte hastig hervor: »Tut mir leid, daß ich dir das erst jetzt sage. Fiel mir erst hinterher wieder ein, als du schon aufgelegt hattest, daß du mit ihm ja seit dieser Geschichte bei Fort Pierce über Kreuz bist. Wenn du also lieber ein andermal kommen willst, würde ich's dir nicht übelnehmen. Du kriegst deine Scheine natürlich wieder zurück. Hab' Redcliff auch noch nichts von dir gesagt. Es wird also keiner wissen.«

Richard schüttelte den Kopf. »Das ist nicht nötig, Ralph. Es stimmt, ich kann diesen schmierigen Hundesohn nicht ausstehen, weil er mit gezinkten Karten spielt, wenn man ihm nicht auf die Finger schaut – was mir einmal und nie wieder passiert ist. Aber das bedeutet ja noch längst nicht, daß ich nicht mit ihm an einem Pokertisch sitzen möchte. Ganz im Gegenteil. Freut mich, ihn auf diese Weise wiederzusehen. Habe noch eine satte Rechnung mit ihm zu begleichen.« Er grinste breit. »Wäre doch zu schön, wenn er mir hier über den Tisch schieben müßte, was er mir vor zwei Jahren mit miesen juristischen Tricks gestohlen hat.«

»Sei vorsichtig«, warnte Ralph ihn leise. »Redcliff ist flüssig und du nicht!« Richard hob verwundert die Augenbrauen. »Wer hat dir denn das Liedchen gezwitschert?«

»Mein Gott, du kennst mich doch. Ich hab' mein Ohr doch überall. Außerdem weiß jeder, daß du eine verdammt schlechte Saison gehabt hast. Keine interessanten Funde. Daß du heute nicht hier bist, um Geld unter die Leute zu bringen, weil du darin schwimmst, kann sich ein alter Fuchs wie ich doch an einer Hand abzählen. Und das gilt auch für Redcliff.«

»Er hat in letzter Zeit auch nichts hochgebracht, sondern schnüffelt nur hinter uns her wie ein Aasgeier.«

»Nein, gefunden hat er nichts, aber er hat noch Rücklagen. Wie auch immer, Richie, er ist flüssig, wie du dich gleich selbst überzeugen kannst. Und er ist kein schlechter Spieler – solange er die Finger vom Alkohol läßt.«

»Wir werden sehen. Wer sitzt sonst noch mit am Tisch?« wollte Richard wissen.

»Pierre, ein geschniegelter Bursche aus New Orleans. Hat irgend etwas mit Computern zu tun. Auf jeden Fall hat er genug Schotter, um eine Nacht lang auf der Verliererseite zu pokern, ohne fürchten zu müssen, am Morgen mit leeren Taschen auf der Straße zu stehen«, informierte Ralph Romano ihn bereitwillig, nannte jedoch nur Vornamen. Er selbst kannte jeden Mitspieler mit vollem Namen, gab sie jedoch niemals preis. Am Tisch sprach man sich nur mit Vornamen an, und persönliche Fragen waren tabu. Wer sich nicht daran hielt, flog schneller raus, als er seine Karten aus der Hand legen konnte. »Donald der Bulle mit dem blödsinnigen Stetson auf dem Schädel, kommt aus Nashville und mischt da in der Country-music-Szene als Manager kräftig und offenbar auch gewinnbringend mit. Hat immer einen Spruch auf Lager, scheint aber sonst ganz in Ordnung zu sein.«

»Und der sechste Mann.«

»Das ist Timothy, ein ganz Stiller aus Miami. Sieht so aus, als käme er gerade vom Junior College und hätte als nächsten wichtigen Termin eine Aknebehandlung für pubertierende Jünglinge«, frotzelte Ralph Romano. »Doch laß dich davon nicht täuschen. Auf den würde ich an deiner Stelle ein scharfes Auge halten, Richie.«

»Ich werde daran denken. Danke für den Tip.«

»Ich organisiere diese Runden zwar, doch das hindert mich nicht daran, meine Sympathien nach meinem Geschmack zu verteilen«, erwiderte Ralph Romano. »Gleich spielt jeder sein eigenes Blatt und macht das Beste daraus. Wie heißt der alte Zockerspruch doch noch: Pokern ist ein einsames Geschäft, das in geselliger Runde ausgeführt wird. Komm jetzt, die anderen werden schon warten.«

Ralph Romano führte ihn in das Spielzimmer, einen mittelgroßen Raum, dessen Einrichtung nichts mehr mit dem Kitsch im Flur gemein hatte. Hier herrschte die gediegen männliche Atmosphäre mit einem kleinen maritimen Touch, wie man sie in unmittelbarer Nähe des Meeres häufig antrifft. Trophäen und gerahmte Vergrößerungen, die Ralph Romano bei seinem Lieblingssport, dem Hochseefischen, zeigten, schmückten die Wände. Es gab eine gemütliche Sitzecke mit Ledersesseln und gleich links von der Tür eine gut bestückte Hausbar mit verspiegeltem Wandregal. Rechts davon stand der runde Holztisch, um den sechs Spieler bequem Platz fanden. Eine Tiffanylampe mit grünem Glas hing fast bis in Augenhöhe über dem Tisch.

Bei ihrem Eintreten verstummte das Gespräch der vier Männer, die an der Bar standen. Richard entdeckte sofort Jerry Redcliff, seinen rothaarigen Widersacher, der anstelle eines Hemdes eine speckige Lederweste über der nackten, dicht behaarten Brust trug. Doch er tat so, als sähe er ihn nicht. Er wandte sich Dicky zu.

Dicky Conway, der Mann, der den Barkeeper spielte, war Romanos Aufpasser, ein Catchertyp, der einen schläfrigen Eindruck machte und so aussah, als wäre er so flink auf den Beinen wie eine Dampfwalze. Doch dieser Eindruck täuschte vollkommen. Richard hatte Dicky einmal im Einsatz gesehen. Zwei Brüder aus New York, die so unverschämt wie ihre Brieftaschen dick und ihre Schultern breit gewesen waren und sich darauf verlassen hatten, daß es niemand wagte, sich mit ihnen anzulegen, hatten das blaue Wunder ihres Lebens erlebt. Dicky hatte sie im Handumdrehen außer Gefecht und vor die Tür gesetzt. Es war so

schnell gegangen, daß Richard noch nicht einmal Zeit gefunden hatte, sich die Zigarette anzuzünden, die er sich zwischen die Lippen gesteckt hatte.
»Hallo, Dicky«, begrüßte er ihn.
Dicky nickte ihm grinsend zu. »Drink, Richie?«
Richard bemerkte sehr wohl, daß ihn die anderen Spieler beobachteten und einzuschätzen versuchten. Doch er tat so, als bekäme er das nicht mit. »Klar doch, mach mir meinen Gin Tonic Special.« Er war gespannt, ob Dicky noch wußte, was er damit meinte.
Jerry Redcliff schob sich neben Richard. »Schau an, Richie gibt uns die Ehre!«
Dieser gab sich sprachlos vor Überraschung und starrte ihn mit gefurchter Stirn ungehalten an, als überlegte er, ob er nicht besser gleich wieder umdrehen und verschwinden sollte.
Redcliff genoß Richards scheinbare Verblüffung sichtlich und sagte spöttisch: »Wie klein doch die Welt ist, was? Freut mich, daß sich unsere Wege mal wieder kreuzen. Es scheint ja wirklich eine interessante Nacht zu werden.«
»Ich habe sogar gehofft, es könnte eine angenehme Nacht in Gesellschaft netter Pokerfreunde werden«, erwiderte Richard nun bissig. »Aber diese Hoffnung kann ich mir jetzt ja abschminken, oder bleibst du vielleicht nicht lange?«
Redcliff kniff die Augen zusammen. »Bestimmt lange genug, um mitzuerleben, wie du deinen Stuhl räumst, ohne einen Penny in der Tasche – ausgenommen wie eine Weihnachtsgans«, zischte er wie eine giftige Schlange.
Richard bedachte ihn mit einem kalten, feindseligen Blick. »Bist du dir auch sicher, daß das hier die richtige Adresse für dich ist? Ralph Romano ist bekannt dafür, daß er keine faulen Tricks durchgehen läßt.«
»Dich mach ich auch ohne faule Tricks fertig«, erwiderte der schwergewichtige Schatztaucher gereizt. »Du pfeifst doch schon auf dem letzten Loch! Glaubst du, ich wüßte nicht, wie dreckig

es dir geht? Vermutlich ist das heute nacht deine letzte Chance, Geld zusammenzukratzen, um überhaupt weitermachen zu können.«
»Du hast wirklich eine abartige, blühende Fantasie. Aber sie steht dir gut zu Gesicht. Du bist wirklich ein Mann ohne Widersprüche.«
Redcliff schnaubte. »Ich wette, Mami hat dir noch nicht einmal genug Taschengeld mitgegeben, um die erste Runde durchzustehen.«
»Wieviel möchtest du denn wetten?«
Redcliff zögerte kurz. Es war still im Raum. Alle Blicke waren auf ihn gerichtet. Er hatte Richard herausgefordert. Jetzt mußte er Farbe bekennen, ob er nur ein Großmaul war oder es auch so meinte. Sie waren unter Spielern, und da bot man nicht ungestraft eine Wette an, um sie dann zurückzuziehen, wenn der Herausgeforderte annahm. »Tausend, daß du das siebte Spiel nicht mehr erlebst!«
»Akzeptiert«, sagte Richard.
Ralph Romano mischte sich nun ein. »Ich habe nichts gegen derartige Wetten, die dem Spiel noch eine zusätzliche Würze geben. Doch ich möchte euch beide bitten, euch beim Spiel mit bissigen Wortgefechten ein wenig zurückzuhalten«, ermahnte er sie. »Immerhin ist das keine Privatvorstellung, sondern eine Sechserrunde!«
Jerry Redcliff zuckte nur die Achseln.
»Dein Drink, Richie«, meldete sich Dicky und schob ihm das Glas über die blankpolierte Platte.
Richard nippte am Drink und tauschte mit Dicky einen kurzen Blick. Ein kaum merkliches Lächeln huschte über sein Gesicht, dann wandte er sich von der Bar ab. Dicky hatte sich noch sehr wohl an seinen Gin Tonic Special erinnert, der überhaupt keinen Gin enthielt. Zumindest nicht im Drink. Nur der äußere Rand des Glases war mit Gin eingerieben. Das genügte, um für den nötigen glaubwürdigen Alkoholgeruch zu sorgen. Es war schon

ein kleiner Vorteil, wenn man Dicky kannte und sein Wohlwollen genoß.
Ralph machte ihn nun mit den anderen drei Spielern kurz bekannt. Pierre der Mann aus New Orleans, war der einzige, der einen Anzug und eine Krawatte trug. Alles an diesem etwa dreißigjährigen Burschen sah glatt und geschmeidig aus. Richard stufte ihn als sehr selbstbewußten, erfolgsverwöhnten Mann ein und war gespannt, ob er das auch als Spieler war – oder ob er den Fehler vieler Erfolgsmenschen machte, das Pokerspiel als scheinbar logische Fortsetzung ihres Berufes zu werten und sich unschlagbar zu wähnen.
Donald, der sich seinen schwarzen Stetson weit in den Nacken geschoben hatte und ein Fransenhemd trug, war ihm auf Anhieb sympathisch. Er war ein Bulle von einem Mann, laut und fröhlich. Richard schätzte ihn als Mann ein, der einfach Spaß am Pokern hatte und sich dabei mehr auf das Glück als auf seinen Verstand verließ.
Aus Timothy wurde Richard genausowenig schlau wie Ralph Romano. Er sah wirklich aus wie kaum volljährig, und Pickel bedeckten sein schmales, blasses Gesicht. Er war ein dünnes Kerlchen, doch seine kalten, durchdringenden Augen warnten einen guten Beobachter, daß er es bei diesem Timothy aus Miami wahrlich nicht mit einem unbedarften College-Boy zu tun hatte.
»Dann wollen wir mal, Freunde!« rief Ralph schließlich.
Richard setzte sich zwischen Donald und Pierre. Ihm gegenüber nahm Redcliff Platz. Rechts davon saß Ralph, links Timothy.
»Ich will für alle noch mal die Regeln erklären, die heute abend gelten«, begann Ralph.
»Sonst gilt in der Regel die Regel, daß jeder nach seinen eigenen Regeln spielt«, flachste Donald.
Redcliff sah Richard scharf an und legte ein dickes Geldbündel, das von drei Gummibändern zusammengehalten wurde, sowie ein Zigarrenetui auf den Tisch. In dieser Geste lag etwas Heraus-

forderndes, als wollte er sagen: ›Na, zeig schon, wieviel du zu bieten hast.‹

Richard legte seine Brieftasche auf den Tisch. Geschlossen.

Redcliff grinste verächtlich.

»Wir spielen mit zweiundfünfzig Karten«, fuhr Ralph fort. »Fünfzig Dollar Mindesteinsatz.«

»Limit?« fragte Pierre knapp.

»Erst mal fünfhundert. Wenn alle einverstanden sind, können wir später höher gehen«, schlug Ralph vor und fand allgemeine Zustimmung. »Angesagt ist Draw-Poker. Wenn Varianten gewünscht werden, können wir auch High-Low, Seven Card Stud und ähnliches aufs Programm setzen. Mehrheitsvotum entscheidet. Wir spielen mit blinder Eröffnung, Schieben und Halten. Akzeptiert?«

Alle nickten.

»Okay, dann schick die Karten rüber, Dicky!«

Dicky brachte ein fabrikneues Kartenspiel in Originalverpackung. Ralph warf es Pierre zu, der es kurz prüfte, dann das Cellophan aufriß und die Karten routiniert mischte. Jeder zog eine Karte. Donald zog als höchste Karte das Karoas und war damit Geber.

»Fängt ja prächtig an«, kommentierte Donald, griff sich die Karten und legte gleich hundert Dollar als blinde Eröffnung in den Topf.

Alle gingen mit, nur Redcliff machte eine blinde Erhöhung auf zweihundert Dollar.

Richard zog mit. Es war ein verdammtes Risiko, aber Redcliff sollte nicht glauben, ihn schon am Anfang mit solchen Mätzchen schrecken zu können. Sein Blatt war zwar passabel, doch er verkaufte sich. Er paßte bei der zweiten Erhöhung, und der Topf ging an Ralph.

Die anfängliche Zurückhaltung wich schnell einer gelockerten Atmosphäre, als das Spiel ins Laufen kam, was nicht unwesentlich mit Donalds fröhlicher, aufgeräumter Art zu tun hatte.

Als Redcliff zu gründlich mischte, sagte er spöttisch: »Junge, dich sollten sie mal auf die Gebeschule nach Las Vegas schicken.«
»Wieso? Will doch nur sichergehen, daß du 'n herrliches Luschenblatt auf die Hand kriegst«, gab er zurück.
»Weißt du, was der selige Al Capone darauf erwidert hätte?« dröhnte Donald.
»Na?«
»Den Wert meines Blattes bestimme ich und nicht der Trottel, der mir das Blatt gegeben hat.«
Gelächter erhob sich am Tisch.
Richard lachte mit, obwohl ihm nicht nach Witzen zumute war. Die ersten beiden Spiele hatte er passen müssen. Im dritten kaufte er auf einen Straight hin, hatte jedoch Pech. Es kostete ihn vierhundert Dollar, bevor er ausstieg, was Redcliff mit einem höhnischen Grinsen quittierte. Das vierte Spiel machten Timothy und Donald unter sich aus. Der Topf ging an das wortkarge Pickelgesicht. Im fünften Spiel hielt Richard bis zum Ende mit. Er hatte einen Drilling und einen Zwilling auf der Hand. Ralph räumte ab mit Straight Flush.
»Nicht viel Glück heute, was?« höhnte Redcliff.
»Abwarten«, sagte Richard und gab das sechste Spiel. Er hatte noch tausenddreihundert Dollar, und er wußte, daß Redcliff alles dransetzen würde, um den Einsatz so hoch zu treiben, daß er nicht mehr mithalten konnte, egal, was er auf der Hand hatte.
Doch glücklicherweise unterstützten ihn die anderen nicht darin. Ralph paßte schon nach der Eröffnung, und sogar der risikofreudige Donald schmiß seine Karten weg, als Redcliff um zweihundert erhöhte.
»Deine zweihundert und noch mal zweihundert«, sagte Timothy gleichgültig.
»Und fünfhundert!« rief Redcliff.
»Man sollte eben nie gegen den Geber setzen«, sagte Pierre selbstironisch und schob seine Karten zusammen.

Timothy zögerte kurz und faltete sein Blatt dann gleichfalls zusammen. »Bin draußen«, sagte er nur knapp und steckte sich eine Zigarette an.
Wären beide oder nur einer von ihnen noch im Spiel geblieben, hätte das für Richard fast zwangsläufig das Aus bedeutet. Bei einer weiteren Erhöhung hätte er nicht mithalten können. Doch so war er gerettet. Er hatte zwar nur noch achthundertfünfzig Dollar, aber das reichte. »Die zweihundert und deine fünfhundert zum Sehen, Redcliff«, sagte er.
Redcliff knallte einen Buben-Drilling auf den Tisch.
Richard ließ sich seine Erleichterung nicht anmerken. »Das reicht nicht ganz gegen eine Flöte mit Pik-As, mein Freund«, sagte er sanft und strich den Topf ein, der sich auf über dreitausend Dollar belief. »Das siebte Spiel gebe ich, und ich bin immer noch im Rennen. Klingelt's da bei dir nicht, Jerry?«
Mit einer grimmigen Miene zahlte er ihm die tausend Dollar aus, um die sie gewettet hatten. »Nimm sie nur. Ich hol' sie mir ja doch gleich wieder«, zischte er.
Richard lächelte. »Wir werden sehen.« Er hatte jetzt einen besseren Stand als zu Beginn des Spiels.
Es war, als hätte er mit diesem wichtigen sechsten Spiel den Bann gebrochen und seine Pechsträhne abgeschüttelt, denn von nun an bekam er häufiger ein gutes Blatt auf die Hand oder kaufte es sich zumindest zusammen. Er verlor einmal gegen Timothy und in der dritten Runde gegen Donald, doch die Gewinne überstiegen seine Verluste.
Er spielte mit kühlem Verstand und ließ sich auch in seiner Gewinnphase nicht dazu verführen, etwas anderes als Tonic pur auf Eis zu trinken, auch wenn Dicky immer »Gin Tonic, Richie!« rief, wenn er ihm einen neuen Drink brachte. Das Theater galt den anderen, Ralph Romano ausgenommen – von ihm hatte er den Trick ja. Timothy war neben Ralph jedoch der einzige, der sich ebenso dem Alkohol fernhielt. Er trank nur V-8-Gemüsesaft über Eiswürfeln und mit viel Pfeffer.

Pierre genehmigte sich ab und an ein Glas Rotwein, während Redcliff Margaritas trank und seine dicken Zigarren qualmte, gegen deren Rauchwolken noch nicht einmal die auf vollen Touren laufende Klimaanlage ankam. Donald dagegen dachte gar nicht daran, bei Gemüsesaft oder Cola zu pokern. Er wollte in dieser Nacht seinen Spaß haben, und dazu gehörte offenbar ein gehöriges Quantum Chivas-Regal-Whiskey.
Donald war überhaupt der schwächste und wohl auch unerfahrenste Spieler in dieser Runde. Ihm unterlief immer wieder die Todsünde des Anfängers, seine Karten umzustecken, nachdem er gekauft hatte. Ein routinierter Zocker konnte sich anhand dieses Umsteckens ausrechnen, was der andere Spieler in der Hand hatte. Schlimmer aber war noch eine andere Angewohnheit. Hatte er ein vielversprechendes Blatt bekommen, dann zeigte er Ungeduld, daß er an die Reihe kam, und trommelte mit den Fingern auf den Tisch. In diesen Fällen stieg Richard meist früh aus, und legte Donald am Schluß dann seine Karten auf, zeigte sich, daß er richtig gehandelt hatte.
Pierre spielte unorthodox und war schwer zu durchschauen, doch um ihn kümmerte sich Richard nicht weiter, weil er weder viel verlor noch viel gewann. Offenbar gehörte er zu jenen Spielern, die auf ein gutes Blatt warten und es dann gut ausspielen, bei einem miesen jedoch nicht zu bluffen wagen und sich bedeckt halten.
Ralph war ein alter Profi, dem niemand mehr etwas vormachte und der seine Schäfchen ins trockene brachte. Dasselbe galt für Timothy. Der Junge war kalt wie ein Fisch. In seinem Gesicht rührte sich gar nichts. Ob er nun zweitausend in einem Spiel verlor oder einen Topf mit fünf Riesen einstrich, kein Muskel regte sich bei ihm. Und er beteiligte sich auch nicht an den Frotzeleien und Sprüchen, die bei stundenlangem Pokern nun mal dazugehören.
Redcliff, der wirklich nicht schlecht spielte, sparte dagegen nie mit selbstgefälligen oder gar höhnischen Bemerkungen, wenn er

einen Topf einstrich, was ihm nicht unbedingt Sympathien bei den Mitspielern einbrachte.

»Mit so einem miesen Blatt habe ich noch nie einen Topf gegriffen«, sagte er etwa, und als Richard ein Spiel gewann, das aber nicht viel Geld gebracht hatte, spottete er: »Greif dir nur den Sozialtopf, Richie, sonst wirst du noch melancholisch.«

Richard hatte jedoch keinen Grund, unzufrieden zu sein. Um Mitternacht lagen vor ihm neuneinhalbtausend Dollar. Timothy und Ralph hatten am meisten abgesahnt, Verluste von Donald und Pierre. Letztere begannen allmählich, Ermüdungserscheinungen zu zeigen.

Gegen vier begann sich das Blatt jedoch zu wenden – und zwar gegen Richard. Verluste und Gewinne pendelten sich anfangs noch aus, doch dann vergaloppierte er sich zweimal mit einem mißratenen Flush und Full House. Den Flush konnte er verschmerzen, doch das Full House, in das er hoch investiert hatte, fegte ausgerechnet Redcliff mit einem Royal Flush vom Tisch.

»Leider nur zweiter Sieger, Richie«, höhnte Redcliff und strich das Geld ein.

Donald stöhnte auf. »Was für eine widerliche Greife! Gebt mir doch auch mal ein Blatt!« beklagte er sich.

Um sechs gingen sie nach ein paar High-Low und Stud-Poker-Runden auf Seven Card Stud über, einer Abart des Stud-Poker, bei der jeder Spieler sieben Karten erhält. Die ersten beiden und die letzte Karte bleiben dabei verdeckt, die restlichen vier offen auf dem Tisch für alle Mitspieler gut sichtbar. Ein Spiel für diejenigen, die kombinieren und sich die »Finde-Chancen« der Mitspieler blitzschnell im Kopf ausrechnen können. Es war Ralphs Spezialität – und der Tod für Donald und Pierre, die hier ihre größten Verluste machten. Aber auch Redcliff und Richard blieben nicht ungeschoren.

Donald meldete sich als erster ab. »Freunde, ich muß noch meine Maschine nach Nashville kriegen. Hat mir mächtig Spaß ge-

macht«, verabschiedete er sich gutgelaunt, obwohl er an diesem Tisch gut und gern zwanzigtausend Dollar gelassen hatte.
Pierre, dessen Verlust mindestens noch halb so hoch war wie der von Donald, brach wenig später auf. Timothy, der kräftig abgesahnt hatte, stopfte seinen Gewinn in die verschlissene Jeans und ging mit einem wortlosen Nicken.
»Tja, das war es dann wohl«, sagte Ralph und reckte sich. Die Pokerrunde schien beendet.

3 Richard hatte nichts dagegen einzuwenden, sich vom Pokertisch zu erheben. Er hatte einen ordentlichen Gewinn gemacht. Es war Zeit, sein Geld einzustreichen und zu gehen. Doch aus irgendeinem Grund blieb er sitzen und steckte sich eine Zigarette an, als wüßte er instinktiv, daß dies doch noch nicht das Ende des Spiels war – und daß noch etwas kommen würde.
Und es kam auch.
»Du willst jetzt schon die Stühle hochstellen? Mein Gott, es ist noch keine sieben!« wandte Redcliff ungehalten ein. »Spielen wir noch eine Runde! Oder willst du auch schon den Schwanz einkneifen, Richie? Na ja, wundern würde es mich bei dir natürlich nicht.«
Richard zögerte. Er hatte achteinhalbtausend Dollar vor sich liegen. Knapp sechstausend Gewinn in einer Nacht. Kein übler Stundenlohn. Drei Monate mehr, die sie sich über Wasser und vor allem *im* Wasser halten konnten. Aber sechs Monate mehr Atemluft wären natürlich besser als drei. Außerdem lag etwas in der Luft und drängte förmlich danach, daß sie ihre Rivalität offen austrugen. Und nichts konnte Redcliff schlimmer treffen, als wenn er gegen ihn Geld verlor. Und deshalb antwortete er: »Gegen eine weitere Runde habe ich nichts einzuwenden.«
»Macht das unter euch aus«, sagte Ralph, der sich eine dramati-

sche Auseinandersetzung nicht entgehen ließ, wenn sie sich ihm bot. Mitzuspielen hätte die Angelegenheit für ihn nur verwässert. Er hatte satt gewonnen. »Dicky, neue Karten und für mich einen dreistöckigen Dimple.«

»Was spielen wir?« fragte Richard.

Redcliff verzog das Gesicht. »Jeder kann ein Spiel ansagen.«

»Und welches sagst du an?«

»Poker einfach. Fünf Karten. Verdeckt, kein High und Low und keine wilden Karten.«

Richard zuckte die Achseln. »Okay, aber unter einer Bedingung?«

»Kriegst du schon kalte Füße?« spottete der schwergewichtige Schatztaucher.

»Da müßte schon Ralph an deiner Stelle sitzen.«

Ralph Romano schlürfte genüßlich seinen Dimple.

»Also, was willst du?« fragte Redcliff ungehalten.

»Höchsteinsatz sind jeweils tausend.«

Redcliff grinste breit. »Ist mir recht. Willst wohl schnell pleite gehen, was?«

Richard ging nicht darauf ein und warf ihm das neue Kartenspiel zu, das Dicky gebracht hatte. »Du gibst.«

»Mit Vergnügen.«

Redcliff mischte, ließ Ralph abheben und teilte dann aus, die Zigarre zwischen den Zähnen.

Richard nahm sein Blatt auf und spürte den stechenden Blick seines Rivalen. Er hatte keine schlechten Karten, aber auch nicht unbedingt ein Gewinnerblatt, ein As, zwei Buben, eine Dame und eine neun. Bis auf das As und den Pik-Buben alles in Karo.

»Kaufst du?« fragte Redcliff lauernd.

»Zwei«, sagte Richard und warf As und Pik-Bube ab. Als er die beiden Karten aufnahm, die Redcliff ihm zuschob, blieb sein Gesicht steinern.

»Ich kaufe eine Karte«, sagte Redcliff. »Du eröffnest.«

»Zweihundert.«

Redcliff schnaubte verächtlich. »Deine zweihundert und tausend.«
»Deine tausend und noch mal zweihundert.«
»Zweihundert und tausend.«
»Deine tausend und noch mal tausend.«
Ralph blickte mit hochgezogenen Augenbrauen von einem zum andern. »Na, ihr kommt ja ganz schön in Fahrt.«
»Ich warte, Redcliff!«
»Ich zieh' dir die Hosen aus«, zischte er und erhöhte erneut um tausend. Richard ließ sich noch dreimal hochtreiben. Dann hatte er sein Kapital erschöpft. »Die letzten Tausend zum Sehen, Redcliff!«
Dieser ließ sich Zeit. Er paffte eine dicke Rauchwolke über den Tisch und fächerte sein Blatt auf – dann knallte er es mit einer abrupten Handbewegung auf den Tisch.
»Ein Vierer-Spezi mit Krone!« rief er triumphierend.
Richard starrte einen Augenblick regungslos auf die vier Könige mit der Zehn.
»Tja, da bleibt dir wohl die Spucke weg, Kleiner.« Redcliff streckte die Hand nach dem Stapel Geldscheine aus – insgesamt siebzehntausend Dollar.
Richard hob die Hand. »Nur keine armenische Hast, mein Freund. Ein Vierer ist zwar kein schlechtes Blatt für einen Typen wie dich, aber deine achteinhalb Riesen rettet er nicht«, sagte er gelassen und blätterte seine Karten der Reihe nach über den Vierling. »Ein sauberer Straight Flush in Karo. Bedaure. Vielleicht ein andermal.«
Redcliffs Augen funkelten, er schluckte schwer und stieß dann wütend hervor: »Mit dem Blatt kann auch 'n Blinder spielen. Aber freu dich nicht zu früh, wir haben ja noch ein Spielchen vor uns. Was sagst du an?«
Richard dachte daran, daß Redcliff doch einiges an Alkohol im Blut hatte. Wenn er auch noch fit genug war, das Nachhalten und Kombinieren war bestimmt nicht seine größte Spielstärke. Des-

halb sagte er mit kühler Berechnung. »Seven Card Stud blind. Auch der Spieler kann sich die verdeckten Karten nicht ansehen.«

»Mir jagst du keine Angst ein«, sagte Redcliff geringschätzig, als hätte er Richards Gedanken erraten.

»Dann bin ich ja beruhigt.«

»Nun gib schon, Mann!«

Die ersten beiden Karten teilte Richard verdeckt aus, die nächsten vier jeweils offen, die siebte wieder verdeckt. Redcliff lag mit seinem Blatt eindeutig vorn. Die aufgedeckten Karten zeigten Kreuz-Bube, Karo-Bube, Pik-Bube und Kreuz-Neun. Damit steuerte er auf einen Vierling oder aber mit einer weiteren Neun zumindest auf ein Full House zu.

Vor Richard lagen Kreuz-As, Karo-As, Herz-Zehn und Kreuz-Sieben.

»Jetzt wird sich ja zeigen, wer hier die Flatterhosen anhat«, reizte Redcliff ihn. »Na komm schon, setz deine paar Flocken. Bei dem Blatt kommst du ja doch nicht mit dem Hintern hoch – wie du auch die MARAVILLA nicht finden wirst.«

Richard blickte ihn kühl an. »Du riskierst manchmal eine verdammt dicke Lippe, Redcliff, daß ich nicht schlecht Lust hätte, dir da ein paar draufzugeben.«

»Willst du jetzt vom Spiel ablenken?« spottete Redcliff.

»Du kannst dein Spiel haben, Freundchen. Und wenn du mitziehst, setze ich alles, was ich habe, gegen dein Blatt«, forderte er ihn heraus. »Siebzehn Riesen!« Er schob all sein Bargeld in die Mitte des Tisches.

Redcliff spuckte ein Stück Zigarrenblatt aus. »Ich mach' dich doch mit geschlossenen Augen naß, Mann«, schnaubte er, zählte siebzehntausend Dollar ab und klatschte sie auf Richards Scheine. »Willst du nicht noch was setzen?«

»Was denn?« fragte Richard und versuchte, das flaue Gefühl im Magen zu ignorieren. Er hatte sein Gesicht völlig unter Kontrolle, doch innerlich gingen ihm die siebzehntausend Dollar, die er

eingesetzt hatte, ganz schön nahe. So hoch hatte er noch nie gespielt.
»Ich nehm' einen Wechsel auf dein Boot an.«
Richard verzog das Gesicht. »Das ist wirklich zu großzügig, Redcliff. aber das kann ich nicht annehmen. Habe ja jetzt schon Gewissensbisse, daß ich dir so viel Geld abnehme. Wo du dich doch die Nacht über so angestrengt hast«, sagte er sarkastisch.
»Keinen lausigen Cent nimmst du mir ab«, knurrte Redcliff.
»Wenn keiner mehr erhöhen will, solltet ihr damit beginnen, die Karten aufzudecken«, machte sich Ralph Romano bemerkbar und blickte mit fast sehnsüchtigem Ausdruck auf den Topf. Vierunddreißigtausend Dollar!
»Fang an!« verlangte Redcliff von Richard.
Richard gab sich gelassen, doch seine Hände waren feucht. Er legte die erste Karte um. Herz Acht. Lusche.
»Nur weiter so!« höhnte Redcliff und brachte eine Dame zum Vorschein. Er grinste. Er hatte immer noch beste Chancen für ein Full House.
Richard war wieder dran. Er deckte die zweite Karte auf. Herz-As. Damit lag er vorn. As-Drilling gegen Bube-Drilling.
»Heilige Fresse!« entfuhr es Ralph unwillkürlich.
Redcliff sog die Luft hörbar ein und drehte seine nächste Karte um. Eine zweite Dame! Damit war sein Full House komplett.
»Dicky, mach ihm schon mal 'nen starken Drink. Wird ihn gleich bitter nötig haben, wenn er seinen Schotter an mich abliefert.«
Richard riß sich zusammen und ließ sich zu keiner hitzigen Erwiderung hinreißen. Er schluckte schwer, streckte die Hand nach der dritten verdeckten Karte auf, zögerte kurz und warf sie dann herum.
Kreuz-Zehn!
Ebenfalls Full House!
»Verdammt!« stieß Redcliff hervor und legte seine letzte Karte auf, eine Karo-Acht.

»Richies Full House schlägt deines um zwei Klassen«, stellte Ralph Romano sachlich fest.
»Dicky, frag bitte Redcliff nach seinen Wünschen«, sagte Richard über seine Schulter und zog den fetten Topf an sich. Er konnte es kaum glauben. Vierunddreißigtausend Dollar. »Diesmal war es mir wirklich eine Freude, mit dir an einem Tisch zu sitzen.«
Redcliff funkelte ihn mit mühsam beherrschter Wut an. »Ich verlange Revanche!« keuchte er.
»Verlangen kannst du, was dir in den Sinn kommt«, erwiderte Richard ruhig. »Nur wirst du dich damit abfinden müssen, daß du nicht alles bekommst, was du haben willst. Du hast verloren, und damit hat es sich.«
»Du mußt mir Revanche geben!« verlangte Redcliff. »Glaubst du, ich lasse dich mit meinem Geld davonlaufen?«
»Eine Frage, die mich vor zwei Jahren auch stark beschäftigte«, entgegnete Richard beißend. »Wir haben eine letzte Runde ausgemacht, zwei Spiele. Die hast du bekommen – und beide verloren. Finde dich damit ab.« Er rollte die Geldscheine zusammen und steckte die dicke Rolle in die Tasche, während er sich erhob.
»Ich finde mich mit gar nichts ab, Mann!« fauchte Redcliff und sprang ebenfalls auf.
»Blas dich nicht so auf. Du hast den großen Macker markiert und bist munter auf die Nase gefallen ...«
»Ich werd' dir was auf die Nase geben!« schrie Redcliff unbeherrscht und schlug unvermittelt zu. Seine Faust bohrte sich in Richards Magen.
Er kippte nach vorn und wankte zwei Schritte zurück.
Wie der Blitz kam Dicky hinter der Hausbar hervorgeschossen.
»Jetzt reden wir ein paar Takte miteinander«, grollte Ralphs bärenstarker Rausschmeißer. »Und die Musik wird dir noch verdammt lange im Schädel sitzen, wenn ich ...«
Richard hob die Hand und sagte hustend: »Laß ihn, Dicky. Das haben wir unter uns auszumachen. Es war schon längst fällig. Ich

hätte ihm schon vor zwei Jahren das dreckige Grinsen aus dem Gesicht prügeln sollen.«
»Komm nur, ich mach' dich zur Schnecke!« zischte Redcliff.
Dicky sah seinen Boß fragend an.
Ralph Romano zuckte die Achseln. »Okay, aber wenn was zu Bruch geht, wird geblecht.«
»Jetzt kriegst du dein Fett ab!« zischte Redcliff und stürmte auf ihn zu. Wie ein Berserker drosch er auf Richard ein, der vom ersten unverhofften Faustschlag noch immer etwas angeschlagen war.
Deshalb ging er erst einmal in die Defensive, blockte die wilden Schläge seines Angreifers ab und wich vor ihm zurück. Dicky und Ralph zerrten schnell den Tisch aus der Zimmermitte.
Redcliff lachte gemein auf, als er Richards Deckung mit einer linken Geraden durchbrach und sie ihm auf die Rippenbogen schlug.
Richard japste nach Atem.
»Warte nur, die Luft wird gleich noch dünner!« zischte Redcliff. »Ich mach' dich reif für die Intensivstation, du Dreckskerl. Du kommst mir nicht noch mal in die Quere.« Er griff blitzschnell nach der leeren Flasche, die auf der Platte der Hausbar stand.
Ein Adrenalinstoß jagte durch Richards Körper. Er vergaß für einen Augenblick seine schmerzenden Rippen, verlagerte sein Gewicht auf das rechte Bein, während er einen halben Schritt zurück machte und sich so drehte, daß er Redcliff nur noch seine linke Seite darbot. Mit dem hochgerissenen linken Unterarm blockte er den Schlag mit der Flasche ab. Im gleichen Augenblick schlug Richard mit der rechten Faust zu. Er warf sich förmlich herum, und seine ganze Körperkraft lag in diesem Schlag. Er erwischte seinen Widersacher unter dem linken Auge.
Redcliff brüllte vor Schmerz und Wut auf. Die Flasche entglitt seiner Hand und zersprang auf dem Boden in tausend Scherben. Er taumelte zurück. Seine Hand zuckte zu seinem Gesicht hoch, zu der Stelle, wo Richard ihn getroffen hatte. Für einen Augen-

blick stand maßlose Verblüffung in seinen Augen – dann flackerte nackte Mordlust in ihnen auf. Er schüttelte den Kopf und griff wieder an.
Richard empfing ihn mit einer Kombination aus Haken und Geraden. Zwar mußte auch er so manch einen Treffer einstecken, doch Redcliff bezahlte schwer für jeden Körpertreffer. Er war zwar ein breitschultriger, bulliger Mann, doch er hatte Fett angesetzt und war nicht schnell genug auf den Beinen.
Jerry Redcliff bekam an diesem Morgen sein eigenes Blut zu schmecken. Richard hatte die anfängliche Benommenheit abgeschüttelt und nahm nun die Gelegenheit wahr, es ihm endlich heimzuzahlen. Er hatte diese Prügel schon längst verdient!
Redcliff versuchte die gemeinsten Tricks, doch Richard war auf der Hut. Er ließ nicht zu, daß der rothaarige Bulle Tempo und Stil dieser handfesten Auseinandersetzung bestimmte und seine größere Reichweite ausspielen konnte, denn er wußte, daß er dann keine Chance hatte, dem Niederschlag zu entkommen, denn Wucht lag schon hinter Redcliffs Schlägen. Deshalb machte er ihm kräftig Dampf.
Richard rückte ihm nahe auf den Pelz und jagte ihm mit einer kurzen Geraden die Luft aus den Lungen. Redcliff torkelte röchelnd zurück. Blut sickerte aus seiner aufgeplatzten Unterlippe.
Sofort setzte Richard nach. »Bis zum Rundengong wird es noch was dauern!« stieß er grimmig hervor und landete einen Schwinger, der Redcliffs Kopf nach hinten schleuderte.
Der rothaarige Schatztaucher geriet allmählich in Panik. Er schmeckte Blut auf der Zunge und spürte die Wirkung der Schläge immer mehr. Auch machten sich die lange Nacht und der Alkohol bemerkbar. Es kostete ihn unheimlich viel Kraft, die Arme oben zu halten.
»Kannst jederzeit das Handtuch werfen, Redcliff. Brauchst nur zu sagen, wenn du genug hast.«
»Ich … bring' … dich … um!« stieß Redcliff kurzatmig hervor.

»Da mußt du aber erst mal gehörig abspecken«, erwiderte Richard, blockte eine heranschießende Rechte ab und konterte mit einem Uppercut.

Redcliff reagierte zu langsam. Die Faust krachte unter sein Kinn und ließ ihn zu Boden gehen. Doch er rappelte sich schnell wieder auf. In seinen Augen stand das Wissen, daß er den Kampf nicht mehr gewinnen konnte – zumindest nicht mit den Fäusten. Er griff nach einem der Stühle, riß ihn mit beiden Händen hoch und schwang ihn mit aller Kraft herum.

Geistesgegenwärtig duckte Richard sich. Trotzdem schrammte ein Stuhlbein schmerzhaft über seine Schulter, dann krachte der Stuhl gegen die Wand und zertrümmerte eine hinter Glas gerahmte Fotografie.

»Das steht aber nicht im Buch der goldenen Boxregeln, mein Lieber. Aber wenn dir Freistil vorschwebt, kannst du das gern haben!« murmelte Richard wütend, und sein linkes Bein schoß vor. Er traf ihn mit seinem Schuh unterhalb der Kniescheibe. Gellend schrie Redcliff auf und ließ den Stuhl los.

Es wurde Zeit, daß diese Schlägerei zu einem Ende kam, fand Richard. Er wollte Redcliff nicht krankenhausreif schlagen, sondern ihm eine Lektion verpassen, die er so schnell nicht vergaß. Redcliff war schon schwer angeschlagen. Als er schließlich seine Deckung sträflich vernachlässigte, suchte Richard die Entscheidung.

Es waren drei Schläge, in die er all seine Kraft legte und die so schnell kamen, daß Redcliff in seinem benommenen Zustand keine Chance hatte. Er schrie gellend auf, wurde halb um seine eigene Achse herumgerissen, torkelte und knickte dann in den Knien ein. Mit glasigen Augen ging er zu Boden und blieb dort stöhnend liegen.

»Soviel also zum Thema, wer hier wem eins auf die Nase gibt«, sagte Richard, ging an die Bar und nahm dankbar das Glas, das Dicky ihm mit einem wortlosen, anerkennenden Grinsen zuschob. Er kippte das eiskalte Tonic-Wasser mit einem Zug hinunter und merkte erst jetzt, wie zittrig er selbst war und wie schwach er sich auf den Beinen fühlte. Nachdem er das Glas geleert hatte, zog er fünfzig Dollar aus der Tasche und steckte sie Dicky zu.

Ralph Romano kam zu ihm herüber, auch er grinste verhalten. »Das reicht für heute! Daß ihr Burschen euch nicht zusammenreißen könnt! Ich glaube, du solltest jetzt besser gehen, Richie«, sagte er laut und fast vorwurfsvoll, sagte dann aber gedämpft, während er ihn in Richtung Tür schob: »Redcliff hat bekommen, was er verdient hat. Saubere Arbeit, und das Zocken hast du auch noch nicht verlernt. Laß dich mal wieder blicken. Du weißt, du bist hier jederzeit willkommen. Und wenn du mal einen Job als Rausschmeißer suchst, ich würd' dich nehmen.«

Richard lachte leise. »Danke für das ehrenvolle Angebot. Aber nach dieser Nacht kann ich die GOLDDIGGER für eine lange Zeit unter Dampf halten.«

Ralph Romano schlug ihm auf die Schulter. »Viel Glück. Du findest ja selbst hinaus, nicht wahr?«

Richard nickte, warf einen letzten Blick auf Redcliff, der noch immer am Boden lag und sich krümmte, und ging davon. Als er draußen auf der Holztreppe stand, blinzelte er in die Morgensonne, die den Innenhof überflutete und die subtropischen Gewächse in warmen, bunten Farben aufleuchten ließ. Er holte die dicke Geldrolle aus der Tasche und wog sie in der Hand, kopfschüttelnd und ein ungläubiges Lächeln auf dem Gesicht. Fast zweiunddreißig Riesen Gewinn! An diesen Gedanken mußte er sich erst einmal gewöhnen! Gestern hatte Colin ihm den Dieselhahn abgedreht, und jetzt brauchte er sich für die nächsten zwölf, fünfzehn Monate keine Sorgen mehr darüber zu machen, ob sie ihre Rechnungen auch bezahlen konnten.

Sein Blick fiel plötzlich auf die Gestalt, die unten neben einer Palme in einer Gartenliege lag. Coffee hatte es sich da bequem gemacht.

Himmel, bei all der Aufregung hatte er ihn ganz vergessen!

Schnell lief er die Treppe hinunter und rüttelte an der Liege. »Na, komm schon, Coffee. Hast dich lange genug aufs Ohr gelegt!« weckte er ihn.
Träge schlug sein Freund die Augen auf. »Spar dir deine Überredungskünste. Von mir kriegst du keinen Dollar«, sagte er schläfrig. »Die Geschäftsleitung lehnt jede Anleihe ab. Spiel meinetwegen mit Murmeln weiter.«
»Wach auf, Partner, und wirf mal einen Blick auf diese Dollarknolle«, erwiderte Richard vergnügt und hielt ihm die dicke Geldrolle unter die Nase.
»Der alte Trick«, murmelte er. »Außen ein Hunderter und innen nichts als Einer.«
»Das ist kein Hunderter, sondern ein Riese«, klärte Richard ihn auf, »und davon stecken noch weitere dreiunddreißig drin.«
»Wie schön das Träumen doch sein kann«, murmelte Coffee.
»Coffee, ich meine es ernst! Ich habe abgesahnt!«
Jäh richtete sich Coffee auf, fuhr sich über die Augen und griff nach der Rolle. »Heiliger Makrelenschwarm!« stieß er fassungslos hervor, als er die Scheine auffächerte. »Du hast den Teufel also wirklich am Schwanz gepackt!«
»Du wirst es nicht glauben, wenn ich dir erzähle, wem ich die Scheine aus den Rippen geschüttelt habe!«
Coffee legte die Stirn in Falten, als er Richard ins Gesicht blickte. »Du siehst aus, als hättest du die Knete mit den Fäusten einkassiert. Wer hat dich denn bloß in die Mangel genommen?«
Richard tastete vorsichtig über die Schwellungen in seinem Gesicht. »Du solltest mal Redcliff sehen«, sagte er fröhlich. »Gegen ihn sehe ich aus, als käm' ich gerade von einer Drei-Wochen-Kur auf einer Schönheitsfarm.«
»Redcliff war mit von der Partie?«
»Ja, bis zum bitteren Ende«, sagte Richard und berichtete ihm von der letzten Runde und der Schlägerei.
»Donnerlittchen, auf dich ist wirklich Verlaß, Richie!« sagte Coffee begeistert und boxte ihn freundschaftlich in die Seite. »Ich

wünschte, ich hätte das mit ansehen können. Redcliff am Boden, das hätte ich mir was kosten lassen.«

»Er hat seine Abreibung bekommen und wird sich schwarz darüber ärgern, daß er uns das nächste Jahr finanziert hat«, sagte Richard und fühlte sich so munter, als hätte er nicht die ganze Nacht durchgezockt. Nur die Schwellungen begannen zu schmerzen, und er ging zum Springbrunnen hinüber und tauchte sein Gesicht in das kühle Wasser des Beckens. »Und jetzt erzähl mir, wie du die Nacht verbracht hast.«

»Da gibt's nicht viel zu erzählen, Richie. Ich sag' dir nur eins: Ich kann keinen Billardtisch mehr sehen. Wenn ich das nächstemal ein Queue in die Hand nehmen soll, muß man mich schon dafür bezahlen, das kann ich dir schriftlich geben!«

4 Karen hatte das Steuer übernommen und hielt die GOLDDIGGER auf südöstlichen Kurs. Sie liebte es, die Vibrationen des Trawlers unter ihren Händen zu spüren. Als Skip sie das erstemal ans Steuer gelassen hatte, war sie verwundert und fasziniert gewesen, wie schnell das Boot auf Ruderbewegungen reagierte.

Richard beobachtete sie mit einem Gefühl von Stolz und Zärtlichkeit, wie sie jede kleinste Abweichung vom Kurs sofort korrigierte. Ihre glatte Haut glänzte wie Bronze in der Vormittagssonne, und in ihrem blauweißen Bikini sah sie so sexy aus, daß er sie am liebsten hinunter in ihre Kabine geführt und geliebt hätte. Ein Schmunzeln trat in sein Gesicht, als er daran dachte, wie sie gestern bei ihrer Rückkehr von Key West reagiert hatte.

»Sich in unserer Situation mit dreitausend Dollar an den Pokertisch zu setzen war ausgesprochen leichtsinnig von dir«, hatte sie scheinbar vorwurfsvoll gesagt, dann aber mit einem fröhlichen Funkeln in den Augen hinzugefügt: »Aber wenn du es nicht getan hättest, wärst du wohl nicht der Richard gewesen, den ich liebe.«

»Und welchen Richard liebst du?« hatte er gefragt.

»Den, der nicht so handelt, wie man es von einem vernünftigen Menschen gemeinhin erwartet. Du bist ein Spieler und ein zielbewußter Träumer. Wenn du anfängst, auf Sicherheit zu gehen und dir wegen unbezahlter Rechnungen den Schneid abkaufen zu lassen, dann muß ich mir um dich Sorgen machen.«

Als sie dann später allein auf dem Boot gewesen waren, hatte sie ihm gezeigt, wie sehr sie ihn liebte. Hinterher war sie ein paar Minuten in seinen Armen eingeschlafen. Als sie wieder erwacht war, war sie nicht mehr ganz so nackt gewesen wie vor ihrer leidenschaftlichen Vereinigung: An ihrem Handgelenk hatte das Diamantarmband geglitzert.

»Liebe macht reich«, hatte er zu ihr gesagt. »Manchmal sogar buchstäblich steinreich.«

Richard fuhr aus seinen Gedanken auf, als Skip ihn anstieß. »He, sprichst du nicht mehr mit uns?« fragte er mit spöttischem Unterton.

»Wie? Oh! ... Hast du was gesagt?«

»Und ob ich was gesagt habe. Sag mal, hast du geträumt, oder leidest du unter Spätwirkungen von Redcliffs Schwingern?« zog Skip ihn auf und deutete auf Richards Gesicht. »Hab' noch nie so schöne Blau- und Grüntöne gesehen.«

»Ein müder Witz, den ich dir auch nur durchgehen lasse, weil du langsam ins Alter zu kommen scheinst«, flachste Richard zurück. »Also, was steht denn an?«

»Es geht um den Proton-Magnetometer«, ergriff Coffee nun das Wort. »Wir haben uns überlegt ...« Er kam nicht mehr dazu, auszuführen, was sie sich überlegt hatten.

Ein dumpfer Knall ließ sie zusammenfahren.

Carlos blickte zum Himmel hoch auf der Suche nach einer jener Militärmaschinen, die häufig tief über die See dahinschossen und in diesem Gebiet regelmäßig ihre Übungsflüge absolvierten. »Da hat wohl ein Tiefflieger die Schallmauer durchbrochen«, sagte er.

Skip schüttelte den Kopf. »Nein, das klingt anders. Das war kein Jet.«

»Ist auch weit und breit kein Flieger zu sehen«, meinte Coffee.
Erneut knallte es. Diesmal zweimal kurz hintereinander. Es klang wie Kanonenschläge.
»Wißt ihr, woran mich das erinnert?« fragte Carlos.
»An Silvester«, spottete Murphy.
»Nein, an Dynamitfischen.«
»Wer soll hier draußen in unserem Contract-Gebiet mit Dynamit fischen?« fragte Skip. »Außerdem ist das strengstens verboten.«
»Richard! ... Skip!« rief Karen vom Ruderstand und wies in das grelle Sonnenlicht. »Boot voraus!«
Sie beschatteten ihre Augen mit den Händen und versuchten, die blendende Helligkeit im Osten zu durchdringen. Dann sahen sie die Umrisse des Bootes. Wären sie aus einer anderen Himmelsrichtung gekommen und nicht geradewegs in die Sonne gefahren, hätten sie das Boot schon längst ausgemacht.
»Kannst du sehen, wie der Kahn dieses Schweinehundes heißt, der da mit Dynamit in unserem Revier fischt?« fragte Coffee zornig.
Wieder krachte es zweimal. Richard war so, als könnte er Wasserfontänen hochspritzen sehen. Doch das konnte auch nur Einbildung sein.
Karen nahm das Fernglas von der Ablage und stellte es scharf. »Es dreht ab!« rief sie. »Ich will es nicht beschwören, aber es könnte die BUCCANEER sein. Schau selber, Skip!«
Skip riß ihr das Fernglas fast aus der Hand. »Und ob er das ist! Dieser Scheißkerl! Er liegt genau querab von der Boje, mit der wir das Planquadrat markiert haben, das wir gerade diggen!«
Richard trat neben ihn an die Reling. »Laß sehen, Skip!« Er überzeugte sich mit eigenen Augen davon, daß es Jerry Redcliffs Boot war, das sich mitten in ihrem Arbeitsgebiet aufgehalten und Dynamit gezündet hatte. Die BUCCANEER drehte nun nach Norden ab und lief offenbar unter voller Maschinenkraft, denn Richard sah deutlich, wie sich der Bug aus dem Wasser hob und das Heckwasser schäumte.

»Soll ich ihm nach?« wollte Karen wissen.
»Das ist doch keine Frage, Karen«, antwortete Richard aufgebracht. »Und ob wir uns an seine Fersen heften! Diese Schweinerei lassen wir uns nicht bieten. Wir schnappen ihn uns, und dann wird er sich wünschen ...«
Skip legte ihm eine Hand auf die Schulter und fuhr ihm grimmig ins Wort. »Vergiß die Verfolgungsjagd, Richie. Wir holen die BUCCANEER nicht ein, sondern vergeuden nur eine Menge Zeit und Treibstoff.«
»Aber die GOLDDIGGER ist doch schneller als Redcliffs Boot!« wandte Karen ein, die das Ruder schon herumgelegt hatte und gerade die Gashebel ganz nach vorn drücken wollte.
»Ja, normalerweise schon«, räumte Skip ein. »Aber habt ihr vergessen, daß wir nicht nur die Tanks randvoll, sondern auch noch ein paar Tonnen Zementblöcke an Bord haben?« Er wies mit dem Kopf auf die am Heck aufgestapelten Blöcke. Sie maßen etwa zwanzig Inch im Quadrat und brachten fünfzig Pfund auf die Waage. Aus jedem dieser kleinen Zementblöcke ragte eine Eisenöse heraus, an der sie die Leine mit der Boje festmachen konnten. Mit diesen Bojen, deren Zementsockel sie auch bei starker Strömung und Wind an Ort und Stelle hielten, markierten sie die Stellen, bei denen der Magnetometer einen signifikanten Ausschlag auf dem Naß-Recorder hinterlassen hatte. Da sie bei dieser Tauchfahrt ein neues Planquadrat absuchen wollten, hatten sie über dreißig dieser Zementquader an Bord. Sie drückten die GOLDDIGGER ganz schön ins Wasser.
»Richtig! Mist!« fluchte Coffee.
»Die BUCCANEER hat drei, vier Meilen Vorsprung. Bis Matecumbe Key kriegen wir sie nie am Wickel«, fügte Skip hinzu.
»Und wenn wir sie einholen würden«, mischte sich Murphy ein. »Was könnten wir schon gegen Redcliff und seine Crew ausrichten?«
»Das klingt ja so, als hättest du einen Heidenrespekt vor diesem zweibeinigen Stinktier«, sagte Carlos spitz.

»Ich habe vor Maschinenpistolen einen Heidenrespekt«, stellte Murphy klar und warf ihm einen gereizten Blick zu. »Habe jedenfalls keine Lust, mir bei einer Aktion, die ja sowieso nichts bringt, ein paar Unzen Blei einzuhandeln.«

Carlos kniff ärgerlich die Augen zusammen. »Was heißt denn hier Aktion, die nichts bringt? Sag bloß, diese Sauerei läßt dich kalt, Mann?«

»Das habe ich nicht gesagt. Aber wir können gegen sie doch gar nichts ausrichten – auch wenn sie nicht bis an die Zähne bewaffnet wären. Oder willst du die BUCCANEER im Handstreich nehmen?«

»Mir paßt deine Einstellung nicht, Murphy«, knurrte Carlos. »Wir könnten nämlich schon etwas tun, um diesen hinterfotzigen Typen eine Lektion zu erteilen.«

Richard machte dem Streit zwischen den beiden ein Ende. »Es bringt nichts, wenn wir uns jetzt noch gegenseitig in die Haare geraten, obwohl es auch mir in den Fingern juckt, Carlos. Aber Murphy hat leider recht. Auch wenn wir sie trotz unserer schweren Ladung noch einholen könnten, was ja nicht sehr wahrscheinlich ist, brächte das nichts.«

»Bleibt uns nur eine Anzeige, wenn wir zurückkommen«, sagte Coffee wütig. »Und das ist ein Schuß in den Ofen, weil Redcliff und seine Crew alles abstreiten werden. Hieb- und stichfeste Beweise, daß sie das Dynamit gezündet haben, können wir ja nicht vorweisen.«

»Langsam fängt Redcliff an, mir richtig unsympathisch zu werden und auf den Nerv zu gehen«, sagte Skip mit finsterer Miene. »Da, seht euch an, was sie angerichtet haben. Die Detonationen haben bestimmt Tausenden von Fischen den Tod gebracht. Verdammter Schlächter!«

Unzählige Fische trieben verendet auf der Wasseroberfläche, als sie in die Nähe ihrer Hauptboje kamen, ein Großteil mit zerfetzten Leibern. Ihr Blut färbte das Wasserrot. Es war ein schrecklicher Anblick.

»Ehe wir hier wieder tauchen können, wird eine Weile vergehen«, sagte Richard bitter.
»Wieso?« fragte Karen.
»Haie!« sagte Coffee nur.
Richard nickte. »Das viele Blut und die toten Fische locken Haie an wie Honig die Bienen. Und wenn ein Hai in einem Gebiet leichte Beute findet, verschwindet er so schnell nicht wieder. Redcliff hat genau gewußt, was er gemacht hat.«
»Du hättest ihn wirklich krankenhausreif schlagen sollen«, sagte Coffee. »Dann hätten wir wenigstens ein paar Wochen Ruhe vor ihm gehabt.«
Richard zuckte die Achseln. »Ist nicht mein Stil. Aber wenn er uns noch mal Schwierigkeiten macht, werde ich es mir überlegen. Und jetzt dreh ab, Karen. Hier haben wir die nächsten Wochen nichts zu suchen.«
Sie blieben fünf Tage auf See und suchten in der Zeit ein neues Planquadrat zwischen Upper und Lower Matecumbe Key mit dem Proton-Magnetometer ab. Doch die Tauchfahrt brachte keinen einzigen Hinweis auf die möglichen Wrackteile der MARAVILLA. Ohne auch nur eine Silbermünze oder wenigstens einen Ballaststein gefunden zu haben, kehrten sie kurz vor Einbruch der Dunkelheit in den Hafen zurück. Sie waren gedrückter Stimmung und verzichteten darauf, ihre Stammkneipe aufzusuchen. Sie gingen alle früh zu Bett.
Als Richard am nächsten Morgen erwachte und die Hand nach Karen ausstreckte, stieß er nur auf ihr Kopfkissen. Er hörte ein Rascheln, öffnete die Augen und drehte sich um. Es war noch sehr früh und dunkel in der Kabine.
Karen saß in ihrem transparenten Hemdhöschen am Klapptisch und blätterte im Licht der drehbaren Wandleuchte in einem Stoß fotokopierter Dokumente.
»Man kann es mit der Arbeit auch übertreiben, Schatz«, machte er sich bemerkbar.
Sie drehte sich zu ihm um. »Oh, habe ich dich aufgeweckt?«

»Nein«, sagte er, richtete sich auf und blickte auf die Uhr. Zehn vor sechs.

Wenn sie auf See waren, weckte Skip sie um diese Uhrzeit. Dann zog schon der Geruch von Kaffee durch die GOLDDIGGER. Als Karen zu ihnen aufs Boot gezogen war, hatte er es sich dennoch nicht nehmen lassen, auch weiterhin die Küche für sich zu beanspruchen. Er wäre verletzt gewesen, wenn man ihn seiner Aufgabe als Schiffskoch beraubt hätte, denn vom Kochen verstand er genausoviel wie von Booten. Karen war es nur recht gewesen. Sie arbeitete lieber mit dem Magnometer und unter Wasser und leistete auf diesem Gebiet ihre Arbeit wie jeder andere Taucher an Bord der GOLDDIGGER.

»Bist du schon lange auf?« fragte er.

»Eine gute Stunde. Ich konnte einfach nicht länger schlafen.«

»Warum hast du mich nicht geweckt? Mir wäre schon etwas eingefallen, womit wir uns hätten beschäftigen können. Dafür ist es übrigens auch um sechs noch nicht zu spät.«

Sie lächelte und kam zu ihm. Liebevoll legte sie ihm ihre Hand auf die Brust, doch ihr nachdenklicher Gesichtsausdruck verriet ihm, daß ihr jetzt nicht nach leidenschaftlichen Umarmungen zumute war.

»Was hast du, Karen?«

»Zwei Jahre sind eine lange Zeit ...«

»Ohne Trauschein. Ja, da stimme ich dir zu.«

Sie schüttelte den Kopf. »Nein, das meine ich nicht. Zwei Jahre suchen wir die MARAVILLA, ohne ihr auch nur einen Inch näher gekommen zu sein.«

»Wem sagst du das«, murmelte er. »Vielleicht hätte ich mich doch besser auf meine eigene Nase verlassen und das andere Schiff suchen sollen.«

»Nein, das glaube ich nicht, Richard. Das mit der MARAVILLA ist schon in Ordnung. Sie ist vor den Keys gesunken, das steht eindeutig fest.«

»Aber das ist auch schon das einzige, was eindeutig ist.«

»Das Dumme ist, daß wir nur so wenig Dokumente über den Untergang dieser spanischen Schatzgaleone zur Verfügung haben. Was Sidney da aus Sevilla mitgebracht hat, ist wirklich nicht berauschend viel. Aber er konnte ja nicht wissen, daß das mal so wichtig sein würde. Wie auch immer, ich habe in letzter Zeit das unangenehme Gefühl, daß wir unsere Zeit vergeuden und in der völlig falschen Gegend nach dem Wrack suchen.«
»Da bist du nicht die einzige, die dieses unangenehme Gefühl hat«, sagte Richard sarkastisch und strich über ihre Brüste. »Vielleicht sollten wir aufgeben und uns ein neues Ziel setzen.«
Heftig schüttelte Karen den Kopf. »Nein, das genaue Gegenteil müssen wir jetzt tun! Das ist mir vorhin ganz klar bewußt geworden. Wir können so nicht weitermachen.«
»Sondern?«
»Ich habe mich entschlossen, nach Spanien zu fliegen und im Archiv in Sevilla nach weiteren Dokumenten zu suchen!« erklärte sie fest entschlossen.
Verblüfft sah er sie an. »Sag bloß, du meinst es ernst?«
»Und ob ich es ernst meine!« versicherte sie. »Ich hätte das schon längst tun sollen. Richard, im westindischen Archiv liegen doch Millionen Dokumente! Darunter befinden sich bestimmt irgendwelche Briefe, Tagebücher oder offizielle Schreiben, die sich mit dem Untergang der MARAVILLA beschäftigen!«
Er verzog das Gesicht. »Die gibt's bestimmt, nur muß man sie erst mal finden und dann auch noch entziffern. Du hast doch gehört, was Sidney erzählt hat. Irgendein Dokument zu suchen, das nicht katalogisiert ist und dessen Existenz man zudem nur vermutet, entspricht in etwa der Aufgabe, an einem endlos langen Sandstrand ein bestimmtes Sandkorn zu finden. Das kann Wochen, Monate, ja sogar Jahre dauern. Und wenn du Glück haben solltest, muß das Dokument erst noch entziffert werden.«
»Ich weiß, aber ihr braucht mich nicht unbedingt auf dem Boot, und ich habe in den letzten Jahren genug altspanische Schriften studiert, um damit klarzukommen. Es ist zumindest eine Chance,

die wir bisher noch nicht wahrgenommen haben, was vielleicht ein großer Fehler war.«
Richard schwieg nachdenklich.
»Und teuer wird das Ganze auch nicht. Ich kann mich in Sevilla in einer kleinen Pension einquartieren oder mir irgendwo privat ein Zimmer nehmen.«
»Ich weiß nicht ...«
»Was weißt du nicht?« fragte sie.
Er druckste herum. »Ich habe auch schon oft an das Archiv in Spanien gedacht. Aber du weißt ja, was ich von Schreibtischarbeit und Papierkram halte.«
»Mir macht das nichts aus. Ich tue es sogar gern.«
»Aber ich lasse dich nicht gern weg«, gestand er und zog sie an sich.
»Aha, das ist des Pudels Kern! Hatte ich es mir doch gedacht!«
»Karen, wir waren in den letzten beiden Jahren selten mal für einen Tag getrennt, und jetzt soll ich dich allein nach Spanien fliegen lassen? Für mehrere Wochen oder gar Monate?«
»Vielleicht genießt du deine wiedergewonnene Freiheit so sehr, daß du froh bist, wenn sich die Recherchen im Archiv in die Länge ziehen sollten«, scherzte sie.
Er verzog das Gesicht. »Sag so etwas nicht, Karen! Du weißt ganz genau, daß ich dich jeden Tag vermissen werde. Aber da du gerade von Genießen gesprochen hast: Ich kann dir gern zeigen, was ich am liebsten genieße ... und dazu brauche ich dich«, sagte er verführerisch und schob seine Hand unter den Saum ihres Hemdhöschens.
Sie seufzte, hielt seine Hand aber fest. »Alles zu seiner Zeit, Liebling. Lenk jetzt bitte nicht ab. Ich finde, wir sollten jetzt endlich Nägel mit Köpfen machen. Einer von uns muß nach Sevilla, und da nur ich Spanisch perfekt beherrsche, bleibt uns wohl keine andere Wahl. Ich will gar nicht daran denken, wie es sein wird, ohne dich zu sein ...«
»Ich könnte doch mitkommen.«

»Und mich dann Tag für Tag mit deiner Ungeduld verrückt machen, ja?« sagte sie halb scherzhaft, halb ernst. »Nein, damit würden wir uns keinen Gefallen tun, Richard. Du würdest es doch keine sechs Stunden im Archiv aushalten. Nein, du gehörst auf die GOLDDIGGER, während ich da in staubigen Dokumenten wühle und nach hilfreichen Hinweisen über die MARAVILLA suche. Außerdem wäre das eine echte Aufgabe, eine Herausforderung für mich. Taucher kannst du jede Menge einstellen. Aber jemanden, der Sitzfleisch hat und altspanische Schriften entziffern kann, findest du nicht so leicht.«

»Ich sehe, du hast es dir in deinen hübschen Kopf gesetzt, mich zum Strohwitwer zu machen«, sagte Richard mit gespielter Betrübnis. Karens Argumentation war stichhaltig. Sie drehten sich seit zwei Jahren im Kreis, hatten Zehntausende ausgegeben und nicht den geringsten Erfolg erzielt. Sie brauchten einfach mehr Informationen über die MARAVILLA, und wenn solche überhaupt existierten, dann konnten sie die nur im Archiv von Sevilla finden. Karen mußte nach Spanien fliegen, das sah er ein. »Hast du dir denn auch schon überlegt, wann du fliegen willst?«

»Mit der nächsten Maschine.«

»Dann bleibt uns ja nicht mehr viel Zeit.«

»Wofür?« fragte sie, doch ihr Lächeln strafte ihre scheinbare Begriffsstutzigkeit Lügen.

»Für die wunderbarste Beschäftigung, seit Gott Eva schuf«, sagte Richard und zog sie in seine Arme.

Am späten Nachmittag des nächsten Tages flog Karen von Miami über Madrid nach Sevilla. Richard wartete, bis der Jumbo abgehoben hatte und in einer weiten Kurve in den Himmel stieg.

Sie fehlte ihm schon jetzt.

5 Ein künstlicher Weihnachtsbaum, an die dreißig Fuß hoch und mit Lichterketten und glitzerndem Lametta in allen Regenbogenfarben geschmückt, ragte gleich neben der Einfahrt zur größten Einkaufs-Plaza von Marathon in den strahlend blauen Himmel. Lautsprecher an den Lichtmasten beschallten den weitläufigen Parkplatz mit Weihnachtsliedern. *Süßer die Glocken nie klingen* und *Leise rieselt der Schnee* erklang es, während die Glut der Dezembersonne die Asphaltdecke weich werden ließ und überall die Klimaanlagen auf vollen Touren liefen.
Richard konnte das rührselige Weihnachtsgedudel, mit dem man schon seit der letzten Novemberwoche in allen Geschäften berieselt wurde, nicht mehr hören, und er hätte am liebsten die Tür der Telefonzelle zugezogen. Doch die Temperaturen, die in diesem gläsernen Käfig herrschten, ließen es nicht ratsam erscheinen – es sei denn, man war auf einen Hitzschlag aus. Schon bei offener Tür war es in der Telefonzelle so heiß wie in einem Brutofen, und er spürte, wie ihm der Schweiß ausbrach. Er zog seine AT&T-Telefonkreditkarte hervor, tippte seine vierzehnstellige Kartennummer ein, wartete auf den Summton, der anzeigte, daß seine Kreditkarte akzeptiert worden war, und gab dann die Telefonnummer ein.
Es klickte mehrmals. Dann klingelte es am anderen Ende der Leitung – in der Calle Calero in Sevilla. Er wischte sich mit dem Unterarm über die schweißfeuchte Stirn und suchte mit einer Hand nach Zigaretten und Feuerzeug. Komisch, daß er jedesmal aufgeregt war wie ein kleiner Junge, wenn er Karen in Spanien anrief. Er wußte nie, ob er sie erreichen würde. Aber zum Teil lag seine Aufregung wohl auch an seinem miserablen Spanisch, denn Señora Delgado hatte für ihre Pensionsgäste nur ein Gemeinschaftstelefon, das oben im Flur am Fenster stand, wie Karen ihm erzählt hatte, und manchmal mußte er sich mit drei, vier von Señora Delgados Pensionsgästen am Telefon verbal herumschlagen, ehe er endlich Karen an den Apparat bekam – oder die

frustrierende Nachricht erhielt, daß sie noch im Archiv oder gerade aus dem Haus gegangen war. »Na, komm schon!« murmelte Richard ungeduldig, als in der Calle Calero niemand das Schrillen des Telefons zu hören schien. Das starke Knistern und Rauschen in der Leitung verrieten ihm, daß er mal wieder Pech mit der Verbindung hatte. Das Telefonrelais hatte seinen Anruf nicht via Satellit nach Spanien geschickt, denn dann war die Leitung jedesmal so klar, als würde man von Zimmer zu Zimmer telefonieren, sondern ihn durch das veraltete Netz der unterseeischen Atlantikkabel gespeist.

Endlich wurde am anderen Ende abgenommen. »Hola«, meldete sich eine Frauenstimme.

»Buenos dias«, rief Richard in die Sprechmuschel und kramte seine wenigen Spanischbrocken zusammen. Aber halt mal, jetzt war es in Spanien aufgrund der Zeitverschiebung ja schon Abend. »Buenos tardes« wäre da wohl angebrachter gewesen. Aber zum Teufel damit. Hauptsache, er konnte überhaupt mit irgendeinem Gruß dienen. Mal sehen, ob die Frau, die er da erwischt hatte, Englisch sprach. Diesen Satz hatte er zuallererst gelernt, als Karen nach Spanien gereist war.

»Habla ingles, Señora?«

»No, Senor, lo siento. Habla español?«

Er verzog das Gesicht. Ihm tat es auch leid, daß sie kein Englisch sprach. Er mußte also weiter radebrechen. »Un poco. Quiero ... Señorita Karen Douglas, por favor.«

»Como?«

»Señorita K-A-R-E-N D-O-U-G-L-A-S!«

Ein Redeschwall drang auf ihn ein, vermischt mit Rauschen und atmosphärischem Knistern.

»Mas despacio!« rief Richard, der nicht ein Wort verstanden hatte. Verdammt noch mal, für wen hielt ihn diese Spanierin? Für einen Synchrondolmetscher? Sie sollte gefälligst ein paar Takte langsamer sprechen. »Mas despacio, por favor.«

Die Frau wiederholte noch einmal langsam, was sie gerade her-

vorgesprudelt hatte, doch viel half das auch nicht. Er verstand kaum ein halbes Dutzend Wörter, und daraus konnte er sich keine brauchbare Story zimmern. Doch er schöpfte Hoffnung, als sie ihn bat, einen Augenblick zu warten – soviel verstand er:
»Un momento.«
»Gracias.«
Der Augenblick zog sich ganz schön in die Länge. Richard hatte Zeit genug, sich eine Zigarette anzuzünden und den Klängen von *Stille Nacht, Heilige Nacht* zu lauschen. Drei junge Burschen, sonnengebräunt und in Cut-Off-Jeans, sausten auf ihren Skateboards über den Parkplatz.
Ungeduldig trat er von einem Bein aufs andere. War Karen nun in ihrem Zimmer, oder wurde er nur wieder an einen anderen Spanier weitergereicht, von dem man annahm, er beherrschte die englische Sprache, nur weil er Marlboro rauchte und vielleicht ein T-Shirt mit dem Namenszug einer amerikanischen Nobel-Uni trug?
Er wollte schon einhängen, als der Hörer aufgenommen wurde.
»Richard, bist du es?«
»Karen!« Richard lebte förmlich auf, als er ihre Stimme hörte. »Endlich! ... Ich dachte schon, ich würde dich nie mehr ans Telefon kriegen. Gestern und vorgestern warst du immer aus dem Haus, als ich angerufen habe.«
»Was hast du gesagt?«
Die Verbindung war noch schlechter geworden. Das Knistern und Rauschen überlagerte nun immer mehr ihre Stimmen, so daß Richard die Tür nun doch zuziehen mußte, weil ihm das *Jingle Bells* von Dean Martin dreimal so laut in die Ohren schallte wie Karens Stimme.
»Daß ich dich schrecklich vermisse!« brüllte er in den Hörer, statt die Nebensächlichkeit zu wiederholen, daß er sie zweimal angerufen und nicht erreicht hatte.
»Ich dich auch, Richard.«
»Du fehlst mir sehr, Karen. Weißt du, daß du jetzt schon

zwei Monate in Sevilla bist? Das kommt mir wie eine Ewigkeit vor!«

»Mir auch. Aber du kannst dir gar nicht vorstellen, was das hier für eine Arbeit ist. Diese Mengen von Dokumenten sind einfach unglaublich!«

»Kommst du denn wenigstens weiter?«

»Jeder Tag bringt mich weiter, ich weiß nur nicht so genau, wohin. Ich habe ein paar interessante alte Karten und Schriften gefunden ...«

»Hinweise auf die MARAVILLA?«

»Nicht direkt, aber ein paar vielversprechende Spuren und Hinweise auf andere Dokumente, die uns vielleicht endlich die erhofften Informationen bringen.«

Richard seufzte. »Weißt du, wie oft du mir das schon erzählt hast?«

Der ganze Atlantik schien durch ihre Leitung zu rauschen, gefolgt von einem elektrischen Gewittersturm.

»Was hast du gesagt?«

Klitschnaß klebte ihm das ärmellose Hemd auf der Haut. »Daß ich auf all die heißblütigen Spanier eifersüchtig bin, die dir den Hof machen.«

Karen lachte, und er stellte sich ihr Gesicht vor, ihren Körper, versuchte sich an den Druck ihrer Lippen und die Zärtlichkeit ihrer Hände zu erinnern. Sie fehlte ihm geradezu schmerzhaft.

»Die Spanier, mit denen ich im Archiv zu tun habe, sind so feurig wie eingeschlafene Füße – und manche können im Alter mit denen der Dokumente konkurrieren, die sie verwalten.«

»Du willst mir ja bloß Sand in die Augen streuen. Vermutlich kennst du das Westindien-Archiv nur von außen, ziehst von einer ausschweifenden Party zur anderen und perfektionierst deine Verführungskünste«, scherzte er.

»Und du hast die GOLDDIGGER inzwischen bestimmt in einen Vergnügungsdampfer verwandelt, auf dem sich die Tanga-Schönen von ganz Florida ein Stelldichein geben«, konterte Karen.

»Wer hat dir das verraten?«
»Die Welt ist voll käuflicher Bösewichte.«
Richard lachte, wurde dann aber schnell ernst. »Zwei Monate sind eine verdammt lange Zeit, Liebling. Außerdem ist bald Weihnachten. Ich möchte, daß wir dann zusammen sind.«
»Heißt das, daß ich meine Nachforschungen hier einstellen und meine Sachen zusammenpacken soll?« fragte Karen, und ihre Stimme hatte einen enttäuschten Tonfall.
»Möchtest du denn nicht gern zurückkommen?« fragte er.
»Richard, frag doch nicht so etwas! Du weißt, wie sehr du mir fehlst. Aber das ist doch nicht der Punkt. Du kannst mir glauben, daß ich nicht gerade wild darauf bin, Tag für Tag staubige, wurmstichige und verblichene Dokumente zu durchforsten, bis mir die Augen schmerzen. Aber mein Gefühl sagt mir, daß ich auf der richtigen Spur bin!«
»Und mein Gefühl sagt mir, daß du mir mehr bedeutest als die Maravilla!«
»Das zu sagen ist ganz lieb von dir. Aber das entspricht nicht ganz den Tatsachen. Wenn ich erst einmal wieder bei dir bin, wird dir die Maravilla doch keine Ruhe lassen. Ich kenne dich doch. Du hast viel zuviel in diese Galeone investiert, und nicht nur Geld allein, um dich achselzuckend einer anderen Aufgabe zuzuwenden. Und mir ergeht es nicht viel anders. Es müßte doch wirklich mit dem Teufel zugehen, wenn wir es nicht fertigbrächten, dieses Schiff zu finden. Die Maravilla ist kein Phantomwrack – und wir werden ihren Schatz heben, Richard, wenn du mir nur noch etwas Zeit läßt.«
»Auch über Weihnachten und Silvester?«
»Wenn es nötig sein sollte, ja … obwohl ich mich wahnsinnig nach dir sehne, Richard. Doch das müssen wir durchstehen, sonst machen wir uns später Vorwürfe. Wir haben doch noch alles vor uns.«
Richard atmete schwer durch. »Du machst es mir nicht gerade leicht, Karen.«

»Ich mir selbst auch nicht.«
Die Verbindung wurde immer schlechter. »Ich rufe dich am Wochenende wieder an. Dann reden wir noch einmal darüber und haben hoffentlich eine bessere Leitung.«
»Paß gut auf dich auf und grüß Coffee, Skip und die anderen. Ich kann es gar nicht erwarten, wieder den Fuß auf die GOLDDIGGER zu setzen und hinauszufahren. Ihr fehlt mir alle ganz schrecklich.«
»Du mir auch«, sagte er mit belegter Stimme. »Mach es gut, und vergiß nicht … ich liebe dich.«
»Bestimmt nicht so sehr, wie ich dich liebe.«
Er war durchgeschwitzt, als er den Hörer einhängte und die Tür aufstieß. Draußen waren es immer noch über dreißig Grad im Schatten. Was das Management der Einkaufs-Plaza nicht daran hinderte, *O Tannenbaum* aus den Lautsprechern plärren zu lassen. Er hatte sich so darauf gefreut, Karens Stimme zu hören, doch jetzt fühlte er sich niedergeschlagener als vor dem Gespräch mit ihr.
Richard stieg in den Blazer. Die Luft aus dem Gebläse der Klimaanlage traf ihn wie ein eisiger Windzug aus einer Gefriertruhe.
Coffee saß hinter dem Steuer, eine knallgelbe Baseballmütze auf dem Kopf. Mit einem breiten, erwartungsvollen Grinsen sah er ihn an.
»Tu mir den Gefallen und stell den Froster ein paar Stufen runter«, bat Richard und schloß die Tür. Sich schweißnaß in einen klimatisierten Wagen zu setzen war die sicherste Methode, sich eine schwere Erkältung einzuhandeln.
»Hast du sie erreicht?« fragte Coffee, schob den Regler des Thermostats höher und ließ den Motor kommen.
»Sie läßt dich grüßen, Coffee.«
»Ist das alles?«
»Ja, zumindest, was das Positive angeht«, sagte Richard und kurbelte das Fenster herunter. Fahrtwind war ihm jetzt lieber als

die Klimaanlage. »Fahr zum *Coral Grill.* Ich kann jetzt einen Drink vertragen.«

Coffee lenkte den Wagen vom Parkplatz und fädelte sich in den mittäglichen Verkehr ein. »Sie hat also noch immer nichts Brauchbares über die MARAVILLA gefunden?«

»Nichts Konkretes, aber sie meint, auf einer heißen Spur zu sein.«

»Das wäre zur Abwechslung endlich mal eine angenehme Nachricht. Daß wir die letzten beiden Jahre vom Glück verfolgt sind, kann man ja wohl nicht behaupten. Wenn man uns für jedes Loch, das wir in den Meeresboden gediggt haben, einen Dollar geben würde, wären wir jetzt schon Millionäre.«

»Wem sagst du das«, murmelte Richard. Sie hatten die vergangenen acht Wochen fast nur auf See verbracht und sich kräftig ins Zeug gelegt. Murphy hatte ihn sogar einen Sklaventreiber genannt, weil er sie so hart herangenommen hatte. Er hatte gehofft, durch verstärkten Einsatz besser über die Trennung von Karen hinwegzukommen und einige interessante Funde zu machen. Doch sie hätten auch ebensogut acht Wochen lang in einer Kiesgrube buddeln können. Sie hatten absolut nichts nach oben geholt, und das drückte die Stimmung an Bord gewaltig. In letzter Zeit gab es immer öfter Spannungen unter ihnen. Carlos und Murphy waren sich einmal sogar ernstlich in die Haare geraten. Wegen einer lächerlichen Kleinigkeit. Doch die hatte gereicht, um fast eine Schlägerei auszulösen. Wenn Skip an jenem Abend nicht dazwischengesprungen wäre, hätte der Streit ein böses Ende genommen.

Der Mißerfolg zehrte an ihrer aller Nerven. Niemand war davon ausgenommen. Skip und Coffee steckten die scheinbar endlose Pechsträhne noch am besten weg. Sie verbanden Fatalismus und ungebrochene Zuversicht auf bessere Zeiten auf eine bewunderswerte und wohl seltene Art und Weise. Richard war froh, sie an seiner Seite zu haben, ganz besonders jetzt, wo ihm Karen so sehr fehlte. Daß er sie mit jeder Faser seines Körpers und seines Kopfes liebte, hatte er schon immer gewußt. Doch richtig zu Bewußtsein gekommen, welch wichtigen Stellenwert sie in seinem Leben eingenommen hatte, war ihm dies erst in den entsetzlich langen Wochen nach ihrer Abreise.

»Kommt sie Weihnachten?«

»Sie würde gern, aber sie glaubt, ihre Arbeit jetzt nicht unterbrechen zu können. Sie will erst aus Sevilla weg, wenn sie etwas wirklich Handfestes gefunden hat, das uns der MARAVILLA näher bringt«, unterrichtete Richard seinen Freund, während sie die palmengesäumte Straße nach Islamorada hochfuhren. »Sie sagt zwar immer, ich wäre versessen darauf, diese verdammte Schatzgaleone zu finden. Doch in Wirklichkeit ist sie nicht weniger verrückt danach, das Wrack zu finden. Ich gehe jede Wette ein, daß Karen sich noch nicht einmal Zeit genommen hat, um sich die Stadt anzusehen. Sie hockt nur im Archiv und wird sich da noch eine Staublunge holen, wenn sie nicht bald auf ein paar erstklassige MARAVILLA-Dokumente stößt.«

Coffee lachte trocken auf. »Dazu kann ich nur sagen: *Welcome to the club!* Das Schatzfieber hat sie genauso gepackt wie uns.«

»Ich habe aber nicht vor, Weihnachten und das Neue Jahr fünftausend Meilen getrennt von ihr zu verbringen«, sagte Richard mit grimmiger Entschlossenheit. »Wenn der Prophet nicht zum Berg kommt, muß der Berg eben zum Propheten. Ganz einfach.«

»Du fliegst zu ihr nach Spanien?«

»Was bleibt mir denn anderes übrig? Noch zwei Wochen Enthaltsamkeit, und ich habe ganz vergessen, daß es da noch etwas recht Reizvolles zwischen Mann und Frau gab.«

Coffee lachte. »Warum nicht? Vielleicht keine so üble Idee, über Weihnachten die ganze Schatzsuche zu vergessen. Für ein, zwei Wochen kein Dieselbenzin zu riechen und kein Aquagummi zwischen den Zähnen zu haben, wird mal was anderes sein. Können wohl alle mal Tapetenwechsel gebrauchen. Weihnachten in Badehosen und unter Palmen ist sowieso nie mein Geschmack gewesen. Eine Woche in den verschneiten Tälern von Vermont könnte ich mir schon toll vorstellen.«

»Dann fang an, Pläne zu schmieden. In zwei Wochen ist Weihnachten, und wenn du irgendwo Hüttenzauber buchen willst, mußt du dich schon dahinterklemmen.«
Coffee winkte ab. »Ich werd' schon was finden. Fahren wir vorher noch mal raus?«
Richard nickte. »Es bleibt dabei, was wir gestern besprochen haben. Wir laufen morgen aus und ziehen oben bei Upper Matecumbe noch eine Testserie mit dem Magnetometer durch. Laut Langzeitwettervorhersage haben wir eine gute Woche vor uns. Wenn wir dann immer noch so mit leeren Händen dastehen wie jetzt, brechen wir die Suche für dieses Jahr ab. Dann kann jeder zwei Wochen lang tun und lassen, was er will.«
»Ich weiß nicht, was ich mir mehr wünsche: Hinweise auf das Wrack der MARAVILLA oder eine ergebnislose Woche mit anschließend vierzehn Tagen Urlaub«, sinnierte Coffee.
Richard steckte sich eine Zigarette an und schützte die Feuerzeugflamme mit beiden Händen vor dem Fahrtwind. Er wußte genau, was er wollte – und das war Karen. Der Teufel sollte ihn holen, wenn er sie noch länger allein in Sevilla ließ. Er mußte sie einfach wiedersehen, in ihre dunklen Augen blicken, sie in seinen Armen halten und sie lieben. Die MARAVILLA lag seit dreieinhalb Jahrhunderten irgendwo da draußen auf dem Meeresgrund. Da kam es auf zwei Wochen mehr oder weniger nicht an. Aber für Karen und ihn bedeuteten zwei weitere Wochen der Trennung eine Ewigkeit.
Er lächelte gedankenversunken. Was würde Karen für Augen machen, wenn er ihr plötzlich in Sevilla gegenüberstand. Er sah die Szene schon vor sich. Sie würde bestimmt vor Freude aus allen Wolken fallen – direkt in seine ausgestreckten Arme.

6 Ein süßlicher Geruch zog über das Deck der GOLDDIGGER, die genau westlichen Kurs lief, als wäre ihr Ziel der feuerrote Glutball, der über Matecumbe Key stand.

Coffee kam mit drei kalten Dosen Budweiser-Bier den Niedergang zum Ruderstand hoch. Skip saß auf dem im Deck verankerten Stuhl des Captains und hatte das Seitenfenster aufgeschoben. Der warme Fahrtwind, der ins Ruderhaus wehte, erzeugte die Illusion einer Abkühlung. Richard lehnte auf der anderen Seite des Steuerstandes am Fenster und starrte bedrückt auf die funkelnde See hinaus.

Fünf Tage härtester Arbeit lagen hinter ihnen, und nicht einer der Krater, die sie mit den Blastern in den Boden gegraben hatten, hatte auch nur eine lumpige Silbermünze hergegeben.

Es war zum Verrücktwerden, und allmählich regten sich echte Zweifel in ihm, ob er es überhaupt noch verantworten konnte, die Suche nach der MARAVILLA fortzusetzen. Es hieß, daß Redcliff, der immer noch ab und zu in der Nähe ihres Operationsgebietes auftauchte, einen Kauffahrer gefunden hatte. Die Ausbeute war nicht gerade gigantisch gewesen, doch wenigstens hatte er etwas gefunden, und wenn es nur ein paar Münzen und Artefakte waren.

Coffee drückte ihm eine Dose Bier in die Hand. »Das nächstemal haben wir mehr Glück.«

Richard riß die Metallasche ab, und der Überdruck entwich mit einem feuchten Zischen. »Den Spruch höre ich nicht zum erstenmal, Coffee.«

»Das Tröstliche ist, daß wir wirklich jeden Tag die Chance haben, endlich auf den Jackpot zu stoßen.«

»Theoretisch hast du auch die Chance, Präsident der Vereinigten Staaten zu werden.«

Coffee schüttelte grinsend den Kopf. »Kein Job für mich, Richie. Zuwenig Dieseldüfte im Oval Office und zu viele Schlammschlachten an Land. Darauf stehe ich nicht.«

»Frag mich mal, worauf ich nicht stehe«, seufzte Richard und nahm einen kräftigen Schluck.
»Willst du mir etwa weismachen wollen, daß du die Brocken hinschmeißen willst? Das kannst du dir schenken, Richie, denn das nehme ich dir sowieso nicht ab. Du tauchst zur Zeit durch ein ganz schönes Down, Partner, aber lange hältst du dich nicht da unten, so wie ich dich kenne. Dann kriegst du wieder ein euphorisches Up und schießt in deiner Begeisterung hoch auf Wolke neunundneunzig«, meinte Coffee.
»Dieses Up, von dem du da sprichst, läßt sich diesmal aber verdammt viel Zeit«, meinte Richard mit einem gequälten Lächeln.
Coffee legte ihm freundschaftlich einen Arm um die Schultern. »Ich will dir mal was sagen, Richie. Wir hier, und damit meine ich auch Skip und vielleicht sogar Carlos und Murphy, sind für das normale geregelte Leben an Land für immer verloren. Wir würden es in dieser Welt der festen Arbeitszeiten, Rentenansprüche und Bausparverträge keine vier Wochen aushalten, ohne den großen Koller zu kriegen und durchzudrehen.«
»Es gibt genügend Leute, die halten uns jetzt schon für total meschugge.« Coffee lachte. »Was ja ganz okay ist und gar nicht mal so weit an den Tatsachen vorbeigeht, Richie. Du hast doch selbst immer gesagt, daß man schon einen schweren Schlag weghaben muß, um sich der Schatzsuche zu verschreiben. Na ja, den Schlag können wir alle vorweisen. Und was für verrückte Typen wir sind, zeigt sich ja erst in einer Phase, wie wir sie jetzt durchmachen. Fehlanzeige auf ganzer Linie, nicht wahr? Und das schon seit zwei Jahren, stimmt's?«
Richard brummte nur eine Zustimmung.
»Und das wäre die Reaktion eines jeden normalen, halbwegs vernünftigen Menschen?« fragte Coffee und gab sich selbst die Antwort. »Er würde natürlich schon längst aus dieser Verlustkiste ausgestiegen sein und sich geschworen haben, in Zukunft die Finger von solch wahnwitzigen Unternehmen zu lassen. Aber

was tun wir? Wir denken gar nicht daran aufzugeben, weil es dieses Wort in unserem Wortschatz gar nicht gibt.« Richard überlegte einen Augenblick, dann entspannte ein Lächeln sein Gesicht. »Ich muß zugeben, daß es mir manchmal verdammt an die Nieren geht, wenn wir Monat für Monat schuften und scheinbar keinen Schritt vorwärtskommen. Dann könnte ich vor Wut mit der bloßen Faust ein Loch ins Deck schlagen. Aber du hast recht. Aufgeben werde ich nicht. Ich sag' dir, die MARAVILLA kann sich verstecken, wo sie will, wir finden sie.«
Coffee nickte. »Ja, daran glaube ich auch, Richie. Doch ich bin gar nicht so wild darauf, daß das schon bald passiert.«
»Wie bitte?«
»Es ist doch nicht wirklich das Geld, der Goldschatz, hinter dem wir her sind, obwohl es bestimmt ein tolles Gefühl ist, ein paar Millionen auf dem Konto zu haben«, sagte Coffee. »Aber das ist doch nicht der Grund, warum wir das tun. Du hättest eine Menge Geld am Smith Mountain Lake scheffeln können, wenn es dir allein um die Knete gegangen wäre.«
»Stimmt.«
»Es ist das verdammte Abenteuer, die Herausforderung, der Nervenkitzel, das ungebundene Leben, der Schatzsucherbazillus, all das zusammen ist es, was uns antreibt, Partner«, faßte Coffee zusammen, »und wenn ich ganz ehrlich sein soll, so habe ich Schiß davor, was kommt, wenn wir die MARAVILLA mit ihrem Multimillionenschatz gefunden haben. Was kommt danach? Ist dann bei uns die Luft raus? Deshalb ist es mir mit dem großen Fund gar nicht so eilig.«
»Nicht das Ziel einer Reise ist das Wesentliche, sondern das Unterwegssein, nicht wahr?« sinnierte Richard.
»Du sagst es, Partner. Das Ziel ist meistens enttäuschend, während die Reise dorthin das Spannendste ist. Genießen wir diesen Teil also.«
Richard lachte. Sein Freund hatte es tatsächlich geschafft, ihn aufzumuntern. »Okay, tun wir das. Aber mach dir mal bloß keine

Sorgen, daß du in ein großes Loch fällst, wenn wir die MARAVILLA erst gefunden haben. Ich geb' dir mein Wort darauf, daß wir schon ein neues faszinierendes Projekt ausgebrütet haben, kaum daß der halbe Schatz gehoben ist. Oder hältst du uns für so phantasielos, daß uns nach der MARAVILLA nichts mehr einfällt, was andere dazu bringt, uns endgültig für übergeschnappt zu erklären.«
Coffee grinste und stieß mit seiner Bierdose gegen die seines Freundes. »Darauf sollten wir trinken.« Sie tranken, und wieder wehte der Wind süßlichen Rauch ins Ruderhaus.
Skip, der die ganze Zeit seinen Gedanken nachgehangen hatte, blickte nun zu ihnen herüber, die Augenbrauen ungehalten zusammengezogen. »Riecht ihr, was ich rieche?«
»Marihuana«, sagte Coffee.
»Es ist ja dein Bier, Richard«, sagte Skip. »Aber ich an deiner Stelle würde mal ein ernstes Wort mit Murphy reden. Er kann uns alle in verdammte Schwierigkeiten bringen, wenn die Küstenwache mal an Bord kommt.«
Richard nickte. »Ich werd' mit ihm reden.«
»Hoffentlich schaltet er nicht wieder auf Durchzug«, sagte Coffee.
Richard begab sich nach vorn zum Bug, wo Murphy im Windschatten an der Reling lehnte, in der rechten Hand eine Dose Bier, in der linken einen Joint.
»Auf einen Zug?« fragte Murphy und hielt ihm den Joint hin.
Richard schüttelte den Kopf und setzte sich zu ihm. Murphy war ein exzellenter Taucher, doch in letzer Zeit hatte er es sich zur Gewohnheit gemacht, nach dem Tauchen zum Joint zu greifen. Richard führte das zum Teil auch auf die Erfolglosigkeit ihrer Suche hin.
»Hör mal, Murphy ...«
»Wieder angesäuert, weil ich mir einen gedreht habe?« spottete er. »Oder seht ihr mich schon an der Heroinspritze hängen?«
»Ich bin nicht angesäuert, Murphy«, antwortete Richard gelas-

sen. »Und ich gehöre auch nicht zu denjenigen, die keinen Unterschied zwischen einem Joint und einem Schoß Heroin oder einer Prise Kokain machen. Hab' mir gelegentlich auch schon mal einen Joint reingezogen.«
»Und? Warum nimmst du keinen von mir?«
»Weil ich keinen Bock habe, die GOLDDIGGER zu verlieren. Deshalb möchte ich auch, daß du kein Gras mit an Bord bringst«, sagte Richard eindringlich. »Wenn die Küstenwache bei uns mal eine Stichprobe macht und Marihuana findet, kann ich eine Menge Ärger kriegen.«
»Ein paar Joints sind doch nicht die Welt.«
»Ich freue mich, daß du das auch so siehst«, erwiderte Richard kühl. »Wenn ein paar Joints nicht die Welt sind, wirst du für die Dauer einer Tauchfahrt ja auch darauf verzichten können. Wenn du dich an Land volldröhnst und Joints mit dir herumschleppst, soll mir das egal sein. Aber an Bord der GOLDDIGGER will ich das nicht mehr sehen. Du bist ein verdammt guter Taucher, und wir sind schon lange zusammen. Ich würde dich nicht gern verlieren.«
Murphy hob erstaunt die Augenbrauen. »He, das klingt ja ganz nach einem Ultimatum!«
Richard zuckte die Achseln. »Es ist deine freie Wahl, Murphy. Überleg es dir gut.«
Murphy fixierte ihn einen langen Moment lang. Dann verzog er das Gesicht zu einem breiten Grinsen. »Wozu die ganze Aufregung, Richie? Hab' dir doch gesagt, daß ein Joint für mich keine große Sache ist. Wenn du wegen der Dope-Schnüffler solche Muffe hast, kann ich auch darauf verzichten«, sagte er lässig und schnippte den Joint über Bord. »War mein letzter. Zufrieden?«
Richard schlug ihm auf die Schulter. »Ja, wenn es dabei bleibt«, sagte er und kehrte zu Skip und Coffee ins Ruderhaus zurück.
Eine halbe Stunde später, als die Sonne schon halb ins Meer eingetaucht war, liefen sie in den Hafen ein. Richard stand mit dem Rücken zur Fahrtrichtung und beobachtete amüsiert, wie

ein offenbar unerfahrener Segler erfolglos versuchte, sein schnittiges Segelboot gegen den schwachen Wind in den Hafen zu bringen. Schließlich gab er es auf, strich im wahrsten Sinne des Wortes die Segel und startete den kleinen Außenborder.

Coffee hatte die mißratenen Segelmanöver auch verfolgt und sagte nun spöttisch: »Tja, eine dicke Brieftasche macht aus einer Landratte eben noch lange keinen Skipper – höchstens eine Witzfigur.«

Skip nahm noch mehr Gas zurück, als er die GOLDDIGGER mit lässiger Routine zwischen den Bootsslips hindurchmanövrierte.

»Ich muß einen Sonnenstich haben!« stieß er plötzlich hervor. »Richie!«

Richard drehte sich zu ihm um. »Was ist, Skip?«

»Wenn ich nicht wüßte, daß Karen fünftausend Meilen von hier ist, würde ich behaupten, daß sie da vorn am Landungssteg steht, Karen, wie sie leibt und lebt«, sagte er verstört.

Richard starrte auf die Gestalt, die neben dem mannsdicken Stützpfahl des Steges stand und nun die Hand hob und winkte. Die untergehende Sonne blendete ihn ein wenig, doch das dunkle kurze Haar und die Figur …

»Himmel, das ist *Karen!*« rief er fassungslos. »Mein Gott, sie ist es wirklich! … Himmel, Skip, schlaf nicht ein! Das Boot steht ja auf dem Fleck! … Bring uns schon endlich an den Steg, sonst werd' ich verrückt! … Karen! … Es ist Karen! … Ich pack' es einfach nicht!«

»Ja, so klingst du auch«, erwiderte Skip trocken und gab etwas mehr Gas, doch ein verständnisvolles Lächeln umspielte seinen Mund.

Richard stürzte an Deck und winkte Karen zu. Die Freude drohte ihn zu übermannen, und er war froh, daß er eine dunkle Sonnenbrille trug. Karen war zurück!

»Richard!« Karen winkte ihm ausgelassen zu.

Als Skip die GOLDDIGGER längsseits brachte, sprang Richard zu ihr auf den Steg. Sie flog ihm förmlich in die Arme, schmiegte sich

an ihn und erwiderte seine stürmischen Küsse mit der gleichen Leidenschaft.
Es kam ihm wie ein Traum vor, sie in seinen Armen zu halten, ihren Mund zu küssen und ihren erregenden Körper durch den dünnen Stoff ihres Sommerkleides zu spüren.
»Sag mir, daß ich nicht träume!« stieß er schließlich atemlos hervor.
»Du träumst nicht mehr als sonst auch«, antwortete sie, und in ihren Augen stand ein feuchter Glanz, als sie flüsterte: »Nie wieder so lange ohne dich, Liebling! Ich bin ja so glücklich, daß ich endlich wieder bei dir bin.«
»Wenn du wüßtest, wie glücklich ich bin, Karen«, erwiderte er, nahm ihr Gesicht in beide Hände und küßte sie zärtlich auf den Mund. »Aber blaß siehst du aus, du Stubenhocker.«
»Sevilla im Dezember ist nun mal nicht mit den Florida Keys zu vergleichen. Ich hab' ganz schön gefroren. Mein Zimmer war der reinste Eiskeller, obwohl Señora Delgado mir noch einen Heizkostenzuschlag berechnet hat. Vielleicht hat sie damit die Kerze gemeint, die sie mir aufs Zimmer gestellt hatte, als der Strom zum drittenmal in einer Woche ausfiel. Und im Archiv war es kaum wärmer. Diese riesigen Räume mit den hohen Decken. Du kannst es dir nicht vorstellen, wie es ist, dort Woche für Woche arbeiten zu müssen. Von neun bis eins und von drei bis abends um sieben habe ich da gehockt. Aber manchmal reichte das Licht um fünf schon nicht mehr aus, um die Handschriften lesen zu können. Die Lampen haben die Decken beleuchtet, aber nicht meinen Arbeitsplatz. Und dann diese gigantische Fülle von Dokumenten. Fünfzig Millionen. Versuch dir das mal vorzustellen. Und all diese Schriften sind in dicken Bündeln unter irgendeinem obskuren Oberbegriff zusammengefaßt, der nur selten einmal etwas darüber aussagt, was sich in diesen Bündeln befindet. Legajos heißen sie übrigens. Und wenn du ein Legajo gefunden hast, von dem du vage annimmst, es könnte dir weiterhelfen, läßt du es dir bringen – und der Laufbursche knallt dir ein Bündel auf den Tisch,

das bis zu zehntausend einzelne Dokumente umfaßt. Manchmal habe ich geglaubt, laut losschreien zu müssen, um keinen Koller zu bekommen!«

»Ich habe dich nicht nur schrecklich vermißt, sondern dich auch bewundert, wie du das durchhältst. Ich hätte das bestimmt keine drei Tage ausgehalten.«

Er streichelte über ihre Wange, hatte immerzu das Verlangen, sie zu berühren und zärtlich zu ihr zu sein. Er konnte es nicht erwarten, mit ihr allein zu sein und sie mit all seiner Leidenschaft und Zärtlichkeit zu lieben. Und diesen sehnsüchtigen Wunsch las er auch in ihren Augen, die so voller Wärme, Liebe und übersprudelnder Freude waren. Doch sie würden sich bestimmt noch einige Stunden gedulden müssen, denn die anderen würden wissen wollen, was sie in Sevilla erreicht hatte, und es gab viel zu erzählen. Aber das war alles nicht so schlimm. Hauptsache, sie waren wieder zusammen. Was immer sie auch für Nachrichten bringen mochte, nichts konnte sein Glücksgefühl überschatten.

»Es war wichtig für uns, Liebling, und einer von uns mußte sich in die Quellen knien – wie Sidney damals gesagt hat.«

»Aber wieso bist du so plötzlich abgereist?« fragte er. »Du wolltest doch noch länger bleiben.«

»Ich hielt es einfach nicht länger da aus – so allein und ohne dich. Weihnachten werde ich immer richtig sentimental. Da möchte ich bei dir sein.«

»Aber warum hast du mich nicht davon unterrichtet? Ich hätte dich doch gern am Flughafen abgeholt.«

»Ich hatte so einen schrecklichen Verdacht«, scherzte sie.

»Du wolltest mich wohl *in flagranti* ertappen, was?«

»Genau!« Ihre Augen funkelten fröhlich, und sie ließ seine Hand nicht los, als müßte sie sich durch körperlichen Kontakt vergewissern, daß die Zeit der Trennung nun wirklich vorbei war.

»Ich muß dich enttäuschen. Das einzige, was ich in den Monaten deiner Abwesenheit in den Arm genommen habe, ist dein Kopf-

kissen gewesen. Aber jetzt mal ernst, Karen. Was hat dich bloß veranlaßt, so Knall auf Fall zurückzukommen?«
Karen kam nicht dazu, auf seine Frage zu antworten, denn Coffee, Skip, Carlos und Murphy umringten sie und begrüßten sie mit großem Hallo und freundschaftlichem Spott, hinter dem vor allem Coffee und Skip ihre tiefe Zuneigung verbargen, die offen zu zeigen sie für unmännlich hielten.
»Wie lange bist du denn überhaupt schon hier?« wollte Skip wissen.
»Seit gestern. Ich hab' mich in Martys Motel einquartiert. Colin hat mir erzählt, daß ihr schon vor fünf Tagen rausgefahren seid und bald zurückkommen würdet. Tja, und da habe ich mich heute abend einfach mal auf gut Glück hier hingestellt und darauf gehofft, die gute alte GOLDDIGGER einlaufen zu sehen«, erklärte sie mit einem strahlenden Lächeln, das ihnen allen galt, aber immer wieder zu Richard zurückkehrte.
»Du hättest uns doch über Funk rufen können«, sagte Coffee mit einem fragenden Unterton.
»Das hätte doch die ganze Überraschung verdorben. Das war es, wie ich es mir all die Zeit erträumt hatte.« Sie drückte Richards Hand.
Richard spürte, daß Karen ihren Fragen auswich und etwas verschwieg. Doch er ließ sie gewähren, weil sie es so wollte. Was immer sie auch zu erzählen hatte, er war glücklich, daß sie zurück war.
»Skip, wie sieht es mit unserem Champus aus?« fragte Richard aufgekratzt. »Haben wir noch eine Flasche kalt liegen?«
»Wir haben immer zwei Flaschen Champagner im Kühlschrank – für den Fall, daß wir eines Tages den großen Fund machen«, erklärte er.
»Dann nichts wie her mit den Flaschen und raus mit den Korken!« rief Richard, und sie begaben sich alle wieder an Bord des Trawlers, versammelten sich im Salon und feierten Karens Rückkehr.

Doch dann wurde es auf einmal ruhig, das aufgeregte Stimmengewirr und das gegenseitige Zuprosten legten sich, und alle Augenpaare waren erwartungsvoll auf Karen gerichtet.
»Ist was? Habe ich irgend etwas an mir, was euch die Sprache verschlägt, oder habe ich irgend etwas Falsches gesagt?« fragte sie scheinbar verwundert.
»Ich werd' dir sagen, was ist, Karen. Du hast bisher noch kein einziges Wort gesagt«, brummte Skip ungeduldig. »Zumindest nichts über das, was du in den letzten Monaten im Archiv aufgestöbert hast. Spann uns nicht so auf die Folter, okay?«
»Also, schieß schon los!« forderte Carlos sie auf, das Gesicht ganz angespannt vor Erwartung.
»Heilige Makrele, daß du so unverhofft wieder zurückgejettet bist, hat doch was zu bedeuten. Nun laß die Katze schon aus dem Sack!« drängte auch Coffee.
»Auf was bist du gestoßen?« fragte Richard direkt und hatte einen ganz trockenen Mund. Er war nicht weniger aufgeregt als Coffee und Skip, Murphy und Carlos, und er steckte sich eine Zigarette an.
Karen nahm sie ihm ab, nahm einen langen Zug, gab sie ihm wieder zurück, ließ drei, vier Sekunden verstreichen und sagte dann plötzlich in die angespannte Stille: »Bringen wir es gleich hinter uns. Wir haben zwei Jahre vertan. Absolut sinnlos vertan. Das Geld hätten wir ebensogut zum Fenster hinausschmeißen können.«
Murphy zerquetschte seinen leeren Pappbecher und feuerte ihn in die Ecke. »Zwei Jahre für nichts!«
Carlos grinste gequält. »Ja, 'ne stramme Leistung. Darauf sollten wir noch einen trinken. Wenn Redcliff das hört, lacht er sich krank.«
Skip atmete laut aus und lehnte sich zurück. »Mit der MARAVILLA haben wir uns also ganz fürchterlich vergriffen«, stellte er bitter fest. »Prächtig, ganz prächtig. Das hat mir zum Abschluß der Woche gerade noch gefehlt. Carlos, hol die harten Sachen. Zu

jeder ordentlichen Beerdigung gehören ein Leichenschmaus und ein Besäufnis.«

»Ich bin dabei.« Coffee leerte sein Glas. »Aber sein Gutes hat die Sache auch. Immerhin wissen wir jetzt, daß wir ebensogut den Nibelungenschatz im Mississippi hätten suchen können. Und besser ein Ende mit Schrecken als ein Ende ohne Schrecken. Darauf sollten wir trinken.«

Richard war von Karens Worten im ersten Moment auch betroffen, doch als er sie anblickte, sagte ihm sein Gefühl, daß das noch nicht alles war. »Hat Sidney uns mit der MARAVILLA einen Bären aufgebunden?«

»Nein, das hat er nicht.«

»Die MARAVILLA existiert also? Und sie ist auch gesunken?«

Karen nickte. »Was Sidney gesagt hat, stimmt alles – bis auf eine entscheidende Kleinigkeit. Sie ist zwar vor den *cayos de Matecumbe* gesunken, jedoch nicht vor Matecumbe Key.«

Coffee sah sie mit gefurchter Stirn an. »Klingt irrsinnig logisch. Nur kommt das bei mir nicht so ganz rüber, Karen. Muß an meinem begrenzten Horizont liegen, daß ich nicht kapiere, daß ein Hühnerei doch kein Hühnerei ist.«

»Karen, du hast dich versprochen«, sagte Richard, sah sie jedoch fragend an, weil er sich nicht vorstellen konnte, daß ihr dieser scheinbare Widersinn gewollt über die Lippen gekommen war.

»Nein, das habe ich nicht.«

»Und du bist sicher, daß du den ganzen Tag nicht in der Bar verbracht und einen Drink nach dem anderen gesüffelt hast?« frotzelte Skip. »Ich jedenfalls kapier' das nicht. Entweder ist sie nun vor Matecumbe Key gesunken oder nicht?«

»Es ist so, wie ich gesagt habe: Die MARAVILLA sank zwar vor den *cayos de Matecumbe*, nicht jedoch vor Matecumbe Key«, wiederholte Karen und genoß die Verwirrung der Männer.

Dann begriffen sie.

»Das damalige Matecumbe Key ist also nicht mit Matecumbe Key von heute identisch«, sagte Richard.

Karen nickte. »Richtig, genau da liegt der dicke Hund begraben. Anfang des 17. Jahrhunderts geisterten für diese Inselgruppen ein halbes Dutzend Namen auf Karten und in Dokumenten herum: Matecumbe Keys, Tortugas, Caveca de los Martires, Cayo del Marques und Cayo de Cuchiaga«, erklärte sie. »Was nun die Matecumbe Keys betrifft, so stammt der Name von einem Indianerstamm, der aber größtenteils auf dem heutigen Key Largo gelebt hat.«

»Jetzt komm ich nicht mehr mit«, meinte Carlos. »Wofür steht der Name Matecumbe Key denn nun?«

»Es war schwer, das herauszufinden, ist letztlich jedoch ganz einfach: Matecumbey Keys waren für die Spanier nicht nur die beiden kleinen Inseln, die heute diesen Namen tragen, sondern die gesamte Inselkette vom heutigen Key Largo bis hinunter nach Key West, quasi ein Sammelbegriff wie die Kanarischen Inseln. Doch das auch nur eine Zeitlang. Denn die Kartographen jener Zeit sind mit den Bezeichnungen sehr freizügig umgegangen, haben welche erfunden und manchmal auch mehrere widersprüchlich verwendet, wenn es ihnen gerade in den Kram paßte. Außerdem dürft ihr nicht vergessen, daß es oftmals viele Jahre dauerte, bis nach Entdeckungen oder Umbenennungen neue Karten vorlagen.«

Skip stöhnte auf. »Himmel, von Key Largo bis Key West sind es ja schon hundertfünfzig Meilen in einer geraden Linie. Wenn man dann noch eine seitliche Ausdehnung von drei, vier Meilen nimmt, dann kommen wir ja auf ein Seegebiet von gut fünfhundert Quadratmeilen, die wir absuchen müssen! Richard, da bleibt sogar euren möglichen Enkeln noch massig Arbeit übrig!«

Karen lächelte. »So schlimm ist es auch wieder nicht, Skip. Ich bin da nämlich auf eine Information gestoßen, die die sechshundert Quadratmeilen auf ein paar Meilen reduziert.«

Die bedrückten, düsteren Gesichter um den Tisch hellten sich augenblicklich wieder auf. Wen das Schatzsuchfieber einmal gepackt hatte, den konnte man mit einer neuen, vielversprechenden

Information sofort aus der tiefsten Depression in die atemberaubenden Höhen euphorischer Siegesgewißheit katapultieren. Und genauso reagierte die Crew der GOLDDIGGER.
»Halleluja!!« Carlos boxte Murphy in die Seite.
Skip kratzte sich seinen Stoppelbart. »Schätze, jetzt kommen wir zum gemütlichen Teil des Abends.«
Coffee nickte. »Wußte doch, daß Karen uns nicht so hängenlassen würde«, tönte er und zwinkerte Richard zu.
»Spann uns nicht auf die Folter! Wo liegt das verdammte Wrack?« drängte Richard nun.
»Über hundert Meilen von dem Gebiet entfernt, das wir zwei Jahre lang mit den Blastern umgewühlt haben«, antwortete Karen und fügte nach einer dramatischen Pause hinzu: »Und zwar vor dem Atoll der Marquesas!«
»Bist du sicher?« fragte Skip aufgeregt.
»So sicher, wie man sein kann, wenn man sich auf Angaben verläßt, die vor dreihundertfünfzig Jahren niedergeschrieben worden sind«, erwiderte Karen. »Nach dem katastrophalen Untergang der Flotte von 1622 und der MARAVILLA, die man hinterhergeschickt hatte, unternahm nämlich ein Marquis de Calvareida von Havanna aus den Versuch, die gesunkenen Schatzgaleonen zu finden und ihre Ladung zu bergen. Als Stützpunkt für sein Bergungsunternehmen wählte er diese kleine Inselgruppe dreißig Meilen südwestlich von Key West, die damals noch keinen Namen trug, weil sie eben ganz in der Nähe der Stelle liegt, wo die Schiffe gesunken waren. Dieser Marquis muß ein tüchtiger Mann gewesen sein ...«
»Hoffentlich nicht zu tüchtig«, warf Carlos ein.
»Sag jetzt bloß nicht, der Schatz der MARAVILLA ist schon längst geborgen«, brummte Coffee.
»Nein, die MARAVILLA hat er nicht mehr gefunden. Den Berichten der wenigen Überlebenden zufolge zertrümmerte das Riff die Galeone so fürchterlich, daß sie in mehrere Teile auseinanderbrach. Als der Marquis das Bergungsunternehmen begann, waren

die Wrackteile schon von Sand bedeckt und mit den damaligen technischen Mitteln nicht mehr auffindbar. Doch er fand zwei der Schatzgeleonen der anderen Flotte, deren Schätze er zu einem Großteil bergen konnte. Er kam also nicht mit leeren Händen nach Havanna zurück. Nach diesem Unternehmen tauchten diese Inseln dann auf neueren Karten mit dem Namen *cayos de Marques* auf. Und genau dort werden wir suchen müssen, und zwar nördlich der Rifflinie.«

»Warum nördlich?« fragte Richard.

»Die MARAVILLA ist in nicht ganz vierzig Fuß Tiefe gesunken, in Sichtweite dieser Inseln, das habe ich den Dokumenten entnehmen können, tiefer jedoch auf keinen Fall, auch wenn meine Umrechnung der spanischen Tiefenangaben nicht ganz genau sein mag«, erklärte Karen. »Südlich der Rifflinie kann sie deshalb nicht liegen, weil da der Golfstrom ist und der Meeresboden wahnsinnig tief abfällt. Die MARAVILLA liegt vor dem Marquesas-Atoll, das ist sicher!«

»Karen, du bist Gold wert!« rief Skip begeistert und gab ihr spontan einen schmatzenden Kuß auf die Wange.

Alle redeten nun aufgeregt durcheinander. Vergessen waren die Mißerfolge der vergangenen zwei Jahre. Karens mühselige Arbeit im Archiv von Sevilla hatte sich ausgezahlt – und sie nun endlich in greifbare Nähe der Schatzgaleone gebracht.

Coffee sorgte dafür, daß Richard und Karen ein paar Stunden ungestört sein konnten, indem er Skip, Carlos und Murphy in ihre Stammkneipe einlud.

Kaum waren die Männer von Bord gegangen, als Karen und Richard sich schon in fieberhafter Ungeduld entkleideten und in leidenschaftlicher Umarmung auf das Bett sanken. Geradezu wild und hemmungslos war ihre erste Vereinigung. Später dann nahmen sie sich Zeit für die Liebe, der sie so lange hatten entsagen müssen.

Am nächsten Morgen verlegten sie ihre Operationsbasis nach Key West.

7 Das Atoll der Marquesas, zwischen Key West und den Dry Tortugas gelegen, hat aus der Luft betrachtet die Form einer großen Sichel, die sich von Nordwesten nach Südosten erstreckt und ihren braungrünen Rücken aus dichtem Gestrüpp somit Richtung Key West zukehrt. Die Inseln, die diesen Bogen ausmachen, sind unbewohnt, von Mangroven und anderem anspruchslosen Gestrüpp überwuchert und messen an ihrer breitesten Stelle keine halbe Seemeile. Nach Südosten hin ist das Atoll bis auf einige vorgelagerte Inseln wie Gull Keys und Mooney Harbor Key offen. Von der nordwestlichen bis zur südöstlichen Spitze sind es etwas mehr als zwei Seemeilen.
Hellgrün schimmert das Meer in der geschützten Lagune, die einen idealen Ankerplatz darstellt, wenn man die vielen Sandbänke meidet und sein Boot in den etwas tieferen Kanälen hält, die man an der dunkleren Färbung des Wassers erkennt. Außerhalb des Atolls, wo man schon bis zu fünfundfünfzig Fuß Wasser unter dem Kiel haben kann, hat die See eine kräftigere Färbung. Die Grüntöne gehen stellenweise ins Türkise und Blaue über. Keine sechs Meilen südlich der Marquesas erstreckt sich der Gürtel der Riffe von Westen nach Osten. Jenseits dieser gezackten Unterwasserbarriere ist das Wasser von einem tiefen Blau. Hier zieht der warme Golfstrom entlang, und der Meeresboden fällt steil in Tiefen ab, in die auch der beste Taucher nicht mehr hinabsteigen kann, ohne sein Leben zu riskieren.
Es war knapp eine Woche vor Weihnachten, als sie östlich von den Marquesas mit der Suche nach der MARAVILLA begannen. Sie waren voller Zuversicht und Unternehmungsgeist, und auch das Wetter spielte mit.
Schon am dritten Tag ihrer Suche stießen sie bei Coalbin Rock auf Goldmünzen. Carlos fand sie, als Skip kurz nach Mittag einen neuen Krater diggte. Es waren sieben makellose Goldmünzen, die 1622 geprägt worden waren.
»Dieses Jahr behängen wir unseren Weihnachtsbaum mit Gold-

münzen und Barren!« jubilierte Carlos, doch der Jubel war verfrüht.
Es blieb bei diesen sieben Münzen. Und obwohl sie einen Krater neben den anderen setzten und jeden Quadratinch in diesem Gebiet umwühlten, fanden sie nichts weiter. Weder Gold noch Silber. Noch nicht einmal einen Ballaststein.
Ihrer Hochstimmung vermochte das zuerst nichts anzuhaben, und sie gingen mit der Gewißheit ins neue Jahr, dem »Bauch« der MARAVILLA mit ihren sechzig Tonnen an Schätzen zum Greifen nahe gekommen zu sein. Jeder Tag konnte, nein, mußte sie an ihr Ziel bringen.
Doch wie sich die Krater zu scheinbar endlosen Ketten aneinanderreihten, so folgte auch ein ergebnisloser Tag auf den anderen. Der Januar verstrich, und bald war auch der Februar vorbei. Dennoch blieb die Stimmung an Bord der GOLDDIGGER relativ gut. Was waren schon zwei Monate Suche, nachdem sie über zwei Jahre an einer völlig falschen Stelle gesucht hatten.
Die »Stelle«, die sie jetzt abzusuchen hatten, sah auf der Karte lächerlich klein aus. Sechs Meilen lang und vier Meilen breit, wie Richard, Coffee und Skip mit Karens Hilfe festgestellt hatten. In diesem Gebiet mußte die MARAVILLA liegen. Wie gesagt, auf der Karte bildeten diese rund fünfundzwanzig Quadratmeilen ein kleines schraffiertes Feld. Doch in Wirklichkeit war es eine Fläche, in der die Insel Key West fünfmal Platz gefunden hätte. Das Suchgebiet war so groß wie die Grundfläche von Manhattan!
Sie blieben meist zwischen vier und sechs Tagen auf See. Dann mußten sie die dreißig Meilen nach Key West zurückfahren, um die Treibstofftanks der GOLDDIGGER aufzufüllen.
»Wißt ihr, daß uns dadurch jedesmal fast zwei Tage verlorengehen?« fragte Karen, als sie eines Abends bei *Rick's* saßen. »Proviant und Wasser haben wir genug. Nur mit dem Diesel kommen wir nicht aus.«
Skip zuckte die Achseln. »Die Maschinen laufen ja auch Tag für Tag.«

»Warum machen wir es nicht so wie der Marquis?« schlug Karen vor.
»Wie meinst du das?« fragte Coffee.
»Na, wir könnten doch auch ein Lager auf einer der Inseln anlegen und dort einen Vorrat an Diesel halten. Diesel kann man ohne Probleme in Zwanzig-Gallonen-Kanistern transportieren und da lagern. Explodieren tut er auch nicht. Dann könnten wir uns so manchen Trip sparen.«
Richard schüttelte den Kopf. »Unmöglich. Die Marquesas stehen unter Naturschutz. Du weißt doch, daß es ein Vogelschutzgebiet ist.«
»Aber Boca Grande Key nicht«, erwiderte Karen. »Diese Insel liegt doch nur ein paar Meilen von unserem Suchgebiet entfernt. Wenn wir da ein Camp aufschlagen, brauchen wir bei gutem Wetter nur alle paar Wochen nach Key West zurück.«
Coffee runzelte die Stirn. »Heilige Makrele, das ist eine Idee, die wir schon längst hätten haben sollen!«
Richard nickte. »Klingt vernünftig. Skip, was meinst du dazu. Spricht irgend etwas dagegen, daß wir ein Camp auf Boca Grande oder einer der anderen Inseln anlegen und da Diesel horten?«
Skip schüttelte den Kopf. »Wenn ich es mir überlege, spricht nichts dagegen, aber vieles dafür. Wir können mehrere Fünfzig-Gallonen-Tonnen dort aufstellen und uns quasi eine eigene Tankstelle anlegen.«
»Transportieren müssen wir den Extrasprit jedoch in kleineren Kanistern, die wir noch heben können«, meinte Richard.
Skip nickte. »Natürlich.«
»Gut, dann machen wir es so.«
Sie fanden auf der Westseite von Boca Grande Key eine geeignete Stelle, wo sie gut mit dem 40-PS-Beiboot landen konnten und wo das Mangrovendickicht einen fast hundert Yards tiefen und halb so breiten Einschnitt aufwies, der kaum bewachsen war. In zwei Stunden hatten sie mit Macheten das Gestrüpp beseitigt und die Dieseltonnen aufgestellt.

Als sie mit der Arbeit fertig waren, standen dort nicht nur mit Diesel gefüllte Tonnen unter braunen Segeltuchplanen, sondern auch ein großes sechseckiges Domzelt, in dem eine fünfköpfige Familie Platz gefunden hätte.
Auch das Zelt war Karens Idee gewesen. »Weißt du, ich liebe ja das Leben auf dem Boot«, hatte sie in Key West zu Richard gesagt, als sie sich auf der GOLDDIGGER geliebt und die Stimmen von Coffee und Skip aus dem Salon gehört hatten. »Doch manchmal ist es auch ganz schön, nicht nur festes Land unter dem Rücken zu spüren, sondern auch zu wissen, daß man nicht auf irgendein Crewmitglied Rücksicht nehmen muß. Daß man wirklich allein ist ... zu zweit. Fändest du es nicht schön, wenn wir ab und zu mal vom Boot flüchten und dort auf der Insel ganz für uns allein sein könnten?«
Er hatte gelacht, sie geküßt – und am nächsten Morgen das schönste Zelt gekauft, daß er finden konnte.

8 Coffee hielt sich am Aufstiegsgitter fest und schleuderte Maske und Flossen an Deck. Er fluchte wie ein Kesselflicker, rieb sich wie wild den Nacken und schrie dann: »Skip! Ich brauche Eis!«
»Was ist passiert?« wollte Karen wissen, die in der Schicht zuvor mit Carlos und Murphy getaucht war und jetzt das Auffüllen der Tanks am Kompressor überwachte.
Richard kletterte hinter Coffee an Deck des Trawlers. »Skip hat uns mal wieder ein paar zerhackte Quallen runtergeschickt.«
»Ja, und mir genau in den Nacken«, stieß Coffee grimmig hervor. »Also, was ist? Muß ich mir das verdammte Eis auch noch selber holen?«
»Schon gut, Coffee. Aber mich könnt ihr dafür ja wohl nicht verantwortlich machen«, sagte Skip verdrossen.
»Tut ja keiner«, beruhigte Richard ihn und steckte sich eine

Zigarette an. Die Quallen, von denen manche so groß wie Klodeckel waren, wurden von den Schrauben angesaugt, zerstückelt und zu den Tauchern hinunter in den Krater gedrückt. Kam man mit ihnen in Berührung, hatte das schmerzhafte Hautreizungen wie bei Brennesseln zur Folge. Er war froh, sich eine gute Stunde ausruhen und die Arbeit unter Wasser Carlos und Murphy überlassen zu können. Doch Karen mußte auch mit hinunter. Aber sie wollte es so. Eine Sonderbehandlung lehnte sie strikt ab.
Murphy blickte mit finsterer Miene über Bord. »Von den Glibberdingern schwimmen heute jede Menge rum.«
»Dann zieh' ich mal besser volle Montur an«, meinte Carlos und zog seine Neoprenjacke und -hose aus der mit Süßwasser gefüllten Plastiktonne. Zuviel Meersalz und Sonne schadeten dem Material. »Los, Murphy, unsere Schicht ist angesagt. Ich hab' ein gutes Feeling heute. Paß auf, ich buddel' heut' die dicken Goldbarren aus!« Er grinste zuversichtlich.
»Ja, holt mal endlich was rauf, Kids, und zeigt uns alten Knackern, was 'ne saubere Harke ist!« rief Coffee ihnen zu, bevor sie sich vom Gitter abstießen und hinabtauchten. Das Eis, das Skip ihm gebracht hatte, hatte nicht nur den wahnsinnigen Juckreiz im Nacken gelindert, sondern auch seine wütende Stimmung.
Richard genoß die Ruhepause, die vor ihnen lag. Die Märzsonne besaß noch nicht die sengende Kraft des Sommers, der jedoch nicht mehr weit war. Zweieinhalb Monate etwa. Dann würden sie alle unter dem drückenden Treibhausklima leiden. Aber noch war es nicht soweit.
Die See glitzerte wie eine wellige, weißsilbrige Platte. Im Südosten war ein dunkler Punkt auf der Kimm zu entdecken. Das war die BUCCANEER.
»Verdammter Bluthund!« murmelte er vor sich hin. Redcliff war ihnen zu den Marquesas gefolgt. Zwar hielt er sich aus seinem Revier, doch allein die Tatsache, daß er die Frechheit besaß, sich an ihn zu hängen und von seinen Anstrengungen zu profitieren, konnte ihn in Rage bringen.

Aber der Contract, den er von der Regierung erhalten hatte, deckte ja nicht die ganzen Gewässer rund um die Marquesas ab. Redcliff hielt sich rechtmäßig in diesem Gebiet auf, hatte er doch auch einen Contract beantragt und erhalten. Es half also nichts, daß sie sich aufregten. Es war das beste, sie kümmerten sich nicht um ihn, solange er sie in Ruhe ließ. Sie waren versessen darauf, die Saison erfolgreich abzuschließen, und arbeiteten wie verrückt. Bisher jedoch ohne Erfolg, die sieben Goldmünzen ausgenommen, die Carlos gefunden hatte. Und das verstand Richard einfach nicht.

Gedankenverloren leerte er eine Dose 7-UP und blickte aufs Meer hinaus. Er sah zwei Quallen, die sich kaum von der Wasseroberfläche abhoben und wie zwei Fallschirme aus durchsichtigem Gelee an Steuerbord vorbeitrieben. Sie waren zu weit weg, um in den Sog der Schrauben zu geraten. Gemächlich trug die Strömung sie am Schiff vorbei nach Nordosten. Minuten später waren sie aus seiner Sicht verschwunden.

Er stutzte plötzlich und schnippte dann die nur halb gerauchte Zigarette ins Wasser. »Das ist es, Coffee!«

Coffee, der in einem Klappstuhl im Schatten des Ruderstandes saß und döste, fuhr erschrocken auf. »Was?«

Richard kam zu ihm. »Die Strömung, Coffee! Wir hirnlosen Affen haben uns die ganze Zeit von der Strömung an der Nase herumführen lassen!« rief er aufgeregt und steckte sich eine neue Zigarette an. »Wir suchen an der völlig falschen Stelle!«

»Nun mal langsam«, sagte Skip. »Wir haben uns sehr wohl auf die Strömung eingestellt, Richie. Der Golfstrom ...«

»Vergiß den Golfstrom!« unterbrach Richard ihn. »Das war ja gerade unser Fehler! Wir sind einfach davon ausgegangen, daß wir auf das Wrack stoßen, wenn wir diesseits des Riffs einen Korridor nördlich und südlich der Sieben-Münzen-Stelle absuchen.«

Coffee zuckte die Achseln. »Was ist daran so falsch? Entweder ein Sturm hat die Münzen dorthin plaziert, dann kommen Nord und Süd in Frage. Du hast doch selbst gesagt, daß die sieben Münzen vermutlich einem Passagier gehört haben, der diese Münzen in der Tasche hatte, als er beim Schiffsuntergang ertrank. Wenn deine Theorie mit dem Passagier stimmt, dann liegen wir hier im Süden der Fundstelle richtig. Denn die Strömung wird ihn, ob er nun schwimmen konnte oder nicht, ein gutes Stück weg vom Wrack nach Norden abgetrieben haben, dorthin wo wir die Münzen gefunden haben. Das Wrack müßte sich daher also südlich davon befinden.«

»Ja, so sehe ich es auch«, meinte Skip. »Nur so läßt es sich erklären, daß wir sonst nichts von der MARAVILLA gefunden haben.«

»Wir haben es alle falsch gesehen, völlig falsch«, erklärte Richard, von seinen eigenen Überlegungen in Aufregung versetzt. »Wir müssen die sieben Münzen schnellstens vergessen. Kann sein, daß sie einem einfachen Passagier gehörten. Aber dieser Passagier hat den Untergang seines Schiffes überhaupt nicht mehr miterlebt. Außerdem war es überhaupt kein Passagier, sondern höchstwahrscheinlich ein einfacher Soldat oder Seemann oder, was weiß ich.«

Coffee sah ihn stirnrunzelnd an. »Seit wann bist du unter die Spiritisten gegangen? Denn um das zu wissen, müßtest du Zwiesprache mit ein paar Spaniern gehalten haben, die seit 1622 tot sind.«

»Das ist gar nicht nötig. Es ist allein eine Sache der Logik«, erwiderte Richard. »Nehmen wir einmal an, das Schiff, von dem unser Mann mit den sieben Münzen in der Tasche stammt, wäre gegen das Riff gedonnert und irgendwo hier untergegangen. Was wäre dann die logische Folgerung?«

Coffee zuckte die Achseln. »Keine Ahnung, worauf du hinauswillst.«

»Überlegt euch doch mal folgendes«, sagte Richard und zügelte seine innere Ungeduld. »Ein Hurrikan zieht auf und fällt über das Schiff her. Die Spanier wissen, daß sie mit dem Schlimmsten rechnen müssen, nämlich mit dem Untergang der Schiffe. Also was werden Passagiere, Seeleute und Soldaten tun?«

»Sich vermutlich die Taschen vollstopfen, um wenigstens einen Teil ihrer Besitztümer zu retten, sollte das Schiff untergehen, sie jedoch überleben«, folgerte Skip.

»Richtig«, sagte Richard. »Die MARAVILLA hatte nachweislich zweihundertvierzehn Passagiere an Bord sowie Soldaten und die Mannschaft. Diese 1000-Tonnen-Galeone war rettungslos überladen, wie das fast immer der Fall war. Aber zurück zu den Passagieren. Edelleute wie diese drei Burschen, von denen Sidney mir vor zwei Jahren schon erzählt hat, und Kaufleute, die ein Vermögen in den Kolonien gemacht und nur einen Bruchteil der Schätze, die sie nach Spanien zu bringen gedenken, angegeben haben, sind an Bord. Ihr wißt ja selbst, daß manchmal die Schätze, die die Passagiere mit sich führten, die offizielle Ladung an Gold, Silber und Juwelen für die spanische Krone bei weitem übertrafen. Ein Captain hat sogar mal einen Anker aus purem Gold gießen lassen, um sein Vermögen unversteuert in die Heimat schmuggeln zu können.«

Skip grinste. »Die Steuern waren ja auch unverschämt hoch. Kein Wunder, daß die Burschen lieber geschmuggelt haben, als sich von Vater Staat so tief in die Tasche greifen zu lassen.«

»Und was hat das mit unseren sieben Goldstücken zu tun?« wollte Coffee wissen.

»Eine ganze Menge«, fuhr Richard fort. »Die Passagiere waren wie gesagt reich und führten den Großteil ihrer Schätze in Gold mit sich. Gold war sechzehnmal soviel wert wie Silber. Und ein paar Dutzend handliche Goldbarren oder eine Truhe mit Goldketten und Goldmünzen sind nun mal leichter zu verstecken als unhandliche Kisten mit Silberbarren. Wir können also davon ausgehen, daß sich die Passagiere soviel wie möglich um den Hals gehängt, beziehungsweise in die Taschen gesteckt haben. Doch ein Soldat oder Seemann wird kaum Gelegenheit gehabt haben, in den Kolonien das große Geld zu machen. Aber vielleicht hat

der eine oder andere ein kleines Geschäft gemacht und so ein paar Goldstücke zusammenbekommen, wer weiß?«
Coffee grinste. »Ah, jetzt kapiere ich! Du meinst, wenn es sich um einen Passagier gehandelt hätte, hätten wir in der Gegend mehr als nur die paar Münzen finden müssen.«
»Ja, davon bin ich fest überzeugt«, sagte Richard. »Es wird wohl ein Seemann oder Soldat gewesen sein, der da im Sturm über Bord gegangen ist, *bevor* das Schiff auflief und unterging!«
Skip kniff die Augen zusammen. »Wie kommst du bloß auf diese Vermutung?«
»Ganz einfach. Wenn das Schiff hier untergegangen wäre, dann hätten wir nicht nur Gold und Silber in größeren Mengen finden müssen, sondern auch Kanonen, Kugeln, Ballaststeine, Tafelgeschirr und vieles andere mehr. Doch was wir gefunden haben, sind einzig und allein sieben lausige Münzen von Tausenden, die sich an Bord befunden haben.«
Coffee überlegte. »Klingt gar nicht mal so weit hergeholt, deine Theorie. Gut möglich, daß im Sturm einer mit den Münzen in der Tasche über Bord gegangen und ertrunken ist. Aber das erklärt noch immer nicht deine Behauptung, daß wir an der völlig falschen Stelle suchen.«
»Coffee hat recht«, sagte Skip.
»Hol mal die Karte her!« forderte Richard ihn auf. »Dann zeig ich euch, was wir nicht bedacht haben.«
Skip ging zum Ruderstand und holte die zusammengerollte Karte. Er breitete sie an Deck aus und beschwerte sie mit Tauchutensilien. »Okay, dann leg mal los, Richie.«
Richard beugte sich vor und wies auf ein mit rotem Filzstift eingezeichnetes Rechteck, das ihr Suchgebiet südlich von Coalbin Rock darstellte. »Das hier ist unser Planquadrat, das im Süden an den großen Riff-Gürtel grenzt. Hier haben wir die Münzen gefunden«, er tippte auf eine markierte Stelle, die südöstlich von einem Riff lag, das den Namen Sullivans Reef trug. »Die Gegend drum herum haben wir abgekämmt, wie man es genauer wohl

kaum noch machen kann. Aber ohne Erfolg. Und ich glaube auch zu wissen, warum wir nicht fündig geworden sind. Wir sind nämlich alle davon ausgegangen, daß das Schiff auf das Riff aufgelaufen, auseinandergebrochen und in diesem Gebiet abgesoffen ist.«

»Ja, was auch sonst?« meinte Coffee fragend.

»Ich sage euch, die MARAVILLA ist *jenseits* dieses Riffs gesunken!« erklärte Richard.

»Jenseits von Sullivan's Reef?« Skip machte eine sehr skeptische Miene. »Das erscheint mir aber nicht sehr wahrscheinlich. Das Riff ragt verdammt hoch auf, und breit ist es auch. Wie soll sie darüber hinweggekommen sein?«

»Du vergißt, daß inzwischen ein paar Jahrhunderte vergangen sind«, gab Richard zu bedenken. »Damals sah es hier bestimmt ganz anders aus. Wir wissen, daß der Hurrikan aus Südwesten kam und das Schiff auf die Marquesas zugetrieben hat, die damals noch nicht so hießen. Aber wir wissen, daß sie Land in Sicht hatten. Es ist doch möglich, daß das Schiff zwar auf das Riff aufgelaufen, dann aber wieder freigekommen ist. Denkt doch nur daran, was mit der SANDPIPER passiert ist. Nehmen wir einmal an, die MARAVILLA ist dabei schwer beschädigt worden.«

»Aber es heißt doch, sie wäre am Riff zerschellt, auseinandergebrochen und abgesoffen?« wandte Coffee ein.

»Ja, richtig. Die Frage ist nur, an welchem Riff das geschehen ist!« gab Richard zu bedenken. »Schaut euch doch mal die Karte an! Es wimmelt hier doch nur so von Riffen. Aber laßt mich meinen Gedankengang bitte zu Ende führen.«

»Nur zu«, sagte Skip.

»Also angenommen, die MARAVILLA ist schwer angeschlagen von Sullivan's Reef freigekommen und zieht mächtig viel Wasser, weil das Riff Löcher in den Rumpf gerissen hat. Löcher, die noch nicht groß genug sind, daß die Ballaststeine in Massen aus dem Schiff in die Tiefe sausen, aber doch groß genug, um zu wissen, daß die MARAVILLA nicht mehr durch Lenzen zu retten ist«, fuhr Richard fort. »Der Captain wird dann bestimmt versucht haben, so nahe wie möglich an die Inseln heranzukommen, auch wenn er gewußt hat, daß er es bis an Land nicht mehr schaffen würde. Er wird sich den Teufel um das einströmende Wasser geschert und soviel Segel wie möglich gesetzt haben, um noch die paar Meilen zu schaffen, *denn das Land war in Sicht!* Und dann ist es irgendwo nordöstlich ein gutes Stück hinter Sullivan's Reef gesunken – und zwar an einem *zweiten* Riff, das der MARAVILLA den Rest gegeben hat. So sehe ich das. Und nur so ist die Tatsache, daß wir auf dieser Seite nichts mehr gefunden haben, zu erklären!«

Coffee kratzte sich hinter dem Ohr. »Alle Achtung, das hast du dir gar nicht mal so dumm zurechtgelegt, Richie.«

»Gibt wohl nichts, was nicht möglich wäre«, räumte nun auch Skip ein. »Du meinst also, wir sollten uns mal ein paar Meilen weiter nordöstlich von Sullivans Reef umsehen, ja?«

»Nach den ergebnislosen Wochen auf dieser Seite scheint mir das angebracht zu sein«, sagte Richard.

»Okay, ich habe nichts dagegen«, erklärte Coffee.

Skip war auch einverstanden. »Dann sollten wir hier keine Zeit mehr verlieren. Ich stell' die Blaster aus. Dann wissen Karen, Carlos und Murphy, daß sie hochkommen müssen.«

Noch am selben Nachmittag verlegten sie ihre Operationsbasis vier Meilen weiter nordöstlich in die Nähe von mehreren kleineren Riffen, die jeweils kaum länger als eine halbe Meile waren. Sie trugen keine Namen, und so gaben sie ihnen welche.

Am nächsten Vormittag stießen sie eine Meile vor einem Riff, das sie wegen seiner vielen Elchhornkorallen Elkhorn Reef getauft hatten, auf die ersten Ballaststeine.

Richard sah sich in seiner Theorie bestätigt. »Wir sind dem Wrack auf der Spur, Freunde! An dieser Stelle ist eines der Lecks im Rumpf zu einem großen Loch aufgebrochen, und die MARAVILLA begann, ihre gut zweihundert Tonnen Ballaststeine zu verlieren. Ich sage euch, die Steine führen uns geradewegs zu Gold und Silber!«

Sie arbeiteten nun unermüdlich. Schon beim ersten schwachen Licht des neuen Tages erhoben sie sich von ihren Schlafmatten, schlangen ein paar Sandwiches mit heißem Kaffee hinunter und machten sich tauchfertig, kaum daß die Sonne hoch genug über dem Horizont stand und sie unter Wasser ausreichend sehen konnten.

Das System der Blaster und der vier Anker, mit denen der Trawler in alle Himmelsrichtungen verholt werden konnte, kam voll zum Einsatz. Ein Trichter reihte sich an den anderen. Und in jedem fanden sie etwas. Silbermünzen, korallenverkrustete Waffen, Glas- und Keramikscherben, Kanonenkugeln und vor allem immer mehr Ballaststeine. Ganze Haufen befreiten sie von einer durchschnittlich sechs Fuß tiefen Sandschicht.

Nahmen diese Funde ab, veränderten sie sofort die Richtung, in der sie die Krater diggten. Es stimmte. Die Ballaststeine wiesen ihnen den Weg. Das Tauchen wurde regelrecht zu einem Rausch, der sie vorwärtstrieb und ihre Nerven auf eine hohe Belastungsprobe stellte. Es war ein Balanceakt auf dem Hochseil der Erregung.

Der Hauptschatz der MARAVILLA konnte nicht mehr weit sein. Schon im nächsten Trichter konnte der Meeresboden freigeben, was er über dreihundertfünfzig Jahre gehütet hatte. Schätze, deren Wert in die Hunderte von Millionen Dollar ging.

9 Sie kamen dem Riff immer näher. Am Vormittag des zweiten Tages legte Richard eine etwa zwanzig mal dreißig Fuß große Sandtasche zwischen Korallengestein frei und fand über hundert Silbermünzen. Viele waren oxydiert und so angegriffen, daß sie unter den Fingern zerbröselten. Einige klebten zu dicken Klumpen zusammen. Bei diesen Klumpen waren die äußeren Münzen nicht mehr zu retten, doch die, die im Innern des Klumpens zusammengepreßt waren, hatten die Jahrhunderte fast unbeschadet überstanden und würden bei Numismatikern einen guten Preis erzielen, je nach Alter und Zustand über tausend Dollar pro Stück.

Stunden später brachte Carlos mehrere Kanonenkugeln, zwei Musketen und Murphy weitere Silbermünzen hoch. Artefakte, die bewiesen, daß sie sich immer näher an die Schatzkammer unter dem Meeressand heranbuddelten.

Die Spannung am nächsten Morgen war unerträglich. Der Vormittag brachte weitere Funde. Viel Silber, darunter zwei siebzig Pfund schwere Silberbarren.

Das Fieber packte sie. Murphy klagte über heftige Bauchschmerzen, dachte jedoch nicht daran, auch nur eine Tauchschicht ausfallen zu lassen. Coffee, der sonst nur wenige Zigaretten am Tag rauchte, mußte sich beherrschen, um nicht zum Kettenraucher zu werden. Skip ging unruhig an Deck auf und ab. Karen war blaß und erschreckend wortkarg. Carlos sprach ständig mit sich selbst, und zwar in spanisch, als beschwöre er die Geister der See, und Richard war innerlich so angespannt, daß auch ihn krampfartige Schmerzen plagten. Doch das behielt er für sich.

Er hätte nach einer Tauchschicht am liebsten nur den leeren Tank gegen einen neuen ersetzt und wäre wieder hinabgetaucht, und den anderen erging es nicht anders. Sie mußten sich förmlich zu ihren Ruhepausen zwingen, denn das Adrenalin, das durch ihre Adern schoß, ließ sie die körperliche Erschöpfung vergessen.

Es war gegen halb vier, als sie die GOLDDIGGER zwanzig Fuß nach Steuerbord verholten und einen neuen Krater mit den Blastern in den Meeresboden wuschen, keine hundert Yards vom Sockel des Riffs entfernt. Als Skip das Gas zurücknahm, stiegen Murphy und Carlos hinunter.

Augenblicke später kam Carlos wie eine Rakete hochgeschossen, durchbrach die Oberfläche und schrie immer wieder: »Gold! ... Gold! ... Gold!«

Karen, Coffee, Skip und Richard stürzten ans Heck.

»Gold!« brüllte Carlos mit sich überschlagender Stimme, öffnete seine rechte Hand – und schleuderte sechs, sieben Goldmünzen in die Luft. »Goldmünzen! ... Der ganze Meeresboden ist davon übersät ... Es ist der helle Wahnsinn! ... Überall ist Gold! Gold! Gold! Wir brauchen Schaufeln!«

»Heilige Makrele!« stieß Coffee hervor.

»Das muß ich sehen!« rief Richard. Er war viel zu aufgeregt, um sich die Zeit zu nehmen, Tank und Lungenautomaten anzulegen. Mit einem Hechtsprung stürzte er sich über Bord und ging steil hinunter. Die zweiunddreißig Fuß bis zum Grund schaffte er auch so.

Skip, Coffee und Karen folgten seinem Beispiel. Keinen hielt es jetzt noch an Bord.

Es war unglaublich. Niemand hätte auch nur im Traum gewagt, sich so ein Bild in seinen kühnsten Hoffnungen vorzustellen. Es war gigantisch und mehr, als ein normaler Mensch verdauen konnte, ohne durchzudrehen.

Carlos hatte nicht übertrieben. Im Gegenteil, er hatte gewaltig *untertrieben!* Das mattgoldene Leuchten wies ihnen schon von der Oberfläche aus den Weg zum Krater, der mit Hunderten, ja Tausenden von Goldmünzen förmlich übersät war. Und nicht nur mit Goldmünzen, sondern auch mit Ketten, Ringen und Goldbarren. Sie waren ohne Zweifel auf den Teil der MARAVILLA gestoßen, in dem sich ein Großteil der Schatzladung befunden hatte.

Ein Schauer durchlief Richard, als er den Meeresgrund erreichte. Carlos schwamm an seine Seite und ließ ihn aus seiner Flasche zwei kräftige Atemzüge machen, damit er nicht sofort wieder aufzusteigen brauchte.

Fassungslos blickte sich Richard um, grub die Hände in das Meer von Goldmünzen und vermochte noch immer nicht zu glauben, was er da sah und fühlte. Sie hatten das Wrack gefunden, und sie brauchten die Schätze bloß noch einzusammeln und hochzubringen. Millionen lagen vor ihnen. Millionen über Millionen in

Gold, Schmuck und Silber. Sie brauchten bloß zuzugreifen, um mit einem einzigen Griff zehntausend in der Hand zu halten. Es war unfaßbar. Sie hatten dem Meer nach dreihundertfünfzig Jahren den Schatz der MARAVILLA entrissen!
Er füllte sich die Badehose mit Goldmünzen und stieg mit Coffee und Karen wieder auf. Wie die Kinder tollten sie im Wasser, umarmten sich, schrien und warfen mit den Goldmünzen um sich.
»Wir haben es geschafft!« brüllte Coffee. »Wir haben die spanische Bonanza gefunden! ... Skip, wir sind reich! ... Da unten liegen Millionen!«
»Und das ist erst der Anfang!« rief Karen. »Ich wette, daß jeder neue Krater weitere Schätze ans Licht bringt.«
»Ich glaube, ich dreh' durch. Ich brauch' mein sicheres Deck unter den Füßen!« stieß Skip hervor. »Es ist der absolute Wahnsinn.«
Sie schwammen zum Boot und beeilten sich damit, ihre Tauchausrüstung anzulegen. Sie nahmen mehrere große Netzbeutel und Plastikkörbe mit hinunter und begannen mit fast fieberhafter Hektik, die Schätze einzusammeln.
Richard war wie in Trance. Er stopfte die Münzen in seinen Beutel und brauchte nur mit der Hand über den Sand zu wedeln, um neue Münzen freizulegen. Als er zum Riff schwamm, stieß er auf ganze Berge von Silberbarren. Sie sahen aus wie Wackersteine und wogen jeweils um die siebzig, achtzig Pfund. Hunderte lagen davon am Sockel des Riffs. Im Riff selbst fand er in Sandtaschen ebenfalls Schätze, und zwar Schmuckstücke von unschätzbarem Wert. Mehrere mit Juwelen besetzte Broschen, Ohrringe sowie zierliche Goldbarren, die aber immerhin mehrere Pfund schwer waren. Er war jetzt überzeugt, daß die MARAVILLA an diesem Riff in Stücke gerissen worden war und hier all ihre Schätze in die See vergossen hatte. Sie würden wohl fast alles, was die Galeone an Schätzen an Bord gehabt hatte, an diesem Riff finden.
Sein Traum vom Goldriff war Wirklichkeit geworden!

Als die einsetzende Dunkelheit sie zwang, die Bergungsarbeiten einzustellen, häuften sich auf dem Deck der GOLDDIGGER die Schätze.
»Es ist der reine Wahnsinn!« sagte Skip fassungslos, als er in der Coleman-Kühlbox wühlte, die bis oben hin mit Goldmünzen gefüllt war. »Weißt du, wie viele wir davon schon hochgeholt haben?«
Richard schüttelte den Kopf. »Bestimmt die eine oder andere Münze«, scherzte er.
»Ich hab' das mal grob überschlagen. Es müssen jetzt schon an die dreitausend Goldmünzen sein«, sagte Skip.
»Und was sind die wert?« fragte Murphy mit heiserer Stimme.
Skip zuckte die Achseln. »Wenn man mal Dumpingpreise zugrunde legt und sie geradezu verschleudern würde, kämen dabei immer noch mindestens fünf Millionen Dollar heraus, sonst an die neun.«
Carlos schüttelte den Kopf. »Fünf Millionen!«
Coffee lachte. »Und das ist ja bloß Taschengeld im Vergleich zum Wert der Goldbarren, Ketten, Ringe und all dem anderen Zeug, das da unten noch liegt.« Er wies auf die Schüsseln und Getränkekisten, die vor ihnen standen und die geborgene Schätze enthielten.
»Es ist wie ein Traum!« murmelte Karen.
»Ein Traum, der gerade erst angefangen hat!« sagte Richard grinsend. »Da unten liegt noch Arbeit für Wochen und Monate. Wir werden noch eine Menge Krater diggen müssen.«
»Wieviel ist das wohl wert?« fragte Murphy mit glänzenden Augen. »Ich meine nicht nur die Goldmünzen, sondern alles, was wir heute hochgeholt haben.«
Richard zuckte die Achseln. »Was weiß ich. Aber an die zwanzig Millionen dürften es schon sein. Wir hatten Glück, sofort auf die mit Gold gefüllten Truhen zu stoßen. Wir werden von nun an kaum täglich so viel finden. Die Goldfunde werden rasch abnehmen, und das Silber wird überwiegen. Aber einige hundert Barren

Rohsilber zu jeweils siebzig, achtzig Pfund sind ja auch nicht zu verachten.«

Coffee lachte. »Ja, da läppern sich die Millionen auch zusammen.«

Carlos schüttelte den Kopf. »Ich glaube es einfach noch nicht. Zwanzig Millionen? Jesus Maria! Ich hab' nie mehr als fünfhundert Dollar auf einem Haufen gesehen, und jetzt das! Das muß ich erst verdauen.«

»Du wirst dich schon daran gewöhnen, Carlos«, sagte Skip fröhlich und spielte mit einer wunderbaren Goldkette, deren einzelne Glieder so dick wie sein Zeigefinger waren.

Coffee sprang auf. »Freunde, jetzt wird gefeiert! Ich brauche einen kräftigen Schluck, sonst kriege ich diese Nacht vor Aufregung kein Auge zu, so überdreht bin ich. Immerhin badet man ja nicht jeden Tag in einem Strom von Gold!« rief er und holte ein paar Flaschen aus der Kombüse.

Es wurde eine ausgelassene Feier, und der Alkohol floß in Strömen. Aber es war ihnen egal. Ihr Fund war eine Sensation und würde wohl weltweit Schlagzeilen machen. Das zu verdauen war alles andere als leicht. Das Wissen, Millionen Dollar in Gold und Silber an Bord zu haben, hatte etwas Berauschendes an sich, zugleich aber auch etwas Unwirkliches, Beunruhigendes.

Der Alkohol zeigte bei ihnen schnell Wirkung. Schon um halb zwölf sagte Coffee, der sonst leicht eine Nacht durchzechen konnte, mit schwerer Stimme: »Freunde, ich bin erledigt und hau' mich aufs Ohr.«

»Ich auch«, brummte Skip und wankte etwas, als er sich erhob.

Karen und Richard sahen sich an. »Wir bleiben die Nacht auf Boca Grande«, sagte er dann.

Coffee grinste. »Bin mal gespannt, wie lange eure Flitterwochen noch dauern«, sagte er mit gutmütigem Spott.

»Wir sind ja erst im dritten Jahr«, erwiderte Karen mit einem warmen Lächeln und stieg über das Tauchgitter ins Beiboot.

Richard folgte ihr, startete den 40-PS-Mercury und steuerte den

Gleiter über die ruhige See hinüber nach Boca Grande. Es war nur eine Strecke von nicht mal anderthalb Meilen.
Fünfzig Yards vor dem Ufer stellte er den Motor ab und ließ das Beiboot der GOLDDIGGER auslaufen. Karen erhob sich vom Sitz und zog sich rasch aus. Einen Augenblick stand sie nackt im Licht des Halbmondes, der am klaren, wolkenlosen Nachthimmel stand. »Kommst du mit?« fragte sie.
»Und ob!«
Sie sprang über Bord, und wenig später schwamm Richard neben ihr, nackt wie sie. Das Wasser war erfrischend.
»Was für ein Tag!« murmelte Karen, als sie ins seichte Wasser zurückkehrten.
»Was für eine Nacht«, erwiderte Richard und legte einen Arm um ihre Taille.
Sie wandte sich ihm zu und lächelte. Das Wasser perlte von ihren Brüsten, deren Warzen aufgerichtet waren vor Erregung. Sie rieb sie gegen seine Brust, während sie ihren Unterleib gegen ihn drückte. »Ja, wie geschaffen, um ein Kind zu zeugen, nicht wahr?«
Das Wasser umspülte gerade noch ihre Füße. Ihre nackten Körper berührten sich, und sein hartes Glied preßte sich gegen ihre Bauchdecke. Sie küßten sich, und dann sanken sie voller Seligkeit in den feuchten Sand. »Ich kann heute nicht warten. Bitte komm sofort. Ich möchte dich in mir spüren«, bat Karen, und als er in sie eindrang, schlang sie Arme und Beine um ihn und drängte sich ihm entgegen, während die am Ufer auslaufenden Wellen ihr Gesäß umspülten.
Als sie den Höhepunkt erreichte, fühlte sie sich in die Weite des Sternenhimmels katapultiert. Überwältigt vom Glück ihrer Liebe und der Schönheit der Nacht traten ihr die Tränen in die Augen.
Etwas später trug Richard sie ins Zelt. Wenn sie nach Key West zurückkehrten, würden sie heiraten.

10 Er schwamm durch ein Meer von Goldmünzen auf ein Riff zu, das mit Goldketten und kostbarem Schmuck behangen war. Die Korallen waren aus Gold, und die Augen der Fische, deren Schuppen aus spanischen Goldmünzen zu bestehen schienen, waren funkelnde Rubine und Smaragde.

Richard gab ein ungehaltenes Brummen von sich, als sich irgendein Geräusch in seinen wunderbaren Traum einschlich, das dort nichts zu suchen hatte. Doch obwohl er sich dagegen wehrte, begannen die Bilder zu verblassen, und er stieg aus den Tiefen des Schlafes zur Oberfläche des Bewußtseins auf.

Ein stechender Schmerz in die Seite ließ ihn mit einem erstickten Schmerzensschrei hochfahren. Doch er konnte den Kopf nicht heben. Eine stählerne Zange hatte sich um seine Kehle gelegt, drückte ihm die Luft ab und preßte ihn brutal zu Boden. Er röchelte nach Luft.

»Du gibst nicht einen Laut von dir, verstanden? ... Hörst du mich, Richie! ... Wenn du das Maul aufreißt, stopfe ich es dir mit meinem 45er!« rief eine Stimme rauh und irgendwie undeutlich.

»He, schau dir mal die Puppe an!« rief eine zweite Stimme leise und mit lüsternem Unterton. »Die würde mir schon gefallen!« Und dann wurde die Stimme barsch und drohend. »Beweg dich ja nicht, Süße, sonst muß ich dir einen überziehen!«

Richard riß die Augen auf – und schloß sie sogleich wieder, als ihn grelles Licht aus Stabtaschenlampen traf. Es war wie ein Faustschlag auf die Augen.

»Nicht einen Laut, hast du mich verstanden?« zischte die Stimme, und der Druck wich von Richards Kehle.

Er glaubte erst an einen gräßlichen Alptraum. Doch die Stimmen und Geräusche waren Wirklichkeit. Er war plötzlich hellwach, richtete sich auf und beschattete seine Augen mit der flachen Hand.

Vier Gestalten waren in ihr Zelt eingedrungen. Sie waren nachtschwarz gekleidet, maskiert und trugen Handschuhe. Sie hatten sich Nylonstrümpfe über den Kopf gezogen, die ihre Gesichter bis zur Unkenntlichkeit verzerrten. Zwei hielten eine Maschinenpistole in der Hand, zwei andere waren mit Revolvern bewaffnet. Einer der mit Maschinenpistolen bewaffneten Männer saß auf Karen und preßte ihr die Mündung der Schnellfeuerwaffe unter das Kinn. Nackt und starr lag sie unter dem Gangster, Todesangst in den Augen.

»Laßt meine Frau in Ruhe!« stieß Richard rauh hervor und spürte augenblicklich kaltes Metall an seiner Schläfe, offenbar den Lauf eines Revolvers. »Wenn ihr Karen etwas tut, bringe ich euch um!«

Seine Worte erzeugten bei den vier Maskierten höhnisches Gelächter. Der Mann, dessen Stimme so undeutlich klang, als würde er mit vollem Mund sprechen, und der Richard mit seinem Revolver in Schach hielt, erwiderte spöttisch: »Du hast hier nichts mehr zu melden, Richie-Boy.«

Richard wandte den Kopf, ohne sich um den Revolver an seiner Schläfe zu kümmern, und musterte den Mann. Er wußte plötzlich, wen er vor sich hatte: »Du kommst damit nicht durch, Redcliff.«

»Redcliff? Kennt jemand von euch einen Mann namens Redcliff?« höhnte der Gangster.

»Klar kenn' ich Jerry Redcliff, aber der spielt zur Zeit mit ein paar Freunden Poker«, sagte der Mann, der auf Karen hockte. »Der ist dreißig Meilen von hier in Key West.«

»Richtig, und diese Freunde werden das auch vor Gericht bezeugen und beeiden, wenn es sein muß, Richie. Du mußt also Gespenster sehen«, erwiderte Redcliff. »Die Leute, die dir heute nacht den Denkzettel deines Lebens verpassen, werden sich in Luft auflösen. Es gibt keinen Redcliff, der sich in dieser Nacht bei den Marquesas herumgetrieben hat. Das hast du dir nur eingebildet. Und nun komm hoch, du Dreckskerl!«

»Mir machst du nichts vor!« zischte Richard und erhob sich. Auch er war immer noch nackt. »Ich weiß, daß du es bist, Redcliff! Du bist wegen des Goldes gekommen, und du hast im

Augenblick die besseren Karten in der Hand. Aber ich warne dich! Wenn ihr Karen auch nur ein Haar krümmt, bringe ich dich um, das schwöre ich dir! Wenn du also vor mir sicher sein willst, mußt du mich gleich hier umlegen – aber auch Coffee und Skip, denn die täuschst du auch nicht, und wenn du einem von uns etwas tust, hast du es mit allen zu tun!«

»Was du nicht sagst«, erwiderte Redcliff gedehnt.

»Wenn du sicher vor uns sein willst, mußt du schon zum Massenmörder werden – oder zumindest soviel Grips haben, dein Verbrechen auf das Gold zu beschränken!« warnte Richard ihn und funkelte ihn an. Es war keine leere Drohung. Er würde nicht eine Sekunde zögern, Redcliff zu töten, sollte er oder einer seiner Komplizen Karen etwas antun. »Für das hier kannst du schon für zehn Jahre hinter Gitter wandern. Doch Mord ist ein anderes Geschäft als Raub, nicht wahr? Irgend jemand wird das Maul nicht halten können oder auf die Idee kommen, dich wie eine Zitrone auszupressen. Nein, umbringen wirst du uns nicht. Du bist zwar skrupellos, aber doch kein Dummkopf.«

»Du redest zuviel!« schnaubte Redcliff.

»Sag deinem Handlanger, er soll Karen in Ruhe lassen!« verlangte Richard, als er sah, wie der Mann seine Maschinenpistole um ihre Brüste kreisen ließ, sich nun erhob und den Lauf über ihren Bauch abwärts gleiten ließ – zwischen ihre Beine. Er schrie Redcliff fast an: »Sag es ihm!« Redcliff zögerte einen kurzen Moment, machte dann aber eine knappe Handbewegung mit dem Revolver. »Laß sie in Ruhe, Morton«, sagte er, und Richard war felsenfest davon überzeugt, daß sie sich falsche Namen gegeben hatten. »Unser Freund dreht sonst noch durch. Sie soll sich was überziehen.«

»Dachte, sie hätte gern einen feurigen Prügel zwischen den Beinen«, antwortete der mit Morton Angesprochene, nahm die Maschinenpistole jedoch in seine Armbeuge.

Zitternd kam Karen hoch, griff schnell zu ihren Sachen und fuhr hinein. Sie wollte zu Richard, doch Morton riß die Waffe wieder hoch und versperrte ihr den Weg. »Du würdest nur im Wege sein, Baby«, sagte er spöttisch, und das Grinsen wurde durch den Nylonstrumpf zu einer abstoßenden Grimasse.

»Und jetzt zu dir, Richie«, sagte Redcliff und schlug zu.

Richard hatte nicht den Schimmer einer Chance. Als er nach dem ersten Schlag auf die Beine kam, traf ihn von hinten ein Handkantenschlag in die Seite. Er wirbelte aufstöhnend herum und lief in eine Gerade. Sie nahmen ihn zu dritt in die Mangel und ließen erst von ihm ab, als er sich auf dem Boden wand und Blut spuckte. Karen hatte ihm zu Hilfe springen wollen, doch der Bursche mit der Maschinenpistole hatte ihr von hinten seinen Unterarm um den Hals gelegt und sie brutal festgehalten.

»Ihr Schweine!« rief sie, Tränen in den Augen. »Drei gegen einen! Ihr feigen Dreckskerle!«

Redcliff beachtete sie gar nicht. »Das reicht! Macht ihn wieder munter!

Wir brauchen ihn gleich noch. Immerhin ist es sein Boot, das wir mit unserem Besuch beehren. Bringt ihn wieder auf die Beine!« befahl er.

Zwei der Gangster zerrten Richard, der mit der Bewußtlosigkeit kämpfte, zum Wasser hinunter. Es dauerte eine Weile, bis sein Kopf wieder einigermaßen klar war. Nur mit Mühe konnte er sich auf den Beinen halten. Er sah jetzt die beiden großen Schlauchboote, die neben dem Gleiter am Ufer festgebunden waren. Und als sein Blick auf die Motoren fiel, wußte er, warum sie nichts gehört hatten. Redcliff hatte die Schlauchboote mit Elektromotoren ausgerüstet, die so gut wie lautlos waren, und das bedeutete, daß die BUCCANEER nicht allzuweit sein konnte und Redcliff diesen Überfall von langer Hand geplant hatte. Doch woher wußte er, daß sie gestern die Goldladung der MARAVILLA gefunden hatten?

Sie brachten Karen ans Ufer, und Redcliff warf ihm seine Hose zu. »Jetzt zum Geschäftlichen, Richie«, sagte er, und Richard wußte nun, warum Redcliffs Stimme so verändert klang. Er hatte sich irgend etwas in die Backen gestopft, um seine Stimme unkenntlich zu machen. »Wir fahren jetzt gemeinsam zur GOLDDIGGER hinüber und werden euch ein wenig entlasten. Ich rate euch, genau das zu tun, was ich sage, und keine Tricks zu versuchen. Ich habe nicht vor, ein Blutbad anzurichten, aber wenn ihr mich provoziert, kann es dazu kommen. Sieh also zu, daß du deine Crew unter Kontrolle hältst. In deinem eigenen Interesse.«

»Sie werden mit dem Gold nicht weit kommen!« stieß Karen in ohnmächtigem Zorn hervor.

»Laß das mal unsere Sorge sein«, erwiderte Redcliff kühl. »Los, einsteigen!«

Die GOLDDIGGER zeichnete sich als schwarze Silhouette vor dem Nachthimmel ab. Richard schaute auf seine Uhr. Es war kurz nach vier. Coffee, Skip, Murphy und Carlos würden noch tief und fest schlafen.

Die Elektromotoren waren tatsächlich kaum zu hören und gaben nur ein Brummen von sich, das niemanden aus dem Schlaf holen würde. Karen fuhr in dem Schlauchboot mit, das Morton steuerte. Richard war mit Redcliff und einem stämmigen Burschen, den er Dave nannte, im zweiten Boot.

»Woher hast du es gewußt?« fragte er.

»Schon mal was von Wanzen gehört?« fragte Redcliff spöttisch zurück.

Richard fiel in ein düsteres Schweigen. Was hätte er auch sonst tun können.

Wenige Minuten später erreichten sie die GOLDDIGGER. Redcliff stieg als erster am Tauchgitter hoch. Niemand stellte sich ihm in den Weg. Die Überrumpelung war perfekt. Richard und Karen mußten sich am Heck hinstellen und wurden von einem Gangster mit Maschinenpistole in Schach gehalten, während Redcliff am Ruderstand Stellung bezog. Er schaltete die Decksbeleuchtung ein. Dann gingen Morton und Dave unter Deck und jagten den Rest der Crew aus ihren Kojen.

Verstört kamen Coffee, Skip, Carlos und Murphy den Niedergang hoch; sie waren nur spärlich bekleidet. Allein Murphy trug eine schlabberige Leinenshorts und ein weites Sweat-Shirt.
»Was hat das zu bedeuten?« stieß Coffee hervor.
»Redcliff hat eine neue Methode der Schatzsuche entwickelt!« rief Richard ihm grimmig zu.
»Nicht eine verdammte Münze wird er ...« Coffee kam nicht mehr dazu, den Satz zu beenden, denn Dave schlug ihm das Griffstück seines Revolvers zwischen die Schulterblätter. Aufschreiend ging er in die Knie. »Recht so, Dave. Dieses Pack soll von vornherein wissen, wer hier das Sagen hat!« lobte Redcliff und fügte mit schneidender Stimme hinzu: »Wer nicht kapiert, daß ...«
In diesem Augenblick handelte Carlos. »Verdammte Bastarde!« brüllte er und warf sich auf den Schläger, rammte ihm ein Bein in den Unterleib und wollte ihm die gespreizten Zeige- und Mittelfinger in die Augen stechen. Doch der Gangster riß den Kopf geistesgegenwärtig zurück, während er sich unter dem schmerzhaften Tritt krümmte, und Carlos erwischte ihn mit dem Zeigefinger nur noch seitlich am linken Auge. Der Nylonstrumpf riß ein Stück auf.
Doch Carlos war chancenlos. Der Mann mit der Maschinenpistole kam Dave sofort zu Hilfe, war mit einem Satz bei ihm, holte aus und schlug ihm den Lauf quer übers Gesicht. Blut spritzte, als die Haut unter Carlos' linkem Auge aufplatzte. Mit einem gellenden Schrei ging er zu Boden und bedeckte sein blutendes Gesicht mit beiden Händen.
Richard hatte unwillkürlich einen Schritt nach vorn gemacht. Doch da sah er die Maschinenpistole schon auf sich gerichtet. Er blickte direkt in die kleine schwarze Mündung.
»Schluß mit der Spätvorstellung!« brüllte Redcliff. »Der nächste, der hier den Helden spielen will, bekommt ein paar Kugeln zwischen die Rippen! Kapiert? ... Und jetzt zur Sache! Wo ist das Zeug?«

»Was für ein Zeug?« fragte Skip mühsam beherrscht, während Carlos wimmernd an Deck kniete.
»Für jede saudumme Gegenfrage gibt's von nun an eins mit dem Revolvergriff übergezogen!« warnte Redcliff. »Wo ist das Gold, Mann? Wir wissen, daß ihr Gold gefunden habt. Finden tun wir es so oder so. Aber wenn ihr es uns schwermacht, schick' ich euren Kahn auf Grund, kapiert?«
Richard ballte die Fäuste vor ohnmächtiger Wut. Er wußte, daß sie gegen diese bewaffnete Bande nicht den Schimmer einer Chance hatten. Sie mußten sich zusammenreißen, damit es nicht wirklich noch zu einem Blutbad kam. Und er durfte sein Boot nicht sinnlos aufs Spiel setzen.
»Es hat keinen Sinn, Skip«, sagte er mit müder Stimme. »Sie wissen alles. Sollen sie das Gold haben. Es ist es nicht wert, dafür sein Leben aufs Spiel zu setzen.«
»Sehr vernünftig!« sagte Redcliff zufrieden und wies auf Murphy und Skip. »Ihr habt gehört, was Richie-Boy gesagt hat. Bewegt euch und bringt das Zeug an Deck. Dave, du paßt auf, daß sie nichts übersehen in ihrem Eifer.« Er lachte gemein.
Murphy und Skip leisteten dem Befehl Folge und begannen, die Kisten und Beutel mit den Schätzen an Deck zu tragen. Mit steinernem Gesicht sah Richard zu, wie das Gold auf die Schlauchboote geladen wurde. Es drehte Richard fast den Magen um, als Redcliff den Deckel der Kühlbox hochklappte und ein Lichtkegel die Goldmünzen aufleuchten ließ.
»Saubere Arbeit. Gut, schafft es ins Boot!« trug er seinen Leuten auf.
Einer seiner Komplizen wuchtete einen Sack an Bord der GOLDDIGGER, nachdem sie alle Schätze auf den Schlauchbooten verstaut hatten. »Das Souvenir, Boß!« sagte er.
»Ach, ja, der Treibstoffzusatz«, sagte Redcliff höhnisch und wandte sich Richard zu. »Wird dir ja nicht unbekannt sein, nicht wahr? Sand und Eisenspäne. Dave, kümmere dich darum. Kipp das Edelgemisch in die Treibstofftanks!«

»Verdammter Bastard!« fluchte Skip und spuckte aus.
»Laß das! Es bringt nichts!« warnte Richard ihn.
»Ihr marschiert jetzt unter Deck!« befahl Redcliff. »Nein, du nicht, Karen. Dich nehmen wir mit!«
»Das werdet ihr nicht!« schrie Richard und hätte sich fast auf Redcliff gestürzt.
Karen hatte Mühe, ihre Angst zu beherrschen.
»O doch, das werde ich, Richie-Baby«, erwiderte Redcliff. »Aber du brauchst dir wegen deines Betthäschens keine Sorgen zu machen. Ihr wird nichts geschehen. Sie ist nur unser Faustpfand. Wir setzen sie auf Rebecca Key ab. Und jetzt runter mit euch!«
»Und wie sollen wir nach Key West kommen?« wollte Skip zornbebend wissen.
»Ihr habt doch noch den Gleiter. Das Wetter ist blendend. Bis nach Key West kommt ihr schon damit«, sagte Redcliff. »Aber wagt es ja nicht, vor Sonnenaufgang loszufahren. Wenn ihr auf die blödsinnige Idee kommt, uns mit dem Gleiter zu folgen, wird Karen das auszubaden haben.«
Karen sah Richard eindringlich an, schluckte schwer und flüsterte: »Du wirst schon die richtige Entscheidung fällen, Richard ... Und es wird alles gut werden.«
»Schluß jetzt! Rüber ins Boot mir dir, Karen! Und ihr macht, daß ihr in die Achterkabine kommt!« befahl Redcliff ungeduldig.
Ihnen blieb nichts übrig, als dem Befehl Folge zu leisten. Fluchend und mit verkniffenen Gesichtern gingen sie hinunter. Dave schloß die Tür der Achterkabine hinter ihnen ab.
»Ihr bleibt hier eine halbe Stunde und keine Minute weniger. Wenn wir sehen, daß ihr eher hier rauskommt, kommen wir zurück und leeren ein paar Maschinenpistolenmagazine in euren Kahn!« rief ihnen der Gangster von jenseits der Tür zu. »Ist das bei euch angekommen?«
»Verpiß dich, du Rattengesicht!« rief Coffee zurück.
»Gut, wir haben uns verstanden«, erwiderte Dave ungerührt.

»Dann noch weiterhin frohes Schaffen und Tauchen.« Schritte entfernten sich von der Tür.
Augenblicke später sprangen die Maschinen der GOLDDIGGER an. Skip stöhnte auf, als hätte er körperliche Schmerzen. Er schaute auf seine Uhr. Richard kümmerte sich um Carlos. »Wie geht es dir?«
Carlos sah ihn mit blutunterlaufenen Augen an. »Wie man sich so fühlt, wenn einem ein paar Millionen abgenommen worden sind«, sagte er zornbebend.
Ein Feuerstoß aus der Maschinenpistole zerriß die trügerische Stille der Nacht.
Coffee verzog das Gesicht. »Das dürfte das Funkgerät gewesen sein.«
Skip ballte die Fäuste und stieß einen lästerlichen Fluch aus. Coffee spähte durch ein Bullauge hinaus in die Nacht. »Sie sind von Bord! Das erste Schlauchboot kann ich schon sehen.«
»Dann an die Arbeit!« drängte Skip. »Wir müssen die Tür aufbrechen! Schnell!«
»Aber das könnt ihr doch nicht machen!« wandte Murphy ängstlich ein. »Oder willst du dein Boot verlieren, Richie?«
»Ich muß die Motoren ausstellen, sonst sind sie nicht mehr zu retten. In spätestens zwei, drei Minuten gelangt der mit Sand und Eisenspänen versetzte Treibstoff in die Maschinen, und dann sind sie nur noch Schrott!« Und ohne eine Antwort abzuwarten, rammte Skip die Tür. Beim zweiten Versuch brach das Schloß aus der Holzleiste.
Skip stürmte an Deck und schaltete die Motoren aus. Ein Blick auf das Funkgerät genügte, um zu erkennen, daß es nie wieder einen Funkspruch empfangen oder senden würde.
Die beiden Schlauchboote verschwanden Augenblicke später hinter einer Mangroveninsel, die südöstlich von Boca Grande lag.
Wütend trat Carlos gegen die Bordwand. »Diese Schweine! Können wir denn gar nichts tun?«
Skip schüttelte den Kopf. »Die GOLDDIGGER käme keine zwei

Meilen weit. Die Tanks müssen völlig geleert und gespült werden. Dasselbe gilt für die Leitungen. Das dauert einen halben Tag. Und bis dahin sind sie über alle Berge.«

»Und der Gleiter?« fragte Carlos.

»Hast du nicht gehört, was sie gesagt haben?« fuhr Murphy ihn ungehalten an. »Die versenken den Gleiter glatt. Das ist doch Selbstmord, Mann! Und denkt doch auch mal an Karen.«

»Karen wird nicht wollen, daß wir die Hände in den Schoß legen und dieses Gangsterpack ungestraft davonkommen lassen«, brummte Richard. »Aber darum geht es ja noch nicht einmal. Wir sitzen hier einfach fest, denn mit dem Gleiter hinterherzujagen, wäre wirklich glatter Selbstmord.«

»Es ist zum Kotzen!« Carlos raufte sich die Haare.

»Langsam, langsam«, meldete sich nun Coffee zu Wort. »Noch ist längst nicht aller Tage Abend, Freunde. Mir ist da gerade eine Idee gekommen, wie wir die GOLDDIGGER vielleicht doch noch flott kriegen können.«

»Na los, spuck's schon aus!« forderte Skip ihn wißbegierig auf.

»Meinst du, es sind schon Sand und Späne in die Motoren gekommen?« fragte Coffee.

Skip schüttelte den Kopf. »Nein, dafür sind die Motoren zu kurz gelaufen. Der Diesel, der in den Leitungen vom Tank zu den Maschinen war, war ganz sicherlich noch frei von den Stoffen. Und mehr als diese geringe Spritmenge haben die Maschinen in der kurzen Zeit nicht verbraucht. Sie sind also noch okay, aber benutzen können wir sie doch nicht.«

»Da bin ich anderer Meinung«, widersprach Coffee. »Was würdest du sagen, wenn wir die Dieselleitungen kurz vor den Motorstutzen abklemmen, neue Leitungen montieren und uns sauberen Diesel von Boca Grande holen.«

Skip sprang auf. »Das ist die Idee! Wir basteln uns aus mehreren Zehn-Gallonen-Kanistern einen Nottank.«

»Und das kann funktionieren?« fragte Richard aufgeregt.

»Es ist zwar verdammt primitiv, und wir werden ganz schön nach

Diesel stinken, aber funktionieren wird es ganz bestimmt!« versicherte Skip. »Einer von uns muß schnell nach Boca Grande rüberschwimmen und den Gleiter mit Kanistern volladen. Wir haben keine Zeit zu verlieren.«
»Das mach' ich!« rief Richard.
Carlos drängte es danach, auch etwas zu tun. »Ich komme mit, Richie.«
»In Ordnung.«
»Ihr bleibt alle hier an Bord!« rief Murphy, der kurz unter Deck gegangen war und in diesem Augenblick wieder zurückkam, mit schriller Stimme. »Keiner rührt sich von der Stelle! Habt ihr gehört? Keiner rührt sich!«
Fassungslos starrten Skip, Carlos, Richard und Coffee zu Murphy hinüber, der neben dem Steuer stand – und eine flache Automatik auf sie gerichtet hielt.

11 »Hast du sie noch alle, Murphy?« stieß Carlos ärgerlich hervor. »Fang jetzt bloß nicht an durchzudrehen. Ich hab' dich für ein bißchen härter im Einstecken gehalten. Und jetzt nimm die Kanone runter. Wir müssen uns beeilen und Redcliff einholen, bevor er über alle Berge ist.«
»Gar nichts werdet ihr tun!« erwiderte Murphy heftig.
»Er muß einen Koller gekriegt haben!« schnaubte Carlos und blickte Richard an.
Richard nahm den Blick nicht von Murphy, während er den Kopf schüttelte und langsam sagte: »Ich glaube nicht, daß er einen Koller bekommen und Angst vor Redcliff hat. Viel eher glaube ich, daß er fürchtet, der schmutzige Plan, den er mit Redcliff ausgeheckt hat, könnte durch Coffees Idee doch noch scheitern.«
Murphy erbleichte und umfaßte die Pistole nun mit beiden Händen, brachte jedoch kein Wort heraus. Und damit wurde Richards Verdacht zur Gewißheit.

»Er hat uns an Redcliff verraten!« beschuldigte Skip ihn und ballte die Fäuste.
»Das glaube ich nicht!« stieß Carlos hervor. »Murphy ist einer von uns! Wir sind doch schon zweieinhalb Jahre zusammen. Nein, er hat uns nicht ans Messer geliefert. Das würde er niemals tun. Mit einem Dreckskerl wie Redcliff würde er niemals gemeinsame Sache machen. Sag es ihnen, Murphy! Sag ihnen, daß du so eine Schweinerei niemals tun würdest.« Seine Stimme klang beschwörend, als wollte er nicht wahrhaben, was er insgeheim schon wußte.
»Halt die Schnauze!« herrschte Murphy ihn an.
»Richard hat recht«, sagte Skip wutschnaubend. »Diese kleine Ratte hat uns an Redcliff verraten!«
»Nimm die Pistole runter, und laß uns vernünftig reden!« beschwor Carlos ihn und machte einen Schritt auf ihn zu. »Mein Gott, wir sind doch Partner!«
»Bleib, wo du bist!« gellte Murphy, riß die Automatik hoch und drückte ab. Die Kugel sirrte hoch über Carlos hinweg in den noch dunklen Himmel. »Wir sind nie Partner gewesen, sondern nur die Kulis, die die schwere Arbeit leisten konnten, die schamlos ausgenutzt wurden! Hundert Dollar die Woche und ein Prozent Beteiligung. Ein einziges lächerliches Prozent, während sie die fette Sahne abkassieren!«
»Was du da redest, ist geistiger Dünnschiß!« herrschte Carlos ihn an, der abrupt stehengeblieben war. »Was hast du denn vorher in der Tasche gehabt, du Idiot? Nichts! Du bist verdammt froh gewesen, daß du bei Richard anheuern konntest. Und wer hat denn die zweieinhalb Jahre finanziert? Du vielleicht? Ein Prozent ist mehr als genug Anteil für uns. Allein gestern hattest du schon zweihunderttausend Dollar verdient Mann! Und wenn die MARAVILLA wirklich Schätze für gut hundertfünfzig Millionen geladen hatte, dann bringt dir dein eines Prozent Gewinnanteil anderthalb Millionen! Wie kannst du Schwachkopf da von mies bezahlter Kuliarbeit sprechen. Redcliff muß dir ins Gehirn ge-

schissen haben!« Sein Gesicht war vor unbändigem Zorn hochrot angelaufen
Murphy verzog das Gesicht. »Holt euch doch den Rest und teilt ihn unter euch, wie ihr wollt. Ich teile mit Redcliff, und der gibt mir ein Viertel. Das sind fünf Millionen, und die stehen mir zu.«
»Wer weiß, womit Redcliff dich bezahlt«, erwiderte Richard kühl.
»Wenn uns dieser Verräter noch länger zur Untätigkeit verdammt, können wir das Gold, das Redcliff uns abgenommen hat, endgültig abschreiben«, murmelte Coffee so leise, daß nur Richard ihn hören konnte.
Richard nickte kaum merklich. Sie mußten handeln, und zwar schnell, wenn sie Redcliff noch schnappen wollten, bevor er entkommen und seine Spuren verwischen konnte. Er beschloß, die Initiative in die Hand zu nehmen und ein riskantes Spiel zu wagen.
»Hör mir mal genau zu, Murphy«, sagte er und löste sich von Coffee und Skip, die neben ihm standen.
Murphy feuerte einen zweiten Warnschuß ab. »Ich habe gesagt, daß sich keiner von der Stelle rühren soll! Keiner, kapiert?« schrie er.
Richard zeigte sich völlig unbeeindruckt. »Du hast dich verrechnet Murphy. Du hast bestimmt geglaubt, daß keiner von uns hinter dein gemeines Spiel kommen und nicht im Traum daran denken würde, dich der Komplizenschaft zu verdächtigen. Wie hast du Redcliff von unserem Fund unterrichtet? Über Funk?«
»Bestimmt nicht mit Leuchtraketen!« höhnte Murphy.
Richard lächelte freudlos. »Gut, ein kurzer Funkspruch bei Nacht, ein bißchen Schauspielerei während des Raubüberfalls und hinterher in aller Stille fünf Millionen abkassieren. So hast du es dir zurechtgelegt, nicht wahr? Aber du und Redcliff, ihr habt die Rechnung ohne Coffee gemacht, und nun sieht das Blatt, das du in den Karten hältst, plötzlich verdammt mies aus, mein

Freund. Du hast zwar die Automatik, aber die nützt dir nichts. Du magst zwar aus Geldgier zum Verräter geworden sein, doch ich bezweifle, daß du scharf darauf bist, auf dem elektrischen Stuhl zu landen. Oder hast du vergessen, daß in Florida auf vorsätzlichen Mord noch immer die Todesstrafe steht?«

Murphy schluckte nervös. »Keinem passiert was, wenn er tut, was ich sage!« stieß er heiser hervor.

Richard schüttelte lächelnd den Kopf. »So wird das Spiel aber nicht gespielt, Murphy. Ich werde gleich zu dir kommen und dir die Waffe abnehmen. Und gib dich keinen Illusionen hin. Ich bluffe nicht!«

»Ich werde schießen!« stieß Murphy hervor, am Rande der Panik.

»Das wirst du nicht, denn es würde dir nicht helfen, sondern deine Lage nur noch verschlimmern«, erwiderte Richard gelassen. »Oder willst du uns alle vier erschießen? Willst du zum Massenmörder werden? Sei vernünftig, Murphy. Du hast hoch gepokert und hoch verloren. Wir lassen uns nicht von dir einschüchtern, weil wir wissen, daß du uns nicht kaltblütig erschießen wirst, ganz gleich, was dich dazu bewogen hat, mit Redcliff gemeinsame Sache zu machen. Ich will dir eine goldene Brücke bauen: Wenn du mir die Waffe gibst und bereit bist, gegen Redcliff vor Gericht auszusagen, wird dich keiner von uns anklagen. Was hier geschehen ist, bleibt unter uns. Du hast mein Ehrenwort. Coffee, Skip, Carlos ... seid ihr auch dafür?«

Alle erklärten sich bereit und gaben Murphy ihr Ehrenwort, ihn nicht vor Gericht zu bringen.

»Okay, du hast es gehört«, sagte Richard. »Du hast die Chance, mit einem blauen Auge davonzukommen, statt im Knast zu landen, denn der ist dir im Augenblick schon ganz sicher. Und jetzt gib mir die Automatik!«

Richard streckte die Hand aus und ging langsam auf ihn zu. Der Schweiß rann ihm den Rücken hinunter, und sein Magen krampfte sich in Erwartung der Kugel, die Murphy auf ihn abfeuern konnte, zusammen.

Murphy hielt die Waffe mit beiden Händen auf ihn gerichtet. Er biß sich auf die Lippen. Die Augen waren weit aufgerissen. Panik flackerte in ihnen auf.
»Dreh jetzt nicht durch«, redete Richard beruhigend auf ihn ein. Seine Hand war keine Armlänge mehr von der Mündung der Automatik entfernt. »Du hast dein Leben noch vor dir. Du hast einen dummen Fehler gemacht, doch den kannst du wiedergutmachen, wenn du jetzt vernünftig bist. Ruiniere nicht dein Leben. Das Gold ist für dich jetzt sowieso verloren. Es gibt zu viele Zeugen, wenn du jetzt einen sinnlosen Ausweg in der Gewalt suchst! ... Bitte, gib mir die Pistole.«
Noch einen Schritt.
Plötzlich sackte Murphy wie ein Häufchen Elend in sich zusammen. »O Gott, was habe ich nur getan!« brach es verzweifelt aus ihm heraus.
Richard nahm ihm schnell die Automatik ab und atmete unendlich erleichtert auf.
Carlos war mit einem Satz bei Murphy, und bevor Richard noch eingreifen konnte, rammte er ihm einen linken Haken in den Magen und zertrümmerte ihm mit der rechten Faust das Nasenbein. Aufbrüllend vor Schmerz stürzte Murphy auf das Deck.
»Bist du verrückt geworden?« fuhr Richard ihn an und zerrte ihn von Murphy weg.
»Das hat er verdient, Richie!« stieß Carlos wütend hervor. Murphy war sein Kumpel gewesen, und deshalb traf ihn sein Verrat noch tiefer als Richard, Skip und Coffee. »Ich habe dem Mistkerl zwar mein Ehrenwort gegeben, und das halte ich auch. Aber so ungeschoren darf er nicht davonkommen.«
»Wenn wir Redcliff noch einholen wollen, sollten wir uns beeilen!« rief Coffee ungeduldig und riß schon die Luken zum Maschinenraum auf.
»Ich kümmere mich um Murphy«, sagte Skip. »Seht ihr zu, daß ihr so schnell wie möglich genügend Kanister Diesel von Boca Grande herschafft.«

»Wir sollten tauchen«, schlug Carlos vor. »Unter Wasser kommen wir schneller voran.«
Richard nickte. »Dann nichts wie Beeilung!«
Wenige Minuten später umfing sie die Schwärze der nachtschwarzen See. Wie Torpedos schossen sie in zehn Fuß Tiefe dahin. Sie spornten sich gegenseitig zu sportlichen Höchstleistungen an und lieferten sich ein Rennen, bei dem sie auch die letzten Kräftereserven mobilisierten. Sie wußten, daß es vermutlich von ihrer Schnelligkeit abhing, ob sie Redcliff noch einholen konnten. Jede Minute, die sie bei diesem Wettlauf gegen die Zeit jetzt herausschinden konnten, vermochte über Erfolg oder Mißerfolg zu entscheiden.
Als sie ins seichte Wasser der Insel gerieten, warfen sie ihre Taucherausrüstung einfach achtlos von sich, während sie auf das Camp zuwankten.
»Links … stehen … noch … volle … Kanister!« stieß Carlos atemlos hervor. »Die zuerst!«
»Okay, ich schaff' die ins Boot, während du die leeren Kanister auffüllst!« bestimmte Richard, packte zwei volle Behälter, biß die Zähne zusammen und schleppte sie zum Boot. Dreißig Meilen waren es bis nach Key West. Er wußte nicht genau, wieviel Sprit die beiden Penta-Dieselmotoren bei Höchstgeschwindigkeit brauchten, aber sechzig Gallonen sollten sie schon zur GOLDDIGGER bringen.
Endlich hatten sie die Kanister im Gleiter, der jetzt so tief im Wasser lag, daß zwischen Dollbord und Wasseroberfläche noch nicht einmal mehr eine Handbreit paßte.
Röhrend sprang der Außenborder an, und der Gleiter schoß über die See. Erschöpft lehnte Carlos auf den Kanistern. »Ob wir es noch schaffen?«
»Mit ein bißchen Glück … vielleicht.«
Coffee und Skip warteten schon ungeduldig, als sie kurz darauf längsseits des Trawlers gingen. Carlos warf ihnen die Bugleine zu, dann wuchteten sie die Kanister an Bord.

»Hat das mit dem Abklemmen der Leitungen funktioniert?« wollte Richard wissen.
Coffee grinste breit. »Hältst du mich für einen blutigen Anfänger? War nur eine Sache von ein paar Handgriffen. Skip hat recht gehabt. Wären die Maschinen ein, zwei Minuten länger gelaufen, hätten wir uns die Mühe sparen können. Aber zum Glück hat Redcliff die Motoren nicht früher gestartet. Wir hätten also schon längst von hier weg sein können, wenn ihr nicht so herumgetrödelt hättet«, spottete er, wußte er doch, daß Richard und Carlos sich körperlich das letzte abverlangt hatten.
»Was ist mit dem Gleiter?« fragte Carlos.
»Den nehmen wir ins Schlepptau«, sagte Richard.
Augenblicke später sprangen die Dieselmotoren an.
»Halt dich fest!« schrie Skip zu Coffee in den Maschinenraum hinunter, der noch damit beschäftigt war, die sechs Kanister festzuzurren, damit sie sich nicht losreißen konnten.
»Ab die Post!« brüllte Coffee zurück.
Skip schob beide Gashebel weit nach vorn, und die Maschinen röhrten auf. Der Bug der GOLDDIGGER schien sich in den Himmel heben zu wollen, doch dann fiel er wieder zurück. Richard war froh, daß er damals, als er den Trawler gekauft hatte, Trimmbleche am Heck hatte anbringen lassen. Die machten sich nun, wo sie mit voller Maschinenleistung fuhren und alles aus dem Boot herausholen mußten, bezahlt.
»Wo ist Murphy?« fragte Richard und steckte sich eine Zigarette an.
»Ich hab' ihn in seine Kabine eingesperrt. Er ist am Boden zerstört. Ärger macht der uns keinen mehr«, antwortete Skip und spähte in die Nacht.
»Die BUCCANEER hinter der nächsten Insel sichten zu wollen wäre wohl zuviel verlangt«, meinte Richard. »Was meinst du, wieviel Vorsprung Redcliff hat?«
Skip zuckte die Achseln. »Schwer zu sagen. Hängt ganz davon ab, wo die BUCCANEER vor Anker gegangen ist und wie stark die

Leistung der Elektromotoren war – und vor allem die der Batterie, denn die bestimmt ja die Reichweite. Hast du gesehen, was das für Batterien waren?«
»So genau habe ich nicht darauf geachtet.«
»Macht nichts. Glaube nicht, daß sie weiter als drei, vier Meilen von uns entfernt geankert haben. Das war mehr als ausreichend, um uns nicht aus dem Schlaf zu holen. Vermutlich sind sie irgendwo zwischen Boca Grande und Barracouta Key in die Schlauchboote umgestiegen.«
»Das wären dann von unserem Ankerplatz rund vier Meilen. Was bedeutet das in Zeit?«
»Die Schlauchboote waren schwer beladen. Ich glaube nicht, daß sie mehr als eine halbe Stunde Vorsprung haben.«
»Dann können wir sie also noch schnappen!«
Skip grinste. »Die GOLDDIGGER ist mit zweimal 290 PS ein wenig übermotorisiert, was wir den Burschen aus dem Rauschgiftschmuggel verdanken. Fünfundzwanzig Knoten bringt sie, wenn ich sie hart rannehme.«
»Und die BUCCANEER?«
»Sie hat gute Motoren. Zwei 120-PS-Ford-Sabre-Maschinen. Aber gegen unsere zweimal 290 Pferdestärken kann sie natürlich nicht anstinken. Zumal sie noch gut zwölf Fuß länger ist. Wir sind mindestens um sechs sieben Knoten schneller.«
»Wir können sie also schon auf halber Strecke nach Key West einholen« folgerte Richard.
»Ja, wenn sie wirklich Kurs auf Key West genommen hat und wir sie nicht verpassen«, wandte Skip ein.
»Wo sollen sie sonst hin?«
»Bahamas?«
Richard schüttelte den Kopf. »Geht nicht. Redcliff muß sich in Key West sehen lassen. Schon wegen seines Alibis.«
»Richtig, aber dennoch können wir sie leicht verpassen.«
»Wir müssen eben die Augen offenhalten. Gib mir das Fernglas. Ich klettere auf das Dach!« Richard stieg auf das Ruderhaus und

suchte den Horizont ab. Er hoffte darauf, daß Redcliff sich sicher fühlte und nicht alles Licht an Bord gelöscht hatte.
Die Minuten verstrichen.
Richard, Skip und Coffee, der inzwischen mit seiner Arbeit im Maschinenraum fertig war, wurden unruhig. Nach einer halben Stunde sichtete Richard Lichter, und Skip hielt sofort darauf zu. Doch es war ein harmloser Fischer.
»Mist!« fluchte Skip. Sie hatten wichtige Zeit und Diesel vergeudet.
Zehn Minuten später bemerkte Richard erneut Lichter. Diesmal an Steuerbord. Doch es war wieder nur falscher Alarm.
»Der erste Kanister ist leer!« meldete Coffee.
»Komm, ich lös' dich da oben ab, Richie!« rief Carlos und kletterte zu ihm aufs Dach.
»Hoffentlich hast du mehr Glück«, brummte Richard, rieb sich die schmerzenden Augen und begab sich wieder zu Coffee und Skip.
»Wenn wir doch nur Radar hätten« seufzte Coffee, »oder noch ein intaktes Funkgerät. Dann hätte Redcliff keine Chance zu entkommen. Aber so braucht er nur einen kleinen Bogen zu fahren, und wir bekommen ihn nie zu Gesicht.«
»Er entkommt uns nicht!« stieß Richard zornig hervor und starrte angestrengt über die See. Der neue Tag kündigte sich an. Die Schwärze der Nacht wurde zu einem verwaschenen Grau. Doch von der BUCCANEER war weit und breit nichts zu sehen.
Er dachte an Karen. Redcliff würde ihr nichts tun, davon war er überzeugt. Ein Dummkopf war er nicht. Er wußte, daß er seine Drohung wahrmachen und nicht erst auf einen richterlichen Haftbefehl warten würde, um sich zu rächen. Aber dennoch, es quälte ihn, Karen in Redcliffs Gewalt zu wissen.
Die Minuten wurden zu Viertelstunden, schließlich sogar zu einer Stunde, und keine Spur von der BUCCANEER.
»Rebecca Key, Skip!« rief Richard. »Nimm Kurs auf die Insel und

hol alles aus der GOLDDIGGER heraus. Das ist unsere Chance. In der Gegend müssen wir auf die BUCCANEER stoßen.«
»Sofern Redcliff auch Wort hält«, sagte Coffee skeptisch.
Sie schwiegen, während der Trawler mit voller Maschinenkraft durch die See pflügte. Im Osten wurde es immer heller, und die See begann zu glitzern.
»Rebecca Key!« rief Skip schließlich, als die Insel im Dämmerlicht des jungen Tages vor ihnen auftauchte. »Ich glaube nicht, daß wir Karen da finden. Wir müssen die BUCCANEER längst überholt haben.«
Sie fuhren ganz nahe an die Insel heran, die etwa eine Viertelmeile lang und nur halb so breit war. Ausgestorben lag sie vor ihnen.
»Und was jetzt?« fragte Coffee.
Richard nagte an seiner Unterlippe. Eine Entscheidung mußte getroffen werden. »Wir warten hier und legen uns im Schutz der Insel auf die Lauer. Redcliff kommt!«
Skip atmete tief durch. »Dein Wort in Gottes Ohr!«
Das Warten begann.

12 Vom Dach des Ruderhauses aus konnte Carlos gerade so über die grünen Spitzen des Mangrovendickichtes hinwegblicken in Richtung Westen, aus der die BUCCANEER kommen mußte, sofern Redcliff es sich mit Karen nicht anders überlegt hatte. Die GOLDDIGGER lag auf der Ostseite von Rebecca Key, was ein ganz entscheidender Vorteil war. Sie hatten die aufsteigende Sonne im Rücken, während Redcliff und seine Crew vom Glutball geblendet sein und sie erst sehr spät entdecken würden.
Sofern Redcliff kam.
Ihre Nerven wurden auf eine harte Probe gestellt. Es gab nichts, was sie tun konnten – außer warten. Richard hatte die Waffen aus dem Versteck geholt und geladen. Eine der Maschinenpistolen

hatte er sich umgehängt und zwei volle Ersatzmagazine in die Tasche gesteckt. Auch das Megaphon lag griffbereit.
Leise blubberten die Motoren im Leerlauf.
»Schon sechs Uhr«, sagte Coffee niedergeschlagen. »Ich glaube, wir haben auf die falsche Karte gesetzt. Redcliff hat nicht im Traum daran gedacht ...«
Carlos stieß einen überraschten Schrei aus. »Ein Boot! Es kommt aus Westen!«
»Die BUCCANEER?« rief Skip aufgeregt.
»Es ist noch zu weit weg, um das sagen zu können!« rief Carlos vom Dach herunter. »Aber es hält genau Kurs auf die Insel!«
»Das muß ich sehen!« Richard warf Coffee seine MP zu und war im nächsten Moment bei Carlos auf dem Dach, der ihm das Fernglas reichte. Einige bange Minuten verstrichen, doch dann war sich Richard sicher. »Es ist die BUCCANEER! Freunde, wir haben sie! Haltet euch bereit! Wir warten, bis sie Karen auf der Insel abgesetzt haben«, wiederholte Richard noch einmal seine Anweisungen. »Erst dann machen wir Jagd auf sie!«
Redcliffs Boot kam schnell näher.
Doch dann passierte etwas, was ihren Plan völlig über den Haufen warf. Sie hatten damit gerechnet, daß die BUCCANEER die Westseite der Insel ansteuern und Karen dort von Bord gehen lassen würden. Dann wären sie unentdeckt geblieben. Doch mit Erschrecken beobachtete Richard, wie Redcliffs Boot einen Bogen machte.
»Verdammt, sie fahren um die Insel herum! Sie werden uns gleich entdecken!« schrie er.
Und so geschah es auch.
Die BUCCANEER hatte schon ihre Geschwindigkeit gedrosselt, als sie um die Nordspitze von Rebecca Key bog. Keine Viertelmeile trennte jetzt beide Boote, und Redcliff erkannte die GOLDDIGGER natürlich auf den ersten Blick, warf das Steuer herum und gab Vollgas. Mit schäumenden Heckseen jagte die BUCCANEER nach Nordosten.

Skip nahm sofort die Verfolgung auf.

»Und was jetzt?« fragte Coffee ratlos, als Richard und Carlos vom Dach herunterkletterten.

»Wir bleiben dran!« sagte Richard. »Skip, bring uns so nahe wie möglich an die BUCCANEER ran.«

»Kein Problem! Aber sie werden bestimmt das Feuer auf uns eröffnen!«

»Nicht sofort«, erwiderte Richard. »Ich werde versuchen, sie zu bluffen. Laßt aber die Waffen bloß unten. Sie sollen glauben, wir seien unbewaffnet wie damals vor Fort Pierce. Wenn ich das Kommando gebe, feuert ihr auf das Heck. Die Treffer müssen unter der Wasserlinie sitzen, dann müssen sie aufgeben! Die BUCCANEER hat keine Achterkabine. Wir müssen sie mit unserem ersten Überraschungsangriff lahmschießen. Also haltet ausschließlich auf die Ruder und die Maschinen!«

Carlos und Coffee nickten.

Die GOLDDIGGER holte schnell auf. Redcliff versuchte, sie abzuhängen, indem er scharfe Kurven fuhr, aber sein Boot war nicht schnell genug.

Sie kamen immer näher.

Richard stellte sich gut sichtbar vor das Ruderhaus, hielt sich mit einer Hand an einer Außenstrebe fest und hob mit der anderen das Megaphon an den Mund.

»Gib auf, Redcliff!« rief er zur BUCCANEER hinüber, als sie auf zwei Bootslängen herangekommen waren. »Du kannst uns nicht abhängen! Dreh bei, und wir regeln die Sache unter uns!«

Es schien, als wollte Redcliff wirklich aufgeben, denn er nahm Gas zurück, so daß die GOLDDIGGER noch näher kam und dann fast auf gleicher Höhe mit der BUCCANEER lief. Doch dann wirbelte er das Ruder scharf nach Steuerbord herum und gab wieder Vollgas.

»Er will uns rammen!« gellte Skip, als der Bug der BUCCANEER herumschwang.

»Laß dich nicht abdrängen!« brüllte Richard. »Gebt Feuer!«

Carlos und Coffee, die an Backbord hinter der Bordwand gekauert hatten, kamen nun hoch – die Maschinenpistolen in den Händen. Sie hatten die Waffen auf Dauerfeuer gestellt und zogen nun durch.
Das trockene Stakkato der Maschinenpistolen mischte sich mit dem Röhren der Motoren. Wasserfontänen spritzten hoch, als die ersten Garben zu tief lagen. Doch dann klatschte der Kugelhagel in den Rumpf der BUCCANEER.
Redcliff reagierte geistesgegenwärtig und riß die Gashebel ganz zurück, so daß die GOLDDIGGER haarscharf an seinem Boot vorbeiraste.
»Wir haben sie erwischt!« rief Carlos triumphierend, als Skip den Trawler in eine scharfe Kurve legte und sie sahen, daß die BUCCANEER eine immer breiter werdende Dieselspur hinter sich her zog.
»Aber der verdammte Kahn läuft noch!« fluchte Coffee. »Es hat nicht gereicht!«
»Sie bringen Karen an Deck!« stieß Skip hervor.
Richard ballte die Fäuste, als er sah, wie zwei Männer Karen ans Heck zerrten. Sie trug eine Augenbinde. Und dann schallte Redcliffs Stimme zu ihnen herüber.
»Dreh ab, Richie, oder Karens Leben ist keinen Pfifferling mehr wert! Ich warne dich! Treib mich nicht zum Äußersten! Wenn du sie auf dem Gewissen haben willst, komm nur näher!«
»Was jetzt?« fragte Skip bestürzt.
Richard wollte schon den Befehl geben, die Jagd abzublasen, als er sah, wie Karen sich mit einer heftigen Bewegung von ihrem Bewacher losriß und mit einem beherzten Hechtsprung über Bord sprang.
»Los! Sperrfeuer, damit sie ihre Köpfe einziehen!« schrie er. »Skip, bring das Boot zwischen Karen und die BUCCANEER!«
Carlos und Coffee feuerten über die Köpfe von Redcliffs Crew hinweg, was die Maschinenpistolen hergaben, während Skip die GOLDDIGGER schützend vor Karen legte. Die Männer auf der

BUCCANEER sprangen in Deckung, begannen dann aber, das Feuer zu erwidern. Geschosse klatschten in das Ruderhaus und zertrümmerten die Frontscheibe. Eine Kugel bohrte sich neben Richards Schulter in die Seitenwand des Steuerstandes. Dann drehte die BUCCANEER ab und suchte das Weite.

»Wir kriegen euch noch!« brummte Skip grimmig, als er das Gas ganz zurücknahm, damit sie Karen aus dem Wasser ziehen konnten.

»Ich wußte doch, daß euch etwas einfallen würde!« rief Karen freudestrahlend, als Coffee und Richard sie an Deck zogen.

Richard umarmte sie. »Das hast du fantastisch gemacht.«

»Worauf wartet ihr noch?« fragte Karen. »Redcliff hat noch immer unser Gold!«

»Nicht mehr lange!« sagte Coffee und ließ ein neues Magazin in seine Maschinenpistole einrasten.

»Du gehst besser unter Deck. Da bist du sicher«, sagte Richard zu Karen, als Skip sich nun wieder an die BUCCANEER hängte.

»Kommt gar nicht in Frage!« widersprach Karen. »Ich bleibe hier bei euch. Glaubt ihr, ich ließe es mir entgehen, wie ihr Redcliff aufbringt?« Redcliff holte alles aus seinem Boot heraus, doch es war zwecklos. Er konnte die GOLDDIGGER einfach nicht abhängen. Und so versuchte er, sie sich mit Geschoßgarben vom Hals zu halten.

Richard, Carlos und Coffee kauerten an Backbord hinter dem Gestell der Sauerstoffflaschen, aus denen sie die Luft abgelassen hatten. Die Reihe der Tanks bot ihnen einen hervorragenden Schutz vor den feindlichen Kugeln. Skip paßte daher höllisch auf, daß er das Boot immer so hielt, daß die BUCCANEER an Backbord lag.

»Der Kerl ist verrückt geworden!« rief Skip, als Redcliff plötzlich einen Haken schlug und wieder westlichen Kurs steuerte. »Er hält genau auf die Randell-Riffe zu und glaubt wohl, sich da hindurchmogeln zu können! Das ist doch reiner Selbstmord!«

»Bleib dran!« rief Richard ihm zu und gab einen Feuerstoß auf

das Heck der BUCCANEER ab. Das Meer schillerte vom Diesel, das aus den durchlöcherten Tanks strömte.
Das Ende für Redcliff und seine Crew kam plötzlich. Schäumend brach sich die See an einem der Randell-Riffe, die alle nicht länger als hundert Yards waren. Dazwischen gab es Passagen, die breit genug waren, um ein Boot wie die BUCCANEER hindurchzulassen.
Doch das Ruder reagierte nicht mehr, als Redcliff eine Kurskorrektur vornahm, um den Bug genau in den Durchlaß zu bringen. Die BUCCANEER raste mit verminderter Geschwindigkeit auf das Riff zu. Redcliff riß die Gashebel zurück, doch es war schon zu spät, um die Katastrophe noch abwenden zu können.
Unter ohrenbetäubendem Krachen und Bersten lief die BUCCANEER auf das Riff auf. Spanten und Planken splitterten, als wären sie Streichhölzer. Das scharfe Korallgestein riß das Boot vom Rumpf bis zum Ruderhaus auf. Der Aufprall war so wuchtig, daß der aufgefetzte Bug in die Luft gedrückt wurde und dann wieder auf das Riff krachte. Das Heck sackte sofort weg, wurde von den Wellen überspült, kam dann aber auf einem tiefer gelegenen Riffteil zu ruhen.
»Oh, mein Gott!« stieß Karen bestürzt hervor, als sie sah, wie zwei Gestalten wie Puppen von Bord geschleudert wurden und in die See klatschten. »Hoffentlich hat es keine Toten gegeben!«
Richard legte ihr seinen Arm um die Schultern. »Das hoffe ich auch nicht. Aber nicht wir sind es, die sich etwas vorzuwerfen haben, Karen. Sie haben sich selbst ins Unglück gestürzt. Es ist diese verfluchte Gier nach Gold, die schon viele das Leben gekostet hat.«
»Ich würde nicht einem eine Träne nachweinen«, sagte Carlos hart.
Karen holte tief Luft. »Wie auch immer, es ist vorbei, und ich bin froh, daß uns nichts geschehen ist, Richard.«
Sie machten das Beiboot klar und fuhren zum Wrack hinüber. Carlos stand am Bug mit der MP in der Hand. Doch von der

Crew der BUCCANEER dachte keiner mehr an Gegenwehr. Von den beiden Männern, die beim Aufprall über Bord geschleudert worden waren, hatte sich einer einen Arm gebrochen. Ihn fischten sie zuerst aus dem Wasser und brachten ihn zur GOLDDIGGER. Dann nahmen sie die anderen drei Männer auf, die sich nur leichte Verletzungen zugezogen hatten.

Jerry Redcliff fanden sie im Ruderhaus. Ihm war nicht mehr zu helfen. Mit verrenkten Gliedern und ekelhaft verdrehtem Kopf lag er im Niedergang. Er hatte sich das Genick gebrochen. Leblos starrten seine Augen ins Leere.

Die Kisten mit den geborgenen Schätzen fanden sie vollzählig im überfluteten Salon. Eine halbe Stunde nach dem Schiffbruch der BUCCANEER nahm die GOLDDIGGER Kurs auf Key West – mit Gold im Wert von über zwanzig Millionen Dollar und einem Toten an Bord.

Coffee kam mit einer Flasche Scotch zu Skip und Richard ins Ruderhaus. »Wußte gar nicht, daß Karen soviel von Erster Hilfe versteht«, sagte er und goß drei Plastikbecher voll. »Sie macht das wirklich toll. Carlos bräuchte die Burschen eigentlich gar nicht zu bewachen. Die sind jetzt zahm wie junge Lämmer.«

»Worauf trinken wir?« fragte Skip.

Richard überlegte nicht lange. »Auf unsere Freundschaft!« sagte er und fügte in Gedanken hinzu: Und auf unser Glück, Karen!

Sie tranken, während die Sonne ihre rotgoldene Flut über das Meer ergoß.

Skip seufzte. »Wißt ihr, jetzt, wo wir die MARAVILLA gefunden haben, fühle ich mich alles andere als euphorisch. Schön und gut, wir sind jetzt alle Millionäre. Aber unsere Wege werden sich trennen, wenn wir den letzten Silberbarren hochgeholt haben. Aber Freundschaft kann man mit Geld nicht bezahlen.«

»Wer hat denn gesagt, daß wir auseinandergehen?« fragte Coffee.

»Es wird einfach so kommen«, sagte Skip niedergeschlagen.

»Schade, daß du so denkst«, sagte Coffee bedauernd. »Wir hätten dich eigentlich ganz gern dabeigehabt.«

Skip sah sie verwundert an. »Wobei?«
»Sag du es ihm, Richie.«
Richard lächelte. »Tja, wir haben uns natürlich auch unsere Gedanken gemacht, was werden soll, wenn wir mit dem Goldriff fertig sind. Und wir sind zu dem Ergebnis gekommen, daß es doch verdammt viel Spaß machen müßte, die Bank von Atlantis auszuräumen. Aber vielleicht ist das nichts für dich.«
Skip schaute verdutzt drein. »Habe ich richtig verstanden? Ihr wollt Atlantis suchen?«
Coffee grinste. »Ja. Tolle Sache, was?«
»Ihr seid total verrückt! Ihr spinnt! Ihr wollt mich doch bloß verarschen. Kein normaler Mensch käme auf die Idee, die versunkene Stadt von Atlantis zu suchen!«
Richard zuckte schmunzelnd die Achseln. »Sicher spinnen wir, Skip. Aber wenn wir nicht verrückt gewesen wären, hätten wir auch nie den Versuch unternommen, die MARAVILLA zu suchen.«
Skip lachte. »Verdammt, du hast mal wieder recht. Man sollte seinem Stil treu bleiben!« Er hob sein Glas. »Also dann, auf die Bank von Atlantis. Ich bin dabei!«
»Auf die Bank von Atlantis!«

John R. Saul

TEUFELSKREIS BANGKOK

Einzelband »Teufelskreis Bangkok«
Dieser Titel ist auch unter der Bandnummer 2067 erschienen.

Die englische Originalausgabe erschien unter dem Titel
»The Paradise Eater« bei Grafton Books, London

Für
John McBeth,
der die Laos-Affäre aufdeckte,

Sulak Sivaraksa,
den radikalen Monarchisten

Pater Joe Maier,
vom Slum Klong Toey

1 »Schizophrenie ist nur ein Geisteszustand.« Dr. Michael Woodward sprach etwas lauter als gewöhnlich, um die unregelmäßigen, jedoch recht lauten Seufzer der Klimaanlage hinter sich zu übertönen. »In der Regel hat sie chemische Ursachen, bei mir aber nicht.«

Für Thais hieß er Dr. Meechai Wuthiwat, und solche Scherze wagte er nur bei einem Farang, einem *foreigner* aus Amerika oder Europa, und auch dann nur bei einem so guten Freund wie John Field. Der schwere Duft und das ganze Gewicht des Fernen Ostens drangen durch die Wände, krochen mit der mechanisch gekühlten Luft herein und ließ die beiden nicht vergessen, daß Dr. Woodward außerhalb seines Sprechzimmers im Nursing Home dieses Thema vermieden hätte.

Das Bangkok Nursing Home an der Convent Road war das älteste europäische Krankenhaus Bangkoks. Das typische Kolonialgebäude des 19. Jahrhunderts unter einem roten Ziegeldach lag in einem Park von einem guten Hektar, die weiße stuckverzierte Fassade öffnete sich im ersten Stock in große Veranden, hinter denen nur mit Deckenventilatoren gekühlte Krankenzimmer lagen. Das gesamte Inventar, ob Sofas, Stühle oder Schreibtische, bestand aus Rohrmöbeln. Doch die Patienten hielten sich weniger in den Zimmern auf – nur dann, wenn sie mit Schläuchen an Apparate gefesselt waren –, sondern mehr auf den Veranden, wo sie mit größeren oder leichteren Schmerzen in die tropischen, an einen botanischen Garten erinnernden Bäume und Blumen hinausblickten, die ständig in streng geometrische Formen zu-

rückgeschnitten wurden. In Bangkok mußte der Mensch noch die Natur beherrschen – sonst beherrschte sie ihn.
Hier konnten die Patienten sogar vom Bett aus durch die Balkongitter beobachten, wie die Krankenwagen zwischen den Bäumen auftauchten und zur überdachten Vorhalle herüberkamen, die in der Monsunzeit vor dem Regen Schutz bot. Ob da etwa ein Bekannter eingeliefert wurde, und wenn nicht, um wen es sich bei dem neuen Patienten handelte – das war für den Klatsch in Bangkok von zentraler Bedeutung. Die Halle unten öffnete sich direkt, ohne Türen und Wände, ins Haus; das Nursing Home war vor der Einführung von Ventilatoren entstanden, als man noch offen und luftig baute in der Hoffnung, dann werde sich die Luft bewegen.
Folgte man der Straße, kam man als erstes zu Christ's Church, einer Kirche anglikanischer Konfession und neuromanischen Stils. Gegenüber stand St. Joseph, eine ursprünglich französische Klosterschule für wohlhabende Thais, und daneben das Schwyzerhaus, in dem vor allem baptistische Missionare abstiegen, wenn sie aus den Bergen und Reisfeldern auf Urlaub kamen. Gegenüber verbargen sich die Karmelitinnen hinter einer Mauer, die man vor einiger Zeit mit Wellplastik erhöht hatte, um die Abgeschiedenheit der Nonnen in einer Zeit zu wahren, da die Stadt immer schneller in die Höhe wuchs. Convent Road – das war eine Insel, nur einen Block lang, wo das ganze Leben um die Hingabe an Gott und um die Pflege der Gesundheit kreiste. Unmittelbar rechts und links davon brandete, so weit das Auge reichte, ein Ozean aus Beton und Verkommenheit.
Von der anderen Seite der Sathorn Avenue, dem breiten Boulevard hinter der Christ's Church, grüßte ein fünfstöckiger, kaufhausgroßer Massagesalon herüber, dessen Fassade in bunten Christbaumkerzen erstrahlte. Am anderen Ende, hinter dem Schwyzerhaus und jenseits der Silom Road, in Patpong, Patpong 2 und den kleinen Gassen dahinter, drängten sich mehr als hundert Bars und kleinere Massagesalons zusammen.

Seinen Führungsanspruch als einzige Stätte moderner Medizin hatte das Nursing Home schon vor Jahrzehnten aufgeben müssen. Heute waren die besten Kliniken in den Händen von Thais, und auch ihre Ärzte waren meist besser als die Farang-Doktoren. Aber noch immer legten die Europäer und Amerikaner großen Wert auf Zusammenhalt, selbst wenn es um Gesundheit und Leben ging. Dieser Zusammenhalt war eine Art Religion, das Dogma von Menschen im Exil. Dr. Woodward war ein guter Arzt, in seiner englischen wie in seiner thailändischen Inkarnation, aber sein Geld verdiente er mit der englischen Hälfte, weil sie dieser Religion diente.

»Keine langen Worte, alter Knabe«, schloß er die Unterhaltung ab, »und runter mit der Hose.«

Field senkte den Blick auf die gepflegte Erscheinung vor ihm mit ihrer diskreten Eleganz, die so typisch thailändisch wirkte und deshalb sicher von Michaels Mutter stammte. Und doch: Im dunklen englischen Anzug war die asiatische Hälfte, war der siamesische Zwilling in Dr. Woodward kaum noch auszumachen.

»Du hast ihn doch wirklich schon genug angesehen«, klagte Field.

»Mein lieber John! Ich habe nicht das geringste Bedürfnis, deine bemerkenswert durchschnittlichen und entzündeten Genitalien näher unter die Lupe zu nehmen. Aber wenn du mir sagst, daß das Sekret noch nicht klar ist, brauche ich einen Abstrich. Und dazu muß ich mir dein Ding anschauen. Dein Juwel. Ich muß es sogar anfassen, sosehr mich davor ekelt.«

Field hörte nicht mehr zu und wandte den Blick von seinem Freund ab. Er wollte nicht tun, was jetzt von ihm verlangt war. Daß es der Arzt für notwendig erachtete, war ihm absolut gleichgültig. Sein Blick wanderte hinauf zur Holzdecke, dann zu den unauffällig blau gestrichenen Wänden, die seltsam weich wirkten, als wären die vielen Farbschichten in der Luftfeuchtigkeit aufgequollen, und schließlich zur Linken des Arztes zu ein paar Fotografien. In der Mitte ein Bild von Woodwards Vater in Uniform, als Kapitän zur See der Königlich Siamesischen Marine. Es trug die Jahreszahl 1914. Er hatte England 1912 verlassen, nachdem ihm klargeworden war, daß ihm als Juden in der Royal Navy keine Karriere möglich war, obwohl man seine Rasse weder aus seinem Namen noch aus seiner Erscheinung ablesen konnte. Der Hemmschuh war eigentlich kaum zu bemerken: Kein Mensch hatte je etwas gesagt, zumindest nicht in seiner Hörweite, nicht einmal in der Schule. Noch nie hatte ihn jemand Judenbengel genannt oder ihm das Gefühl gegeben, er sei ein Außenseiter. Und doch hatte er sich immer als solcher gefühlt. Seltsam: Auf dem Foto sah er aus wie ein Thai. Vielleicht lag das am Stil des Fotografen, denn im Grunde war er die perfekte Verkörperung aller britischen Marine-Traditionen im Stil Admiral Beattys. Im August 1914, direkt nach Kriegsausbruch, hatte er den britischen Paß aufgegeben, nannte sich in thailändischer Aussprache Wuthiwat und heiratete eine junge Thai-Dame aus bester Familie. Seine Frau wurde sofort schwanger, und die Geburt der ersten Tochter empfand er als Unabhängigkeitserklärung. Jetzt brauchte er nicht mehr nach England zurück, er ging auch nicht in den Krieg. Solange sie ihn nicht brauchten, hatten sie ihn nicht akzeptiert; jetzt stand er nicht mehr zur Verfügung.

Field öffnete die Hose. Das Metall des Reißverschlusses war eisig; die Kälte bohrte sich wie eine Nadel in seine heiße Haut. Alles war heiß hier. Die Klimatisierung machte die Hitze noch schlimmer. Die kalten Böen, die die riesige altmodische Maschine ausspuckte, wirkten wie ein Deodorant auf altem Schweiß. Er musterte seine Hand; die Nägel waren makellos sauber, in perfekten Halbmonden. Field war immer ein sehr gepflegter Mann, aber wenn er sich infiziert hatte, wurde er geradezu zwanghaft penibel.

»Um Himmels willen, John. Mach endlich weiter!«

Field grunzte – eigentlich sollte es ein zustimmendes Lachen werden – und ließ mit einer einzigen Bewegung Hose und Unterhose fallen. Die kühle Luft milderte die Schmerzen in seinen Geschlechtsteilen einen Augenblick, zumindest schenkte sie ihm

diese Illusion. Er beobachtete, wie Woodward einen Wattebausch auf ein Holzstäbchen drehte und zu ihm trat. Dann wandte er sich wieder der Wand zu.
Ein zweites Foto, ebenfalls in barockem Rahmen, zeigte Woodwards Vater als Admiral im Jahre 1942. Seine erste Frau war gestorben, und als Thailand auf der Seite der Achsenmächte in den Zweiten Weltkrieg eintrat, hatte er wieder geheiratet, wieder eine Thailänderin, und sofort Michael gezeugt, nach acht Töchtern den ersten Sohn, sein letztes Kind. Jetzt war der Admiral 95 Jahre, absolut rüstig und terrorisierte munter seine Töchter und Schwiegersöhne. Zwei andere Fotos zeigten Michael als Jüngling im Gewand eines buddhistischen Mönchs während eines Aufenthalts in einem Kloster, und den gleichen Meechai in Nadelstreifen als stud. med. der Universität Edinburgh. Meechai bedeutete übrigens das gleiche wie Michael, nämlich Stärke.
Field spürte, wie sein Penis energisch nach vorn gezogen wurde, dann drehte sich das Stäbchen langsam hinein. Immerhin konnte er noch fragen: »Wieviel Lust wiegt das quantitativ auf?«
»Du rechnest wie ein Katholik!« Woodward machte eine kurze Pause und konzentrierte sich darauf, den Wattebausch zu drehen. »Das letztemal hatte ich allerhand Mühe, dich in Ordnung zu bringen. Diesmal brauche ich einen verdammt guten Abstrich, old boy.«
»*Verdammt gut* und *old boy* sagt heute niemand mehr, Michael, nicht einmal in Edinburgh. Wie oft soll ich dir das noch sagen?« Er wollte weitersprechen, um sich von der weißglühenden Flamme abzulenken, mit der das Stäbchen in ihm brannte. Es sah aus, als stecke der Arzt sorgfältig einen Angelhaken in einen Köder. Seit dreißig Jahren war Field schon nicht mehr zum Angeln gewesen. Seit seiner Kindheit nicht mehr. Bestimmt nicht mehr, seit er vor zwanzig Jahren aus Montreal nach Bangkok gekommen war. Hier im Fernen Osten angelt man nicht, dachte er, man läßt angeln. Man hat Leute, die einem alles machen. Nur die Geschlechtskrankheiten angelt man sich auch hier selbst.

»Gehst du manchmal zum Angeln, Michael?«
»Welchem Zweck sollte das dienen?« fragte Woodward mit der Ernsthaftigkeit eines gebildeten Thai. Er zog den Stab mit einer Drehung heraus und streifte das Sekret auf eine runde Glasplatte, die einen Durchmesser von etwa fünfzehn Zentimetern besaß.
Field blickte nach unten auf seinen Bauch. Noch fest und muskulös, dachte er, aber das ist auch keine Hilfe für mein Problem. Der Penis sah ganz normal aus, vielleicht ein bißchen röter als sonst. Er verstaute das verschmierte Kleenextuch in der Unterhose und dachte an die drei Mädchen, mit denen er letzte Woche geschlafen hatte, genauer gesagt in der Woche, bevor das übliche Schmieren und die messerscharfen Schmerzen begannen. Vielleicht hatten alle drei ihr Scherflein dazu beigetragen? Vielleicht war es eine geheimnisvolle Kombination, ein Zusammentreffen von Keimen, die eigentlich nicht zusammenkommen durften, so daß diese Infektion dem ersten Angriff der Antibiotika Widerstand leistete? Er wollte die Theorie Woodward schon vortragen, ließ es aber lieber sein.
»Was hast du mir letzte Woche gegeben?«
Woodward sah ihm in die Augen. »Kanamycin. Am Mittwoch zwei Gramm, nicht wahr? Und Donnerstag, Freitag und Samstag täglich ein Gramm.« Jetzt bekam seine Stimme einen beruhigenden Unterton. »Keine Sorge, John! Ich habe schon mehr als einmal resistente Fälle behandelt, da bist du wirklich nicht der erste. Und nun wirf mal einen Blick auf unsere Verbündeten. Rund um diese Scheibe sitzen vierundzwanzig verschiedene Antibiotika! Eins davon wird deine Bakterien umbringen. Nein, bitte nicht, laß die Hose unten. Da dein Hinterteil blank ist, wollen wir das Problemchen inzwischen mit Streptomycin angehen; nutzen wir die Zeit, bis die anderen es auf der Glasplatte ausraufen. Das mußt du dir vorstellen wie russisches Roulette.«
»Wie bitte?«
»Ja, nur warten hier die Keime auf den tödlichen Schuß, daß ich

auf den Abzug drücke.« Er legte einen Deckel über die Platte und steckte sie in eine Kühlbox, dann suchte er im Arzneischrank. »Als erstes zwei Gramm in jede Backe, und in den nächsten Tagen jeweils ein Gramm täglich, ob in die linke oder rechte, darfst du dir aussuchen. Ausgezeichnet! Jetzt werde ich dich also öfter sehen, mein Lieber. Ich meine dich selbst, nicht nur deine intimen Partien.« Er ging zum Schreibtisch, hob dabei sorgfältig seine hochglänzenden, schweren schwarzen Schuhe und las in Fields Krankenblatt. »Sieh mal an. Da haben wir ja schon die zweite Gonorrhöe dieses Jahr!«

»Die letzte war im vorigen Jahr!«

»Bedaure, leider nein. Du bist am 10. Januar hergekommen, und weil die Inkubationszeit nur in den seltensten Fällen zwei Wochen übersteigt, hast du sie mit an Sicherheit grenzender Wahrscheinlichkeit erst heuer aufgeschnappt. 1984 hatten wir ganz andere Dinge. Da waren die Chlamydien dein Star, und zwar gleich vier Infektionen nacheinander.«

»Eine einzige, Michael! Es war dieselbe, kam immer wieder. Komm, jetzt gib mir schon deinen Schuß, ich will mich anziehen. Hier zieht es. Warum wirfst du diese Antiquität nicht raus?« Das zielte auf die Klimaanlage. »Allein von meinem Honorar könntest du dir schon eine neue kaufen.«

»O nein«, Woodward stand weiter am Schreibtisch, »nicht nach meiner Berechnung. Für uns gilt jede Infektion als neu, die mehr als einen Monat nach der letzten Behandlung auftritt. Ach richtig, und dann hatten wir ja noch eine unspezifische Harnleiterentzündung.«

»Die zählt nicht!«

»Fast nicht. Und dann noch den Tripper, den du 1983 mitgebracht hast.«

»Den kannst du doch nicht zweimal zählen!«

»Mach ich ja gar nicht, Gott bewahre! Übrigens: Du bist zwar schon zwanzig Jahre in Bangkok, aber erst am 7. Mai 1969 hier aufgetaucht, auch da als Notfall wegen einer resistenten Gonorrhöe. Damals warst du in den Bergen festgesessen, ohne Medizin, aber mit genügend Mädchen.«

»Mädchen gibt es immer genügend.«

»Deine früheren Unterlagen hast du ja wohl verloren, also weiß ich nichts über deine ersten vier Jahre. Bis dato haben wir aber immerhin schon acht Tripper angesammelt, eine Syphilis ...«

»Das war Pech!«

»Großes Pech, zugegeben. Die dürftest du dir von einer Europäerin geholt haben. Sechs Chlamydien, fünf unspezifische Harnleiterentzündungen ... und das war's auch schon! Mindestens acht Geschlechtskrankheiten hast du noch nicht probiert. Den Morbus Peyronie zum Beispiel, auch Induratio penis plastica genannt, den würde ich schrecklich gern einmal sehen.«

»Wirklich?«

»Das ist eine Verhärtung der Schwellkörper, mit Schwellungen oft nur auf einer Seite des Penis. Er kann dabei enorm groß werden und sich grotesk verformen ... angeblich nicht sehr angenehm. Erfordert viel Geduld. Oder das Reitersche Syndrom ...«

»Gib mir jetzt endlich die Spritze!«

»... das ist im Grunde unheilbar, man kann es nur aushungern. Ungefähr wie Chlamydien, aber es hebt die Knochenoberfläche in kleinen Spitzen oder Dornen. Es könnte auch deine schönen blauen Augen angreifen.«

Field fuhr sich gequält durch das dichte blonde Haar, was Woodward nicht entging.

»Nein, die Kopfhaut weniger! Aber daß du an die Haare denkst, ist nicht falsch, wir behandeln es nämlich mit Cortison, und davon bekommt man außerdem ein Mondgesicht, wie ein chinesischer Eunuch, weißt du?«

Field drehte sich um, beugte sich vor und streckte dem Freund sein Hinterteil hin. Damit lenkte er Woodwards Aufmerksamkeit endlich von der Akte ab.

»Ah, du bist fertig. Ausgezeichnet.« Er stand auf und bereitete die Injektionen vor. »Dabei bist du nicht einmal der Spitzenreiter auf meiner Liste. Noch führen zwei andere Herren, aber du holst zügig auf.«

»Crappe und Schätzchen.«

»Nein, genau die nicht. Henry Crappe ist bemerkenswert vorsichtig, und Schätzchen, wie du ihn zu nennen beliebst, hat enormes Glück. So.« Damit setzte er die erste Spritze. »Aber du bist ja erst vierundvierzig und hast genug Zeit, die Gentlemen einzuholen, sobald wir die jetzige Infektion besiegt haben.«

»Ich sollte an Wojtyla schreiben.«

»An Wojtyla?«

»An den Papst. Hör zu: Was will ich, wenn ich nicht krank bin? Sex. Nicht unersättlich, nicht mehr als die meisten anderen Männer, aber eben, wann ich will und wie ich will. Sex ist das natürlichste, unwiderstehlichste und dauerhafteste Verlangen auf der Welt. Als nächstes hole ich mir einen Tripper, und auf einen Schlag mag ich keinen Sex mehr. Auf einen Schlag! Kein Verlangen mehr! Das hat nicht das geringste mit Moral zu tun. Schmerzen töten Begierden. Das ist übrigens typisch christlich gedacht. Also sind die Geschlechtskrankheiten ein Freund der Keuschheit, indem sie die Versuchung besiegen, die es der Keuschheit schwermacht. Gib jedem Priester den Tripper, und schon ist die Schwäche der Pfaffen für die Fleischeslust überwunden. Ich kenn mich da aus, ich bin ein Ire aus Unter-Montreal. Bei uns züchten wir die Priester nur so.« Field erwähnte bei solchen Erinnerungen meist nicht, daß nur seine irische Mutter katholisch war, sein Vater aber ein englischer Protestant.

»Nur halten die Schmerzen nicht lange genug vor, lieber John. Das Verlangen erwacht schon wieder, wenn man noch krank ist. Aber jetzt troll dich. Laß dir vom alten Hühnchen im Vorzimmer Tabletten geben. Die bauen dich ein bißchen auf, während dich die Injektionen belasten.«

»Ich lade dich zum Lunch ein.«

»Danke, John. Aber in Klong Toey warten sie schon auf mich.«

»Kann ich mitkommen?«
»Bitte nicht. Die Sprechstunde dauert den ganzen Nachmittag und kostet mich auch ohne deine werte Gesellschaft die letzte Kraft.«
»Der heilige Michael unter den Armen? Ich bringe dich hin.«
»Nein! Hast du denn nichts zu tun?«
»Nicht, wenn ich mich so fühle wie heute. Ich zahle dir das Taxi.«
»Nein!!! Ich muß mich erst umziehen.«
»Aber selbstverständlich – Bond Street paßt nicht in den Sumpf, was?«
»Jetzt aber raus mit dir!« Damit schob er die elegante blonde Gestalt durch die Tür.
Das alte Hühnchen war kaum dreißig und hatte langes schwarzes Haar. Sie gab Field die Tabletten und hielt ihm die Tür. Als er die Treppe hinunterstieg, waren die Schmerzen in seinen Geschlechtsteilen erträglich, er ging allenfalls eine Spur breitbeiniger als sonst. Am Fuß der Treppe studierte er die Namen auf der Patiententafel. Alles Farangs, die meisten von ihnen Angelsachsen. Die Tafel war weiß lackiert, mit fünfunddreißig blanken Messingrähmchen in vier Reihen, darin jeweils eine weiße Karte mit dem Namen des Patienten in eleganter schwarzer Schrift. Das erinnerte an den Sitzplan für offizielle Essen in der Botschaft. Aber heute war niemand da, den er besuchen wollte.
Die Eingangshalle öffnete sich zur Auffahrt und zum Park hin, und so strömte der Duft der Blumen und des Grases herein und vermischte sich mit dem Krankenhausgeruch. Gerade stieg eine Frau aus einem BMW, ihr folgte ein Diener mit einem kranken Kind auf dem Arm, der Chauffeur trug einen kleinen Koffer hinterher. Field kannte die Frau nicht. Aber jetzt drang die schwüle Hitze auf ihn ein, er spürte, wie sie sich aufbaute, wußte, wie sie von jetzt an ihre glühenden Fäden in diesen Tag webte, bis sie sich in den Wolkenbrüchen am Nachmittag löste. Er ging hinaus in die Sonne. Seltsam – auch nach so vielen Jahren in Bangkok überwältigte ihn noch immer eine wilde Freude, wenn

ihm Licht und Hitze und tropische Luftfeuchtigkeit so aggressiv entgegenschlugen. In dieser Lust steckte auch ein gewisser Masochismus: Er spürte, wie sich der Körper dagegen wehrte, wie das Blut in die Haut schoß, wie die Augen sich gegen die blendende Helle zusammenzogen, wie die Lungen weniger tief atmeten, um sich zu entlasten. Und doch freute er sich ganz einfach über den klaren, heißen Himmel, über diese Revanche an einer Kindheit unter trostlos grauem Winterhimmel, immer am Rande der Armut. Hätte ihn die Sonne töten wollen, er hätte es mit einem Gefühl des Glücks hingenommen. Von Anfang an hatte er geglaubt, daß es noch einmal dazu kommen werde. So ging er vorsichtig die Auffahrt hinaus und konzentrierte sich auf die nächsten Schritte vor ihm.

Jemand rief ihn von einem Balkon aus an: »Hallo, John!« Er kannte die Stimme. Sie gehörte einer Frau, die hier Jahr um Jahr vierzehn Tage Urlaub machte, nur weil das Nursing Home auch ein gesellschaftliches Zentrum und das beste altmodische Hotel Bangkoks war, falls man sich das eigene Essen hereinbringen ließ. Field ging weiter und winkte nur über die Schulter.

Auf der Convent Road senkte sich sein Blick automatisch vom Verkehr auf das Pflaster, besser gesagt auf das Chaos aus geborstenen Betonplatten, Abwasserlöchern und Abfallhaufen. Er wandte sich nach rechts und suchte auf dem sonnenbeschienenen Bürgersteig seinen Weg. Ins *Napoleon* an der Patpong waren es kaum dreihundert Meter, und dort fand er bestimmt jemanden, der ihn bei einem Steak etwas aufheiterte. In diesem Augenblick setzte sich auf der Straßenseite gegenüber ein Chevrolet Impala in Bewegung und folgte ihm langsam, dazwischen rasten Taxis und Tuctucs vorüber. Der riesige Wagen aus dem Jahr 1959 war blaßgrün und weiß und strahlte vor Chrom, das im Licht glänzte wie ein Sonnenkollektor. Das hintere Fenster glitt herab, und eine warme, etwas kehlige Frauenstimme rief:

»John! John, kommen Sie herüber!«

Field ging weiter, als hätte er nichts gehört.

»John! Anhalten, sofort.« Sie klopfte dem Chauffeur auf die Schulter. »Halt!«
Der Wagen legte mit der Anmut einer Galeone am Bürgersteig an, dann kam ein alter Thai, bis auf die Knochen ausgemergelt, hinter dem Steuerrad hervor und öffnete die hintere Tür. Und nun erschien Mrs. Norman A. Laker, wie aus einer überlangen Luxuslimousine an der Park Avenue in New York. Zuerst boten ihr die Mauern der Karmelitinnen mit ihrem Aufbau aus Wellplastik Schatten. Jedes Härchen war gebändigt und zu einem steifen und absolut weißen Hügel aufgetürmt, das auffallende Make-up betonte die markanten Züge des Gesichts, eine schwarze Linie um die Lippen ihre Üppigkeit. Man konnte nur ahnen, daß das Gesicht geliftet worden war, sehen konnte man es nicht. Jetzt kam Mrs. Laker in ihrem hellen Leinenanzug mit höchst geformten und zugleich ungehemmten Schritten in die Sonne herüber. Nicht einmal ihre Pupillen waren empfindlich gegen das gleißende Licht, sie blieben groß und dunkel wie immer. Der Gesamteindruck war der einer höchst individuellen Verkörperung weiblicher Schönheit. Ein dreirädriges Tuctuc kurvte ihr mit kreischenden Bremsen aus dem Weg und hupte sie an.
»John!!«
Field blieb stehen, wandte sich um und blinzelte in die Sonne.
»Guten Morgen, Catherine.«
»Was ist los mit Ihnen? Sind Sie krank?«
»Nichts Ernstes. Warum?«
»Dann gehen Sie dort nicht hinein! Man holt sich so schnell etwas. Sie waren ja ewig drin!«
»Hätte ich geahnt, daß Sie auf mich warten ...« Aber sie nahm die Ironie nicht wahr, so fuhr er fort: »Ich habe ein bißchen mit Michael Woodward geplaudert.«
»Lassen Sie sich nicht mit ihm ein, John. Er ist doch immer in den Slums, und manche Krankheiten sind so leicht übertragbar. Und was marschieren Sie denn hier zu Fuß herum? Kommen Sie ins Auto.« Sie winkte mit manikürten Fingern, die an eine Glieder-

puppe denken ließen. »Ich möchte mit Ihnen sprechen. Ich war schon bei Ihnen zu Hause, und Ihre schmuddlige Alte (wozu haben Sie die eigentlich?) hat mir verraten, wo Sie sind.«
»So alt ist sie nun auch wieder nicht.«
Field ließ sich über die Straße zerren und auf die Rückbank schieben. Mrs. Laker stieg hinter ihm ein, also mußte er auf der Bank weiterrutschen. Er klopfte mit der flachen Hand auf den vergilbten Bezug aus punziertem Kunstleder. »Wann kauft sich denn die reichste Farang in ganz Bangkok endlich einmal ein neues Auto?«
»Den Chevrolet hat doch noch Norman angeschafft!« Vielleicht bedauerte sie diesen Ausbruch, jedenfalls senkte sie den Blick auf das Muster der Sitze, ineinander verschlungene mexikanische Sättel, und fuhr dann vertraulich plaudernd fort, »geliefert wurde er aber – und das ist kein Zufall! – genau sechzig Tage, nachdem Norman dort starb.« Ohne umzuschauen, deutete sie durch das Heckfenster auf das Nursing Home, dann ließ sie den Finger wie eine Reitpeitsche nach vorn schnellen und tippte dem Fahrer auf die Schulter. »Zum Friedhof, Lek! Dieser Wagen war das erste klimatisierte Auto in Bangkok ... genau sechzig Tage danach ...«
Gelassen wie ein Panzerkreuzer kurvte der Wagen in die Straße und schwebte dann mit dreißig Stundenkilometern dahin. Obwohl typisch amerikanisch, fügte er sich doch völlig in diese Stadt und ihren Linksverkehr ein. Außerdem wirkte in Bangkok alles Moderne nach kurzer Zeit etwas schwerfällig und altmodisch; ein Wolkenkratzer oder ein Mercedes zum Beispiel ließen im Nu an eine Pyramide oder einen Dinosaurier denken. Dazu paßte Mrs. Lakers Impala perfekt.
»Ich möchte, daß Sie nach Vientiane fliegen.«
»Ich gehe gerade essen.«
Das überdachte Mrs. Laker sehr ernsthaft. »Und das, nachdem Sie hier in der Mittagsglut herumlaufen? Aber davon einmal abgesehen: Die Nahrungsaufnahme sollte nicht vor Sonnen-

untergang erfolgen! Nur früh und spät essen, John, das ist hier die Devise. Sie fliegen also morgen nach Vientiane ...«
»Ich fliege nirgendshin. Und ich esse schon seit zwanzig Jahren hier zu Mittag.«
»Das werden Sie noch bereuen: Nahrungsaufnahme nur vor Sonnenaufgang und nach Sonnenuntergang! Ich habe einen Vertrag über hundert Traktoren. Sie brauchen nur noch ein paar Details zu regeln und zu unterschreiben. Leicht verdientes Geld.«
»Das kann ja auch ein anderer.«
»Sie kennen doch die Laoten, Sie waren früher oft genug dort. Zwischen den letzten Details und der Unterzeichnung braucht es oft eine feste Hand.«
»Andere Laoskenner haben eine festere Hand als ich.«
Sie segelten hinaus auf das bleierne Meer der Silom Road und wandten sich nach links in das Gedränge von Kleintaxis, Tuctucs und Autobussen, wobei Catherine Laker offenbar schweigend die Kraft seines Widerstandes prüfte. Das Gebell der Hupen und der Gestank der Abgase umfingen sie wie ein Nebel auf einem Ozean voll alter Motorboote.
Dann bekam ihre Verärgerung die Überhand und brach aus ihr heraus: »Wenn Sie nicht gern und schnell verreisen, hätten Sie lieber Journalist bleiben sollen. Wenn man im Geschäftsleben Geld machen will, sind Flexibilität und Aktivität gefragt.«
Field rückte weiter von ihr ab und lehnte sich an die Tür. Sie starrte ihm gerade in die Augen, mit einem offenen, vielleicht irgendwie durchdringenden Blick. Einen Augenblick lang wollte er ihr schon sagen, daß er seit siebzehn Jahren nichts anderes machte als in Flugzeuge zu steigen und nach Vientiane oder Saigon, nach Phnom Penh oder Chiang Rai oder Mae Hong Son zu fliegen, wo eben über eine Schlacht zu berichten war, über einen Putsch, einen Drogenfund, eine Friedensaktion, ein Flüchtlingslager, ganz zu schweigen über einen der zahllosen amerikanischen Generäle, Anthropologen und Senatoren auf ihren Stippvisiten im unaufhörlichen Ringen um Südostasien. Aber das

wußte sie ja alles. Und sonst beherrschte sie sich doch immer – ein desinfizierter und tadellos frisierter Automatic-Kühlschrank, der völlig unberührt durch die schwüle Hitze rollte. Die Geduld zu verlieren: das paßte nicht zu ihrem Charakter. So antwortete er nur: »Um welchen Großauftrag geht es denn, Catherine?«
Die Tür zum Kühlschrank schnappte zu, undurchdringlich wie eh und je. »Die Sache ist gar nicht groß!«
»Warum dann die Aufregung, Catherine?«
»Dumme Frage! Geld ist Geld und hier sogar leicht verdientes Geld.«
Er lächelte nur und wiederholte: »Diese Woche fliege ich nicht, Catherine.«
»Volle Provision!«
»Na und?«
»Plus ein Prozent.«
»Nächste Woche, Catherine. Ich fliege nächste Woche.«
Mrs. Laker steckte ihre Niederlage schweigend ein, starrte aber Field weiter unverwandt an. »Dann müssen Sie krank sein.«
»Das nenne ich messerscharf geschlossen«, sagte Field. Jetzt rückte sie von ihm weg. »Aber nicht ansteckend. Und auch nicht, weil ich zu Mittag esse.«
Abrupt schaute sie weg, hinaus in den Verkehr, in dem der Wagen mit zehn Stundenkilometern dahinkroch, für Bangkok kein schlechter Durchschnitt. Field zuckte mit den Achseln und blickte durch sein Fenster. Der Volksmund erklärte die auffallend niedrige Zahl von Banküberfällen in Bangkok so: In einem Fluchtauto kam man nicht voran, Rennen ging viel schneller als Fahren, zum Rennen war es aber zu heiß. Die Silom Road war auf beiden Seiten von dreistöckigen, unverputzten Betongebäuden gesäumt, alle schwarz patiniert vom rußigen Regen. Hier und dort hob sich die Marmorfassade einer Bank heraus, aber sonst beherrschte geschwärzter Beton alle anderen Eindrücke im wichtigsten Geschäftsviertel. Und weil Field nichts hatte, was ihn ablenkte, begannen sich die Schmerzen zu regen.

»Wo fahren wir eigentlich hin, verdammt noch mal?«
Im gleichen Augenblick bog der Wagen links ab in eine Einfahrt zwischen zwei offenbar unbebauten Grundstücken, jedes hinter einer hohen, zerbröckelnden Mauer. Man konnte nur Baumwipfel und hin und wieder ein Kreuz sehen.
»Zum Friedhof.«
»Und wozu?«
»Zu Norman.«
Die gesamte katholische Farang-Gemeinde mußte sich noch immer in diese zwei Grundstücke drängen, die früher am Stadtrand, jetzt aber im Zentrum lagen. Sie hielten vor einem schmalen Eingang an der linken Seite; der rechte Friedhof war den chinesischen Katholiken vorbehalten. Mrs. Laker stieg aus, ohne darauf zu warten, daß ihr der Fahrer öffnete, und verschwand hinter der Mauer. Als Field nachkam, stand sie hinter dem Eingang und betrachtete von dieser sicheren Warte aus eine chaotische Verwilderung, die an einen Dschungel gemahnte.
»Himmel noch mal!«
Sie schaute ihn gelassen an. »Waren Sie denn noch nie hier?«
»Warum? Ich war ja noch nie tot.«
In der Nähe des Eingangs hatte sich der Friedhofswärter eine Wellblechhütte gebaut. Ihre Mauern stützten sich an vier Grabhäuser, die Wäsche seiner Familie flatterte von den Kreuzen eines Dutzends weiterer Gräber. Nur in diesem Bereich, den der Wärter persönlich nutzte, hielt der Mensch die Natur unter Kontrolle, überall sonst wucherten Schilf und Bambus zwischen und auf den Gräbern. Ein Mangobaum hatte sich zwischen zwei etwa drei Meter hohe Monumente gezwängt und sie in die gleiche gefährliche Schräglage auseinandergedrückt. Umgefallen waren sie nur deshalb nicht, weil andere Zweige und Kletterpflanzen sie wie mit einem Netz umfingen. Field schlenderte hin und las die Inschrift. Hier ruhte der Geheime Rat Basil Southend, 1836–1889, im Dienst des Königs von Siam, und eine Mauer gleichgültiger Wurzeln und Zweige trennten ihn von seiner Frau.

Field schaute zum Eingang zurück, aber Mrs. Laker war ihm gefolgt; sie hielt zwei Paar Gummistiefel in der Hand. Der Chauffeur folgte ihr mit einem Eimer Wasser und einer Flasche Bleichmittel. Sie bot ihm ein Paar Stiefel an:
»Versuchen Sie mal, ob sie Ihnen passen. Lek wird langsam zu alt dafür. Nun machen Sie schon voran!«
Er zwängte die Füße hinein, bis sich die Zehen einrollten. Mrs. Laker reichte Field den Eimer und Fields Schuhe dem Fahrer, dann marschierte sie entschlossen einen schmalen, fast zugewachsenen Weg auf einem kleinen Damm entlang. Rechts und links stand grünes Wasser, aus dem Schilf wuchs und die Wege zwischen den Gräbern versperrte, kleinen Inseln im Sumpf oder schon völlig versunken. Nach fünfzig Metern wandte sie sich plötzlich nach rechts und watete bis über die Knöchel im Schlamm weiter, in einen Schilfdschungel, der sie weit überragte. Mit energischen Armbewegungen bahnte sie sich mühsam den Weg, Field folgte ihr zögernd. Nach zwanzig weiteren Metern blieb sie vor einem Grabstein aus grünem Marmor stehen, der eine Handbreit aus dem Wasser ragte. Rund um diese Gruft hatte man vor einiger Zeit das Schilf abgemäht, es war aber schon wieder nachgewachsen. Field stellte den Eimer auf den Grabstein. Die Inschrift war vermoost und teilweise kaum leserlich:

GELIEBT UND UNVERGESSEN:
NORMAN A. LAKER
1916–1959
DU BIST NICHT TOT!

Erst jetzt sah er, daß der Marmor weiß war, grün nur vor Schimmelpilzen.
»Wie oft kommen Sie auf den Friedhof, Catherine?«
»Jeden Dienstag. In der Trockenzeit geht es ganz gut, das Wasser ist dann nur fünf oder zehn Zentimeter hoch. Aber jetzt gerät es wieder außer Kontrolle. Nächsten Monat steht der Stein ganz

unter Wasser, der Weg, alles. Hier!« Damit gab sie ihm einen Putzlumpen und ein paar Handschuhe, dann goß sie Bleichmittel in den Eimer. »Ziehen Sie sie lieber an, sonst verätzt es Ihnen die Haut. Wenn man es zu sehr verdünnt, bekommt man den Schimmel nicht ab.« Sie tauchte ihren Lumpen in den Eimer, drückte ihn leicht aus und fing an, den Grabstein abzuwaschen. Field folgte ihr ohne große Begeisterung.

»Möchten Sie gern die Kobra-Statistik von Bangkok hören? Mir scheint, die haben hier ihr Hauptquartier.«

»Machen Sie voran, John. Ich bin nicht gern in der Sonne, nicht mehr als unbedingt nötig.« Während sie sprach, schrubbte sie energisch weiter, aber ihre Frisur saß auch dabei so solide wie ein Helm. »Ekelhaft! Scheußlich!« Sie tauchte den Lumpen neu ein. »In sechsundzwanzig Jahren habe ich hier nur drei Kobras gesehen.«

Field beobachtete sie verstohlen. Auf ihrem Gesicht war keine Spur von Humor oder Schweiß zu erkennen. Warum eigentlich? dachte er. Schließlich hat es ja kaum 35 Grad und die Luftfeuchtigkeit höchstens 98 Prozent. Er schrubbte weiter. »Wie lang waren Sie verheiratet?«

»Wir sind verheiratet!«

»Sicher. Ich meine, vor seinem Begräbnis.«

»Elf Jahre. Sechs in New York und fünf hier.«

»Und seitdem kommen Sie jede Woche her?«

»Das muß ich ja, John. Das würde mir Norman nicht verzeihen.«

»Und warum lassen Sie es nicht jemanden machen, gegen Bezahlung?«

»Als ich den Stein setzen ließ, konnte ich es mir nicht leisten. Jetzt gehört es zu unserem Eheleben.« Sie schaute Field kurz an, um den Worten Nachdruck zu verleihen. »Sie haben schöne Augen, John, ist Ihnen das bewußt? Ein tiefes, durchdringendes Blau. Nachdenkliche Augen.« Dabei schrubbte sie weiter, als hätte sie etwas ganz Alltägliches und Banales gesagt.

Der Schimmel ließ sich ganz leicht abwaschen, sicher weil er erst

eine Woche alt war und sich noch nicht in den Stein eingefressen hatte. Nun arbeiteten sie zehn Minuten schweigend weiter. Field spürte, wie die Schmerzen in seinen Geschlechtsteilen langsam von den Krämpfen in den gekrümmten Zehen überdeckt wurden. Und er bemerkte auch, daß Mrs. Lakers Finger und Hände mit der gleichen fast mechanischen Beweglichkeit über den Stein glitten, mit der sie sich auch sonst ausdrückte, und dieses Detail führte ihn auf irgendeinem logischen Umweg zur Frage, was er hier eigentlich machte, hungrig und durstig, in zu kleinen Gummistiefeln. Er sagte betont laut:
»Sie haben ihn also geliebt.«
Das würdigte sie keiner Antwort. Als sie zum Tor zurückkamen, gab sie dem Friedhofswärter zehn Baht; am Wagen ließ sie sich von Lek die Stiefel ausziehen, wobei sie sich mit den Schultern an den Wagen drückte, um das Gleichgewicht zu halten.
Field hatte schnell seine Zehen befreit und bewegte sie genüßlich hin und her. »Haben Sie noch so eine nette Idee auf Lager? Sonst würde ich nämlich jetzt gerne essen gehen.«
»Kann ich Sie ein Stück mitnehmen?«
»Danke herzlichst. Ich bin schon mitgenommen genug!« Er ging die wenigen Meter zur Hauptstraße zurück und winkte einem Tuctuc, das auf der mittleren Fahrspur vorbeischoß. Es bremste quietschend, drehte auf zwei Rädern um und kurvte im Zickzack durch den dichten Verkehr zu ihm herüber.
»Patpong«, erklärte er einfach.
Der Fahrer warf einen prüfenden Blick auf ihn. »Fünfzig Baht, Mister.«
Field lachte herzlich und antwortete auf thailändisch: »Ich bin kein Farang! Ich lebe hier! Zwanzig Baht.«
»Vierzig Baht.«
»Nein. Zwanzig ist ja schon der doppelte Preis. Nun kommen Sie schon«, sagte er freundlich drängend und lächelte. »Okay! Geht in Ordnung! Okay?«
»Okay, Mister.«

Als er sich auf den Rücksitz duckte, hörte er Mrs. Laker rufen: »Ich organisiere Vientiane für Montag! Schicken Sie mir den Paß herüber.«
Er reagierte nicht mehr. Erschöpft hockte er auf dem blau, gelb, orange und grün gestreiften Plastiksitz, klammerte sich rechts und links an die dünnen Leichtmetallstangen, die ihn davor bewahren sollten, hinausgeschleudert zu werden, und legte den Kopf in den Nacken, damit ihm der niedrige Volant nicht ständig ins Gesicht schlug. Das Tuctuc schoß hinaus in den Verkehr, sein kleiner Motor kreischte ohrenbetäubend, der Fahrtwind wirbelte die Abgase nach vorn genau auf den Fahrgast. Field holte tief Luft, und der Auspuffgestank der vielen hundert hupenden und drängelnden Fahrzeuge drang in seine Lunge, hüllte zuerst seinen Körper ein und dann seinen Geist. Von vorn dröhnte thailändische Rockmusik aus dem Transistorradio, das an die Lenkstange gebunden war. Er schloß die Augen, ließ sich fallen, und auf einmal wurden die starken Schmerzen in seinen Geschlechtsteilen schwächer, Mrs. Laker löste sich in Kohlenmonoxyd auf, und Bangkoks dichtes Gewebe aus Schmutz, Lärm und Gestank erfüllte ihn wie immer mit einer tiefen, überwältigenden und grundlosen Freude.

2 Im *Napoleon* sah er nur ein einziges bekanntes Gesicht: das von Henry Crappe. Genauer gesagt war es das einzige, für das er sich stark genug fühlte. In einer Ecke speisten zwei Geschäftsmänner, für die er einmal einen Container Korbmöbel exportiert hatte; er ignorierte sie sorgfältig, ging durch das ganze Restaurant und setzte sich einfach zu Crappe an den Tisch, zum Crappe der Spalten *Crappe im Kino, Crappes Neuerscheinungen* und *Crappes Bangkok,* letztere eine wöchentliche Kolumne über neue Bars und neue Barmädchen. Alle drei Serien erschienen unter seinem Namen in der *Bangkok Post.*

Field klopfte auf den Tisch. »Ich dachte, bis Mitternacht schlafen Sie immer?«
Crappe erhob seinen Blick von ein paar Erdnüssen und einem Bier und zog die Augenbrauen zusammen. Weißliche Schuppen lagen dick darauf. »Ich bin zur Zeit überlastet. Am Nachmittag muß ich noch zwei Videos ansehen und rezensieren, dann kann ich mich ein paar Stunden aufs Ohr legen, bevor ich wieder hinauseile zu harter Fron.« Er wies auf den Stuhl, auf dem sich Field niedergelassen hatte. »Betrachten Sie sich als herzlich eingeladen, mir Gesellschaft zu leisten. Was ist denn los?«
»Wieso? Gar nichts ist los.«
»Sie sehen aber ganz so aus.«
»Mir geht's ausgezeichnet. Bißchen abgeschlafft vielleicht.«
Crappe musterte sein Gegenüber eingehend. Field empfand eine gewisse Sympathie für Crappe, und doch konnte er ihn nicht lange ansehen. Dabei war Crappe nicht häßlich, zumindest nicht im üblichen Sinn. Er ging auf die Fünfzig zu und hatte allmählich Birnenform angenommen – seine Figur im allgemeinen wie sein Gesicht im besonderen. Das war an sich kein unsympathischer Zug, wie auch der unschuldige Ausdruck, den er sich sogar nach fünfundzwanzig Jahren Bangkok noch erhalten hatte. Aber er sah ... unsauber aus, ja, das war es. Sein Haar war kräftig und dunkel wie die Augenbrauen, wirkte aber immer ungewaschen und dicht gesprenkelt mit abgestorbener Kopfhaut. Field bemühte sich jedesmal, nicht höher als bis zu den Augen zu sehen. An der Unterlippe hatte Crappe einen Herpes, und seine Fingernägel waren seltsam braun, wahrscheinlich, weil er ständig mit einem speziellen Tabak herumspielte, der nach seiner strengen Theorie erst in letzter Sekunde, frisch für jede Pfeife, gemischt werden durfte. Das war schon wegen der Pomelorinde unerläßlich, die ihm seine thailändische Frau jeden Morgen fein schnitzeln mußte.
Schließlich senkte Crappe seinen Blick. »Sie haben sich einen Tripper geholt.«

»Stimmt!« Field konnte sein Erstaunen nicht verbergen. »Man sieht es an den Augen, in der Iris. Zu dieser Diagnostik *ist* allerdings viel Erfahrung nötig.«
»Sie hätten Arzt werden sollen.«
Ein Mädchen kam zum Tisch und legte ihren Finger leicht auf Fields Schulter. »Hallo, John. Bier?«
»Nein, darf ich nicht. Kaffee und ein Steak-Sandwich.« Er legte ihr den Arm um die Hüfte. »Und noch eins, Phet: Kannst du die beschissene Klimaanlage etwas kleiner drehen? Oder bin ich vielleicht ein Stück Fleisch zum Abhängen?«
»Was?«
»Zu kalt hier!« Er machte ihr vor, wie man etwas zurückdreht.
»Was? Musik zu laut?«
»Nein, Musik ist okay. Zu kalt! Yen maak.«
»Okay, John.«
Abgesehen von den Thai-Mädchen in Seidenkleidern mit Nummernschildern war das *Napoleon* ein völlig neutrales, gepflegtes Lokal, es hätte in jeder Großstadt der Welt sein können. Vielleicht war es deshalb bei Farangs so beliebt.
»Eigentlich«, sagte Crappe nun mit einer Spur Verärgerung in der Stimme, »ziehe ich eine niedrigere Temperatur vor, aber da Sie leidend sind, möchte ich nicht darauf bestehen. Und was die Medizin angeht, so war sie in der Tat eine der beiden Berufungen, die ich ernsthaft in Betracht zog. Die andere war die des Historikers, und zwar auf Universitätsniveau.«
»Und am Schluß konnten Sie sich für keine entscheiden?«
»Ich wählte die Kommunikation. Man darf seinem Jahrhundert nicht den Rücken kehren und sich in einen privaten Elfenbeinturm zurückziehen, wenn das Herz der Epoche lockt.«
»Und damit meinen Sie die *Bangkok Post?*«
»Ich darf anmerken, daß ich zweifellos der umstrittenste und meistgelesene Journalist Bangkoks bin. Manche Leute lesen mich sogar, weil sie mich ablehnen, und auch das ist ein Beweis für Erfolg. Mein Name findet sich an den Wänden der meisten

Urinoirs in Bangkok – warum wohl? Weil ich jedem einzelnen meiner Leser etwas zu sagen habe. Und warum dies? Weil meine Darlegungen aus Bildung, Vernunft und Erfahrung erwachsen.«
»Aber Crappe! Sie verraten doch nur einer Masse von phantasielosen Männern, wo man zur Zeit am besten vögeln geht.«
»In gewissem Sinne haben Sie damit nicht einmal unrecht. Obzwar ich zu bedenken geben möchte: Erstens fehlt es den Menschen heute generell an Phantasie; zweitens bedürfen sie aus diesem Grunde der Lenkung und Leitung; drittens lenke und leite ich sie in einem zentralen Punkt ihrer Existenz. Allein dies möchte ich zu bedenken geben, ohne die Hilfe zu erwähnen, die ich im Bereich Literatur und Film biete. Doch lassen wir mich und meine Anliegen beiseite. Sie haben also den Tripper. Das allein dürfte doch kein Grund zur Depression sein.«
Field zuckte mit den Achseln. Gerade wurden der Kaffee und das Sandwich serviert.
»Da dürfte doch noch anderes vorliegen.«
»Nein, Crappe, eigentlich nicht. Ich bin nur ein bißchen down diese Woche.«
»Wer lebt denn zur Zeit bei Ihnen?«
»Ich hab sie letzten Monat rausgeworfen.«
Crappe zeigte offen seine Erleichterung. »Das befreit Sie also vom Zwang, gewundene Erklärungen abzugeben, nach dem Muster ›nein, heute nicht, ich bin zu müde‹ oder ›ich habe mich auf meine Eier gesetzt, und jetzt tun sie weh‹.«
»Wie bitte?«
»Bei Männern, die Boxershorts tragen, kommt das häufiger vor, als man annehmen möchte. Andererseits sind Boxershorts für die Samenentwicklung günstiger als enge Unterhosen. Aber wenn man sich zu Boxershorts entschließt, darf man sich nicht zu schnell auf einen harten Stuhl setzen, unter keinen Umständen! Mir ist das die liebste Ausrede bei einem sexuellen Rückzug. Man kann sie zwar nur einmal in fünf Jahren vorbringen, da der ungewöhnliche Charakter der Beschwerden häufigeren Gebrauch

verbietet. Doch wer dürfte es wagen, einem dabei zu widersprechen?«
»Niemand, Crappe!«
»Ganz richtig, Field. Niemand.«
»Ihre Frau zum Beispiel, würde die Ihnen glauben?«
»Meine Frau?« fragte Crappe verblüfft. »Bestimmt nicht! Aber auf das Glauben kommt es doch nicht an. Entscheidend ist vielmehr, ob man einer Frau eine plausible Erklärung bietet, so daß sie vorgeben kann, einem zu glauben, ohne naiv oder gar dumm zu erscheinen. Eine erfahrene Frau verzeiht einem nie, wenn man sie naiv erscheinen läßt, nichts haßt sie mehr.« Er trank sein Bier aus und knabberte wieder an den Erdnüssen, die er sich einzeln in den Mund steckte. Ganz Bangkok wußte, daß er sich gerne einladen ließ, daß er oft stundenlang vor einem Bier und ein paar Nüssen wartete, bis jemand kam und sie ihm spendierte.
»Kann ich Sie zum Lunch einladen?«
»Nein danke, Field, sehr freundlich. Höchstens zu einem Bier.« Doch als die neue Flasche sicher vor ihm stand, schaute er Field mit einem zugleich kritischen und belehrenden Blick in die Augen. »Ich will Ihnen sagen, worunter Sie am meisten leiden. Ihnen fehlt der Journalismus. Ihnen fehlt eine sinnvolle Tätigkeit.«
»Crappe, bitte sagen Sie das nicht jedesmal, wenn wir uns sehen. Das macht mich noch verrückt!«
»Damit geben Sie es also zu. So eine Überreaktion ist immer ein Beweis für die Wahrheit. So weit ist es also mit Ihnen gekommen, mit dem besten Journalisten, den ich kenne! Ein Schacherer im Tempel sind Sie jetzt, nicht mehr und nicht weniger!«
»Immerhin verdiene ich das Dreifache damit.«
»Der Mammon ist eine Versuchung, ohne Zweifel.«
»Ich brauche nicht mehr früh aufzustehen, kann länger Urlaub machen, kann meine Tochter auf die beste Universität schicken ...«
Hier zuckte Crappe mit den Achseln, als ob ihn dieser Gedanke schmerzte. »Sicher, sicher. Eine große Versuchung.«

»Und schließlich«, bohrte Field nach, »schreibt ja jetzt der beste Drogen-Reporter von Bangkok über Barmädchen.«

»Hier werden Sie ungenau. Ich möchte noch weitergehen und sagen: unkorrekt. Ich sah nämlich keinen Sinn mehr darin, Zeit und Kraft zu vergeuden. Die Zahlen sprechen eine klare Sprache. Eines schönen Tages – ich widmete mich noch der sogenannten Drogenszene – saß ich an meinem Schreibtisch und las die Jahresstatistik. Als ich sie aus der Hand legte, war etwas in mir gestorben, und in der gleichen Minute verfaßte ich die Kündigung. Durch dieses Ländchen sickern alljährlich etwa zweiunddreißig Tonnen Heroin; eine halbe gerät der Polizei ins Netz. Heroin ähnelt den Guerillas, lieber Field. Es geht immer den Weg des geringsten Widerstandes, fließt immer nach unten, in die endlosen Niederungen unserer Gesellschaft. Und wenn ich ein ganzes Jahr lang die Verbrechen eines bestimmten Dealers oder die Profite eines bestimmten Vertriebskanals anprangere und die Polizei greift wirklich zu und verstopft den Kanal, dann sucht sich der Strom einfach ein neues Bett, oft direkt daneben. Diese Parodie jeglicher Strafverfolgung ließ mich die Dinge einmal von der höheren Warte des Historikers aus betrachten. Wie ernst ist es uns eigentlich damit, diesen Strom einzudämmen? Ihnen? Mir? Der Gesellschaft als Ganzer? Inzwischen verdienen zu viele an diesem Geschäft. Uns geht es wie im vorigen Jahrhundert den Chinesen, als die Weißen sie zwangen, Opium zu rauchen; nur läuft es jetzt in der anderen Richtung und ist noch viel schlimmer. Denn der halbe Zwang kommt von uns selbst. Verglichen damit ist Sex ein positives und übrigens weit bedeutsameres Thema. Ich vermittle Begierde und Befriedigung, Field, die wichtigsten und beständigsten aller menschlichen Triebe. Ich forsche nach dem Sinn der menschlichen Körperflüssigkeiten – auch in mir selbst.«

»Und was erkennen Sie da?«

»Es möge genügen, daß ich als der fixeste Mittelstürmer in Bangkok gelte. Ich habe viele thailändische Mädchen besessen, aber nur eins geheiratet.«

Field nickte unbestimmt, er dachte bereits an anderes. Schon immer war es ihm schwergefallen, einem längeren Gespräch aufmerksam zu folgen, lange hatte er sich bemüht, die lineare Konzentration dafür aufzubringen. Aber schließlich war ihm auch diese gesellschaftliche Verpflichtung gleichgültig geworden, wie Crappe die Aufdeckung der Drogenszene. Seitdem ließ er seine Gedanken einfach wandern.

Im Grunde hatte Crappe ganz recht: Natürlich befriedigte es Field nicht, in halb Südostasien Korbsessel und Traktoren zu verhökern. Dabei fehlte ihm weniger das Schreiben selbst als der Adrenalinstoß, der früher mit jeder neuen Story gekommen war. Wenn er aber jene vergangenen Freuden abwog gegen den Wunsch, weiter in Bangkok zu leben, dann neigten sich die Waagschalen rasch, dann war die Entscheidung einfach. Mit seinem speziellen Journalismus konnte man in einer Stadt wie Bangkok nur als ganz junger Mensch sein Auskommen finden. Dabei lebte er jetzt nicht aufwendiger als früher, vielleicht im Gegenteil. Das meiste Geld legte er auf ein steuerfreies Konto in Hongkong, in Bangkok behielt er gerade genug zum Leben, für seine Frauen, für die Mutter seiner Tochter und natürlich für die Tochter selbst, für Songlin.

Sie war die unerwünschte Folge seiner ersten Liebesaffäre in Thailand. Field stammte aus dem irisch-katholischen Arbeitermilieu von Unter-Montreal, er konnte die Schwangerschaft nur als Falle verstehen, in die ihn ein armes und ungebildetes Mädchen gelockt hatte, als ihr Sprungbrett nach Amerika. Deshalb hatte er sich sofort von ihr getrennt. Aber gleichzeitig gewährte er ihr einen höheren Lebensstandard als sich selbst, nur damit die Tochter eine gute Erziehung erhielt. Vaterschaft mit Fernsteuerung – so sah er den größten Erfolg seines Lebens. Und Songlin wurde wirklich sehr intelligent und tüchtig. Er hatte sie in das Mater-Dei-Gymnasium gebracht, trotz ihrer katholischen Ausrichtung die beste Privatschule für Thais in Bangkok, und 1984, nach dem Abitur, sogar in die teure Chulalongkorn-Universität in Bangkok, wo nur die Kinder der Reichen und Gebildeten studierten. Ohne ihre hervorragenden Leistungen wäre das nicht möglich gewesen, aber Field war fest davon überzeugt, daß Songlin weit mehr als nur intelligent war. Das Geld in Hongkong sollte ihr später die Möglichkeit geben, ihren Lebensweg frei zu wählen, einen Thai aus der Oberklasse zu heiraten, ins Geschäftsleben oder in den diplomatischen Dienst einzutreten. Für sich selbst lehnte er ein bürgerlich-respektables Leben so entschieden ab, wie er es für seine Tochter sicherte.

»Und wo finde ich nun den besten und frischesten Körper, Crappe?«

»Das fragen mich alle. Ich würde sagen, diese Woche im *Fire Cat.* Die Touristensaison ist so schlecht, daß sie jetzt auch unten ohne tanzen.«

»Aha.«

Diese Reaktion enttäuschte Crappe, sein Mund wurde noch kleiner. »Meinen verbindlichsten Dank für das Bier! Aber jetzt erwartet mich die Welt der Videos.« Er erhob sich mühsam und watschelte zur Tür. Sein Hosenbund saß so hoch, daß der Gürtel einem Kragen um den Hals einer Birne ähnelte.

Field sah seiner Silhouette nach, bis sie durch die Tür entschwunden war, und starrte dann unentschlossen auf die Reste seines Steak-Sandwichs. Als er merkte, daß ihm auch daraus keine Erkenntnis kam, stand er abrupt auf. Er wanderte hinaus in die Hitze, stieg vorsichtig über die kniehohe Flutschwelle, die in einer Kurve vor den Eingang gebaut war. Das primitive Betonmäuerchen war früher mit bunten Fliesen dekoriert gewesen, die letztes Jahr der Monsunregen weggewaschen hatte. Einen Augenblick lang blieb er in der Sonne stehen und ließ sich die Kälte der Klimaanlage aus der Haut brennen. Laut Woodward waren die beste Kur für Geschlechtskrankheiten Ruhe und Enthaltsamkeit in jeder Beziehung. Er überlegte, ob er nach Hause und ins Bett gehen sollte. Im Grunde war es ihm gleichgültig, absolut gleichgültig sogar.

Rechts hatte jemand Pegelstände an das Haus gemalt. Der höchste war der von September 1983, als das Wasser einen Meter hoch durch die Stadt floß. Aber das eigentliche Problem war ja nicht, daß die Flut stieg, sondern daß die Stadt langsam, aber unaufhaltsam im Schlamm versank: über zehn Zentimeter im Jahr. Bei der begrenzten Kapazität der städtischen Wasserwerke hatten die Menschen einfach angefangen, privat Brunnen zu bohren, in dreißig Jahren über zehntausend, und jetzt sackte die Stadt, die ja nur auf dem Schlick im weiten Delta des Chao Phya stand, mit jedem Öffnen eines Wasserhahns, jedem Gang auf das WC ein Stückchen weiter ab. Nach der Katastrophe von 1983 hatte die Regierung deshalb im letzten Jahr einen gigantischen Eindeichungsplan angekündigt.
Field sah sich den Pegel genauer an: Die Farbe sah ziemlich frisch aus. Vielleicht war es nur ein Scherz, vielleicht auch ein Protest. Schließlich war jetzt August, kaum einen Monat vor der Zeit der Monsunregen und der Überschwemmungen, und die Deiche und Schleusen standen noch auf dem Papier. Ob aus dem Plan Wirklichkeit wurde, das hing von den Reichen und Mächtigen ab. Und die hatten kein besonderes Interesse daran, gehörten ihnen doch die wenigen Gebäude Bangkoks, die nicht versanken, die neuen Wolkenkratzer nämlich, deren tiefgebohrte Betonfundamente bis unter die Schlammschicht reichten. Field mußte lachen. Aber Zynismus war nur ein billiger Trost.
Er wich einem Haufen Pflasterbrocken und Schlamm aus und überquerte Patpong. Auf der anderen Straßenseite sah er an einem unauffälligen dreistöckigen Gebäude ein Schild mit der Aufschrift PAGA'S APARTMENTS. Hier hatte Paga, die ungekrönte Königin von Patpong, vor fünfzehn Jahren ihre Karriere begonnen. Jetzt besaß sie ein Dutzend Bars und Massagesalons und herrschte über mehr als fünfhundert Mädchen. Field stieg die hölzerne Treppe zu einer heruntergekommenen Terrasse hinauf, wo sich eine Bar, ein Friseursalon und ein Büro hinter doppelten Glasscheiben versteckten, um die Kälte der Klimaanlage im Haus

zu halten. Die Apartments lagen ein Stockwerk höher. Sie waren Pagas Hauptquartier.
Von der Terrasse rief ihn schon ein Barmädchen im Cocktailkleid an, während er noch die Treppe hinaufkam. »Hello, Mister! Massage? Sie wollen Massage?«
»Kann ich Paga sprechen?«
»Paga? Was wollen?« Sie lächelte strahlend.
»Ich bin ein Freund von ihr.«
»Großer Freund oder kleiner Freund?«
»Warum?«
»Vielleicht schläft jetzt oben.«
»Großer Freund.«
»Trotzdem, kommen später wieder, okay?«
»Nein. Du kennst mich doch! Sag ihr, Field will sie sprechen.«
Paga und Field waren vor zwanzig Jahren zur gleichen Zeit nach Bangkok gekommen und hatten sich zufällig sofort kennengelernt. Sie war damals zwanzig und kam aus einem Dorf im Nordosten, besaß nur das, was sie am Leibe trug, hatte aber schon drei Kinder am Hals. Zu Hause in den Reisfeldern hatte sie nach siebenjähriger Ehe ihren Mann verlassen, jetzt fing sie als Hosteß im *Café de Paris* an, mit 250 Baht oder zehn Dollar Monatslohn. Wenn man selbst mit Kunden ins Bett ging, konnte man dieses Einkommen verdoppeln. Field hatte ein wenig zu dieser Aufbesserung beigetragen, hatte sie sich dreimal nach Hause geholt, aber schon damals hatte sie Männer gesucht, die ihr ein Startkapital bieten konnten, und beschränkte den Einsatz ihres Körpers auf entsprechende Kandidaten. Ein Blick in Fields erste Wohnung sagte ihr alles, damit kam er nicht mehr in Frage, aber sie waren dennoch Freunde geblieben.
»Field«, wiederholte er und versuchte, sich zu erinnern, ob er schon einmal mit dem Mädchen geschlafen hatte. Er gab ihr einen Klaps auf den Hintern: »So, jetzt los und sag es ihr.«
Sie schaute ihn skeptisch an. »Kommen später wieder, okay?«
Aber im gleichen Augenblick kam Paga die Treppe herunter-

gelaufen. »Da hast du es, John! Farangs sehen eben alle gleich aus!« Dabei hängte sie sich bei ihm ein. »Du willst mich begleiten?« Das klang eher wie eine Feststellung, und dabei drehte sie ihn schon um und zerrte ihn die Treppe hinunter. Auf dem Bürgersteig schaute sie sich um und reckte ihr Kinn ungeduldig vor.

»Mein Sohn ist so langsam! Ich werde ihn noch zurückschicken ins Dorf! Wo bleibt er?«

»Viel zu tun heute?«

Ihr Kinn reckte sich noch weiter in die Höhe, es war kräftig und energisch und verlieh dem Gesicht das Aussehen eines Keils. In den letzten Jahren war ihre Figur um Büste und Hüften rundlicher geworden. Sie war noch nicht korpulent, aber ihr Körper zeigte jetzt die Proportionen des Erfolgs und signalisierte damit, daß er nicht mehr im Angebot war. Übrigens war sie auch früher nicht eigentlich eine Schönheit gewesen, ihr Erfolg bei Männern bewies nur die Überlegenheit des Inhalts über die Form. Heute trug sie eine Hose aus Polyester und darüber eine weite Baumwollbluse.

»Na endlich!« Sie stürmte auf die Straße, riß die Tür eines großen Mercedes auf und ließ sich auf die Rückbank fallen. »Wo bist du geblieben? Wo bist du geblieben?« Damit klatschte sie ihrem Sohn auf die Schulter, daß der dünne, knochige Jüngling in seinem Sitz zusammensackte. Er erwiderte kein Wort, wimmerte nicht einmal. »Petchaburi Road, Soi 37. Jetzt aber Tempo!« Nun legte sie Field die Hand auf den Oberschenkel, die weichen runden Finger drückten ihn zärtlich. »Ich habe immer viel zu tun, John! Heute den ganzen Morgen neue Mädchen ausgebildet.« Field mußte lachen.

»Was gibt's da zu lachen?« Sie zielte mit dem Kinn auf ihn. »Als ich meine erste Bar aufmache – erinnerst du dich? –, geht das Geschäft nicht. Ich probiere alles, mache alles anders – Geschäft geht immer noch nicht. Dann verstehe ich. Ich muß die richtigen Mädchen suchen! Und sonst? Muß ihnen beibringen, wie man einem Mann Freude macht. Sex ist höchstens zwanzig Prozent. Dauert nur ein paar Minuten. Schon wichtig, ja, aber Mädchen müssen auch das andere lernen: Wie sich der Mann als großer Held vorkommt.«

»Also bitte, Paga!«

»Natürlich! Jeder Mann will großer Held sein. Also muß ein Mädchen alles lernen. Wie man Sex macht, ist das Leichteste: Wie man sich bewegt, wie man atmet, wie man stöhnt. Kennst du ja. Aber viel schwerer: daß sich der Mann richtig groß vorkommt! Wenn der Mann sich gern gescheit vorkommt, muß das Mädchen dumm spielen. Wenn der Mann gern ein Löwe ist, muß sie ein Lämmchen sein.«

»Und du meinst, ich habe in den zwanzig Jahren keinem Mädchen ein bißchen Lust gegeben?«

»Hast Geld gegeben, John. Geld ist auch eine Lust, wenn man keins hat. Und vielleicht auch Freundschaft? Freundschaft ist auch eine Lust, wenn ein Mädchen dich besser kennt.«

»Also wirklich, Paga! Und was fühlt sie, wenn ein Mann mal einen besonders talentierten Pimmel hat?«

Solche akademischen Fragen konnte Paga nicht ernst nehmen. »Fühlt auch nichts, aber überlegt vielleicht, wie sie die Arbeit besser macht. Geht es dir gut, John? Siehst nicht gut aus.«

Field ignorierte die Frage. »Eine halbe Million Mädchen sollen alle nur eine Show abziehen?«

»Nur die guten! Deshalb ist mein Geschäft wie eine Schauspielschule. Eine gute Schauspielerin bringt Geld ein. Ich bin nicht sehr intelligent, ich kenne mich. Die meisten Mädchen sind genau wie ich. Aber sie arbeiten fleißig, wissen, daß man sich bei einem Mann auf nichts verlassen kann. Alle Männer reden groß, sind aber Angeber und Schwindler.«

»Also hör mal! Heute könnte ich eigentlich was Netteres brauchen!«

»Du bist okay, John. Bist auch ein Angeber und Schwindler, aber okay. Warum bist du so deprimiert?«

»Vielleicht nur, weil ich momentan keine gute Schauspielerin im Haus habe.«
»Wirst langsam alt, John. Als ich anfing, war ich jung. Jetzt bin ich auch alt, aber ich lerne dazu. Du lernst nichts, John! Du bist noch ein Kind. Lektion eins: Das Leben ist einfach! Alle Männer wollen immer Sex. Können nicht immer, aber wollen immer. Frauen wollen nicht, nicht immer. Müssen schon Sex lernen, wenn sie noch nicht wollen.«
In der Wireless Road blieben sie in einem Stau stecken, also bog Pagas Sohn kurzerhand nach links in die Ploenchit Road und fand sich mit quietschenden Bremsen in noch dichterem Verkehr.
»Idiot!« Paga gab ihm eine Kopfnuß. Sie standen gerade vor der britischen Botschaft, und Paga deutete auf das Denkmal der Queen Victoria auf dem langen Rasenstreifen mitten in der Auffahrt. »Sie mußte immer, immer wieder Sex machen.«
»Und mit bestem Erfolg.« Field sah, daß man der Statue wieder Girlanden um den Hals gehängt hatte. »Wenn sie sich nicht so oft hingelegt hätte, wäre sie hier längst vergessen.« Die Queen galt in Thailand allgemein als Fruchtbarkeitsgöttin; kinderlose Frauen opferten ihr Blumen und Geschenke.
»Sei nicht so dumm, John. Dafür genügt Hinlegen nicht, sonst wären ja viele Frauen wie sie.« Sie beugte sich über die Schulter des Sohns nach vorn und drückte auf die Hupe, zog die Lippen vor Ungeduld zurück und zeigte zwei Reihen sehr kleiner, ebenmäßiger und dichtsitzender Zähne. »Ich habe Bangkok noch nie gemocht. Hier kann man Geld verdienen, ja. Aber die Luft! Der Gestank! Macht mich ganz krank. Eine Stunde im Verkehr, einen Monat krank.«
»Dann geh doch zurück in deine Reisfelder.«
»Lach nur! Ich gehe bald, wirst schon sehen.«
Die Fahrt dauerte noch eine halbe Stunde. Wer viel zu tun hatte und nicht über Bärenkräfte verfügte, mußte sich in Bangkok zur Regel machen, an jedem Tag nur wenige Termine zu vereinbaren, weil jede Fahrt eine halbe Stunde oder Stunde dauerte.

Als Field sah, daß sie von Petchaburi in eine schmale Nebenstraße abbogen, die parallel zur hochgebauten Schnellstraße verlief, wandte er sich überrascht an Paga. »Wo fahren wir hin? Zum chinesischen Hotel?«

Sie nickte nur.

»Steckst du mit denen unter einer Decke?«

»Wir sind Geschäftspartner. Wer soll den Mädchen etwas beibringen? Ohne Ausbildung taugen sie später nichts. Und was machen sie dann? Dann haben sie gar nichts in der Hand. Gehst du manchmal hin?«

Field schüttelte den Kopf. »Da muß ich immer an meine Tochter denken.«

Das nahm sie ganz sachlich auf. »Einziger Grund?«

»Und ich mag es nicht, wenn Mädchen eingesperrt sind. Dann fehlt mir das Element des Abenteuers.«

Aber sie verstand die Ironie nicht. »Den anderen Farangs macht das nichts aus.«

»Thais auch nicht. Hast du das moralisch gemeint?«

Aber für eine Antwort blieb keine Zeit, jetzt parkte der Wagen im Hof, und Paga stieg sofort aus und marschierte auf den primitiven dreistöckigen Betonbau zu. Eingang und Treppe waren aus unverputztem Beton, das einzige Lebewesen ein alter Mann mit Gummisandalen an den nackten Füßen, der sie die Treppe hinaufwies, als sie sie bereits hinaufstiegen. Im ersten Stock war der Treppenabsatz von zwei Männern bewacht, die in Plastiklehnstühlen saßen und Radio hörten. *Born in the USA* dröhnte aus dem Lautsprecher und hallte im Treppenhaus wider.

»Die Zoowärter?« fragte Field.

Paga nickte und stieg weiter hinauf. Auf dem zweiten Treppenabsatz lagerten zehn oder fünfzehn sehr junge Mädchen auf dem Fußboden, frisierten sich gegenseitig, manikürten sich oder standen nur herum und plauderten. Als sie Paga erblickten, verstummten sie vor Respekt. Nach rechts und links führte jeweils ein langer Gang, jeder mit vielleicht sechzig Türen. Weitere junge

Mädchen kamen aus den Zimmern, gingen in andere hinein, und von überall hörte man leise, gedämpfte Mädchenstimmen. Es war noch zu früh und kein Geschäftsbetrieb, so trugen die meisten nur Jeans, Shorts, T-Shirts oder Sarongs. Manche waren aber schon im Cocktailkleid und fertig geschminkt, was neben den anderen an eine groteske Verkleidung, an eine Scharade denken ließ, an Kinder, die erwachsen spielten. Zwischen zwölf und achtzehn Jahren waren sie alt, und alle begrüßten Paga freudig mit einem strahlenden Lächeln.

Sie sah sich suchend um und sagte zu Field: »Sie mögen mich gern hier. Ich gebe ihnen Unterricht. Und manchmal hole ich ein älteres und anstelliges Mädchen heraus und gebe ihm anständige Arbeit.«

»Anständige Arbeit?«

»Ja, wo sie nicht eingesperrt ist.« Dann fragte sie laut in die Runde: »Wo ist Yang?« Keine Antwort. »Yang!« Sie klatschte schnell und scharf zweimal in die Hände, daß es in den Gängen hallte. »Yang!« Sie klatschte noch einmal. Aus einer der vielen Türen erschien ein Mann, unordentlich und zerknittert, als sei er eben erst aufgewacht. Während er den Korridor entlangkam, schüttelte er sich und brachte sich in Ordnung, und als er vor ihnen stand, wirkte er wie ein eleganter Kalifornier in langer weißer Hose und offenem Hemd, das seine haarlose Brust und zwei Goldkettchen zeigte. Offenbar war er in der Defensive, denn er sagte jammernd: »Ich habe schon den ganzen Tag auf Sie gewartet!«

Mit Verachtung in der Stimme unterbrach ihn Paga: »Wo ist das Mädchen?«

»Wer ist dieser Mann?«

»Mr. Field. Gesundheitsinspektor.«

Das Erstaunen in Yangs Augen war deutlich zu sehen. »Was soll das heißen – Gesundheitsinspektor?«

»Das verstehst du wohl nicht? Nun hol schon das Mädchen her!« Sie gab Yang einen energischen kleinen Stoß, und als er ihnen den

Rücken kehrte, warf sie Field unter hochgezogenen Augenbrauen einen Blick zu, der ihn schweigen hieß.

Dann folgten sie Yang in ein Zimmer, das wahrscheinlich genau so aussah wie alle anderen, nur standen hier vier Stühle und kein Bett. Es war eine Art Empfangssalon, wo die Kunden sich die Mädchen aussuchen konnten. Yang warf einen unsicheren Blick auf Field, dann ging er und schloß die Tür hinter sich.

»Was soll das mit dem Inspektor?«

»Habe ich eben erfunden«, lächelte sie zufrieden.

»Das weiß ich auch.«

»Yang ist ein mieses Schwein. Gib ihm Saures, okay?«

Die Tür ging auf, und Yang schob ein Mädchen vor sich her. Es trug einen braunen Sarong und wirkte völlig durchschnittlich, was neben Pagas starker Persönlichkeit nur zu natürlich war. Sofort schrie sie das Mädchen auf thailändisch an: »Du bist also wieder krank! Wie kommt denn das? Du solltest doch nicht arbeiten! Also? Hat er dich arbeiten lassen?« Das Mädchen schüttelte mit gesenkten Augen den Kopf. »Das holt man sich nicht aus der Luft! Wer von euch beiden lügt? Yang, hast du dich selbst über sie hergemacht?«

»Nein!«

»Dir glaube ich kein Wort! Und sie muß natürlich auch lügen, ja?« Jetzt ging sie wieder auf das Mädchen los: »Hast du Schmerzen?«

»Ja. Tut sehr weh.«

»Wie das letztemal?«

Das Mädchen überlegte wohl, was schlimmer war: die Schmerzen oder der Ärger, den sie damit bekam. »Ein bißchen.«

»Und schmiert es?«

»Ja.«

»Dumme Gans! Zeig die Narbe her!«

Das Mädchen hob ihren Sarong. Sie trug einen Slip aus Baumwollspitze, über dem eine handbreite Narbe zu sehen war.

»So kannst du unmöglich tanzen!«

Field trat vor und betrachtete die Narbe. Als er die Haut daneben berührte, spürte er, wie das Mädchen zitterte, er blickte hoch und sah in verschreckte Augen, die sich wie gebannt auf ihn richteten, als fürchte sie sich vor Schlägen. Er lächelte sie an, und sofort schloß sie die Augen. Die Narbe war sauber und schmal, thailändische Chirurgen waren oft sehr geschickt, aber Paga hatte völlig recht. Man konnte nicht mit Hüften und Bauch wackeln, wenn die Scheinwerfer eine handbreite Narbe anstrahlten. In einem Massagesalon konnte man sie aber durchaus noch arbeiten lassen. Dort brauchte sie nicht zu tanzen, und wenn sie sich auszog, dann ging es aufs Ganze, und dabei spielte die Narbe keine Rolle mehr. Hätte das Mädchen nicht so schreckliche Angst gehabt vor ihnen allen, aber besonders vor Yang, hätte sich Field eingestehen müssen, daß ihm ihre langen, geraden Beine und wohlgeformten Schenkel gefielen. Sie war größer als die meisten Mädchen aus dem Norden – er setzte als selbstverständlich voraus, daß sie aus dem Norden kam –, und statt der üblichen runden und weichen Figur hatte sie breitere Schultern und einen längeren Hals. »Wie kam denn das?« erkundigte er sich auf englisch.
Sofort verteidigte sich Yang: »Sie hat sich angesteckt wie alle. Ich meine, wie alle sich einmal anstecken können.«
Paga unterbrach ihn. »Mr. Field ist in Bangkok Inspektor für Geschlechtskrankheiten. Er gibt einen Bericht an die Polizei.« Und auf eine unausgesprochene Frage Yangs: »Ich soll der Polizei helfen.«
»Sie hatte nur Gonorrhöe«, betonte jetzt Yang. »Ich meine, es war nichts Besonderes.«
»Und woher kommt die Narbe?« Field gab dem Mädchen ein Zeichen, sie könne ihren Sarong wieder herunterlassen.
»Sie hat sich nicht darum gekümmert.«
»Bei Yang ist alles verseucht«, unterbrach ihn Paga. »Ich komme einmal her, finde das Mädchen in ihrem Zimmer halb tot, fahre sie zum Arzt. Der Arzt sagt, sie ist so stark infiziert, daß etwas aufgebrochen ist, ich weiß nicht, was.«

»Das Mädchen ist unvorsichtig«, versuchte es Yang noch einmal. »Ich denke, sie ist selber verseucht. Steckt sich immerzu an.«
»Ach, wirklich?« Field hob erschreckt die Brauen. »Meinen Sie, daß ihr Immunsystem geschwächt ist? Wir müssen verhindern, daß sich unter den Prostituierten Aids ausbreitet. Am besten machen wir Ihren Laden zunächst einmal zu, bis wir sie untersucht haben.«
»Nein!! Sie hat nur Tripper! Sonst nichts!« Damit rannte Yang hinaus und kam gleich darauf mit einem großen braunen Briefumschlag wieder, den er Field in die Hand drückte. »Das gehört ihr, das ist alles. Und überhaupt brauche ich sie nicht mehr. Sie fliegt raus, noch heute.« Er zeigte auf den Umschlag: »Schauen Sie sich das an!«
Field blätterte in den Papieren. Es waren Krankenberichte auf thailändisch und Röntgenaufnahmen. Aus den medizinischen Fachausdrücken wurde er nicht klug. Er wollte sie Yang zurückgeben, aber der zuckte zurück, als ob er sich daran anstecken könnte. Also legte er sie auf einen Stuhl.
Das Mädchen hörte gespannt zu, wahrscheinlich verstand sie das englische Gespräch nur zur Hälfte. »Ich weiß nicht, wohin«, sagte sie jetzt.
»Nehmen Sie sie doch«, sagte Yang zu Paga, »sonst muß sie eben zurück in ihr Dorf. Deine Familie«, fuhr er dann das Mädchen an, »muß mir dreitausend Baht ersetzen.«
»Eltern sind tot.«
»Lügnerin!«
Jetzt brach die Empörung wieder aus Paga heraus. »Ganz egal – du kriegst das Geld auf keinen Fall zurück.«
»Wie alt ist sie?« fragte Field.
»Siebzehn«, sagte Yang verbittert. »Ich habe sie gekauft, mit einem Vertrag von dem Makler des Dorfs, vor drei Jahren. Für zwölftausend Baht. Der Vertrag läuft noch ein Jahr. Sie schuldet mir noch dreitausend!«
Field spürte, wie sein Widerwille gegen Yang zunahm, und un-

terbrach ihn: »Aber soviel verdienen Sie doch in zwei Nächten an ihr!«
»Vertrag ist Vertrag! Und von den letzten sechs Monaten war sie vier krank. Immer ist sie krank, taugt einfach nichts.«
Paga schüttelte den Kopf. »Ich kann sie nicht nehmen, ist zu jung für mich, hat zuwenig Ausbildung und Erfahrung. Ohne Narbe vielleicht in der Bar, leichter Job, aber mit Narbe nicht. Warst du diesmal beim Arzt, Yang?«
»Nein, sie hat ja erst gestern gesagt, daß sie wieder krank ist. Beim letztenmal haben Sie sich gekümmert, deshalb habe ich Sie angerufen. Nehmen Sie sie doch, Sie können den Vertrag für 2500 Baht haben.«
»Und wieder den Arzt zahlen und sie durchfüttern, ohne daß sie arbeitet? Kommt nicht in Frage!«
Jetzt fiel das Mädchen vor Paga auf die Knie, hob die gefalteten Hände und wimmerte leise: »Khun Paga, Khun Paga, bitte, bitte, Khun Paga!« Es wirkte übertrieben, wie im Theater, gerade das erschien aber noch rührender.
Paga wurde nun richtig wütend, sie meinte, Yang habe sie gerufen, um ihr schlechte Ware anzudrehen, und daß das Mädchen bettelte, war ja klar, was sonst? »Zuerst mach sie gesund! Dann können wir darüber reden.«
»Nein! Nehmen Sie sie, sonst fliegt sie noch heute raus.«
»Khun Paga! Khun Paga!«
Yang holte aus. »Halt den Mund!«
Field versuchte vergeblich, den Schlag zu verhindern, das Mädchen konnte der Faust aber noch ausweichen, ohne die gefalteten Hände zu senken.
»Khun Paga! Khun Paga!«
Paga war nahe daran, die Beherrschung zu verlieren, also wandte sie sich abrupt ab, marschierte hinaus und zerrte Field hinter sich her. Im Korridor warf er noch einen Blick über die Schulter. Das Mädchen hatte sich auf den Knien mitgedreht, jetzt streckte sie die Hände zur Tür hin und rief noch einmal »Khun Paga«,

obwohl Paga schon nicht mehr zu sehen war. Ihre Augen jedoch richteten sich starr zur Seite, auf Yangs erhobene Faust, sie waren von panischem Schrecken erfüllt, aber groß und klar.
Das lange schwarze Haar fiel ihr bis zur Mitte des Rückens herab.
»Ich kaufe den Vertrag.« Die Worte verhallten wie ein Echo im Korridor. Allmählich wurde Field klar, was er soeben gesagt hatte.
Einen Augenblick herrschte vollkommene Stille. Dann hörte er Paga hinter sich sagen: »Unsinn, Field! Sie ist krank.«
»Macht nichts.« Er ging wieder ins Zimmer und starrte Yang mit unverhülltem Abscheu ins Gesicht: »Geben Sie den Vertrag her!«
»Idiot!« rief Paga und kam ihm nach. »Der Vertrag kostet nichts! Er sagt, er wirft sie hinaus. Du kannst sie umsonst haben.«
Aber Yang hatte gemerkt, daß der Farang kein Inspektor vom Gesundheitsamt war, sondern ein ganz gewöhnlicher Kunde. »Nein! Er muß bezahlen! Dreitausend Baht.«
»Du hast gesagt, zweitausendfünfhundert!«
»Für Sie, Paga! Aber nicht für einen Farang. Für ihn dreitausend. Das Mädchen ist hübsch, wenn sie nicht krank ist.«
Blitzartig packte ihn Field vorne am Hemd. »Halt dein dreckiges Maul, hörst du? Halt jetzt bloß dein Maul! Und hol sofort den Vertrag und die Papiere. Aber schnell!« Er stieß Yang so heftig zur Tür, daß der Chinese taumelte und Mühe hatte, das Gleichgewicht zu bewahren.
Paga und Field sagten kein Wort, während sie warteten. Das Mädchen hatte zu wimmern aufgehört, kniete aber noch mit erhobenen Händen vor ihnen. Ihre Blicke wanderten zwischen der Frau und dem Mann hin und her. Dann erschien Yang mit einem zweiten braunen Briefumschlag und holte den Vertrag mit den Unterschriften des Vaters und des Maklers heraus, darunter hatten später der Makler und Yang gegengezeichnet. Auf der Rückseite formulierte Yang nun einen juristischen Nachtrag, der das Eigentum an dem Mädchen auf Field übertrug. Er setzte seine

Unterschrift darunter und reichte Field das Dokument und den Kugelschreiber. Field unterschrieb. Nun lächelte Yang, zog die Kennkarte und die Meldebescheinigung des Mädchens heraus und hielt sie hoch, so daß Field sie lesen konnte. Dabei hielt er sich in sicherer Entfernung zwischen Field und der Tür. Field zog die Brieftasche heraus und zählte dreitausend Baht auf den Tisch – hundertelf US-Dollars, rechnete er aus. Die überreichte er Yang im Austausch gegen die Papiere.
»Hol deine Sachen«, sagte er zu dem Mädchen.
Auf Knien, mit erhobenen Händen, rutschte sie noch durch das halbe Zimmer. Dann mußten sie ein paar Minuten warten. Das Schweigen wurde nur einmal von Yang unterbrochen. »Kein schlechter Handel für einen Farang«, murmelte er.
Paga mußte wohl eine Drohung herausgehört haben, denn sie antwortete abrupt: »Wenn du zur Polizei gehst, mach ich dich fertig, Yang! Okay?« Yang zeigte keine Regung. »Okay?« wiederholte sie eindringlich. Nun wirkte sein Schweigen eine Spur zustimmender. »Und zwar endgültig«, sagte sie voll Befriedigung. »Du schläfst, und ein Mädchen schneidet dir den Sack ab. So mach ich dich fertig, Yang. Oder noch anders. Verstehst du mich?«
Das Mädchen kam zurück, über der Schulter hing ihr eine billige Tasche, das Werbegeschenk einer Fluglinie. Sie trug ein lindgrünes Cocktailkleid mit Rüschen am Rock und hatte Lippenstift und Wimperntusche aufgelegt. Es sah grotesk aus, fand Field. Grüne Kleider waren ihm immer ein Greuel, aber er sagte nichts, griff den Umschlag mit den Krankenblättern und schob das Mädchen vor sich her aus dem Zimmer, drängte sich vorbei an fünfzig Teenagern, die der laute Streit angelockt hatte, ein Riese unter Zwergen. Die Zoowärter an der Treppe ließen sie ohne erkennbares Zeichen der Neugier passieren. Field marschierte dahin wie im Traum, wie ein Automat. Im Hof holte ihn Paga endlich ein und hängte sich ein.
»Wo willst du hin, John?«

Er hatte nicht die geringste Ahnung. »Ich nehme ein Taxi.« Er schüttelte ihre Hand ab und ging weiter.
»Bis später«, rief sie hinter ihm her.
Er marschierte die Nebenstraße zur Petchabury Road hinauf und zog das Mädchen am Arm hinter sich her, obwohl sie kaum mit ihm Schritt halten konnte. Erst an der Kreuzung schlug ihm die schwüle Hitze ins Gesicht, im gleichen Augenblick bemerkte er auch den Verkehrslärm und die Abgasnebel. Es schien ihm, als erwache er. Er war doch wirklich ein Idiot! Was war denn über ihn gekommen? Er warf einen kurzen Blick auf das Mädchen. Es sah grotesk aus! Ohne zu wissen, wohin er fahren wollte, winkte er einem Taxi. In Grün sah sie ernsthaft krank aus, und wahrscheinlich war sie es ja auch. Zu einem Arzt? Zu Michael Woodward am besten. Aber der hielt sicher noch Sprechstunde in seinem Slum im Hafenviertel. Der Taxifahrer streckte seinen Kopf ungeduldig aus dem Fenster. »Nach Klong Toey.«
»Achtzig Baht, Mister.«
Field war jetzt zu schwach zum Feilschen und schob das Mädchen vor sich her in den Wagen. Aus dem Lautsprecher heulte Musik. »Kopfweh«, sagte er und deutete auf seinen Kopf, »abdrehen.« Als sie auf der Schnellstraße hoch über den Dächern der Stadt zum Hafen rollten, schaute er sie wieder an.
»Wie heißt du?«
»Ao.«
»Ao«, wiederholte er.
»Ao«, bestätigte sie, legte ihm die Hand auf den Oberschenkel und drückte ihn leicht.
Er blickte nach unten und sah, wie klein ihre Finger waren. Unter dem weinroten Nagellack war deutlich der Schmutz zu erkennen. Die Schmerzen schnitten ihm wie ein Messer in die Geschlechtsteile; er nahm die Hand und legte sie ihr zurück auf den Schoß. Dann wandte er sich zum Fenster auf der anderen Seite und sah zu, wie die Blechdächer Bangkoks unter ihm dahinzogen.

3 Am Rande von Klong Toey, nicht mehr weit vom Hafen, hielt das Taxi an einem Stück Brachland, von dem heiße Böen Wolken von Schmutz und Papier in die Luft wirbelten. Auf diese Windstöße folgten meist nach wenigen Minuten die Regenschauer des Nachmittags, deshalb faßte Field Ao wieder am Arm und führte sie rasch über den breiten Brettersteg hinein in das Gewirr von Holzhütten mitten im Sumpf des Chao Phya zwischen Bangkok und Thonburi. Nur eine breite Straße lag zwischen diesem Slum mit seinen vierzigtausend Einwohnern und einem bürgerlich wohlhabenden Wohnviertel auf dem festen Land. Die meisten dieser Menschen lebten nur einen halben Meter über dem Wasser und erreichten ihre Hütten über ein Labyrinth von Holzstegen.
Schon nach ein paar Metern blieben Aos dünne Absätze in den Spalten zwischen den Planken stecken.
»Hey, Mister!«
Field wartete kurz, bis sie die Schuhe abgestreift hatte. Er kannte sich nur grob in diesem Gewirr aus, das sich auch bald veränderte: Auf die anfänglich soliden und breiten Planken der Stege folgte ein buntes Mosaik aus ungleich dickem Abfallholz, mit immer häufigeren Lücken. Zwischen den zahllosen zum Verwechseln ähnlichen Hütten fiel als einziger Orientierungspunkt hin und wieder ein größeres, fester gebautes Haus auf. Wenn einmal ein Slumbewohner zu Geld kam, war es nämlich Ehrensache, nicht sofort in das moderne Bangkok aus Beton zu ziehen, von dem ihn zwar räumlich nur eine Straße, viel mehr aber die Denkweise trennte. Viele blieben hier und bauten sich ein neues Holzhaus auf neuen Pfählen. In besseren Vierteln wäre so ein Haus kaum aufgefallen, hier wirkte es wie ein Palast.
Trotz dieser Orientierungshilfen verlor er zweimal den Weg und mußte sich erkundigen. Dabei zog er jedesmal Ao in einen Hauseingang – hier galt es als rücksichtslos, auf dem schmalen Steg stehenzubleiben, weil sich dabei in Sekundenschnelle ein Fuß-

gängerstau bildete. Sie waren noch keine zehn Minuten zwischen den Holzschuppen umhergeirrt, als es schlagartig zu regnen begann, so plötzlich und heftig, daß sie in Sekunden durchnäßt waren. Field wollte sich in einem Hauseingang unterstellen, aber irgendwie schien ihm keiner geeignet, und so lief er immer schneller weiter. Hin und wieder schaute er sich um, ob Ao ihm noch folgte. Die Wimperntusche lief ihr über die Wangen, das Kleid klebte ihr am Körper, aber sie war ganz willig und zeigte keine Spur des Unwillens oder Protests.

Bald waren die Bretter glatt wie von Schmierseife, und Fields Ledersohlen rutschten bei jedem Schritt. Er blieb stehen, zog die Schuhe aus, steckte die Socken hinein und drückte alles schützend vor die Umschläge mit den Dokumenten an die Brust.

Die Menschen waren in ihren Häusern verschwunden, so daß sie auf einmal ganz allein dahinwanderten, inmitten eines großen Schweigens. Die Autos, Tuctucs und Autobusse, die Bangkok sonst beherrschten, waren hier sehr weit entfernt, nicht nur ihr Lärm, auch die Abgase. Die Luft war klar und frisch. Die Regierung hatte Versitzgruben in den Schlamm gesetzt, deshalb roch auch das Wasser nicht übel. Und weil die vierzigtausend Einwohner ihre Abfälle einfach aus dem Fenster in das Wasser warfen, wirkte dieser Slum sauberer als viele andere, denn was anderswo herumlag und verfaulte, verschwand hier einfach und wurde von Fischen gefressen.

In der Mitte des Elendsviertels fanden sie endlich Michael Woodward in einer Art Baracke an einem kleinen Platz. Das Geviert bestand zum Teil aus Brettern verschiedener Richtung und Stärke, gegenüber stand eine kleine Ladenzeile, daneben ein Amtsgebäude. Die Seite, von der sie kamen, war offen, hier wuchsen Seerosen in dichten Polstern.

Die Baracke hatte keine Vorderwand, sondern nur ein Gitter, das man tagsüber beiseite schob. So konnte Field sofort sehen, daß Dutzende von Frauen und Kindern auf dem Boden hockten und warteten, bis sie an die Reihe kamen. In der linken Ecke untersuchte Woodward gerade einen Jungen am Mund. Daß er ein englischer Arzt war, konnte man nicht mehr erkennen: Jetzt trug er eine weite schwarze Baumwollhose und ein weites grobes Hemd ohne Kragen. Auf einem Tisch lagen ein runder Strohhut und ein großer Leinensack, den man über die Schulter schlang, an den Füßen trug er Sandalen. Es war die Tracht der Bauern im nördlichen Thailand, und er trug sie immer, außer wenn er im Nursing Home praktizierte.

»Guten Tag, St. Michael«, rief ihm Field auf englisch vom Eingang her zu und blieb einen Augenblick stehen, um sich das Wasser aus dem Haar zu streichen, das ihm ins Hemd lief. Die Schuhe stellte er auf den Boden und wischte soweit möglich das Wasser von den Briefumschlägen. »Ich bringe dir einen Patienten.«

Woodward schaute ärgerlich hoch, aber als er sah, wie naß Field war, schüttelte er lächelnd den Kopf. »Was willst du denn hier?«

Diese fünf englischen Worte wirkten wie eine Sensation auf die Frauen vor ihm. Sie hatten ihren Meechai noch nie Englisch sprechen hören.

»Was ich sage. Ich bringe dir einen Patienten. Wo sind denn der heilige Petrus und die Jungfrau Maria?«

Damit waren ein amerikanischer Priester gemeint, Father Peter, und eine chinesische Nonne, Schwester Maria, die seit vielen Jahren hier im Slum lebten und arbeiteten. Woodward galt als buddhistischer Neuling, kam er doch erst seit elf Jahren her. Nun bemerkte er auch Ao, die hinter Field wartete. Die Schuhe mit den hohen Absätzen, die Wimperntusche, das Kleid sagten ihm unmißverständlich, was sie war.

»Bring sie morgen ins Nursing Home.«

»Geht nicht.« Field reichte ihm den Umschlag mit den Krankenberichten. »Vor einem Monat ist sie fast gestorben, und jetzt hat sie dieselben Symptome. Schau mich nicht so an, Dr. Meechai, und lies schon die verdammten Dinger.«

Woodward klopfte dem Jungen auf die Schulter und bat ihn,

wieder bei den anderen zu warten. Er hatte einen Wolfsrachen. Die Papiere waren naß, aber die Tinte noch nicht verlaufen. Woodward breitete sie auf dem Tisch aus und überflog sie, dann winkte er Ao heran, die ganz vorn am Eingang wartete, nur eben vor dem Regen geschützt. »Wo hast du sie denn her?«
»Aus dem chinesischen Hotel an der Petchaburi.«
Woodward nickte kommentarlos und blickte Ao an, die nun vor ihm stand. »Und man hat sie herausgelassen?«
»Ich habe bezahlt«, sagte Field vage.
Der Arzt überlegte einen Augenblick, dann wies er Ao zu einem hohen Bett in der hinteren Ecke und zog einen wackligen Wandschirm aus Pappe davor. Nun war Field mit den Frauen aus Klong Toey allein, die ihn alle vom Boden her anstarrten. Man konnte hören, daß Woodward und Ao hinter dem Wandschirm sprachen, aber nichts verstehen.
»Also, wie steht's?« rief Field.
Zuerst wurde das ignoriert, dann hörte man Woodward sagen: »Sie hat Gonorrhöe, wahrscheinlich zum x-tenmal, genau wie du. In den Papieren steht natürlich nichts, aber wahrscheinlich hat sie monatelang vorbeugend Antibiotika eingenommen, was natürlich die Resistenz züchtet. Die nächste Infektion konnte sie dann nicht ausheilen, die Keime wanderten in einen Eileiter und bildeten dort einen Eiterpfropfen, eine Art Abszeß. Den müßte sie eigentlich gemerkt haben, schon wegen der Schmerzen. Aber wahrscheinlich wollte sie es totschweigen und sich selbst kurieren. Dann platzte der Abszeß, und die Folge war eine Sepsis in der Bauchhöhle, wie bei einem durchgebrochenen Blinddarm, nur viel gefährlicher und unangenehmer. Ins Krankenhaus kam sie wahrscheinlich mehr tot als lebendig, und wenn man ihren Besitzer kennt, wundert man sich, daß er sie nicht einfach sterben ließ. Aber sie wurde operiert, bekam eine Ausschabung, der Eileiter mußte entfernt werden. Der andere dürfte aber auch nicht mehr funktionieren. Also wieder ein Sieg für unsere Geburtenkontrolle, wenn auch kein überzeugender.«

Dann hörte man, wie er Ao leise auf thailändisch befragte, und schließlich kam er hinter dem Wandschirm hervor. »Also: bisher keine Anhaltspunkte für einen neuen Abszeß. Wahrscheinlich hat sie sich einfach wieder angesteckt, und zwar massiv. Vielleicht steckt es jetzt im anderen Eileiter. Seit der Operation hat sie angeblich keinen Mann mehr gehabt, und das glaube ich auch. So ein Durchbruch ist wie eine Atomexplosion: Der Fallout verteilt sich in alle Richtungen, man kann gar nicht alle Sekundärinfektionen ausräumen. Bring sie morgen ins Home, wenn du dir deine Injektion holst, dann mache ich auch von ihr eine Kultur.« Damit wandte er sich ab und winkte dem Jungen mit dem Wolfsrachen. Als Ao wieder erschien, marschierte Field ohne ein Wort hinaus. Er war schon im Regen, als ihm Woodward nachrief: »Bist du jetzt völlig übergeschnappt, oder was ist los mit dir?«
»Ich? Warum?«
»Du scheinst mir etwas ... sagen wir: in Gedanken verloren.«
»Nur ein bißchen naß.« Field breitete die Hände im Regen aus, blieb aber draußen stehen.
»Das Mädchen sagt, du hast ihren Vertrag gekauft.«
»Stimmt. Und?«
»Ist das nicht reichlich verrückt?«
»Es war preiswert.« Und als Woodward nicht lächelte, fügte er aggressiv hinzu: »Was soll das jetzt? Sankt Meechais gesammelte Moralpredigten?«
»Ich bin Arzt; der Medizin geht es um den Körper, nicht um die Moral. Das weiß ich besser als manche andere. Wenn ich die Menschen hier umsonst behandle«, er warf einen Blick auf die Wartenden, »nennt mich Bangkok einen Heiligen. Wenn ich aber öffentlich frage, warum diese Menschen sonst keinerlei medizinische Betreuung erhalten, bin ich automatisch Kommunist. So also nicht. Aber reichlich bizarr scheint es mir doch.«
»Ich bin Kaufmann, Meechai. Ich kaufe und verkaufe.«
Nun mußte Woodward doch lachen und wandte sich wieder seinem Wolfsrachen zu.

Der Schauer ließ schon nach, aber Field wollte sein Ende nicht abwarten, winkte Ao und schritt ihr auf den Bretterstegen voran. Die Temperatur war etwas gefallen, aber die Luftfeuchtigkeit nahm jetzt schnell zu. Wie immer nach dem Regen stieg vom heißen Boden und von den Dächern Dampf auf, und im Nu verwandelte sich die Stadt in eine Sauna. Seltsam, dachte er, sobald Woodward seinen Anzug ablegte und das Nursing Home hinter sich ließ, wurde sein Englisch knapp, sachlich und gezielt.

Field lebte in Soi 53, einem Quersträßchen der Sukhumvit Road. Er hatte ein kleines Haus gemietet, das mit fünf weiteren zu einer Anlage gehörte. Für dieses Viertel war es nicht besonders schön, sogar etwas zu schäbig. Es gehörte einem chinesischen Geschäftsmann, der nicht weit davon in einer luxuriösen Villa lebte, aber sein gutes Geld nicht für den Erhalt von Mietshäusern hinauswarf. Ein einziger lässiger Gärtner pflegte eine Fläche, die eigentlich vier Arbeiter verlangt hätte. So wirkten die Gärten verwildert, zum Teil fast dschungelhaft. Der Wächter am Tor der Anlage blickte nicht auf, als Field und Ao in die Einfahrt gingen. Er zupfte sich gerade höchst konzentriert mit einer Pinzette einzelne Haare aus dem Kinn. Field lebte in einem Haus auf der linken Seite, hinter einer kleinen Baumgruppe.

Der Hauptreiz des Hauses zeigte sich erst auf der anderen Seite. Dort öffnete sich der große Raum im Erdgeschoß, der als Wohn- und Eßzimmer diente, mit einer langen Wand aus Glas und Gitterwerk zu einer Veranda und einem alten Klong. Wie die meisten Kanäle in Bangkok war er jetzt vom großen Kanalsystem abgeschnitten und wirkte recht malerisch, aber im stehenden Wasser fühlten sich nicht nur Seerosen wohl, sondern auch Moskitos – vor allem letztere. Im ersten Stock gab es zwei Schlafzimmer und ein Bad. Neben dem Haus, nicht weit vom Eingang, stand eine Holzhütte für die Diener; sie war in den letzten fünfzehn Jahren, in denen Field hier wohnte, meist leer gestanden.

Hier hatte er also mit einer langen Reihe von Mädchen gelebt, die alle frisch aus ihren Dörfern in Nordthailand nach Bangkok gekommen waren, wie die meisten, die das Nachtleben der Stadt bevölkerten. Die Tüchtigsten von ihnen ersetzten ihm die Köchin und Wäscherin. Dabei ging es ihm nicht ums Geld – in Bangkok kostete eine Haushälterin nur vierzig Dollar im Monat. Vielmehr wollte er einfach nicht von Hauspersonal abhängig sein, er fand es schon störend genug, die Mädchen arbeiten zu lassen, die sein Bett teilten. Daß ein Farang in so einfachen Verhältnissen lebte, galt in Bangkok als ungewöhnlich, ja anrüchig.

Nachdem er vor etwa einem Monat sein letztes Mädchen hinausgeworfen hatte, engagierte er eine ältere Frau, die ihm seit Jahren die Wäsche besorgt hatte und recht gut thailändisch kochen konnte. Jetzt bat er sie, als Haushälterin einzuziehen. Widerwillig hatte er auch ihrem Wunsch zugestimmt, ihren Enkel mitzubringen, einen Zwanzigjährigen, der als Nachtwächter wirken sollte. Das kostete noch einmal fünfundzwanzig Dollar im Monat.

Da er nun endlich, der Not gehorchend, reguläre Dienstboten besaß, kam er sich geradezu als respektabler Bürger vor, und das hatte er am wenigsten angestrebt. Aber die Alte war so unzuverlässig und unpünktlich, daß sein Leben jetzt eher noch unordentlicher wurde als bisher.

So war es geradezu ein Wunder, daß er auch weiterhin jeden Morgen tadellos gekleidet aus dem Haus gehen konnte, in einem Stil, den er leicht und luftig nannte. Und das war mehr, als die meisten Farangs mit weit größerer Dienerschaft zustande brachten. Aber sie fühlten sich ja auch nicht wohl in der schwülen und abgasgeschwängerten Atmosphäre Bangkoks. Sie eilten ja nur aus klimatisierten Häusern in klimatisierte Limousinen, und sobald Sonne und Luft an sie herankamen, erschlafften, verschwitzten und zerknitterten sie so schnell wie ihre Polyester-Anzüge.

Seine fast zwanghafte Sauberkeit stammte noch aus seiner Kindheit, aus der Wirtschaftskrise der Vorkriegsjahre, als man ohne tadellos gewienerte Schuhe und ohne Kleider, die mehr hermachten, als man eigentlich hatte, in der Misere nicht durchhielt und kapitulierte. Dabei störte ihn nicht im geringsten, daß diese äußere Korrektheit in direktem Gegensatz zu seiner Auffassung stand, glühende und benzinverpestete Luft dufte wie Parfüm. Irgendwie genoß er diesen Widerspruch sogar.

Auf der Veranda streifte er neben der Haustür die nassen Schuhe von den Füßen neben einer Reihe von anderen Schuhen, und schob energisch die Tür in der Gitterwand auf.

»Yai! Mae Yai!«

Absolute Ruhe. Er stampfte ins Haus zurück, warf das tropfnasse Hemd in der Küche in eine Ecke, riß den Kühlschrank auf, holte sich ein Bier und gab Ao eine Cola. Sie war ihm leise, fast auf Zehenspitzen, nachgekommen und schaute sich verstohlen um. Die Flasche nahm sie entgegen und behielt sie fest in der Hand, trank aber nicht. Statt dessen ging sie im Zimmer umher und sah sich jeden Gegenstand genau an. Es gab wirklich nichts Besonderes hier, aber sie öffnete jede Schublade in der kleinen Küche, schaute in den Eßzimmerschrank, nahm einen Teller heraus und betrachtete ihn, stellte ihn zurück, dann ging sie ins sogenannte Wohnzimmer, das nur vier Rohrstühle mit Lederkissen vor zwei ziemlich unordentlichen Bücherregalen als solches kennzeichneten. Hier zog sie ein paar Bücher heraus und blätterte darin. Daneben stand eine Schwarzweißfotografie von Fields Vater als jungem Mann in Eisenbahneruniform, mit den Rocky Mountains als Hintergrund. Unten hatte jemand in Blockschrift »Banff, 1928« geschrieben. Das Foto hatte einen thailändischen, schwarzen, barock geschnitzten Rahmen. Field war nie so weit nach Westen gekommen, deshalb war ihm das Bild wegen der Berge so wichtig wie wegen seines Vaters. Ao nahm es in die Hand und betrachtete es lange. Wo sie ging, hinterließ sie nasse Fußspuren. Als sie zur Treppe kam, drehte sie sich zu Field um, der ihr die ganze Zeit zugesehen hatte und sein Bier trank.

»Darf ich oben gehen?«
»Sicher.«
Mit ihrer Bordtasche in der Hand verschwand sie nach oben. Field öffnete eine der breiten Türen und trug einen Stuhl aus dem Eßzimmer hinaus auf die gedeckte Veranda. Dort ließ er sich nieder und starrte auf den Klong und die Seerosen. Hier ist es schön, dachte er. Sein Blick wanderte hinauf zu den Bäumen. Jetzt waren sie grün, früher im Jahr waren sie ein Traum von weißen und roten Blüten gewesen. Ein weißes Eichhörnchen sprang von einem Ast zum anderen. Er wußte, daß eine Familie im Garten lebte, aber er bekam sie kaum zu sehen. Vielleicht brachte das heute Glück, wie sonst der König und seine weißen Elefanten? Vielleicht wollten ihm die Götter zeigen, daß sie dem Kauf zustimmten. Er ließ sich tiefer zurücksinken. Warum machte er nur immer solche Dummheiten? Später drang der Lärm von Bangkok in sein Bewußtsein. Eine Pfahlramme quietschte sekundenlang, schwieg kurz, dann folgte der dumpfe Schlag, mit dem sie den Pfahl in den Sumpf trieb. Mehrere Radios dröhnten. *Forever starts tonight* hörte er, dann ging der Schlager zwischen anderer Musik unter. Später hörte er Stimmen von der anderen Seite des Klong, unsichtbare Stimmen hinter Bäumen und Wänden aus geflochtenem Bambus. Und über allem vibrierte das Tosen des Verkehrs, raschelten die langen Blätter der Palmen im Wind. Gedankenverloren trank er sein Bier aus, wurde langsam immer schläfriger, und auf einmal fielen in der Abenddämmerung die vielen Lärmschichten von ihm ab. Jetzt sangen die Moskitos lauter als alles andere. Da stand er auf und ging hinein.
Ao hockte auf einem Sessel im Wohnzimmer und wartete. Wie lange sie schon hier saß, konnte er nicht sagen. Sie hatte sich gekämmt, ihr Make-up erneuert und den braunen Sarong angezogen. Ohne das Cocktailkleid wirkte das Make-up noch unpassender. Er schaute sie nachdenklich an. Wahrscheinlich hatte man sie aus ihrem Dorf direkt ins Bordell gebracht, vielleicht sah sie hier das erste moderne Haus und war davon beeindruckt. Wenn

sie wüßte, dachte Field. Sie lächelte ihn an. Er wandte sich ab und ging die Treppe hinauf in sein Schlafzimmer. Ihr Bordcase stand neben seinem Bett, der Inhalt lag auf dem Tisch.
»Ao!« rief er laut.
Sofort kam sie die Treppe heraufgelaufen. Als sie neben ihm stand, nahm er die Bordtasche und ein paar Make-up-Tuben und trug sie in das andere Schlafzimmer. Sie kam hinter ihm her.
»Du schläfst hier, okay?«
»Okay.« Ihr Gesicht zeigte keinen Ausdruck.
»Okay?« wiederholte er.
»Okay«, nickte sie.
»John«, sagte er.
»Okay. John.« Dann lächelte sie ihn wieder an, mit einem breiten Lächeln, unter dem sich Schüchternheit verbarg. Natürlich, dachte er. Was kennt sie denn schon außer Sex und Geschlechtskrankheiten? Warum soll sie nicht schüchtern sein? Die Leute denken, man wird erfahren und selbstsicher, wenn man über Sex Bescheid weiß. Was für ein Unsinn! Über Geld Bescheid zu wissen, das bringt Erfahrung, Menschen zu kennen, ihre Geheimnisse und inneren Zwänge. Aber Sex? Sex allein bringt einem soviel Erfahrung wie ... die Mysterien der Sanitärinstallation. Er lächelte ihr zu, und ihr Lächeln wurde immer strahlender. Es war ein hübsches Lächeln. Die Lippen waren voll und weich, die Zähne etwas unregelmäßig. Sie kicherte und hielt sich dabei eine Hand vor den Mund. Field ging ins Bad und duschte.
Bevor er am Abend ausging, gab er der Haushälterin Anweisungen. Ao war krank! Und ein Kind. So mußte sie auch behandelt werden, freundlich und mit fester Hand. Sie durfte das Grundstück nicht allein verlassen, sie durfte kein Make-up tragen. Die Alte sollte am nächsten Morgen mit ihr zwei einfache Blusen und Röcke kaufen gehen und ein paar Sarongs fürs Haus. Abschließend: Sollte der Enkel es wagen, sich näher als einen Meter an das Mädchen heranzumachen, dann werde ihm Field höchstpersönlich eine solche Tracht Prügel verabreichen, daß er zeit-

lebens verkrüppelt und gelähmt bleibe, vor allem an seinen Geschlechtsorganen. Der letzte Punkt ließ die Haushälterin aufhorchen. Dann ging Field hinaus auf die Straße und nahm ein Taxi zu Amaras Haus in Huamok, einem neuen Viertel im Nordosten Bangkoks.

Huamok lag besonders niedrig und litt deshalb in der Trockenzeit besonders stark unter Moskitos, in der Regenzeit unter dem Hochwasser. Warum sich in den letzten Jahrzehnten so viele reiche Thais entschlossen hatten, gerade hier luxuriöse Villen zu bauen, war allen ein Rätsel. Amara war dafür ein gutes Beispiel. Vor neunzehn Jahren war sie aus einem teuren Schweizer Internat heimgekommen, ihr Mann aus Oxford, bald darauf hatten sie geheiratet. Beide waren über acht Jahre im Ausland gewesen ohne einen einzigen Besuch zu Hause, ein in der thailändischen Oberschicht durchaus üblicher Bildungsweg. Amara kam aus der neben dem Königshaus angesehensten Familie Thailands, und die ihres Mannes Tanun stand ihr wenig nach. Die beiden Familien hatten Thailand durch Jahrhunderte viele Regenten, Kanzler und Generäle geschenkt. Tanun trat ins Außenministerium ein. Ihren Freunden verkündeten sie, sie wollten in thailändischem Stil leben, was zu jener Zeit sehr ungewöhnlich war. Sie nahmen ein großes Grundstück in Huamok in Besitz, das ihnen zwar schon gehörte, bisher aber als Reisfeld verpachtet war, und suchten nun im ganzen Land alte Holzhäuser auf Pfählen mit schönen Dächern und interessanten Schnitzereien. Die schönsten kauften sie auf und ließen sie nach Huamok transportieren, dort wurden sie wieder zusammengesetzt und an einem Klong in ein Geviert gestellt, rings um eine große erhöhte Plattform. In den heißen Stunden des Tages konnte man sich in das luftige Erdgeschoß unter der Plattform zurückziehen.

Tanun verlor bald jede Lust an der Arbeit. Nach ein paar Jahren kündigte er mit der Begründung, er sehe nicht ein, weshalb er Tag für Tag ein ideales Heim verlassen sollte, nur um sich durch den Verkehr zu quälen und dann zu langweilen. Von da ab konzentrierte er sich auf sein eigentliches Interesse: Jazz für das Piano. Er spielte selbst ausgezeichnet Klavier und sammelte alle Platten, Kassetten und Filme der großen Jazzpianisten. Von nun an verbrachte er seine Tage mit der Musik, hörend und spielend. Amara genoß ihr Leben in jeder Minute und intensiver als alle anderen Menschen, die Field kannte.

Er hatte sie nicht lange nach ihrer Hochzeit kennengelernt, und sie waren gute Freunde geworden, vor allem, als Amara merkte, daß ein kleines Mädchen namens Songlin Prapanya, eine Klassenkameradin ihrer Tochter Dang, Fields Kind war. Das war in Bangkok kein Geheimnis, man sprach aber meist nicht mit ihm darüber, sondern klatschte hinter seinem Rücken. Amara aber hatte Field damit konfrontiert, und er hatte sofort zugegeben, daß er Kind und Mutter finanziell unterstützte, aber nicht juristisch anerkannte.

»Ich kenne die Frau«, bohrte Amara nach. »Sie holt das Kind jeden Tag ab. Eine richtige Schlampe, also wirklich. Ahha! Was soll das für einen Sinn haben, das Mädchen auf die Mater Dei zu schicken und bei einer Mutter wohnen lassen, die sich in den Zähnen bohrt und überall kratzt, wo ... lassen wir das besser. Die anderen Kinder lachen Ihre Tochter aus. So wird sie unglücklich, das können Sie mir glauben.«

Einmal in der Woche traf Field seine Tochter, und er mußte einsehen, daß das Kind litt. Sie fand keinen Anschluß, machte alles falsch – außer ihren Aufgaben. Und die Mutter konnte ihr nicht helfen, sie verstand ja selbst nicht, worum es ging. Sie konnte dem Kind wirklich nur Liebe schenken, und Field mußte zugeben, daß ihr Gefühl echt war. Warum auch nicht? Daß sie ohne das Kind keinen Pfennig zum Leben bekommen hätte, entwertete ihre Zuneigung doch nicht! Aber schließlich mußte auch sie zugeben, daß es so nicht weiterging. Sechs Wochen später zog Songlin, zunächst für den Rest des Jahres, zu Amara und wurde die beste Freundin ihrer Tochter Dang. Nun lebte sie fast sieben Jahre in Amaras Familie, bis Dang in ein englisches Inter-

nat kam. Songlin aber blieb in Bangkok und ging später auf die Universität.
Field kam als letzter. Etwa zwanzig Menschen standen auf der Plattform in Gruppen oder lagerten auf niedrigen gepolsterten Tischen. Als er dazutrat, packte ihn Amara am Ärmel.
»Ahha! Noch unpünktlicher als die Thais!« lachte sie. »Heute haben wir ein lustiges Dinner. Kommen Sie, trinken Sie einen Wodka!«
Sie kam ihm immer wie ein hocheleganter, aber etwas untersetzter Buddha vor, mit dichtem schwarzem Haar, das sie glatt nach unten fallen ließ, solange sie zu Hause war. Er warf einen Blick über die Plattform. Tanun saß im Hintergrund an einem Flügel, der bei jeder Party herausgeholt wurde, und spielte Jazz. Seine Zuhörer saßen auf einem niedrigen Tisch daneben. Zwischen den Gästen auf den fünf anderen Tischen standen große Lackschalen voll von grauem, öligem Kaviar und neben jeder eine große Spraydose mit Insektenvernichter. Die Moskitos waren bereits recht lebendig.
»Was soll denn das sein?« Field starrte auf den Kaviar.
»Genau das ist doch so lustig! Ahha! So komisch! Hier, noch einen Wodka!« Sie goß ihm nach. »Ich habe einen guten Freund beim Zoll. Sie wissen vielleicht, daß Perser keine Devisen ausführen dürfen. Also bringen sie zum Beispiel Kaviar mit und verkaufen ihn. So gut wie Gold, nicht wahr? Ich sage zu meinem Freund: Wir machen eine Party. Kannst du nicht ein bißchen Kaviar beschlagnahmen? Ahha! Und das hat er gleich übertrieben.«
Bangkok, wie es leibt und lebt. Fünf Kilo beschlagnahmter Kaviar! Field nahm den Wodka und schaute sich um. Tanuns Zuhörer waren ein halbes Dutzend reicher thailändischer Homosexueller, die mehr scherzten und lachten als zuhörten. Ihre Freundchen waren zwar dabei, wurden aber nicht vorgestellt; sie saßen auf dem Fußboden an einer Wand, schwätzten leise und aßen, soviel sie nur konnten. Die meisten von ihnen hatten kahlgescho-

rene Köpfe, ihre Kleider waren aufgeschlitzt, um die Muskeln zu zeigen. Ihre eleganten Liebhaber waren in weiche, weite Kleider aus Leinen oder Seide gehüllt, wie es ihre italienischen oder japanischen Couturiers gerade empfahlen. In der Mitte des Tisches lagerte eine Frau, der sich alle zuwandten, einer streichelte ihr gerade über das Haar. Sie war das Zentrum dieser Runde, eine Königin zwischen Hofnarren.

»Wer ist denn das?« fragte Field.

»General Krits Frau.«

»Krit ist hier? Wo?«

Amara deutete mit einem schrägen Blick auf einen Tisch mit nur zwei Männern.

»Was, zum Teufel, sucht der denn hier? Die reine Machtgier – seit wann geben Sie sich mit solchen Typen ab?«

»Ahha!« lachte Amara und legte die Hand vor den Mund. »Ein schwerer Patzer, dududu, was? Ihr zwei vertragt euch nicht?«

»Genau. Ich habe früher einmal unfreundliche Sachen über ihn gesagt. Geschrieben. Veröffentlicht sogar.«

»Sachen? Oh! Wahre Sachen? Ahha! Also wirklich: ein schwerer Fehler! Kommen Sie lieber mit zu den Burschen.« Sie meinte die Homosexuellen. »Daß er Sie nicht sieht.«

»Unsinn! Warum ist er hier?«

»Lieber Johnny! Unser Viertel liegt tief, und wenn das Wasser steigt, kommt die Flut. Verstehen Sie? General Krit hat eine feierliche Erklärung abgegeben: Er wird dafür sorgen, daß uns die Flut nicht überflutet. Er wird dafür sorgen, daß die Schleusen funktionieren.«

»Was? Das hat er versprochen?«

»Jawohl!«

»Aber das ist doch unmöglich! Es ist noch nichts geschehen, und in einem Monat ist der Monsun da!«

»Natürlich. Aber Krit hat die Macht, und er hat Pumpen. Viel Macht und viele Pumpen. Tausende, aber nicht genug für ganz Bangkok. Also: Wenn die Flut kommt und ein Teil von Bangkok

trockengepumpt wird, dann am besten unser Teil, oder? Ahha! Und wie geht es Songlin?«
»Sie genießt ihr Studium.«
»Warum wohnt sie nicht bei uns? Dang braucht ja nicht dazusein, Songlin ist auch meine Tochter. Sagen Sie es ihr! Sie soll eine Zeitlang bei uns wohnen.«
Field nickte, aber er konnte seine Gedanken nicht von Krit wenden, der ganz ungeschützt vor ihm lag, ein Opfer für jeden, der ihn ins Kreuzverhör nehmen wollte – wenn er noch in diesem Geschäft arbeitete.
»Johnny? Hören Sie mal!« Amara packte ihn am Jackenknopf. »Warum schicken Sie Songlin nicht zu Dang auf eine englische Universität? Das wäre doch noch besser!«
»Das habe ich doch schon erklärt. Sie ist Thailänderin und soll nicht durcheinandergeraten!« Sein Blick fiel auf Amaras Mann. »Schauen Sie sich Tanun an: Da spielt er Fats Waller, statt etwas Sinnvolles anzufangen. Und wenn sogar er, mit seiner Persönlichkeit, so durcheinandergerät, kann man sich doch vorstellen, was aus einem Mischling wie Songlin wird.«
»Sie hat mir erzählt, daß Sie ihr nicht erlauben, Englisch zu lernen.«
»Wann hat sie Ihnen das gesagt?«
»Letzte Woche.«
»Besucht sie Sie denn? Mich nicht.«
»Das kommt, weil Sie sie jede Woche einmal treffen, so regelmäßig und rationiert. Dann traut sie sich nicht, Sie zu besuchen.«
Field rollte angewidert die Augen und schenkte sich wieder ein. Die Wahrheit in Amaras Worten erschütterte ihn mehr als jede Verleumdung. Schon immer hatte er Songlin einmal wöchentlich gesprochen, so wollte er es eben, so hatte er es von vornherein geregelt. »Das heißt nicht, daß ich sie nicht liebe.«
»Kommen Sie lieber hier herüber. Mögen Sie Kaviar?«
»Sie braucht nicht Englisch zu lernen! Sie ist Thailänderin!«
»Alle Studenten lernen Englisch, nur sie nicht.«

»Vielleicht später. Aber sie soll nicht durcheinandergeraten. Und ich will nicht, daß sie sich falsche Vorstellungen macht.«
»Keine falschen Vorstellungen? Ahha! Keine falschen Vorstellungen!«
Field nickte noch einmal, dann ging er hinüber zu Krit und legte sich neben ihn auf den Tisch. »Hallo!« Er lehnte sich halb sitzend an ein hartes dreieckiges Kissen.
Krit hielt offenbar gerade einem Farang, den Field nicht kannte. einen längeren Vortrag. Auf Amaras Partys traf man immer auch Europäer und Amerikaner, meist waren es aber bekannte Gesichter, viele von ihnen schon halbe Thais. Der Mann, vielleicht Engländer, starrte Field vorwurfsvoll an, aber der kümmerte sich nicht darum und wiederholte: »Hallo! Schön, Sie mal wieder zu sehen, General.«
Krit wandte seine Aufmerksamkeit langsam Field zu und betrachtete ihn mit einem neugierigen, leicht mißtrauischen Blick. Seine Augen waren stark gerötet, glühten vor Ehrgeiz und Alkohol; er hatte einen doppelten Cognac-Soda in der Hand. Noch vor einem halben Jahr war Krit Kommandeur der Mae-Hong-Son-Region an der burmesischen Grenze gewesen. Dort hatte er eine Art Verbannungsurteil abgesessen für eine Nebenrolle in einem fehlgeschlagenen Putsch. Dieses Exil hatte ihm besondere Gelegenheiten geboten, und er hatte sie genutzt: Er war groß ins Schmuggelgeschäft eingestiegen und hatte ein Vermögen damit gemacht. Und dann hatte ganz überraschend ein komplizierter Machtkampf zwischen zwei rivalisierenden Offizierscliquen ein Wunder bewirkt. Beide Gruppen stammten aus derselben Militärakademie, nur aus verschiedenen Jahrgängen, und jede wollte ihren Mann an die Spitze der 1. Armeedivision lancieren. Das war eine Schlüsselposition, denn wer Bangkok in der Hand hatte, besaß die Macht, und die 1. Division hatte Bangkok in der Hand. Weil keine Seite der anderen den Posten gönnte, gab man ihn einem Außenseiter. Krit galt als Einzelgänger, es hieß, er habe mehr Freunde in der Drogenmafia als in der Armee. Und so

wurde er plötzlich zurückberufen, befördert und Divisionschef – und war auf einmal wieder hier, im Mittelpunkt der Welt. Und nicht nur das – jetzt hatte er auch das Geld, sich zu amüsieren. Wirklich reich war er nicht, aber zum Amüsieren reichte es völlig. Und Geld plus Macht brachte noch mehr Geld: In einem halben Jahr hatte er sich mit Hilfe seiner thai-chinesischen Freunde in ein halbes Dutzend Aufsichtsräte gearbeitet und gelernt, wie man seine Möglichkeiten nutzt und Verträge zugunsten der eigenen Firmen manipuliert. Die Falten der Enttäuschung, die sich im Exil in seine früher makellose Haut gegraben hatten, glätteten sich wieder und breiteten sich dabei aus, was ihm das Aussehen eines vom Leben gebeutelten, aber abgeklärten älteren Staatsmannes verlieh. Dabei war er erst Mitte Fünfzig. Der Aufstieg muß wohl nicht leicht gewesen sein, dachte Field.

»Ich bin mir sicher, daß wir uns schon einmal begegnet sind. Aber bitte vergeben Sie mir – bei diesem Licht ...« Und er deutete auf die Kerzen, die die Plattform schummrig erhellten.

»John Field.«

Ein Schatten des Erschreckens huschte über Krits Gesicht. »Ehemals Journalist«, setzte Field hinzu.

Krit wiederholte: »Ehemals Journalist.«

Dann blickten sie sich an, während der General die Fassung wiedergewann.

»Schreiben Sie denn nicht mehr?«

»Jetzt bin ich Geschäftsmann«, sagte Field. »Genau wie Sie.«

»Mein lieber Mr. Field!« Jetzt lächelte Krit liebenswürdig. »Auch wenn Sie nicht mehr schreiben: Sie sind noch ganz derselbe, noch immer gleich provozierend. Ich bin entzückt, Sie wiederzusehen.« Er schien sich wirklich zu freuen. »Alte Feinde machen gute Freunde, nicht? Vielleicht kommen wir noch ins Geschäft. Was meinen Sie?«

»Das wäre ja großartig!« Was Field damit meinte, konnte man nicht erraten.

»Erlauben Sie mir, Ihnen Mr. George Espoir vorzustellen. Er

sammelt Material für ein Buch und hat mich gerade über das Grenzgebiet ausgefragt.«

Espoir lächelte, nahm eine Dose Insektenspray zur Hand und besprühte sich Knöchel, Arme und Hals. Erst dann nickte er Field kurz zu, als wollte er sagen: Sie wissen natürlich, wer ich bin. Damit hatte er sogar recht: Field wußte es, obwohl er nie Romane las. Mit etwas Nachdenken wäre er sogar auf den wirklichen Namen gekommen, der auf Espoirs Werken nicht erschien. Die ungetrübte Selbstzufriedenheit auf dem Antlitz des Dichters ließ Field sein Erkennen unterdrücken. Jetzt griff er selbst die Dose und besprühte den Kaviar ausgiebig. General Krit kicherte in sich hinein. Auf der Plattform glühten Dutzende von Räucherstäbchen, aber die Moskitos tanzten unbeirrt und dicht um die Tische.

Der General deutete auf die Spraydose. »Die Sicherheit unseres Landes ist mindestens so empfindlich wie Ihre Knöchel, Mr. Espoir.« Dann wandte er sich Field zu. »Ich habe unserem Freund klarzumachen versucht, daß die kambodschanischen Flüchtlinge an der Grenze einerseits durchaus ein humanitäres Problem darstellen, andererseits aber nur eine Randerscheinung des eigentlich Wichtigen sind. Und wenn die Farangs nur die Flüchtlinge beachten und dabei vergessen, daß es um die Existenz Thailands geht, um stabile Verhältnisse in ganz Südostasien und darüber hinaus: Dann sind wir wirklich verloren.«

»Dem würde ich zustimmen«, sagte Field.

»Wirklich?« rief der General und schaute Field an. »Wirklich?«

»Natürlich. Am liebsten würde jeder zweite Kambodschaner und Südvietnamese in den Westen fliehen. Aber wer soll sie aufnehmen? Und warum ausgerechnet sie, warum nicht auch Tschechen und Polen und Ugander und Äthiopier? Und wenn sie uns niemand abnimmt, dann sitzen wir hier in Thailand auf x Millionen Flüchtlingen, und zum Schluß kommt der Vietnamese, angeblich weil in den Lagern Guerillas stecken. Das wäre ein perfektes Rezept für eine Katastrophe, und weil ich für meine Person

ausgesprochen gerne in Thailand lebe, will ich nicht, daß der Vietnamese kommt. Ich will keine Panzer in Sukhumvit. Und wenn Vietnam, Kambodscha und Laos verloren sind, braucht doch Thailand nicht auch noch vor die Hunde zu gehen.«
Der General nickte. »Sehen Sie, Mr. Espoir?«
»Aber natürlich. Ich verstehe ja, daß die politischen Probleme komplex sind«, meinte Espoir und lächelte freundlich, »höchst komplex sogar. Aber das humanitäre Problem! Ich meine eben, daß man nie das humanitäre Problem aus dem Auge verlieren darf. Gestern habe ich ein Lager an der Grenze besucht. Das kann einen wieder Demut lehren.«
»Eine interessante Reaktion!«
»Wie bitte?« Espoir versuchte, Fields Ausdruck zu verstehen.
»Demut ... was genau meinen Sie damit?«
»Nun ja, wenn man diese gewaltige menschliche Tragik miterlebt, dann führt es einem doch wieder sehr vor Augen, wie schwach und zerbrechlich ...«
»Ach so«, unterbrach ihn Field. »Demütig sein heißt aber doch, daß man in einem bestimmten Zustand ist. Daß man bescheiden wird und sich nicht für wichtig hält. Daß man daran arbeitet, auch demütig zu bleiben. Soll das etwa bedeuten, Mr. Espoir, daß Sie das Leben eines erfolgreichen Romanschriftstellers aufgeben wollen?« Im gleichen Augenblick ärgerte er sich, weil er zugegeben hatte, Espoir überhaupt zu kennen.
Das freundliche Lächeln wurde noch eine Spur freundlicher. »In jedem menschlichen Leben finden sich Widersprüche ...«
»Und Ihr eigenes Leben wollen Sie der Besserung des Abendlands widmen?«
»Auf jeden Fall machte ich über die Flüchtlinge schreiben.«
»Na klar! Haben wir ja alle gemacht. Ist doch eine kapitale Story, oder?«
Nun verlor Espoir doch die Ruhe. »Ich beschreibe Ihnen nur meine ehrliche Reaktion auf eine massive Tragödie.«
»Aber sicher. Mit Demut meinen Sie nämlich eine leichte, vor-

übergehende Erschütterung, man könnte auch sagen, ein müheloses Gefühlchen, das dem Ego schmeichelt. So etwa?« Nun hörte er deutlich das Schweigen der beiden anderen. Warum hatte er nur wieder die Beherrschung verloren? Natürlich war der Kerl widerlich, aber das war doch wirklich kein Grund … Er stand auf. »Worte sollen doch nicht ihr genaues Gegenteil bedeuten, oder? Wenn Sie gestatten, General, tanze ich mit Ihrer Frau.«

»Gehen Sie nur, Mr. Field.«

»Und wir machen noch einmal Geschäfte, ja?«

»Ganz große Geschäfte, Mr. Field.«

Damit entfernte sich Field. Er wußte genau, daß er sich blamiert hatte, und doch hätte er sich beinahe umgedreht, um Espoir zu fragen, warum er seinen Namen geändert hatte. Sollte der Name etwa bedeuten, daß er noch Hoffnung hatte? Oder betrachtete er sich gar selbst als große Hoffnung für andere? Er zwang sich weiterzugehen.

Mrs. Krit tanzte mit einem eleganten Homosexuellen zu Tanuns Fassung einer Melodie von Duke Ellington. Field drängte sich einfach dazwischen, dann führte er Mrs. Krit sehr bestimmt, wenn auch auf Distanz. Er sprach kein Wort mit ihr, aber er tanzte sehr gut und starrte ihr die ganze Zeit in die Augen. Als er sie danach wieder zu dem weicheren Homo zurückbrachte, meinte er in ihren Augen einen Anflug von Enttäuschung zu bemerken. Er warf ihr einen Handkuß zu, dann goß er sich ein Whiskyglas voll Wodka. Amara stand neben ihm.

»Haben Sie sich mit dem General angefreundet, Johnny?«

»Ganz dicke!« Er warf einen Blick in Richtung Mrs. Krit. »Und ich tanzte mit ihr in den Himmel hinein …, deren Mann mit den größten Gaunern und Dealern von halb Asien tanzt.«

»Ahha! Und Espoir? Der könnte so viel Gutes über Thailand schreiben. Denken Sie nur, wie viele Menschen ihn lesen und auf ihn hören!«

»Jaja, natürlich! Wirklich großartig!«

»Haben Sie sich gut mit ihm verstanden?«
»Er hat mich wieder Demut gelehrt.« Fields Glas war halb leer, er goß sich nach. Dabei fiel ihm ein, daß Woodward ihm den Alkohol verboten hatte. Für heute war es sowieso zu spät. Er legte den Arm um Amara und begann zu tanzen.
»Wie geht es Ihrem Freund Meechai?« fragte sie.
»Treibt sich in den Slums rum.«
»Ahha! Das erzählen mir auch seine Schwestern.«
»Finden Sie das nicht gut?«
»Seine Schwestern jedenfalls nicht. Oder vielleicht nur ihre Männer? Die finden ihn verrückt, weil er in Bangkok herumläuft wie ein Bauer.«
»Vor allem, weil er läuft.«
»Ahha! Ja, das ist wirklich ein Skandal. Seine Frau hat das Auto und den Chauffeur, und er geht zu Fuß.«
»Und wie finden Sie das, Amara?«
Sie lächelte in sich hinein. »Für einen Thai liegt er völlig falsch. Wenn er wirklich etwas Gutes erstrebt und von allen geliebt und verehrt sein will, dann soll er Mönch werden und alles aufgeben. Wenn nicht, dann soll er ganz normal sein Geld machen und sich mit Mädchen amüsieren. Ahha! Aber er glaubt wohl, er hat einen alternativen Weg gefunden oder so etwas.«
Field tanzte schneller und hielt sie in einem harten Griff, dann blieb er abrupt stehen.
»Ist was, John?«
»Nein, nein. Ich bin ja wirklich ein Idiot!«
Am Ende der Party stand er etwas unsicher auf den Beinen. Nun trat Espoir an ihn heran und lud ihn ein, im Wagen des Hotels mitzufahren, der vor dem Haus auf ihn wartete. Es war eine weiße Limousine mit getönten Scheiben.
Field ließ sich in den Rücksitz sinken. »Zahlen alles die Tantiemen, ja?«
»Sie haben es erraten, Field.«
Volle zwanzig Minuten sprachen sie kein Wort, während sich der

Wagen durch den Verkehr schlängelte. Dann sagte Espoir: »Amara gefällt mir.«
»Sie ist eine großartige Frau.«
»Ich meine, unter der gesellschaftlichen Oberfläche spürt man eine nicht unerhebliche Substanz. Sie hat mir alles über Sie erzählt. Passen Sie auf, Field: Ich möchte gern etwas über Thailand schreiben, und zwar will ich in die Tiefe gehen, bis in die Eingeweide. Dabei könnten Sie mir ein paar Tips geben. Ich darf Sie doch mal ausfragen, nicht wahr?«
»Heute nicht mehr.«
»Morgen beim Lunch?«
»Die Woche ist sehr voll. Rufen Sie mich am Montag an.« Er erwähnte nicht, daß er in Laos war.
»Ihre Nummer bekomme ich von Amara, ja?«
»Ausgezeichnet.«
Dann stolperte Field in sein Haus und machte im Erdgeschoß alle Lichter an. Als erstes fielen ihm zwei braune Briefumschläge auf dem Eßtisch ins Auge. Er ging hinüber, nahm einen in die Hand und hielt ihn hoch. Heraus fielen Aos Kennkarte, ihre polizeiliche Anmeldung und der Vertrag, mit dem er ihre Dienste, eigentlich sie selbst gekauft hatte. Die Anmeldung schaute er sich genauer an. Sie war als Einzelperson angemeldet, Haushaltsvorstand und alleiniger Bewohner von Apartment 212 in Soi 37, Nr. 13, wo er sie gefunden hatte. Wahrscheinlich war eine Einzelanmeldung vorteilhaft, weil man das Mädchen damit ohne weiteres versetzen konnte, ohne daß andere Personen damit zu tun hatten. Er las den Vertrag durch. Die Eltern hatten den geschätzten Gegenwert von vier Jahren Arbeit auf ihrem Bauernhof erhalten. Wenn er Ao einfach nach Hause schickte? Dann würde sie bald wieder in die Stadt zurückkehren. Er fing an, den Vertrag zu zerreißen, hielt aber in der Hälfte inne, steckte die drei Dokumente wieder in den Umschlag und legte ihn mit den Krankenberichten in eine Schublade im Wohnzimmer.
Dann schleppte er sich die Treppe hoch und zog sich bis auf die

Unterwäsche aus. Er schaltete den Deckenventilator an und schlief sofort ein.

Mitten in der Nacht erwachte er. Erst nach einiger Zeit merkte er, daß seine linke Hand auf einer kleinen, festen weiblichen Brust ruhte und daß sich ein Rücken an seine Brust und seinen Bauch schmiegte. Geweckt hatte ihn seine Erektion. Ein paar Minuten horchte er auf die tiefen Atemzüge des schlafenden Mädchens.

»Ao! Geh in dein Zimmer!« Mit Händen und Füßen schob er sie weg. »Raus jetzt!«

Ohne ein Wort verschwand sie in der Finsternis. Vor dem Gitterwerk der Wände und den Moskitonetzen an den sieben Fenstern seines Schlafzimmers stand das erste graue Licht. Bewegungslos betrachtete er die Silhouetten der Palmen und Bananenstauden, bis ihm die Augen wieder zufielen. Am Morgen fand er sie vor seinem Bett. In ein Laken gehüllt schlief sie auf dem Boden.

4 Am Nursing Home kamen sie so früh an, daß sie noch sahen, wie Michael Woodward in Bauernkleidern die Treppe hinaufeilte. Im Krankenhaus hatte er fünf Anzüge hängen, mit den nötigen Hemden, Krawatten und Socken; ein Zimmermädchen der Klinik hielt sie ihm für ein Trinkgeld sauber und bügelte sie tadellos.

Field war es nicht gerade angenehm, im Warteraum herumzusitzen, wo allmählich immer mehr Patienten, alles Farangs, hereinströmten und die Blicke zwischen ihm und Ao hin- und herwandern ließen. Ao trug eine weiße Baumwollbluse und einen marineblauen Rock. Ohne Make-up sah sie aus wie eine Studentin. Keine brillante Studentin, das nicht, nicht einmal eine besonders intelligente. Aber eine gewisse Würde strahlte sie aus. Allerdings hatte die Haushälterin seine Anweisungen leider buchstabengetreu befolgt und ihr keine einfachen flachen Schuhe gekauft. Und jetzt starrten die Farangs natürlich vor allem auf die rosa Pumps mit den hohen Stiletto-Absätzen. Im Grunde war ihm das gleichgültig; seine Gedanken kreisten um seine Schamgegend. Wenn die Antibiotika tatsächlich gewirkt hatten, dann hatte er durch das Bier und den Wodka gestern abend alles verdorben. Er nahm sich vor, diese Sünde Woodward nicht zu beichten.

Ao kam zuerst dran, und dann rührte sich fast eine halbe Stunde nichts. Als Field endlich hineingerufen wurde, bestand er darauf, daß sie blieb, bis er seine Injektion bekommen hatte.

»Die Ekel da draußen sollen sich nicht an ihr satt sehen.«

Woodward akzeptierte das kommentarlos. »Ich habe eine Kultur von ihr angesetzt, bis dahin bekommt sie Kanamycin. Aber, mein Lieber, ich fürchte, sie hat nicht nur eine verschleppte Gonorrhöe. Hinzu kommen eine Chlamydien-Infektion, ein paar Vaginalwarzen und sicher noch etwas anderes. Nicht leicht, das alles gleich zu sortieren, wie du ja weißt. Der unbekannte Rest ist vielleicht nur eine Kleinigkeit, aber sicher wissen wir das erst nächste Woche.« Zu Fields verstärkter Sekretion äußerte er sich nicht, außer dem guten Rat, früh ins Bett zu gehen und nichts zu trinken. »Und rühr ja das Mädchen nicht an! Sie ist ein Kompendium ansteckender Krankheiten, auch türkischer Cocktail genannt.«

»Ein was?«

»In den Balkankriegen schickten die bösen Heiden Mädchen in ihrem Zustand über die Front, um die serbische Moral zu untergraben.«

Ao verstand das alles nicht recht und blickte die beiden mit engelhaft unschuldigem Lächeln an.

»Michael! Ich bin doch nicht verrückt.«

»Kommt ganz darauf an, wie du das definierst.«

Als sie endlich durch den Park des Krankenhauses gingen, hängte sich Ao ein und drückte seinen Arm.

»Kaufst du mir Drink, John?«

»Gern.«

Also wanderten sie hinüber in die Silom Road, wo die Saigon-Bäckerei »vietnamesische Nahrungsmittel und weltberühmte französische Backwaren« anbot, hinter Haufen von aufgebrochenem Pflaster und besonders hohen Flutdämmen. Die Saigon-Bäckerei war das wichtigste Geschenk von Französisch-Indochina an Bangkok, dabei waren die Inhaber Vietnamesen. Field führte Ao zu einem Tisch am Fenster und bestellte ihr einen frisch gepreßten Mandarinensaft statt der Cola, außerdem ließ er zwei Kokostörtchen bringen, weil er sie für die besten der Welt hielt, besser, als man sie in Hongkong oder sogar in Saigon zu seiner Blütezeit bekommen konnte. So schauten sie schweigend den Nonnen und Priestern und alten Bürgern Bangkoks zu, die hier große viereckige Laibe von so makellos weißem Brot einkauften, daß es sogar in Südafrika erfolgreich bestanden hätte. Es machte ihm nichts aus, stundenlang mit thailändischen Mädchen so dazusitzen, ohne ein Wort zu sprechen. Eigentlich war es ihm fast lieber so. Ihr Englisch war fast immer schlecht, meist noch schwächer als sein Thailändisch. Und überhaupt: Was hatte man sich denn zu sagen? Man hatte keine Gedanken auszutauschen und nur wenige Gefühle im westlichen Sinne gemeinsam, und ein Schwätzer war Field nie gewesen.
Lieber schaute er dem Sohn des Inhabers zu, einem zaundürren, nervösen Burschen, der jetzt durch das Lokal auf den Bürgersteig hinausging. Seine linke Hand war verkrüppelt, die Finger steif zusammengepreßt. In der rechten trug er einen kleinen Strohbesen, mit dem er den Schmutz von den zersprungenen Betonplatten vor der Bäckerei fegte. Dieses Kehren erfolgte nach einem höchst komplizierten Muster, um den Schmutz in die Spalten zwischen den Platten zu bringen und nicht auf die Straße.
Field kaufte Ao noch einen Saft, dann ging er ihr über das nun saubere Pflaster voran und hielt ein Taxi an, um in Catherine Lakers Büro seinen Paß für das Visum abzugeben. Mrs. Norman Laker, wie sie sich gern nannte, lebte und arbeitete auf

einem gut einen Hektar großen Grundstück mitten an der Sathorn Avenue. Sie war früher einmal ein großer Klong gewesen, aber davon war jetzt nur ein breiter Abwassergraben übrig zwischen den dreispurigen Fahrbahnen in jeder Richtung. In der Mitte des Grundstücks stand eine große Villa aus der Kolonialzeit: der Sitz der East-West Trading Company. Das Haus war so oft gestrichen worden, daß die Bogen über den Türen und die Fensterläden schwammig in der Sonne glänzten. Der Park diente als Warenlager, Hunderte von Traktoren und Planiermaschinen und verschiedenstes Eisenbahnmaterial standen rund um das Haus. Ganz hinten im Park, hinter diesem Wald aus Maschinen, erhob sich an einem freien Platz eine hohe Betonmauer mit Glasscherben und blankem, elektrisch geladenem Draht auf der Krone. Als einzige Öffnung hatte sie eine glatte Stahltür ohne Klinke. Da drinnen – so ging das Gerücht, denn selbst zu Gesicht bekommen hatte es noch niemand – residierte Mrs. Laker in einer Art Dreizimmerfestung, hinter einer zweiten dicken Betonmauer ohne Fenster, mit einem Generator auf dem Dach für den Fall, daß die städtische Elektrizitätsversorgung ausfiel. Sie lebte allein, nur mit einer älteren Dienerin; niemand konnte sagen, was sie in ihrer Freizeit trieb. Auf jeden Fall erschien sie nie in Gesellschaft, weder bei den Thais noch bei Farangs. Die Kolonialvilla war innen vollständig umgestaltet worden, so daß die ehemaligen exzentrischen, holzgetäfelten Räume jetzt einem sterilen Holiday Inn ähnelten. Mrs. Laker sorgte sich sehr um ihre Gesundheit und deshalb auch um ihre Umgebung. Vor allem Ansteckung – die sah sie überall lauern, auch an ganz unerwarteten Orten.

Dieses Grundstück vor Augen – innen antiseptisch, außen ein Chaos –, fiel es einem schwer, ein weiteres Gerücht zu glauben, das in Bangkok umging: daß sie im Vietnamkrieg die Geliebte des CIA-Chefs von ganz Südost-Asien gewesen sei und ein Vermögen verdient habe, weil die Handelsgesellschaft als Geldwäscherei des Geheimdienstes diente. Aber das Gerücht hatte ein zähes

Leben. Im allgemeinen erschien Mrs. Laker nicht so früh aus ihrer Festung, deshalb konnte Field nur seinen Paß abgeben und wieder gehen.

In der Nacht wachte er auf und fand Ao wieder neben sich. Diesmal schaltete er das Licht an. Es war drei Uhr morgens. Sie hatte ihr Laken mitgebracht, sich aber halb aufgedeckt, in der Hitze der Nacht und wegen der Wärme seines Körpers. Normalerweise schwitzte er kaum, als wäre er kein Farang, aber jetzt lief ihm der Schweiß über den Körper. Er wischte sich Gesicht und Brust mit dem Laken ab. Ihr Rücken war schlank und lang, und da sie auf der Seite lag, drückten sich die Schulterblätter leicht heraus; das Haar war wirr und hatte sich zum Teil unter ihren Hals geschlungen. Er ordnete es ihr.

Sie rollte sich auf den Rücken und öffnete die Augen.

Field wandte den Blick von ihren Brüsten und ihrem gestreckten Bauch ab.

»Ao, was soll das eigentlich?«

»Ich nie allein schlafen, John. Zu einsam.«

»Immer mit einem Mann?«

»Nein. Männer bleiben nicht in Nacht. Mädchen schlafen zusammen. Unglücklich, keine Familie.«

»Alle?«

Nun stand sie auf und setzte sich sofort wieder, mit den Beinen auf einer Seite. »Ich haben eine Freundin, John. Ich machen nichts mit ihr, weißt du. Ich mag nicht, aber wir schlafen zusammen. Sie ist ein Jahr älter. Jetzt in Tokio, arbeitet dort.«

»Was macht sie?«

»Ich sagen nicht. Ist ein Ge-eimis.«

»Geheimnis.«

Sie nickte. Dann schaute sie Field an und musterte ihn völlig objektiv. Als sie zu seinen Oberschenkeln kam, drückte sie ihn kräftig. »Du nicht schwierig für Arbeit. Manche Männer fett, die Beine dick wie Baumstamm. Sehr schwierig für Massage.«

»Fett bin ich nicht gerade.«

Sie ließ die Hand über seine Brust gleiten. »Du bist starker Mann.«
Field spürte, wie sich unter seinen Schmerzen das Verlangen regte, und legte ihre Hand zurück. »Du bist krank, Ao. Und ich bin auch krank. Kein Sex jetzt.«
»Aber nein, John«, lachte sie vergnügt. »Ich will kein Sex. Aber einsam.«
»Also gut«, sagte Field leicht säuerlich, »dann zieh dir aber etwas an.« Er zog ihr das Laken über die Taille herauf.
Mit einem kleinen lachenden Schrei gab sie ihm einen Klaps auf die Hand. »Nicht schauen, John! Wenn Männer schauen, wollen sie anrühren. Zuerst, als ich war vierzehn.«
»Wo war das?«
»Im Hotel, wo du mich gefunden hast. Yangs Vater probiert immer neue Mädchen aus. Ein sehr fetter Mann, John. Sagt, ich muß mich auf Bett legen.« Vor Freude am Erzählen wurden ihre Augen immer größer. »Dann zieht er sich aus. Ich sehe zu, sehe seinen dicken Bauch hängen, seinen Pimmel. Kein großer Pimmel, aber schien mir so damals. Ich schaue nur. Dann liege ich da.« Sie warf sich auf das Bett und spielte ihm ihre Erstarrung vor. »Keine Bewegung. Zuviel Angst. Nur daliegen und zittern.« Sie setzte sich wieder auf. »War aber nicht zu schlimm. Ist Spezialist für neue Mädchen. Sagt immer, keine Angst, keine Angst.«
»Natürlich.«
Nun klatschte sie ihm auf die Brust vor Vergnügen. »Alle Pimmel gleich. Plop rein, plop raus. Leichte Arbeit.« Sie schubste Field um. »Leg dich auf Bauch.« Er ließ es mit sich geschehen, und nun fuhr sie ihm mit den Knöcheln am Rückgrat entlang, hielt in der Mitte inne und zog ihm die Haut hoch. »Ah! Nicht gut.« Sie begann von neuem, ließ die Knöchel hinuntergleiten und zog wieder die Haut hoch. »Nicht gut. Muß zack machen!«
»Ich hab im Moment nicht viel Zack in mir.«
Sie lachte, warf sich auf ihn und zog ihn an den Ohren. Er mußte

sie wegschieben und deckte sich wieder mit dem Laken zu. Aber er erlaubte ihr, auf dem Fußboden zu schlafen, und am nächsten Morgen ließ er die Haushälterin eine Matratze hereinbringen. Am Nachmittag fuhr er zur Universität und besuchte seine Tochter. Songlin war jetzt mitten im ersten Semester, aber er hatte sie noch nicht auf dem Campus besucht. Er wanderte durch das Gewirr kleiner Straßen hinter der Rama IV. Road und sah sie schon am Treffpunkt warten, im Café hinter der Universitätsmauer. Hier standen unter ein paar Bäumen zwanzig Tische um einen Getränkekarren.

Sie hob ihre Hände und legte sie aneinander, wie Europäer beten, dabei verbeugte sie sich leicht. Er grüßte sie auf die gleiche Art. An dieses Wai, die traditionelle thailändische Begrüßung, hielten sich beide, es war der formelle Rahmen um ihre Vertrautheit. Dann wanderten sie über das Gelände, wobei Field oft einen Schritt zurückfiel, um sie zu beobachten. Immer, wenn er sie nach einiger Zeit wiedertraf, kam sie ihm viel thailändischer vor, jedoch nicht so wie ihre Mutter, was ihn irgendwie erleichterte. Wenn er ganz ehrlich war, fand er sie nicht eigentlich schön, andererseits fehlte aber nicht viel dazu. Gekleidet war sie wie alle Studentinnen der Universität in weiße Bluse und blauen Rock, so daß man nur schwer sagen konnte, wie sie (und wie die anderen) sich letztlich entwickeln würde. Nur fand er Songlin immer besonders lebendig, neugierig und zugleich mädchenhaft schüchtern und noch manches andere, was ihm nach dem Treffen ein paar Tage lang ein besseres Gefühl über sich selbst gab. Weil er ihr verboten hatte, Englisch zu lernen, unterhielten sie sich auf thailändisch, was ihr automatisch eine Überlegenheit verschaffte. Das störte ihn keineswegs, eher gab es ihm das Gefühl, seiner Minimaldefinition entsprechend ein guter Vater zu sein. Dabei fiel ihm auf, daß sie nicht schwarze Schuhe trug, sondern weiße, das Zeichen einer Studentin im ersten Jahr.

Songlin hatte versprochen, ihm die Hörsäle zu zeigen, aber sie

entschuldigte sich und führte ihn ins Zentrum des Campus. »Ich möchte jemanden sprechen hören.«
»Wen denn?«
»Kennst du nicht. Einen buddhistischen Lehrer.«
Field folgte ihr gehorsam. »Amara lädt dich ein, sie will, daß du bei ihr wohnst. Ohne Dang kommt ihr wohl das Haus zu leer vor. Das wäre doch nett, oder?«
»Aber dann ist Mama allein.«
Field wollte schon etwas sagen, schluckte es aber hinunter.
»Aber ich würde auch gern einmal zu ihr ziehen.« Sie warf ihm einen Blick zu. »Komisch, daß ich zwei Mütter habe!« Wahrscheinlich meinte sie damit: und keinen Vater.
Field ging über diese Möglichkeit hinweg. »Vielleicht nur auf einige Zeit?«
»Ja, vielleicht. Vielleicht probiere ich es einmal. Was hast du diese Woche gemacht?«
Er hatte ihr immer von seinem Tun und Treiben erzählt, und als Journalist hatte es ihm nie an Stoff gefehlt, sie zu amüsieren. Aber jetzt fiel es ihm schwer, ihr etwas Neues zu bieten. Er dachte kurz an Ao. Aber was würde Songlin denken, wenn er ihr das erzählte? Sie würde ihm wohl kaum glauben. Er schaute sie wieder an. Als erstes hatte er Ao so ziemlich die gleiche Uniform angezogen – sollte das etwas bedeuten? Ao wußte nichts und alles, Songlin wußte alles und nichts, zumindest hoffte er das. Er schaute sich lieber die Studenten an, die ihnen entgegenkamen. »Tragen denn die Burschen keine Uniform mehr?«
»Schon lange nicht mehr! Sie ziehen sich an, wie es ihnen gefällt, und viele von ihnen haben Autos.«
Field nickte. »Ich fliege am Montag nach Laos.«
»Warum?«
»Geschäftlich. Ich bin gespannt, wie es sich seit 1975 verändert hat.«
Vor ihnen, im Schatten von Bäumen, blockierte eine Ansammlung von Studenten den Weg. Je näher sie kamen, um so größer

erschien die Menge, vielleicht waren es fünfhundert junge Leute. Seit ein paar Minuten hatte man einen Mann durch einen primitiven Lautsprecher reden hören. Erst ganz zum Schluß merkte Field, daß diese kleine Figur auf den Stufen des AStA-Gebäudes, in der Tracht eines thailändischen Bauern mit einem runden Strohhut auf dem Kopf, Dr. Michael Woodward war.

»Jetzt sag bloß noch, daß er hier Kondome verteilt!«

»Nein, hier in der Uni lassen sie ihn nicht über Geburtenkontrolle sprechen. Dr. Meechai spricht über die Rolle des Buddhismus in der modernen Gesellschaft.« Ihre Stimme war voll Bewunderung.

Field ragte so weit über die Studenten hinaus, daß er sogar in der hintersten Reihe auffiel, das wußte er.

Woodward sprach in leisem, fast geflüstertem Ton und begleitete seine Worte mit wenigen sparsamen Gesten, die innere Anteilnahme zeigten. »Volkswirtschaftler sehen Entwicklungspolitik nur unter dem Gesichtspunkt der Wertsteigerung unserer Währung und fördern damit die Habgier. Politiker sehen Entwicklungspolitik nur als Steigerung unserer Macht, damit fördern sie den bösen Willen. Beide sehen die Ergebnisse nur quantitativ, also fördern sie die Unwissenheit. Und was sind Habgier, böser Wille und Unwissenheit? Sie sind die buddhistische Trias des Bösen.« Allein die Vortragsweise war ein Beispiel für buddhistische Demut. Field mußte an Espoir und seine demütige Masche denken. »Man wird mir entgegenhalten, ich dächte nicht modern. Aber was bedeutet modern denn eigentlich? Wenn modern etwas Gutes bedeutet, dann muß es auch für uns etwas Gutes sein. Wenn modern etwas Schlechtes bedeutet, warum sollten wir es anstreben? Und wie sollen wir entscheiden, ob es gut oder schlecht für uns ist? Indem wir es in unserem Interesse gebrauchen. Wir müssen es unserer Lebensweise anpassen. Der buddhistischen Lebensweise. Der thailändischen Lebensweise. Der Westen kann natürlich ein System, das sich weder den Import ausländischer Waren noch die Ausbeutung der eigenen Ressourcen

zum Ziel setzt, nicht anerkennen. Aber ist das unser Problem? Warum sollten wir und unser System das eine oder das andere wollen? Was ist denn gut an diesen Zielen? Und was macht sie zum Kriterium für Modernität?«
Im Publikum wurde eine Stimme laut: »Heißt das, Dr. Meechai, daß wir uns alle wie Bauern anziehen müssen?«
Ein verlegenes Kichern war zu hören.
Woodward nahm den Gürtel seiner Hose und zog ihn weit nach vorne wie ein Clown. »Ich habe zusehen müssen, wie im Laufe von zwanzig Jahren die ganze Welt europäische Kleidung annahm. Und was ist die Folge? Millionen von verklemmten und zu warmen Hoden.«
Das Kichern steigerte sich zu einem lauten Lachen.
»Ich darf hier nicht über Sex reden, aber als Arzt muß ich Ihnen mitteilen, daß diese Verklemmung nicht gesund ist.«
Alle lachten wieder: So verklemmt waren alle anwesenden Burschen.
Nun zog Field Songlin weiter. »Solche Sachen predigt er mir ständig. Ich möchte lieber mit dir plaudern.«
»Kennst du Dr. Meechai?« Songlin war fast sprachlos vor Überraschung.
Field merkte, daß er über Woodward immer nur unter seinem englischen Namen gesprochen hatte. »Natürlich, wir sind gute Freunde. Aber erzähl mir lieber, was du alles lernst.« Er selbst hatte keine Universität besucht, deshalb war seine Neugier ganz echt.
Also wanderten sie wieder zum Café am Tor zurück und setzten sich. Field kaufte Songlin und sich eine Limonade. Sonne und Schatten spielten auf ihrem Gesicht, während sie ihm angeregt berichtete. Er konnte keinen Blick von ihr wenden, konnte ihren Worten kaum folgen, so groß war sein Glück, ihr zuzusehen. Und obwohl sie ganz Thailänderin war, konnte er auch Eigenes in ihren Zügen erkennen.
»Warum trägst du dein Haar nicht länger?«

Sie hielt erstaunt inne und fuhr sich mit der Hand durch den kurzen, europäischen Haarschnitt. »Aber das machen doch nur Bäuerinnen«, sagte sie ganz naiv.
»Es würde dir aber gut stehen.«
Halb war ihr seine Aufmerksamkeit peinlich, halb freute sie sich darüber. Field selbst wurde rot, weil ihm plötzlich klar wurde, daß er das lange Haar von seinen Barmädchen her gewöhnt war, und die waren ja alle Bauerntöchter.
So plauderten sie einige Zeit, dann kam Woodward mit einer kleinen Gruppe von Studenten vorbei. Er bemerkte Field und rief ihm auf thailändisch zu: »Warum bist du nicht bis zum Ende geblieben?«
»Komm, laß dir meine Tochter vorstellen.«
Auf einmal gab Woodward die Haltung eines buddhistischen Weisen auf und wurde lebendig. »Seit Jahren höre ich von Ihnen, aber Ihr Vater versteckt Sie vor uns.« Er verabschiedete sich von den Studenten, dankte ihnen für die Begleitung und sagte, er werde jetzt allein weitergehen. Dann setzte er sich zu Field und Songlin und flüsterte ihr zu: »Ich glaube, er liebt Sie zu sehr.« Und als sie errötete: »Aber er ist ja auch sonst ziemlich unmöglich.«
Songlin schwieg ehrerbietig, eine Reaktion, die ihr Vater nicht von ihr kannte und auch nicht verlangt hätte. Aber jetzt war sie vor Respekt wortlos geworden und erwartete, daß Woodward das Gespräch führte. Field sah mit Erstaunen, wie sein Freund trotz seiner Bescheidenheit diese Verehrung durchaus akzeptierte.
Später verabschiedeten sich die beiden Männer von Songlin und wanderten langsam die Rama IV. hinunter. Sobald sie allein waren, erkundigte sich Woodward ungeduldig auf englisch: »Was hältst du von meiner Rede, old boy? Du hast kein Wort darüber gesagt.«
»Was willst du jetzt hören?«
»Sonst hast du doch zu allem eine Meinung.«

»Natürlich. Und wenn du eine Kugel in den Hinterkopf willst, dann fängst du es ganz richtig an.«
»Wie bitte? Ich spreche doch nur über Religion!«
»Lieber Michael, ich lebe ja selber ziemlich leichtsinnig dahin, aber naiv bin ich nicht. Und erzähl mir bitte nicht, daß du noch kindlicher bist als deine Zuhörer.«
»Ich weiß wirklich nicht, was du meinst.«
»Nein? Dann hör mal zu. Kümmere dich um die Slumbewohner, wenn du willst, die sind völlig unwichtig. Aber laß die Studenten in Ruhe! Deine Gegner haben Angst vor den Universitäten – panische Angst! Weil sie auf ihre eigenen Kinder schießen müßten, wenn die Studenten den Aufstand proben. Ihre eigenen Kinder können sie nicht töten, dann schon lieber dich, das ist die einfachere Lösung.« Er winkte einem Taxi.
»Nein, warte!« Woodward packte ihn am Arm. »Wir fahren mit dem Bus. Ich muß nach Klong Toey, du kannst ein Stück mitfahren.«
Nun standen sie in der Sonne, bis der Bus kam, mit weit offenen Fenstern und Türen, überfüllt mit Thais, die auch in den Gängen standen. Field konnte nicht stehen, ohne den Kopf unter dem niedrigen Dach zu senken. Als sie ein paar Minuten dahingeschaukelt waren, schaute ein Mann, der neben ihnen stand, auf einmal Woodward ins Gesicht.
»Meechai«, sagte er leise.
Woodward blickte zu Boden und lächelte.
»Meechai! Meechai!« sagte der Mann nun zu den anderen Menschen im Bus. Er hatte Tätowierungen auf der Brust und war wohl ein Arbeiter. Einer sagte es nun dem anderen, und bald wandten sich alle Fahrgäste Woodward zu. Auf einmal griff der Arzt tief in seinen Tragsack und zog eine Handvoll Plastikpäckchen heraus, die er den Leuten im Bus zuwarf. »Täglich ein Kondom! Es lebe die Liebe!« rief er dabei. In jedem Päckchen waren fünf Kondome in Rot, Blau, Gelb, Grün und Schwarz.
Die Menschen nahmen den Ruf auf, lachten und sangen es im

Chor nach: »Es lebe die Liebe! Meechai – Kondom, Meechai – Kondom.«

Dann wandte sich Woodward einer Frau zu, die neben ihm saß: »Wie viele Kinder hast du?«

»Vier, Khun Meechai.«

»Was? Und das hat dir dein Mann angetan?« Er spielte den Schockierten. »Wo ist das Ungeheuer?«

Alle lachten, auch die Frau. »Wo ist er denn?« rief jemand. Und gleich fing der Chor wieder an: »Wo ist er denn? Wo ist er denn?« Die Frau hielt sich die Hand vor den Mund, um nicht laut zu lachen.

»Schick ihn zu mir«, sagte Meechai. »Dein Mann braucht eine Vasektomie.« Die Frau nickte zustimmend, die Hand noch immer vor dem Mund. »Sag ihm, er soll am Geburtstag des Königs kommen. Letztes Jahr«, verkündete er dann, »kamen 1202 intelligente Männer am Geburtstag des Königs zu mir. 1202 Vasektomien an einem Tag! Ein Weltrekord! 1202 Familien, die heute mehr Geld haben, weil sie einmal gescheit waren. Dieses Jahr versuchen wir einen neuen Rekord. Ihr könnt alle kommen! Für den König!«

Field dachte an Ao, die mit siebzehn schon steril war, aber aus ganz anderen Gründen.

Am nächsten Morgen fuhren sie wieder ins Nursing Home und holten sich ihre Injektionen. Field bemerkte, daß Woodward etwas besorgt wirkte.

»Laß mich mal einen Blick drauf werfen.

Field drehte Ao den Rücken zu.

»Und die Sekretion hat nicht aufgehört?«

»Nein, das kann man leider nicht sagen.«

»Dann zieh einmal dran und drück was raus.« Field gehorchte und sah zu, wie Woodward die Flüssigkeit auf einer Glasplatte auffing. Er prüfte sie sorgfältig und wusch sie dann ab.

»Gut! Wenigstens ist das Sekret noch klar.«

»Noch klar? Was heißt das?«

»Nun ja«, sagte Woodward bedächtig, »nach einiger Zeit kann es gelblich werden und danach grünlich. Und dann haben wir vielleicht doch ein Problem am Hals.«
»Ein Problem?«
»Wahrscheinlich kommt es ja nicht dazu.«
»Was für ein Problem?«
»Die Infektion kann auf das Blut übergreifen und von dort auf die Gelenke. Dabei kann es zu einer septischen Arthritis kommen, zu Eiter in den Gelenken.«
»Eiter in den Gelenken? Da sterbe ich lieber.«
»In diesem Fall könnte es sogar soweit kommen. Aber jetzt brauche ich einen neuen Abstrich.«
»Wozu denn?«
»Weil dein erster Abstrich alle vierundzwanzig Antibiotika auf der Platte aufgefressen hat! Danach hatte er wahrscheinlich noch größeren Appetit. Damit kommen wir nicht weiter, und das Streptomycin greift auch nicht. Also brauchen wir einen neuen Abstrich.« Er wandte sich ab und bereitete zwei Wattestäbchen vor, dann drehte er den ersten hinein. Field hatte vergessen, wie schmerzhaft es war. »Und diesmal wollen wir gleich zwei Platten ausprobieren. So langsam sollten wir das Richtige finden.«
»Und bis dahin?«
»Lassen wir es deinen Körper allein ausraufen! Und dabei unterstützen wir ihn mit Vitaminen.«
Dieser Aufschub stürzte Field in eine Depression, aus der er sich lange nicht retten konnte. Die Schmerzen waren auszuhalten, wenn man wußte, daß sie nur noch ein paar Tage dauerten. Aber nun flog Field am Montag – in drei Tagen schon – nach Laos, und den nächsten Rückflug gab es erst am Donnerstag.
Am Abend ging er ins *Grand Prix* in Patpong, wie meistens am Freitag. Die Mädchen dort waren nicht schöner als in anderen Bars, die Atmosphäre nichts Besonderes und Neues, aber es war die älteste und ursprünglichste Bar für Farangs. Ihr Inhaber, ein ehemaliger amerikanischer Versorgungsoffizier namens Rick,

hatte schon vor sechzehn Jahren hier angefangen. Die Bar war nichts für Geschäftsleute auf Dienstreise, sie war ihnen nicht knallig genug, die Musik nicht das Neueste. Hier waren schon länger in Bangkok ansässige Farangs, meist Journalisten, unter sich. Field ging an den Nischen entlang und warf einen Blick auf die ovale Bar, wo in der Mitte vier Mädchen tanzten. Auf der anderen Seite saß Crappe, und Field ging hinüber und setzte sich auf den Hocker neben ihm. Crappe richtete die Blicke auf die Tänzerinnen, die alle schon längere Zeit im Dienst waren.
»Die Nudeln und die Jahre, nicht wahr? Hallo, Rick!« rief Field.
»Zum Schluß ruinieren Nudeln und Jahre die besten Bauchmuskeln und Waden. Hab ich recht?«
Field grüßte die Handvoll Journalisten an der Bar. Ein paar hatten Thaifrauen geheiratet, was sie nicht daran hinderte, allein hierherzukommen, andere lebten wie Field.
Crappe sah ihm in die Augen. »Sie haben es noch, lieber Field.«
»Was ist los?«
»Ihre Krankheit.«
»Richtig. Zieht sich etwas hin.«
»Ich habe großes Vertrauen in die Heilkraft der Papaya.«
»Und ich hasse Papaya.«
»Recht so! Geben Sie nur immer Ihren Gefühlen nach.« Erst jetzt bemerkte Field den Botschaftsrat der kanadischen Botschaft, der allein ein paar Hocker weiter saß. Barry Davis war der dienstälteste Diplomat in Bangkok, er war schon länger hier als die meisten Journalisten. Soeben hatte er seinen dritten Turnus begonnen; wie er das wieder geschafft hatte, war allen ein Rätsel. Man wußte nur, daß er ein ausgezeichneter Aktenkenner war und drohte, bei einer Versetzung sofort zu kündigen. Er nickte Field zu und lud ihn zu sich ein.
»Was treibt Sie denn her, Barry? Dies sind doch wirklich nicht Ihre Jagdgründe.«
Der Diplomat lächelte. »Hin und wieder wechsle ich meine Bars.« Er war unverheiratet. »Nett, Sie mal wieder zu sehen.«

»Sicher, sicher«, sagte Field. »Aber was ist los? Habe ich etwas ausgefressen?«

»Sie? Meinen Sie, ich bin Ihretwegen hergekommen?«

»Dann also nicht. Sie sind auf ein Bier hergekommen. Wie wir alle, nicht wahr?«

»Man sagt, Sie seien ein recht erfolgreicher Geschäftsmann.«

»Wenn Sie Geld damit meinen, haben Sie nicht unrecht.«

»Gratuliere, John. Wie ich höre, arbeiten Sie sogar mit Laos.«

»Woher wollen Sie das wissen?«

»Sie fliegen am Montag nach Vientiane.«

»Wer hat Ihnen das erzählt?«

»Niemand.«

»Barry!«

»Nun, es gibt nur drei Flüge in der Woche nach Vientiane, mit wenigen Farangs an Bord, und die wenigen fast alle aus kommunistischen Ländern.«

»Ach so, die Passagierliste! Seit wann lest ihr Faulpelze in der Botschaft eigentlich Passagierlisten? Läuft was Besonderes?«

Davis lächelte geduldig. »Würde es Ihnen etwas ausmachen, jemandem einen Gruß von mir zu bestellen? Nichts Wichtiges, wirklich nur einen Gruß? Sie wissen ja, wir haben keine Vertretung drüben.«

»Um wen handelt es sich?«

»Um ein Ehepaar. Die beiden arbeiten für die UNO in der Entwicklungshilfe; genauer gesagt in der Forstwirtschaft. Sie sind seit etwa zwei Jahren drüben, und seit neun Monaten haben wir nichts mehr von ihnen gehört. Nicht unerheblich, oder?«

»Und ich soll nachsehen, ob sie noch leben?«

»So ungefähr. Nein, daß sie leben, wissen wir. Übrigens fallen sie nicht in meine Zuständigkeit, ich meine, sie sind UN-Personal. Aber vor ein paar Tagen habe ich über einen italienischen Geschäftsmann eine kuriose Nachricht von ihm bekommen, von der männlichen Hälfte. Ich sagte doch, daß es sich um ein Ehepaar handelt, nicht? Eine seltsame Nachricht, die ich nicht ganz verstehe. Vielleicht sollte sie nur meine Neugier wecken, damit ich nachfrage: Was geht bei euch vor? Also: Sie fliegen hin, richten meine Grüße aus und schauen mal nach.«

»Wie heißen die Leute?«

»Tja, Sie werden lachen.« Er blickte Field mit einer traurigen protestantischen Miene an. »Charles Vadeboncœur.«

»Charles?«

Davis sah konzentriert einem Tanzmädchen zu, das war seine diskrete Art, den Schock in Fields Gesicht zu übersehen. Nach ein paar Sekunden antwortete er: »Ganz richtig.«

»Und seine Frau ist dabei?« bohrte Field nach.

»Ja, Diana auch. Als sie vor zwei Jahren ihren Posten antraten, kamen sie hier durch, da habe ich sie kennengelernt. Er erzählte, daß er Sie kennt. Offen gesagt bat er mich, Ihnen gegenüber nichts zu erwähnen.«

»Natürlich. Diana und ich ...«

»Ich weiß, ich weiß«, unterbrach ihn Davis. Trotz seiner lockeren Lebensweise in Bangkok konnte er bei Bedarf auf die perfekte Diskretion eines Ontario-Protestanten umschalten.

»Vor ihrer Hochzeit!« betonte Field. »Ich meine, wir waren vorher zusammen. In Montreal. Aber nicht lange davor, verstehen Sie. Das weiß er alles. Und er wird mich nicht gerne wiedersehen. Er hat Ihnen sogar gesagt, daß er das nicht will, nicht wahr? Und jetzt soll ich sie sogar besuchen? Sind Sie nicht ganz bei Trost?«

»Ich dachte, es wäre eine Möglichkeit. Nur auf einen Blick. Es geht doch nicht um alte Affären, John!«

»Worum geht es?«

»Weiß ich nicht. Vielleicht ist was dahinter ... keine Ahnung ... Sehen Sie mal nach, ob ... Tja, das ist es im Grunde: Sehen Sie mal nach!« Dann machte er eine anerkennende Miene: »Sie ist noch immer sehr schön.«

»Das brauchen Sie mir nicht zu erzählen.«

»Nein, sicher nicht. Aber vielleicht können Sie es mir bestätigen,

ja? In Ordnung?« Er steckte fünfzig Baht in einen Becher auf der Theke und schob Field einen Zettel mit einer Adresse und Telefonnummer in Vientiane zu. »Also bis nächste Woche.«
Field ging wieder zu Crappe, der ihn am Ärmel packte, bevor er sich setzen konnte.
»Field, ich möchte gern Ihr Urteil hören.«
»Und ich möchte in Ruhe hier sitzen und meinen ... meine Cola trinken.«
»Nun kommen Sie schon. Es ist nicht hier. Sie können mir in einem Lokal gegenüber einen Drink spendieren.«
»Wo?«
»Im *Fire Cat.* Sie kennen doch das *Fire Cat*? Das Lokal im ersten Stock? Das habe ich Ihnen doch erst Anfang der Woche empfohlen. Aber passen Sie auf, Field. Dort tanzt jetzt eine neue Amerasierin. Das wäre ja nichts Neues, aber: Sie ist eine halbe Negerin! Stellen Sie sich das vor! Frisch aus den Reisfeldern angeblich. Denken Sie mal: eine Kreuzung aus Baumwollfeldern und Reisfeldern! Dieses seltene Phänomen müssen wir begutachten, solange es noch frisch ist.«
Damit schleppte er Field hinaus, wo die Temperatur um fünfzehn Grad stieg. Sogleich stürzten sich Zuhälter auf sie.
»Massage, Sir? Sex-Show, Sir?«
»Hier bitte, Sir. Nur ein paar Schritte!«
Der Geruch von gegrilltem Schweinefleisch und Autoabgasen vermischte sich, als sie vorsichtig über das geborstene Pflaster auf die Fahrbahn hinunterstiegen und zur anderen Straßenseite hinübergingen, wo sich sofort mehrere Türen zur Begrüßung weit öffneten. Durch eine von ihnen trat Crappe ein und führte Field die Treppe hinauf. Hier fiel die Temperatur wieder um fünfzehn Grad, und genau proportional stieg der Lärmpegel der Musik an. Zwischen den vielen Bars in Bangkok gab es im Grunde nur einen Unterschied: die Qualität der Mädchen. Im übrigen galt die Regel: Oben liefen gewagtere Sachen als unten.
Drei Mädchen lagen auf der Bar, hatten Blasrohre in der Vagina

stecken und die Hüften angehoben. Jemand warf ihnen einen Luftballon zu, ein Mädchen klappte die Knie zusammen und ließ den Ballon dazwischen zerplatzen.
»Lieber Himmel«, stöhnte Field und blieb stehen. Er hatte ähnliches schon zu oft gesehen.
»Nein, Field, kommen Sie nur mit!« Crappe zog ihn weiter. Sobald die Bedienung den offiziösen Chronisten des Nachtlebens von Bangkok erkannte, ließ sie zwei gute Sitze an der Bar frei machen.
»Ich kann so ausgeflippte Shows nicht leiden.«
»Kommen Sie nur, ist ja fast zu Ende. Ein Bier oder einen Papayasaft?«
»Ich mag keinen ...«
»Was wollen, Mister?« Das Barmädchen lehnte sich über die Bar, ihre eng umspannten Brüste lagen auf der Holzfläche.
»Papayasaft.«
»Wir nicht haben.«
Eine ältere Frau rief sie auf thailändisch zur Ordnung. »Einen Augenblick, Mr. Crappe! Wir sofort holen.«
»Ich mag keinen ...«
Crappe unterbrach Field. »Ich wäre Ihnen verbunden, wenn Sie mir das überlassen würden.« Er mußte schreien, weil die Musik im *Fire Cat* noch um einige Dezibel lauter war als im *Grand Prix.* »Und noch eins: Wenn ich in ein Lokal komme, muß ich mindestens fünfzehn Minuten bleiben. Man muß gesehen werden, wenn man als objektiv gelten will.«
Inzwischen hielten die Mädchen auf der Bar Hupen mit Gummibällen zwischen den Beinen und ließen sie mit energischen Schenkelbewegungen ertönen.
»Himmel, Crappe! Sie führen ein beschissenes Leben!«
»Ich wäre Ihnen sehr verbunden, wenn Sie etwas mehr Begeisterung zeigen wollten. Vielleicht könnten Sie mir sogar behilflich sein, den Sinn und Zweck unseres Besuchs ausfindig zu machen. Die junge Amerasierin nämlich, falls Ihnen dieser zugegeben

etwas abgestandene Augenschmaus das Gedächtnis getrübt haben sollte.«
Field war so dankbar, nicht die Show ansehen zu müssen, daß er sich gleich auf die Suche machte. Aber als erstes fiel sein Blick auf George Espoir, der den Mädchen von der anderen Seite der Bar her zusah. Seine sonst konzentriert intellektuelle Haltung war einem ebenso konzentriert gierigen Starren gewichen. Field wandte sich sofort ab. Aber nirgends fand er jemanden, der als Kreuzung zwischen Baumwolle und Reis hätte gelten können. Dann fiel eine Hand auf seine Schulter. Er schaute sich um, obwohl er wußte, wem sie gehörte.
»Ich bin zum Recherchieren hier«, scherzte Espoir. »Und Sie?«
»Ich bin ein geiler alter Knabe wie alle außer Ihnen.«
»Ausgezeichnet.«
Field merkte, daß der Mann im Geiste mitschrieb, weil er das Gespräch in seinem nächsten Roman verwenden wollte. Auf dem Barhocker neben ihm saß ein athletischer Australier mit einem winzigen stupsnäsigen Thaimädchen auf dem Schoß. Eine Hand hatte er ihr um die Brust gelegt, mit der anderen knetete er ihren blanken Po. Das Mädchen saugte so schnell wie möglich an einem Strohhalm und leerte den Fingerhut Cola, der ohnedies fast nur aus Eis bestand.
»Vögeln, Mister?«
»Vielleicht später«, sagte der Australier.
»Kaufen mir noch einen Drink?«
»Vielleicht später.« Er knetete weiter, als wäre sein Geist woanders und hätte mit seinen Händen nichts zu tun.
Espoir konnte sich, weil er recht schlank war, zwischen Field und diesem Pärchen an die Bar drängen. Er näherte seinen Mund Fields Ohr bis auf ein paar Zentimeter, weil er nicht schreien wollte. Sein Atem roch ekelhaft süßlich. »Stellen Sie sich vor, was mir gestern passiert ist. Ich habe einen Thai kennengelernt, der mir seine Hilfe angeboten hat, wenn ich ein Kind kaufen möchte. Einen Jungen oder ein Mädchen, acht oder neun oder zehn Jahre

alt, für jeden denkbaren Zweck. Von solchen Sachen hat man natürlich schon gehört. Ich meine, gelesen, das steht ja immer wieder in den Zeitungen. In London, meine ich. Das gäbe einen ausgezeichneten Hintergrund für meinen Roman. Ich denke, ich werde das Kind kaufen und dann freilassen. Oder es seiner Mutter zurückgeben.«

»Als Hintergrund.«

»Nun ja, natürlich. Aber ich habe auch schon daran gedacht, eine Art Stiftung einzurichten. Hier oder in Lateinamerika. Wo mein Geld etwas Gutes bewirkt. Vielleicht wäre Kindersklaverei das Richtige.«

»Die richtige Werbung für Ihren Roman?«

»Ich mache so etwas nicht als Werbung. Der Thai meint, ich könnte damit viel Gutes bewirken.«

»Wieviel soll es kosten?«

»Fünftausend Dollar. Ich habe ihm vorerst fünfhundert gegeben, als vertrauensbildende Maßnahme sozusagen.«

Crappe gefiel es nicht, ausgeschlossen zu sein. Seine Augen ruhten auf Espoir, vielleicht kannte er ihn. »Field, wer ist denn Ihr Bekannter?«

»George Espoir.«

In Crappes Augen glänzte etwas auf, schnell und intensiv. »Ich bin Bangkoks Literaturkritiker.«

Field nickte. »Bücher und Porno-Shows, jawohl. Crappe deckt beides ab.«

»Die schönen Künste«, verbesserte ihn Crappe. »Was führt Sie zu uns?«

Field bemerkte, daß Espoir sich angeekelt zurücklehnte. Die Schuppen in Crappes Augenbrauen kamen in den aufblitzenden Lichtern gut heraus.

»Er forscht,« schrie Field, stand auf und drückte Espoir auf seinen Sitz. »Er hat gerade ein Kind gekauft.«

»Noch nicht ganz. Ich habe eine Anzahlung geleistet.«

»Public Relations für die Medien?« Crappe schaute den älteren

Mann mißtrauisch an. »Sind Sie Ausbeuter oder Ausgebeuteter, Mr. Espoir?«
»Wie bitte?«
»Wer hat es vermittelt?«
Espoir zog eine Visitenkarte heraus. Crappe warf einen Blick darauf.
»Vichit!« rief er. »Vichit hat wieder einen Dummen gefunden.«
»Was soll das heißen?« Nun hatte sich Espoirs Lächeln doch etwas umwölkt.
»Sie sind sein drittes Opfer. Aber sein erster Schriftsteller. Letztes Jahr hat er sich einen Labourbonzen aus London geangelt, ein hohes Tier aus den Schlagzeilen. Aber alle haben den Mund gehalten, weil seine Anwälte überall mit Verleumdungsklagen drohten. Ein echter Skandal. Mein lieber Mr. Espoir, ich sehe, daß Ihnen etwas Anleitung guttäte. Nicht wahr, Field?«
Espoir hielt sich so weit wie möglich von Crappes Schuppen und Herpes entfernt. Field schob ihn näher und stimmte eifrig zu.
»Jawohl, Espoir! Da sind Sie bei Crappe gut aufgehoben, bestens sogar!«
»Das ist sie!« Crappe deutete mit seinem braunen Zeigefinger auf die Bühne.
Die Show war vorbei, jetzt hatten vier Tänzerinnen ihre Nummer begonnen, darunter ein etwas größeres, dunkleres und runderes Mädchen mit Kräuselhaar. Crappe konnte kein Auge von ihr wenden. Nach ein paar Augenblicken fielen die Oberteile, dann auch die Tangas, in hochhackigen Schuhen mit kurzen Söckchen tanzten sie weiter. Trotz der konventionellen thailändischen Künsteleien fiel das Mädchen völlig aus dem üblichen Rahmen.
»Ich muß ihre Story bekommen«, sagte Crappe jetzt, »ich mache sie zur Tänzerin der Woche!« Er legte Espoir einen Arm um die Schulter. »Wenn man ein paar Jahre rezensiert hat, bemerkt man allmählich die feineren Unterschiede. Die riesige Menge des Gebotenen läßt den Neuling glauben, es sei doch alles nur das gleiche. Aber keineswegs! Alles ist nicht das gleiche!«

Field verzichtete auf diese Nachhilfestunde, überließ Espoir das Zahlen und ging hinunter auf die Straße. Dort sah er Espoirs Wagen und Chauffeur am Straßenrand warten und seufzte. Normalerweise hätte er sich um diese Stunde ein Mädchen für die Nacht ausgesucht. Es war halb zwölf, und ab Mitternacht konnte man sich die Mädchen ohne Extragebühr mit nach Hause nehmen. Heute gehe ich alleine nach Hause, dachte er. Dabei fiel ihm Ao ein. Sicher schlief sie schon auf dem Fußboden vor seinem Bett.

5 Der russische Fokker-Nachbau der *Lao Aviation* hob Montag früh pünktlich ab. Field war ein vorbildlicher Fluggast. Er sah keinen anderen Passagier an. Er sprach kein Wort. Was er an Energie hatte, konzentrierte er auf die *Bangkok Post*, er las jede Zeile über jeden Prinzen, der eine neue Brücke oder etwas Ähnliches eingeweiht hatte, über jede Generalstochter und ihre Hochzeit, über jedes neue Bürogebäude und wie buddhistische Mönche es segneten. Dem Wirtschaftsteil entnahm er, daß Pong, der Bankier und wichtigste Berater von General Krit, zum Präsidenten der Siam-Bank berufen worden war, einer der größten des Landes. Der betagte Gründer der Bank blieb zwar Vorstandssprecher, sein Sohn, übrigens ein Schwager Woodwards, Vorsitzender der Geschäftsführung. Aber daß Pong Hsi-Kun sofort ins Allerheiligste aufgestiegen war, konnte nur heißen, daß die Finanzwelt Bangkoks auf Krit als nächsten Ministerpräsidenten setzte.

»Pong Hsi-Kun, Pong Hsi-Kun«, murmelte Field und lehnte sich zurück. »Was für ein Haufen Scheiße.« Er warf die Zeitung auf den Nebensitz und holte sich die Unterlagen heraus, die ihm Mrs. Laker mitgegeben hatte.

Das Traktorengeschäft, das er abschließen sollte, war fast unterzeichnungsreif. Aber die Lao Trading Company zögerte den

Abschluß hinaus, weil sie ein Gegengeschäft wünschte: den Export von fünf Tonnen laotischen Kaffees über einen Zeitraum von zwei Jahren. Kommunistische Handelspartner wollten immer ein Gegengeschäft machen. Er hatte den Auftrag, den Kaffee zu akzeptieren, aber die Menge so niedrig wie möglich zu halten. Jetzt warf er auch die Akte beiseite. »Lieber Gott im Himmel!« Er legte die Hand auf die Schamgegend, nahm sie aber schnell wieder weg. Es brachte nichts, wenn man sich nutzlos auf Problembereiche konzentrierte.

Am Flughafen wurde er nicht abgeholt. Es gab kaum ein Taxi. Und dann fuhr es sehr langsam, wenn auch nicht wegen des Verkehrs. Der war nämlich auch kaum vorhanden. Es waren nicht einmal viele Radfahrer und Fußgänger unterwegs. Vientiane hatte sich seit seinem letzten Besuch im Jahr 1975 sehr verändert!

Das Hotel *Lane Xang* lag zehn Minuten entfernt im Stadtzentrum, an der Uferpromenade des Mekong, der jetzt Hochwasser führte und zügig dahinfloß. In den Trockenmonaten war er nur ein kleines Flüßchen, dann konnte man die breite Uferböschung hinuntergehen, auf der vorübergehend Gemüsegärten entstanden, und ein paar hundert Meter weit auf eine Insel waten. Auf der anderen Seite der Insel watete man weiter, schwamm dann ein paar Züge, und schon war man in Thailand. Aber jetzt, im August, war das Wasser tief und reißend und der Fluß auf jeder Seite der Insel einen Kilometer breit.

Zum Haupteingang des Hotels führte eine kleine Auffahrt, an der früher üppige Blumen gestanden hatten. Kein Portier nahm Field den Koffer ab, aber im Grunde brauchte er ja auch keine Hilfe. Er reckte sich, schaute die dreistöckige Betonfassade hinauf, dann ging er hinein und fragte, ob er Zimmer 215 haben könnte. Dort hatte er früher oft gewohnt. Das ging offenbar problemlos. Vientiane war schon immer eine Stadt ohne Probleme gewesen, sogar als ihr der Krieg hauteng auf den Leib rückte. Jetzt lebten hier statt einer halben Million nur noch fünfzigtausend Einwohner,

die Hotels waren bis auf ein paar russische Berater leer, jeglicher Tourismus war verboten, und das Geschäftsleben stagnierte ohnedies. Vientiane war sehr ruhig.
Field schätzte Zimmer 215 wegen der Aussicht über den Park, der sich hinter dem Hotel etwa hundert Meter weit bis zur Hauptstraße erstreckte. Es bestand aus einem Wohnzimmer mit einem kleinen Kühlschrank und einem getrennten Schlafzimmer. Er hob den Hörer ab und wollte sich bei Mr. Som Nosavan von der Lao Trading Company anmelden. Das Telefon war tot. Er drückte noch einmal auf die Gabel, aber es rührte sich nichts. Field lächelte und ging hinunter zur Rezeption. Der Empfangschef versuchte ihn zu verbinden und schien sehr erstaunt zu sein, daß das Telefon nicht funktionierte. Field erstaunte das weniger. Er bat um Papier und ging hinaus in den zugewachsenen Garten. Aus Neugier wandte er sich nach links, wo sich früher die Gäste an ein paar Bären in Käfigen erfreuen konnten. Die Käfige standen leer. Dann schlenderte er zum Swimmingpool in der Mitte des Gartens. Die hölzernen Liegen zum Sonnenbaden waren noch da, der Lack blätterte ab. Er suchte sich einen brauchbaren Stuhl und zog ihn unter einen Frangipanibaum. Dort schrieb er zwei kurze Briefe, den einen an Som Nosavan, den anderen an Charles Vadeboncœur. Field vermied es, Diana zu erwähnen. »Barry hat mich gebeten, Grüße auszurichten. Bin bis Donnerstag hier.« Das war alles. Jetzt seid ihr dran, dachte er und brachte beide Briefe zum Empfangschef, der ein Taxi damit losschickte. Dabei waren es nur fünf Gehminuten zur Lao Trading Company an der Hauptstraße. Dianas Haus lag etwas weiter ab, vielleicht eine Viertelstunde in der anderen Richtung, in der Nähe des ehemaligen Australian Club. Aber Field wollte niemanden drängen, das paßte nicht in dieses Land. Er ging wieder in den Garten, setzte sich an den Swimmingpool und wartete.
Seltsam, dachte er, wenn man als einziger Überlebender einer ungeheuren Flutwelle nach zehn Jahren hier wieder angespült wird, in einen Park, in dem die Geister einer anderen Zeit, eines

vergangenen Lebens umgehen. 1975 war das Hotel überfüllt mit Amerikanern und anderen, die das Land verlassen wollten. Souvanna Phoumas neutrale Koalitionsregierung stand vor dem Zusammenbruch, genau wie kurz zuvor Saigon. Der gute alte Souvanna Phouma, für alle das Inbild eines sympathischen Menschen. Die Pathet Lao kreiste die Stadt in einer geradezu sanften Offensive ein, völlig verschieden von der Brutalität in Vietnam oder Kambodscha. Field war zwischen Vientiane und Bangkok hin- und hergeflogen und Zeuge des schrittweisen Zusammenbruchs geworden. Er hatte miterlebt, wie Pater Peter, jetzt in Klong Toey, hier erschien, nachdem er seine Bergstämme vor dem kommunistischen Einmarsch verlassen mußte. Und Matthew Blake, der im letzten Augenblick Abschied von seinen Meong-Partisanen genommen hatte. Mit ihm und Pop Beulle hatte Field einen reichlich alkoholischen Abend verbracht, in einem französischen Restaurant, wie man es in Vientiane besonders liebte, auf koloniale Art mit karierten Tischtüchern, der einzigen Art, die Field und Blake kannten. Die anderen Amerikaner aus den Bergen hatten Laos schon verlassen. Um diese Zeit war sogar Anthony Smith kurz aus Singapur eingeflogen, um noch etwas aus einem laufenden Vertrag zu retten, stellte fest, daß nichts mehr zu holen war, und stieg sofort wieder ins Flugzeug. Aber mitten in diesem Chaos hatte man wie bisher einmal in der Woche den Swimmingpool abgedeckt und eine Tanzfläche daraus gemacht.
Field schaute sich um. Er wußte nicht, wer mehr ins Reich der Gespenster gehörte: all diese Menschen oder er selbst. Am Ende des Parks stand das doppelte hölzerne Tor offen. Früher war es stets geschlossen gewesen, um unerwünschtes Volk fernzuhalten. Jetzt wollte niemand herein.
Er konnte seine Blicke nicht von diesem offenen Tor wenden, stellte sich vor, gleich käme Diana herein, wie zufällig, um im Pool zu schwimmen. Noch heute bedeutete sie ihm alles, was ihm fehlte. Und auch heute würde sie ihn nicht lieben. Aber das war

jetzt unwichtig. In der Phantasie hielt er dieses Bild fest: Wie sie dort, auf halbem Wege durch das Tor, durch den Schatten der Bäume auf ihn zukam. Sie hatte eine helle Haut, die sich in der Sonne schnell rötete und Sommersprossen bekam. Nach ihr hatte er sein Leben nur noch mit Mädchen verbracht, deren Haut glatt und golden wirkte. Mädchen mit dunklem Haar. Er zwinkerte, um Diana zu vertreiben.

Am Nachmittag holte ihn ein neuer gelber Toyota ab und brachte ihn durch den Regen in wenigen Minuten zur Lao Trading Company. Die seltenen anderen Wagen auf der Straße waren fast ausnahmslos älter als zehn Jahre, also vorrevolutionär. Die meisten Gebäude in dieser größten Geschäftsstraße von Vientiane waren nur zwei- oder dreistöckig. Die niedrigeren stammten aus der Zeit vor dem Zweiten Weltkrieg, die höheren waren in klassischem Beton, modern und doch ganz zeitgebunden, und stammten wie die Autos aus der kurzen amerikanischen Blütezeit. Der Sitz der Trading Company gehörte zu dieser gehobenen Kategorie; in den Schaufenstern zeigte sie die Waren der Firmen, die sie vertrat. Der Chauffeur führte ihn in eine Ecke der Eingangshalle und dann in eine winzige Toilette, in die sie kaum beide paßten, als er die Tür schloß. Sodann öffnete sich die gegenüberliegende Tür, und sie traten in einen fensterlosen Sitzungssaal, in dem die Klimaanlage für eine geradezu arktische Temperatur sorgte. In einer Ecke stand ein großer thailändischer Fernseher, daneben ein Barschrank mit etwa zwanzig Flaschen westlicher Spirituosen.

In der Mitte des Raums wartete mit hocherfreutem Lächeln ein korpulenter Mann in einem Safarianzug amerikanischen Stils. Er watschelte Field auf Sandalen entgegen und rief in überschwenglichem, perfektem Englisch mit leichtem New Yorker Akzent:

»Willkommen, willkommen! Sie sind zwar nicht so schön wie Mrs. Laker, aber trotzdem höchst willkommen! Was wollen Sie trinken?«

»Eine Cola.«
»Aber nein doch! Ich habe alles hier, sogar Bourbon. Also, was wollen Sie probieren?«
»Ich trinke nicht.« Field wußte nicht, was ihm an diesem Mann auffiel.
Som Nosavan war tief enttäuscht. »Nun ja, wenn Sie meinen, Sie müßten ihren Geist für die kommenden harten Verhandlungen klarhalten, dann zwingen Sie mich, auch nur Tee zu trinken.« Damit führte er Field zu einem runden Tisch am anderen Ende des Saals. »Also, wie finden Sie Vientiane? Hat es sich sehr verändert?«
»Ich war noch nie hier.«
»Wirklich nicht? Hatte Mrs. Laker nicht gesagt, Sie kennen Laos?«
»Nein. Ich kenne Vietnam, aber nicht Laos.« Field setzte sich und zeigte auf die Straße hinter den fensterlosen Betonwänden. »Sehr ruhig ist es hier.«
Som nickte energisch. »O ja, sehr ruhig!« Er rollte mit den Augen. »Aber in diesem Zimmer nicht. O nein! Hier lasse ich die Puppen tanzen wie Sie in Bangkok. Letztes Jahr hatte ich sieben Millionen US-Dollar Umsatz! Im Lande der Schlafenden wird der Wache reich.«
»Marx?«
Som sah ihn erstaunt an, wiederholte »Marx?«, als ob er sich an den Namen zu erinnern suchte, dann verstand er – ein Witz! »Marx! Ach so, Marx! Marx ist hier nicht so wichtig! Es ist noch immer unser gutes, schläfriges altes Laos. Aber es gibt auch ein paar fixe Burschen wie mich. Wir Laoten treiben die Russen zum Wahnsinn, Mr. Field. Oder darf ich John sagen?«
»John, sicher.«
»Zum Waaahnsinn! Manchmal könnte man sich kranklachen! Noch viel wahnsinniger als damals die Amerikaner.«
»Sind Sie Laote?«
»Ich?« Som war fast sprachlos vor Erstaunen. »Was denn sonst?

Vielleicht erstaunt Sie meine Energie? Nun, um so besser für Sie. Dann kommen wir wenigstens mit unserem Geschäft voran.« Er legte die Hand zärtlich auf seinen Bauch. »Geld, John! Geld hat diesen Bauch wachsen lassen. Aber warum wollen Sie unseren Kaffee nicht? Fünf Tonnen sind doch rein gar nichts! Und es ist der beste Kaffee der Welt! Wir wollen ihn später versuchen.«

Den Rest des Tages handelten sie Details des Vertrags aus, bis um sechs Uhr die Tür zur Toilette aufsprang. Eine junge Frau in einem Pariser Kleid trat herein, ihr folgten zwei Männer. Sogleich wurde klar, daß die Frau zu Som gehörte. Der eine Mann war sein Partner, Leiter einer volkseigenen Brauerei und einer volkseigenen Waschmittelfabrik, sein Name war Iem. Der andere hieß Kamphet und wurde als persönlicher Referent des Ministerpräsidenten vorgestellt. Die beiden Männer sprachen nur französisch, das Mädchen ebenso; Field meinte, einen vietnamesischen Akzent herauszuhören. Hin und wieder sprachen sie laotisch, was Field verstehen konnte. Aber er hatte nicht aus diesem Grund abgeleugnet, schon in Laos gewesen zu sein. Er sah einfach keinen Zweck darin, mehr Informationen anzubieten als nötig.

Eine Stunde lang tranken sie Whiskey, dann wurde ein chinesisches Essen aufgetragen. Die drei Männer blieben bei Whiskey, Field und die junge Frau tranken Cola dazu. Die ganze Zeit versuchte er, Som irgendwie einzuordnen – er war sich sicher, daß er ihm schon einmal begegnet war. Bei einer kommunistischen Machtübernahme veränderten aber viele Menschen ihre Persönlichkeit so radikal, daß Som unter dem alten Regime alles mögliche gewesen sein konnte. Das Mädchen war angeblich vor ein paar Monaten zum Einkaufen in Paris gewesen, Som vor zwei Jahren geschäftlich in Hongkong, sonst aber seien sie immer »in unserem verschlafenen Gefängnis gesessen«, wie Som es ausdrückte.

Daß Field noch nie in Europa war und nicht mehr nach Amerika wollte, nicht einmal besuchsweise, konnten sie kaum glauben.

Damit reduzierte sich ihr Gesprächsstoff auf Bangkok, über das sie recht gut Bescheid wußten, da man ja illegal das thailändische Fernsehen von der anderen Seite des Stroms empfing.
Am Dienstag vormittag hatte Field nichts zu tun. Er spazierte zum *Café Pagode* in der Sam Sen Thai Avenue. Hinter herabgelassenen Bambus-Sonnenblenden wurden noch immer Kaffee und Croissants serviert. Field aß zwei und ging zurück ins *Lane Xang*. Am Nachmittag, als es regnete, wurde weiter verhandelt, aber heute lehnte er Soms Einladung zum Abendessen ab und ging in das französische Restaurant, in dem er zuletzt mit Blake und Pop Beulle gewesen war. Die Speisekarte hatte sich kaum verändert. Als er in der Nacht ins Bett gehen wollte, bemerkte er, daß das Sekret zum erstenmal nicht ganz klar war. Eine Zeitlang überlegte er, ob das jetzt das gelbe Stadium war, von dem Woodward gesprochen hatte. Am Mittwoch vormittag wurde der Vertrag unterzeichnet. Drei Tonnen Kaffee innerhalb von zwei Jahren. Noch immer hatte er keine Antwort von Vadeboncœur.
Danach nahm er eine Trischa und ließ sich flußabwärts zum Australian Club bringen. Vielleicht traf er da zufällig Diana? Es ging am Königspalast vorbei, der seit 1976 geschlossen war, der König verschwunden, entweder in ein vietnamesisches Gefängnis oder einfach in den Tod, dann am alten Amtssitz Souvanna Phoumas, den sie hier weiterleben ließen, bis er 1984 von selbst starb. Bald lag das Stadtzentrum hinter ihm, hier reihten sich die Häuser wie auf dem Lande den Fluß entlang, zwischen Straße und Wasser.
Am niedrigen Betonbau des Australian Club war nur eins neu: der rosafarbene Anstrich. Die junge Frau an der Rezeption stellte ihm ohne jede Regung eine Tageskarte aus. Dann ging er zum Swimmingpool und musterte die Frauen und Kinder der westlichen Diplomaten, für die der Club das Herz des gesellschaftlichen Lebens von ganz Laos war. Jedes dieser Kinder konnte Diana gehören. Barry Davis hatte zwar nichts davon

gesagt, aber sicher hatten sie auch Kinder. Vielleicht studierte der Nachwuchs schon? Field verscheuchte diese Gedanken. Das kam nur, weil er sie zum letztenmal vor ihrer Hochzeit gesehen hatte. Die Zeit hätte stehenbleiben sollen. Er ging ins Haus und aß ein Club-Sandwich, danach schlenderte er wieder hinaus und streckte sich auf einem schattigen Liegestuhl am Mekong-Ufer aus.

Von hier aus konnte man etwa drei Kilometer flußaufwärts an einer Biegung des Flusses das Zentrum Vientianes liegen sehen. Und auf der anderen Seite Thailand, dem diese marxistisch-leninistische Hauptstadt und ihr Australian Club mit seiner sauberen und nüchternen angelsächsischen Atmosphäre offenbar völlig gleichgültig war.

Er wachte auf, weil ihm jemand auf den Arm klopfte. Ein paar Sekunden vergingen, dann erkannte er, wer ihn schweigend anblickte. Sein erster Gedanke war, daß Charles wahrscheinlich bis zum letzten Augenblick gewartet hatte, um die Zeit für ihr Treffen abzukürzen. Er trug eine Badehose, war anscheinend aber noch nicht im Wasser gewesen.

»Die Zeit vergeht«, sagte Field.

Charles nickte. »Ich zieh mich mal an. Dann fahren wir nach Hause.«

Damit verschwand er. Field blickte auf den Mekong, hinter dem die Sonne rot unterging. Er hatte den halben Nachmittag verschlafen. Dann kam Charles zurück und schaute auf den Strom hinaus.

»Meistens steht hier ein Polizist. Offiziell soll er den Club bewachen, in Wirklichkeit paßt er auf, daß nicht halb Laos über den Mekong schwimmt.«

»Ist jetzt ganz schön breit!«

»Hier ist eine der besten Stellen, die Strömung ist nicht schlimm, und wenn man nicht gut schwimmen kann und etwas Geld hat, findet man nachts immer zwei oder drei Boote. Letztes Jahr sind vierzehntausend geflohen.«

»Da könnte der Club doch Feldstecher und Liegestühle vermieten.«
Charles lachte. »Gott sei Dank gehen nicht alle gerade hier hinüber.«
Erst jetzt merkte Field, daß sie englisch sprachen, Charles mit einem kaum merklichen, eleganten Quebec-Akzent. Früher hatten sie sich immer nur auf französisch unterhalten. Je näher sie zum Clubhaus kamen, desto mehr sprach Vadeboncœur nur noch in konventionellen Floskeln, was Field völlig unecht vorkam. Und noch etwas anderes störte ihn. Er hatte Charles als einen blassen und zarten Mann in Erinnerung, genau das wollte ja wohl Diana – nicht nur einen Akademiker, sondern einen Idealisten, der sein ganzes Leben auf bestimmten Vorstellungen aufbaute. Field musterte verstohlen die kräftige, sonnengebräunte Gestalt neben ihm. Jetzt hatte sich Charles zur Verkörperung eines sportlich gestählten Mannes der Tat entwickelt.
»Für Diana wird das eine reizende Überraschung sein«, sagte er deutlich hörbar, als sie durch das Clubhaus gingen, wobei er vier Frauen zuwinkte, die hier Karten spielten.
Draußen wartete sein Chauffeur neben einem alten Ford. Auf der kurzen Fahrt zum Haus an einer Nebenstraße der Sam Sen Thai Avenue sprachen sie kein Wort. Es war eine kleine Straße. Der Chauffeur hupte, ein Wachmann öffnete das Gartentor. Zuerst sah man das Wächterhaus, die Villa stand etwa zwanzig Meter von der Straße entfernt. Sie war einstöckig, nicht besonders groß. Im Garten standen viele Blumen, in den Bäumen wuchsen Orchideen.
»Diana! Viens! Viens voir qui est là.« Er warf Field einen Blick zu, aus dem die Freude über die gelungene Überraschung sprach.
Sie erschien um eine Ecke des Hauses. »Charles, qu'est qu'il y a?«
Im gleichen Augenblick erkannte sie Field, blieb stehen, lachte ganz unbefangen und kam näher, um ihn mit einem Kuß zu begrüßen.
Es bewegt sie überhaupt nicht, dachte Field. Im Grunde war ich

ihr ja immer gleichgültig. Ihre Wange berührte leicht die seine. Sie fühlte sich warm an, ein wenig feucht in der Hitze. Er beugte sich zurück, um sie anzusehen, und war sich bewußt, daß Charles sie beide beobachtete. Diana hatte sich kaum verändert. Ihre Sommersprossen hatten in Laos zugenommen, aber sie paßten irgendwie zu ihrer entspannten Selbstsicherheit. Sie trug weite Shorts, an den Füßen hatte sie Sandalen. Ihre Beine waren genau wie damals, er erinnerte sich noch, wie sie sich anfühlten.

»Und jetzt komm herein«, unterbrach Charles. »Ich nehme an, du bist zum Abendessen frei?«

»Frei«, sagte Field. »Sehr frei. Absolut frei sogar.«

Charles rief etwas, sogleich erschien ein Mädchen. »Whiskey!« Bevor Field etwas sagen konnte, war die Laotin schon wieder verschwunden. »Eigentlich ist es lächerlich. Ich arbeite hier als Forstexperte, was ich eigentlich nicht bin, und bekomme fünf Diener, die die Arbeit von einem erledigen, eine Arbeit, die Diana und ich ohne weiteres selbst bewältigen könnten. Aber das läßt sich nicht ändern.«

»Und woraus besteht deine Arbeit?«

»Ich bin Forstberater. Stell dir vor! Also kann man ruhig sagen, daß ich hier Gutes bewirke.«

Sie nahmen in einem Wohnzimmer Platz, das sicherlich andere Leute möbliert hatten. Alles wirkte praktisch und eher zufällig, nicht liebevoll ausgesucht, und er mußte daran denken, wie wichtig für Diana früher jedes Detail ihrer Umgebung gewesen war.

»Ja, aber was genau machst du denn da?«

»Was genau?« wiederholte Diana, setzte sich neben ihren Mann und legte ihm eine Hand auf die Schulter. »Oder noch genauer – was haben wir eigentlich damals in Montreal gemacht? Wir haben Geld gemacht und wurden langsam reicher, wie alle anderen auch. Und jammerten bitterlich, als ob unsere Probleme die schlimmsten auf der Welt wären. Ein paar Problemchen gab es ja, zugegeben, aber sonst war es doch das angenehmste, leichteste und freieste Leben auf Erden.«

»Wir dachten alle, daß bald die Revolution kommt«, fuhr Charles fort. »Du erinnerst dich sicher, wie wir damals empfanden. Alles sollte plötzlich anders werden.« Dabei sah niemand weniger revolutionär aus. »Aber dann gab es ein paarmal die richtigen Wahlergebnisse, und ein paar Gesetze änderten alles ohne größere Schwierigkeiten. Wenn man das vergleicht mit ...« Der Satz blieb unvollendet.

»Und wie bist du auf die Forstwirtschaft gekommen?«

»Ich fand, das war einfach nicht gut genug. Besser gesagt, es war zu gut. Also kündigte ich und ging zur UNO-Entwicklungshilfe. Das war vor fünf Jahren. Zuerst wollten sie mich als Rechtsanwalt einsetzen, und es hat seine Zeit gedauert, bis ich sie davon abbrachte. Dann kamen sie auf etwas anderes: Kanada, das bedeutet doch Wald. Dazu ließ ich mich dann auch bekehren. Und jetzt verbringe ich meine Tage an der frischen Luft. Zuerst waren wir zwei Jahre in Lagos, in Afrika ist ja die Abholzung ein großes Problem. So gravierend ist es hier nicht. Meistens bin ich im Norden.«

»Und sehnst du dich nicht nach ...«

»Nach dem Jammern? Überhaupt nicht.«

»Nach dem Winter aber schon«, fügte Diana hinzu.

»Seid Ihr zwischendurch zu Hause gewesen?«

»Ein paarmal«, sagte sie, »bevor wir nach Laos kamen, vor allem zu Begräbnissen.«

»Ich nicht«, rutschte es Field heraus.

»Nicht ein einziges Mal?«

»Seit zwanzig Jahren nicht. Nicht einmal zu Begräbnissen.« Darin schwang etwas Befriedigung mit.

Da sie in diesen zwanzig Jahren keine gemeinsamen Erlebnisse hatten, sprachen sie immer mehr von Montreal, wie sie es kannten, wobei natürlich peinliche Punkte zu umgehen waren. Nur durch großen Zufall hatten sie sich ja überhaupt kennengelernt, erst recht aber geliebt und dann sogar geheiratet. Field war von der Schule geradewegs in eine Zeitungsredaktion gegangen,

Charles hingegen hatte auf der anderen Seite des Bergs an der Université de Montréal studiert, als Diana von den sicheren englischen Höhen des Mount Royal herabkam, um die Welt für sich zu entdecken.
Bei alledem wunderte sich Field immer mehr, daß von der Nachricht an Davis keine Rede war. Gegen Ende des Abendessens sagte er: »Barry macht sich offenbar Sorgen um euch. Warum eigentlich?«
Es war gerade ein Dienstmädchen am Tisch, so wartete Charles, bis sie gegangen war, und sagte sanft: »Wirklich? Barry macht sich gern ein bißchen Sorgen.«
»Also ist alles in Ordnung?«
Charles nickte und lächelte zustimmend.
»Dann bin ich ja beruhigt.«
»Allenfalls ein bißchen langweilig hier. Laos ist, wie soll ich es ausdrücken ...«
»Ein bißchen sehr ruhig«, half ihm Diana.
Sie lachten alle drei, dann verebbte das Gespräch, sie wußten nichts mehr zu sagen. Um das Haus lag vollkommene Stille. Hier hörte man keine Stimmen von Menschen, keinen Verkehr, nicht, wie in Bangkok, rund um die Uhr das große Summen der unermüdlichen Stadt.
Dann stand Charles auf. »Ich geb dir einen Brief an Barry mit. Verschiedenes könnte ihn vielleicht doch interessieren. Macht dir doch nichts aus? Gut, dann schreibe ich ihn schnell.« Damit verließ er entschlossen den Raum.
Field saß bewegungslos da und blickte auf seine Hände nieder. Er spürte, wie sie ihn musterte.
»Wir haben schon gehört, daß du in Thailand bist. Zuerst hat mich das sehr erstaunt, damit hatte ich nie gerechnet. Letztes Jahr kam ein Journalist hier durch, der in Bangkok eine Nacht in deiner Gesellschaft verbracht hatte. Er erzählte uns den halben Abend sehr amüsant eure Erlebnisse. Ich kam mir wie ein Voyeur vor, er konnte ja nicht wissen, daß ich dich kenne.«

»Ich kann mir nicht denken, daß das so interessant gewesen sein kann.«
»Das war es auch nicht, aber du kamst als ausgebuffter Asienkenner ganz groß heraus. Zynisch, weißt du, schon alles gesehen, alles erlebt. Schon ein halber Eingeborener etc. Und jetzt bin ich ganz erstaunt, daß du dich kaum verändert hast.«
Field zuckte mit den Achseln. »Keine Kinder?«
»Nein«, sagte sie rasch. »Ich konnte nicht ... Zuerst dachte ich, daß Charles etwas dagegen hat, dann gingen wir in die Tropen, und da war es ja nicht sinnvoll.«
»Sinnvoll?« wiederholte Field. »Ich habe nie geglaubt, daß Sinn etwas mit dem Leben zu tun hat.« Beinahe hätte er hinzugefügt, daß er eine Tochter auf der Universität hatte. Statt dessen blickte er ihr ganz offen in die Augen. Zweimal hatte er sie verführt oder besser überredet und fast überwältigt, mit ihm ins Bett zu gehen. Sie war nur aus Freundschaft mitgegangen, das war ihm schon damals klar gewesen. Für diesen Posten besaß er einfach nicht die Voraussetzungen, die Diana verlangte.
Sie unterbrach das Schweigen. »Als ich heiratete, stand Glück auf meiner Liste nicht ganz oben, ich meine, es kam weiter unten. Aber seltsam: Ich bin trotzdem sehr glücklich geworden.«
»Hier?«
»Ja. Vor allem hier.«
»Was machst du denn so immer? Wenn Charles in seinen Teakwäldern arbeitet zum Beispiel.«
»Früher spielte ich oft Bridge mit Souvanna Phouma, manchmal fast täglich. Er war wirklich ganz reizend! Vientiane ist ja ein Dorf; wir waren noch kaum eine Woche hier, da hatte sich schon bis zu ihm herumgesprochen, daß ich akzeptabel spiele. Ich hatte Bridge in Westmount gelernt, dort spielten wir nur Bridge oder Tennis.«
»Klar. Die feinen Spiele. Wir Iren da unten spielten Hockey.«
Sie lächelte, und zum erstenmal bemerkte Field einen müden Zug in ihrem Gesicht. Etwas Tiefsitzendes, etwas gut Versecktes.

»Inzwischen ist er schon ein Jahr tot. Und seitdem?«
»Ach, ich habe immer etwas vor. Auch mit den anderen Frauen. Wir suchen uns ganz bewußt etwas zu tun. Und schließlich muß ich ja auch für Charles sorgen. Charles ist ganz anders als wir.« Das sagte sie völlig sachlich, als sei ihre – und Fields – Unterlegenheit etwas Selbstverständliches. »Er hat sehr klare Ansichten über feine und weniger feine Spiele.« Dabei wurde sie etwas rot. »Also muß man sich um ihn kümmern.«
»Sicher«, sagte Field nur.
Ein Dienstmädchen kam herein und füllte noch einmal Kaffee nach. Diana wartete, bis sie allein waren, dann sagte sie: »Auf seinen Brief ... solltest du gut aufpassen.«
»Selbstverständlich.«
»Nein, so meine ich das nicht. Charles untertreibt immer ... du mußt bitte sehr gut auf ihn aufpassen. Vor allem beim Abflug.«
»Aber selbstverständlich«, sagte Field, diesmal mit Nachdruck. »Ich bin doch der Asienkenner, oder? Ich weiß schon Bescheid.«
»Das glaube ich zwar weniger ...« Jetzt lachte sie wieder, der erschöpfte oder besorgte Zug war aber wieder zu erkennen.
So sprachen sie noch eine halbe Stunde, bis Charles erschien und sich entschuldigte. »Der Brief ist noch nicht fertig. Ich gebe ihn dir morgen früh, ja? Vielleicht um zehn im Club? Die Maschine geht ja erst Mittag.«
»In Ordnung«, sagte Field.
Er wollte sich nicht ins Hotel bringen lassen. Es war nur eine Viertelstunde zu Fuß, und die hatte er irgendwie nötig. Die Ruhe und der Frieden in den Straßen waren himmlisch, manchmal hörte man leise einen Vogel zwitschern, die Luft streichelte ihn sanft. Er überquerte die große Allee vom Königspalast zum Siegesdenkmal. Eine der drei Verkehrsampeln Vientianes stand auf Rot, er überquerte trotzdem die Straße: Es war nicht einmal ein Radfahrer zu sehen. Wer Frieden suchte, konnte in Vientiane sehr glücklich sein.
Am Vormittag nahm er eine Trischa zum Australian Club, wo er

kurz vor zehn ankam. Er trank einen Kaffee, dann setzte er sich wieder in den Schatten und sah zu, wie ein paar Kinder schwimmen lernten. Unten am Ufer saß ein Polizist in Uniform und blickte auf den Fluß hinaus. Es war natürlich ganz unwahrscheinlich, daß jemand am hellichten Tag hier zu fliehen versuchte, also war auch seine Funktion mehr fiktiv als ernst gemeint.
Als Charles um 10.45 Uhr immer noch nicht da war, machte sich Field allmählich Sorgen um seinen Flug. Noch drei Tage in Vientiane, ohne etwas zu tun und mit zunehmenden Schmerzen in seiner Scham – das war kein verlockender Ausblick. Er ging auf die Straße und nahm ein Taxi. Vor dem Haus bat er den Fahrer zu warten.
Er läutete, aber es rührte sich nichts, nicht einmal der Portier erschien. Er drückte noch einmal auf den Klingelknopf, dann rief er. Keine Antwort. Dann merkte er, daß das Tor nur geschlossen, aber nicht verriegelt war, ging in den Garten und rief erneut. Erleichtert bemerkte er, daß der alte Ford vor der Garage stand, also hatte er sich nicht mit Charles gekreuzt. Die Fensterläden waren noch geschlossen; wahrscheinlich schlief Diana nach dem für hiesige Verhältnisse späten Abend aus. Als sich noch immer nichts rührte, ging Field zum Haus und klopfte an die Tür. Kein Dienstmädchen erschien, also rief er erneut und drückte auf die Klinke. Die Tür ging auf.
Im Haus war es absolut still. Hier war es noch kühl. Nach einigen Sekunden gewöhnten sich seine Augen an das Dunkel, und er bemerkte, daß einige Sachen auf dem Boden verstreut lagen. Er zog die Haustür hinter sich zu und ging langsam ins Wohnzimmer. Stühle lagen auf dem Boden, Bücher waren aus den Regalen geworfen. Auch in der Küche niemand, auch hier sämtliche Schubladen ausgeleert, Teller und Töpfe im ganzen Raum verstreut. Er ging wieder in den Flur und überlegte kurz. Vielleicht sollte er sofort die Polizei alarmieren? Sein Blick fiel auf die Treppe, er horchte kurz, dann stieg er Stufe um Stufe hinauf. Oben waren vier Türen, zwei davon standen offen. Eine führte

ins Bad, er konnte sehen, daß Handtücher auf dem Boden lagen. Die andere führte in ein kleines Schlafzimmer, auch hier Unordnung. Er stieg ganz hinauf. Auf dem Treppenabsatz lag ein billiger chinesischer Teppich, der jeden Laut seiner Schritte schluckte. Er überlegte, welche der geschlossenen Türen er öffnen sollte. Er nahm die linke zuerst und drückte vorsichtig auf die Klinke. Der Raum war völlig dunkel. Er tastete nach dem Schalter und machte Licht.

Als erstes sah er Dianas Fuß, auf dem Boden am Ende des Bettes. Dann sah er den anderen. Er machte noch einen Schritt und blieb stehen. Charles lag halb verborgen hinter dem Bett. Fields Blicke wanderten zurück zu Diana. Sie war nackt, um Bauch und Scham klafften tiefe Schnitte. Die Arme waren ausgestreckt, sie war gefesselt, dann aber losgeschnitten worden, das Laken, mit dem sie gefesselt gewesen war, hing noch an den Handgelenken. Die Finger waren abgehackt. Er zwang sich, alles anzusehen: Die Brüste waren abgeschnitten, geradezu chirurgisch glatt, die Ohren ebenso, der Mund war aufgerissen, etwas Blutiges steckte darin. Das Blut war ganz frisch, auf dem Fußboden noch nicht trocken. Dianas Augen waren weit aufgerissen. Die Augen haben sie nicht angerührt, dachte er. An ihrem Ausdruck sah er, daß sie alles bei vollem Bewußtsein erlebt hatte, auch, als man ihr das in den Mund stopfte. Und doch lag sie ganz ruhig da.

Er warf noch einen Blick auf Charles. Um seinen Kopf war ein Tuch gebunden, so fest, daß es in seinen Mund schnitt. Er war ebenso verstümmelt, noch gefesselt, aber sein rechter Arm war halb abgetrennt, vielleicht weil er sich gewehrt hatte. Seine Genitalien fehlten, jetzt wußte Field, was in Dianas Mund steckte. Sein ganzer Körper war verkrümmt und verkrampft.

Field schleppte sich mit Mühe zur Treppe, klammerte sich ans Geländer, schluckte krampfhaft, um nicht zu erbrechen. Die Luft stand völlig unbewegt. Kein Mensch im Haus, war sein erster Gedanke. Niemand. Vorsichtig ging er die Treppe hinunter. Unten hing ein Spiegel. Field zwang sich, nicht hineinzusehen.

Draußen sangen die Vögel. Er lief durch den Garten zum Tor, wo der Taxifahrer wartete. Sonst kein Mensch. Zur Polizei, dachte er. Er warf einen Blick zurück in den leeren Hof. Dann zog er das Tor hinter sich zu und stieg ein: »Hotel.«
Sie fuhren an Häusern entlang, in denen sich Leben regte. Keine Gefühle, sagte er sich, jetzt nur keine Gefühle! Jetzt ganz ruhig bleiben! Er versuchte sich das Haus vorzustellen. Fünf Diener. Und kein einziger da. Aber er hatte nicht in die anderen Zimmer gesehen: Vielleicht waren auch sie tot oder gefesselt? Nein. Unmöglich! Nicht so viele Menschen, mit Häusern rechts und links daneben. Die Diener waren weg. Die Polizei war nicht alarmiert. Er sah die Toten vor sich – sie waren nicht einfach ermordet, sie waren zu Tode gefoltert worden. Das Haus war durchsucht worden. Er schaute auf die Uhr. Das Flugzeug ging in einer Stunde, das nächste in drei Tagen. Und er mitten in einem Vorgang, den er nicht verstand, nicht steuern konnte. »Jetzt nur ins Flugzeug«, befahl er sich halblaut. Der Fahrer wandte sich um und sah ihm in die Augen, als ob er darin ein Bild sehen könnte. Field schaute aus dem Fenster.
Er holte tief Luft und versuchte sich zu beruhigen. War es Zufall, daß ausgerechnet er die Toten gefunden hatte? Wenn nicht – dann ließen sie ihn nicht ausreisen. Flucht, Rückzug, aber wohin? In Laos wurden Kanadier von der britischen Botschaft betreut. Zwei Seiten eines Dreiecks: die eine zum Hotel, die andere zur Botschaft. Die zum *Lane Xang* war kürzer. Vielleicht besser so. Eins nach dem andern.
Vor dem Hotel sagte er zum Fahrer: »Warten Sie hier. Nicht wegfahren!« Als der Mann nickte, rannte Field die Treppe hinauf, ging zur Rezeption. »Schlüssel bitte. Und die Rechnung, sofort. Ich hole nur schnell meinen Koffer.«
Zusammen mit dem Zimmerschlüssel gab ihm der Empfangschef einen kleinen, dicken Briefumschlag.
»Wer hat das gebracht?
»Das kam heute vormittag, Mr. Field.«

»Wer hat es gebracht?«
Der Mann zuckte mit den Schultern. »Ein Bote.«
Field rannte die Treppe hinauf, drehte mit zitternden Händen den Schlüssel, stellte sich zur Seite und stieß die Tür auf. Drinnen rührte sich nichts. Er stürzte ins Zimmer, riß den Umschlag auf, fand ein einfaches Heftchen darin. Er blätterte es durch, es war voll, die Schrift klein und sorgfältig, alles auf englisch. Er las ein paar Worte: »Pong Saly: Bei einer Forstinspektion im Juni 1984 bemerkte ich erstmals große Mohnfelder, die in den offiziellen Plänen nicht enthalten waren.« Das also war der Brief! Jetzt den Rückzug decken, dachte er, die Botschaft anrufen. Er rannte zum Telefon. Es war tot. Er warf den Hörer auf die Gabel, eilte ins Schlafzimmer. Er hatte das Fenster offengelassen, die Sachen waren gepackt, der Koffer stand offen. Er drückte den Deckel zu und rannte zur Tür. Zuerst zur Botschaft, dachte er, dann zum Flughafen. Das ist sicherer.
Laute Rufe. Er horchte. Ja, da rief jemand etwas. Er lief zum Fenster und schaute in den Garten hinunter. Durch das Holztor am anderen Ende kam eine Gruppe Soldaten oder Polizisten mit Maschinenpistolen gerannt. Er raste ins vordere Zimmer, öffnete die Tür und horchte. Menschen kamen die Treppe herauf. Verzweifelt suchte er nach einem Hinweisschild für einen Feuerfluchtweg, dann faßte er sich, ging zurück ins Zimmer und versperrte die Tür. Er stand ganz still und versuchte einen klaren Gedanken zu fassen, bis er Schritte im Korridor hörte.
Das Heft. Das Heft! Er hatte es ja noch in der Tasche! Field holte es heraus und starrte es wie gelähmt an. Suchten sie das? Er warf einen Blick hinein: »... eine Waschmittelfabrik, die in Wirklichkeit als Drogenlabor dient ...« Er schloß es. Was würden sie mit ihm machen, wenn sie glaubten, er hätte es schon gelesen? Seine Blicke jagten hektisch durch das Zimmer. In die Toilette! Nein, für eine Spülung war das Heft zu groß, für zwei hatte er keine Zeit mehr. Er rannte zum Kühlschrank und riß die Tür auf. Er war leer. Hinter ihm klopfte jemand an die Tür. Er öffnete das

Tiefkühlfach, zwei leere Eisbehälter waren darin. Er steckte das Heft in den Umschlag, legte es unter den hinteren Eisbehälter, stellte den anderen davor und schloß leise die Tür. Draußen brüllte jemand, er solle aufmachen. Er ging den halben Weg zur Tür, dann antwortete er mit ruhiger Stimme.
Aber sie hörten ihn offenbar nicht, schrien weiter. Als Field zur Tür kam, verstand er, daß es französisch war.
»Qui est là?«
»Police! Police!«
»Attendez.« Er drehte den Schlüssel und drückte langsam auf die Klinke.
Sofort warfen sie sich gegen die Tür und drückten ihn an die Wand. Er hob die Hände und bemühte sich um einen erstaunten Ausdruck. Als erstes tasteten sie ihn ab, dann wurde schnell das Zimmer durchsucht.
Ein gepflegter kleiner Mann, offenbar in Offiziersuniform, trat jetzt an ihn heran. Er sah ganz jung aus, wie ein Teenager. »Votre valise?« Er blickte auf Fields Koffer.
»Mein Flugzeug geht um zwölf Uhr«, antwortete Field. »Monsieur Vadeboncœur?« fragte der Offizier.
»Britische Botschaft«, antwortete Field.
Jetzt schaltete der Offizier in ein stockendes Englisch um. »Warum haben Sie ihn umgebracht?«
»Britische Botschaft«, wiederholte Field.
Der Offizier ließ seine Leute auch das Schlafzimmer durchsuchen, offenbar nach Waffen, dann mußte Field mit einem Soldaten hineingehen und warten. Weil kein Stuhl vorhanden war, setzte er sich auf das Bett. Der Soldat stand vor der Tür, die Kalaschnikoff vor der Brust. Nach zehn Minuten kam der Offizier wieder. Jetzt hatte er Fields Paß in der Hand.
»Warum sind Sie nach Vientiane gekommen?«
Field stand auf. »Geschäftlich.«
»Geschäftlich?«
»Lao Trading Company. Traktoren. Som Nosavan.«

»Traktoren«, wiederholte der Mann. »Und warum Leute umgebracht?«
Field sah ihn genauer an. Wahrscheinlich war es sein erster Mord, vielleicht der erste Mord seit Jahren in Vientiane. »Ich war es nicht. Bitte rufen Sie die britische Botschaft an.«
»Die Nachbarn haben Sie beobachtet. Sie gehen ins Haus, kommen wieder heraus.«
»Und wen haben die Leute noch gesehen? Ich wollte mich verabschieden. Es waren meine Freunde. Sie waren schon tot.«
Der Offizier nickte. »Und warum kommen hierher? Warum nicht der Polizei sagen?«
»Bitte rufen Sie jetzt die britische Botschaft an.«
»Zwei Stunden vor dem Flugzeug ermordet, abgeflogen, bevor die Polizei weiß.«
»Wer hat Ihnen das verraten?« sagte Field.
»Telefonanruf.«
»Woher wußten die denn das alles?« rief er. »Woher?« Er spürte, wie er die Selbstbeherrschung verlor, und setzte sich wieder.
Der Offizier wandte sich ab und verließ das Zimmer, die Tür ging wieder zu. Field sah den jungen Soldaten an, der wandte seinen Blick ab. Nun warteten sie eine halbe Stunde, dann hörte Field das Geräusch eines Flugzeugs. Er wollte zum Fenster gehen und seiner Maschine nachsehen, aber der Soldat vertrat ihm den Weg und stellte sich vor das Fenster.
»Ich will nicht rausspringen, um Himmels willen.« Er setzte sich wieder auf das Bett und wartete, bis er es nicht mehr aushalten konnte. »L'officier«, schrie er, »l'officier!« Der Soldat drohte ihm mit seiner Waffe, aber Field hatte sich nicht bewegt. Er schrie nur immer wieder: »L'officier!«
Die Tür ging auf. Er sah, daß man das Wohnzimmer völlig auf den Kopf gestellt hatte.
»L'Ambassadeur anglais!«
»Dort hinüber!« Der Offizier deutete in eine Ecke am Fenster. »Gehen Sie dorthin!«

Als nächstes kamen vier Soldaten herein und begannen mit der Durchsuchung. Sie zogen das Bett ab, drehten die Matratze um und legten alles an die Wände. Das hieß, daß sie noch nicht in den Kühlschrank gesehen hatten. Bald darauf trat hinter einem Soldaten eine korpulente Figur ins Wohnzimmer. Zugleich schloß jemand die Zwischentür. Es dauerte ein paar Sekunden, dann wurde Field klar, daß es Som Nosavan gewesen war, von der Lao Trading Company.

»Hallo!« rief er dem Offizier zu. »Das ist der Mann, mit dem ich zu tun hatte.« Er zeigte auf die Tür. »Da draußen, ich habe ihn genau gesehen. Lassen Sie mich mit ihm sprechen.«

Der Offizier ignorierte dies scheinbar, verließ aber den Raum. Nach ein paar Minuten kam Nosavan herein, auf dem Gesicht einen peinlich berührten Ausdruck. Für solche Feinheiten war Field nicht in der rechten Stimmung. »Hören Sie zu: Ich will mit der britischen Botschaft sprechen. Ich habe ein Recht darauf.«

»Es tut mir schrecklich leid, Mr. Field. Ich verstehe gar nicht, was vorgeht. Man hat mich durch einen Soldaten hergeholt! Haben Sie etwa meinen Namen genannt?« Das letztere klang deutlich vorwurfsvoll, es sollte wohl heißen, daß man in diesem Lande andere Menschen nicht in seine Affären hineinzog. »Ich höre, Sie haben ein junges Paar umgebracht.«

»Sagen Sie einfach den Soldaten, wozu ich nach Vientiane gekommen bin.«

»Das habe ich bereits. Aber ein Geschäftsmann kann doch auch ein Mörder sein, nicht wahr? Man sagt, das Haus sei ausgeraubt. Und ich soll feststellen, was Sie mitgehen ließen.«

»Ich habe nichts mitgenommen. Es waren Freunde von mir. Hören Sie, wollen Sie der Botschaft Bescheid sagen? Mehr brauchen Sie gar nicht zu tun. Sagen Sie der Botschaft, wo ich bin.«

Jetzt wurde die Peinlichkeit der Situation offenbar unerträglich.

»Bitte erlassen Sie mir das, Mr. Field.«

»Dann rufen Sie an. Ein paar Worte genügen.«

»Ich glaube, Sie verstehen mich nicht.«

Field versuchte, ihm vernünftig zuzureden. »Aber ich habe doch ein Recht, meine Landsleute wissen zu lassen, was hier vorgeht.«
»Das ist es ja gerade, Mr. Field. Wahrscheinlich können Sie das gar nicht verstehen. Sie haben nämlich keine Rechte! Es gibt keine Gesetze in Laos: Die jeweiligen Entscheidungen der Regierung gelten absolut. Niemand von uns hat Rechte! Wir haben nur Pflichten.«
»Und wie geht es jetzt weiter?«
Som zog die Achseln hoch. »Die Polizisten wissen nicht, was sie tun sollen. Sie konsultieren höhere Ebenen.«
»Nun, um Himmels willen ...« Field verlor sich in Hilflosigkeit und Wut. Alle anderen Gefühle hatte er bis jetzt unterdrücken können. »Wollen Sie jetzt bitte herausfinden, wie es weitergeht?« Er machte eine unbestimmte Handbewegung und ließ sich wieder auf dem Bett nieder.
»Aber gerne, Mr. Field. Das schulde ich schon Mrs. Laker. Und machen Sie sich keine Sorgen, Mr. Field. All das berührt unseren Vertrag in keiner Weise. Dies ist eine rein private Angelegenheit.«
Field sah ihn erbittert an. »Aber ein Gesetz, das Geschäftliches und Privates trennt, das haben Sie also?«
Som lächelte ihm verständnisvoll zu und verabschiedete sich. Dann geschah längere Zeit nichts. Der Soldat hielt an der Tür Wache. Field legte die Beine auf das Bett und den Kopf auf die Knie. Einmal schlief er kurz ein, wachte aber sofort aus einem Alptraum auf: Er sah, wie Diana ermordet wurde. Das Licht brannte, der Soldat war von einem anderen abgelöst worden, der die Klimaanlage abgeschaltet und das Fenster geöffnet hatte. Jetzt sangen die Moskitos im Raum. Wahrscheinlich hatte der Mann noch nie etwas Moderneres als einen Deckenventilator gesehen.

6 Kurz nach zwei Uhr wurde die Tür plötzlich aufgerissen. Der Offizier rief den Soldaten hinaus und ließ Som Nosavan herein. In dem kurzen Augenblick, als die Tür ganz offenstand, meinte Field im anderen Zimmer den Referenten des Ministerpräsidenten zu erkennen, der neugierig hereinschaute, Kamphet, der beim Abendessen der Lao Trading Company dabeigewesen war. Aber schon fiel die Tür wieder zu. Som lächelte zuerst, dann wanderte er unentschlossen durchs Zimmer, schließlich blieb er am Fenster stehen. Er schaute hinaus und sagte nach einer Weile, ohne sich umzudrehen:

»Ist Ihnen eingefallen, was Sie vielleicht in jenem Haus gesucht oder zufällig gefunden haben?«

Field ignorierte die Frage. »Haben Sie die Botschaft angerufen?«

»Ich habe die Angelegenheit mit verschiedenen Freunden besprochen. Wenn ich die Botschaft anrufe, wird die Angelegenheit offiziell. Damit beginnt ein Mechanismus abzulaufen, der vielleicht Monate dauert. Und von dem niemand weiß, wie er ausgeht.« Jetzt drehte er sich um, kam zu Field und setzte sich neben ihn. Es war nicht heiß im Zimmer, und doch schwitzte der dicke Mann. »Wenn Sie es wünschen, gehe ich sofort zur Botschaft. Aber ich habe mit den Polizisten gesprochen, mit meinen Freunden, und ich habe«, hier lächelte er ein wenig, »aus Freundschaft zu Mrs. Laker gewisse Angebote gemacht. Man steht vor einer schwierigen Entscheidung: Soll man wirklich einen Ausländer wegen Mordes anklagen? Und das ausgerechnet jetzt? Natürlich müssen Sie es ganz allein entscheiden, aber Sie wissen vielleicht: Viele Menschen verlassen Laos informell. Unauffällig. Sie gehen über den Fluß. Wenn Sie sich dazu entschließen könnten, würde das allen Beteiligten aus einer sehr unangenehmen Situation helfen. Auch mir übrigens. Haben Sie sich einmal überlegt, was es für mich heißt, in dieser Kleinstadt vor Gericht für einen Geschäftsfreund auszusagen, der zwei Leute abgeschlachtet hat?«

»Aber ich ...«

Som hob beruhigend die Hände. »Ich erkläre Ihnen ja nur, warum ich nichts dagegen hätte, daß Sie von hier verschwinden. Wenn Sie sich dazu entschließen, ziehen sich die Polizisten fünf Minuten zurück, sie würden dann vor dem Haupteingang bleiben. Sie könnten hinuntergehen und durch den Hintereingang fliehen. Das Tor am Ende des Parks steht offen, draußen wartet mein Auto mit Chauffeur auf Sie und bringt Sie fünfundzwanzig Kilometer nach Süden, nach Tanaleng. Dort verkehrt eine Fähre nach Thailand, ab acht Uhr morgens. Ich habe Bekannte beim Zoll, die Sie ausreisen lassen, und schon sind Sie in Thailand, in Nong Khai. Der erste Zug nach Bangkok wäre zwar schon abgefahren, aber abends um sechs geht der nächste. Sie könnten sogar einen Mietwagen mit Chauffeur nehmen. Und sobald Sie drüben sind, findet die Polizei die Toten. Sie hätten sich aus diesem komplizierten Vorgang entfernt, bevor ein Wort gesagt oder ein Schuß gefallen wäre. Für alle Beteiligten angenehmer und sauberer!«

Field sah sich den Mann genau an. Er wußte nichts zu sagen.

Schließlich schien Som das Schweigen nicht mehr zu ertragen. »Wir dürfen nicht zu lange warten, Mr. Field. Die Polizei kann Sie nicht ewig hier halten, sonst wird es bekannt, und damit ist es dann offiziell ... und dabei könnten Sie morgen abend schon in Bangkok sein.«

»Wenn ich fliehe, wird die Polizei den Beweis darin sehen, daß ich der Mörder bin.«

»Kümmert Sie das? Mir wäre das ziemlich gleichgültig. Übrigens – ich habe keine Ahnung, wie es in der Öffentlichkeit dargestellt wird. Das ist eine politische Entscheidung und liegt nicht in meiner Hand oder in der meiner Freunde.« Er zuckte mit den Achseln. »Mir wäre es lieber, Sie gingen, aber ich kann Sie natürlich nicht zwingen. Vielleicht beschreiten Sie lieber den Rechtsweg.«

»Was sagen denn die Zeugen, die mich am Haus sahen? Haben sie sonst niemand bemerkt?«

»Offenbar nicht.«
Field überlegte. Er sah sich im Zimmer um. Wenn er blieb, würde er dieses unerträgliche Hotelzimmer bald gegen etwas viel Schlimmeres im Gefängnis tauschen. Und auf wie lange? Früher oder später würden sie auch das Heft im Kühlschrank finden, dann war klar, daß er zuviel wußte. Und was machten sie dann mit ihm? Wenn sie ihn erst einmal sicher hinter Gittern hatten, war nichts mehr ausgeschlossen. Er sah Som an, der wieder aufstand und taktvoll aus dem Fenster sah, als meditiere er über die Rätsel der Welt da draußen. Und noch angenehmer und sauberer wäre es, dachte Field, wenn mir bei der Flucht ein Unfall zustieße. Er schaute auf. Som beobachtete ihn.
»Nun? Was meinen Sie?« fragte Som.
»Ich weiß nicht.«
Som nickte voll Mitgefühl. »Eine sehr schwierige Entscheidung!«
»Wie ich mich auch entscheide – beides ist riskant.«
Som nickte wieder. »Vielleicht.« Er schien die Risiken abzuwägen. »Ich selbst lebe in unsicheren Verhältnissen, schon weil ich Geschäfte mache. Ein Kapitalist im sozialistischen Lager – das können Sie sich nicht vorstellen! Wo man keine festen Regeln hat, gibt es immer Risiken. Vielleicht sogar weniger für Sie, wenn Sie über den Fluß gehen. Ich selbst habe diesen Ausweg schon einmal gewählt, vor ein paar Jahren, bin aber wiedergekommen, weil sich die Lage entspannt hatte. Ohne Risiko kann man nicht leben.«
Field sah ihn schweigend an. Er konnte sich einfach nicht konzentrieren. »Also gut«, sagte er schließlich. »Ich gehe.«
Zuerst schien Som ihn nicht gehört zu haben, dann zeigte sich eine gewisse Erleichterung in seinem Ausdruck. »Bleiben Sie hier, bis man die Tür zum Flur zuschlägt. Dann warten Sie ein paar Minuten und kommen heraus.«
»Und mein Paß, mein Geld?«
»Liegen im anderen Zimmer für Sie bereit.« Schon ging er zur Tür, lächelte ermutigend und verschwand mit einem »Viel Glück!«.

Field stand auf und ging im Zimmer auf und ab. Er wollte nachdenken, wollte sich konzentrieren, bereute seinen Entschluß schon. Wenn er sich noch anders entschied? Dann kamen sie in zehn Minuten wieder herauf und holten ihn. Und dann? Wenn sie ihn nur umbringen wollten, warum dann nicht hier? Hier ging es noch leichter als im Garten, hier hatte er überhaupt keine Chance. Es gab nur die Wahl zwischen Thailand und einem unabsehbaren und verlogenen Mordprozeß.
Die Tür zum Flur fiel zu, betont laut. Field löschte das Licht und schaute aus dem Fenster. Die Nacht war sehr dunkel, der Swimmingpool schimmerte leicht, aber die Mauer und das Tor am Ende des Parks waren nicht zu sehen. Er ging zur Tür und drückte langsam die Klinke. Sie hatten das Licht angelassen, der Paß lag auf dem Tisch, der Koffer stand daneben. Unter dem Paß lagen zweitausend Baht. Es hätten etwa zwanzigtausend sein sollen. Er hatte also selbst für seine Flucht bezahlt, was bewies, welch tüchtiger Geschäftsmann Som war. Field steckte Paß und Geld in die Hosentasche und ging zur Tür. Im Korridor war niemand, auch nicht auf dem Treppenabsatz. Er ging zurück, öffnete den Kühlschrank, holte das Heft heraus und steckte es in die andere Hosentasche. Es fühlte sich kalt an; auf seiner Hose zeichnete sich ein feuchtes Rechteck ab. Er packte den Koffer und ging hinaus, diesmal rascher.
Die Halle im Erdgeschoß war leer, der Empfangschef verschwunden. Vor dem Haupteingang parkten die Jeeps der Polizei, Field sah aber keinen Polizisten. Im Laubengang, der in den Park führte, brannten bunte Glühbirnen wie an einem Tanzabend. Dahinter stand schwarz die Nacht. Er öffnete die Glastür und ging hinaus, hielt unwillkürlich inne, als erwarte er Schreie, Schüsse. Aber alles blieb still. Nur die Moskitos kreisten wie irrsinnig um die Lichter.
Field ging schnell nach links und dann am Rande des Parks entlang zu den Bärenkäfigen. Das Gras dämpfte seine Schritte. Bei den Käfigen blieb er stehen, horchte wieder, schlich vorsichtig

weiter, hielt sich immer am Zaun, immer in der Deckung von Bäumen und Büschen. Die Mauer an der Straße war hinter dichtem Gebüsch verborgen. Hier wandte er sich nach rechts, auf das Tor zu. Es waren vielleicht noch vierzig Meter. Nach zwanzig Metern hörte er ein Geräusch und blieb stehen. War das Soms Fahrer? Schritt für Schritt tastete er sich vorwärts, bis er etwas im Dunkeln aufblitzen sah. Die Entfernung war schwer zu schätzen, vielleicht zehn Meter. Er wagte sich etwas aus dem Gebüsch, ging in winzigen Schritten weiter. Der Mann hätte doch draußen im Freien warten sollen. Er drückte sich wieder in die Büsche, so vorsichtig wie möglich. Allmählich zeichnete sich die Öffnung des Tors in der Dunkelheit ab, es stand wirklich offen. Eine Gruppe Frangipanibäume verdeckten ihm die Sicht. Ganz allmählich erschienen darunter die Silhouetten von zwei Menschen. Field stellte seinen Koffer ab und wartete. Die beiden standen im Park verborgen, vom Mittelweg aus waren sie sicher nicht zu sehen. Nun blitzte wieder etwas auf. Einer der Männer hielt ein Messer in der Hand. Nun konzentrierte sich Field auf den anderen. Auch der hatte ein Messer, Field konnte es als schwachen Schatten gegen das Tor erkennen. Die Klinge war seltsam gebogen. Fields Blick folgte der Linie von seiner Spitze hinauf über die Faust und den muskulösen Arm bis zu den für einen Laoten auffällig breiten Schultern. Wo hatte er nur schon einmal solche Messer, solche Schultern gesehen?

In Bangkok! Mit Woodward, unten im Schlachthof. Dort konnte man in Bangkok am einfachsten einen Killer anheuern. Eine Sekunde lang sah er die Szene vor sich, hörte sie: Ein Schwein wurde schreiend – mit geradezu menschlich klingenden Angstschreien – an einem Haken zum Schlachttisch gezerrt, dort warfen es vier halbnackte Männer auf den Rücken, einer hob ein Messer und schnitt ein großes X in seine Kehle. Das Blut ergoß sich in ein Faß, genauso schnell versickerte auch der Schrei, und schon wurde der erst halbtote Körper mit Dampf abgesengt, die Borsten abgeschabt. Dann begann das Zerlegen. Und jetzt sah

Field auch, wie Diana geschlachtet wurde, sah ihren Körper vor sich, mit glatt abgetrennten Ohren und Brüsten. Auch Vientiane hatte seinen Schlachthof. Und sie wollten ihn leise töten, ohne Schüsse, ohne Zeugen beim Hotelpersonal. Oder wollten sie ihn verschleppen und dann verhören, wie sie Diana verhört hatten? Er ließ den Koffer stehen und tastete sich langsam zurück, immer am Rand des Gebüschs entlang. Wo das Dunkel dichter wurde, konnte er sich aufrichten. Die Mauer war etwa drei Meter hoch und hatte Glasscherben auf der Krone, aber die Bäume streckten sich weit darüber. Ein größerer Baum, mit Ästen bis zum Boden, stand gerade zu seiner Linken. Field drückte sich durch die Büsche zu ihm hin, versuchte, einen ersten Tritt zu fassen. Seine Ledersohlen glitten aus. Jetzt hieß es vorsichtig vorgehen. Und dabei überlegten sich die beiden sicher schon, warum er nicht kam. Das Glas auf der Mauer, das wußte er, stand so dicht, daß er keinen Tritt finden würde, deshalb kletterte er höher, bis über die Mauer. Den Boden auf der anderen Seite konnte er nicht sehen, es war wohl eine Betonplatte oder ein Graben. Auf die Mauer durfte er nicht treten, sonst hörten die Männer, daß Glas zerbrach. Den Aufsprung auf der anderen Seite der Mauer hörten sie vielleicht nicht. Er sprang mit gebeugten Beinen, sehr tief und sehr leise, so schien ihm, bis er auf unebenem Grund landete und in einen Graben rollte. Dort lag er still. Immer noch keine Schreie. Er stand auf und lief nach links, vom Tor weg. An der ersten Querstraße schaute er links hinunter. Das Wasser des Mekong schimmerte schwach am Ende des Blocks. Dort unten warteten die Soldaten vor dem Hotel. Er überquerte die Straße, ratlos wandte er sich wieder nach rechts. Dort lag die britische Botschaft und weiter oben auch die australische. Aber wie hineinkommen? Sicher stand ein Polizist davor. Das Risiko war zu groß. An der nächsten Kreuzung bog er wieder nach rechts ab, in die Sam Sen Thai Avenue, die zweite Hauptstraße, und rannte parallel zum Fluß weiter. An der nächsten Querstraße warf er wieder einen Blick zum Mekong hinunter. In der Mitte der Straße, nur hundert

Meter entfernt, stand ein Mann und starrte ihn an. Ein Schrei, dann hörte Field jemanden rennen. Er zwang sich zu einem scharfen Tempo, wandte sich an der nächsten Kreuzung nach rechts, hinunter zum Mekong, unter die Bäume der Hauptstraße. Hier versperrte ihm der Park des Königspalasts den Weg, er wandte sich an seinen Mauern entlang nach rechts und horchte, aber es war nichts mehr zu hören. Vielleicht hatte der Mann nicht gesehen, wie er in die Sam Sen einbog? Den Fluß erreichte er am Ende des nächsten Blocks, er überquerte sofort die Uferstraße und rannte am Ufer entlang. Charles hatte Boote erwähnt, die Flüchtlinge vom Australian Club aus hinüberschmuggelten. Bis dorthin waren es höchstens zwei Kilometer. Er ging wieder zur Straße hinauf und rannte nach Süden, am Krankenhaus vorbei, an den dunklen Türmen eines Wat. War dort nicht eine Insel im Fluß? Es ist nicht weit, sagte er sich, gar nicht weit. Dann hörte er einen Ruf, hörte eine Antwort, von links, von der anderen Seite der Gebäude. Er starrte in die Richtung, konnte aber niemanden sehen. Als er sich wieder nach vorn wandte, hatte sich etwas geändert. Dann war etwas zu sehen, noch unklar. Er brauchte Sekunden, bis er erkannte, daß dieser undeutliche Fleck ein Mann war, der auf ihn zurannte. Von seiner rechten Faust kam wie ein Morsezeichen das Aufblitzen eines Messers, das im Takt der Arme auf- und abflog.

Field blieb stehen und ließ dieses Signal näher kommen. Zurückrennen war zwecklos, absolut zwecklos. Er warf einen Blick hinaus auf den Fluß, dann rannte er durch ein paar Meter Schilf und tauchte hinein. Die Strömung war stark und gleichmäßig. Er schwamm ein paar Schläge, streifte die Schuhe ab, schwamm weiter und blickte sich um. Der Mann stand am Ufer und sah ihm nach, kaum zehn Meter entfernt. Er hob das Messer, hielt inne, schätzte die Strömung ab und warf. Field sah die Klinge auf sich zukommen, den Stahl in der Nacht aufleuchten. Seine Bahn schien so gerade in seine Augen zu zielen, als wären sie starke Magneten, die andererseits auch seinen Kopf starr festhielten. So schwebte er in der Strömung und wartete auf den Einschlag des Blitzes. Dann zischte die Klinge stromaufwärts neben ihm ins Wasser. Er schaute wie gelähmt weiter auf das Ufer, wo der Mann lautlos und bewegungslos zusah, wie ihm seine Beute entschlüpfte.

Metzger können nicht schwimmen, dachte Field. Er versuchte, weiter hinaus in den Fluß zu kommen und unsichtbaren Felsen oder Baumstümpfen und anderen Hindernissen am Rand auszuweichen. Dann ließ er sich einfach von der Strömung tragen. Die Insel verschwand in der Dunkelheit, nach einiger Zeit konnte er in der Ferne eine schwache Linie erkennen, die vielleicht Thailand war. Die Silhouetten am näheren Ufer waren schwer auszumachen, ein größerer dunkler Fleck war vielleicht Souvanna Phoumas Haus. Dann konnten der Australian Club und die Boote nicht mehr weit sein. Er schwamm zurück, näher ans Ufer. Erst jetzt bemerkte er das leichte Ziehen seiner Hose. Er griff in die Taschen. Sie hingen nach außen, das Heft war verloren, ebenso der Paß und das Geld. War das beim Sprung ins Wasser passiert oder beim Abstreifen der Schuhe?

Etwas Flaches rauschte plötzlich aus der Nacht auf ihn zu, er trieb heftig gegen schleimiges Holz und wurde sofort daruntergedrückt. Sekunden später tauchte er hustend auf, schnappte nach Luft. Irgendwo hörte man das Echo eines Schreis in der Dunkelheit verhallen. Die Boote, dachte er. Aber schon trieb er am Australian Club vorbei, und ohne Geld setzten sie ihn ohnedies nicht über. Jetzt mußte er schwimmen! Er arbeitete sich energisch in die Mitte des Flusses, zur kräftigeren Strömung hin, und wollte sich von ihr nach Nong Khai tragen lassen, zum Zug nach Bangkok. Die Strömung lief sicher mit zehn Stundenkilometern. Das hieß, daß es schon Tag wurde, wenn er die letzte Strecke zur anderen Seite schwimmen mußte.

Das Wasser war schwer und schlammig, so warm wie die Luft, und so merkte er nach einiger Zeit kaum noch einen Unterschied. Die Wellen hier in der Mitte der Strömung wiegten ihn wie ein

Kind in einer warmen Decke, immer weiter, vorüber an kaum erkennbaren, bedeutungslosen Formen weit draußen auf beiden Ufern. Er wußte, daß dort nichts von Bedeutung stand, nur Bäume und hin und wieder ein Bauernhaus, und dazwischen drängte der breite Strom voran und wusch die Zeit und die Bilder aus seiner Seele. Einmal tauchte kurz Diana vor ihm auf, sie lag tot auf dem Fußboden, aber schon rollte ihm die nächste Welle über den Kopf und nahm das Bild mit. Viel später drang leise ein fernes Klopfen durch die tiefe Stille: In einem Kloster rief die Trommel zum Gebet. Das hieß, daß es jetzt vier Uhr war und er schon mindestens eineinhalb Stunden dahintrieb.

Als hinter der Silhouette der laotischen Seite der Himmel hell wurde, begann Field gezielter in Richtung Thailand zu schwimmen. Nun war seine Sorge, daß gleich die Zollschuppen und die Fähre von Nong Khai erscheinen würden und er daran vorbeitrieb. Als dann die ersten verstreuten Häuser auftauchten, arbeitete er sich mit kräftigen Stößen auf das Ufer zu. Das dauerte fünf Minuten, dann wollte er etwas Festes ergreifen, aber die Hände glitten an einem Felsbrocken wie auf Schmierseife aus, die Strömung rollte ihn weiter, er schluckte Wasser. Keuchend nahm er alle Kraft zusammen, höher ans Ufer zu kommen, die Füße in den Schlick zu stemmen. Als es endlich soweit war, gaben seine Knie nach, aber er konnte eine Wurzel fassen und sich festhalten, obwohl ihm der Sog fast den Arm ausrenkte. Hier klammerte er sich fest, bis er sich endlich auf höheren Schlamm wälzen konnte.

Stehen konnte er nicht, nicht einmal kriechen, also blieb er zunächst liegen, bis es über dem Fluß heller wurde. Nach einiger Zeit fühlte er sich stark genug, weiter hinaufzukriechen, dann mußte er wieder auf allen vieren eine Rast einlegen. Schließlich zwang er sich, aufzustehen und langsam, mit ständigen Ruhepausen zwischen Fluß und Feldern zur Ortschaft zu gehen, immer auf weichem Boden wegen seiner bloßen Füße. Als ihn die Beine allmählich etwas sicherer trugen, stieg er wieder zum Fluß hinunter, zog sich aus und wusch den Schlamm aus seinen Kleidern. Dann wanderte er weiter.

Nach einiger Zeit tauchte ein langer Zaun auf mit flachen Häusern dahinter. Waren das die thailändischen Zollschuppen? Er wandte sich vom Fluß ab, bis sie außer Sicht waren, erst dann wagte er sich näher zur Ortschaft. Links konnte er den Zug erkennen, der auf dem kleinen Bahnhof stand. Vielleicht warteten die Laoten hier schon auf ihn? Ein Schuß genügte ja. Er bog wieder in die Felder ab, dann querte er die Gleise und näherte sich dem Zug von der falschen Seite. Es saßen schon Fahrgäste darin. Er schlich sich über die Gleise zum Zugende, hielt vorsichtig Ausschau, ging so rasch wie möglich zum ersten offenen Waggon und stieg ein. Es standen nur wenige Menschen auf dem Bahnsteig, und hätten sie ihn bemerkt, wäre er sicher sehr aufgefallen. Seine Kleider waren zwar in der Morgensonne getrocknet, aber völlig dreckverschmiert und zerknittert, außerdem war er barfuß. Als erstes schloß er sich in die Toilette neben der Waggontür ein und setzte sich.

Als der Zug anfuhr, wachte er auf. In dem kleinen, halbblinden Spiegel betrachtete er die Kratzer an seiner Schläfe, das schlammverschmierte Gesicht, die Haare, die ihm am Kopf klebten – unwichtige Kleinigkeiten, aber sie waren das erste, über das er sich gestattete, sich aufzuregen. Er mühte sich, mit den Fingern und Wasser seine Erscheinung so gut wie möglich in Ordnung zu bringen. Dann füllte auf einmal Diana den Spiegel, und er mußte erbrechen, mußte sich immer wieder über das kleine Waschbecken beugen, bis nichts mehr im Magen war. Das dauerte eine gute halbe Stunde, dann hatte er sich soweit in der Gewalt, daß er sich aus seinem Käfig hinauswagte. Im ersten Abteil, es war dritter Klasse, halb voll, setzte er sich ans Fenster. Die Füße steckte er so weit wie möglich unter den Sitz gegenüber und versuchte wieder zu schlafen. Zweimal wachte er auf, einmal beim ersten Wolkenbruch des Nachmittagsregens, dann, als der Schaffner die Fahrkarte verlangte. Field erzählte ihm, sie befinde

sich bei einem Freund in Bangkok, die Sache werde dort erledigt. Als sie zwölf Stunden später in Bangkok einfuhren, erschien der Beamte zusammen mit einem zweiten wieder und ging Field nicht mehr von der Seite, um einen Fluchtversuch zu vereiteln. Sie führten ihn mitten im Strom der Reisenden durch die große, tonnenförmige Bahnhofshalle zur Polizei. Unter seinen nackten Sohlen knirschte der Schmutz: Der Polizist ließ ihn telefonieren, und er erreichte wirklich Mrs. Laker, die sich gerade aus dem Büro in ihre Festung zurückziehen wollte. Sofort schimpfte sie ihn aus wie eine Lehrerin ein Kind, das zu spät kommt, aber er unterbrach sie: »Ich bin am Bahnhof. Kommen Sie gefälligst sofort her! Sie müssen mich auslösen.«
Eine Stunde später erschien sie in Begleitung ihres Chauffeurs und bezahlte die Fahrkarte, ohne ein Wort über sein Aussehen oder die ganze Situation zu verlieren. Als sie endlich im Impala saßen, erzählte er ihr die Geschichte, erwähnte aber das Heft nicht. Als er von den Toten berichtete, die er nur als verstümmelt beschrieb, entfuhr ihr: »Lieber Himmel!« Es klang, als wolle sie sich von etwas distanzieren. Dann sagte sie nichts mehr, erst am Ende: »Daß Som Ihnen helfen wollte, erstaunt mich.«
»Wenn man das helfen nennen kann.«
Darüber dachte sie einen Augenblick lang nach. »Und der Vertrag?«
»Ihre Ausfertigung ist im Park des Hotels, in meinem Koffer, mit den Kleidern. Die müssen Sie sich von Som besorgen.« Sie blickte ihn so lange fragend an, bis er sagte: »Drei Tonnen Kaffee.«
»Gut.« Sie klopfte ihm auf die Schulter und bemerkte dabei erst, wie schmutzig er war. Sie warf einen kritischen Blick auf ihre Handfläche, dann fügte sie hinzu: »Was für eine gräßliche Geschichte! Wie jung war das Mädchen?«
»In meinem Alter.«
»Gräßlich!« Nun folgte ein langes Schweigen, vielleicht fünf Minuten, vielleicht mehr. Dann wiederholte sie mit einer ganz anderen Stimme, weich und zitternd: »Gräßlich. Die Menschen

sind Bestien, John, Bestien! Wie wenig wir doch wissen. Und wie wenig wir davon wissen wollen!«
Er schaute sie an. Ihre Augen waren geschlossen, in der Ecke des Augenlids an seiner Seite stand eine Träne. Dann schwiegen sie beide.
Als er die Holztür aufschob und ins Haus taumelte, empfing ihn eine nicht zu überhörende Stille. Ao lag im Eßzimmer auf dem Boden und blätterte in einem Buch mit Comics, das ihr die Haushälterin gekauft hatte. Sie lächelte ihm zu, was Field kaum wahrnahm. Er stieg sofort die Treppe hinauf und begann noch im Gehen, sich das Hemd auszuziehen. Einen Augenblick später unterbrach ihn eine Hand, die das Hemd aufknöpfte. Er blickte an sich hinunter, faßte das Mädchen zum erstenmal richtig ins Auge und fühlte dabei zu seinem Erstaunen eine gewisse Freude. Es war das erste Gefühl, seit er die Toten entdeckt hatte. Nun stand sie hinter ihm und zog ihm das Hemd aus der Hose.
»Du okay, John?«
»Nein.«
»Was passiert?«
»Nichts Wichtiges.«
Sie schien das nicht gehört zu haben und half ihm aus der Hose. Die Unterhose war gelb verschmiert. »Du krank, John!«
Jetzt fühlte er zum erstenmal seit sechsunddreißig Stunden wieder die Schmerzen. »Ja. Ich bin krank.«
Sie schob ihn ins Bad, unter die Dusche, schürzte ihren Sarong und fing an, ihn sorgfältig zu waschen, einmal, dann noch einmal. Schließlich trocknete sie ihn ab, führte ihn ins Schlafzimmer und massierte ihn, bis er einschlief. Er konnte nur noch fragen:
»Warst du jeden Tag beim Arzt?
»Ja, John.«
»Und?«
»Bin noch krank.«
Am Samstag wachte er um sechs Uhr früh auf. Als er sich umdrehte, sah er Ao zu Füßen seines Betts liegen. Der Anblick

erfüllte ihn mit einer seltsamen Wärme. Er ging ins Wohnzimmer hinunter und rief Barry Davis an.
»Hier Field.«
Am anderen Ende hörte man Gemurmel und die Stimme eines Mädchens, schließlich übertönte Davis die Geräusche: »Wollen wir heute abend ein Bier zusammen trinken?«
Field ließ ihn kaum ausreden. »Kommen Sie zu mir herüber.«
»Field, hören Sie ...« Das Mädchen im Hintergrund beklagte sich offenbar. Davis hatte immer ein Mädchen bei sich. »An sich sehr gerne, aber ...«
»Sie kommen jetzt her, und zwar sofort.«
Er legte auf, ging zur Hütte der Haushälterin und donnerte an die Tür. »Yai! Kaffee!« Dann stellte er sich unter die Dusche.
Davis wohnte ganz in der Nähe. Eine halbe Stunde später war er da und nahm am Eßtisch Platz, lehnte aber den Kaffee ab, den ihm die Haushälterin anbot. Er stützte die Ellbogen auf den Tisch und faltete erwartungsvoll die Hände, der Gesichtsausdruck erinnerte in seiner tiefen Geduld an einen Mönch – seine persönliche Verkörperung der Diplomatenpose. So hörte er sich Fields Bericht an. Der umfaßte eine detaillierte Beschreibung der Toten und des verlorenen Hefts, auch dessen Inhalts, soweit ihn Field kannte. Am Ende schwieg Davis lange, dann bat er, den Bericht noch einmal zu hören. Diesmal spielte er mit seinem Schnurrbart.
»Als erstes lasse ich Ihnen einen neuen Paß ausstellen. Vielleicht dürfte ich doch einen Schluck Kaffee haben?« Als er ihn serviert bekam, trank er ihn so heiß, wie es nur Iren und Angelsachen können. »Und nun wollen wir schrittweise vorgehen. Die laotischen Behörden haben unserer Botschaft bisher nicht mitgeteilt, daß in Vientiane zwei Kanadier ermordet wurden. Also wissen wir von nichts. Ich werde zunächst vierundzwanzig Stunden verstreichen lassen; mal sehen, was die Laoten uns bieten. Wenn nichts erfolgt, frage ich diskret über die britische und australische Botschaft nach oder auch über die Franzosen, die haben noch

gute Kontakte. Und Sie lassen mich bitte wissen, wenn der Vertrag von Ihrem Mr. Som bestätigt wird, ja? Im übrigen erzählen Sie niemandem von der Sache.« Er wollte sich erheben.
Field streckte den Arm über den Tisch und hielt ihn fest. »Barry – was geht hier vor?«
Davis hob die Augenbrauen, um Unsicherheit anzudeuten. »Rauschgift, höchstwahrscheinlich.«
»Sie wollen mich wohl verarschen? Für wen hat Charles gearbeitet?«
»Ich weiß nicht, was Sie meinen.«
»Hat er für Sie gearbeitet? Los jetzt! Was bedeutet das alles?«
»Das könnte ich Sie genauso fragen, John. Sie wissen jetzt mehr als ich. Vielleicht hat er für sich selbst gearbeitet. In seiner Verantwortung als Staatsbürger und als Mensch oder so?« Er ging zur Tür und blieb stehen. »Tut mir leid.«
»Klar«, sagte Field. »Tut uns beiden leid. Abstrakt tut es uns beiden sogar sehr leid. Und mir konkret noch mehr als Ihnen, was? Mir tut es jedenfalls schrecklich leid!«
Davis hörte sich das an, die Hände hinter dem Rücken, geradezu erstarrt vor Verlegenheit. »Ich melde mich wieder«, sagte er und ging.
Im Nursing Home konnte man Michael Woodward jeden Samstagvormittag antreffen. Das war anscheinend eine beliebte Zeit für Krankheiten und Arztbesuche, so beliebt sogar, daß Field und Ao ein volles Wartezimmer vorfanden. Sie setzten sich aber nicht hinein, sondern stellten sich vor Woodwards Sprechzimmer auf den Gang. Als eine junge Frau mit einem Kind herauskam, schlüpften sie schnell hinein. Woodward sah von einem Krankenblatt hoch.
»Wenn ihr euch schon vordrängt, dann macht wenigstens die Tür zu.«
»Was gibt's, Michael?«
Woodward lächelte voll Mitgefühl. »Bedaure, alter Freund, aber ich kann dir nichts Neues bieten.«

Field ließ sich vor dem Schreibtisch nieder. »Nichts Neues?«
»Achtundvierzig, mein Lieber, unsere stärksten Antibiotika! Und deine kleinen Diplokokken haben alle achtundvierzig aufgefressen. Höchst bemerkenswert!«
»Bemerkenswert?«
»Nun ja, in meiner Praxis habe ich das noch nicht erlebt. Du hast anscheinend einen neuen resistenten Stamm erzeugt. Wie ist dir das gelungen? Wenn wir die Schlacht nicht bald gewinnen, wird die Fachwelt demnächst Näheres über dich erfahren wollen. Aber wir werden sie gewinnen! Irgendwo in einem Labor in Amerika, England, Italien oder wer weiß wo wartet ein Antibiotikum nur darauf, über deine neuen Monster herzufallen und sie zu erledigen.«
Field nickte.
»Ich habe schon ein paar Briefe losgelassen. Genauer gesagt keine Briefe, denn Geschwindigkeit ist keine Hexerei, wenn man dafür zahlt, und davon durfte ich doch ausgehen, nicht? Sondern Fernschreiben. Wir werden also noch ein paar Platten hereinbekommen, in rund zwei Wochen.« Als er Fields bedrückten Ausdruck wahrnahm, fügte er hinzu: »Vielleicht schon in einer Woche, wenn sie per Flugkurier kommen.«
»Das Sekret ist jetzt gelb.«
»Tatsächlich? Und die Schmerzen, sind sie vielleicht ein wenig den Penis hinaufgewandert?«
»Ja.«
»Sonstwohin?«
»Noch nicht.«
»Ausgezeichnet. Ich meine, wir sollten jetzt Sulfonamide in die Schlacht werfen und den Vormarsch damit bremsen. Was meinst du?«
»Ich verstehe gar nichts davon.«
»Sulfonamide gab man vor dem Weltkrieg, als es noch keine Antibiotika gab. Sie zeigen bei Gonorrhöe durchaus positive Wirkung.«

»Vor dem Weltkrieg?«
»Nun ja, lieber John, von jetzt ab bewegen wir uns in unbekanntem Gelände. Da ist jeder Ansatz von Interesse.« Er machte sich daran, eine Flasche mit weißen Pillen zu füllen, und lächelte hinüber zu Ao, die es sich auf dem Untersuchungstisch im Eck bequem gemacht hatte. »Dafür ist deine Freundin schon in besserer Form. Die Chlamydien sind auf dem Rückzug, meine ich. Seltsam, denn behandelt habe ich eigentlich die Gonorrhöe. Offenbar sorgst du sehr gut für Ao. Und ihren diversen scheußlichen Krankheiten steht natürlich ihre kerngesunde bäuerliche Konstitution entgegen. Die Gonorrhöe reagiert positiv auf Kanamycin; nicht hundertprozentig, aber in der Kultur hat es doch klare K.-o.-Schläge gegeben, deshalb konnte ich es absetzen und behandle sie jetzt mit Cefotoxim weiter. Auf ihren kleinen Körper hat man schon eine bemerkenswerte Batterie von Arzneien abgefeuert, aber ich meine fast, daß wir ihre häßlichen Diplokokken damit überrumpelt haben, old boy.«
»Kannst du eigentlich nicht wie ein normaler Mensch reden, Michael?«
»Nicht auf englisch, lieber Freund, das lernt man nicht in einer Public School. Und jetzt runter mit der Hose.«
»Warum denn jetzt schon wieder?«
»Ich brauche einen Abstrich, mein Lieber, einen Abstrich! Ich habe noch ein paar Antibiotika hier, mit denen können wir herumspielen, bis die exotischeren eintrudeln.«
Field drehte Ao den Rücken zu.
»Ein wirklich reizendes Mädchen«, sagte Woodward.
»Stimmt.« Field konzentrierte sich auf den Vorgang.
»Was sind eigentlich Zepter und Reichsapfel der westlichen Kultur? Ich würde sagen High-Tech und hemmungslose Gefühle, und was meinst du? Was sieht eigentlich ein Farang in Ao? Ao paßt nicht in euer westliches Schema, lieber Freund, in keiner Weise. Kommen Sie, Ao.« Damit wandte er sich von Field ab und gab Ao eine Injektion, die sie fraglos akzeptierte.

»Bitte, Michael, jetzt keine klugen Diskussionen, dazu bin ich wirklich nicht in Stimmung.«

»Nein, natürlich nicht. Uns geht es ja im Grunde auch nicht besser. Nächsten Monat feiert mein alter Herr den 96. Geburtstag, den achten Zyklus! Höchst bemerkenswert.« Dann fügte er säuerlich hinzu: »Meine Schwestern wollen zu seinen Ehren einen großen Empfang inszenieren.«

»Und was ist da falsch dran?«

»Daß es nicht zu seinen Ehren ist. Ihre Männer wollen nur die Macht unseres Clans zeigen, bevor Vater in seine nächste Inkarnation übergeht, oder wie sie es nennen. Die Freunde des alten Herrn sind ohnedies schon alle tot. Den Empfang veranstaltet: der Bankier-Schwager für andere Bankiers, der Fabrikanten-Schwager für andere Fabrikanten, der General-Schwager für andere Generäle ... Und was haben wir sonst zu bieten? Einen stellvertretenden Polizeipräsidenten, einen Ministerialrat im Finanzministerium, einen Bauunternehmer und zwei Botschafter. Sie wollen Vater vorführen und sich selbst beweihräuchern.«

»Gehst du denn nicht hin?«

»Wahrscheinlich nicht. Wenn ein ärztlicher Sondereinsatz in die Berge fliegt, lasse ich mich einladen.«

»Damit wirst du dir in Bangkok aber Freunde machen!«

»Glaubst du, meine Schwager mögen mich?«

»Nein, wahrscheinlich nicht.«

»Eben. Und deshalb sind sie ganz froh, wenn ich nicht erscheine.«

»Und dein Vater?«

»Mein Vater sagt nicht mehr, was er denkt, darüber ist er hinaus. Über das Sagen, nicht über das Denken, aber er behält es jetzt für sich.«

Zum Mittagessen ging Field mit Ao in den *Thai Room* an der Pat Pong 2, ein Restaurant, das mittelmäßiges mexikanisches, italienisches und thailändisches Essen servierte. Am Nebentisch verhandelte ein verklemmter Engländer mit einem Strichjungen um die Beträge in Baht, die er über das kommende Wochenende pro Stellung bezahlen wollte. Die Miene des Burschen wurde immer deprimierter, während sein Partner mit geradezu bösartiger Hartnäckigkeit über jedes Detail der Stellungen feilschte und alles noch zwei- oder dreimal wiederholte, damit es später bei der Abrechnung keine Mißverständnisse gab.

Auf der anderen Seite unterhielten sich gedämpft ein hocheleganter thailändischer Geschäftsmann und ein Amerikaner in billigen Kleidern von der Stange.

»Einfach so, ganz unverblümt?« fragte der Amerikaner.

»Bitte sehen Sie das nicht als Bestechung. Es ist nur eine bestimmte Art, Einfluß zu nehmen.«

Field schaute sich im Lokal um. Sonst nur große, übergewichtige, rotgesichtige Farangs, die in ihrem Essen herumstocherten, und kleine, glattgesichtige Thai-Mädchen, die es geradezu verschlangen. Eigentlich kein Lokal für ein siebzehnjähriges Mädchen, dachte er unwillkürlich, mußte aber lächeln dabei.

»Was so komisch, John?«

»Das verstehst du nicht.«

»Sag mir!«

»Nein.«

Sie zwickte ihn unter dem Tisch und lachte, als er erschrak. »Sag mir!«

»Magst du eine Eiskrem?«

»Eiskrem!«

»Und Montag früh gehst du mit der Haushälterin zu deiner alten Meldestelle, legst dein Formular vor und sagst, daß du umgezogen bist. Und dann schreibe ich dir einen Brief für meine Meldestelle. Jetzt sollst du auch richtig angemeldet sein.«

Sie nickte, hatte es aber nicht verstanden. Er machte sich nicht die Mühe, es auch auf thailändisch zu erklären.

Die nächsten vier Tage vergingen ohne Nachricht von Davis, ohne Meldung in der Presse. Jeden Morgen kämmte Field die *Bangkok Post* durch, bevor er seinen Tag begann, der aber, weil er sich nicht um seine Geschäfte kümmerte, im wesentlichen aus Abwarten bestand oder nur aus dem Versuch, nicht nachzudenken. Am Nachmittag saß er bewegungslos auf der Veranda und sah dem Regen zu. Abends blieb er zu Hause, weil ihm sein üblicher Zeitvertreib, Alkohol und Frauen, verboten war. Schon eine normale, freundschaftliche Unterhaltung erschien ihm ungeheuer anstrengend.

In der vierten Nacht wachte er auf und fand Ao im Sarong in seinen Armen liegen. Er machte Licht und weckte sie.

»Was willst du hier?«

»Du machst Lärm im Schlaf, John. Deshalb komme ich zu dir.«

»Was für Lärm?«

»Schlimm, John. Sehr unglücklich. Gestern nacht auch.« Er war überrascht. »Hast du gestern nacht auch hier auf dem Bett geschlafen?«

»Nein, John. Du hast bösen Traum, ganze Nacht. Heute komme ich zu dir, da hörst du auf.«

Field überlegte. Er setzte sich auf, steckte ein Kissen hinter den Rücken. Die Bilder waren also noch da. Er hatte sie nur aus dem Tag vertrieben, in die Nacht hinein, mehr nicht.

»Was ist passiert, John?« Sie hatte sich auf die Seite gerollt und die Beine angewinkelt, den Sarong sorgfältig hinuntergezogen.

»Es ist jemand gestorben.«

»Ein Mädchen?«

»Richtig.«

»Deine Freundin, John?«

»Nein.« Er sah Ao an. Ihr Gesicht war so jung, und wieder sah er sie im Glanz ihrer Unschuld, vergaß, wo er sie gefunden hatte. Ein unberührtes, aufblühendes Mädchen, die Augen voll Fragen, aber ohne Furcht. Am liebsten hätte er ihren Kopf in beide Hände genommen. »Nein.«

»Hast du das Mädchen geliebt, John?«

»Geliebt? Was verstehst du davon, um Himmels willen?«

»Ich weiß Bescheid über Liebe. Wir hatten Fernsehen im Hotel, ich schaue immer Liebe an, jeden Tag, wenn ich nicht arbeite. Im Fernsehen immer viel Liebe.«

»Halt jetzt den Mund, Ao.«

»Was sagst du, John?«

»Ach, Mist.«

»Hast du sie geliebt, John?«

Er sah sie wieder an. »Ja, sicher. Du hast schon recht, ich habe sie geliebt.«

»Wie im Fernsehen, John?« Jetzt wuchs ihr Interesse.

»Ja, wie im Fernsehen. Aber mehr. Viel, viel mehr.« Er starrte vor sich hin, auf Ao, aber er sah nichts, erkannte nur vage den Umriß dieses kleinen, dunklen Körpers vor sich, dieser Insel in einer Nacht grellen elektrischen Lichts. Dieses Lebendige, aber Ungesehene. »Viel mehr.« Immer noch starrte er vor sich hin.

Dieses Dunkel, ihr Körper, wurde auf einmal größer, als sie sich näher vor ihm aufsetzte. Sie hob eine Handvoll ihres Haars und wischte ihm die Tränen von den Wangen. »Ist okay, John.« Dann schaltete sie das Licht aus und ließ sich von ihm festhalten, bis er in ihrer Wärme wieder einschlief. Am nächsten Morgen fand er auf der dritten Seite der *Bangkok Post* einen kurzen Bericht unter der Überschrift EHEPAAR IN VIENTIANE ERMORDET. »Erschütterung und Empörung herrschen in der kleinen, friedlichen kommunistischen Hauptstadt«, so begann der Artikel. Charles Vadeboncœurs Chauffeur sei verhaftet worden, er habe die Tat gestanden und als Begründung vorgebracht, er habe seine Arbeitgeber gehaßt, weil sie ihn schlecht behandelt hätten.

Field rief Davis zu Hause an. Der Diplomat sagte sofort: »Sie haben es also in der Zeitung gelesen?«

»Richtig. Wie steht's?«

»Nichts Neues, absolut nichts. Wir hörten nichts von den Laoten, also habe ich gestern über die Briten nachgefragt: Wir hätten schon längere Zeit nichts mehr von zwei Kanadiern in Vientiane gehört. Vierundzwanzig Stunden später erscheint der Bericht in der Zeitung.«

»Der natürlich absoluter Mist ist.«
»Sie sagen es.«
»Und was nun, Barry?«
»Überlassen Sie das ruhig mir!«
Ohne ein weiteres Wort hängte Field auf. Er wanderte im Haus umher, betrachtete sogar das Foto seines Vaters in den Rockies. Der junge Mann, der Field ähnelte, trug ein kariertes Flanellhemd, darüber eine warme Lederweste. Kalt, dachte Field. Dann ging er hinaus und blickte in die Bäume, konnte aber kein weißes Eichhörnchen sehen.
»Ao«, rief er auf einmal. »Komm jetzt! Zeit für die Spritze.«
Als sie im Nursing Home fertig waren, fuhren sie zur East West Trading Company, wo er Ao im Eingang warten ließ. Er ging hinauf und bestand darauf, Mrs. Laker sofort zu sprechen. Als er in ihr Büro geführt wurde, telefonierte sie gerade, mit einem Ausdruck der Geduld und Verachtung. Die Stimme in der Leitung klang etwas schrill und so laut, daß Field jedes Wort verstand.
»Und bei seiner neuen Position kann man wirklich nicht mehr verlangen, daß ich in einem BMW herumfahre.«
»Nein, meine Liebe«, bestätigte Mrs. Laker, »wirklich nicht.«
»Bangkok ist ja schließlich kein Provinznest«, sagte die Stimme.
»Richtig. Aber in was«, unterbrach nun Mrs. Laker und wurde konkreter, »in was möchten Sie denn fahren?«
»In einem Rolls-Royce.«
»Und in welcher Farbe?«
»Weiß, Catherine, und zwar als Kabriolett.«
»Sollen wir den BMW zurücknehmen?«
»Sie können das Ding jederzeit wiederhaben. Ich will es jedenfalls nicht.«
»Verstehe.«
Als der Hörer wieder auf der Gabel ruhte, fragte Field: »Wer war denn das?«
»General Krits Frau. Wir haben ihm ein Angebot für Pum-

pen und Schleusen etc. gemacht, und jetzt will sie ein neues Auto.«

»Wenigstens kommt sie sofort zur Sache und redet nicht um den Brei herum.«

»Nein, wirklich nicht. Wo sind Sie eigentlich gewesen? Ich rufe Sie schon den ganzen Vormittag an.«

Das Büro war eine Symphonie aus Perlon und Polyester, die trotz der arktisch fauchenden Klimaanlage ihren typischen Geruch verbreitete. Die Fensterläden waren geschlossen, die Neonröhren brannten. Der Schreibtisch war ein amerikanisches Modell für mittlere Manager, dahinter saß Mrs. Laker, als gehöre auch sie zum Mobiliar. »Sagen wir lieber so«, entgegnete Field. »Sie haben mich eine ganze Woche lang nicht angerufen. Und ich war immer zu Hause.«

»Warum sollte ich Sie anrufen, John, wenn ich nichts zu sagen habe? Sie sind so sentimental! Aber heute morgen kamen die Verträge aus Vientiane mit einem sehr netten Brief von Mr. Som. Anscheinend hat es ihm großen Spaß gemacht, mit Ihnen zu verhandeln.«

»Spaß gemacht? Und die Morde, haben sie ihm auch Spaß gemacht?«

»Stellen Sie sich nicht dumm an. Sie wissen genau, daß seine Post zensiert wird. Und überhaupt, ich habe die *Bangkok Post* gelesen wie Sie auch. Damit ist die Angelegenheit ja wohl aufgeklärt.«

»Aufgeklärt?«

Mrs. Laker blickte ihm mitfühlend tief in die Augen. »Ich weiß Bescheid, John. Ich verstehe Sie. Vergessen Sie nicht, daß mir das Leid sehr vertraut ist. Ich kenne Ihren Schmerz, und zwar bis zum heutigen Tage. Und dennoch: Ich habe lernen müssen, daß das Leid uns treu bleibt und daß wir es von den Banalitäten des Alltags getrennt halten müssen! Sie haben zum Beispiel bei unserem Geschäft eine hübsche Provision gemacht. Das ist doch auch etwas. Überall haben in dieser Zeit Menschen gelitten, auch Menschen, die Ihnen lieb sind, und Sie selbst haben seelische

Wunden davongetragen. Und was ist das Ergebnis? Ein netter Profit für Sie. Das, lieber John, ist der Sinn des Lebens! Glauben Sie mir: Das habe ich sogar in meiner Beziehung zu Norman lernen müssen. Hören Sie: Ich bin gestern am Friedhof gewesen – das Wasser steht schon bis zum Stein. Widerlich ist das, John, widerlich.«
Field nickte und ersparte sich jeden Kommentar.
»Ich habe mir den Gezeitenkalender angesehen. In diesem Monat wird die Flut eine Rekordhöhe erreichen. Und der Regen ist ergiebiger als sonst. Mrs. Krit möchte ein Auto, weil ich ihrem Mann Pumpen verkaufen will, aber die Flut steigt schon.«
Field nickte wieder.
»In einer Woche wird sie sein Grab überspülen, als ob meine Gefühle gar keine Rolle spielten. Norman und sein Grabstein – das ist das Sinnbild des amerikanischen Traums in Asien. Verstehen Sie mich, John? Sie sprechen von dieser Tragödie, aber was ist das gegen unsere große Tragödie hier? Daß wir in den Augen dieser Menschen unseren moralischen Wert und unser Gesicht verloren haben? Warum, warum nur haben wir diesen törichten Krieg geführt, warum all diese Menschen sinnlos geopfert?«
Jetzt beugte sich Field vor. »Reden Sie doch keinen Stuß! Sie jedenfalls haben sich im Krieg eine goldene Nase verdient, wie die meisten Amerikaner in Bangkok.«
Sie hob abwehrend die Rechte, mit ausgebreiteten Fingern und polierten Nägeln, und wischte mit einer großen Bewegung seinen Einwand vom Tisch. »Wohin soll ich Ihnen das Honorar überweisen? Nach Hongkong wie üblich?« fragte sie geschmerzt.
»Ja«, sagte Field. »Nach Hongkong.«
»Es ist noch diese Woche auf Ihrem Konto.«
Als er mit Ao auf dem schmalen Rücksitz eines winzigen Taxis heimfuhr, sah er, daß der Polizist an der Kreuzung der Rama IV. Road eine weiße Stoffmaske trug. An der nächsten Kreuzung dasselbe. Vielleicht waren in letzter Zeit zu viele Polizisten an Lungenkrebs gestorben? Oder einfach an Erstickung? Ein paar

Minuten später begann der Regen, und das war für diese Jahreszeit zwei Stunden zu früh. Nach kurzer Zeit schluckten die Gullys das Wasser nicht mehr, und am Straßenrand bildeten sich Pfützen, die schnell tiefer wurden. »Jetzt geht es los«, sagte Field zu sich selbst. Der Verkehr kam langsam zum Stillstand, sie brauchten eine Stunde nach Hause.
Am Abend hielt er dieses eingesperrte Leben nicht mehr aus und ging ins *Grand Prix*. Ein paar Stammkunden waren schon da, allerdings keine Journalisten. Die standen alle am Flughafen, um von der Ankunft eines amerikanischen Expertenteams zu berichten, das eine Absturzstelle ausgraben und seit 1975 vermißte Amerikaner identifizieren sollte.
Field plauderte mit Rick, dem Inhaber, über diese Suche nach menschlichen Überresten. »Aus einem gebleichten Kieferknochen«, sagte er so laut, daß andere es hörten, »können sie mit einem Computer das Gesicht des Opfers rekonstruieren. Aber einen Krieg können sie damit nicht gewinnen.«
Darauf reagierte niemand, und so fing er an mit den Mädchen zu scherzen, die neu im Lokal waren, im Gegensatz zum alten Stamm, der schon seit mehreren Jahren hier tanzte. Dann verlor er auch darauf die Lust, und da man ihn kannte, ließ man ihn in Ruhe. Scheinbar schaute er den Mädchen auf die Beine, die in der Mitte der Bar tanzten, aber in Wirklichkeit sah er nichts, bis die Tür einmal aufging. Ein Thai kam herein, dürr, ärmlich gekleidet. Field dachte, daß er für einen Schuhputzer zu alt war, schaute wieder auf die Mädchen und nippte an seiner Cola. Dann mußte er wieder den Thai ansehen, der zufällig auch zu ihm herschaute, nur eine Sekunde lang, und die Augen abwandte, sobald Field den Blick hob. Hatte der Mann ihn erkannt? Nun kam er näher, ging an Mädchen vorbei, die ihm einen Platz anboten, und trat an die Bar. Field beobachtete ihn verstohlen. An den Füßen hatte er Gummisandalen, über die Hose fiel lose ein buntes Hemd. Die Hände hingen an den Seiten herab.
Auf einmal wußte Field Bescheid. Natürlich! Die Sache war

klar, er kannte den Typ genau. Vom Hafen oder vom Güterbahnhof. Ein Fünfzig-Dollar-Job war das, für Bangkok der typische Mordauftrag. Field musterte das abgewandte Gesicht. Nein, dieser Mann gehörte nicht zum letzten Abschaum, vielleicht war es doch ein Job für hundert oder zweihundert Dollar. Fünf Meter vor Field blieb er stehen und sah interessiert den Mädchen zu. Field nippte an seiner Cola und wartete ab. Er blickte sich um, auf den Hockern neben ihm saß niemand, Rick stand in der Ecke hinter der Theke und verhandelte mit einem Gast. Als Field den Kopf wieder wandte, stand der Mann fast neben ihm. Field sah vor sich nieder. Die Hände des Thais hingen locker herab, die Finger waren lang, die Nägel kurz und schmutzig. Nun wanderte die rechte Hand ganz lässig nach oben, als wollte sich der Mann am Bauch kratzen. Er atmete aus, lockerte den Gürtel, die Hand ergriff etwas und zog es aus dem Bund. Er hielt kurz inne, dann holte er den Revolver hervor und riß ihn hoch, an Fields Kopf. Field goß ihm die Cola ins Gesicht und packte mit der anderen Hand die Waffe. Er war stärker als der Killer und drehte ihm den Arm mit dem Revolver auf die Bar. Dann schlug er ihm das leere Glas auf die Knöchel. Der Mann gab keinen Laut von sich, Field sah ihm nicht ins Gesicht. Als er noch einmal zuschlug, öffneten sich die Finger, und der Revolver fiel auf die Theke.
Jetzt sah Field den Thai an. Sein Gesicht war voll Angst, die Lippen zuckten kurz zurück und enthüllten ein Gebiß, in dem die Backenzähne fehlten. Dann riß sich der Mann los und rannte zur Tür. Field bestellte einen Mekong pur. Erst jetzt bemerkte er, daß alle Gäste an seiner Seite der Bar wortlos herüberstarrten.
»Was war denn das?« schrie Rick von seiner Ecke aus durch die Musik.
Field steckte den Revolver in die Tasche. »Ein Freund von mir!« Er kippte den Mekong in einem Zug hinunter.
Zur *Bangkok Post* brauchte er zu Fuß zehn Minuten. Er lief durch

den Soi Sala-Daeng, wo es ruhiger war. Dort holte er unter einer Straßenlaterne den Revolver heraus. Seine Hände zitterten, aber nicht unbeherrschbar. Es war Kaliber 11, eine Waffe für Profis, die vor allem das Opfer erledigte und für die Umstehenden weniger gefährlich war. Laut genug andererseits, sie so zu erschrecken, daß der Täter fliehen konnte. Field steckte ihn wieder ein und ging schnell weiter.

7 Field nahm die junge Frau an der Rezeption nicht wahr, obwohl sie ihm zunickte. Er eilte durch ein Gewirr von Büros in die Nachrichtenredaktion, einen großen, fast fensterlosen Raum, wo Henry Crappe hinter Reihen von papierbedeckten Schreibtischen seine Ecke hatte. Inzwischen war es schon nach Mitternacht, deshalb befand sich Crape im Dienst und tippte etwas an seiner schmutzigen Schulbank, auf der sich der Kram häufte. Neben ihm stand ein niedriger Aktenschrank an der Wand; die mittlere Schublade war leicht geöffnet, daran hingen Crappes Socken. Vor sich hatte er wie eine Burgmauer Reihen von Tabaksdosen aufgestellt, in deren Schutz er arbeitete. Gürtel und Reißverschluß der Hose hatte er geöffnet, das gab seinem birnenförmigen Bauch volle Freiheit. Darüber spannte sich ein Hemd, unter dem Field weiße Boxershorts erkannte. Crappe sah hoch. Er war nicht erfreut.

»Ich bin am Schreiben.«

Field warf sich in den Metallsessel, der für Besucher bereit stand, und wartete. Crappe starrte ihn an. »Sie haben es immer noch. Ich habe Ihnen doch gesagt: Trinken Sie Papayasaft!«

»Henry, ich habe ein Problem am Hals, neben dem der Tripper die reine Erholung ist.« Er legte den Revolver auf den Tisch.

Crappe hörte auf zu schreiben und sah ihn mißtrauisch an.

»Haben Sie den Namen Som Nosavan schon einmal gehört?«

»Nein.«

»Er ist Laote, behauptet er wenigstens. Ich hatte geschäftlich mit ihm zu tun ...«

»Die Toten von Vientiane!« unterbrach ihn Crappe.

»Wie kommen Sie darauf? Was wissen Sie davon?«

»Nur was in der *Bangkok Post* stand. Aber erstens: In kommunistischen Ländern, das können Sie mir glauben, ermordet kein Chauffeur seinen ausländischen Chef. Zweitens: Abgesehen davon war in Laos in den letzten Monaten oder im ganzen letzten Jahr absolut nichts los. Also konnten Sie nur von dem Mordfall sprechen.«

»Stimmt«, sagte Field. »Es geht mir um Som. Ich habe ihn schon einmal kennengelernt, und ich meine, dabei war Rauschgift im Spiel.«

»Wenn das so ist«, erwiderte Crappe, drehte sich um und nahm die Socken von der Schublade, »sollten wir einmal in meinem Archiv blättern.«

»Deshalb komme ich her.«

Crappe zog die Schublade heraus. »Wie sieht er aus?«

»Untersetzt, eher klein. Saloppe Eleganz. Spricht flüssig Englisch und Französisch. Der perfekte Geschäftsmann.«

»Der Name stimmt nicht. In der Drogenszene gab es nie einen Som Nosavan. Ich kenne jedenfalls keinen, und das heißt, es gab keinen.« Er holte einen dicken Ordner heraus. »Gehen Sie das mal durch, es ist 1984–85. Hoffentlich haben wir ein Bild.«

Field nahm die Akte und öffnete sie. Neben Crappes veröffentlichen Artikeln enthielt sie alle seine Aufzeichnungen und unveröffentlichten Fotos.

»Ich dachte, Sie schreiben nur noch über Sex?«

»Dies ist meine Briefmarkensammlung. Ich habe das Recht – Sie kennen doch den Begriff der unveräußerlichen Menschenrechte? –, ich habe ja wohl das Recht auf ein Hobby!«

Field blickte ihn an. Woher kam der vehemente Nachdruck? »Wer will Ihnen das denn verbieten?«

»Niemand. Gar niemand!« Crappes Gesicht, sonst eher teigig,

war jetzt leicht gerötet. Er wandte sich abrupt ab und tippte an seinem Artikel weiter. Field blätterte in der Akte. Nach einiger Zeit unterbrach Crappe seine Arbeit und nahm den Revolver in die Hand. »Und wo haben Sie den gefunden?«

»Im *Grand Prix.* Damit hat einer auf mich gezielt.«

»Gezielt? Aha. Nicht sehr angenehm.« Dann sah er zu, wie Field Blatt um Blatt umwandte.

»Crappe – müssen Sie nicht an Ihrem Artikel schreiben?«

»Ganz richtig«, murmelte Crappe, »ganz richtig.« Jetzt lebte etwas von seiner üblichen Begeisterung auf. »Heute ist das *Duke's Den* mein Thema. Und es bedarf erheblichen stilistischen Takts, die vollen Reize dieses Etablissements zu evozieren, ohne in nüchternen Worten das wundersame Aufklappen von Rasiermessern aus weiblichen Intimbereichen zu beschreiben, oder auch das junge Paar, das dem Publikum seine körperliche Zuneigung so anschaulich auf der Bühne präsentiert.«

»Auf der Theke, meinen Sie.«

»Nun, Sie kennen ja das Lokal. Übrigens, ich hatte Ihren Freund George Espoir dabei. Mir schien, er war durchaus empfänglich für eine sichere leitende Hand.«

»Ausgezeichnet.« Und damit arbeitete sich Field weiter durch endlose Berichte, hier von eineinhalb Kilogramm Heroin, das ein deutscher Tourist am Flughafen um den Bauch geschnallt hatte, dort von fünf Kilogramm unter dem Fahrersitz eines Chinesen aus Bangkok, dessen Wagen vor der französischen Botschaft parkte, von zweieinhalb Gramm in der Tasche eines amerikanischen Studenten und einem Kilogramm im Kofferradio eines italienischen Fotomodells, von acht Kilogramm im Sofa eines Attachés, das gerade in die USA verladen wurde ... – Berichte von zahllosen Koffern mit doppeltem Boden auf dem Weg nach Hongkong; Berichte von Lastwagen mit einer dünnen Schicht Reis und darunter tonnenweise Essigsäure-Anhydrid, der wichtigsten Chemikalie für Rauschgiftchemiker, auf dem Weg zu den Heroinkochern im Norden, Berichte von Scheingefechten zwi-

schen der thailändischen Grenzpolizei oder Armee und Lao Sas Rauschgifttruppen ... Dazwischen Erklärungen von Politikern, gewisse »undurchsichtige Kräfte« würden jetzt endgültig ausgeschaltet, von Ministern, die »dunkle Beziehungen von höchst einflußreichen Persönlichkeiten« anprangerten, was sich anhörte, als zielte es auf General Krit. Field blätterte all das zügig durch, dabei hielt er vor allem nach Bildern und nach Hinweisen auf Laos Ausschau. Aber es war nichts dabei. Als er mit der Akte fertig war, reichte er sie zurück. »Bitte 1982–83.«
Crappe nickte und holte sie aus dem Aktenschrank. »Man erzählt mir, Sie hätten sich ein junges Mädchen angeschafft.«
Field schaute ihn scharf an. »Was meinen Sie damit?«
»Nichts. Nur, daß das Gerücht umgeht, Sie zeigten sich mit einer thailändischen Schönheit in der Stadt. Hier bitte.« Er legte Field die Akte auf den Tisch. »Und daß sie sehr jung sei.«
»Was soll das? Wälzt sich Bangkok zur Abwechslung in Moral?«
»Aber nein doch! Sie mißverstehen mich völlig! Erstens habe ich nichts gegen das König-David-Prinzip. Lasset frische Jungfrauen unsere erkaltenden Körper wärmen, wenn sie sich dazu bereit finden. Zweitens hat sexuelle Deprivation bei jungen Mädchen, vor allem unmittelbar nach der Pubertät, ernste körperliche Folgen. Wahrscheinlich erklärt das, warum europäische und amerikanische Frauen so selten den Orgasmus erleben.« In Crappes Augen glänzte missionarischer Eifer.
»Sie meinen sexuelle Deprivation ab zehn Jahren? Ihr Ernst?«
Darauf hatte Crappe nur gewartet. Er steigerte sich in einen Predigerton. »Wenden wir doch einmal auf sexuelle Empfindungen die Grunderkenntnisse an, die wir über die anderen Sinne besitzen, als da wären: Mangelnde Übung in wichtigen Wachstumsphasen führt zu schwerwiegenden Entwicklungsstörungen. Nehmen Sie zum Beispiel Küken: Hält man sie beim Brüten und fünf Tage nach dem Ausschlüpfen im Dunkeln, fangen sie zu picken an, sobald man Licht macht. Hält man sie aber zehn Tage im Dunkeln, so verlieren sie den Pick-Instinkt und ohne diesen

verhungern sie mitten im Überfluß. Was läßt sich daraus folgern? Mädchen in westlichen Kulturen verbringen im Durchschnitt sechs Jahre nach der Pubertät, ohne daß ihre Nervenbahnen regelmäßig und vollständig stimuliert werden. Ich persönlich bezeichne das als sexuelle Deprivation vergleichbar mit der visuellen Deprivation der Küken. Aussagekräftige und tragische Statistiken sprechen davon, daß nur 53 Prozent aller Amerikanerinnen bis zu ihrem zwanzigsten Lebensjahr zum Orgasmus kommen. Zwangsläufig müssen bis dahin die betreffenden nervlichen Abläufe geschädigt sein.«

»Möglich. Davon verstehen Sie mehr.«

Crappe legte die Hand auf die Akte, damit Field sich nicht gleich wieder hineinversenkte. »Und es genügt nicht, die äußeren Organe zu stimulieren, die Schamlippen und den Kitzler. Dann bekommen nämlich die tieferen, die vaginalen Nerven nichts mit.«

»Sie haben also nichts dagegen?«

»Gegen Sie beide? Nein, Field, ganz im Gegenteil! Nur empfiehlt sich vielleicht bei Ihrem jetzigen Gesundheitszustand eine gewisse Zurückhaltung dem Mädchen gegenüber?«

»Da mögen Sie recht haben.« Field nickte und wandte sich wieder der Akte zu.

Der Eindruck des Nutzlosen, den Crappe vor Wochen beschrieben hatte, verstärkte sich von Seite zu Seite. Eine große Zahl kleinerer Fahndungserfolge und Festnahmen erbrachte zusammen ein paar hundert Kilogramm, während direkt daneben viele Tonnen durchs Netz gingen. Und mit wenigen Ausnahmen waren alle Festgenommenen nur Kuriere, Lastwagenfahrer zum Beispiel oder Studenten, die Armen, Dummen und Naiven also. Wenn sich überhaupt ein Trend abzeichnete, dann die wachsende Macht der chinesischen Syndikate. Sie allein waren in der Lage, den Vertrieb des Rauschgifts zu organisieren, das Rohopium aus den Shan-Staaten zur Verarbeitung an die Grenze zu Thailand zu schaffen und dann weiter aus Asien auf die europäischen und amerikanischen Märkte. Dabei drängten sie die alte Mafia und ähnliche Organisationen offenbar immer weiter in den Hintergrund; diese mußten sich zunehmend mit dem Detailverkauf an die Endverbraucher in Europa und Amerika begnügen. Field fand ein Bild von Shirley Chu und ein paar Monate später ein Interview mit ihr. General Chu, ihr Vater, war der bekannte Kuomintang-Führer und ehemals wichtigste Drogenboß; seine Tochter hatte dieser Vergangenheit den Rücken gekehrt und rief nun zum Kampf gegen das Rauschgift auf.

Kein Hinweis im Zeitraum 1982–83, nichts 1980–81. Field arbeitete immer langsamer. Allmählich zerfaserten ihm die Schmerzen in der Schamgegend die Konzentration. Er kratzte sich, zuerst an den Armen, dann auf der Brust. Als sein Blick zufällig auf einen Arm fiel, bemerkte er einen leichten Ausschlag, der sich von den Gelenken her ausbreitete. »Gott im Himmel«, murmelte er und hielt die Akte fest, um sich nicht mehr zu kratzen. So saß er lange bewegungslos, mit Augen, die nichts sahen.

»Was ist los?« fragte Crappe nach einiger Zeit.

»Nichts.«

»Nichts? Was soll das heißen?«

»Ich weiß es selbst nicht.« Field nahm einen Augenblick die Hände von der Akte. »Ich will das alles nicht wissen. Ich will es nicht mehr wissen.«

»Erniedrigend?«

»Was meinen Sie?«

»Erniedrigend?« wiederholte Crappe. »Finden Sie es erniedrigend?«

Field sah ihn erstaunt an. »Das auch. Aber ich meine, ich will das alles jetzt nicht mehr wissen.«

»Meinen Sie vielleicht, ich will es wissen?« fragte Crappe leicht gereizt.

»Das habe ich nicht gemeint.« Field sah auf die Akte nieder. »Andererseits sammeln Sie doch das Zeug. Warum eigentlich?«

Ein paar Sekunden blickten sie sich wortlos in die Augen, dann

wandte sich Crappe schwungvoll ab und tippte weiter. Field blätterte wieder in der Akte.
Crappe formulierte gerade die vierte Fassung seiner Rezension, und das erste Licht des Tages zeigte sich hinter den Fenstern der Nachrichtenredaktion, als Field ein zehn Jahre altes Foto fand. An der untersetzten und entspannten Figur hatte sich nichts geändert, nur der Name. Hier hieß er Somchai Pamak; er war ein chinesischer Thai. Im gleichen Augenblick erinnerte sich Field an die ganze Story. »Somchai Pamak«, sagte er.
»Somchai!« rief Crappe. »Aber natürlich! Festgenommen am 9. Mai 1974, zusammen mit vier Freunden aus Hongkong, die vor Gericht gestellt und abgeurteilt wurden. Wahrscheinlich sitzen sie noch heute. Aber der Staatsanwalt vergaß einfach, Anklage gegen Somchai zu erheben. Das kam erst nach 84 Tagen heraus, und da man ja nicht länger ohne formelle Anklage in Untersuchungshaft bleiben darf, mußte man ihn freilassen. Diese kleine Panne, für die sicher erhebliche Summen ihren Besitzer wechselten, hatte ich damals in einem meiner Artikel ans Licht der Öffentlichkeit gebracht. Sofort wurde ein neuer Haftbefehl erlassen, aber zu spät – Freund Somchai war auf immer verschwunden. Beinahe auf immer, nicht wahr? Meine einzige Befriedigung bestand darin, daß der Staatsanwalt seinen Posten verlor. Er ging in Ruhestand, und das konnte er sich jetzt sicher auch leisten.«
»Und Somchai war und blieb verschwunden?«
»Jawohl, und jetzt wissen wir sogar, wo. Seine Frau und die Kinder gingen mit einem großen Flüchtlingstreck in die USA, wie das zuging, weiß ich auch nicht. Und auch seine Firmen gibt es noch, in wessen Händen, kann ich allerdings nicht sagen. Er hatte ein Restaurant in Paris, eine Handelsgesellschaft in der Schweiz, eine weitere in Frankreich ... Wahrscheinlich ruhen die Geschäfte. Wo haben Sie ihn denn kennengelernt?«
»Er leitet eine staatliche laotische Außenhandelsfirma. Ich habe ihm Traktoren verkauft und Kaffee gekauft.«

»Sehr hübsch. Und jetzt darf ich vermuten, daß jenes Ehepaar Einblick in ganz andere Geschäfte bekommen hatte?«

»Wahrscheinlich. Henry, hören Sie zu: Ich schenke Ihnen die Story. Es ist doch wirklich eine phantastische Story, und ein bißchen Publicity wird Somchai von mir ablenken.«

»Und auf mich hinlenken«, meinte Crappe säuerlich und deutete auf den Revolver. »Von 1960 bis 1985 wurden siebenundvierzig Journalisten erschossen. Und was haben Sie in der Hand? Ein einziges Faktum: daß Somchai noch lebt. Der Rest ist Vermutung! Und Sie haben keine Ahnung, wer die Sache hier in Bangkok leitet! Darum geht es doch wohl, dieser große Unbekannte hat Ihnen ja den Revolver an die Schläfe gesetzt. Verbindlichsten Dank, lieber John, aber das Geschenk kann ich leider nicht annehmen. Heute ist nicht mein Geburtstag.«

Field kratzte sich. »Und was zum Teufel mache ich jetzt?«

»Soweit ich mich an Somchai erinnere, hatte er feste Gewohnheiten. Er war entweder zu Hause bei seiner Familie oder in irgendeinem Club, ich meine, im Sweet's, welches doch, zumindest teilweise, Ihrer Freundin Paga gehört. Vielleicht bekommen Sie von ihr etwas über das Bangkoker Ende von Somchais Handelsfirma heraus. Aber Augenblick mal: Sie haben doch sicher Somchai nicht allein getroffen. Geben Sie mir den Hintergrund.«

»Er hat einen Partner, der sich Iem nennt, den Familiennamen habe ich nicht verstanden. Und dann ein gewisser Kamphet, sein starker Mann im Ministerium, nehme ich an.«

»Kamphet … das sagt mir nichts. Aber Iem? Iem möglicherweise ja. Beschreibung bitte.«

»Ziemlich unauffällig. Klein. Irgendwie trocken.«

»Trocken? Ich glaube, das genügt. Augenblick!« Damit wandte er sich seinem Aktenschrank zu, wühlte darin herum und zog schließlich einen Aktendeckel heraus. »Dies ist Iem.« Er legte ein Foto auf den Tisch.

Field musterte das Durchschnittsgesicht. »Ja. Wahrscheinlich.«

»Sehr wahrscheinlich sogar. Iem Norasing, jetzt 61 Jahre, Che-

miker, früher im Dienst von General Ouane Rattikone. Erinnern Sie sich noch an den Oberkommandierenden des alten Regimes und Gründer des WO-Globe-Heroinhandels? Später hat der General die Segnungen der Umerziehung in idyllischen Reisfeldern am eigenen Leibe erfahren dürfen. Mit ihm hat der Marxismus einmal den Richtigen erwischt. Aber Iem hatte ich total aus den Augen verloren.«
»Er leitet eine Waschmittelfabrik.«
»Natürlich, was denn sonst? Höchst praktisch! Und hat nicht einmal den Namen gewechselt! Verstehen Sie jetzt, warum ich lieber über die schönen Künste schreibe? Im Drogengeschäft bleibt nämlich alles beim alten. Ich dachte schon, Old Ratticone & Co. seien abgetreten und jetzt hebe sich der Vorhang vor einem neuen Stück mit neuen Helden und einer neuen spannenden Handlung. Aber wer trottet aus den Kulissen und deklamiert seine alte Rolle? Iem Norasing!« Er zog den Artikel mit einem Ruck aus der Schreibmaschine. »Im *Duke's Den* erlebt man immer etwas Neues. Auch wenn sich die Tricks wiederholen: Das Rasiermesser steckt doch jedesmal in einer neuen, einer unerforschten Vagina.«
Field stand auf. »Danke, Crappe!«
»Fragen Sie Paga«, riet ihm Crappe noch einmal.
»Vielleicht.« Aber Field dachte mehr an Mrs. Laker, die ihn ja schließlich zu Som geschickt hatte. Er stand auf.
»Halt, Field! Jetzt hätte ich es fast vergessen: Was wissen Sie vom Putsch?«
»Von welchem Putsch?«
»Aber das ist doch Stadtgespräch! Die Offiziere aus Klasse 5 glauben, daß Krit zu ihnen hält, und zwar so fest, daß sie einen Umsturz anleiern. Die Offiziere aus Klasse 7 glauben das gleiche. Und Krit hält natürlich rechts und links die Hand auf. Lustig, nicht?« Seine Stimme zitterte leicht.
»Ich dachte immer, Sie hassen Umstürze.«
»Nun ja«, lachte Crappe etwas gezwungen, »ich versuche, mich

daran zu gewöhnen. Aber Sie haben recht, jeder Putsch ist so … so umstürzend. Und so unberechenbar, Field, total unberechenbar.«
»Also herzlichen Dank, Crappe.«
»Mein Zucker reicht wahrscheinlich nicht. Können Sie mir sagen, wo man billig Zucker kauft?« Er hatte eine Schublade geöffnet und starrte hinein. »Drei große Tüten reichen meistens.«
»Danke herzlichst«, sagte Field, kratzte sich und ging. Im Taxi döste er, und als er durch knöcheltiefes Wasser zu seinem Haus watete, konnte er die Augen kaum noch offenhalten. Jetzt, in der ersten Hitze des Vormittags, fühlte er sich zu Tode erschöpft, der Ausschlag juckte, die Schmerzen in den Genitalien wurden unerträglich. Seine Stimmung war düster.
Ao saß am Eßtisch. Und als sie ihn kommen sah, lächelte sie vor Freude. Ihr gegenüber, mit dem Rücken zur Tür, saß ein zweites Mädchen in weißer Bluse und blauem Rock und wirkte einen Augenblick lang wie Aos Spiegelbild. Er blieb stehen, da drehte sich das zweite Mädchen um mit einem Ausdruck der Erleichterung auf dem Gesicht. Es war seine Tochter. Fast hätte er sie nicht erkannt, weil sie ihn hier noch nie besucht hatte.
Eine plötzliche Angst überfiel ihn siedend heiß. Er mußte sich am Türrahmen festhalten. »Ist etwas passiert?«
Songlin stand auf. »Nein, aber du wolltest doch gestern in die Universität kommen, und ich habe mir Sorgen gemacht.«
Er ging langsam zum Eßtisch und ließ sich auf einen Stuhl sinken, als wollte er sagen: Und das ist alles? Sie hatte ja recht: Er war noch nie ohne Nachricht ausgeblieben. Die düstere Stimmung überfiel ihn wieder. Er merkte, daß sie schon die ganze Woche hindurch düster gewesen war.
»Ich habe es vergessen.« Er sah Ao an. Worüber hatten die beiden wohl gesprochen? Er konnte Songlin hier im Haus nicht brauchen, er wollte hier nicht beurteilt oder ins Unrecht gesetzt oder verantwortlich gemacht werden! Sie gehörte auf das Territorium, das er ihr abgesteckt hatte. »Du sollst hier nicht herkommen!«

Sie hob die Hände in einem Wai über den Kopf und kniete nieder. »Entschuldige bitte.«
»Du sollst nicht herkommen«, wiederholte er hilflos. Erklären konnte er es ihr nicht. Und gerade jetzt durfte sie unter keinen Umständen mit ihm in Verbindung gebracht werden, wo ihn ein unbekannter Irrer umbringen wollte. »Du darfst nicht hier bleiben!« Er nahm verschwommen wahr, daß Tränen in ihren Augen standen, aber er hatte keine Gewalt mehr über seinen Blick. Er war einfach erschöpft. Und total durcheinander. Was sollte er denn noch machen? Er schüttelte nur den Kopf und wandte sich ab. Dann hörte er ein paar Schritte, und die Tür fiel ins Schloß. Als er die Augen öffnete, war Songlin nicht mehr da. Auf dem Tisch vor Songlins Stuhl lag das Foto mit seinem Vater in den Rocky Mountains. Er holte schon aus, um es vom Tisch zu fegen, hielt sich aber zurück, stand mühsam auf und rief im Nursing Home an.
Woodward war soeben angekommen. Der Ausschlag sei völlig normal und ungefährlich, es sei nur eine Sulfonamid-Allergie. »Am besten setzen wir das Mittel ab.« Mehr könne er im Augenblick nicht tun.
Ao war ihm nachgekommen und schob ihn von hinten zu einem Stuhl. Er ließ sich waschen und zu Bett bringen. Dann saß sie neben ihm auf der Matratze und sah ihm zu, bis er einschlief.
Später am Morgen weckte ihn das Telefon. Draußen donnerte der Regen auf die Blätter. Er stolperte über Ao, die neben dem Bett eingeschlafen war, und taumelte die Treppe hinunter. Die befehlsgewohnte und zugleich warme Stimme verzichtete auf jeden Gruß.
»John, was machen Sie gerade?« Es war Mrs. Laker.
»Ich habe geschlafen.«
»Sehr gut. Man soll einmal am Tag schlafen, aber besser am Nachmittag. Ich muß Sie sprechen, und zwar sofort.«
»Sie wissen, wo ich zu finden bin, Catherine.«

»Nein, ich kann hier nicht weg. Ich kann den Elementen nicht trauen, daß sie an ihrem Platz bleiben. Sie müssen herkommen.«

»Wohin?«

»In den Britischen Club.«

Damit hängte sie auf. Field wollte ihr noch sagen, daß er eigentlich sie sprechen wollte. »Miststück«, murmelte er, duschte aber, zog sich an und ging. Auf der Straße wollte er fast umkehren und Ao fragen, worüber sie mit Songlin gesprochen hatte, aber im Grunde war es ihm lieber, wenn er es nicht erfuhr.

Der Britische Club, eine niedrige, stuckverzierte Villa, verbarg sich in einem zwei Hektar großen Park hinter den modernen Gebäuden zwischen der Silom Road und der Surawong Road. Bangkok war in die Breite und Höhe gewuchert, aber die Mitglieder hatten es immer abgelehnt, das Grundstück abzugeben. Früher hatte das Clubhaus einen gewissen kolonialen Charme besessen, anfangs war nur die erste Gilde der britischen Handelshäuser zugelassen gewesen, später führten großzügigere Regelungen zu steigenden Mitgliederzahlen, diese zu verschiedenen Umbauten und diese wiederum zu einer steril-ausdruckslosen Atmosphäre wie in einem beliebigen Sheraton. Mrs. Lakers Impala stand vor dem Haus, aber in den beiden *Salas* rechts und links des Teichs war sie nicht zu sehen. Field trat in die holzgetäfelte Eingangshalle und wischte sich das Wasser aus dem Haar. Links ging es in den Speisesaal.

An den meisten Tischen saßen Männer in der typischen Farang-Uniform, dem weißen Hemd mit der dunklen Krawatte. Mitten in dieser anonymen Menge speiste ein alter Mann allein an einem Tisch. Er war klein und schmächtig, als einziger hatte er das Sakko nicht abgelegt. Es gehörte zu einem früher cremefarbenen Leinenanzug, der jetzt vor Alter einen warmen Goldton angenommen hatte. Der Anzug, der steife Kragen und alles andere wirkten auffallend elegant. Der Mann saß kerzengerade, auf dem Stuhl gegenüber lag ein Strohhut mit breiter Krempe. Es war Michael

Woodwards Vater, der fünfundneunzigjährige Admiral. Field trat an den Tisch, um ihn zu begrüßen.
Der Admiral konzentrierte sich auf seinen halb leergegessenen Teller, auf dem sich zwischen Teigstücken eine dunkelbraune, zähsoßige Masse ausbreitete. Er blickte sofort auf, und bevor Field ein Wort sagen konnte, bellte er:
»Tag, Field, setzen Sie sich!«
»Danke, Sir. Leider nur auf einen Augenblick.«
»Steak and kidney pie, junger Freund, ist und bleibt ein Schlangenfraß. Lassen Sie sich nichts anderes weismachen!«
Field warf einen Blick auf den Brei.
»Das finde ich auch, Sir.«
»Trotzdem komme ich seit 1912 jeden Monat einmal in den Club und esse immer das gleiche. Sie können mir glauben, Field: Ich hasse das Zeug.«
»Warum bestellen Sie es dann, Sir?«
»Aus dem gleichen Grunde, aus dem ich herkomme. Nicht weil ich Brite bin«, und das sagte er so laut, daß man es an den Nachbartischen hörte, »ich bin kein Brite, ich bin Thai. Sondern damit ich nicht vergesse, daß ich einmal Brite war. Und diesen Pamps lasse ich mir kommen, damit ich nicht vergesse, wie scheußlich er ist. Was bestellt sich der Engländer, wenn er Heimweh kriegt? Steak and kidney pie! Heimweh ist eine tückische Bestie, Field! Springt einen von hinten an. Als ich jung war, kämpfte man noch offen und ehrlich, Mann gegen Mann.«
»Sie kommen also nur in den Club, um Ihr Heimweh zu bekämpfen?«
»Ganz richtig. Heimweh ist der Feind des Lebens!« Damit nahm er einen Brocken matschiges Fleisch auf die Gabel und kaute tief befriedigt darauf herum. »Fängt schon an zu erstarren.« Er schob den Teller von sich. »Was treibt mein Sohn?«
»Es geht ihm gut. Ich habe ihn vor zwei Tagen besucht.«
»Brav. Ich finde es richtig, was er macht. Bringt Unruhe rein, verstehen Sie? Gefällt mir; ich selber kann das jetzt nicht mehr.

1941, am Tag nach der japanischen Invasion, kam ich in diesen Club, es war ein Treffen aller Briten angesagt. Damals war Crosby Botschafter, ein Volltrottel, wir nannten ihn nur Seine Exzellenz den Allmächtigen. Crosby verkündete: ›Bleiben Sie beruhigt in Ihren Häusern, ich habe alles fest in der Hand.‹ Und die Leute waren sich einig: Crosby ist ein feiner Bursche, wenn Crosby alles in der Hand hat, ist alles in Ordnung. Ich stand auf und sagte: ›Ich stehe hier als Thai, ich weiß Bescheid, und ich kann Ihnen nur einen Rat geben: Verschwinden Sie so schnell wie möglich, Sie alle, und zwar sofort!‹ Sie hörten natürlich nicht auf mich und blieben da. Am Tag drauf war Bangkok eingekesselt, und die nächsten dreieinhalb Jahre saßen sie im Internierungslager.«
Eine thailändische Kellnerin servierte den Teller ab und brachte eine Schale Triflespeise. Er warf dem Mädchen verstohlen einen bewundernden Blick zu. Die Vanillesoße war kräftig gelb. Admiral Woodward nahm die Gabel und bohrte sie tief in die Masse, wobei die Soße heftig schwabbelte. An der Gabel steckte ein weicher, weißlicher Würfel, den er Field vor das Gesicht hielt.
»Schauen Sie sich das mal an! Thailand ist das Land der Ananas: Wohin Sie schauen, überall Ananas. Und was ist dieser Würfel? Ananas aus der Dose! Für Trifle nehmen sie Ananas aus der Dose. Und warum? Weil man es in England so macht, und dann ist es so richtig! Da haben Sie den Kern des Kolonialismus: den unerschütterlichen Glauben an die eigene Überlegenheit, so minderwertig man auch sein mag.« Er steckte den Würfel in den Mund. »Das werde ich jetzt allein aufessen, junger Freund. Lassen Sie sich nicht aufhalten!«
Field sah im Billardsalon nach, der aber absolut leer war, dann stieg er die Treppe in einen klimatisierten und sterilen Leseraum hinauf. An den Wänden standen keine Bücher. Hier wartete Mrs. Laker allein in einem Lehnsessel, die Knie zusammengepreßt, die Arme auf den Lehnen, die Augen geschlossen. Sie trug ein grünes Leinenkleid.

Als Field näher trat, sah sie ihn an. »Setzen Sie sich zu mir, Field.« Sie deutete auf einen Stuhl. »Fühlen Sie sich stark heute?«
»Nein. Und ich möchte Sie etwas fragen.«
Sie streckte ihm die Hand entgegen und gebot ihm Schweigen. »John, hören Sie jetzt genau zu. Das Böse hat hier größere Macht, weil es sich offen zeigen darf. Wir müssen deshalb wachsamer sein. Ich werde Ihnen jetzt Dinge anvertrauen, die Sie niemals weitergeben dürfen.« Sie blickte ihm unverwandt in die Augen, bis er zustimmend nickte. »Als Norman 1959 krank wurde, war die Diagnose Kinderlähmung. Er kam ins Nursing Home, das Sie ja gut kennen, in eine eiserne Lunge im Erdgeschoß. Es war Dezember und sehr kalt, John. So kalt, wie ich es hier noch nie erlebt hatte. Ich saß im Pelzmantel neben ihm, er lag in der Maschine, und ich horchte auf das schreckliche Röcheln seines Atems. Die Kälte war das Zeichen für das Ende, war eine Hand, die sich auf dieses Land legte. Verstehen Sie mich? Fünf Tage lag er in der eisernen Lunge, ich blieb an seiner Seite. Und am Weihnachtsmorgen, als ich ihm den Speichel vom Mund wischte, lächelte er auf einmal, nicht für mich, sondern an mir vorbei, lächelte ein Willkommen und starb. Oder er schien zu sterben. Mir war schrecklich kalt, John. Später kam ein Arzt und führte mich hinaus auf die Veranda. Es war keine Krankenschwester im Zimmer. Wir ließen also Norman allein. Ich habe seinen Leichnam nie mehr gesehen. Verstehen Sie? Der Arzt führte mich vom Balkon direkt zum Wagen. Damals meinte ich, er wollte mir nur den Anblick ersparen. Drei Wochen vor dem Ausbruch von Normans Krankheit und zwei Wochen danach war die Venus im Aszendenten gewesen, und deshalb dachte ich in dieser Zeit immer das gleiche wie Norman, völlig gleichzeitig. Ich wurde langsam zu seinem Werkzeug. Das alles war Vorbereitung für meine Nachfolge. Nach seinem Tod hinderte mich eine unbekannte Kraft am Weinen und verhinderte, daß ich mich umbrachte, obwohl ich es mir wünschte. Ich dachte nur an den Tod, und doch zog mir eine geheime Macht den Mund zu einem grotesken

Grinsen auseinander. Wochenlang, John, wochenlang! Ich floh zurück nach New York, und dort erhielt ich am 22. Februar eine Botschaft von Norman.«

»Eine Botschaft?«

»Ich lag im Bad, wollte allen Mut zusammennehmen und mir die Pulsadern aufschneiden, da fiel plötzlich alle Furcht von mir ab, ging auf das Badewasser über und nahm auch mein künstliches Grinsen mit. Und nun stieg Normans Kraft aus den Schwaden auf und übermittelte mir die Botschaft. Norman war mit einer Gruppe in den Anden! Das heißt aber nicht sein Geist. Norman war und ist von dieser Welt.«

»In den Anden?«

»Jawohl. Dort ist er jetzt.«

»Warum besuchen Sie ihn nicht?«

»Die Gruppe ist anderer Art. Und die Botschaft war: Geh nach Bangkok zurück. Also kam ich zurück und fand unsere Firma fast am Bankrott. Aber Norman gab mir jeden Tag Anweisungen, und seitdem bin ich immer sein Werkzeug geblieben. Seit jenem Tag, John, bis heute. Und in gewissem Sinne ist auch er nur ein Werkzeug.«

»Von wem?«

»Das kann ich Ihnen nicht sagen. Auch nach 26 Jahren verstehe ich ihre Ziele und meine Aufgaben noch nicht ganz. Aber ich möchte sie gern verstehen! Wissen Sie«, und hier machte sie eine Pause, um sicherzustellen, daß er ihr auch zuhörte, »der Leichnam in der Gruft ist gar nicht der von Norman. Nein, John. Geheime Kräfte haben ihn aus dem Nursing Home entrückt. Sie haben doch verstanden: Ich bin damals mit dem Arzt aus dem Zimmer gegangen! Es war niemand bei Norman. Wir hielten ihn nur für tot. Da haben ihn die Kräfte lebend entrückt und durch organische Substanz ersetzt. Und jetzt hat mir Norman neue Anweisungen gegeben. Ich muß die organische Substanz aus der Gruft entfernen, weil das Wasser steigt. Dieses Wasser ist von den Kräften des Bösen durchdrungen. Und ich meine fast, sein Auftrag kommt aus dem Wissen, daß eine vietnamesische Invasion bevorsteht. Wenn die Vietnamesen kommen, sind sie in wenigen Stunden in Bangkok. Die Armee hier kann sie nicht aufhalten, das wissen Sie so gut wie ich, sie ist viel zu korrupt. Norman hat die Vietnamesen immer gehaßt; er will die organische Substanz nicht in ihre Hände fallen lassen. Es ist zwar nicht sein Körper, aber doch ein integraler Bestandteil seiner Gruppe. Ich gebe zu, das letztere ist mehr eine Spekulation von mir. Aber die Anweisungen sind klar. Ich muß die Substanz verbrennen und die Asche aufbewahren. Meine Berechnungen zeigen, daß heute der letzte Tag vor der großen Flut ist, deshalb können wir es nicht hinausschieben. Ich brauche Ihre Hilfe, John, weil ich vielleicht nicht stark genug bin. Weil vielleicht eine Erscheinung auftritt, die Ihre Ruhe und Ihre Kraft verlangt. Im Friedhof wartet man schon auf uns.«

Field war immer stiller geworden. Er wollte mit der ganzen Sache nichts zu tun haben. »Gut, Catherine. Aber zuerst möchte ich etwas wissen. Wie haben Sie Som Nosavan kennengelernt?«

Sie blinzelte, sprachlos vor Erstaunen. »Ich möchte jetzt nicht unsere knappe Zeit mit Geschäftlichem vertun.«

»Aber ich.« Er blieb ruhig sitzen, um ihr zu zeigen, daß er sonst nicht mitkam.

Auf einmal sagte sie: »Die laotische Botschaft hat mich angesprochen.«

»Som selbst?«

»Nein, ein Handelsattaché. Und später kam ein Beamter nach Bangkok und suchte mich auf.«

»Wer?«

»Kann mich nicht erinnern.«

»Also bitte, Catherine. Soll ich das glauben?«

»Kamphet irgendwas. Kamphet Panyajak.«

»Sie kannten also Som und Kamphet vor diesem Handel nicht?«

»Nein. Was soll das alles?«

»Nichts, Catherine. Gehen wir.«

Als sie aus der Tür traten, sprühte der Chauffeur rasch Moskitospray über die Rückbank. Es hatte kurz zu regnen aufgehört.
»Wir brauchen doch nicht zu fahren«, schlug Field vor. »Zu Fuß sind es kaum fünf Minuten.«
Mrs. Laker ignorierte das und stieg ein, also fügte sich Field. Der ganze Wagen roch intensiv nach DDT.
»Hier stinkt es.«
»Man muß gewisse Vorsichtsmaßnahmen treffen.«
Die Fahrt zum Friedhof verlief in tiefem Schweigen. Am Tor warteten acht Mann und ein Lastwagen. Silom Road war fast ganz überflutet, ebenso die Sackstraße zwischen den beiden Teilen des Friedhofs. Catherine wartete auf dem Rücksitz, bis ihnen der Chauffeur die Gummistiefel aus dem Kofferraum holte, dann wateten sie hinaus in das knöcheltiefe, schlammige Wasser. Im Friedhof ging es weitere zehn Zentimeter hinunter, in eine Art grünes Meer. Der Friedhofswärter hatte sich mit seiner Familie auf eine gedeckte Plattform einen Meter über dem Wasserspiegel zurückgezogen.
Die acht Arbeiter waren in Shorts und barfuß, sie standen in einer Gruppe zusammen und warteten auf Anweisungen. Mrs. Laker warf einen Blick über den Sumpf und marschierte dann energisch durch das Wasser voran. Die Oberkanten ihrer Stiefel ragten nur noch ein paar Zentimeter über die Wasserfläche. Dann folgte Field, dahinter die Arbeiter mit Brechstangen und Seilen. Sie kamen an der hölzernen Statue Basil Southends vorüber, des Königlichen Geheimrats, die auf dem Wasser schwamm und nur von Schlingpflanzen an ihrem Ort gehalten wurde. Das Grabmal seiner Frau hatte sich losgerissen und trieb zwischen anderen, solideren Monumenten umher. Nach fünfzig Metern wandte sich Mrs. Laker nach rechts und kreischte kurz auf, als sie bis zu den Oberschenkeln versank und dann nach vorn stürzte. Field sprang ihr zu Hilfe und richtete sie wieder auf. Schlammiges Wasser strömte ihr aus der Frisur über das Gesicht.
»Wir hätten es gestern machen sollen«, sagte sie.

Field zog das Hemd aus und ließ sie damit Gesicht und Arme abtrocknen. »Vor allem hätten Sie hohe Fischerstiefel mitbringen sollen.« Er blickte sich um, wo die Thais blieben; sie waren im flacheren Wasser stehengeblieben und kicherten.
»Mah nee!«
Sie gehorchten sofort und sprangen ins tiefere Wasser, das ihnen bis zur Taille reichte. Nun schritt Field voran. Der Grabstein war bereits eine Handbreit unter Wasser. Er befahl, ihn hochzuwuchten, und trat zurück, weshalb, wußte er nicht genau. Als sie den Stein anhoben, hörte man das Wasser in die Gruft rauschen. Er fand es seltsam, daß sie wirklich so hermetisch versiegelt war, und warf einen Blick auf Mrs. Laker, die aber keine Überraschung zeigte. Wahrscheinlich hatte sie große Sorgfalt darauf verwandt, die Gruft wasserdicht zu machen.
»Es ist ein Stahlsarg«, verkündete sie.
Die Thais fingen an, in der Gruft herumzustochern. Sie brauchten eine halbe Stunde, bis sie die Seile unter den Sarg gezogen hatten; dann behaupteten sie, der Sarg sei zu schwer. »Natürlich ist er schwer«, sagte Mrs. Laker. »Er ist ja aus Stahl.«
Endlich sah man den Sarg im Wasser höher kommen. Er war ungeheuer groß.
»War Ihr Mann sehr dick?« erkundigte sich Field.
»Unsinn! Das wäre doch in diesem Klima viel zu ungesund gewesen. Er hatte einen großzügigen Sarg verdient. Ich wollte, daß er genügend Raum hatte.«
In diesem Augenblick tauchte der Sarg aus den Fluten, und sofort verbreitete sich ein scharfer Geruch. Es roch nicht nach Verwesung, es war ein völlig fremder, aus der Nähe unerträglicher Geruch. Die Männer versuchten, ihr Gesicht zu bedecken, während sie sich abmühten, das Ungetüm aus der Gruft zu hieven. Field ging ein paar Schritte zur Seite. Als sie sich daranmachten, den Sarg auf die Schultern zu nehmen, verbot er es ihnen. »Schleppt ihn im Wasser, dann ist der Geruch nicht so schlimm.« Mrs. Laker stand völlig unberührt daneben, als ob Parfümduft sie

umwehte. Field wartete den Abtransport der organischen Substanz nicht ab, sondern watete allein zum Impala zurück und setzte sich, die Gummistiefel an den Füßen, auf die Rückbank.
»Drehen Sie die Klimaanlage aus, Lek.«
Nach zehn Minuten erschienen die Männer mit dem Sarg auf den Schultern, die Hände vor der Nase. Mrs. Laker folgte ihnen, die Arme steif an die Hüften gelegt, als führte sie eine Beerdigungsprozession an. Die hochgekämmte Frisur hing voll Schlamm und neigte sich über dem schlammverschmierten Gesicht weit nach links. Sie wartete, bis der Sarg sicher auf dem Lastwagen verstaut war, erst dann kam sie zu ihrem Auto. Der Chauffeur bückte sich schon, um ihr die Stiefel auszuziehen, aber sie sagte, das sei jetzt nicht wichtig, und ließ sich, so naß, wie sie war, auf die Rückbank sinken.
Vom Friedhof bis zum Wat Tat Thong, wo die Einäscherung bestellt war, quälten sie sich ununterbrochen durch dichten Stau. Silom Road war zwar trocken, aber die Nebenstraßen standen zwei Handbreit unter Wasser, darin manövrierten Autos herum und hielten alles noch mehr auf. Andererseits war das ein Segen, denn die Arbeiter konnten bei jedem Halt vom Wagen springen und dem Gestank entfliehen. Sie brauchten fast zwei Stunden für die kurze Strecke. Mrs. Laker verbrachte sie schweigend, die Augen in tiefer Meditation geschlossen. Field sah, daß ihre Stiefel voll Wasser standen, und merkte jetzt erst, daß auch seine Stiefel randvoll waren. Er zog sie aus und goß den Inhalt aus dem Fenster, dann entledigte er sich der Socken und rollte die Hosenbeine hoch. Mrs. Laker hatte sein Hemd noch in der Hand, er nahm es ihr ab, versuchte es auszuwringen und legte es auf die Ablage hinter den Rücksitzen.
Wat Tat Thong war als Krematorium besonders beliebt, deshalb war man hier auf die Anlieferung von Leichen eingerichtet. Die Arbeiter konnten den Sarg auf einen kleinen Wagen legen und schoben ihn abwechselnd. Aber schon nach wenigen Minuten waren sie im Hof und wuchteten ihn auf den Tisch vor dem Ofen,

genau unter einem zwanzig Meter hohen Schornstein. Sie wollten sich gerade verabschieden und den Rest den Mönchen überlassen, als Mrs. Laker nachkam und rief:
»Halt! Öffnen! Wir müssen den Sarg öffnen!« Als die Arbeiter keine Anstalten machten, wandte sie sich an Field, der die Szene in seinen verdreckten Kleidern aus einiger Entfernung beobachtete. »Ich muß es sehen, John, ich muß Sicherheit haben. Bitte!« Statt einer Antwort zog er sich das Hemd über die Nase und ging zum Sarg. Er war an beiden Enden mit Bronzeklammern verschlossen, und Field brach eine Klammer auf. Es gab ein kratzendes Geräusch. Nun ging er ans andere Ende und begann, die zweite zu lösen. Mrs. Laker folgte ihm, und er rief ihr durch seine Maske zu: »Halten Sie sich etwas vor das Gesicht, Catherine.« Sie kümmerte sich nicht darum, also brach er die Klammer auf und hob den Deckel an. Er flog schlagartig auf, als drückten ihn Stahlfedern hoch. Der Geruch war überwältigend. Field rannte weg, bis er wieder durchatmen konnte. Dann sah er, daß sich Mrs. Laker über den offenen Sang beugte.
»Mein Gott«, stöhnte sie, »o mein Gott«, und fiel in Ohnmacht. Field zwang sich, hinzurennen und sie aufzuheben. Dabei warf er einen kurzen Blick in den Sarg. Der Leichnam war hellgrün, aber so gut erhalten, als lebte er. Er war groß und dick, außerordentlich groß sogar. Dabei war er nicht vom Wasser aufgedunsen, denn der Zweireiher saß perfekt, wie frisch gebügelt. Ein einladendes Lächeln lag auf seinen Lippen. Die Haare waren glatt zurückgebürstet.
Mrs. Laker war federleicht, also trug er sie gleich zum Wagen, worauf die Verbrennung begann. Er legte sie auf die Rückbank, wo sie bald wieder zu sich kam, aber keinen Laut von sich gab und bewegungslos liegenblieb. Eine Stunde später erschienen die Mönche mit einem *Ghod*, der die Asche und Knochenreste enthielt, und überreichten ihn Mrs. Laker. Sie hatte den Ghod im letzten Augenblick und etwas überstürzt aussuchen müssen. Es war eine silberne Urne in Form eines stilisierten Phallus, etwa

dreißig Zentimeter groß, graviert mit den konventionellen thailändischen Symbolen. Sie nahm den Ghod entgegen, hielt ihn auf Armeslänge vor sich und starrte ihn verblüfft an.
»Er war es nicht«, flüsterte sie.
»Was sagen Sie?« bellte Field.
»Das war nicht Norman. Er war ihm nicht einmal ähnlich. Ich habe diesen Mann noch nie gesehen.« Jetzt hielt sie den Silberbehälter mit einer Sorgfalt auf dem Schoß, die an Zärtlichkeit grenzte. Nach einiger Zeit sagte sie: »Zellbiologie.«
»Wie bitte?«
»Zellbiologie! Wenn ich wüßte, wie meine Zellen arbeiten, könnte ich ihren Ablauf steuern und mich vom Einfluß der Sterne befreien.«

8 Im Laufe des Vormittags war das Wasser so weit gestiegen, daß es die Sukhumvit Road überschwemmte, zuerst die tiefer gelegene Seite, dann die höhere, wo Fields Haus stand. Aber diese erste Flutwelle war bald versickert und nicht weit vorgedrungen. Er blieb nur kurz zu Hause, duschte und zog sich um, vor allem aber gab er dem Nachtwächter Sicherheitsanweisungen. Das machte wenig Eindruck, deshalb wandte er sich an die Großmutter des Burschen und befahl ihr, die Türen verschlossen zu halten und sich vor allen Fremden zu hüten, die in das Anwesen wollten. Ao hörte die Ermahnungen wortlos an.
In der ersten Dämmerung ging er aus und stellte fest, daß es schon wieder regnete. Er rannte durch die Einfahrt hinaus zur Sukhumvit Road und sprang in das erste freie Gefährt. Es war ein Tuctuc mit halb durchsichtigen Plastikvorhängen, die den Regen mehr anzogen als abhielten.
»Patpong«, sagte Field.
»Sechzig.«
»Nein! Dreißig.«

»Zuviel Verkehr in Bangkok. Fünfzig. Einbahnstraßen überall!«
»Dreißig«, sagte Field und blieb ungerührt lächelnd sitzen, bis der Fahrer sein Radio andrehte und losfuhr. Der Rhythmus des Schlagzeugs vibrierte in dem Plastikzelt, als ob das ganze Gefährt elektrisch geladen wäre. Über diesem Rhythmus sang oder besser brüllte jemand *Made in Thailand, not in Japan.* Es war der neueste Hit von Bangkok; er gehörte in die nationalistische Mode, von der sich auch Meechai Woodward tragen ließ. Bei dieser Luftfeuchtigkeit und Hitze wirkte der Regenschutz wie ein Dampfkochtopf, und Field kam sich vor wie ein Stück Fleisch, das hier gegart werden sollte.
Als sie an der britischen Botschaft vorbeikamen, sah Field durch die Schlitze im Plastik, daß gerade eine Party stattfand. Vor dem Haus saß Königin Victoria; sie war angestrahlt und trug ein Dutzend Girlanden um den Hals. Er hatte sich schon immer gefragt, wie es die Frauen Bangkoks schafften, an den Gurkha-Wachen vorbeizukommen und ihre Kränze aufzuhängen. In den alten Tagen, als die Vertretung noch unten am Fluß bei den anderen Botschaften lag, war das kein Problem. Damals hatte es in Bangkok noch keine Straßen gegeben, und der König hatte für die Farangs den Kanal hinter den Gebäuden aufschütten lassen, damit sie Kutsche fahren konnten. Vor das Tor an dieser »New Road« hatte der Botschafter ihrer Majestät mehrere Tonnen Victoria postiert, die allen Vorübergehenden mit der ganzen Macht des Empire ins Gesicht starrte. Diese imperialistische Drohung beeindruckte die Thais wenig, statt dessen sprach sich herum, daß sie viele Kinder hatte. Und bald brachten unfruchtbare Frauen kleine Opfer, stellten Kerzen auf und sprachen Gebete. In kürzester Zeit war sie zu einer der vielen lokalen Gottheiten geworden, genauer gesagt ein Geist, aber diese Auffassung paßte natürlich nicht zu ihrer monumentalen Massigkeit. In den zwanziger Jahren zog dann die Botschaft hier in die Ploenchit Road, und die Statue ging mit. Aber hier stellte man sie lieber fünfzig Meter hinter dem Tor auf; offiziell, weil imperiale

Gesten nicht mehr in die Zeit paßten, im Grunde aber, weil die britischen Diplomaten das Gefühl hatten, es verleihe der Botschaft ein unerwünschtes Image, wenn sie die Queen als Fruchtbarkeitsgöttin präsentierten. Aber ihr Ruf lebte ungebrochen fort. Als 1941 die Japaner Bangkok besetzten, ließen sie die Queen mit Brettern verkleiden. Die thailändischen Zimmerleute schnitten Öffnungen für die Augen in den Verschlag.

Als Field endlich in Patpong ausstieg, war es sieben Uhr und tiefe Nacht. Auf der Treppe zu Pagas Wohnung hielt das gleiche Mädchen Wache, das ihn letzte Woche nicht erkannt hatte oder erkennen wollte.

Wieder rief sie herunter: »Hallo, Mister! Massage? Wollen Sie Massage?«

»Ich will zu Paga.«

»Paga? Was wollen Sie?«

Field stieg zuerst die Treppe hinauf, dann sagte er: »Ich bin Pagas großer Freund. Erinnerst du dich nicht? Wir haben das erst letzte Woche durchgespielt.«

»Sorry, Mister«, lächelte sie ihn an.

»Ist sie oben?« fragte Field und ging schon weiter.

»Nein, Mister. Ist nicht da.«

»Wo ist sie?«

»Ausgegangen.«

»Und wohin?«

»Vielleicht ins *King's Castle.*«

»Braves Mädchen.« Er tätschelte ihr den Kopf, in Höhe seiner Brust, und lief die Treppe hinunter. Die Flut war langsam aus den Gullys gestiegen, traf sich aber noch nicht in der Mitte der Straße; es lohnte sich also noch, am Bürgersteig trockene Stellen zu suchen.

Das *King's Castle,* Pagas jüngster Umbau eines alten Lokals, lag auf der anderen Straßenseite. Ihre Bars waren viele Jahren in den gleichen Lokalen, tauchten aber immer wieder unter neuen Namen und mit neuer Ausstattung auf. Vier Mädchen in kurzen

Söckchen und hochhackigen Pumps tanzten auf der Insel in der Mitte der ovalen Bar, vier weitere am Ende gegenüber, und etwa sechzig animierten die Farangs, Drinks zu kaufen, setzten sich ihnen auf den Schoß und ließen sich dafür Drinks spendieren. In dem kleinen Raum drängten sich über hundert Menschen. Paga stand hinter der Bar, beugte sich über die Kasse und die Bons und sprach mit der Kassiererin, einem hübschen, intelligent wirkenden Mädchen.

Field lehnte sich über die Bar, damit sie ihn beim Lärm der Musik hörte. »Ich wußte gar nicht, daß du noch an der Front kämpfst.«

Paga blickte ohne Lächeln auf, die Zahlen hielten sie gefangen. »Stichprobe, John. Komm herein.«

Er schlüpfte durch die kleine Tür an der Bar und setzte sich neben sie auf einen Hocker.

»Wie geht es dem Mädchen, das du gekauft hast?« fragte Paga.

»Es ist noch krank.«

»Schade«, sagte sie voll Mitgefühl. »Nicht gut. Warum hast du sie überhaupt gekauft?«

»Nur so.«

Sie gab ihm einen vorwurfsvollen Klaps auf die Hand. »Was zu trinken?«

»Mekong Soda.« Reiswhisky stand zwar nicht auf seiner Diätliste, aber jetzt fühlte er sich von allen ärztlichen Vorschriften freigesprochen. Wenn die Medizin ihm nicht helfen konnte, weshalb sollte er sich dann an ihre Anweisungen halten?

»Macht die Leber kaputt«, warnte Paga. »Macht dich blind.«

»Genau wie Onanieren.«

»Woher weißt du? Trink lieber Bier oder Scotch.«

»Ich bin meiner Leber nichts schuldig.« Er nahm dem Mädchen, das ihm den Drink ausschenken wollte, die Flasche aus der Hand und hielt sie unter die Lampe an der Kasse. »Erst in dieser Woche destilliert, verdammt noch mal. Such eine ältere!«

Das Mädchen fand das schrecklich lustig und reichte ihm eine andere Flasche Mekong, die er ebenfalls zurückwies. So gab sie ihm eine nach der anderen, bis er endlich sagte: »Hier, die ist besser. Vom 15. August, zwei Wochen alt. Da dürfte sich das schlimmste Gift gesetzt haben.«

»Schade um das kranke Mädchen«, sagte Paga. »Ich mach dir ein Geschenk: Du kannst jedes Mädchen in der Bar haben außer der Kassiererin und zahlst nichts fürs Mitnehmen.«

»Danke, Paga«, er legte der Kassiererin einen Arm um die Taille: »Nok ist die hübscheste hier und die einzige mit Geld.«

»John! Ist doch ein Geschenk von zweihundert Baht! Du brauchst nur für das Mädchen zu zahlen!«

Field schüttelte den Kopf. »Ich habe es mir abgewöhnt.« Er bemerkte, daß Paga ihn musterte. »Weiß auch nicht, warum. Vielleicht aus Abstinenz? Ich schaue den Mädchen gern zu, aber zu mehr habe ich im Moment keine Lust.«

Sie sah ihn besorgt an. »Hast du Probleme, John?«

»Muß ich Probleme haben, wenn ich nicht sofort mit einer ins Bett will?«

»Heute hat ein Mann nach dir gefragt. Kein netter Mann.«

»Wie sah er aus?«

»War vor mir hier. Das Mädchen dort hat ihn gesehen.« Sie deutete auf eine junge Tänzerin mit so knappem Bikini, daß nur noch ein schmaler grellgrüner Streifen über die Scham und zwischen den blanken Backen verlief. Sie steckte gerade einen Zehnbahtschein in einen Miniaturtempel auf der Bar und verbeugte sich davor.

»Hat scheint's einen ernsten Interessenten«, sagte Field.

»Pin, komm her.« Das Mädchen schlängelte sich heran. »Wer war der Mann, der nach Field fragte?«

Das Mädchen legte eine Hand auf Fields Arm. »Ich nicht kennen, noch nie gesehen. Kein Thai. Chinese.«

»Ausgezeichnet«, sagte Field.

»Kein netter Mann.«

»Was hast du ihm gesagt?«

»Ich dich nicht kennen.«

»Sehr gut«, murmelte Field und tätschelte ihr den blanken Po, dann wandte er sich an Paga: »Erinnerst du dich an Somchai Pamak?«
»Natürlich«, sagte sie. »Früher kam er einmal in der Woche in *Sweet's Club.* Warf mit Geld herum. Zweitausend Baht in einer Nacht! Drinks für die Freunde, Drinks für die Mädchen. Nimmt ein Mädchen in das Hinterzimmer, zahlt für das Mädchen und für das Zimmer … Gibt viel Geld aus.«
»Hast du ihn wieder einmal gesehen?«
»O nein. Ist verschwunden. Seine Freunde habe ich noch manchmal gesehen. Noch einige Zeit, nachdem er verschwunden. Jetzt nicht mehr.«
»Und warum nicht?«
»Somchai war großer Dealer. Weißt du nicht mehr?«
»Sicher.«
»Seine Freunde kleine Dealer. Thavorn zum Beispiel. Polizei erwischt ihn mit vielen Kilo vor langer Zeit.«
»Vor oder nach Somchais Untertauchen?«
»Vielleicht ein Jahr danach. Hingerichtet, erschossen.«
»Ach ja, richtig.« Jetzt erinnerte sich Field. »Der war auch ein Freund von Somchai?«
»Ein guter Freund! Und Hu Tien Sing und Hu Tien-Phu, die Brüder, weißt du noch? Und ein paar Vietnamesen, die hat Polizei in Paris erwischt. Habe ich später gehört. Dann erwischt sie Somchais Bruder hier in Bangkok. Er gab auch viel Geld aus. Wahrscheinlich hat er viel Schmiergeld bezahlt, weil er schon wieder frei ist, aber ich habe ihn auch nicht mehr gesehen. Dann Tasanai, noch nicht lange her. Er ist ein heller Bursche, schmuggelt viel, glaube ich. Und dann noch ein, zwei Freunde erwischt, weiß nicht mehr genau.«
»Und du glaubst, Somchai ist noch im Geschäft?«
»Aber natürlich! Deshalb ist er doch untergetaucht. Ist das dein Problem? Somchai? Lieber vorsichtig sein, John. Wenn Somchais Freunde in Gefängnis sitzen, kauft er neue Freunde. Wenn sechs

im Gefängnis, kauft sechs neue. Schau dort, John«, und sie zeigte auf ein schüchternes Mädchen, das vor einem halb gleichgültigen, halb gierigen Publikum zu tanzen versuchte. »Ein neues Mädchen. Willst du sie?«

»Ich habe dir doch gesagt, daß ich es mir abgewöhnt habe.« Er sah deutlich, daß sie anfing, sich Sorgen zu machen. »Früher hat das hier mehr Spaß gemacht, Paga. Die Show und das Tanzen werden nicht besser. Daran bist du schuld.«

»Ich nicht! Ich habe die beste Schule. Aber es kommen zu viele Farangs jetzt, geben zu viel Geld aus. Ist nicht meine Schuld, John.«

»Und überhaupt habe ich jetzt mein neues Mädchen.«

»Wozu kannst du sie denn brauchen?«

»Zu guten Gesprächen natürlich!«

Paga merkte, daß er sie neckte. »Jetzt verdufte, John. Ich muß die Buchhaltung machen.« Und nach einer Pause: »Ich halte die Ohren spitz, wegen Somchai, ja?«

»Ausgezeichnet, Paga. Halte sie schön spitz!«

Vor dem Eingang blieb er stehen und schaute sich um. Es hatte zu regnen aufgehört. Vor jeder Bar standen zwei oder drei halbnackte Mädchen; wenn der Bürgersteig eingesunken war, auf Sperrholzbrettern über dem Wasser. Sie verdeckten ihm die Sicht, und auch die Weißen, Japaner und Thais, die die Straße entlangschlenderten und vor den Bars stehenblieben, wo ihnen Mädchen die Tür öffneten, damit sie die Qualität der Tänzerinnen sehen konnten. Irgendwo in dieser Menge, dachte er, warten Somchais Freunde auf mich. Sie brauchen mich nicht einmal zu suchen, ich verstecke mich ja nicht, jedes Kind kann mich finden. Irgendwo, irgendwann. Aber sie sind da, warten nur auf die aus ihrer ganz persönlichen Sicht günstigste Gelegenheit. Er ließ seinen Blick langsam über die Szene gleiten, vom linken Bürgersteig auf die Straße, auf die andere Straßenseite, die genauso überlaufen war, nach rechts auf seine Seite zurück. Irgendwo in dieser Menge, dachte er, irgendeiner dieser vielen Menschen. Zum erstenmal fühlte er eine konkrete und bewußte Furcht, fast wäre er in die Bar zurückgegangen, wo er die Gesichter wenigstens eingrenzen konnte. Wo vielleicht der Mörder zu erkennen war. Er zwang sich stehenzubleiben.

Eins der Mädchen packte ihn am Arm. »Kommst du zurück, John?«

»Nein.«

Sie schob ihn sanft beiseite, damit er nicht die Tür blockierte.

»Nein«, sagte er noch einmal, obwohl sie ihn schon nicht mehr beachtete, »ich komme nicht zurück.«

Der nächste Tag war Samstag, und der Himmel hinter seinen Jalousien strahlte in klarstem Hellblau. Er fuhr früh mit Ao ins Nursing Home, dabei fiel ihm auf, wie leer die Straßen noch waren, wie still die Stadt. Niemand hatte vor seinem Haus gelauert, niemand folgte seinem Taxi. Im Grunde war das Leben völlig gleich geblieben, außer den Schmerzen in seinen Geschlechtsteilen, mit denen er nun schon fünf Wochen lebte, eine kurze, eine sehr kurze Zeit, ein Augenblick nur, verglichen mit den langen Jahren, die er schon hier verbracht hatte und noch verbringen würde. Es hatte schon ähnliche Augenblicke gegeben, vielleicht nicht ganz wie diesen, nicht ganz wie Somchai, aber hart genug. Und es war immer gut ausgegangen.

Woodward hatte keine guten Nachrichten für sie. Die neuen Antibiotika-Kollektionen waren noch nicht eingetroffen, und als er Fields Sekret sah, sagte er kein Wort. Daß es intensiv gelb war, konnte man nicht mehr übersehen. Er drückte Field einmal hier und einmal dort und fragte, ob das schmerze. Field mußte meistens zugeben, daß das der Fall war. Über Aos Zustand nickte er vage optimistisch, wollte sich aber darüber nicht konkreter äußern.

»Auf jeden Fall bleibt sie wohl unfruchtbar, vielleicht ist das sogar Glück im Unglück.«

»Unfruchtbar?« sagte Ao. Offenbar hatte sie nur dieses Wort verstanden.

»Ich fürchte, ja.«
»Unfruchtbar!« wiederholte sie mit ungehemmter Tragik in der Stimme.
Field überraschte dieser Gefühlausbruch bei jemandem, dessen Erfahrungen mit Familie und Sex immer nur hart oder gar brutal gewesen waren.
»Vielleicht kannst du mir heute morgen ein wenig helfen«, sagte Woodward zu Field und lächelte unbestimmt, »wenn du nichts Besseres zu tun hast.«
»Gerne.«
Field brachte Ao auf die Straße und setzte sie in ein Taxi nach Hause. Als er wieder zum Nursing Home kam, hatte Woodward schon seine Bauernkleider an und wartete in der Einfahrt.
»Wir gehen zu Fuß«, sagte er.
»Wozu brauchst du mich?«
»Brauchen ist nicht das richtige Wort, alter Knabe. Bist du eigentlich ein wenig nervös?« An der Convent Road wandte er sich nach rechts.
»Stimmt. Bin ich.«
»Mach dir keine Sorgen um deine Infektion!«
»Aber nein, warum denn auch? Ich habe sie doch erst seit fünf Wochen! Allmählich freunde ich mich direkt damit an. Deshalb ist ja auch Ao genau die ideale Gespielin für mich.« Er kicherte. »Nur habe ich leider ein paar Verrückte auf meinen Fersen.« Und als ihn Woodward fragend ansah: »Rauschgifttypen, weißt du. Ich bin nämlich der Mann, der zuviel wußte. Einmal peng! peng!, dann ist die Sache erledigt.«
Woodward sah der Pantomime ohne Lächeln zu. »Und sind ihre Befürchtungen begründet?«
»O ja. Das heißt, sie glauben es. Und ich möchte ihnen gern mitteilen, daß ich das Gedächtnis verloren habe.
Und die Augen auch. Mein Name ist Hase! Am liebsten möchte ich einen notariellen Schweigevertrag abschließen.«
»Und was hast du vor?«

»Ich halte eine gewisse Distanz zu den Herren, um die Zahl der Toten und Verletzten niedrig zu halten.«
Als sie die Silom Road überquerten, hängte sich Woodward bei Field ein und zog ihn näher zu sich. »Ich dachte, was jetzt kommt, amüsiert dich vielleicht.«
»Was denn?
»Heute kommt ein Sexathlon an. Zwölf Tage für 1400 Dollar, alles inklusive.«
»Was kommt an?«
»Fünfzig Holländer. Ein Pauschal-Arrangement.«
Mehr erzählte er nicht, bis sie am anderen Ende von Patpong ankamen und die Straße zu einem großen Hotel kreuzten, vor dem schweigend etwa hundert Studenten warteten. Sie hatten englische Plakate und Spruchbänder dabei. Am Rande der Gruppe verabschiedete sich Woodward: »Warte hier auf mich.« Als er sich durch die Demonstranten drängte, fingen einige an zu applaudieren, und er hielt seinen runden Strohhut mit einem Stock in die Höhe. Field sah sich die Spruchbänder genauer an. »Syphilis tours go home« war das originellste.
Nach zehn Minuten rollte ein Flughafen-Bus heran, die Türen öffneten sich, und die Insassen begannen auszusteigen. Sie lachten und redeten und schwenkten Plastiktüten voll Alkohol und Zigaretten aus den Duty-free-Läden. Es waren ausschließlich Männer mittleren Alters, die meisten zu dick; Field mußte an Ao denken, wie sie Schenkel wie Baumstämme massierte. Zuerst bemerkten sie die Spruchbänder nicht, aber als alle ausgestiegen waren, drängten sich die Studenten heran und fingen an, die Männer zu fotografieren und in Sprechchören zu rufen: »Sex tours go home! Sex tours go home!« Erst jetzt merkten die Niederländer, daß die Menge auf sie gewartet hatte. Ein paar versuchten, ins Hotel durchzukommen, aber die Studenten hatten eine Kette gebildet, und die so viel größeren Familienväter brachten es nicht übers Herz, gegen diese harmlosen Kinder Gewalt anzuwenden, die in ihren Uniformen und dem kurzen

Haar mehr wie zwölfjährige Schüler wirkten als wie Studenten. Sie wurden rot und blieben ratlos stehen, einige wandten sich wieder zum Bus, wo die Kameras klickten, und Sekunden später kämpften sich alle in blinder Panik in den Bus zurück. Als sie dort in Sicherheit waren, diskutierten sie mit dem Fahrer, was jetzt zu tun sei. Die Studenten hatten den Bus eingekreist und lachten. Auch Field mußte lachen.

Auf einmal sah er Songlin in der Menge. Sie trug kein Transparent. Ein Student hielt sie an einer Hand, in der anderen trug er eine Tafel: »Thailänderinnen für Thailänder!« Field meinte die Handschrift seiner Tochter zu erkennen. Er zog sich ein paar Schritte zurück, damit sie ihn nicht sah, und starrte auf das junge Paar, bis ihn eine Depression überwältigte. »Sie braucht ja auch wirklich nichts von mir zu halten«, dachte er und ging davon.

Die Luftfeuchtigkeit nahm schon wieder zu, jetzt reichte sie aber nicht aus, ihn aus dieser Stimmung zu reißen. Er ging zur Rama IV. Road, bog dort ab und wanderte immer weiter, meistens an neuen Wolkenkratzern entlang. Meistens ging sein linker Fuß tiefer als der rechte, denn diese Gebäude mit ihren tief verankerten Fundamenten senkten sich im Gegensatz zur Straße nicht, so daß der Bürgersteig an den Gebäuden hing wie ein kleiner Reifrock. Einmal blickte er sich um, ob ihm jemand folgte. Aber er konnte in der Menschenmenge kein Gesicht identifizieren, keine besondere Aktion erahnen. Er zuckte mit den Achseln und ging weiter. An der Kreuzung Sathorn Avenue mußte er auf Grün warten, was bestimmt drei Minuten dauerte. In der Straße standen drei Polizisten, die mit ihren Trillerpfeifen den Verkehr in Gang zu halten suchten. Sie trugen keine Atemmasken.

An einem Polizisten blieb sein Blick hängen, er kannte den Mann, wußte aber nicht mehr, woher. Auf einmal fiel es ihm ein, und er trat an den Straßenrand. »Seni! Seni!« Der Polizist wandte sich um und blinzelte durch Verkehr und Abgase, bis er Field erkannte. Als die Ampeln umschalteten, kam er herübergesprungen.

»Hallo, John!«

Field scherzte: »Was treiben Sie denn hier, um Himmels willen? Hat Ihnen das Rauschgiftdezernat gekündigt?«
Seni lachte. Er hatte eine drahtige Figur und trug weiße Handschuhe. »Ich gehe nur am Nachmittag hin, als Teilzeitkraft. Am Vormittag arbeite ich als Verkehrspolizist.«
»Was? Als einfacher Schupo?«
»Ich brauche Geld, John. Im Rauschgiftdezernat sind wir alle korrekt wie ich, und von meinem Offiziersgehalt kann ich kaum mein Abendessen bezahlen, viel weniger Frau und Kinder. Also verdiene ich bei der Verkehrspolizei etwas dazu.«
»Schwarzarbeiter!«
Seni lächelte. »Sie wissen doch, wie es geht. Wir halten Fahrer an, die nicht die richtigen Papiere haben. Wir können sie festnehmen, oder sie zahlen sofort eine saftige Verwarnung. Das Schulgeld für meinen Sohn ist nicht billig, aber hier ist eine gute Kreuzung. Ich bin erst seit zwei Wochen hier.«
»Habe ich gar nicht bemerkt, ihr hattet ja Masken an.«
»Die waren sehr gut. Man kann kaum atmen hier, aber der Tourismusminister hat ein Veto eingelegt. Die Touristen kommen nach Bangkok, weil es eine bezaubernde exotische Stadt ist. Luftverschmutzung ist nicht bezaubernd und exotisch, also darf es sie nicht geben, also sind die Masken überflüssig. Genauer gesagt verboten.«
»Wann haben Sie Dienstschluß?«
»In zehn Minuten.«
»Ich muß mit Ihnen sprechen, Seni.«
»Augenblick.«
Mit Field auf den Fersen ging der Polizist auf die Kreuzung zurück, sagte seinen Kollegen Bescheid und führte Field hinüber zur Wireless Road und in den Lumpini Park, eine weite Grünfläche mit einem Kanal, der sich unter hohen Bäumen schlängelte. Field berichtete, während sie den Kurven des Wassers folgten; weiter hinten im Park lag ein kleiner Pavillon aus dem 19. Jahrhundert, in dem eine Wärterin saß, eine alte Frau, die auf ein paar

Regale voll Bücher und Aquarien mit exotischen Fischen aufpaßte. Ein Ventilator hing tot von der Decke. Seni ging aus der Sonne in den Pavillon und betrachtete die Fische, bis Field ihm von Somchai Pamak berichtet hatte.

»Ausgezeichnet!« war seine erste Reaktion.

»Wie bitte?« sagte Field.

»Damit haben Sie uns gleich mehrere Lücken geschlossen.«

»Sehr gut. Aber jetzt füllen Sie mir ein paar!«

»Wir wußten Bescheid über Iem, aber nicht über Somchai. Jetzt sehe ich klarer. Iem ist der Techniker, Somchai der Organisator. Jetzt wissen wir aber auch, daß Laos wieder ins Geschäft kommen will. Die Frage ist nur, ob wir es ihnen beweisen können. In den sechziger Jahren produzierten sie rund hundert Tonnen Opium jährlich, im Krieg ging das bis auf vierzig oder sogar dreißig Tonnen zurück. Die Pathet Lao verbot Rauschgift im kommunistisch beherrschten Gebiet, aber jetzt, da alles in kommunistischer Hand ist, kommen sie allmählich wieder auf rund 75 Tonnen jährlich. Wir wissen auch, daß es keinen illegalen Handel durch die Bauern selbst gibt. Jedes Jahr im April fliegen Militärhubschrauber in die offiziellen Anbaugebiete und kaufen den Bauern die gesamte Ernte ab, bezahlt wird mit Tauschwaren. Also geht das gesamte Opium in staatliche Lagerhäuser, und dort ...«

»Was dort?«

»Dort fängt das Geheimnis an. Ein Beispiel: Laos hat in den sechziger Jahren die UNO-Rauschgift-Resolution unterzeichnet. Jetzt verletzen sie die Vereinbarung, indem sie beharrlich vergessen, die Verwendung ihrer Produktion nachzuweisen. Etwa zwölf Tonnen gehen nach Rußland und in den Ostblock. Was mit dem Rest geschieht, will das Wirtschaftsministerium nicht offenlegen. Dieser Ministerialbeamte, von dem Sie mir erzählten ...«

»Kamphet?«

»Ja. Von dem habe ich noch nie gehört.«

»Ich habe Ihnen alles gesagt, was ich weiß, Seni. Aber ich will wissen, wer hier am Drücker sitzt.«
»Sechzig Tonnen! Das ergibt rund sechs Tonnen Heroin. Ein schöner Batzen! Für einen Geschäftsmann ist das zuviel. Mehr wissen wir nicht. Vielleicht ist es ein General? Hoch oben jedenfalls.«
»Also bitte«, drängte Field. »Damit kann ich nicht leben. Hören Sie: Ich nehme Ihnen in Laos die Arbeit ab, ganz umsonst, bei mir kauft sich keiner an der Verkehrsampel frei, und mein Risiko ist größer als Ihre Abgase.«
»Ich kann Ihnen nicht helfen, ehrlich. Wir können kein Wort in der Öffentlichkeit sagen, bevor wir alles in der Hand haben und den ganzen Laden ausheben. Vor sieben Monaten haben wir an der laotischen Grenze einen erwischt, der zwanzig Kilo in einem Teak-Laster dabeihatte. Aber er war kein Fernfahrertyp. Wir haben ihn ins Bang-Kwang-Gefängnis gesteckt, damit er weich wird, und seitdem versucht er die Wärter zu bestechen und herauszukommen. Ich könnte mir denken, daß er mehr weiß – wenn man ihn zum Reden bringt. Wir haben ein bißchen Druck auf ihn ausgeübt, aber Sie sagen ja selbst, daß Somchai sechs Freunde drin hat. Das könnte erklären, warum er hart bleibt. Wahrscheinlich hat er Angst. Nächste Woche muß ich wieder hinaus, da kann ich es wieder einmal versuchen.«
»Besten Dank«, sagte Field ohne große Begeisterung und dachte: Wenn ich dann noch lebe.
»Tut mir schrecklich leid«, murmelte Seni.
Field konzentrierte sich auf ein Aquarium mit kleinen blaugestreiften Fischen. »Dann kann man wohl nichts machen.« Es kamen nur wenige Luftblasen aus dem Röhrchen am Boden des Beckens. Die Fische gehen ein, dachte er, wenn sie nicht mehr Luft bekommen. Auf einmal fiel ihm Henry Crappe ein und sein Hobby, Nachrichten zu sammeln, die er nicht wissen wollte. Erniedrigend hatte er es genannt. »Glauben Sie, ich bin neugierig?« fragte er leise zu Seni, ohne sich umzusehen. »Sie verschwei-

gen mir etwas, das ich gerne wissen will. So ist es doch, nicht wahr?« Er drehte sich um, unterdrückte mit Mühe das Verlangen, hemmungslos zu schreien. »So ist es doch. Zuckerbrot und Peitsche? Sie können mich am Arsch lecken! Ich bin überhaupt nicht neugierig, verstehen Sie mich? Mein Problem ist ganz einfach: Ich muß es wissen aus dem schlichten, praktischen Grund, daß ich leben will. Hier geht es nicht um etwas Hohes, um Moral oder um Metaphysik. Ich will einfach noch nicht krepieren. Wenn ich den großen Fragen nachgehen wollte, wäre ich nicht nach Bangkok gekommen, dann wäre ich zu Hause geblieben.«

Seni verriet mit keinem Zucken, daß er diesen Ausbruch wahrgenommen hatte. Er verschwand lautlos und tauchte kurz darauf auf der anderen Seite des Aquariums wieder auf. Field starrte noch immer auf die blauen Fische.

»Es soll eine Frau im Spiel sein.«

»Eine Frau?« wiederholte Field.

»Ja, an der Spitze. Darauf bekommen wir immer wieder Hinweise.« Seni verschwand wieder.

»Eine Frau«, murmelte Field, mehr zu sich selbst. »Das engt die Zahl der Verdächtigen immerhin auf 25 Millionen ein.« Er ging zu einem Regal und sah sich die Bücher an. Es waren ausschließlich Romane aus der Zeit vor dem Zweiten Weltkrieg, aus England und Amerika, Hunderte, aber kein einziger Titel oder Autor war ihm bekannt. Dicker Staub blieb an seinen Fingern hängen, er klatschte ihn ab, worauf die alte Frau erschrak und aufstand. Field machte einen entschuldigenden *Wai* in ihre Richtung und marschierte los, zur *Bangkok Post.*

Crappe saß noch nicht an seiner Schulbank. Das hatte Field auch nicht erwartet, die Nachrichtenredaktion war praktisch leer. Am Aktenschrank in der Ecke hingen keine Socken, die Schubladen waren verschlossen. Field rüttelte an der Schublade, die ihn interessierte, aber vergeblich. Er suchte den Schreibtisch nach Schlüsseln ab, dann starrte er mit immer größerer Enttäuschung und Wut das zerkratzte grüne Metall an. Abrupt warf er sich dagegen

und gab ihm ein paar energische Fußtritte. Alle vier Schubladen gingen auf.
Jemand rief durch den Saal: »Hallo! Was machen Sie denn da?«
»Hallo!« Field winkte zurück. »Keine Sorge, alles okay.« Drei der vier Schubladen waren voll Tüten. Zucker, Reis, Milchpulver, Salz, dann Gemüse in Dosen, mehrere Kartons voll Eier. Crappe bereitete sich offenbar auf einen längeren Staatsstreich vor. Field erstaunte das nicht. Man wußte, daß Crappe bei jedem Putsch mit seiner Familie in das Zeitungsgebäude umzog und erst wieder auftauchte, wenn alles vorbei war. Aber eins war doch erstaunlich. Wenn drei Schubladen voll Lebensmittel waren, dann sammelte Crappe Unterlagen nur zu einem einzigen Thema.
Field wühlte in der Schublade, bis er die Akte von 1984/85 fand. Schon nach einem Dutzend Blättern stieß er auf die gesuchte Meldung: Ein Mann war beim Versuch festgenommen worden, mit einer Ladung Teak und Heroin in Nong Khai nach Thailand überzusetzen. An den Artikel waren die Fahndungsfotos geheftet. Field nahm beides mit und legte Crappe eine kurze entschuldigende Notiz auf den Schreibtisch.
Den Rest des Nachmittags verbrachte er mit Überlegungen, wie er in das Gefängnis gelangen könnte, und der Suche nach Woodward, der weder im Nursing Home noch in Klong Toey zu finden war. Field suchte ihn sogar in der Universität, vielleicht traf er ihn dort mit den Teilnehmern der Anti-Sex-Demonstration. An einer Begegnung mit Songlin war er weniger interessiert, er traf aber keinen von beiden. Jetzt blieb ihm nichts mehr übrig, als Woodward zu Hause anzurufen und ihm ausrichten zu lassen, er möge sofort zurückrufen, sobald er erschien. Dann wartete er den ganzen Abend vergeblich, erst um elf Uhr telefonierte er noch einmal. Woodward meldete sich selbst. Der Diener, mit dem Field gesprochen hatte, war früh zu Bett gegangen und hatte vergessen, die Nachricht weiterzugeben.
»Michael, ich muß dringend in das Bang-Kwang-Gefängnis. Du hast doch manchmal dort zu tun.«

»Ich war den ganzen Nachmittag dort.«
»Scheiße!«
Eine längere Pause folgte, bis Woodward fragte: »Ist es wirklich so dringend?«
»Die Kleinigkeit mit dem Schießeisen, du weißt schon.« Eine weitere Pause. Dann sagte Woodward völlig sachlich: »Im Gefängnis ist die Cholera ausgebrochen. Heute waren es dreißig Fälle, ein paar sind schon gestorben. Ich kümmere mich um die Farang-Häftlinge, theoretisch im Auftrag von verschiedenen Botschaften. Die Kranken werden isoliert gehalten. Ich könnte morgen wieder hinausfahren.«
»Und ich?«
»Wenn du dich als Geistlicher ausgibst, kann ich dich vielleicht hineinschmuggeln. Schaffst du das?«
»Lieber Himmel, Michael, ich habe dir doch erzählt, daß ich aus Irisch-Montreal komme. Ich bin der geborene Pfarrer!«
»Bist du cholerageimpft?«
»Stirbt man daran?«
»Wenn man die ersten Symptome erkennt, nicht.«
»Du wirst sie erkennen, Michael.«
Das Hochsicherheitsgefängnis lag in Nonthaburi, etwa eine Autobahnstunde flußaufwärts am Chao Phya. Die Lage war für solch eine Festung ausgesprochen hübsch, der äußere Eindruck nur leicht beeinträchtigt durch den fünffachen Stacheldraht auf der Mauerkrone. Kleine, unregelmäßige Grünanlagen verliehen dem Ganzen einen freundlichen, ja gemütlichen Charakter. Dieser Eindruck wurde durch das Lächeln verstärkt, mit dem alle Dr. Woodward auf seinem Weg durch die Gittertore der ersten Sicherheitsstufe begrüßten. Field hatte eine dunkle Hose und ein weißes Hemd angezogen. Er hielt die Hände auf dem Rücken und bemühte sich um eine zugleich fromme und respektheischende Haltung. In seinen frühesten Kindheitserinnerungen traten Priester so der Welt entgegen. Dabei folgte er Woodward auf den Fersen, der heute in seiner englischen Inkarnation auftrat, im

korrekten Zweireiher. Bisher hatte Field ihn in dieser Aufmachung nur im Nursing Home gesehen, aber da er hier die Farang-Häftlinge betreute – sämtliche 129 saßen wegen Rauschgiftdelikten ein –, gab er sich englisch. Etwas seltsam war auch, daß er an einer Bäckerei angehalten und eine große Tüte Schokoladenkrapfen gekauft hatte.

Hinter den Toren öffnete sich ein langer, schmaler Hof. An beiden Längsseiten erstreckten sich doppelte Gitter, die die Besucher von den Häftlingen trennten. Für die Besuchszeit war es aber noch zu früh, jetzt kam man sich wie in einem aufgelassenen Zoo vor. Die Männer, die die Gittertore am anderen Ende bewachten, waren Kalfaktoren, bewährte Häftlinge in blauen Hemden und Shorts mit Gummiknüppeln am Gürtel, mit denen sie notfalls auf ihre Mithäftlinge einprügeln konnten.

Auf der anderen Seite des Tors, durch das Field und Woodward nun geführt wurden, erstreckte sich eine große Grünfläche mit Blumenbeeten, ähnlich einem Dorfanger, umgeben von flachen Verwaltungsgebäuden aus Bambus. Sie mußten zwischen den Gittern warten, bis die Wärter die Krapfen mit langen Nadeln durchbohrt hatten. Drinnen gingen Häftlinge in Uniform vorbei, nur die Farangs lehnten Gefängniskleidung ab und weigerten sich zu arbeiten. Die idyllische Atmosphäre wurde nur durch einen Häftling gestört, der schwere Eisenketten an den Füßen trug, jetzt baumelten sie an einem Strick von seiner Taille. Aber gleich darauf joggten zwei junge blonde Franzosen in legerer Sportkleidung vorbei und verbreiteten wieder die Atmosphäre eines Landhotels.

»Wo geht es bitte zur Gartenparty?« flüsterte Field.

Woodward lächelte leicht gezwungen. Beide wußten, daß sich hier sechstausend Menschen in Quartieren drängten, die für dreitausend gebaut waren, daß die meisten von ihnen Nacht für Nacht vierzehn Stunden in einer fensterlosen, nicht klimatisierten und ventilierten und deshalb sehr heißen Zelle verbrachten und in einer Reihe, Bauch an Rücken gedrückt, zu schlafen suchten. Den Rest konnte man sich vorstellen, zu erwähnen blieb vielleicht nur, daß im Gefängnis mehr Heroin gehandelt wurde als draußen. Als Dealer betätigten sich hier die Wärter, die Kalfaktoren und ein paar geschäftstüchtige und kapitalkräftige Häftlinge; sie machten es den anderen schwer, der Versuchung zu widerstehen.

Nun wurden sie nach rechts geführt, wo eine große, vom Boden bis zum Dach vergitterte Sala über eine Hecke ragte. Das Gebäude stand mitten auf einem kleinen Spielfeld, um das wiederum Gitter liefen. Auf dem Boden der Sala lagen Häftlinge auf Matratzen, Thais auf der einen Seite, Farangs auf der anderen, hier wiederum getrennt in Chinesen und eine Handvoll Weiße. Zwei Kalfaktoren, ein junger amerikanischer Neger, der offenbar viel Bodybuilding betrieb, und ein dicklicher Thai, standen am Tor und sperrten es jedesmal eigens auf und zu. Der Neger öffnete das Tor mit übertriebenem Respekt besonders weit vor Woodward, der ihm im Vorbeigehen die Tüte Krapfen zuwarf.

»Das kannst du austeilen, Willy.«

Der Mann fing die Tüte freudestrahlend auf. »Und wer ist der Typ da, Doc?«

»Ein Freund von mir, Willy, ein Pfarrer. Wird den Häftlingen ein bißchen Mut zusprechen.«

»Okay, machen Sie das ruhig, Mann.« Der Kalfaktor lächelte ironisch und betrachtete Field mit spöttischer Herablassung, als wollte er sagen: Gutes tun hat noch niemandem Gutes getan.

»Willy«, sagte Woodward nun leiser und zog ihn von seinem Thai-Kollegen fort, »kennst du Phoumi Boussarath?«

»Glaub schon. Ein blöder Kurier, oder?«

»Kannst du ihn mir holen?«

»Woodward, Sie wissen genau, daß ich das Tor nicht allein lassen darf.« Er sperrte sorgsam zu und warf einen mißtrauischen Blick auf Field, der wahrscheinlich mithörte. »Ich weiß, Willy. Dann soll ihn eben ein anderer Farang holen. Phoumi kann ja sagen, er hat Fieber. Er ist aus Laos, also Ausländer wie du, deshalb bin ich verpflichtet, ihn zu behandeln.« Der Kalfaktor überlegte und drehte Field den Rücken zu. »Nun los, Willy. Du kriegst eine Packung Valium, ja?«

Da lächelte Willy strahlend wie ein kleiner Junge. »Okay, Doc, mache ich. Geht in Ordnung, klar. Sie kennen mich.«

Er brüllte einen anderen Farang an, der zwanzig Meter weiter wie im Tagtraum dahinwandelte, einen dünnen, kränklich wirkenden Mann. Generell schienen die Häftlinge nur zwei Kategorien anzugehören: Die einen machten Sport, als bereiteten sie sich auf eine Bodybuilding-Konkurrenz vor, die anderen wurden immer blasser und dünner, vor Rauschgift und Krankheit, aber auch aus Langeweile, Untätigkeit, Enttäuschung und Leid.

Field folgte Woodward durch das offene Tor in die Sala. »Warum Valium?«

»Wenn dich der Gefängniskoller packt, ist Rückzug oft die einzige Devise. Und dafür ist Valium nicht das schlechteste, auf jeden Fall besser als Heroin. Man bekommt keinen Orden dafür, wenn man hier zehn Jahre durchhält und noch normal ist.«

»Klar, Michael, ich weiß. War ja kein Vorwurf.«

»Gut.« Damit ging Woodward zu seinen Cholerapatienten.

Sie hingen alle an Transfusionen gegen den Flüssigkeitsverlust, mit dem die Cholera ihre Opfer tötet. Field ging hinter ihm her und sprach mit den wenigen Farangs. Da war ein australischer Friseur, der mit seinem Freund, einem Football-Spieler, einen kleinen Drogenschmuggel versucht hatte. Nun saßen sie zusammen hier; das machte sie zwar beide glücklich, sagte er, nur seien leider die Drogenpreise im Gefängnis auf das Doppelte gestiegen.

Es hatte nämlich Ärger gegeben: Ein deutscher Häftling hatte ein dickes Einschreiben nach Köln geschickt, die deutsche Fahndung hatte das Heroin gefunden, und jetzt griff der thailändische Gefängnisdirektor wirklich streng durch, zumindest ein wenig.

In einer Ecke lag ein bärtiger, stinkender Franzose allein. Als Field auf Distanz ging, erklärte der Mann, er sei aus philosophischen Gründen prinzipiell gegen das Waschen. »Und hinzu kommt, Monsieur, daß ich der einzige unschuldige Farang in diesem Gefängnis bin. Absolut unschuldig sogar. Und ich bin einer von den vier Weißen hier, die nicht süchtig sind. Ich brauche weder Rauschgift noch sonst etwas.«

In diesem Augenblick kam Woodward vorbei und mischte sich ein. »Wir wissen ja, daß Sie unschuldig sind, François. Andererseits haben Sie zehn Jahre lang extrem junge Kambodschanerinnen nach Europa verkauft.«

»Mein lieber Doktor, das war damals in Thailand nicht verboten.«

»Warum sind Sie dann hier?« fragte Field.

»Eine von ihnen kam zurück und praktizierte ein Kilo beste Sorte in seinen Koffer«, erklärte Woodward.

»Dabei verabscheue ich Rauschgift! Das wissen Sie genau, Herr Doktor.«

»Ich schon, François«, sagte Woodward.

Nun kam ein Mann durch das Tor geschlurft, und Willy deutete auf Woodward. Field ging ihm entgegen und sprach ihn an.

»Phoumi?«

Der Mann warf einen nervösen Blick auf die Cholerapatienten, um festzustellen, ob ihn jemand beobachtete, dann versuchte er, Field anzusehen. Seine Augen waren die eines Süchtigen, der nicht genug Stoff bekommt. Obwohl er untersetzt, fast massig war, wirkte er wie ausgemergelt oder besser wie jemand, der die Beziehung zwischen seinem Geist und seinem Körper nicht mehr unter Kontrolle hatte. Dieser schlechte Zustand ließ Field hoffen.

»Sie haben nicht genug Geld für Rauschgift«, sagte er und zog ihn in eine Ecke der Sala. Dort setzte er sich so vor ihn, daß sich Phoumi in die Mauerecke lehnen konnte, als suche er zwischen den Wänden Halt. Zu beiden Seiten ragten die Gitter bis zum Dach und schnitten das Grün draußen in schmale Streifen.

In den Augen des Mannes leuchtete eine kleine Hoffnung auf, aber er fragte mißtrauisch: »Warum sagen Sie das?«

»Ich meine«, flüsterte Field, »daß sich Somchai nicht um Sie kümmert.«
»Somchai?«
»Jawohl, Somchai. Und Iem kümmert sich auch nicht um Sie. Oder?« Der Mann reagierte nicht. Er blickte Field starr und blind an, mit transparenten Pupillen, wie versteinert. »Nicht ganz fair, nachdem die Herren Sie in diese Lage gebracht haben. Und die anderen Freunde, Thavorn, Hu, Minh, Tasanai – um wen kümmert er sich eigentlich?« Keine Reaktion. »Sind die auch hier?« Field deutete mit dem Kopf auf die Fläche der Sala hinter ihnen. »Sind welche krank? Soviel können Sie mir doch erzählen, nun kommen Sie schon.«
Der Mann ließ Field keine Sekunde aus den Augen. »Nein. Keiner.« Er war bestimmt kein Fernfahrer.
»Und Somchais Bruder ist natürlich frei!«
»Ich weiß. Natürlich«, murmelte der Mann. »Er war hier.«
»Somchai hat ihn freigekauft. Aber Sie bekommen kein Geld. Was haben Sie denn ausgefressen? Haben Sie Somchai Ärger gemacht?«
Der Mann schien nicht einmal in der Lage, die Lippen zu bewegen.
»Gibt Ihnen denn niemand Geld?« Als keine Antwort kam, stieß ihm Field leicht den Finger in den Bauch. Die Haut machte einen schlaffen, leeren Eindruck. Er stieß nach. »Und Ihre Familie?«
»Ist in Laos. Kann mir nicht helfen.«
»Und womit wollen Sie Ihren Stoff bezahlen?«
Der Mann zögerte. »Ich kann nicht.«
»Warum hilft Ihnen Somchai nicht?«
»Man hat mich hereingelegt«, murmelte er. »Und jetzt bin ich hier. Aber ich will nicht sterben.« Er blickte durch die Gitter zum Tor, wo der thailändische Kalfaktor stand und zu ihnen hersah. Er blickte ganz unbewegt herüber, und Phoumi senkte den Blick. »Ich will niemandem Anlaß geben, mich zu töten.« Nun setzte

Field alles auf eine Karte. »Aber Sie haben auch für Kamphet gearbeitet. Warum hat Kamphet Sie im Stich gelassen?«
Der Mann zuckte zusammen. Er konnte Field nicht mehr in die Augen sehen, steckte die rechte Hand in den linken Ärmel und kratzte sich.
»Also? Sie sind kein Dealer, das sieht man doch auf den ersten Blick. Beamter waren Sie, nicht wahr? Wo denn? Im Wirtschaftsministerium? Im Außenministerium? Nun los, um Himmels willen. Je länger wir sprechen, desto mehr fällt es auf.«
»Im Außenministerium.«
»Und warum hat Kamphet Sie verraten?«
»Was machen Sie, wenn ich es Ihnen sage?« Er wagte einen kurzen Blick in Fields Augen, dann sah er wieder zu Boden. Die zentrale Frage, ob Kamphet im Spiel war, verneinte er nicht.
»Erstens«, sagte Field, »werde ich Ihnen fünftausend Baht geben. Das wird Ihnen fürs erste ein bißchen Glück kaufen. Zweitens werde ich Kamphet und Somchai erledigen. Verstehen Sie mich? Nur aus meinen persönlichen Gründen, aber niemand wird erfahren, daß Sie mir geholfen haben. Drittens werde ich Ihnen eine königliche Begnadigung erwirken.« Punkt zwei und drei waren überwiegend geschwindelt. Field war sich klar, daß er bestenfalls erhoffen konnte, die Meute von sich selbst fernzuhalten. Und das hieß ganz schlicht – zahlen. Den Namen dieses armen Menschen wollte er aus allen Verhandlungen heraushalten, es ging ihm nur darum, mit den entscheidenden Männern zu einer Vereinbarung zu kommen. So stellte er es sich zumindest vor. Dabei wußte er instinktiv, daß mit jeder Minute, die sie hier sprachen, die Wahrscheinlichkeit zunahm, daß Somchais Freunde im Gefängnis es bemerkten und den Mann bezahlen ließen. Und wenn man seinen armseligen Zustand in Betracht zog, konnten sie ihn wohl nur noch umbringen. Field schob sein Mitgefühl beiseite. »Nun los, machen Sie endlich voran, nun kommen Sie schon.«
»Ich war im UNO-Referat.« Das kam ruckartig heraus, als ob er erbrechen müßte. »Zu meinen Aufgaben gehörte die Verbindung

zur Drogen-Kontrollorganisation der Vereinten Nationen. Wir hatten die Vereinbarung über die Berichte seit Jahren ignoriert, deshalb sollte ich eine Aufstellung für New York vorbereiten. Ich ging ins Wirtschaftsministerium, dort war Kamphet für den offiziellen Opiumvertrieb zuständig, aber er behinderte meine Arbeit auf jede nur mögliche Art. Ich mußte vorsichtig vorgehen, denn er arbeitete auch im Amt des Ministerpräsidenten. Jede Information, die von ihm kam, war unvollständig, und der Rest, sagte er immer, war geheim.« Er warf einen Blick auf den thailändischen Kalfaktor, der immer noch hersah, aber nichts hören konnte. In fast unverständlichem Flüsterton fahr er fort: »Ich brauchte einige Zeit, dann war mir klar: Ein paar hohe Beamte waren selbst im Drogenhandel aktiv, deshalb gaben sie keine Zahlen heraus. Eines Tages fand ich Unterlagen über Iem und seine Beziehungen, bald darauf seine Einfuhrgenehmigung für Essigsäure-Anhydrid, und da wußte ich Bescheid und ging zu Kamphet. Er gab zu, davon zu wissen, und bot mir eine Gelegenheit, mein Glück zu machen. Ich brauchte nur einen Teak-Laster nach Thailand zu fahren. Das Honorar war hoch, ich war ein armer Beamter. Und jetzt sitze ich hier, und sie haben mich in der Hand.«

»Wem sollten Sie es liefern?

»Niemandem. Ich sollte den Wagen nicht übergeben, sondern in einer bestimmten Straße abstellen.«

»Und wer leitet die Operation in Bangkok?«

»Das weiß ich nicht.«

»Erzählen Sie mir keinen Mist, Mann. Bisher haben Sie mir überhaupt nichts Neues gesagt. Ich brauche die Leute in Bangkok!«

»Ich kenne sie nicht. Wirklich nicht.« Sie sahen sich schweigend in die Augen. »Und jetzt geben Sie mir wahrscheinlich das Geld nicht.« Das sagte er so resigniert, als hätte er nichts anderes erwartet. Er legte die Hand auf Fields Arm, so daß das Innere seines Ellbogens sichtbar wurde. Es war über und über vernarbt.

Field drehte die Stelle nach oben. »Das ist doch nicht das Ergebnis von sechs Monaten!« sagte er. Der Mann schwieg. »Also waren Sie schon vorher süchtig?«

»Wozu sonst brauchte ich wohl Somchais Geld?«

»Und warum soll ich Ihnen das glauben?«

Der Mann wirkte immer trauriger. »Das ist Ihr Problem. fürchte ich.«

Field spürte, wie seine ganze Energie zusammenbrach. Er ließ den Arm los und schaute sich zum Tor um, als wolle er gehen. Statt dessen sah er dem Thai in die Augen, in denen selbst auf diese Entfernung etwas Bösartiges lag. »Scheiße.« Er drehte sich mit dem Rücken zum Tor, zählte so unauffällig wie möglich fünftausend Baht und umarmte den Mann halbherzig, um ihm dabei das Geld unauffällig in die Tasche zu stecken. »Essen Sie nicht alles auf einmal!«

Phoumi nahm die Ironie nicht wahr und verlor, sobald er das Geld in der Tasche hatte, jedes Interesse an der Unterhaltung. Er wollte sich ohne weitere Worte aus der Ecke schleichen, wahrscheinlich dachte er nur noch daran, wo er das Heroin am billigsten bekommen konnte.

»Augenblick!« Field vertrat ihm den Weg. »Hören Sie: Wenn Kamphet im Amt des Ministerpräsidenten arbeitet, dann weiß doch der Ministerpräsident auch Bescheid!«

Phoumi hob den Kopf mit der ganzen Würde des Staatsdieners, die noch übrig war. »Wenn ein hoher Beamter in den Drogenhandel verstrickt ist, muß doch nicht die gesamte Regierung korrupt sein.« Er drückte sich an Field vorbei aus der Sala. Am Tor wartete er, ohne den Blick zu heben, bis der Thai ihm geöffnet hatte. Es fiel kein Wort. Willy, der amerikanische Wärter, aß neben dem Tor einen Krapfen. Er schien alles andere vergessen zu haben und verschlang in blinder Gier große Bissen, wie ein Tier, das um seine Beute fürchtet. An seinen Fingern schmolz die Schokolade.

»Scheiße«, murmelte Field. »Aber was hab ich denn eigentlich erwartet? Von einem beschissenen Junkie!« Wütend vor Enttäuschung wandte er sich um und betrachtete die dreißig Matratzen am Fußboden, zwischen denen Woodward umherging wie Napoleon zwischen den Pestkranken in Jaffa. »Verfluchter Mist!«

Woodward hörte es und trat zu ihm. »Nun?«

»Er hat mir alles gesagt. Lauter nutzloses Zeug, wußte ich alles schon. Nur das eine, worauf es ankommt, nicht!«

Woodward legte seinen Arm um den Freund. »Dann laß uns gehen, John. Dann komm nur.«

9 Die erste höhere Flut dieser Regenzeit kam den Chao Phya aus dem Golf von Thailand herauf, während Field im Gefängnis war. Sie erreichte die Stadt am frühen Nachmittag, als der Regen einsetzte, stieg langsam über die Ufer, bedeckte die Rasenflächen der französischen und der portugiesischen Botschaft, drang durch die Seitenstraßen zur alten portugiesischen Kirche und zur neuromanischen Kathedrale vor, überschwemmte die Ufertreppen am Anlegeplatz des Königs und erreichte bald Wat Mahattat und die Mauern des Großen Palasts, wo sich ihr eine massive Batterie von Pumpen entgegenstemmte und sie in die Nachbarviertel abdrängte.

Field und Woodward kamen nach Bangkok zurück, als das überschüssige Regenwasser aus den Gullys zu steigen begann, zuerst oben an der Silom Road, dann an der Surawong Road und schließlich an der Sukhumvit Road, bis es sich in der Mitte der Straßen vereinigte und gemächlich das kaum merkliche Gefälle zum Strom hinunterfloß. Dort traf es auf halbem Wege mit der heraufkommenden Flut zusammen.

Dieser Zusammenstoß wirkte wie ein sanfter Donnerschlag und erinnerte die Stadt an ihre Torheit, seit vierzig Jahren nur auf den Rat westlicher Stadtplaner zu hören. Bangkok war im Delta eines großes Stroms entstanden, mit Klongs anstelle von Straßen, aber diese Kanäle hatten immer eine untergeordnete Rolle gespielt und nie dem Verkehr gedient. Sie füllten und leerten sich mit den Gezeiten und sorgten für den Abfluß des Monsunregens, fungierten als unvollkommenes, aber unverzichtbares Entwässerungssystem. Jetzt wurden sie schon seit vielen Jahren entweder zugeschüttet oder, noch schlimmer, zubetoniert. Darunter stagnierte das Wasser, bis der Regen anfing, dann stieg es langsam an und ergoß sich am Ende gemächlich auf die Straße.

Das Hochwasser Bangkoks unterschied sich von dem anderer Städte durch seine Gewaltlosigkeit. Ganz im Gegenteil: Hier quoll eine lauwarme, dunkle Suppe langsam aus der Tiefe und bedeckte die Stadt knietief mit Wasser, Schlamm und Fäulnis. Nur der Große Palast und die Residenz des Königs, der Chitrlada-Palast, sowie die unmittelbar benachbarten Viertel, wo viele Generäle lebten, blieben durch eine Massierung von Pumpen trocken. Das Viertel genoß besonderen Schutz nicht nur, weil Krit hier lebte, sondern auch seine jetzigen und vielleicht künftigen Freunde.

Mit dem allmählichen Versinken der Stadt wurden die Überschwemmungen zwar schlimmer als früher in den schlechtesten Jahren, aber nie wirklich dramatisch schlimm, und so kämpften sich die Autos nach wie vor durch das Wasser in den Straßen, während Sandsäcke die wenigen Läden schützten, die aus irgendwelchen Gründen noch keine gemauerte oder betonierte, mindestens dreißig Zentimeter hohe Flutschwelle besaßen. Unmittelbar dahinter saßen die Kaufleute geruhsam und trocken und warteten wie eh und je auf Kunden, die jetzt eben mit nackten Beinen den Bürgersteig entlangschlenderten.

Field setzte Woodward am Nursing Home ab, wo man bereits Stege verlegt hatte, auf denen Patienten und Besucher trockenen Fußes vom Auto zur Treppe gelangen konnten. Dann ließ er sich um die Ecke zur Saigon-Bäckerei fahren. Das Taxi fuhr so schnell, daß es an der Kreuzung ins Rutschen kam und an den Bordstein

schleuderte, worauf eine kleine Welle über den Bürgersteig rollte und über die Flutschwelle in die Bäckerei schwappte.
Field suchte die erhöhten Tritte im schlammigen Wasser und watete hinter der Welle her. Er ignorierte die wütenden Blicke der Inhaber, als er über den saubergewischten Boden zur Theke platschte, vorbei an zwei französischen Nonnen in Weiß, die Kaffee tranken und mit winzigen nostalgischen Bissen Croissants aßen. Auf einem Tablett lagen ein Dutzend Kokostörtchen. Er kaufte sie alle und platschte wieder hinaus.
Unterdessen hatte die Flut die Sukhumvit Road auch auf der höheren Seite überschritten, bedeckte den ganzen Soi knöcheltief und war in sein Grundstück vorgedrungen. Er hielt die Schachtel mit den Törtchen hoch und watete zum Haus, das auf einer Insel zu stehen schien, mit dem Erdgeschoß gut einen halben Meter über dem Wasser. Durch das Gitter sah er Ao auf der anderen Seite der Veranda sitzen. Er ging hinüber und öffnete die Tür. Der Klong war jetzt verschwunden, die Veranda war eine Plattform über einem kleinen Teich. Ao sah ihn und begrüßte ihn mit einem Lächeln.
»Ich habe dir Törtchen mitgebracht.« Er reichte ihr die Tüte, da zog etwas am anderen Ende der Veranda seinen Blick an.
Seite an Seite lagen dort zwei Kobras, gerade ausgestreckt wie Stöcke, und schauten ebenfalls auf das Wasser hinunter. Sie waren etwa einen Meter lang und steingrau. Die Schlangen ignorierten Field und hatten sich offenbar auch nicht um Ao gekümmert. Sie bemerkte seinen entgeisterten Blick.
»Leben unter dem Haus. Haben jetzt kein Zuhause mehr.«
Field bückte sich, um einen Schuh nach den Tieren zu werfen, und stellte fest, daß er ja barfuß war. Die Schachtel mit den Törtchen war zur Hand. Sollte er sie werfen? Kobras konnten gut schwimmen, warum gingen sie nicht auf eine andere Veranda?
»Verfluchtes Irrenhaus«, sagte er, gab Ao die Törtchen und ging ins Haus zurück, wobei er die Tür sorgfältig hinter sich schloß.
»Yai!« Die Alte erschien auf der Treppe. »Bier!« Er schaltete den

Deckenventilator ein und warf sich auf einen Rohrstuhl, bis der Krug kam. Er trank ihn sofort aus und ließ sich noch einen kommen.

Es war seltsam. Die Schmerzen in seiner Scham waren noch da. Sie hatten sogar eindeutig zugenommen, waren jetzt schlimmer als je zuvor. Wenn er sich darauf konzentrierte, konnte er genau sagen, wie weit die Infektion inzwischen in seinen Organismus eingedrungen war. Und doch hatte er den ganzen Tag nicht an die Schmerzen gedacht, inzwischen waren sie ein unlöslicher Teil seines Tages geworden. Und was er im Spaß zu Paga gesagt hatte, stimmte ja: Er hatte kein Interesse mehr an Sex. Sex war nicht zu haben, also wandte sich sein Körper von dieser Lust ab. Die Schmerzen und der Verzicht auf körperliche Befriedigung – was waren sie doch für Kleinigkeiten neben der Möglichkeit, daß sich in Kürze ein anderer Schuhputzer an ihn heranmachte, entweder in der Nacht oder im Gedränge der Straße, und mit einem einzigen Schuß aus einem 11-mm-Revolver all seine kleinen Wehwehchen und Begierden auf immer auslöschte? Vielleicht konnte man sich auch an solch eine Bedrohung gewöhnen, konnte vorsichtiger werden und mit ihr leben, als wäre sie so normal wie Sex oder Gesundheit. Aber er wollte seine Gedanken nicht auf diese Bahn geraten lassen und versuchte einen neuen Plan zu fassen. An wen konnte er sich jetzt noch wenden?

Der Nachmittag verging, und Field trank ein Bier nach dem anderen. Allmählich versanken seine Probleme, und er verfiel in Tagträume. Eigentlich war das Leben doch nicht weniger angenehm als sonst. Er schaute zum Bild seines Vaters auf, der so warm in seinen Kleidern steckte, daß die Kälte der Berge fast greifbar aus dem Bild ins Zimmer strömte. Einen Augenblick lang spürte er sie tief unter seiner Haut, dann schob er diese zwanzig Jahre alte Erinnerung beiseite. Nein! Hier war es warm! Auf der Veranda wartete ein süßes, hübsches Mädchen auf ihn. Und irgendwo hier in der Stadt lebte seine Tochter, war unglücklich, weil sie meinte, sie liebe ihn mehr als er sie, während er doch wußte, daß das Gegenteil der Fall war. Das Leben gehörte ihm! Alles andere war unwichtig.

Als es Nacht wurde, ging die Flut so weit zurück, daß der durchweichte Garten auftauchte, nur der Soi stand noch knöcheltief unter Wasser. Er trank ein letztes Bier und stolperte die Treppe hinauf, streifte die Kleider ab und warf sich auf das Bett. Es war noch hell draußen. Ein paar Stunden später erwachte er und fand Ao in seine Arme gekuschelt. Seine rechte Hand lag auf ihrer Schulter, dann glitt sie hinunter auf eine unschuldige, feste Brust. Er drückte sie leicht und spürte, wie sich die Brustwarze zwischen zwei Finger drängte. Ao schmiegte sich fester an ihn, und eine Woge des Verlangens überwältigte seinen Körper, auf die sofort der Schock des Bedauerns folgte. »Wie kann nur ein so süßer kleiner Körper innerlich so verfault sein?« sagte er halblaut. Sie bewegte sich nicht, und er drehte sich um und legte sich auf die andere Hälfte des Bettes.

Als er das nächste Mal aufwachte, wußte er nicht, warum. Ao schlief noch, sie hatte ein Bein ausgestreckt, es berührte ihn leicht an der Seite. Er ließ die Finger über ihre Zehen gleiten, die wegen ihrer barfuß verbrachten Kindheit weit gestellt waren. Der Ventilator summte leise. Draußen war es windstill, die Blätter raschelten nicht, rieben nicht aneinander. Er setzte sich auf und warf einen Blick auf die Uhr, es war erst elf. Eigentlich sollte er längst hungrig sein, aber er verspürte keinen Appetit. Schon fielen ihm wieder die Augen zu, da hörte er einen leisen Laut. Es dauerte Sekunden, bis er ihn mit Menschen in Verbindung brachte. Langsam rollte er den Kopf auf die andere Seite und beobachtete die Baumwipfel. Sie waren absolut regungslos.

Field stand auf und ging zur Gitterwand. Tiefe Stille, erfüllt nur vom Sirren der Moskitos und dem fernen Rauschen des Verkehrs. Da hörte er die Stimme wieder. Es war nur ein Flüstern, wenige Worte. Vielleicht war es der Nachtwächter, der mit seiner Großmutter sprach? Aber diese wenigen Laute waren keine Unterhaltung.

Der Revolver, dachte er. Wo habe ich den Revolver?
Er schlich zum Bett zurück, stand dort in absoluter Dunkelheit, versuchte, den Bierschleier von seinen Gedanken zu schütteln. Bei meinen Kleidern, dachte er. Der Revolver muß irgendwo bei meinen Kleidern sein. Er tastete sich um das Bett und zog die Schubladen auf, eine nach der anderen. Zwischen den Socken fand er ihn endlich und hielt ihn gegen das schwache Licht im Fensterrahmen. Er entsicherte ihn und ging auf Zehenspitzen aus dem Zimmer zur Treppe.
Als er schon fast im Erdgeschoß war, sah er plötzlich die Silhouetten von zwei Männern, die sich über das Schloß der gläsernen Schiebetür beugten. Die hölzernen Gitter hatten sie schon geöffnet. Er hielt inne, blieb stehen und beobachtete sie, bis er an ihren Bewegungen erkennen konnte, wie sie mit einem kleinen Werkzeug am Schloß arbeiteten. Er hörte das leise Kratzen von Metall auf Metall auf der Suche nach einem Ansatzpunkt. Dann war es wieder still, die Hand glitt zurück, die Finger bewegten sich, und nun wurde das Werkzeug neu angesetzt. Das Kratzen hörte sich eine Spur härter an. Field war wie hypnotisiert von dem leisen Geräusch, dann hörte er, wie der Riegel zurücksprang. Die Tür ging auf.
Jetzt sprang er zwei Stufen auf einmal die Treppe hinunter. »Schweine!« brüllte er, »raus hier, haut ab!« Er rannte durch das Zimmer auf die bewegungslosen Schatten zu und drückte wieder und wieder ab, bis er leise die erste Explosion hörte. »Schweinehunde!« Er schoß und brüllte noch immer, obwohl sie schon verschwunden waren, lief zur Tür, konnte aber fast nichts sehen, weil seine Augen vor Wut flimmerten. Erst jetzt drang der Lärm der Schüsse nach und nach in sein Bewußtsein, er hörte fünf oder sechs Explosionen. Er hatte nichts dabei gedacht, nicht gezählt. Das Krachen klang dumm, unkontrolliert. Dann hörte er das Bersten des zersplitternden Glases und das Geräusch ihrer Schritte auf der Veranda.
Vorsichtig schlich er auf die Veranda hinaus. Niemand da, nicht

einmal die Kobras. Zur Ebbe hatten sie sich wohl wieder unter das Haus zurückgezogen. Er schaute hinaus in die Nacht. Waren die Männer davongerannt, oder warteten sie in sicherer Entfernung auf ihn? Er ging zurück ins Haus, rannte im Dunkeln durch das Erdgeschoß zur Küchentür, öffnete sie und ging hinüber zur Hütte der Haushälterin. Dort war alles still. »Yai! Aufmachen!« Keine Antwort. Er rüttelte an der Tür und schlug mit der Faust daran, und als alles still blieb, trat er mit dem Fuß dagegen, immer wieder, bis sie endlich aufging und der Enkel der Haushälterin erschien, der sogenannte Nachtwächter. Field packte ihn am Genick und zerrte ihn heraus. »Idiot! Was machst du da drin?« Er warf den Burschen auf den Boden. »Idiot!« Der Bursche blieb wie gelähmt liegen und rührte sich nicht. »Gott im Himmel!« brüllte Field, stampfte zurück ins Haus und rannte die Treppe hinauf. Nun merkte er erst, daß er völlig nackt war und mit einem entsicherten Revolver herumfuchtelte.

Ao saß aufrecht im Bett. »John, was ist passiert?«

»Zieh dich an.«

Er tastete sich im Dunkeln zum Schrank, bis er eine Hose und ein Hemd fand. Hinter ihm schaltete Ao das Licht an. »Ausmachen! Kein Licht! Zieh dich an, Ao.«

Er rannte die Treppe hinunter und rief den Wächter, der auf Knien ins Haus gerutscht kam und mit erhobenen Händen um Vergebung bat.

»Hol ein Taxi, schnell. Ein Taxi!«

Field wartete mit Ao im Dunkeln an der Küchentür, bis der Bursche zurückgerannt kam. Das Taxi hatte er am Tor der Anlage gelassen. Aber jetzt konnte Field die Strecke vom Haus zum Tor nur in Kilometern messen. Er stieß den Burschen hinaus. »Hol das Taxi hier zur Tür!«

Ao hatte bis jetzt kein Wort gesagt, aber als der Bursche verschwunden war, trat sie zu Field und faßte seinen Arm.

»Wohin fahren, John? Schon spät jetzt.«

»Ich brauche Paga.«

Schweigen, während sie das in sich aufnahm. Dann in einer Stimme, die sich mit Gewalt zur Ruhe zwang: »Du willst mich an Paga zurückgeben?«

Er hörte nicht auf sie, bis er merkte, wie ihre Stimme gebebt hatte. »Nein, aber ich habe Probleme, und Paga kann mir helfen, das ist alles.« Jetzt näherte sich ein kleiner Fiat im Rückwärtsgang. Field schrie dem Fahrer zu: »Scheinwerfer ausschalten.« Dann packte er Ao am Arm, zerrte sie hinaus, rannte mit ihr über den nassen Kies und schob sie zur anderen Autotür. »Patpong!« Seine Beine mußte er hinter dem Fahrersitz so hoch ziehen, daß die Knie fast das Kinn berührten.

»Hundert Baht, Mister.«

»Schon gut! Scheinwerfer aus, bis wir auf der Straße sind.« Dann kroch das Auto hinaus, vorbei am Nachtwächter, der seine Hände noch immer hochhielt, zum Tor, wo der Wächter für die ganze Anlage auf seiner Plattform döste. Als sie zur Straße kamen, sagte Field: »Jetzt los! Tempo!« Er sah zum Rückfenster hinaus. In der Einfahrt hinter ihnen startete ein Wagen. »Lieber Gott!« murmelte er. »Hundert beschissene Baht für einen Mord. Hallo!« Er klopfte dem Fahrer auf die Schulter. »Dreißig Baht, wenn langsam, hundert, wenn schnell.«

Der Fahrer sah sich kurz um. Er war Thai-Chinese, und nach Fields Erfahrung hatten die meisten chinesischen Taxifahrer Bangkoks einen Stich ins Verrückte. Das zeigte sich in einer höchst eigenartigen Fahrweise – als ob ein streng mathematisch-logischer Verstand völlig irrationale Umstände zu berechnen suchte. Dabei spielten alle normalen Fahrkünste verrückt. Kaum hatte Field seine Anweisung gegeben, da drückte der Fahrer das Gaspedal durch, kurvte auf zwei Rädern auf den Bürgersteig der Einfahrt und wieder hinunter, schoß wie eine Gewehrkugel aus dem schmalen Soi in den sechsspurigen Verkehr der Sukhumvit Road, flog zwischen einem Tuctuc und einem BMW hindurch und setzte sich vor den BMW. All das spielte sich ohne Worte ab, ohne Hupen. Um den Hals des Fahrers hing ein Taschentuch, das von Zipfel zu Zipfel so eng aufgerollt war, daß es wie eine dicke Kordel wirkte. Als nächstes nahm der Fahrer beide Hände vom Lenkrad, ergriff das Taschentuch rechts und links und schnellte es routiniert einmal an seinem Hals auf und ab, um sich den Schweiß abzuwischen. Letzterer war sicher nur eingebildet, denn das Auto war so brutal klimatisiert wie der Kühlraum einer Metzgerei.

Field starrte aus dem Rückfenster und beobachtete den anonymen Verkehr, der aggressiv hinter ihnen herraste. Aber nach einiger Zeit zuckte er mit den Achseln und ließ sich in die zerbrochenen Federn des Sitzes zurücksinken. Als sie unter der Schnellstraße zwischen den Betonpfählen hindurchröhrten, ließ der Fahrer das Rad wieder los, schnellte das straff gespannte Tuch hoch und zog es scharf wie ein Rasiermesser über seine Nase herunter.

Wo Patpong in die Silon Road mündete, hatten sich ein paar Taxis und Tuctucs im flachen Wasser versammelt und warteten auf letzte Kunden. Vor Pagas Apartments drückte Field die Taxitür auf und watete sofort durch die Wellen davon; dabei zog er Ao am Arm hinter sich her. Das Mädchen auf der Treppe erkannte ihn und beteuerte, Paga sei nicht hier. Das klang so verlegen, daß Field sich einfach an ihr vorbeidrängte und im zweiten Stock in jedes einzelne der fünf Zimmer polterte, die man für 500 Baht pro Stunde mieten konnte. Lediglich eins davon war besetzt, aber Field hielt sich nicht mit Entschuldigungen auf, und das Paar war ohnedies auf andere Dinge konzentriert. Dabei lief das Mädchen hinter ihm her und beteuerte immer wieder, daß sie nicht wisse, wo die Chefin sei, daß Paga schon seit Freitag nicht mehr hiergewesen sei. Field erinnerte sich an die Kassiererin im *King's Castle* und zerrte Ao die Treppe wieder hinunter. Unten blieb er kurz stehen. Draußen stand nur ein Mädchen, das den Vorübergehenden zurief: »Treten Sie ein, Mister. Hier bitte!« Niemand achtete auf sie, die Männer konzentrierten sich mehr auf den Weg durch Schlamm und Wasser. Field stieg über die Flutbarriere und rannte

über die Straße in das entsprechende kleine Trockendock, das drüben vor der Tür stand.
Hier waren weniger Gäste als sonst, aber die Temperatur war so niedrig und die Musik so laut wie immer. Er drückte sich an der ovalen Bar nach links hinter die Kassiererin, bis er ihr ins Gesicht und zugleich auf die Tür sehen konnte.
»Wo ist Paga?«
Sie schüttelte den Kopf. »Nicht mehr gekommen, seit Sie das letztemal hier waren.«
»Bitte, Nok, sag es mir doch.«
»Weiß wirklich nicht, John. Kommt nur einmal in der Woche und holt das Geld ab. Willst du einen Drink?«
Fields Blicke wichen nicht von der Tür. Er sah zwei Thais hereinkommen. Sie hatten nicht den langsamen, fragenden Blick von Männern, die in eine Bar kommen, um sich zu amüsieren. Nein, die beiden hatten eine sehr direkte Art. Sie starrten in die Runde. Field schob Ao in die Bar und beugte sich zur Kassiererin.
»Hör zu, Nok. Behalte meine Freundin hier. Steck ihr eine Nummer an und halte sie in der Nähe, laß sie mit keinem Mann reden. Sie darf nicht arbeiten! Ich meine, sie kann Gläser waschen oder so etwas, aber: keine Männer, klar? Ich hol sie später ab.«
»Wir schließen bald, John.«
»Dann nimm sie mit nach Hause, wenn ich es heute nicht mehr schaffe. Bitte nimm sie mit.«
Aos Augen waren schreckerfüllt. »Du verläßt mich, John?«
»Sprich nicht mit mir. Das dürfen die Männer nicht sehen. Bleib jetzt hier! Ich komme wieder.«
Der Raum auf der anderen Seite der Bar war schmal, rechts saßen die Gäste auf Barhockern, links auf einer langen Bank an der Wand. Dazwischen standen Mädchen, die von einem Mann zum anderen gingen und sich zu Drinks einladen ließen. Die beiden Thais hatten sich langsam in all dieses Fleisch hineingedrängt und

sahen sich die Gäste einen nach dem anderen an. Field wandte ihnen den Rücken zu und bewegte sich langsam zur Tür. Sie sahen ihn nicht, bis er einen Meter vor der Tür war, sie vier oder fünf. Auf einmal schimpften und protestierten Mädchen, die grob aus dem Weg geschoben wurden. Field sah sich nicht um. Er schlüpfte zwischen zwei Menschen hindurch, hinaus auf den Bürgersteig, hielt einen Augenblick inne, weil ihm einfach kein Name einer anderen Bar von Paga einfallen wollte, dann rannte er ein paar Meter nach rechts und eine Treppe hinauf, bevor ihn die Schlepper des *Bunny Clubs* anreden konnten.

Es war ein kleines, schäbiges Lokal mit gedämpftem Licht. Auf der Bar lagen Rollen von Toilettenpapier, auf der anderen Seite tanzte ein Mädchen völlig nackt. Es waren nur zwei Kunden da, jeder mit einem Mädchen. Field beugte sich über die Bar und fragte nach Paga. Die Kassiererin hatte sie seit Tagen nicht gesehen. Sein Blick fiel auf einen großen Neger, der links von ihm saß. Das Mädchen an seiner Seite mühte sich um einen sehr kleinen Penis. »Das ist ja herrlich«, sagte Field und rannte schon wieder die Treppe hinunter.

Hinter sich hörte er noch: »Was sagen Sie, Mann?«

In der Tür blieb er stehen und dachte nach. Das *Känguruh*! Natürlich, das gehörte ja auch Paga. Er wartete, bis draußen eine größere Gruppe Männer vorbeikam, in diesem Falle Australier, mischte sich in ihre Mitte und schlenderte mit ihnen zur nächsten Tür, wo er ebenso unauffällig verschwand. Er hatte nicht das Gefühl, daß ihm jemand folgte. Das Mädchen an der Tür drückte auf einen Klingelknopf, und oben öffnete sich die Tür in ein kleines Wohnzimmer, gemütlich und etwas schäbig: eine Bar an einer Seite, eine winzige Bühne gegenüber, dazwischen bequeme Sessel. Auf der Bühne tanzte nackt ein etwas älteres Mädchen mit einem vernarbten Gesicht und muskulösem Körper, hielt dabei fünf brennende Kerzen in jeder Hand, ein halbes Dutzend Männer sah zu. Sie hielt sich die Flammen an die Brüste, brachte die Brustwarzen ins Zentrum der Hitze und hielt dabei die Kerzen

so schräg, daß ihr das rote Wachs auf die Haut tropfte. Die Brüste waren bald mit rotem Wachs bedeckt, dann hielt sie die Flammen an ihren Bauch, dann vor ihre Scham, wo das Schamhaar auf rätselhafte Weise nicht verbrannte, während ihr das Wachs rot auf die Innenseite der Schenkel tropfte. Von diesem geschmolzenen Wachs konnte Field einen Augenblick lang nicht wegsehen. Es kam ihm wie ein zweite, eine kranke Haut vor, die ihn plötzlich an seine Schmerzen erinnerte. Er legte eine Hand an seine Scham, als wollte er die frisch erwachten Qualen beruhigen, und beugte sich über die Bar. »Wo ist Paga? War sie hier?«
Die Kassiererin wußte es nicht, meinte aber, ein Mädchen, das gerade mit einem Farang in einem Nebenzimmer war, könnte es wissen. »Dauert nicht mehr lang. Sie arbeitet schnell. Einen Drink, John?«
Er bestellte Mekong Soda und setzte sich an die Bar. Sechs der sieben Mädchen im Raum suchten ihre Gäste zu verführen und massierten ihre Genitalien, um einen Drink spendiert zu bekommen, umschmeichelten Männer, die in ihrer Heimat von keinem weiblichen Wesen beachtet worden wären. Die meisten Mädchen hatten Schnupfen und zogen die Nase hoch, waren erkältet in der klimatisierten Luft. In einer Ecke saß ein Polizist in Uniform, mit zwei Reihen Ordensbändchen an der Brust. Seine Dienstpistole wirkte in diesem Raum unangemessen groß. Field wandte sich an die Kassiererin:
»Ein Freund?«
»Ist teuer. Kommt jeden Abend her, für Geld.«
Die Tänzerin mit den Kerzen stieg von der Bühne, das Wachs fiel schon in Schuppen von ihrer Haut, und das freie Mädchen sprang hinauf, mit ein paar Bananen in der Rolle des jugendlichen Helden. Sie war mitten in ihrer Darbietung, als die Klingel ertönte und Sekunden später ein Thai mit gezogener Pistole hereinstürzte. Field wollte sich in Deckung bringen und vergoß seinen Drink, aber der Mann ignorierte ihn völlig. Statt dessen sprang er auf die leere Bühne, sammelte die gebrauchten Bananen ein und

brüllte etwas zur Tür der kleinen Garderobe, in der sich die Tänzerin eingeschlossen hatte. Das Unterteil ihres Bikinis und damit ihr Nummernschild hatte er in der Hand.

Field riß sich zusammen und fragte leise: »Wer ist das?«

»Von der Eins-Zwei-Drei-Streife. Er hat ihre Nummer. Hohe Strafe! Die thailändische Polizei taugt wirklich nichts.«

Der Polizist saß seelenruhig in seiner Ecke. Er wurde dafür bezahlt, sich nicht einzumischen; nicht einmal in diese Razzien der Sittenpolizei. Unterdessen verabschiedete sich der Mann, das Nummernschild und die Bananen nahm er in Zeitung eingewickelt mit.

Kurz darauf erschien das nackte Mädchen aus seinem Verschlag. Sie weinte; die Strafe entsprach etwa einem Monatslohn. Field gab ihr fünfhundert Baht und drängte die Kassiererin, das Paar im Nebenzimmer zu unterbrechen und nach Paga zu fragen. Er wurde immer nervöser und wollte Ao nicht länger allein lassen als absolut nötig.

»Mache ich, John.« Nach ein paar Minuten war sie wieder da.

»Vielleicht im *Duke's Den*? Versuche es dort einmal, okay?«

Paga benannte ihre Bars entweder nach dem Hochadel oder nach Tieren. Field schlich die Treppe hinunter und lugte hinaus. Es hatte leicht zu regnen begonnen, er konnte die Gesichter der Menschen, die vorübergingen oder unter Markisen standen, kaum sehen, also ging er schnell hinaus.

Es waren kaum fünfundsiebzig Meter. In der Bar im ersten Stock befand sich ein junges Paar mitten im Geschlechtsverkehr, stehend, das Mädchen mit dem Rücken zum Publikum und einem Bein auf der Schulter des Mannes. Bühne und Zuschauerraum waren schwarz gestrichen, und etwa hundert Männer und Mädchen folgten der Darbietung in andächtigem Schweigen. Der Mann pumpte dreimal, ließ ihr Bein herabsinken und hob das andere, pumpte wieder dreimal, dann schwang er das Mädchen waagrecht in die Luft und pumpte wieder dreimal. Dabei starrte er mit völlig ausdruckslosem Gesicht ins Publikum, während das

Mädchen nicht ungeschickt leidenschaftliche Erregung mimte. An ihrem Handgelenk blitzte eine Rolex.
Die Geschäftsführerin war nirgends zu sehen. Field fragte ein Mädchen, das im Hintergrund wartete.
»John! John!!« In der ersten Reihe saß Crappe und winkte ihm zu. Field war schon fast bei ihm, bevor er merkte, daß auch George Espoir dabei war. Er setzte sich und fragte: »Wie steht's mit den Recherchen?«
Espoir lächelte bescheiden, warf Field einen verstohlen-verachtungsvollen Blick über Henry Crappe zu und sagte: »Könnte schlechter gehen.«
Der Mann auf der Bühne nahm das Mädchen jetzt von hinten, pumpte dreimal, dann stützte sie sich mit den Händen auf den Boden und umschlang ihn mit den Beinen an der Taille. Das war das Finale. Noch dreimal, und nun trennten sie sich und verließen die Bühne, wobei er die Hand schamhaft vor den Penis hielt.
»Thais sind nämlich sehr diskret«, belehrte Crappe Espoir.
»Diskret?« wiederholte Espoir mit einem Lächeln, als wollte er sagen: Zu diesem Thema könnte ich hundert saftige Anekdoten erzählen, aber schließlich bin ich ja ein Gentleman. Aber für eine schlagfertige Replik hatte er einfach zuviel getrunken.
»Noch leidend?« fragte Crappe, und als er keine Antwort erhielt: »Sind Sie im Aktenschrank fündig geworden?«
»Ja, Henry. Bitte verzeihen Sie ...«
»Das Schloß war vorher in Ordnung«, klagte Crappe »Haben Sie eigentlich auch Reis mitgenommen?«
»Henry!«
»Ich war mir nicht sicher. Den Reis hatte ich nämlich nicht gezählt. Und haben Sie mit Somchai ...?«
Field unterbrach ihn: »Das ist kein Thema mehr!« Jetzt wollte er die Story einfach abwürgen, sie einschlafen lassen – er brauchte ja nur noch den richtigen Mann zu finden und mit ihm einig werden. Am meisten fürchtete er, jemand wie Espoir könnte sie

herumerzählen. »Behalten Sie es für sich, Henry, ja?« Dann wiederholte er: »Für sich allein!«
Espoir lauschte diesem Gespräch interessiert, sagte aber nichts. Nach ein paar Sekunden begann die nächste Nummer: Es waren vier rundliche Mädchen mit einer Lesben-Show. Wahrscheinlich war es ihr erster Auftritt, denn alle paar Sekunden kicherten sie verlegen und mußten dem Publikum den Rücken zuwenden.
Nun erschien die Geschäftsführerin, eine jüngere Schwester von Paga. Sie lächelte Crappe unsicher an und fragte Field: »Was wollen Sie, John?«
»Ich muß Paga sprechen. Dringend. Wo ist sie?«
»Weiß nicht.«
»Können Sie es herausbekommen?«
Sie nickte. »Warten Sie hier.«
»Wer ist denn Paga?« fragte Espoir.
»Eine Bekannte«, sagte Field und wandte sich ab. Seine Gedanken zogen sich schon wieder in die verträumte Unbestimmtheit zurück, mit der er sich vor den Menschen schützte.
»Wenn Sie in zwei Wochen wiederkommen«, dozierte Crappe, um das Thema zu wechseln, »sind diese vier Mädchen perfekte Profis. Es ist höchst bemerkenswert, wie schnell sie die Reisfelder hinter sich lassen. Man muß sich die Szene hier wie eine Zunft vorstellen, wie im Mittelalter, mit Lehrlingen und Gehilfen und Meistern. Die Hierarchie ist unbeschreiblich kompliziert. 398 Bars, 119 Massagesalons, 96 Tanzlokale, 56 Restaurants mit sogenannten Hostessen – und alle Mädchen gehören irgendwo in eine Hackordnung. An der Spitze stehen ein paar sehr teure Callgirls, ehemalige Schönheitsköniginnen zum Beispiel, die nur für die ganze Nacht zu haben sind, weniger für die Lust, mehr als Statussymbol für Erfolgreiche. Hier zeigen sich die Begierden des Mannes am reinsten; vor allem ehrgeizige Generäle tendieren zu dem, was ich am liebsten mit dem Ausdruck Prestigesex bezeichne. Dann kommen die Massagegirls, sie sind der solide Mittelstand dieses Gewerbes: Körpermassage das höhere Bürgertum,

Handmassage das mittlere, alles gut ausgebildete Profis, die in seriösen Etablissements arbeiten, meist verheiratet und mit Kindern. Als nächstes folgen die Barmädchen, als Kleinbürger sozusagen. Hier wird es komplizierter. Ein spezielles oberes Kleinbürgertum gibt es für die Japaner, weil sie mehr zahlen, ein mittleres für andere Farangs, ein unteres für Thais. Aber anders als die Japaner bekommen Europäer und Amerikaner keine bessere Ware als die Thais, sie dürfen nur mehr bezahlen. Als nächstes die Show-Tänzerinnen. Dann die Bordell-Nutten, die halbfreien über den unfreien. Etwas tiefer das Material in den billigen Lokalen, und schließlich noch einmal eine eigene Skala ganz unten, die Mädchen von der Straße. Außerdem gibt es Kreuzklassifikationen quer zu dieser Ordnung, nach dem Alter der Mädchen, nach ...«
»Hören Sie endlich auf«, sagte Field.
Espoir suchte das peinliche Schweigen mit Humor zu überwinden. »Wir babbeln hier in Babylon ...«
Field brachte ihn mit einem Blick zum Schweigen, dann faßte er ein Mädchen am Arm. »Einen Mekong Soda.«
Die vier Lesbierinnen trotteten von der Bühne und hielten scheu die Hände vor Brust und Scham. Ihnen folgte ein Mädchen, das eine Zwirnspule in sich verschwinden ließ, das Ende des Zwirns herauszog, eine Schleife knotete und einem Deutschen überreichte, der sie zwischen die Zähne nahm, langsam rückwärts ging und so die unsichtbare Spule abwickelte. Das Mädchen tanzte dazu wie ein Fisch an einer Angelschnur. Danach nahm sie Tischtennisbälle und ließ sie in Biergläser springen. Field nahm das alles kaum wahr, hatte seinen Blick auf den verbotenen Whiskey gesenkt. Wenn schon, dachte er, vielleicht schadet er mir, aber ich fühle mich nicht schlechter dabei. Da sah er die beiden Thais die Treppe heraufkommen, und im gleichen Augenblick erkannten sie ihn vorn in der ersten Reihe. Field leerte sein Glas und ließ sie auf sich zukommen. Er griff in den Hosenbund und zog den Revolver heraus, verdeckte ihn halb mit der Hand und zielte auf

die beiden. Als sie das sahen, blieben sie stehen. Die anderen Gäste bemerkten nichts und applaudierten, wenn ein Tischtennisball in den Bierkrug fiel.

Espoir gab ihm einen Rippenstoß. »Phantastisch, was?«

»Was?«

»Phantastisch, was?«

»Was denn?«

»Das da.«

»Das Tischtennis?«

Espoir schaute ihn fragend an und lachte. »Was sonst?«

»Ich finde es sehr schwach.«

Pagas Schwester erschien wieder und flüsterte Field ins Ohr: »Weiß nicht, John. Vielleicht im *Golden Panda*?«

Er tätschelte sie am Schenkel, ohne die Männer aus den Augen zu lassen. Falls er wirklich als erster hier herauskam, erschossen sie ihn auf der Straße, noch bevor er ins Taxi stieg. Er schaute Espoir mit einem Naserümpfen an und flüsterte, so daß Crappe es nicht hörte: »Wartet Ihr Wagen unten auf Sie?«

Espoir war erstaunt über Fields Interesse. »Ja, in der Tat.«

»Ich bringe Sie in ein interessanteres Lokal, ja?« Dann drückte er Espoir verschwörerisch am Arm und lehnte sich zu Crappe vor. »Ich muß mal mit George unter vier Augen sprechen, Henry. Bis später.« Er brachte den Engländer auf die Beine und schob ihn mit sanfter Gewalt vor sich her, immer zwischen sich und den Thais. Die warteten an der Treppe, aber nun hielt sich Field vor Espoir und zog ihn hinter sich hinunter. Und obwohl sie ihnen direkt folgten, blieb Field immer in Deckung hinter dem größeren Espoir. Auf der Straße war er mit ein paar Sprüngen in Espoirs Wagen, wo die getönten Scheiben ihn verdeckten, so daß die Thais nicht erkennen konnten, ob er den Revolver noch im Anschlag hatte. Der Chauffeur wollte schon protestieren, aber nun stieg auch Espoir ein. Field sah noch, wie die beiden einen Augenblick ratlos auf dem Bürgersteig standen; die Revolver im Hosenbund trugen unter den weiten Hemden kaum auf. Dann rannten sie zu ihrem Auto, einem kleinen Fiat, der fünfzig Meter weiter parkte.

Field erklärte dem Fahrer auf thailändisch, wohin er wollte, und befahl ihm, schnell zu fahren. Und zwar sehr schnell, sonst würde Mr. Espoir morgen einen anderen Chauffeur verlangen. Sie legten vom Bürgersteig ab, bogen links in die Silom Road, erwischten eine Ampel bei Gelb, was ihnen einen Drei-Minuten-Vorsprung vor dem Fiat gab, und schossen schließlich am großen Standbild des Märchenkönigs Rama IV. vorbei, der schöne Uniformen und hübsche Pfadfinder am meisten liebte. Auf der Rasenfläche um sein Denkmal standen ein paar hundert einsame Männer herum, die offenbar sonst nichts zu tun hatten.

Der Raketenstart überraschte Espoir völlig, und Field befürchtete, daß er gleich protestieren wollte. »Lassen Sie den Fahrer nur. Ich habe ihn angewiesen, sehr schnell zu fahren.«

Espoirs verhangener Blick richtete sich auf Field. »Sie? Wirklich?«

»Ja. Lassen Sie ihn nur machen.« Danach blickte Field unbewegt nach vorn. Zehn Miauten lang wurde nichts gesprochen.

Zwischendurch erwachte Espoir wieder zum Leben. »Und wo fahren wir hin?«

»Zum *Golden Panda.*«

Nun brach keiner mehr das Schweigen, bis sie am Club vorfuhren. Er ähnelte einem teuren modernen Hotel: Junge Männer öffneten ihnen die Türen, sie traten in eine Halle, eine großzügige dunkelbraune Teppichfläche mit Polstersesseln in etwas hellerem Braun. Auf der linken Seite befand sich eine Art Glaskäfig mit etwa hundert Mädchen. Field führte Espoir ein paar Stufen hinauf in die hinterste Ecke, dort ließ er sich in einen Lehnstuhl fallen. Er verlangte die Geschäftsführerin. Statt dessen erschien ein geschmeidiger kleiner Angestellter, der schwierigen Kunden half, die richtige Wahl zu treffen.

»Hallo, Sir. Sie kommen spät. Wünschen Sie einen speziellen Service, Sir?«

»Nein, ich ...«, unterbrach ihn Field.
»Ein besonders junges Mädchen vielleicht?« Er musterte die Herren diskret. »Oder einen Knaben?«
»Ich will Paga sprechen. Ist sie hier?«
»Was wollen Sie von ihr?«
Field stand auf, er überragte den Mann weit. »Ich bin ein sehr guter Freund von Paga. Ich muß sie sprechen, und zwar dringend. Okay? Ich heiße John Field. Holen Sie sie her. Oder sonst die Geschäftsführerin.«
»Behalten Sie doch Platz, Sir. Nehmen Sie inzwischen einen Drink. Oder wünschen Sie zuvor ein Mädchen?«
»Nein!«
Als der Mann gegangen war, ließ sich Espoir tiefer in seine Kissen sinken und versuchte, die Wirkung der verschiedenen Drinks des Abends zu überwinden. »Seltsame Stadt, dieses Bangkok. An dramatischem Konflikt bietet sie rein gar nichts. Hier geht alles so glatt und reibungslos! Die Thais lieben ihren König zu sehr, und der König ist zu gut. Die Politiker und die Generäle sind zu korrupt. Und dann die Mädchen alle ... Natürlich ist es wunderbar für das Ego, wenn sie einen so umschwärmen. Und diese riesige Auswahl, im Grunde schon zu groß. Finden Sie das auf die Dauer nicht ... aushöhlend? Ich meine, man kann einfach jede haben, aber keine begehrt einen wegen einer bestimmten individuellen Eigenschaft. Es geht wirklich nur ums Honorar. Wo bleibt da der emotionale Aspekt? Und ohne emotionalen Aspekt keine dramatische Spannung.«
Field rang sich eine Antwort ab; Espoir sollte jetzt nicht die Lust verlieren und sich absetzen. »Tja, ganz so einfach ist es wohl doch nicht. Auf jeden Fall möchte ich nicht ums Leben mit einer Weißen schlafen. Vor lauter Syphilis und Herpes und Aids würde ich in die Hosen machen.«
»Wirklich nicht?« Espoir musterte ihn neugierig. »Wirklich nicht? Und nur wegen der Krankheiten?«
»Wie die schon aussehen! Scheußlich. Vielleicht vor allem des-

halb. Und wie sie sich anfühlen!« Field wußte genau, wie lächerlich und läppisch das war.
»Wie meinen Sie das – anfühlen?«
Field wurde langsam wütend. »Vielleicht ist es das, was Sie den emotionalen Aspekt nennen?«
Espoir mußte aufstoßen, möglicherweise aufgrund der Ironie, und sagte stockend, als ob die Sätze aus seinen Magenbeschwerden erwüchsen: »Für meinen Roman macht das ohnedies keinen Unterschied mehr. Ich bin ja nur hergekommen, um ein bißchen Lokalkolorit zu sammeln. Die Handlung ist längst fertig, schon seit Monaten. Aber ich brauche«, und dabei beugte er sich ernsthaft und dringlich vor, bis Field seinen Atem riechen konnte, »ich brauche einfach den menschlichen, den moralischen Aspekt zum Schreiben. Der Rest ist ja, unter uns gesagt, ein bißchen Taschenspielerei, ein paar Tricks und Zauberei, Routine im wesentlichen! Verstehen Sie mich recht: Ich bin auch nicht schlechter als Balzac oder Dickens. Aber jeder hat eben seinen eigenen Touch, nicht wahr? Und meiner ist nun mal ein geschraubtes Bildungsenglisch, das nach Oxford und Cambridge riecht. Verstehen Sie mich? Die einen Leser fühlen sich darin zu Hause, die andern sind zumindest beeindruckt. Verkaufen tut sich das auf jeden Fall. Dann braucht man nur noch einen verkommenen Spion für den Unterhaltungsleser und für die Intellektuellen natürlich den menschlich-moralischen Aspekt ...«
Field hörte nur halb auf Espoir und seine Rezepte, so schwer es ihm fiel, sie zu ignorieren, weil Espoir sie ihm fast hautnah ins Gesicht sagte. Seine Augen wanderten zwischen der Eingangstür und der Treppe zum Obergeschoß hin und her, über die der Mann, angeblich auf der Suche nach Paga, verschwunden war. Seither waren nur noch wenige Kunden, Thais und Farangs, hinaufgestiegen, viel mehr aber kamen, weil es schon so spät war, die Treppe herunter, die Männer frisch und entspannt, mit tänzerischem Schwung in den Bewegungen. Espoir sah ihm noch immer starr in die Augen und wartete offenbar auf eine

Antwort, also sagte Field: »Das Menschliche kann Ihnen Crappe geben.«
In Espoirs Augen wurde eine gewisse Skepsis sichtbar. »Das glaube ich weniger. Ich fürchte, daß er genau das Emotionale verfehlt.«
»Sie kennen ihn nicht«, sagte Field. »Er ist ziemlich kompliziert. Wie fast alles hier.«
»Aber was soll's?« Espoir lehnte sich zurück. Seine Blicke wanderten zum Glaskäfig mit den Mädchen, er schüttelte leicht den Kopf. »Wie groß ist denn dieses Bordell?«
»Welches meinen Sie?« fragte Field. »Den Club, die Stadt oder Ihre Phantasie?«
»Haha!«
In diesem Augenblick sah Field, wie sich die Tür vor den beiden Thais öffnete. Vielleicht waren sie in das *Duke's Den* zurückgefahren und hatten die Geschäftsführerin ausgefragt? Er packte Espoir am Arm und zog ihn zur Treppe, wo sie zunächst außer Sicht waren. Sie hätten in den ersten Stock hinaufrennen können, aber das wäre aufgefallen, also trat er zur Kasse und legte tausend Baht auf die Theke.
»41 und 47, bitte.«
»41 ist nicht da, Mister. Ist krank.«
»Dann 49.«
»Haben keine 49, Sir.«
Field warf einen Blick in den Käfig, kniff die Augen zusammen, um die Nummer eines Mädchens zu erkennen. Die beiden Thais waren noch am Eingang, vielleicht sprachen sie mit den Empfangschefs, die die Kunden berieten. In der erste Reihe saß ein großes Mädchen mit Brille.
»Nr. 24«
»Wollen Sie gleich für die Extras zahlen, Sir?«
»Nein.« Field mußte immer wieder über die Schulter blicken. »Später.« Er zog Espoir die Treppe hinauf.
»Hören Sie, Field, haben Sie für mich mitbezahlt?«

»Aber sicher. Warum nicht?«
»Ich habe es nur nicht gesehen.« Espoir stolperte. »Langsamer, Mann.«
»Schnell jetzt. Nun kommen Sie schon!«
Die Kassiererin rief ihnen nach: »Warten Sie, Sir. Warten Sie auf die Mädchen.«
Field wartete auf der Treppe, bis die Mädchen kamen. Keine von beiden war besonders hübsch, aber Espoir war zu betrunken, um es richtig wahrzunehmen. Field gab ihm Nr. 47, die bessere der beiden. Die Mädchen führten sie zu zwei benachbarten Zimmern im ersten Stock. Sobald Espoir die Tür hinter sich geschlossen hatte, sagte Field, er wolle in ein höheres Stockwerk. Die Zimmermädchen, die an der Treppe warteten, um die Bettlaken und Handtücher zu wechseln, fingen an zu schnattern, als er wieder erschien und die Treppe hinaufstieg.
»Wenn Männer kommen und mich suchen«, sagte er auf thailändisch, »haben Sie mich nicht gesehen, ja? Haben Sie verstanden? Ich bin ein guter Freund von Paga. Niemand hat mich gesehen!«
Er gab jeder zwanzig Baht und rannte die Treppe hinauf, das Mädchen folgte.
Im dritten Stock blieb er stehen und gab den Frauen wieder ein Trinkgeld. Sobald er im neuen Zimmer war, riß er sich die Kleider vom Leib. Sein Blick fiel auf einen grünen Fleck an seiner Unterhose. Er warf sie auf den Boden und ließ sich in die leere Badewanne fallen.
Das Mädchen war erstaunt über soviel Tempo. »Sie sind Freund von Paga?«
»Ja. Ist sie heute hier?«
»Nein. Haben Sie Probleme?«
»Ja. Und ich bin krank.« Er zeigte ihr seinen entzündeten Penis.
»Ach so. Sie sind krank.«
»Kein Sex. Nur waschen und massieren. Sie bekommen ohnedies fünfhundert von mir.«
Sie machte sich eifrig an die Arbeit, und jetzt sah Field sie zum

erstenmal richtig an. Sie war dreißig bis fünfunddreißig, hatte ihre besten Tage hinter sich und setzte schon eine gewisse matronenhafte Korpulenz an. Im schwarzen Haar zeigten sich ein paar graue Wurzeln. Andererseits arbeitete sie mit viel Erfahrung und Sicherheit, und so fing er an, sich zu entspannen. Einiges im Zimmer gehörte zum Stil eines Luxushotels: Badewanne und Bett waren oval.

»Wie Ihr Name?«

»John.«

»Sie verheiratet, John?«

»Nein.«

»Ich war. Mein Mann gestorben, Unfall mit Motorrad.«

»Haben Sie Kinder?«

»Eine Tochter. Wenn mein Mann nicht gestorben, würde ich nicht arbeiten in Massage. Jetzt kümmert sich meine Mutter um Tochter. Ich lebe in Nähe Flughafen, bei Mutter. Sie weiß nicht, daß ich arbeite in Massage ... Sie mein erster Kunde heute.«

»Der Tag ist zu Ende.«

Sie zuckte mit den Achseln. »Manchmal kleine Leute, manchmal große Leute.« Sie goß flüssige Badeseife ins Wasser. »Die Seife schlecht für meine Haut, juckt immer. Bei allen Mädchen das gleiche. Lesen Sie«, und sie hielt die Flasche hoch und übersetzte langsam, *»Badedas – bad for me* – schlecht für mich.«

Als sie fertig war, schickte Field sie los, und nach einiger Zeit brachte sie wirklich den Geschäftsführer. Er ähnelte Paga und schien Field zu kennen. Fields Bericht hörte er mit viel Verständnis an, zumindest vermittelte er diesen Eindruck. Aber er bedauerte sehr. Er habe seine Tante seit einer Woche nicht mehr gesehen.

Das Haus schloß um ein Uhr, aber er gestattete Field, die Nacht hier zu verbringen, wenn es ihn nicht störte, sich in ein leeres Haus mit abgeschalteter Klimaanlage einschließen zu lassen. Das wurde sicher eine Tortur mittleren Grades, aber Field nahm dankend an.

Um ein Uhr zog sich die Frau an, er blieb auf dem Bett liegen.
»Ich gehe heim jetzt, John.«
»Grüße deine Mutter von mir!«
Sie kicherte und ging. Fünf Minuten später wurde die Klimaanlage abgeschaltet, und Field fing an zu schwitzen.

10 Der *Golden-Panda*-Massagesalon blieb bis nächsten Mittag geschlossen. Dann wurde Field von einem Angestellten erlöst, der wohl meinte, bei diesem zerknitterten und verschwitzten Individuum handle es sich um einen in der Nacht versehentlich eingeschlossenen Kunden. Field nahm sofort ein Taxi zum Hotel *Dusit Thani*, kaufte sich in der Halle ein Hemd und einen Rasierapparat und sprach an der Rezeption mit einem Empfangschef, den er kannte. Er durfte in einem Hotelzimmer ein Bad nehmen, danach fuhr er mit dem Lift zum obersten Stockwerk und stieg die letzte Treppe zum Club der Auslandspresse hinauf. Von hier aus hatte man einen schönen Blick über den Lumpini-Park, den Poloclub und in der Ferne den Universitätscampus seiner Tochter.
Field war mit einem ganz konkreten Ziel hergekommen. Er wollte zwar noch immer Somchai und seine Freunde beruhigen, aber wie er das anstellen sollte, war ihm jetzt ein Rätsel. Er kam ja nicht einmal an Paga heran. Eine ganz andere Möglichkeit blieb ihm noch: Vielleicht brachte er jemanden dazu, die ganze Geschichte an die Öffentlichkeit zu bringen. Dafür kamen nur wenige Journalisten in Betracht, aus dem einfachen Grunde, weil kaum jemand die Drogenszene gut genug kannte, um die fehlenden Steinchen in das Mosaik zu setzen. Und ohne das waren alle vorliegenden Informationen nutzlos, wenigstens für Fields Zwecke.
Er schlenderte zur Bar und begann ein Gespräch mit einem Neuseeländer, der die thailändische Armee in- und auswendig

kannte, und mit einem Schweden, einem Experten für die Shan-Staaten. Field gab ein Bier aus, und allmählich schien sich das Leben wieder zu normalisieren, als wäre er noch in dieser Bar zu Hause, als schriebe er noch immer bloß Worte, die später andere Leute lasen, als wäre er noch immer bloß Beobachter, der das Leben in Worte faßte, ohne selbst daran teilzunehmen. Es war ein Ort des Friedens. Eine halbe Stunde später erschien der Mann, auf den Field gewartet hatte, ein Inder, der sich auf Vietnam und seine Satelliten spezialisiert hatte. Field ging ihm sofort entgegen und zog ihn auf ein Sofa am Fenster, wo er ihm die Story erzählte, ohne weiter auf die Killer und ihre Mordanschläge einzugehen. Er erwähnte gewisse Drohungen, das mußte genügen; keinesfalls wollte er verängstigt wirken. Und so fühlte er sich ja auch gar nicht. Der Journalist hörte ihn aufmerksam an, dachte kurz nach und sagte dann entschieden, da könne er leider nichts machen. Seine Karriere beruhe auf dem freien Zugang nach Vietnam und Laos, und wenn er diese Geschichte veröffentlichte, könne er nie mehr über die Grenze fahren. »Soll ich meine ganzen Beziehungen für einen einzigen Drogenknüller opfern?«

Field erklärte ihm, im Grunde gehe es dabei nicht um eine Drogenstory, sondern um Politik, schließlich sei ein enger Mitarbeiter des Ministerpräsidenten von Laos im Geschäft. Im weiteren Sinne sei also die laotische Regierung selbst im Spiel. Und schließlich sei doch wohl jedem Journalisten klar, daß keine Rauschgiftstory nur von Rauschgift handle. Schließlich sei die Zahl der Süchtigen in Thailand in einem Jahrzehnt von fünfzigtausend auf fünfhunderttausend gestiegen, und im Westen sei Rauschgift aus einem unbedeutenden Amüsement rebellischer Jugendlicher zu einem ernsten gesundheitspolitischen Problem geworden. Daß ein kommunistisches Land sechs Tonnen Heroin in den illegalen Handel schleuste, sei doch wohl mindestens ein politisches, wenn nicht gar ein ideologisches Thema.

Field erklärte es ausführlich, und der Inder hörte ihm höflich zu, obwohl er durchaus in der Lage war, solche Schlüsse selbst zu ziehen. Aber wie die meisten Journalisten betrachtete er die Rauschgiftberichterstattung als Domäne des niederen Journalismus, nicht besser als den Polizeibericht – minderer Stoff für den Nachwuchs oder die ewig Erfolglosen. Daß die Polizei zehn Kilo Heroin gefunden hatte, konnte sich zum Beispiel an Ansehen und Würde nicht mit dem Besuch eines bekannten Politikers in einer Grenzregion messen. Daß der Staatsbesuch völlig ergebnislos war, spielte keine Rolle: Der Marktwert eines Journalisten bestimmte sich nach der allgemein anerkannten Klasse der Vorgänge, über die er berichtete.

Deshalb drängte ihn Field auch nicht. Er war nicht einmal enttäuscht, statt dessen fuhr er hinunter und ging zu Fuß zur Chulalongkorn-Universität, um seine Tochter zu suchen. Hier war die letzte Flut inzwischen versickert, zumindest bis zum nächsten Regen, das Gelände wirkte wie ein kürzlich trockengelegter Sumpf. Es dauerte den halben Nachmittag, bis er Songlin endlich fand. Sie kam gerade aus einer Literaturvorlesung in den nassen Park heraus.

Wie immer hob sie die Hände zu einem Wai, dabei schenkte sie ihm ein Lächeln der Versöhnung. Als er das sah, überwältigte ihn das Verlangen, Englisch mit ihr zu sprechen. Mit allen anderen Studenten hier wäre das möglich gewesen, auch wenn sie nur wenige Worte beherrschten, nur mit ihr nicht.

»Ich wußte schon, daß du heute kommst«, sagte sie.

Er lächelte. »Habt ihr auch Vorlesungen im Hellsehen?«

»Nein«, lachte sie. »Gestern habe ich einen Freund von dir getroffen, und er hat mich gefragt, wann du mich wieder besuchst.«

»Einen Freund?« Field konnte seine Stimme nicht mehr beherrschen. »Wen denn?«

Der abrupte Ton erschreckte sie so, daß sie schwieg.

»Songlin! Wie sah er aus?« Er packte sie schützend am Arm, was ihr vielleicht eher als Drohung erschien.

»Ein Mann. Ein Thai. Er sprach mich auf der Straße an.«

»Auf der Straße? Wo denn?«
»Ich stand in einer Schlange vor einem Kino, da kam er zu mir. Er erkannte mich.«
Field zwang sich, ruhig zu bleiben, und zog sie näher an sich, enger als seit vielen Jahren, seit ihrer Kindheit. »Das kann kein Freund von mir gewesen sein, Songlin! Warst du allein?«
»Nein, ich war mit einem Studenten.«
»Einem Studenten?«
»Ja, einem Freund. Wir gehen in Vorlesungen zusammen.«
»Wie sah der Mann aus?«
»Ich weiß nicht. Es war ein Thai, vielleicht ein halber Chinese. Er trug eine Krawatte, wie ein Geschäftsmann vielleicht.«
Field spürte, wie ihm die Ereignisse aus der Hand glitten. »Hast du alles, was du brauchst, bei dir?«
»Was meinst du?«
»Ich möchte, daß du sofort nach Hause fährst.«
»Ich kann nicht. Ich habe noch ein Seminar.«
»Das geht heute nicht. Ich habe Probleme, und diese Leute ... diese Leute könnten dir etwas antun.« Er drückte ihr eine Handvoll kleinerer Bahtscheine in die Hand. »Du nimmst jetzt ein Taxi nach Hause, dort packst du einen kleinen Koffer und wartest, bis ich dich anrufe. Wenn ich dir sage, wohin du fahren sollst, dann fährst du. Wenn ich dir sage, mit wem, dann auch. Kein Widerspruch! Laß niemanden in die Wohnung. Klar? Absolut niemanden! Deine Mutter läßt du zu Hause, ihr werden sie nichts tun.«
»Warum darf ich nicht einfach zu Amara?«
»Sicher, wir wollen sehen. Aber bis ich Bescheid gebe, bleibst du in der Wohnung. Ich rufe Amara noch heute an. Rühr dich nicht, bis ich mich melde oder bis Amara dich abholt. Und jetzt los!«
Gehorsam ging sie hinaus, zum Ausgang an der Rama IV. Road, und als er ihr nachsah, fiel ihm quälend ein, daß er sich nicht für seine Unfreundlichkeit entschuldigt hatte. Aber Entschuldigungen waren ohnedies nicht seine Stärke, und daraus hätte sich

vielleicht ein Gespräch über Ao ergeben. Nein, vielleicht war es so besser. Übrigens: Warum hatte sie ihm denn so schnell gehorcht? Doch wohl nur, um endlich in seine Welt zu kommen, aus der er sie immer so sorgsam ausgeschlossen hatte. Vorsicht! warnte er sich. Klein spielen! Vor allem ihre Erwartungen kleinhalten! Als sie hinter Bäumen und Gebäuden verschwunden war, drehte er sich um und ging zum Ausgang an der Dunant Road. Wenn jemand Songlin beobachtet hatte, konnte ihn Field vielleicht auf sich lenken. Die Dunant Road war eine ruhigere Straße, hier bekam man nicht so leicht ein Taxi. Gerade als er durch das Tor ging, fing der Nachmittagsregen an.

»Scheiße.« Er schaute sich um und sah einen Mann durch den Park auf sich zukommen, mit dem typischen leichtfüßigen Watschelgang vieler Korpulenter. »Scheiße.« Field begann in Richtung Ploenchit Road zu marschieren, fast einen Kilometer weit, und als er sich das nächstemal umschaute, rannte der Mann hinter ihm her. Er hatte die Entfernung schon halbiert. »Arschloch!« Danach sprach Field nicht mehr zu sich selbst, sondern fing an, gleichmäßig zu rennen. Allein seine längeren Beine brachten ihn doch wohl in Sicherheit. Jetzt fiel der Regen immer dichter, das Wasser floß schon in Bächen über den Bürgersteig. Er achtete auf das Pflaster und schaute sich alle dreißig Sekunden um. Der Mann rannte in gleicher Entfernung hinter ihm her. Es waren fast zehn Minuten bis zur Hauptstraße, wo inzwischen tiefere Pfützen entstanden waren. Field sah einen Bus durch das Wasser pflügen und sprang auf. Nach hundert Metern blieben sie in einem Stau stehen, und sofort sprang er ab und lief hinüber zum verwinkelten Kaninchenbau der Siam Plaza, wo er in den Ladenstraßen hin und her kreuzte und schließlich in einer Konditorei Schutz suchte. Hier war alles weiß, das Brot und der Kuchen, die Wände und das Licht. Nur der dicke Zuckerguß auf dem Gebäck brachte Farbe herein. Field kaufte sich ein Marmeladetörtchen und setzte sich neben der Tür an die Wand; er aß mit der Linken, die Rechte hielt er versteckt am Revolver im Hosenbund. Falls der Dicke hier hereinkam, war Field im Vorteil. Aber er blieb der einzige Gast. Langsam stieg das Wasser in den Ladenstraßen, und bald darauf wurde die Elektrizität abgeschaltet, damit niemand einen tödlichen Schlag erlitt.

Da er bis auf die Haut naß war, hatte es keinen Sinn, hier auf den Abend und das Ende des Regens zu warten. Vorsichtig wagte er sich in die träge, fast schwarze Flüssigkeit und ging hinaus zur Hauptstraße, wo er, bis zu den Knöcheln im Wasser, auf ein freies Taxi wartete. Es dauerte zwei Stunden, bis sie endlich in Patpong am *King's Castle* vorfuhren. Hier ließ er den Wagen warten und platschte in die Bar.

Als erstes sah er Ao, noch immer in blauem Rock und weißer Bluse, auf den Knien eines Mannes schaukeln, den ganz Bangkok nur Schätzchen nannte. Er verdiente sein Geld als Dealer von weichen Drogen und als Anzeigenwerber, hier wie dort als Randerscheinung, und teilte sein Leben zwischen dem chemischen Rausch am Tag und dem alkoholischen bei Nacht. Field verabscheute ihn zutiefst.

Als er Schätzchen in Aos Ohr knurren hörte, erstarrte er. Der Mann hatte das Flair eines Stummfilmstars, sein Humor wirkte vor allem auf Mädchen, die wenig Englisch verstanden. Jetzt knurrte er wieder und schaukelte sie.

»Kannst du ihn schon spüren, den Tigerschwanz?« Dann knurrte er mit entblößten Zähnen. »Hörst du, Süße? Ich bin ein Tiger!«

Field trat auf die beiden zu und riß ihm Ao vom Schoß. »Lassen Sie das Mädchen in Ruhe. Sie ist meine … meine …«

Dies amüsierte Schätzchen königlich. »Aber natürlich, Field, das habe ich doch gleich geahnt. Sie ist Ihre, äh … Ihre, äh … nicht wahr?«

Field zerrte Ao hinaus, hinter sich hörte er den anderen: »Und jetzt brennen wir die Bar nieder, um die Spuren zu verwischen. Keine Beweise, keine Spuren! Keine Spuren von seiner, äh … von seiner, äh … Wer hat ein Zündholz, wer hilft mit?«

Field schubste Ao brutal auf den Rücksitz und drängte sich neben sie in den Wagen.
Sie protestierte: »Laß mich hier, John! Macht doch nur Spaß!«
Abrupt schlug er ihr ins Gesicht. Sie konnte den Schlag nicht kommen sehen. Nun zog sie die Fersen auf den Sitz, legte den Kopf auf die Knie und die Arme um die Beine. Für den Weg zu Amaras Haus brauchten sie fast eine Stunde, meist durch dreißig Zentimeter tiefes Wasser. Überall staute sich der Verkehr, überall waren Autos liegengeblieben, aber je länger die Fahrt dauerte, um so dünner wurde der Regen, und als es Nacht wurde, hörte er ganz auf. Als sie fünf Meter vor Amaras Einfahrt waren, wurde das Wasser wieder tiefer, und der Motor des Taxis fing an zu stottern. Der Fahrer legte den Rückwärtsgang ein, bevor es zu spät war.
»Halt«, rief Field. »Hier anhalten!« Er sprang in fast knietiefes Wasser. Der Himmel war so klar, daß sich die Sterne im schwarzen Wasser spiegelten. Einen Augenblick lang blieb Field bewegungslos stehen und überlegte. Dann hörte er den Klang eines Klaviers. Er schaute sich um. Im flacheren Wasser parkten etwa ein Dutzend Autos, fast alles Mercedes und BMWs. »Amara! Amara!« Das Haus war nur zehn Meter entfernt. »Amara! Hol über!«
Nach wenigen Sekunden erschien eine Flamme in der Dunkelheit, und bald zeichnete sich ein schmales Fischerboot ab, das ein Mann im Heck mit einer Stange voranschob. Field hob Ao aus dem Taxi und setzte sie ins Boot, dann sprang er selbst an Bord. »Warten Sie hier«, rief er dem Taxifahrer zu, als sie auf eine Melodie von Jack Teagarden zuschaukelten. Allmählich zeichneten sich die Umrisse von Amaras Haus ab, das wie eine exotische Bohrinsel über den Wassern schwebte. Das Boot glitt über das offene Erdgeschoß hinweg unter die Plattform, wo ein Diener es an der Haupttreppe festhielt. Von oben spähte Amara in das Dunkel herunter.
»Du kommst spät, Johnny Boy«, rief sie herunter. »Sogar für

einen Party-Crasher. Das Abendessen ist schon vorbei. Ahha!« Sie gab ihm einen Kuß, aber gleich wischte sie sich ein paar Tropfen von den seidenen Ärmeln. »Du bist ja tropfnaß! So kannst du nicht mit mir tanzen! Und dies, ahha, dies ist eine Freundin?«

»Ja, eine Freundin«, bestätigte er. Er schob Ao zum Buffet, auf dem sich noch die Delikatessen türmten. »Iß mal etwas.« Erst jetzt sah er Amara in die Augen.

»Was ist los, John?« Sie zog ihn außer Hörweite des Buffets und der Tische, an denen sich die Gäste drängten.

»Nichts.«

»Warum bist du dann gekommen? Ahha! Das ist doch die Frage.«

»Nur so, Amara. Ist General Krit zufällig hier?«

»Er kann nicht schwimmen, erzählt man sich!«

»Also hat er euer Viertel nicht trockengepumpt?«

»Oje! Wie viele Minister leben denn in unserem Viertel? Wie viele Generäle und Polizeichefs? Keine! Ich kann ja schließlich nicht soviel zahlen wie alle zusammen. Also habe ich lernen müssen, auf einer Insel zu leben, auf unsicherem Boden. Wenn die Erde nachgibt ... das archimedische Prinzip, verstehst du? Aber kein Wort gegen Krit! Kein einziges! Er ist der ideale General für uns, mein Lieber: durchschnittlich, dumm, leicht zu beeinflussen. Für drei Nächte mit der Miss Universum würde er ganz Thailand verkaufen. Aber trotzdem: Ich halte zu Krit, nach wie vor. Vielleicht wird er die Reparaturen an unserem Haus bezahlen? Was meinst du? Nein, bestimmt nicht! Aber jetzt schau dort hinüber: Das ist Meechais Frau. Deshalb haben wir dich nicht eingeladen.«

»Und Michael ist nicht hier?«

»Er geht doch nicht auf Partys, dein Kondomkönig, das weißt du doch. Ahha! Montagabend ist er immer in seinem Slum. Und zwar die ganze Nacht, sagt sie. Im Schlachthof angeblich. Als ob das ein Ort für einen Arzt wäre! Und daran bist du schuld.«

»Ich? Damit habe ich wirklich nichts zu tun.«

»Das sag mal der verlassenen Gattin!«
Field sah hinüber auf die überschlanke Frau, die höchst elegant in ein einziges Stück Seide gehüllt war, das Schultern und Rücken frei ließ, als ob es hier keine Moskitos gäbe. Dann fiel sein Blick auf Ao. Sie wirkte im Vergleich massiv und solide und häufte sich gerade Essen auf den Teller. Amara bemerkte den Blick.
»John! Warum bringst du sie her, dieses Kind?«
»Ich hatte keine Wahl. Und warum eigentlich nicht? Deine Homos dürfen doch auch ihre Muskelknaben mitbringen.«
Das war kein Argument. »Die Burschen sind ganz unwichtig. Die Ehefrauen haben nicht einmal etwas dagegen: Die Jungen haben nämlich das Gerücht verbreitet, daß in der Stadt Aids umgeht, und das macht die Männer vorsichtiger. Ahha! Aber davon abgesehen: Mir ist das gleichgültig, ich habe nichts gegen Prostituierte. Die da«, und sie deutete mit einer Kopfbewegung auf ihre weiblichen Gäste, »machen dasselbe mit Männern ihrer Klasse. Prostituierte gehören zu unserer neuen Freiheit, genau wie diese neue Mode ihrer Männer. Aber ich habe etwas gegen die Monogamie! Als wir die einführten, waren Nebenfrauen verboten, und sofort fing die Prostitution an. 1935 war ein schwarzes Jahr für die Sicherheit von Frauenarbeitsplätzen. Ahha!«
Field erlaubte sich ein Lächeln. »Darf ich Songlin bei dir unterbringen?
»Natürlich, gern.«
»Ich meine, heute nacht. Ich rufe sie an, und du schickst dein Auto hin?«
»Das Telefon ist tot. Ertrunken, besser gesagt.«
»Macht nichts. Schickst du deinen Wagen? Aber du mußt sie rund um die Uhr hier behalten!«
»Siehst du! Ich wußte doch, daß du Probleme hast.«
»Nicht so wichtig, Amara. Aber laß keinen in ihre Nähe.«
»Natürlich ist es nicht wichtig, Johnny. Nichts ist wichtig!«
»Schickst du den Wagen jetzt los?«
»Aber natürlich.« Sie ließ den Chauffeur kommen und gab ihm

Anweisungen. »Aber jetzt müssen wir aufbrechen. Und du mußt mit.«
»Heute nicht, Amara.«
»O doch, Johnny, komm nur! Ich habe alles bestens organisiert, einen Bootsausflug. Das Wasser steht so hoch, daß wir mit dem Boot zu einem Lokal auf dem Land fahren können, wo sie eine phantastische Katzenfisch-Bouillabaisse servieren. Ein großes Abenteuer! Zum erstenmal, seit die Klongs zugeschüttet sind, kommen wir mit dem Boot hin, zum erstenmal seit vielen, vielen Jahren.« Sie rief: »Fertigmachen! Wir fahren!« Sofort kamen Diener mit Stößen von Tischwäsche und Körben voll Champagner aus einem der Wirtschaftspavillons und trugen sie die Treppe zu einem Boot hinunter. »Die Nudeln und der Katzenfisch sind himmlisch«, sagte sie entschuldigend zu Field, »aber alles andere ... nicht so sympathisch. Ahha! Deshalb mußt du mitfahren, John.«
»Nein.« Field ging zum Buffet, auf dem sich die Schüsseln drängten: Kokosmilchcurries, knusprige Nudeln, Dampfgebäck, pochierter Fisch, Bananen-Blumen mit Schweinefleisch, gedünstete Krabben ... Er nahm ein paar Kostproben, dann rief er Ao und trug sie hinunter zum Boot. An der Treppe warteten jetzt fünf Ruderboote in einer Reihe, jedes mit einer Fackel. »Ich schicke es sofort zurück«, rief er Amara zu. Dem Taxifahrer nannte er Klong Toey.
»Zu tief dort«, protestierte er.
»Probieren Sie es«, sagte Field. »Die Flut sinkt doch schon. Es wird schon gehen.«
Langsam quälten sie sich ins Zentrum von Bangkok zurück. Der Verkehr war nicht mehr so dicht, aber noch immer von liegengebliebenen Autos und Tuctucs behindert. Manche Viertel lagen schon trocken, andere noch unter Wasser, weil Pumpen die Flut aus den Vierteln der Mächtigen hierher entleerten oder einfach, weil sie etwas tiefer lagen. Das Taxi fuhr durch die Lagerhäuser am Fluß und dann an den Slums entlang, die hier auf Pfählen im

Sumpf standen. Diese Slums waren fast die einzigen Viertel Bangkoks, die auch in der Regenzeit trocken blieben, ihre Holzstege ragten immer über den Wasserpegel.
Gleich darauf sahen sie das »Haus des unbekannten Toten«. Die meisten nicht identifizierten Toten Bangkoks waren Mordopfer, sie wurden ein paar Tage hier aufbewahrt, falls Angehörige sie suchten. Neben der Tür beleuchtete eine Neonröhre den Schaukasten mit den Farbfotos der Verstorbenen, die fast alle von einer Schnittwunde, einem Bluterguß oder einem Schlag verunstaltet waren. Diese karitative Einrichtung hatte Pong Hsi-Kun, der Bankier und Berater General Krits, vor ein paar Jahren der Stadt als Beweis für seine guten Absichten gestiftet, und der Klatsch von Bangkok hatte sofort anerkannt, daß dieses Geschenk wirklich gut zu ihm paßte.
Hinter der Katholischen Schule kamen sie endlich zum Schlachthof. Dieses Viertel lag völlig trocken, denn es war 1983 drei Monate lang überflutet gewesen, und die chinesischen Fleischgroßhändler hatten schwere Verluste erlitten. Eine asiatische Stadt ohne Schweinefleisch war aber noch schlechter dran als eine italienische ohne Pasta. Also hatten die Großhändler aus eigener Tasche solide Deiche finanziert, und seither war die Fleischversorgung nie mehr unterbrochen gewesen. Von dieser Neuerung abgesehen wirkte das Geviert wie aus einem vergangenen Jahrhundert. Der Schlachthof selbst bestand aus zwei riesigen flachen Holzschuppen, jeder fast so groß wie ein Fußballplatz.
Als das Taxi auf der ungeteerten Straße am ersten Schlachthaus entlangfuhr, drang der Verwesungsgeruch großer Haufen von Knochen und Fleischabfällen durch die geschlossenen Fenster.
Sowie sie anhielten, forderte der Taxifahrer sein Geld: »Sie jetzt bezahlen, Mister.«
»Warten Sie hier auf mich.«
»Ich warte hier nicht. Sie jetzt bezahlen.«
Field zuckte mit den Achseln und gab nach. Dann öffnete er die Wagentür, und sofort hörten sie den langgezogenen Todesschrei

eines Menschen, ein irrsinniges, entmenschtes Kreischen, aus dem die Todesangst alle Vernunft vertrieben hatte. Es war noch nicht verklungen, da folgte ihm ein zweites aus einer anderen Richtung, dann ein ganzer Chor. Field mußte Ao energisch aus dem Auto ziehen und an der Hand führen. Im Schlachthaus war es hell, unter Neonröhren sah man einen Pferch hinter dem anderen in einer langen Reihe. In manchen drängten sich aufgeregt riesige Schweine, in anderen dampfte neben einem Betontisch ein Herd. Auch hier waren ein paar Schweine, von den anderen abgetrennt, und jeweils fünf halbnackte Männer in Shorts. Die Schweine drückten sich in der Ecke zusammen, die vom Schlachttisch am weitesten entfernt lag.

Der Anblick nahm Field so gefangen, daß er kaum bemerkte, durch welchen Schlamm er watete. Die Schweine kauerten sich zusammen wie Menschen, drängten sich zur Beruhigung aneinander, bis sie fast aufeinanderlagen, schnauften und sabberten vor Angst, mit panisch verängstigten, weit aufgerissenen Augen. Im nächsten Pferch ging nun ein Schlächter, über und über schleim- und blutverschmiert, zu den Schweinen in die Ecke. Er trug einen etwa armlangen Eisenhaken in der Hand und schlug ihn einem Schwein auf den Kopf. Unwillkürlich öffnete es sein Maul, und sofort stieß ihm der Mann den Haken hinein und ruckte ihn so an, daß die Spitze aus dem Fleisch unter dem Kinn heraustrat. Er zerrte das Tier mit dem Haken zum Tisch, und dabei stieß das Schwein einen langgezogenen menschlichen Schrei aus. Es war beinahe halb so groß wie der Thai und viel schwerer, machte aber keinen Versuch zu kämpfen, sondern sperrte sich nur, stemmte sich im Boden ein und schrie. Sobald es in der Nähe des Herds war, packten es die vier Männer jeder an einem Bein und warfen es auf den Tisch, der fünfte hob ein Messer und schnitt ihm ein großes X in die Kehle. Sie rollten es auf die Seite und ließen das Blut in ein großes Faß laufen, und in dem Maße, in dem das Blut aus dem Körper floß, hörte der Schrei auf. Dann schoben sie den Körper in den Dampf, schabten die Schwarte ab und halbierten ihn. Die Innereien kamen in ein eigenes Faß, für einen eigenen Markt.

Field sah Ao an und bemerkte, daß sie ruhig hinter ihm wartete; sie hatte sich wohl schon daran gewöhnt. Wahrscheinlich hatte sie in ihrem Dorf immer wieder solche Szenen erlebt, wenn auch sicher nicht in diesem Maßstab. Die Männer bemerkten, daß Field zu ihnen hinstarrte, und fragten ihn, was er wolle. Sie wirkten nicht besonders freundlich.

»Dr. Wuthiwat.«

Sie zeigten hinüber in die andere Ecke des Schuppens. Field ging voraus durch den Schlamm, von einem Pferch mit schreienden Schweinen zum nächsten, zur nächsten Gruppe von Schlächtern mit neuen Schweinen. Die Luft war geschwängert vom süßen Geruch des Todes. Kein Wunder, daß sich aus dem Schlachthof die meisten Killer Bangkoks rekrutierten. Woodward hatte ihm einmal gesagt: Wenn man eine ganze Nacht lang Schweine schlachtet, kann man genauso einen Menschen schlachten.

Rund um die Wände des Schuppens waren aus Brettern Räume abgeteilt, die auf Pfählen etwa zwei Meter über den Pferchen standen. Hier lebten die Schlächter mit ihren Familien! Draußen lehnten sich einige Buden und Kioske an die Schlachthäuser; in einem saß Michael Woodward in Bauernkleidern. Der rohe Holztisch vor ihm war mit einem Tuch abgedeckt, darauf lagen ein paar medizinische Geräte. Im Augenblick war Woodward aber allein, er saß auf einem hölzernen Hocker, stützte den Kopf in beide Hände und starrte ins Leere. Der Schlamm am Boden wirkte gelb in der grellen Beleuchtung. Woodward war offenbar weder erfreut noch verärgert, als die beiden erschienen.

»Meine getreuen gehfähigen Verwundeten«, war alles, was er sagte.

»... folgen dir bis in die Hölle«, fuhr Field fort und setzte sich ihm gegenüber. »Willst du einem alten Freund helfen?«

»Warum nicht?«

»Ich brauche Schutz.«

Woodward wies ins Innere des Schlachthauses, aus dem nach wie vor die Schreie drangen. »Die Elite der Edlen. Zweihundert, vielleicht dreihundert der tapfersten Schlachthelden der Stadt. Und alle praktizierende Katholiken. Ideal für dich, oder?«
Da Buddhisten aus Prinzip jedes Töten ablehnten, bestand die Belegschaft des Schlachthauses fast nur aus Christen, vor allem aus vietnamesischen, ursprünglich von den Franzosen missionierten Einwanderern.
»Und was wünschest du, John? Möchtest du zwei von ihnen mit nach Hause nehmen, frisch gewaschen und gekämmt?«
»Am liebsten, ja, aber heute fehlt mir sogar dazu der Mut.«
»Nun, in diesem Falle kann ich dir, oder besser euch beiden, in diesem Nobelhotel ein Bettchen anbieten. Ich habe ein höchst charmantes Zimmer hier.«
»Wo?«
Woodward deutete auf einen der Holzkästen, die über den Schlachtpferchen standen. »Der Schwanengesang der Schweine hört um zwei Uhr auf. Dann wird das Fleisch ausgeliefert, und die Männer kommen zu mir in die Praxis. Bis dahin habe ich die Frauen und Kinder versorgt. Bis vier Uhr ist das Bett also frei, dann ruhe ich mich selbst etwas aus, weil es meine Familie stören würde, wenn ich zu solcher Stunde an den häuslichen Herd heimkehrte. Und wie geht es den kranken Juwelen?«
»Das Sekret ist jadegrün.«
Woodward nickte. »Nur keine Angst, möchte ich erneut betonen, nur keine Panik! Weiterhin Distanz zum Feuerwasser, und bald naht Hilfe. Vielleicht schon morgen. Deine Dame hat sich heute ihren Schuß nicht abgeholt?«
»Sie kam nicht von mir los – auf der Flucht.«
Woodward winkte Ao heran und bereitete eine Injektion vor.
»Ich habe vorhin deine Frau getroffen«, sagte Field.
»Die teure Gattin? Bei Amara wahrscheinlich.«
»Sie hätte dich lieber dabeigehabt.«
»Aber natürlich. Als ihr jetzt hereinkamt, trank ich gerade eine

himmlische eisgekühlte Ovomaltine und dachte darüber nach, daß ich seit nunmehr elf Jahren jeden Montagabend auf diesem Hocker sitze und eisgekühlte Ovomaltine trinke. Schlußfolgerung: Elf Jahre sind eine lange Zeit. Dann sah ich mich in einer ganz anderen Vision: Ich behandelte nur noch Patienten aus besseren Kreisen, im Nursing Home oder in einer Privatpraxis im Palastviertel oder sogar, warum eigentlich nicht, in London in der Harley Street, mit dem entsprechenden Honorar. Und sofort verspürte ich ein intensives und ganz spontanes Bedürfnis, ausgiebig zu erbrechen. Da trinke ich schon lieber hier Ovomaltine.«
Er leerte sein Glas und füllte es wieder, diesmal aber mit Tee aus einem großen Blechtopf. »Das ist hier Tradition: Für die Ovomaltine zahlt man, den Tee spendiert das Haus. Für mich ist aber auch die Ovo frei, in Anerkennung meiner Dienste. Ich werde dir eine Ovo ausgeben.« Er winkte der Frau hinter der Theke und fragte Ao, ob sie eine Cola möchte.
Eine vorübergehende Verstärkung des Geschreis von Schweinen, die, von hier aus unsichtbar, zum Schlachten gezerrt wurden, verhinderte eine Weile jeden Gedankenaustausch.
Dann sagte Woodward leiser: »Weißt du, was mich am meisten quält? Je älter ich werde, desto weniger kann ich mich damit abfinden, daß ich den Tod nicht besiege, sondern immer nur aufschiebe. Und wenn man hier arbeitet, kann man sich nicht mehr vormachen, daß der Tod nur ein Versehen ist, eine gelegentliche Panne. Ein Memento mori, John! Vielleicht tut uns das ganz gut. Du selbst bist ein gutes Beispiel: Tripper und Chlamydien in schönem Wechsel und ohne Ende – und auf einmal erscheinen irgendwelche Typen und erinnern dich an dein baldiges Ende.«
Field konnte nicht lächeln. »Ganz richtig. Das macht mir nichts aus, warum auch? Aber zeitlich paßt es mir nicht.«
»Warum zeitlich?«
»Ich war nie der Ansicht, daß das Leben so schrecklich kurz ist, Mir kommt es lang vor, sehr lang sogar. Und die meiste Zeit ganz

ohne Bedeutung. Ich finde, daß in jedem Leben nur ein paar Sekunden Gewicht haben: die großen Augenblicke, die echten Entscheidungen. Aber diese Momente sind nicht leicht zu erkennen, deshalb rast man oft durch, ohne sie zu merken. Und dann steht man da und hat seine große Chance, die einzige, entscheidende Prüfung versäumt, hat sie nicht einmal erkannt, viel weniger bestanden. Vielleicht merkt man es erst nach vielen Jahren. Aber versagt hat man, ein für allemal. Danach ist alles nur noch Warten auf das Ende. Warten auf nichts.«

Woodward sah ihn fragend an. »Und du glaubst, dies ist deine entscheidende Prüfung?«

»O nein«, lachte Field. »Ich bin schon lange durchgefallen. Aber der Tod käme mir jetzt so ungelegen, weil ich gerade zu ahnen anfange, was mein großer Augenblick war. Für mich hat das Leben nichts mit äußerem Erfolg zu tun, wahrscheinlich bin ich deshalb nicht in Nordamerika geblieben. Entscheidend ist doch nur, wie man mit seinem Versagen zurechtkommt. Was sagst du dazu? Nur dein Vater, der besiegt die Zeit.«

»Und dabei ist er nie krank!« rief Woodward. »Nicht ein einziges Mal! Er ißt viel grüne Chilies, behauptet, sie hielten ihm die Verdauung in Gang, und alles andere sei Pipifax.«

»Wann ist sein großes Fest?«

»Nächste Woche. Und ich hatte schon alles eingeleitet: Im Norden, an der Grenze zu Laos, ist Koro ausgebrochen. Eine Gruppe Ärzte fliegt morgen hin.«

»Was ist Koro?«

»Weißt du das nicht? Bei dir vielleicht verständlich. Es ist eine Kollektivneurose, die in Zeiten politischer Spannung ausbricht und die Dimensionen einer Epidemie annehmen kann. Sie äußert sich darin, daß Männer wie Frauen behaupten, ihre Genitalien schrumpften oder, besser gesagt, sie zögen sich in den Körper zurück. Du als Einzelgänger wärst wahrscheinlich immun dagegen, außerdem bist du für solche Nervensachen einfach zu phlegmatisch. Aber wenn sich deine Dinger zwischendurch zurückzögen, könntest du dich zur Abwechslung mal nicht anstecken! Das Ganze ist natürlich rein psychologisch, interessant daran ist nur, daß der Mensch seine Sexualorgane durchaus in den Körper zurückziehen kann! Das ist ein Erbe aus unserer tierischen Vergangenheit und wird von bestimmten Stammeskriegern genutzt, die das Suspensorium noch nicht kennen. Wenn Koro ausbricht, glauben sie aber an das Schrumpfen, auch wo es nicht vorliegt.«

»Und du fliegst nicht mit?«

»Mein Vater hat mich schriftlich gebeten, zum Fest zu kommen. Seine Schwiegersöhne, schreibt er, haben ein Geschäftsmeeting daraus gemacht, und jetzt weigert er sich, ohne mich hinzugehen. Wegen der Überschwemmungen kann es nicht bei uns zu Hause stattfinden, deshalb haben sie – stell dir das vor! – zuerst die Halle der Siam-Bank vorgeschlagen! Schließlich haben sie sich auf ein Hotel geeinigt.« Damit schloß Woodward dieses Thema ab und lächelte Ao zu. Sie saß auf einem Hocker, hatte ein Bein untergeschlagen und nippte an ihrer Cola. »Am besten geht ihr zwei jetzt ins Bett. Solange ihr hier seid, traut sich kein Patient herein. Im übrigen ist auch hier nicht alles, wie es scheint. Diese Dame«, und er deutete mit den Augen auf eine extrem dicke Frau hinter einem kleinen Limonadekarren, »haben sie letztes Jahr mit drei Kilo Heroin erwischt. Sie bekam lebenslänglich, aber jetzt ist sie schon wieder hier. Natürlich habe ich nicht viel Einfluß bei ihr und auch nicht bei den Fleischgroßhändlern, die jede Nacht hier erscheinen. Sie sind ausnahmslos Chinesen und haben ihre Finger in allen möglichen Geschäften. Das fängt beim Wiegen der Schweinehälften an, dabei geht es täglich um Hunderttausende. Aber solange ihr in den Mauern des Schlachthofs seid, geschieht euch nichts. Ich werde ein Wort für euch einlegen. Und jetzt drückt euch!«

Field marschierte vor Ao her, wieder vorbei an Schweinen und Schlachttischen, zu einer Treppe aus rohen Brettern, die zu Woodwards Verschlag hinaufführte. Er war leer bis auf ein Bett,

ein Loch mit einem Vorhang diente als Fenster. Der Geruch war der gleiche wie im Schlachthaus selbst, und im Zimmer hatte sich die ganze Hitze des vergangenen Tages gefangen. Field warf die Kleider auf den Boden und ließ sich auf das Bett fallen. Im Halbschlaf hörte er nach wie vor das Schreien der Schweine, später vermischte es sich in Alpträumen mit dem Mord an Diana. Aber die Träume weckten ihn nicht, als müßte er diese Szene immer wieder, in unaufhörlicher Wiederholung ansehen.
Um sieben Uhr morgens kam Woodward herein und sagte, er habe sich ein anderes Zimmer geliehen und sie schlafen lassen. Sie seien hier sicher, die Schlächter ließen niemanden in die Nähe. Wenn Field nach Hause gehen wolle, könnten ihn zwei Männer begleiten und so lange bleiben, wie er sie brauche. Er selbst wolle am Abend wieder vorbeikommen.
Field hatte es nicht eilig, nach Hause zu gehen. Er ließ Ao schlafen und ging auf die Treppe hinaus. Die Pferche waren jetzt leer und sauber ausgespritzt. In den anderen Verschlägen im Schlachthaus schliefen die Familien der Schlächter. Es war so still, daß man jemanden schnarchen hörte. Nur ein junger Mann in Hemd und langer Hose saß unbeschäftigt auf der untersten Stufe der Treppe. Er lächelte Field so herzlich an, daß sich die Muskeln an seinem Hals spannten, stand auf und folgte Field zum Essenskiosk. Field kaufte ihm Nudeln, dann aßen sie schweigend. Schließlich ging Field in Woodwards Verschlag zurück und legte sich neben Ao auf das Beet. Er überlegte.
Für einen seriösen Journalisten war die Story also unbrauchbar. Wenn er sie an die Öffentlichkeit bringen wollte, brauchte er demnach einen unseriösen Journalisten. Es gab zwar genügend thailändische Skandalblättchen, aber die waren natürlich gelähmt vor Angst, weil sie an die Journalisten dachten, die man schon erschossen hatte. Das Risiko konnte nur ein Outsider eingehen, und zwar ein unseriöser Outsider. Dabei dachte Field zum erstenmal an Espoir. Ein Artikel von Espoir wäre für manche westliche Zeitungen Stoff für die erste Seite. Wenn ich Somchais

Freunde nicht beruhigen kann, dachte er, dann ist Espoir der richtige Mann.

»John?«

Er schaute sich um. Ao hatte sich in das Bettuch gewickelt und war halb wach geworden.

»Gehen wir jetzt?«

»Nein, noch nicht.« Er drehte sich auf die andere Seite und dachte weiter nach.

Später hörte er Geräusche auf der Treppe, ging hinaus und sah Kinder aus den Wohnungen hinuntergehen, sauber gewaschen und in adretten blauen und weißen Uniformen, wie in einer bürgerlich-soliden Kleinstadt in Europa oder Amerika. Danach saß er stundenlang auf der Treppe und starrte in die leeren Pferche. Am Nachmittag begann der Regen auf das Dach zu donnern, aber ohne Überschwemmung berührte er einen nicht, wie eine abstrakte Musik. Jetzt dachte Field nicht mehr nach, er wollte nur noch seinen Kopf leer bekommen. Dabei war er zum erstenmal richtig glücklich, seit ... Er versuchte nachzurechnen. Seit mindestens drei Wochen. Vielleicht sogar glücklicher als damals? Aber konnte man das vergleichen? Dann mußte er wieder an Diana denken, wie er sie vor fünfundzwanzig Jahren in Montreal kennengelernt hatte. Schließlich ging er in Woodwards Zimmer zurück und legte sich schlafen. Ao lag noch auf dem Bett, sie hatte den ganzen Tag den Verschlag nicht verlassen wollen.

Am frühen Abend weckte ihn wilder Lärm: Die Schweine wurden hereingetrieben. Zu Tausenden kamen sie den Mittelgang entlang, ein einziger Strom von Fleisch, und wurden zu hundert in die einzelnen Pferche getrennt. Als das Schlachten anfing, ging Field in das Zimmer zurück. Die Schreie schienen ihm jetzt nicht mehr so schrecklich. Ao legte ihm die Hand auf das Bein.

»Gehen wir jetzt, John?«

»Noch nicht.«

»Was machen wir hier?«
»Wir warten.« Er streichelte ihr über das Haar. Es war dicht und stark.
Einige Zeit später hörte er zwei Stimmen, die auf thailändisch vor dem Haus stritten. Er lugte durch den Vorhang und sah seine junge Wache mit einem chinesischen Thai, der trotz seiner billigen Sandalen und eines einfachen weißen Hemds einen wohlhabenden Eindruck machte. Er trug zwei goldene Ringe an den Händen und eine goldene Uhr am Handgelenk. Sein etwas vorspringendes künstliches Gebiß strahlte vor Liebe und Sauberkeit. Field konnte dem Gespräch nur mit Mühe folgen.
»Gestern nacht war doch ein Farang hier!«
»Weiß ich nicht.«
»Natürlich weißt du es. Ich habe ihn doch auch gesehen.«
»Meinen Sie den Doktor?«
»Nein, stell dich nicht dumm! Ich kenne doch den Doktor. Der andere Mann, wo ist er?«
»Wer?«
»Der Farang eben.«
»Ich hab keinen gesehen.«
Der Chinese hielt eine respektvolle Distanz zum Thai, der in seiner Rechten spielerisch ein Schlachtmesser schwang.
»Jetzt hör zu! Du bekommst schönes Geld, wenn du es mir sagst.«
»Wie kann ich etwas sagen, das ich nicht weiß?«
Das alles wurde fünf- oder sechsmal wiederholt, dann gab der Chinese auf. Als Woodward um neun Uhr eintrat, wußte er schon davon. Der Mann hatte sich überall im Schlachthof erkundigt. Er war ein reicher Großhändler. »Jetzt kannst du auch herauskommen und draußen essen. Man weiß, daß du hier bist, mein Lieber, jetzt ist nur die Frage, was man daraus macht. Nicht viel, würde ich meinen.« Field ging mit ihm hinunter, mitten in den tobenden Lärm der sterbenden Schweine, aber Ao blieb im Verschlag. »Ich bringe dir etwas herauf«, sagte Field.

»Gehen wir bald?«
»Ich bring dir etwas zu essen.«
Draußen setzten sie sich auf die Hocker, und Woodward bestellte zweimal Ovomaltine. »Deine kleine Ao ist ein nettes Mädchen, eine gute Buddhistin. Sie will nicht herunterkommen, weil sie das Töten ablehnt und fürchtet, sie könnte sich an die Gewalt gewöhnen.«
»Und du bist ein buddhistischer Lehrer. Wieso kommst du dann her?«
»Ich sehe es als Test, als einen der Augenblicke, von denen du gestern gesprochen hast. Ich zwinge mich, herzukommen und mich nicht damit abzufinden. Magst du etwas essen? Vielleicht Schweinebraten?«
»Nein, danke«, sagte Field. »Heute weniger.«
»Wie lange müßte man wohl hier arbeiten, um ohne weiteres Schweinebraten zu bestellen? Überleg dir das mal, John. Immer wenn ich hierherkomme, schaue ich mir die knusprige Schwarte auf der Theke an, die eigentlich sehr delikat aussieht, und sage nein. Nur wegen der überdeutlichen Verbindung. Aber zu Hause esse ich natürlich Schweinebraten. Wie ich unsere Heuchelei liebe! Vor allem meine eigene!«
Field warf einen Blick auf das Tor und sah den Großhändler, der nach ihm gesucht hatte, ins Schlachthaus gehen, zusammen mit zwei anderen Männern.
»Da sind sie!«
Woodward schaute sich kurz um. »Schnell jetzt!«
Sie schlüpften hinein und duckten sich hinter die Wand eines Pferchs, direkt an einer Abflußrinne, in der Wasser mit Schlamm, Blut und Kot dahinfloß. Das Durcheinander in den Pferchen war so groß und die Schlächter zwischen ihnen und den drei Männern so viele, daß sie sogar über die Bretter lugen konnten.
Der Großhändler und seine Freunde waren schon durch das halbe Schlachthaus bis in die Nähe des Verschlags gekommen, in dem Field geschlafen hatte, als sie anhielten und ein Team

von Schlächtern in einem Pferch befragten. Aber die drehten ihnen den Rücken zu und arbeiteten einfach weiter, deshalb wandten sich die Chinesen ab und kamen dabei langsam immer näher. Hier und dort hielten sie an, bekamen aber offenbar nichts heraus. Als sie nur noch fünfzehn Meter entfernt waren, erkannte der Großhändler Fields jungen Wächter und winkte ihn heran. Der junge Mann ignorierte die Aufforderung, ging mit seinem Haken in die Ecke und holte das nächste Schwein, das seine Kollegen dann schlachteten. Alle fünf trugen nur Shorts, ihr Körper glänzte vor Blut, Schweiß und Fett, was ihre Muskeln stärker hervortreten, fast anatomisch deformiert erscheinen ließ. Sie wirkten kaum wie Menschen, eher wie Monster, die im tiefsten und verachtetsten Kreis der Hölle arbeiteten. Der Großhändler und die beiden Männer warteten zuerst, wurden dann aber ungeduldig, gingen zum Eingang des Pferchs und schließlich mit finsteren Blicken hinein. Field erkannte einen der beiden: Es war der Mann, der ihm in der Universität gefolgt war. Und plötzlich erinnerte ihn seine korpulente und leichtfüßige Figur an etwas anderes.

»Somchai!« entfuhr es ihm, »Somchais Bruder! Er muß es sein!«

Woodward verstand nicht, was Field meinte. Er strengte seine Ohren an, um etwas von dem zu hören, was nun verhandelt wurde. Es waren die gleichen Fragen wie vorher, nur war der Großhändler diesmal in Begleitung.

»Und wenn du nicht weißt, wo der Farang ist, wo ist dann der Doktor?«

»Ist heute nicht hier«, antwortete der junge Wächter.

»Aber er soll doch heute hier sein, haben wir gehört.«

Der älteste Schlächter zeigte mit dem Messer auf ihn. »Verschwindet jetzt lieber. Raus hier.«

»Dummes Tier!« schrie ihn Somchais Bruder an. »Ihr seid so dumm wie eure Schweine.«

»Raus!«

Da faßte Somchais Bruder in den Hosenbund und holte einen

Revolver heraus. »Wenn ihr uns sagt, wo er ist, zahlen wir, wenn nicht, zahlen wir es euch heim.«
Auch sein Kumpan holte jetzt seinen Revolver heraus, aber dann standen die beiden Männer hilflos da und fuchtelten idiotisch mit ihren Revolvern wie in einem schlechten Gangsterfilm.
»Raus jetzt!« Der ältere Metzger ging mit dem Messer in der Hand auf ihn zu. »Aber sofort!«
Woodward wurde unruhig. »Ich kann nicht zulassen, daß sie sich umbringen. Bleib hier.« Er schlüpfte aus dem Pferch.
»Warte, Michael!« Field versuchte noch, ihn am Ärmel zu halten, aber Woodward ging schon den Mittelgang entlang, vorbei an zwei anderen Pferchen, in denen die Schlächter ihre Arbeit unterbrachen und dem Streit zusahen.
»Halt!« rief Woodward. »Ich möchte mit Ihnen sprechen.«
Die fünf Schlächter und die Chinesen schauten sich um. Woodward ging in den Pferch hinein. »Der Mann, den Sie suchen, ist nicht mehr hier.«
Da stellte sich Somchais Bruder hinter den Arzt und hielt ihm den Revolver an den Kopf. »Dann sagen Sie …«, fing er an.
Der junge Schlächter mit dem Haken fing an zu brüllen: »Rühren Sie den Doktor nicht an!« Er setzte sich in Bewegung. »Rühren Sie bloß den Doktor nicht an!«
Die anderen vier Schlächter stießen dumpfe Protestschreie aus, die in den anderen Pferchen aufgenommen wurden. Somchais Bruder erschrak so über diese halb tierischen, halb menschlichen Laute, daß er sich umschaute und seine Waffe einen Augenblick sinken ließ. Da holte der Schlächter mit seinem Haken aus und schlug ihn dem Chinesen auf den Kopf. Der taumelte zurück und sank langsam zwischen die zusammengekauerten Schweine, den Revolver hielt er noch in der Hand, war aber zu benommen, sich zu wehren. »Lassen Sie den Doktor in Ruhe!« kreischte der Schlächter wie wahnsinnig. »Hören Sie! Lassen Sie ihn in Ruhe!«
Der benommene Mann versuchte noch, den Revolver zu heben, da brach ihm der Haken in den Mund, drehte sich und wurde mit

einem Ruck zurückgerissen, so daß die Spitze an seinem Unterkiefer heraustrat. Noch einmal riß der Schlächter am Haken, da brach der Chinese zusammen, versuchte, sich auf allen vieren auf dem glitschigen Boden einzustemmen. Sein Unterkiefer streckte sich vor, und seine Kehle öffnete sich zu einem Schrei, der von dem der Schweine nicht zu unterscheiden war. In panischer Angst schaute er auf seine Freunde, die sich nicht zu rühren wagten. Sekunden später hatte ihn der Schlächter zum Tisch gezerrt und ohne Hilfe der anderen über die Schulter hochgewuchtet. Der Revolver hing ihm noch in der Hand, kraftlos und nutzlos wie die Kralle eines Urwelttiers. Da schwang der Schlächter schon ein Messer und hieb, als wollte er die Schreie ersticken, seinem Opfer ein tiefes X in die Kehle, drehte ihn auf die Seite und ließ das Blut in das Faß laufen, bis der Schrei versickerte. Die anderen Schlächter sahen wie gelahmt zu, sie kamen erst wieder zu sich, als der Bursche darangehen wollte, den Geschlachteten in Hälften zu zerlegen.
Zuerst sagte niemand etwas. Alle starrten auf den weißen, blutleeren Körper auf dem Tisch, dann fuchtelte der ältere Schlächter mit seinem Messer: »Raus! Ich habe es euch gesagt! Raus mit euch!«
Der Großhändler drehte sich abrupt um und rannte in panischer Angst aus dem Pferch, rutschte aus, kämpfte sich taumelnd den Mittelgang entlang, der dritte Mann ihm auf den Fersen. Als sie verschwunden waren, verbeugte sich der ältere Schlächter leicht vor Dr. Woodward und meinte, er könne die Sorge um den Toten ruhig ihnen überlassen.

11 Jetzt hatte Field keine Wahl mehr, jetzt war klar, was er zu tun hatte. Er ging in den Schlachtpferch, nahm Woodward am Arm und führte ihn hinaus.
»Michael, du mußt sofort ins *Hotel Oriental* fahren. Dort wohnt

ein Mann, ich weiß die Zimmernummer nicht, aber er heißt George Espoir. Bitte bring ihn her. Hast du etwas zum Schreiben bei dir?«

Die Luftfeuchtigkeit war so hoch, daß der Kugelschreiber zunächst nicht angehen wollte. Mit Mühe kritzelte er: »Ich habe Ihr emotionales Element! Kommen Sie sofort her!«

Noch vor Mitternacht erschien Woodward wieder. Er führte Espoir leicht am Arm, als wollte er ihm den Weg zeigen, in Wirklichkeit, um ihm Mut für das Schlachthaus zu machen.

»Ich war einmal in einer ähnlichen Institution«, zwang sich Espoir als jovialen Gruß ab, »in Zaire. Ich hatte eine Idee für ein Buch, aus dem dann nichts wurde. Es war durch und durch emotional, Sie wissen wahrscheinlich, was ich meine. Zu emotional eigentlich. Eine stürmische See und kein Geländer, an das sich der Leser klammern konnte. Eine allzu stürmische See für den Durchschnittsleser.«

Field führte ihn hinaus, setzte ihn an den Ovomaltine-Stand und erzählte ihm die ganze Geschichte. Woodward hörte zu. Einmal unterbrach Espoir: »Aha! Jetzt verstehe ich das Geheimnis des *Goldenen Panda.*« Und am Schluß bemerkte er: »Nicht sehr erfreulich.«

»Sehr richtig«, stimmte Field zu, »aber eine verdammt gute Story! Sie können sie jeder Zeitung von Rang anbieten, und man reißt sie Ihnen aus den Händen. Sie können dabei richtig als Held rauskommen. Und ein kommunistisches Regime bloßstellen, das macht ja einen Starreporter aus Ihnen.«

»Die Story ist nicht schlecht, das gebe ich zu.« Espoir bemühte sich, seine Erregung zu verbergen, wahrscheinlich fürchtete er, der Haken komme noch. Eine ganz unerwartete Energie spannte seinen sonst eher weichlichen Unterkiefer an. »Die nimmt mir jeder in London ab, vielleicht sogar in New York.«

»Jetzt geht es nur ums Tempo.«

»Geschwindigkeit ist keine Hexerei.« Er wartete noch immer auf eine vielleicht unmögliche Bedingung, aber Field starrte ihn nur nervös an. Nach fast einer Minute lächelte er endlich erleichtert und sagte: »Nun gut. Ich schreibe den Artikel noch heute. Das Hotel kann ein Fernschreiben durchgeben, sobald ich mit dem richtigen Redakteur gesprochen habe. Eine gute Story. Doch, doch, eine wirklich gute Story.«

»Bitte schicken Sie eine Kopie an Dr. Woodward im Nursing Home.«

»Aber gern, keine Mühe.« Jetzt hatte Espoir die übliche Selbstsicherheit wiedergewonnen. »Und die geheimnisvolle Dame in den olympischen Wolken, die alle Fäden in der Hand hält, können Sie mir die auch verraten?«

»Eben nicht, das ist es ja.«

»Schade, wirklich schade. Das hätte die Geschichte schön abgerundet. Aber Sie«, und er wandte sich Woodward zu, »wie fühlen Sie sich als Thai inmitten dieser Korruption?«

»Wie soll ich mich fühlen? Was haben Gefühle damit zu tun?« sagte Woodward kalt und direkt, ganz ohne seine verspielte Public-School-Höflichkeit.

»Nein, natürlich. Vielleicht drücke ich mich nicht klar genug aus. Wie erklären Sie sich all diese Korruption?«

»Kommunisten sind nicht korrupt, weil sie Kommunisten, sondern weil sie Menschen sind. Die meisten Thais leben von Nebeneinkünften, weil sie offiziell zuwenig verdienen. Ein Hauptmann verdient zweihundert Dollar im Monat, ein Wachtmeister neunzig. Der Hauptmann braucht ein Auto und ein Haus, muß das Schulgeld für seine Kinder bezahlen, und so geht es weiter. Also sieht er sich, warum auch nicht, nach anderen Einkommensquellen um. Genauso die Beamten. Ein erster Grund für die Korruption wären also die niedrigen Gehälter. Deshalb kommt man auch nicht weiter, wenn man der einen oder der anderen Seite in der dritten Welt Noten für korrektes Benehmen gibt. Das eigentliche Problem ist nämlich nicht die finanzielle Korruption, sondern die falsche Grundeinstellung unserer Führer. Ein Beispiel: Ich bin zwar überzeugter Monarchist, aber als unser

König anfing, unsere Elite auf ausländische Schulen und Universitäten zu schicken, machte er Pseudo-Briten aus ihnen.«

»Und Sie selbst?« begann Espoir.

»Mich dürfen Sie ruhig als Musterbeispiel nehmen. Der König glaubt, er versteht das Land, und er meint es gut – aber wie soll das gehen, wenn seine Berater und die Politiker das Land nicht verstehen und nur ihre Ignoranz und Korruption vor ihm verbergen? Sie wollen den König als Werkzeug mißbrauchen und bringen das Volk vom Buddhismus ab. Als erstes sollten wir nicht die Korruption bekämpfen, sondern die Führer auswechseln. Und das heißt vor allem die Berater des Königs.«

»Nun gut.« Jetzt schien Espoir vor Langeweile oder Müdigkeit fast einzuschlafen. »Sehr interessant. Aber mein Auto wartet. Kann ich jemanden mitnehmen?« Er verabschiedete sich so schnell wie möglich und tänzelte auf Zehenspitzen durch den Schlamm aus dem Schlachthaus.

»Dies also war George Espoir«, sagte Woodward.

»Wußtest du, wer er ist?«

»Aber natürlich, John, schließlich bin ich doch selber ein Pseudo-Brite. Außerdem hat er es mir während der Fahrt ausführlich klargemacht. Was war es alles? Viele höchst interessante Dinge und alle über George Espoir, ich erzähle sie dir bei Gelegenheit. Was er wohl im Artikel schreibt?«

»Irgendeinen Mist. Ist ja ganz egal, Hauptsache, er bringt die Sache ins Rollen.«

»Und was machst du jetzt?«

»Ich muß wohl abwarten, bis es soweit ist. Vielleicht am besten hier, da wagen sie sich wohl nicht mehr her.«

»Kaum. Was geschieht übrigens mit dem Faß Blut, zu dem dein Freund vorhin beigesteuert hat? Normalerweise wird ja Blutwurst daraus gemacht. Magst du Blutwurst, John?«

»Diese Woche lieber nicht.«

»Nein, ich auch nicht. Trinkst du noch eine Ovo?«

»Lieber einen Mekong.«

»Der schadet dir!«
»Mir schadet alles. Ich gehe am Leben zugrunde.« Field schaute zum Himmel. Es hatte sich wieder aufgeklärt, die Sterne funkelten. Er freute sich noch immer darüber, daß hier der Große Wagen nicht zu sehen war, das allein war schon ein Grund, hier zu leben. »Kein beschissener Wagen da.«
»Wie bitte?«
»Hier rollt kein Großer Wagen, das ewige Arbeitssymbol der Nordhalbkugel.« Dann fiel sein Blick auf einen hellen Fleck am Horizont. »Was ist denn das?«
»Ein Feuer.«
»Bei diesem Wetter muß man sich ja allerhand Mühe geben, wenn es richtig laufen soll.«
Woodward starrte wie gebannt auf den Lichtschein. »Klong Toey«, sagte er auf einmal, »Klong Toey!« Und rannte schon durch das Schlachthaus davon.
»Warte!« schrie Field und rannte ihm nach. Woodward saß bereits im Wagen eines Großhändlers und erklärte, wohin er gebracht werden wollte, als Field dazukam. Er schlug an die Scheibe. »Warte, ich fahre mit.«
Sie waren fast am Ziel, als ihnen die ersten ziellos Flüchtenden entgegenkamen. Doch schnell wurde die Menge so dicht, daß man mit dem Wagen nicht mehr vorankam, also ließ Woodward den Chinesen halten, sprang aus dem Wagen und befragte eine Frau. Sie war durch seine bohrenden Fragen ebenso verschreckt wie durch das Feuer und konnte kein Wort sprechen. Woodward drängte sich der Menge entgegen, Field versuchte, ihm auf den Fersen zu bleiben. Vor dem Hintergrund unregelmäßigen gelbroten Feuerscheins sah er nur Köpfe entgegenkommen, aber auf einmal teilte sich die Menge, und sie konnten nach vorne sehen. Woodward blieb stehen. Vor ihnen lag der Sumpf, hier begannen die Holzstege in das Labyrinth des Slums. Das Gewirr von Blechdächern war grell beleuchtet, wie auch der Strom von Frauen und Kindern, die vom Steg herunterkamen und sich in der

Menge verloren. Es gab kein Anzeichen einer Panik, alle kamen langsam und vorsichtig über die rohen Planken, die unter dieser ungewöhnlichen Belastung gefährlich schwankten. In der Mitte des Slums sprangen die Flammen hoch auf.

Erst jetzt merkte Field, daß er den Schlachthof ohne Leibwächter verlassen hatte, eine Sekunde lang blitzte Angst in ihm auf, dann rannte er wieder hinter Woodward her, jetzt auf den Steg, wo ihnen die Frauen und Kinder Platz machten. Er rutschte auf dem nassen Holz aus, hatte aber keine Zeit, die Schuhe auszuziehen. Die Worte »Der Doktor, der Doktor!« begleiteten sie. Aber Woodward schien nichts zu bemerken und rannte blindlings voran mit einer Intensität, wie sie Field an seinem sonst so gelassenen Freund noch nie bemerkt hatte. Es dauerte fast zehn Minuten, bis sie sich zu der Kette von Männern vorgekämpft hatten, die Wassereimer zum Rand des Feuers weiterreichten. Weiter vorn sah er eine Flammenfront, die sich durch gut vierzig Häuser weiterfraß, vom Hauptplatz und von Woodwards Praxis aus, wo das Feuer inzwischen schon ausgebrannt war. Hier blieben die beiden stehen.

»Tut mir schrecklich leid, Michael«, sagte Field.

»Ich kann überall arbeiten«, erwiderte Woodward. »Aber die Häuser dieser armen Menschen!«

»Nein, Michael«, wiederholte Field und merkte erst beim Sprechen, was er eigentlich sagen wollte, »es tut mir leid, weil ich vielleicht schuld bin.«

Woodward starrte ihn fragend an. »Was meinst du? Ja. Vielleicht hast du damit recht.« Er schaute sich zum Feuer um und faßte den nächsten Eimerträger am Arm. »Wo hat es angefangen?«

»In Ihrer Praxis, Doktor.«

»Und wie?« Der Mann war so verlegen, daß er nicht antworten konnte. »Wie hat es angefangen, nun sag schon!«

»Mit einer Explosion. Da war jemand, glaube ich.«

Woodward ließ den Arm fallen und stand völlig gebrochen vor Field.

»Ich bin schuld«, wiederholte Field.
»Ich bin zu naiv, John! Ich weiß einfach nicht, wie das Leben funktioniert!«
»Vielleicht, Michael. Aber das kann man doch wieder aufbauen.«
»Mit Geld schon. Aber woher sollen sie das bekommen? Ich habe elf Jahre hier gearbeitet und ihnen geholfen, und jetzt bin ich daran schuld, daß ihre Häuser brennen.«
Field hörte nicht mehr zu. Urplötzlich fiel ihm ein, daß das Feuer vielleicht nicht nur eine billige Rache war, sondern ihn auch aus seinem Versteck locken sollte. Er blickte sich um. Die Flammen rückten ungleichmäßig voran, blieben hier stehen, wo das regennasse Äußere eines Hauses ihnen Widerstand leistete, brachen dort plötzlich ins Innere eines anderen ein, wo alles trocken war. Unter den vielen Menschen, die sich hier drängten und zu löschen versuchten, fiel ein mongoloider, nur mit Shorts bekleideter Bursche auf, der sich wie blind und monomanisch in die brennenden Häuser stürzte, einen Armvoll Hab und Gut herausholte und den Frauen zuwarf und gleich wieder hineinrannte, obwohl ihm die Menschen zuschrien, er solle aufhören. Doch je mehr sie ihn hinderten und zu beruhigen suchten, desto verbissener raste er in die Flammen, um Bettzeug, Fotografien und Töpfe zu retten, was ihm eben gerade in die Hände fiel.
Field sah zu, wie hypnotisiert von den Flammen und dem rennenden Burschen, dessen breites und häßliches Gesicht sich vor Anstrengung verzerrte. Ich könnte das eigentlich auch machen, ging ihm durch den Kopf. Aber er blieb stehen und sah zu, bis sein Blick plötzlich auf ein anderes Gesicht ein paar Meter neben ihm fiel. Es war der dritte Mann aus dem Schlachthaus, der Revolverheld, der mit dem Großhändler nach dem Tod von Somchais Bruder davongerannt war. Nun drängte er sich langsam an Field heran, die Hand hatte er schon unter dem Hemd am Gürtel. Field starrte ihm sekundenlang wie gelähmt in die Augen, aber auch der Mann konnte nicht wegsehen. Aber während er Field anstarrte, wurden seine Augen immer kleiner und

füllten sich mit Angst. Ein einziges Wort, das wußten beide, reichte aus, um die Slumbewohner auf ihn zu hetzen. Sie würden ihn sofort töten, hier, vor Fields Augen, das wäre seine zweite Hinrichtung in dieser Nacht. Field befahl ihm mit einer Geste, die Hand unter dem Hemd hervorzuholen. Der Mann überlegte kurz, dann zog er sie heraus. Sie war leer. Field ging auf ihn zu, bis er ihm direkt vor der Brust stand, und drückte ihn an das Geländer des Stegs.
»Jetzt sag es mir. Los jetzt, sag es.«
Der Mann starrte nach oben in Fields Augen, vor Angst gelähmt und verstummt.
Field beugte sich hinunter, bis er fast sein Gesicht berührte. »Wie heißt er? Schnell jetzt, oder willst du sterben?«
Der Mann schüttelte den Kopf. »Sie haben ihn im Schlachthaus umgebracht!«
»Doch nicht Somchais Bruder! Wer ist es? Los jetzt!«
»Ich kenne sonst keinen!«
»Das stimmt doch nicht!« Und Field wandte den Kopf, als wollte er die anderen rufen.
»Nein! Wirklich nicht! Wirklich nicht!«
Field sah ihm in die Augen. Er erkannte den Ausdruck des ewigen Verlierers, des Werkzeugs, des Ausgebeuteten. Er packte ihn an den Schultern und gab ihm einen schnellen Stoß, so daß er rückwärts über das Geländer in das flache Wasser stürzte. Keiner von ihnen sagte ein Wort. Field hielt nach Woodward Ausschau. Er half bei den Löscharbeiten. Noch immer rannte der mongoloide Bursche in brennende Häuser. Das sollte ich auch tun, dachte Field wieder, aber statt dessen wandte er sich um und drängte sich immer schneller auf das Ufer zu, durch den Strom der Frauen, die in derselben Richtung gingen, immer schneller und noch immer nicht schnell genug für den blinden Überlebenswillen, der ihn plötzlich beherrschte. Hinter dem ärgsten Gedränge fand er ein Tuctuc, das ihn zum Schlachthof zurückbrachte. Die Männer hatten ihre Arbeit vollendet, saßen

an den Ständen, aßen und spielten. Er weckte Ao, trug sie halb zum Tuctuc und ließ sich ins Zentrum fahren. Er wollte nach Hause, aus irgendeinem Grund schien ihm die Leibwache jetzt nicht mehr nötig. Außerdem konnte er sich ja in seinem Haus verbarrikadieren, bis Espoirs Artikel erschien. Ao schlief wieder, lag halb auf seinem Schoß. Die meisten Straßen waren trocken, nur hier und da standen noch große Pfützen an tiefer gelegenen Stellen.

An der Sukhumvit Road mußten sie vor einem Rotlicht anhalten. Ein Zeitungsjunge lief auf und ab, und Field kaufte eine *Bangkok Post.* Ein Foto auf der ersten Seite zeigte die Stelle, wo die Flut am höchsten stand, es war draußen bei Amaras Haus. Field blätterte die Zeitung im grauen Morgenlicht durch. Es war seltsam: Hier wirkte alles so sauber und ordentlich, fast abstrakt. Sogar das Wasser hatte auf der gedruckten Seite eine glatte, seidenglänzende Oberfläche. Dann fiel sein Blick auf ein Foto auf der Sportseite. Es zeigte Paga mit einem Golfschläger. Er faltete sich das Blatt zurecht.

»Miss Paga Kampisom«, hieß es unter dem Bild, »schlägt den ersten Ball bei der Eröffnung ihres neuen Golfplatzes, des Pattaya Country Club. Achtzehn Löcher und ein gepflegter Rasen bieten Sport und Erholung auf dem Weg zu unserem bekanntesten Badeort. Im Hintergrund die Ehrengäste: General Krit Sirikaya, Kommandeur der 1. Armeedivision, der amerikanische Botschafter James Gunther Dean, der Minister für Sport und Tourismus ...«

»Ao! Aufwachen! Aufwachen!« Field richtete sie auf und klopfte dem Fahrer auf die Schulter: »Hallo! Zahlen bitte!« Und sofort sprang er hinaus und winkte einem Taxi. »Komm jetzt, Ao! Beeil dich!« Halb schlafend stolperte sie aus dem Tuctuc.

Zu dieser Stunde hätte die Straße nach Pattaya eigentlich leer sein sollen. Aber sie querte die breite Flußebene, die über weite Strecken unter Meereshöhe lag und so sumpfig war, daß der Asphalt schon seit Beginn der Bauzeit abgesunken war. In jahrelanger Arbeit hatte man die beiden ins Land hinausführenden Fahrspuren zwei Meter hoch aufgeschüttet, die hereinkommenden lagen noch auf der Höhe der Reisfelder, und das hieß jetzt unter einem Meter Wasser. Richtig kompliziert wurde die Situation aber erst, weil alle Lastwagen nicht vor zehn Uhr morgens in die Stadt durften und deshalb in einer bis zu dreißig Kilometer langen Warteschlange eine der trockenen Fahrspuren blockierten Für den Verkehr in beide Richtungen blieb also nur die andere Spur frei.

Die Fahrt ähnelte einer nicht enden wollenden Nummer in einem Autoscooter, weil alle Pkw und Motorräder wild von einer Seite der Autobahn zur anderen kurvten, im Slalom um geparkte Lastwagen und liegengebliebene Pkw rasten, in letzter Sekunde dem Gegenverkehr auswichen und dabei ununterbrochen hupten. Dieses irrwitzige Toben spielte sich aber nur auf dem schmalen Streifen der Straße ab, rechts und links lagen bis zum Horizont die überfluteten Reisfelder in absoluter Ruhe. Field war inzwischen so erschöpft, daß ihn solch banale Dinge nicht mehr berührten. Jetzt konnte er nur noch darauf achten, die Ausfahrt zu Pagas Golfclub nicht zu übersehen.

Sie benötigten sieben Stunden für eine Strecke, die sonst in zwei Stunden zu schaffen war, dann stand auf der linken Straßenseite ein großes Schild im Wasser. Auch hier nur Wasser, so weit das Auge reichte, allerdings auch eine neue, schmale Kiesstraße, die sogar noch höher aufgeschüttet war als die Autobahn. Sie führte nach ein paar Kilometern zu einer Insel in der weiten Flut. Paga hatte in der Trockenzeit mitten in den Reisfeldern Teiche ausbaggern lassen und so das Land dazwischen, die künftigen Fairways, trockengelegt. Mit dem Aushub aus den Teichen hatte sie Deiche rund um den Golfplatz aufgeschüttet. Im Abstand von fünfzig Metern beförderten Pumpen das hereinsickernde Wasser wieder hinaus in die Reisfelder. In den Deichen lag der Golfplatz völlig im Trockenen. Im Umkreis von vielen Kilometern war kein Baum zu sehen, und auch hier war alles noch ganz klein und frisch angepflanzt, mit Ausnahme von einigen alten Eukalyptusbäumen auf etwas höherem Grund. Hier endete die Schotterstraße, unter den Bäumen lag Pagas Clubhaus, eine sehr bunt bemalte Beton-Sala in konventionell thailändischem Stil. Ihre Wände waren offen, und sobald Field aus dem Taxi stieg, hörte er Pagas Stimme vom einzigen besetzten Tisch herübertönen.

Sie klang satt und zufrieden, wie nach dem Mittagessen. »Lieber Oberst, Sie haben ja schon die ganze Welt gesehen!«

»Stimmt, Madam, ich bin zweimal als Tourist ganz um den Globus gekommen, abgesehen von den Ausflügen nach Vietnam.«

»Aber Sie haben die Welt noch nie mit Paga gesehen.«

Der Amerikaner überlegte kurz und suchte nach passenden Worten. »N-nein, Madam, das natürlich nicht.«

»Ich trinke auf das Wohl der USA«, kam ihm Paga zu Hilfe, »ohne Sie wäre ich noch so arm wie am Anfang.«

Sie verschluckte das Ende des Satzes beinahe, als sie Field und Ao hereinkommen sah. Eine kleine Gruppe amerikanischer Offiziere in tadelloser Golfkleidung folgte ihren Blicken, und dann starrten alle fünf mit ungehemmter Neugier herüber, bis Paga aufsprang und Field entgegenging.

»Ich muß ein paar Stunden schlafen«, sagte Field.

Paga führte die beiden auf die andere Seite des Clubhauses zu den Umkleideräumen, wo Field feststellte, daß er nur so starrte vor Schlamm und Fett aus dem Schlachthof und vor Ruß aus dem Feuer. Die Hosen waren bis hinauf zu den Knien mit Schweineblut verfärbt. Paga ließ ihn in Ruhe duschen. Als er herauskam, hatte sie seine Kleider durch einen Sarong ersetzt und Ao erklärt, wohin sie ihn durch den Eukalyptushain auf die andere Seite der Insel führen sollte. Dort standen einige neue Mönchshäuser auf Pfählen, einen guten Meter über dem Grund. Zu einem von ihnen ging sie Field voran; es bestand aus einem einzigen kleinen Raum, die Wände zum Teil aus Moskitogittern. Eine Strohmatte lag auf dem Holzfußboden; hier ließ sich Field nieder und überlegte, was wohl Mönchshäuser auf einem Golfplatz zu suchen hatten. In den Bäumen sangen Vögel, eine Brise fächelte ihm über das Gesicht, und er schlief ein. In der Nacht hörte er es kurz regnen, rollte sich auf die andere Seite und wachte erst wieder früh am nächsten Morgen auf.

Neben ihm auf der Matte schlief Ao. Durch das Gitter sah er ein kleines, offenes Küchenhaus unter den Bäumen, darin besprachen sich leise Paga und eine Frau in weißem Gewand mit rasiertem Kopf. Sie gehörte einem Orden an, der ihr, soweit das bei Frauen eben möglich war, beinahe den Rang eines Mönchs verlieh. Field blickte durch das Fenster auf die andere Seite. Auf der Veranda des nächsten Einzimmerhauses saß ein alter Mönch. Nach einiger Zeit brachte ihm die Frau in Weiß das Essen, dabei bewegte sie sich sehr langsam. Aber dieser Friede schien Field keinen Sinn zu ergeben. Er band sich den Sarong neu und ging zum Küchenhaus, wo Paga Reissuppe trank. Sie begrüßte ihn mit strahlendem Lächeln. Unter dem Holzfußboden plätscherte ein Bach, Fliegen umschwirrten das Essen. Sie warf einem struppigen Hund ein Stück Fleisch aus ihrer Schale zu.

»Hast du gut geschlafen in meinem Haus?«

»Schaut ganz so aus. Was ist denn das hier, Paga?«

»Ein Meditationszentrum für Mönche. Ich habe vier Millionen Dollar in den Golfplatz investiert. Das ist ein großes Geschenk an mich selber: Ich wollte doch wieder aufs Land. Aber als gute Tat schenke ich den Mönchen ein Grundstück neben dem Golfplatz, zwanzig Hektar groß! Ich könnte sogar ein Wat daraus machen, aber dazu brauche ich mehr Mönche. Drei Mönche sind für ein Kloster zuwenig!«

»Wer ist der alte Mann?«

»Mein Vater.«

Field nickte. »Du hast den einzigen trockenen Ort in ganz Thailand.«

»Natürlich! Ich bin ein Bauernmädchen. Hast du meine Deiche gesehen?« Sie zeigte mit dem Kinn darauf. »Ich kenne mich aus

mit dem Wasser! 250 000 Dollar nur für die Erdarbeiten! Ich kann es mir leisten. Willst du Suppe?«
Field dachte kurz an die Fliegen und an die Hunde in der Nähe des Küchenhauses. Dann sagte er: »Sehr gern. Macht es dir etwas aus, wenn ich ein paar Tage hierbleibe?«
»Hast du noch immer Probleme?«
Er nickte. »Ich habe dich gesucht, Paga.«
»Und warum?«
»Ich wollte mehr über Somchai wissen.«
»Weiß Somchai, daß du hier bist?«
»Nein. Wie soll er denn? Das heißt, eigentlich weiß ich es nicht. Ich kenne seine Freunde nicht und weiß nicht, was sie wissen. Das wollte ich ja von dir erfahren.«
»Von mir? Wieso glaubst du, daß ich sie noch kenne?« fragte sie hartnäckig.
»Das ist jetzt auch nicht mehr wichtig. Ich brauche sie nicht mehr kennenzulernen.«
»Warum nicht, John?«
»Jetzt brauchen sie mir nicht mehr zu vergeben. Jetzt bekommen sie eine Bombe aufs Dach, eine Riesengranate. Krach-bum-fetz! Vielleicht zerreißt sie mich auch, aber das macht mir jetzt nichts mehr aus.«
»Und wie willst du das machen?« Sie sprach zwischen zwei langen Schlucken aus der Schale, war offenbar kaum noch interessiert.
»Das bleibt ein Geheimnis, Paga. Mein Geheimnis! Aber eins weiß ich sicher: Einer seiner Freunde ist eine Dame.«
»Ich bin es nicht, John! Ich bin nur eine einfache Frau.«
»Ist auch nicht so wichtig. Also? Kann ich bleiben?«
»Natürlich, John, du bist ja mein Freund. Aber ich muß jetzt gehen. Ich nehme Stunden bei den Mönchen.« Sie stand auf und marschierte energisch und etwas untersetzt durch die Bäume zu einem bemalten und geschnitzten Pavillon.
Field machte einen Spaziergang auf den Deichen und starrte

hinaus auf die Flut, dann legte er sich wieder auf die Matte und schlief den halben Nachmittag. Als er aufwachte, saß Ao neben ihm. Einen Augenblick schien ihm, als lebte er schon seit Jahren in diesem winzigen Haus mit dem Küchengeruch und dem Vogelgezwitscher, und auch Ao schien schon immer bei ihm gewesen zu sein. Hätte er das Bild seines Lebens zu Ende malen sollen, dann wäre Ao, ihr bloßes Dasein, zu einem zentralen Motiv geworden.

Am späten Nachmittag kam Paga vorbei, eine Golfmütze auf dem Kopf, und Field begleitete sie. Als erstes erklärte sie ein paar Mädchen, wie sie das Abendessen gekocht haben wollte. Die Fliegen schwärmten jetzt noch dichter als zuvor.

»Warum ist dein Vater Mönch geworden?«

»Mutter ist vor fünfzehn Jahren gestorben. War ganz allein, und vor zehn Jahren wurde er Mönch.«

»Weil er einsam war?«

»Weil er mehr Zeit zum Nachdenken hatte. Wenn man zu zweit ist, geht das nicht. Nie Zeit. Er dachte: Menschen kommen auf die Welt und sterben, kommen und gehen. Sind die gleichen Menschen, immer wieder. Geboren werden, Böses tun, sterben, immer geboren – gestorben. Das Problem liegt im Geborenwerden. Jetzt will er zum letztenmal sterben. Er will entfliehen.«

»Und klappt es?« Das war vielleicht nicht der richtige Ausdruck, das merkte Field selbst. »Ich meine, glaubst du, daß er es schafft?«

»Er versucht es sehr. Ich werde es auch versuchen. Hier auf dem Land bin ich auch viel allein. Gehe den ganzen Tag allein herum. Keine Bars mehr. Der Sohn und die Verwandten machen mir das. Jetzt gehe ich jeden Tag zwei Stunden zu den Mönchen und lerne. Eins habe ich schnell gelernt: Reden ist leicht, Verzichten ist schwer. Angeben und Schwindeln ist das Einfachste.«

»Wie ist das mit deinen Bars, Paga? Du leitest sie nicht mehr selbst, aber du hast sie doch noch.«

»Ich denke nicht an sie.«

»Aber du nimmst das Geld. Damit erwirbst du nicht viel Gnade.«
»Warum nicht, John? Ich tue Gutes mit meinen Häusern. Schau die Hunde an – wenn ich einen hungrigen Hund sehe, bringe ich ihn her. Seit ich den Golfplatz baue, nehme ich hungrige Hunde mit. Einmal war ich in einem Restaurant, da kommt ein Hund, ist sehr hungrig. Ich esse ein Kotelett und gebe es ihm, dann bestelle ich noch zwei, aber sage dem Kellner nicht, daß es für den Hund ist, sonst wird es schlecht gekocht. Oder ich sehe eine Thaifrau mit Kindern, der Mann hat sie verlassen, sie braucht Geld, findet keinen guten Job. Ich sage: ›Warum so unglücklich? Massage ist gute Chance, Sie können zweitausend oder dreitausend Baht am Tag verdienen. Vielleicht finden Sie einen neuen Mann bei Massage.‹ Unser Buddha ist clever, John. Er lehrt, daß der Körper nicht wichtig ist. Der Körper ist wie alles andere: Wir sagen, er besteht aus Staub, Wasser und Feuer. Das bedeutet aus Fleisch, Blut und Energie.«
»Hast du das heute gelernt?«
»Gestern. Der Körper ist nicht wichtig! Buddha sagt, daß der Geist entscheidet. Den Geist muß man beherrschen. Nicht mehr vögeln ist nicht genug. Man muß nicht mehr vögeln wollen!«
»Kann ich beides«, sagte Field. »Und ganz ohne Nachhilfestunden.«
»Warum hast du dann das Mädchen gekauft?«
»Weil du sie nicht gekauft hast.«
Sie lachte. »Gut, daß du nicht im Massagegeschäft bist! Du wärst kein guter Geschäftsmann. Ihr Farangs seid alle gleich. Ihr mögt Thai-Mädchen, weil sie so klein sind. Dann denkt ihr, euer Pimmel ist größer und ihr macht einen tollen Eindruck.«
»Hast du das auch bei den Mönchen gelernt? Nein? Nun, mir ist das alles gleichgültig, ich habe das aufgegeben.«
»Hast du dir deshalb ein Mädchen gekauft, das krank ist?«
»Vielleicht.«
»Warum bist du dann so unglücklich? Da stimmt doch etwas nicht! Wahrscheinlich hoffst du, eines Tages doch in dieser Welt

wieder glücklich zu werden. Die Hoffnung mußt du auch aufgeben!«

»Und wenn ich dann weder glücklich noch unglücklich bin? Was habe ich davon?«

»Dann hast du kein Verlangen mehr, John, das ist alles. Dann willst du nicht mehr glücklich werden! So wie du jetzt kein Mädchen willst. Dann hörst du auf, vom Leben zu träumen. Du bist ein großer Träumer, John! Für dich keine Kompromisse, nicht wahr? Aber was für ein Mädchen willst du eigentlich? Doch nicht diese Kleine!«

Field zuckte mit den Achseln. »Warum nicht?«

»Du sehnst dich noch immer? Nach dem Mädchen deiner Träume, stimmt's?«

»Nein. Nach einer bestimmten Frau.«

»Wo ist sie?«

»Ich habe sie nicht bekommen. Ich habe sie gesehen, ich habe sie sogar besessen. Aber nie so, wie ich es erträumte, nie ganz einfach und ganz vollkommen – wieso soll ich mir einbilden, das käme eines Tages noch? Wenn es mir damals nicht gelang, als ich in bester Form war, jung, weißt du, ohne nachzudenken, ganz aus dem Gefühl heraus, mit einem Mädchen in gleicher Form, die ich mit sinnloser Leidenschaft liebte, so daß Sex wirklich nur ein Teil dieser Leidenschaft war – warum sollte es dann irgendwann doch noch einmal kommen?« Immer mehr Fliegen setzten sich auf ihn, aber er machte sich nicht mehr die Mühe, sie zu vertreiben.

»Und was ging schief mit der Frau?« Auch Paga ignorierte die Fliegen.

»Sie fand einfach kein Interesse an mir. Männer sind da seltsam. Sie meinen immer, sie brauchen eine Frau nur zu überzeugen. Glaub mir, Paga, in keiner Religion stehen die Dogmen so fest wie im Sex. Schau dir die Romantiker an! Sie behaupten: Wenn man wirklich liebt, spielt das Körperliche keine Rolle. Nun, wenn das Körperliche unwichtig ist, dann sind wir doch wie Hunde: Dann treiben wir's mit jeder Beliebigen, wo und wann und wie wir es eben wollen. So bin ich, stimmt's? Ein zweibeiniger Hund? Dagegen sagen die abgebrühten Typen: Wenn das Licht ausgeht, ist jede Möse gleich. Solche Kerle müssen doch Asbest haben statt Haut. Und jetzt kommt das Seltsame: Sie sagen praktisch das gleiche wie die Romantiker. Beide leugnen, daß es die vollkommene Vereinigung gibt! Die einen haben Angst vor dem Körper, die anderen vor der Seele. Und Angst hat immer etwas mit Haß zu tun: Man muß schon die Frauen hassen, wenn man behauptet, ihr Körper spiele keine Rolle oder ihre Möse sei immer gleich. Ein einziges Mal habe ich Körper und Seele zugleich gesucht. Jetzt kann ich nur noch Weisheit bieten.« Paga lachte. »Okay, dann nenn es Erfahrung, ist ja gleichgültig. Erfahrung ist der Lohn des Verlierers. Leidenschaft muß unermeßlich sein, nicht weil sie zu groß oder zu sonstwas ist, sondern weil man nichts daran messen kann. Dieses Mädchen, Paga ...«

»Du meinst deine Traumfrau, ja?«

»Bei ihr wußte ich vorher ganz genau, wie alles sein wird. Daß es bei ihr keinen Unterschied geben wird zwischen Traum und Wirklichkeit, daß ihre Brüste zwei Halbmonde sein werden, gerade so groß, daß sie in meine Hand passen, zugleich voll und fest. Und ihre Hüften weich und rund. Und die Haut porenlos rein. Und wie das Gefühl sein wird, wenn ich in sie eindringe. Ich konnte es natürlich nicht beschreiben, aber ich kannte das Gefühl im voraus ganz genau: wie ein himmlisches Mysterium. Und dann habe ich sie dreimal besessen, dreimal! Aber jedesmal mußte ich sie erst verführen, mußte mich wahnsinnig anstrengen dabei. Und jedesmal erlebte ich diese ungeheure Leidenschaft, von der ich glaubte, sie reichte leicht aus, sie auf immer zu überzeugen. Aber nein! Also mußte ich sie erneut verführen. Wieder nichts! Und so wurde alles falsch, ganz schrecklich, eine einzige Quälerei: Man findet die Frau, die man sucht, aber man kann sie nur durch eine dauernde bewußte und beschissene geistige Anstrengung bekommen, und genau die große Leidenschaft vertreibt sie. Da wurde mir langsam klar, daß man so ein Mädchen nicht verführen kann. Und auch nicht kauft. Sie muß einen schon mögen.«

»Was ist aus ihr geworden?«

»Sie ist tot. Erst vor kurzem. Sie haben sie ermordet.«

»Also das ist dein Problem!«

»Nicht das einzige, Paga. Die halbe Zeit vergeude ich mit Mädchen, die ich irgendwie mag und die doch alle ganz falsch sind. Sie duften falsch, sie fühlen sich falsch an, haben einen harten Mund. Kann man sein ganzes Leben einen harten Mund küssen? Oder sie sind innen wie eine kalte Höhle. Ich weiß nicht. Die andere Hälfte meiner Zeit verbringe ich mit deinen Damen, mit den Geschöpfen körperlicher Vollkommenheit. Wenigstens das kann man kaufen; ich meine, da kann jeder nach Geschmack bestellen. Und deshalb lügt man sich etwas vor und reduziert seine Bedürfnisse. Zum Schluß will man sich nur noch mit einem vollkommenen Körper befriedigen, während sie einem – durchaus nett und freundlich – vorspielen, daß sie im siebten Himmel sind. Aber mit meinen früheren Wünschen hat das nicht das geringste zu tun. Mit einer einfachen Leidenschaft, ohne tolle Begierden, ohne große Erwartungen, ohne Programm. Nur eine Art Verschmelzung. Und ich hatte mir das nicht einmal auf ewig gewünscht. Auf ein Jahr vielleicht, ein paar Monate. Eine Woche hätte schon genügt, wenn es nur vollkommen gewesen wäre. Die Dauer spielt dabei keine Rolle, Zeit wird unwesentlich, wenn man bekommt, was man sich wünscht. Wir halten Zeit überhaupt für viel zu wichtig. Ich habe alles bekommen, nur nicht, was ich mir wünschte.«

»Vielleicht hast du es dir nicht fest genug gewünscht?«

Field merkte, daß er sich nicht verständlich machen konnte, wenigstens nicht für Paga. »Es kommt eben nicht auf das Wünschen an, darum geht es ja gerade.«

»Deshalb hast du das Mädchen gekauft?«

»Eigentlich habe ich sie ja nicht gekauft.«

»Was denn sonst?«

»Ich weiß nicht. Aber hör zu, Paga: Ich habe dieses Untier von Somchai auf meinen Fersen, dieses Schwein von deinem Ex-Geschäftsfreund. Ich habe ihn nicht gesucht, ich habe das alles nicht gewollt. Jetzt wünsche ich mir nur eines: daß er mich in Ruhe läßt. Verstehst du? Ich will nur noch, daß er mir vom Leibe bleibt. Ich will mein langweiliges kleines Leben führen, will mich ganz zufrieden weiter abrackern und weiterhin nicht kriegen, was ich mir wünsche. Das ist schon alles! Mehr will ich gar nicht.«

»Gut, John. Ich habe dich verstanden. Somchai war schon immer ein mieser Wichser. Wir essen später im Clubhaus, ja?«

Dann saßen sie den ganzen Abend unter dem hohen Betondach mit den spitzen Giebeln, allein zwischen Dutzenden von leeren Tischen. Field und Ao verzehrten schweigend ihr Essen, während ihnen Paga ausführlich erklärte, wie sie den Country Club organisierte, und aus dem Radio im Hintergrund thailändische Rockmusik dröhnte. *Made in Thailand* lief schon zum drittenmal in einer Stunde, als die Sendung auf einmal abbrach. Nach ein paar Sekunden ertönte die Nationalhymne, ein paar Dezibel lauter, dann kündigte ein Sprecher den Kommandeur der 1. Armeedivision an, General Krit Sirikaya.

»Eine umfassende Koalition der ranghöchsten Offiziere Seiner Majestät hat heute abend die Macht übernommen, um im Dienste unseres Volkes für Recht und Ordnung zu sorgen.«

»Himmel«, sagte Field. »Jetzt ist der Räuber in der Bank.«

»Als Kommandeur der für Bangkok verantwortlichen Armeedivision habe ich meine Truppen angewiesen, für die Sicherheit aller öffentlichen Gebäude, Verkehrsmittel und Kommunikationsverbindungen zu sorgen. In den folgenden Stunden werde ich im Gremium der Offiziere, die mich zu ihrem Sprecher bestimmten, die Aufgaben besprechen, die jeder von uns übernehmen wird, um unsere Pläne für volle Demokratie und Freiheit zu einem uneingeschränkten Erfolg zu machen.

In dieser Stunde möchte ich aber folgendes betonen: Wir haben lange gezögert, die menschenverachtenden Organisationsfehler bei der Überschwemmung unserer Hauptstadt haben uns aber zu diesem Schritt gezwungen. Keine Regierung darf das Mandat des Volkes für sich in Anspruch nehmen, die so verantwortungslos mit dem Leben und der Sicherheit ihrer Menschen umgeht. Einen weiteren Beweis für die Notwendigkeit einer Wende sehen wir im gestrigen Brand in dem an sich schon so armen Klong Toey. Deshalb wird die erste Maßnahme der nationalen Erneuerung darin bestehen, den siebenundvierzig obdachlosen Familien Ersatzwohnungen zu beschaffen. Damit wollen wir ein Zeichen setzen: Wir werden für das Wohl der Benachteiligten und Hilflosen kämpfen, all derer, die auf der Schattenseite stehen. Als vorübergehende Sicherheitsmaßnahme wird eine strenge Ausgangssperre verhängt. Bürger Thailands! Von heute ab können Sie sich in der vertrauensvollen Überzeugung schlafen legen, daß das Wohl unseres Volkes in den besten Händen ist. Lang lebe der König!«

Nun folgte erneut die Nationalhymne, dann ein Programm mit klassischer thailändischer Musik.

»Jetzt haben sie den Bock zum Gärtner gemacht«, sagte Field wieder.

»Du magst ihn nur nicht«, sagte Paga. »Aber er ist genau wie alle anderen. Wahrscheinlich hatte er nur Angst, daß sie ihn wegen der Überschwemmung feuern, da hat er sie zuerst gefeuert.«

»Wie in alten Zeiten, was?« lachte Field auf einmal. »Genau wie in alten Zeiten.«

»Putsch ist immer schlecht für das Geschäft, John. Bei Ausgangssperre müssen die Bars früh zumachen. Ich verliere viel Geld dabei.«

Field ging zum Eingang der Sala und schaute in den Himmel. In der Entfernung rief ein Gecko. Field zählte mit; ungleiche Zahlen brachten Glück, besonders die Sieben. Bei neun zog das Tier sein »tuuu-kaaai« in die Länge, als ob es ihn langweilte, doch dann brachte es noch zwei weitere Rufe hervor. »Das muß ein großer sein«, sagte Paga.

»Ein Alligator«, murmelte Field, »der einen Golfball verschluckt hat.«

»Jeder Putsch ist ein Verlustgeschäft. Die Männer denken schon an den nächsten, aber sie kämpfen nicht gern. Bei uns stirbt keiner bei einem Putsch. Da sind die Vietnamesen anders: Die kämpfen immer. Wenn die Vietnamesen kommen, besiegen sie unsere Armee sofort. Aber das thailändische Volk können sie nicht besiegen.«

»Aber mit deinem Golfplatz ist dann Schluß.«

»Ist mir gleich. Bin arm geboren, dann sterbe ich eben arm. Aber: Vietnamesen kämpfen wie Löwen, drum brauchen sie Thai-Mädchen!«

So saßen sie lange beim Radio und warteten auf Nachrichten, während die Musik immer weiter dröhnte und wimmerte. Schließlich sagte Field: »Vielleicht hat er Probleme.« Er drehte an der Skala, die Musik verstummte, und plötzlich meldete sich eine andere Stimme im Namen eines Armeekorps, das in Thonburi stationiert war, gegenüber Bangkok auf der anderen Seite des Chao Phya. Auch dieses Korps hatte zu den Waffen gegriffen, auch dort berieten die führenden Offiziere, was der Freiheit und Demokratie am besten diente. Daß ihr Anführer ein General aus der Klasse 5 war, wurde nicht erwähnt, aber Field war sich da sicher. Und je länger die Nacht dauerte, desto unübersichtlicher wurde das Mosaik einer ganzen Reihe von neuen Sendern, die sich rund um Bangkok zu Wort meldeten. Manche waren in der Hand von Militärs, andere waren illegal und verbreiteten verschiedene Gerüchte. Die gesamte Armee stand Gewehr bei Fuß, um die Macht zu ergreifen, aber jede Division für sich, und alle befanden sich in Beratungen. Mit wem sie jeweils verhandelten, war nicht auszumachen. Krit hielt natürlich das Kronjuwel in der Hand, war aber umzingelt von Generälen der Klassen 5 und 7, und deren Sender griffen nicht nur die Regierung an,

sondern zwischen den Zeilen und in Anspielungen auch ihre Rivalen aus den anderen Klassen. Nur Krit wurde von allen als Freund der Freiheit und Demokratie bezeichnet. Auffallend war auch, daß niemand Konkretes über den Ministerpräsidenten, Pa Prem, sagen wollte, einen ruhigen, ehrlichen, kompromißbereiten ehemaligen General. Auch über den König fiel kein Wort. Alle Generäle erklärten, sie handelten für den König und gegen den Ministerpräsidenten. Wo sich die beiden letzteren aufhielten, blieb aber unklar.
Am nächsten Tag, einem Freitag, kam niemand zum Golfspielen heraus, und erst am späten Nachmittag meldete sich ein Sender aus Chiang Mai, der Hauptstadt von Nordthailand, dem sich allmählich immer mehr Stationen anschlossen. Offenbar war der Ministerpräsident in Begleitung der gesamten königlichen Familie dorthin geflohen und hatte die im Norden stationierten Divisionen um sich geschart. Pa Prem rief die Armee auf, in die Kasernen zurückzukehren. Nur die Sender der Klassen 5 und 7 erwiderten wütend, der ehemalige Ministerpräsident habe den geliebten Monarchen entführt, doch es war nur die Wut des Verlierers. Krit schwieg, sein Sender spielte das gesamte Repertoire an klassischer Musik ab und unterbrach es nur einmal mit einer Meldung über kommunistische Agitatoren in Klong Toey, die die Wiederansiedlung der Obdachlosen zu verhindern suchten. Offenbar wollte er jetzt die revolutionäre Rolle ablegen und sich als Wahrer der Stabilität präsentieren.
Field wartete den ganzen Samstag hindurch, ging spazieren, bis der erste Schauer begann, und saß dann in seinem von der Brise umfächelten Mönchshaus, während der Regen auf das Dach trommelte. Erst am Sonntag morgen unterbrach der Sender aus Bangkok sein Programm mit der Ankündigung, General Krit werde in einer Stunde eine Erklärung abgeben. Diese Ankündigung wurde nach einer Stunde wiederholt. Mittags gab es eine weitere Verschiebung. Erst am frühen Nachmittag trat der General endlich vor das Mikrophon. Seine Stimme verriet kaum eine

Spur des unvorstellbaren Drucks, dem er sich zu entwinden suchte.

»Als der für den Schutz unserer Hauptstadt zuständige Offizier hat mich meine Verantwortung zu den bekannten Maßnahmen gezwungen. Ich durfte nicht zulassen, daß Auseinandersetzungen zwischen verschiedenen Richtungen in unseren Streitkräften Tod und Zerstörung in die Straßen Bangkoks tragen. Deshalb habe ich als getreuer Diener Seiner Majestät die Stadt geschützt für den Augenblick, an dem unser Souverän sie wieder betritt. Wenn unsere glorreichen Streitkräfte einmal über Details des richtigen Wegs verschiedene Meinungen vertreten, so sind diese Differenzen doch minimal und vorübergehend. Viel gefährlicher hingegen sind jene Elemente in unserer Gesellschaft, die jede Meinungsverschiedenheit als willkommene Gelegenheit begrüßen, mit Gewalt die Macht an sich zu reißen. Wir haben in den letzten vierundzwanzig Stunden eine Geheimorganisation enttarnt, deren Hand zuletzt im so lange leidenden Klong Toey zuschlug. Die Hintermänner dieser Organisation haben die ungeklärte Situation unseres Landes zum Anlaß genommen, die angesehensten Persönlichkeiten und Institutionen unseres Landes in der ausländischen Presse anzugreifen. Ich habe deshalb angeordnet, daß in bestimmten Fällen unverzüglich Anklage wegen Majestätsbeleidigung erhoben werde. Lang lebe der König!«

Am Montag schickte Paga ihren geschmeidigen Sohn früh in die Stadt, um festzustellen, was vorging. Field bat ihn, am Nursing Home vorbeizufahren; er hoffte, daß Espoirs Artikel schon erschienen sei. Der Bursche blieb den ganzen Tag aus und brachte endlich einen dicken Stoß illegaler thailändischer Nachrichtenblättchen mit, die in der ungeklärten Situation entstanden waren, sowie eine Auswahl englischer Zeitungen. Er habe, berichtete er, zum Nursing Home fahren wollen, doch sei es von Soldaten abgeriegelt gewesen, deshalb habe er in einem großen Hotel alle vorhandenen ausländischen Zeitungen gekauft.

Field nahm sich den Stoß zu einem Tisch in der Sala und blätterte ihn systematisch durch. In der *Times* von Samstag fand er auf der ersten Seite einen Artikel über den Putsch. Es war ein Bericht »unseres Sonderkorrespondenten George Espoir, dem bekannten Erzähler, der seit einiger Zeit in Thailand die harten Auseinandersetzungen im politischen System des Landes recherchiert«. Field überflog den ersten Teil. Kein Wort über Somchai, nichts über Drogen. Er begann von neuem, fand aber nichts von Interesse, kein einziges Wort, nur ein paar Zitate aus »meinen jüngsten Gesprächen mit dem undurchsichtigen General Krit Sirikaya, der jetzt den Schlüssel zu stabilen Machtverhältnissen in dem asiatischen Königreich in der Hand hat. Lesen Sie weiter auf Seite 2.« Nervös blätterte er um, und sogleich fiel sein Blick auf einen Namen. »Dr. Meechai Wuthiwat, ein exzentrischer Arzt aus bester Familie, der in Bauernkleidern bei den Armen praktiziert und in den Slums über eine begeisterte Anhängerschaft verfügt, hat in dieser Krise die angesehensten Institutionen des Landes angegriffen. Der wegen seiner aufsehenerregenden Aktionen für die Geburtenkontrolle weithin als Kondom-König von Bangkok bekannte Arzt suchte mich am Vorabend des Staatsstreichs mitten in der Nacht in meinem Hotel auf und bestand darauf, ich müsse ihn zu einem Schlachthof mitten im dunkelsten Slum von Bangkok begleiten. Unter Verhältnissen, die alles übertreffen, was Karl Marx vor hundert Jahren in Europa beklagte, rühmte er die Humanität des Kommunismus und beklagte die Korruption der thailändischen Politiker und Beamten. Auf meine Frage, wie er nach der Tragödie in Vietnam und Kambodscha zu sozialistischen Experimenten stehe, antwortete er, in der dritten Welt gehe es nicht an, der einen oder anderen Seite Noten für korrektes Benehmen zu erteilen. Persönliche Gefühle dürften in dieser Frage keine Rolle spielen. Besonders scharf geißelte er ›die zutiefst korrupte Grundeinstellung unserer Führer‹, die den verehrten Monarchen des Landes, als Werkzeug mißbrauchen. Die Lösung kann nicht darin bestehen., betonte er, ›die Korruption zu beenden, sondern die Führungsclique abzulösen‹. Sicher war

der Vorabend der aktuellen Ereignisse als Zeitpunkt für diesen revolutionären Appell sehr bewußt gewählt, was den Schluß zuläßt, daß Dr. Meechai einen Wechsel von der Rolle des Kondom-Königs zu wirklicher Macht vorbereitet.«
»Gott im Himmel«, stöhnte Field. »Der Idiot, der beschissene Idiot.« Er merkte, daß Paga neben ihm stand. Sie legte ihm ein thailändisches Skandalblättchen auf den Tisch, das ein großes Foto von Woodward zeigte, wie er mit Ketten an Händen und Füßen ins Polizeigefängnis abtransportiert wurde. Field beherrschte die Schrift nicht, er meinte, jeden Augenblick erbrechen zu müssen, und ächzte nur: »Was steht drin?«
Paga fuhr mit dem Finger die Überschrift entlang. »Angriffe auf den König: Kondom-König verhaftet.« Und als zweite Zeile. »General Krit greift ein: zum Schutz der Monarchie.«
Woodward war in Klong Toey festgenommen worden, als er den Wiederaufbau leitete. Soldaten hatten das verhindern wollen und die Menschen angewiesen, weiter draußen zu bauen, wo das Wasser zwei Meter tief war. Das Hafenamt erhob nämlich Anspruch auf die vom Feuer betroffenen Grundstücke: Man werde sie aufschütten und Lagerhäuser darauf bauen. Wiederholt wurde auf »Meechais infame Angriffe auf den König in der ausländischen Presse« hingewiesen, man spekulierte bereits über das Strafmaß und sprach von fünfzehn Jahren. Eine Klatschkolumne kam dann auf Admiral Wuthiwats Geburtstagsparty zu sprechen, die am nächsten Tag stattfinden sollte, das wichtigste gesellschaftliche Ereignis des Jahres: »Christen sprechen oft davon, daß die Sünden der Väter an den Kindern gesühnt werden. Gilt das auch für die Sünden der Söhne an den Vätern? Wer wird jetzt noch den Empfang besuchen und der Ausgangssperre trotzen wollen? Warten wir es ab!«

12 In den Morgenstunden des Dienstags flog der Ministerpräsident mit dem König nach Bangkok. Sie landeten auf dem Flugplatz des Großen Palasts, wo General Krit Seine Majestät am Fuße der Flugzeugtreppe erwartete. Als erstes hob der Ministerpräsident die Ausgangssperre auf. »Wir werden unsere Arbeit aufnehmen«, erklärte er, »als sei nichts geschehen.« In der Nacht waren die verschiedenen Divisionen im Lande in ihre Kasernen zurückgekehrt, die Sender der Generäle schwiegen.

Den ganzen Vormittag hindurch stapfte Field auf den Deichen des Golfplatzes umher und suchte nach einer Lösung für die neue Situation. Er versuchte sich damit zu trösten, daß Espoir an allem schuld sei; aber das glaubte er nicht einmal selbst. Wie konnte man jemandem die Verantwortung zuschieben, den man zutiefst verachtete und dem man sich trotzdem anvertraute? Nun mußte Field also ganz von vorne anfangen: Sobald er diese kleine Wasserburg verließ, waren ihm Somchais Freunde wieder auf den Fersen. Jetzt konnte er auf keinen Zeitungsartikel mehr hoffen, hatte keinen Grund mehr abzuwarten. Und als einziges Ergebnis hatte er Woodward hinter Schloß und Riegel gebracht! Er wanderte im Kreis, bis seine Haut vor Sonnenbrand glühte und die ersten Wolken ihr Wasser ausschütteten. Field blickte vorwurfsvoll zum Himmel hinauf und trottete im strömenden Regen zum Clubhaus zurück, dann fragte er Paga, ob er ihr Auto haben dürfte.

»Was hast du vor, John?« Immer wieder überraschten ihn ihre strengen und doch anteilnehmenden Fragen, als wäre sie eine Mutter Oberin.

»Ich weiß nicht.« Er sah ihr in die ausdrucksvollen, ungeduldigen Augen, dachte sich, daß sie das eigentlich nichts angehe, aber schließlich sagte er abrupt: »Doch! Ich gehe zum Empfang des Admirals. Ich kann nicht hier sitzen bleiben. Behalte Ao hier, bitte.«

Auf seinem Weg hielt er zweimal an. Das erstemal, um Patronen für den Revolver zu kaufen, den er zur Sicherheit mitgenommen hatte. Und dann in seinem Haus, wo er sich umzog. Die Straße zum *Oriental* am Chao Phya war fast ganz überflutet. Das Hotel selbst stand momentan auf einer Insel, das Wasser des Stroms reichte schon bis an die Türen. In der Halle stand ein großes handgeschriebenes Plakat: An unsere verehrten Gäste: Wir hoffen, dass Ihnen durch unseren Putsch keine Unannehmlichkeiten entstanden sind, und wünschen Ihnen weiterhin einen angenehmen Aufenthalt in Bangkok.

Als Field die Treppe zum Festsaal im ersten Stock hinaufstieg, waren die meisten Gäste bereits anwesend. Schon in der Halle war ihm aufgefallen, daß keine Uniformen zu sehen waren, weder als Bewachung noch unter den Gästen. Er blieb an der Saaltür stehen und versuchte, einen Überblick über die Gäste zu gewinnen, die jeweils zu zwölft an einem großen Tisch saßen. Er erkannte verschiedene ranghohe Offiziere, alle in Zivil, genauer in seidenen Prem-Hemden mit kleinem Stehkragen und offenem Kragenknopf; so benannt nach dem Ministerpräsidenten, der sie halboffiziell eingeführt hatte. Die Marine war natürlich stark vertreten, ebenso die ältere Ausländergeneration und vor allem die wichtigsten Bankiers und Geschäftsleute und sogar hier und dort ein Staatssekretär. Die Sitzordnung folgte einem festen Plan. Die acht Töchter des Admirals präsidierten zusammen mit ihren Ehemännern jeweils an einem Tisch. Die Männer hatten die wichtigsten Gäste aus ihrem beruflichen Umfeld geladen. Die erfolgreichste Tochter war mit dem ältesten Sohn des Eigentümers und Vorstandssprechers der Siam-Bank verheiratet, einem chinesischen Thai der alten Schule. An ihrem Tisch saßen die Eigentümer der sieben anderen wichtigsten Banken, auch sie ausnahmslos Chinesen. Ihre Macht über den Geldmarkt von Bangkok war so groß, daß sie gemeinsam die thailändische Wirtschaft zusammenbrechen lassen konnten. Neben dieser Tochter des Admirals war ein Platz freigehalten, dann folgte Pong Hsi-Kun, der neue Präsident der Siam-Bank und Finanzberater Ge-

neral Krits. Alle zehn Herren trugen marineblaue Seidenanzüge, cremefarbene Seidenhemden und schwere Seidenkrawatten.
An einem der Nachbartische saß Amara zusammen mit anderen Gästen, die zwar keine Macht hatten, aber bekannten Familien entstammten und über wichtige Beziehungen verfügten. Weitere solche »weniger wichtige« Tische waren im ganzen Saal verstreut, jeder unter der Aufsicht einer Tochter.
Hin und wieder schlüpfte ein Nachzügler an Field vorbei, der sich in der Tür in voller Sicht präsentierte. Es sind also doch alle gekommen, dachte er, und vielleicht ist sogar einer meiner Peiniger dabei. Vielleicht kann ich etwas herausbekommen, wenn ich mich in den richtigen Kreisen zeige.
Doch warum sie alle gekommen waren, das war schwieriger zu sagen. Vielleichs aus einer makabren Neugier, welche Wirkung die Verhaftung auf Woodwards Vater hatte? Vielleicht mit der leichtfertigen Sensationslust, mit der man zu einer Exekution ging, ohne sich zu überlegen, was wirklich geschehen werde? Abgesehen davon war es seit dem Putschversuch die erste Gelegenheit, auszugehen und sich zu amüsieren. Als der Strom der Gäste aufhörte, waren nur noch vier Plätze frei: der Stuhl neben Pong und drei an einem Tisch in der Mitte des Saals, an dem der Oberbefehlshaber der Marine und ein sehr alter Herr Platz genommen hatten, ein ehemaliger Marinekommandeur im gleichen Alter wie Admiral Wuthiwat.
Field hörte jemanden hinter sich flüstern und schaute sich um. General Krit kam mit einem Dutzend Stabsoffizieren die Treppe herauf; sie waren in Uniform, nur Krit trug ein Prem-Hemd als Zeichen seiner Loyalität. An der Tür hielt der General kurz inne. Seine Augen waren stark gerötet, ohne Zweifel von den Cognacs, mit denen er sich Mut angetrunken hatte. Seine sonst so gelassene und glatte Haltung war knappen, nervösen Bewegungen gewichen. Er war so aufgeregt, daß er Field nicht wahrnahm, gab seiner Begleitung Befehl, in der Halle auf ihn zu warten, holte tief Luft, zog die Schultern in einer demütigen Haltung ein und glitt

in den Festsaal. Er war kaum ein paar Meter weit gekommen, als die Gespräche aufhörten und sich alle Augen auf ihn richteten. Sofort sprang der Geschäftsführer der Siam-Bank respektvoll auf, seine Gattin folgte ihm. Im Nu stand der gesamte Saal. Aber Krit schien das gar nicht zu bemerken, er schlüpfte auf den Platz zwischen Pong und der Tochter des Admirals und entschuldigte sich bei ihr wegen seiner Verspätung Er nannte keinen Grund, aber man verstand natürlich, daß die Wiederherstellung der Ordnung in der Hauptstadt ihn in Anspruch genommen hatte. Das konnte zum Beispiel auch ein Verhör ihres Bruders Michael gewesen sein. Der greise Vorstandsvorsitzende der Siam-Bank und die sieben anderen Bankiers traten nun zu Krit und begrüßten ihn persönlich, während Pong seinen Kopf gesenkt hielt, als wolle er aus Bescheidenheit nicht zeigen, daß Krits Sieg in Wirklichkeit sein eigener war. Jetzt hatten die Menschen das Gefühl, daß sich das Kommen gelohnt hatte, allein wegen dieser rituellen Umarmung des Geldes und der Macht, und das war doch der Kern der Dinge! Und zugleich verstand man, daß Krits Weg in den Putsch hinein, durch ihn hindurch und wieder hinaus in einer aufsteigenden Linie geführt hatte. Im nächsten Augenblick hörte man ihn sagen, gerade so laut, daß es ausreichend Menschen verstehen konnten, daß Kinder wie er Männern wie Admiral Wuthiwat, die ihrem Lande immer ohne Fehl gedient hätten, höchste Achtung schuldeten. Dies wurde im ganzen Saal weitergesagt und wiederholt. Die gesamte Inszenierung war meisterhaft.

Als nächstes hörte Field eine europäische Stimme und wandte sich wieder um. Der Geschäftsführer des Hotels kam langsam mit dem Admiral die Treppe herauf. Der alte Mann war allein, er ließ sich nur von Michael Woodwards Frau auf der einen und seinem Leibdiener auf der anderen Seite führen. Auf dem Treppenabsatz schüttelte er die beiden ab und sagte zu dem Manager, der ihm im Weg stand: »Abtreten!«

Admiral Wuthiwat sah sehr gebrechlich aus, viel schwächer als beim Mittagessen im Britischen Club. Er hatte sich in eine geradezu antike Uniform gezwängt, eine weiße Paradeuniform mit Unmengen von Litzen und Orden, von denen er viele nicht seinem militärischen Rang verdankte. Unter anderem war er 1930 von König Rama VII. geadelt worden und trug den Titel eines Phya, allerdings nur zwei Jahre, dann beseitigte der erste Putsch die absolute Monarchie. So etwas trug man nicht zu einem Geburtstagsempfang, erst recht nicht zum eigenen. Zwei Jahre lang hatte er sich »Sir Klarwassertaktik« nennen dürfen, dann hatte die Revolution alle Titel abgeschafft. Der Kragen um seinen altersdürren Hals war ihm zu weit geworden, aber er griff mit alter Kraft sein Portepee und schritt voran, seine Schwiegertochter folgte ihm, und wieder stand der ganze Saal auf. Er blickte starr vor sich hin, bis er an seinem Platz war und sich neben den Marinekommandeur niederließ. Der versuchte, ihm etwas zuzuflüstern, wurde aber ignoriert. Michael Woodwards Frau nahm am gleichen Tisch Platz, ließ aber den Stuhl zwischen sich und dem Admiral frei. Wuthiwat starrte vor sich auf den Teller, er zitterte stark. Jetzt verbreitete sich ein gespanntes Summen, die Stimmung der Gäste stieg, man konnte etwas erwarten. Nach fünf Minuten begannen die Kellner, den ersten Gang zu servieren. Sie hatten noch nicht einmal die ersten Tische erreicht, als der Admiral aufstand und im gewöhnlichsten Thai und einem Ton, der auf den Kasernenhof paßte, herausbellte:

»Kein Essen jetzt! Raustragen!« Die Kellner blieben verblüfft stehen, dann zogen sie sich langsam zurück, während der alte Mann seine Blicke über den Saal wandern ließ. Er fixierte kurz seine Töchter, am längsten die Bankiersgattin neben General Krit. Dann zog er mit einer schwungvollen Bewegung, laut kratzend, den Säbel und legte ihn vor sich auf den Tisch. Zwei Gläser fielen um. »Ich bin ein Mann des Königs!« rief er nun laut, wobei er abrupt vom Feldwebelton in eine antiquierte und gehobene Hofsprache umschaltete. »Und ich war immer ein Mann des Königs. Noch fast ein Knabe, kam ich vor Zeiten in dieses Land, um dem

König zu dienen. Ich diente ihm schon 1912, als kaum einer von Ihnen das Licht der Welt erblickt hatte, und ich diente ihm in gar mancher Schlacht. Früher hieß ich Wuthiwat, dann belohnte er meine Treue mit dem Titel Phya Prichacholyuth. Als im Jahre 1932 ein Putsch die Macht Seiner Majestät bedrohte, setzte ich die Marine in Alarmbereitschaft. Der König wußte, daß ich ohne Zögern für seine absolute Herrschaft in den Kampf gegangen wäre, aber er bat mich, es zu unterlassen. Ich habe nie aus Ehrgeiz und Stolz gehandelt und stets getreu seine Befehle ausgeführt. Immer stand ich dem König zur Verfügung, nie habe ich versucht, ihn zu mißbrauchen.« Er hielt inne und blickte gedankenverloren in die Ferne, dann faßte er sich wieder und schaute die Menschen an. »All dies ist wahr.«

Der alte Admiral neben ihm nickte zustimmend.

»Im Dezember 1941 landeten die Japaner. Wir brauchten unsere ganze Kraft, dieses Land zu verteidigen und Blutvergießen zu vermeiden. Am 20. Dezember erkrankte eine meiner Töchter schwer.« Er zeigte auf die Frau des Siam-Bankiers. »Die dort.« Jetzt zitterte sein Finger nicht mehr. »Sie mußte sofort operiert werden, sonst hätte sie nur noch Stunden zu leben gehabt. Es gab viele gute thailändische Ärzte, aber man hatte sie in meiner Abwesenheit ins Nursing Home gebracht, wo als letzter Arzt ein Deutscher übriggeblieben war, Dr. Steuben.«

Wieder deutete Wuthiwat in den Saal, diesmal auf einen alten Mann, der sich verbeugte. »Dr. Steuben war Nationalsozialist, damals flatterte das Hakenkreuz an seinem Wagen, und als er meine Tochter auf dem Operationstisch sah, wollte er sie nicht operieren. Warum nicht? Weil sie jüdisches Blut in sich hat, wollte er sie aus Prinzip nicht retten. Ich fuhr ins Krankenhaus, hielt ihm eine Pistole an den Kopf und sagte: Operieren Sie, oder ich schieße. Und wenn sie stirbt, schieße ich auch. Ich liebte meine Tochter wie meinen König, aber an diesem Tage gelobte ich, daß Töchter nicht genügen: Ich brauchte einen Sohn, der dem König dienen sollte wie ich. Nicht als Seemann, sondern als Arzt. Dieser

freie Platz«, er zeigte auf den Stuhl neben sich, »gehört meinem Sohn. Er sitzt im Gefängnis. Und dieser Mann dort«, jetzt zeigte sein Finger auf Krit, »hat ihn eingesperrt.
Mein Sohn ist dem König so ergeben wie ich selbst. Wer glaubt das nicht?« Er nahm den Säbel vom Tisch und schwang ihn unsicher über dem Kopf. »Wer es nicht glaubt, der nehme dieses Schwert und schlage mich tot damit.« Er starrte finster in die Runde. Kein Mensch wagte sich zu regen. Nun richtete er seinen Säbel auf Krit.
»Dieser Mann steckt voll Ehrgeiz. Er will General sein, aber er kauft und verkauft wie ein Krämer. Er wollte die Macht an sich reißen und hat meinen Sohn zum Sündenbock gemacht, um seinen Verrat zu verschleiern. Wer will dem widersprechen?« Sein Säbel zeigte zitternd auf Krit, nur seine Blicke wanderten langsam über die Menge. »Niemand?« Krit starrte wie gelähmt auf die Säbelspitze, während Wuthiwat sich nach einem Widerspruch umsah. Als er keinen bemerkte, richtete er seinen starren Blick wieder auf Krit. »Morgen früh ... wenn mein Sohn morgen früh nicht frei ist, werde ich diesen Mann töten. Ich bin alt, aber töten werde ich ihn. Und das wird im Namen des Königs geschehen!« Er rang nach Atem, seine Hand krampfte sich um den Tisch, um das Gleichgewicht zu halten. Dann versuchte er, den Säbel in die Scheide zu stecken. Schließlich mußte ihm Meechais Frau dabei helfen.
Dann schüttelte er ihre Hand ab und marschierte mit seiner ganzen restlichen Energie aus dem Saal, wobei sie ihm wieder folgte. Field verbeugte sich vor ihm, als er vorbeikam, aber Wuthiwat bemerkte ihn nicht. Er klammerte sich ans Treppengeländer und ließ sich so von seinem Diener, der hier wartete, hinunterführen.
Niemand wagte zu atmen. Eine Minute verstrich. Dann erhob sich eine Tochter des Admirals, die Gattin eines hohen Finanzbeamten, und ging zur Tür, ihr Mann folgte ihr nervös. Eine nach der anderen folgten nun die Töchter, in einem großen Crescendo,

und ihre Männer mit ihnen, bis nur die Frau des Siam-Bankiers neben Krit übrigblieb. Sie rückte so weit wie möglich vom General weg und blickte fragend auf ihren Mann, der seinen Vater fragend anblickte. Auch die anderen Gäste schauten sich verstohlen um: Keiner wußte, ob er gehen oder bleiben sollte. Sie waren als Voyeure gekommen. Der Admiral hatte sie zum Handeln gezwungen.

Schließlich sprang Amara auf und rief über ihren Tisch: »Nun steht doch schon auf! Oder wollt ihr bleiben? Ahha! So ehrgeizig werdet ihr doch nicht sein.« Sie packte Tanun am Arm und rauschte hinaus, ihr Tisch folgte, und nun entschlossen sich auch andere Thais aus guter Familie, die keine Macht zu verlieren hatten.

An der Tür blieb sie kurz stehen, und als sie Field sah, rief sie: »Hallo, Johnny Boy!«

»Ich dachte, Krit ist ein General nach deinem Geschmack.«

»Das stimmt, aber Freunde gehen vor. Ahha! Generäle wie Krit gibt es viele, die kosten nicht viel. Dem Töchterchen geht es gut, falls es dich interessiert.«

Er gab ihr einen Kuß. »Keine Probleme?«

»Doch, aber ich hetze die Hunde auf sie. Keine Angst, Johnny Boy. Ich sorge für meine Gäste!« Damit segelte sie am Arm einer Freundin die Treppe hinunter.

Field wandte sich wieder um und suchte so vielen Gästen wie möglich ins Auge zu sehen, aber niemand schien sich für ihn zu interessieren. Viele Gäste waren auch sitzen geblieben. Die Militärs konnten sich Krit nicht zum Feind machen, die Geschäftsleute brauchten die Militärs, und die meisten Farangs konnten ohne Beziehungen zu Regierung und Geschäftswelt nicht existieren. Unter Krits Blicken mußten sie sitzen bleiben.

Nun richtete sich der uralte Admiral am Ehrentisch auf und sagte so laut, daß man es an den Nachbartischen hören konnte: »Wuthiwat ist ein Mann des Königs.« Dann humpelte er langsam und steif zur Tür. Sofort folgte ihm der Chef des Marinestabs und

nahm seinen Arm. Daraufhin standen alle Marineoffiziere wie ein Mann auf. Nun entstand eine Pause, bis eine Unruhe in der Ecke um Dr. Steuben entstand, der seinen Stuhl zurückschob. Er humpelte herüber zu Krits Tisch, verbeugte sich vor Wuthiwats Tochter und bot ihr seinen Arm an. Sofort sprang sie auf, ohne ihren Mann eines Blickes zu würdigen. Das zwang weitere Farangs zum Aufbruch, die es nicht verwinden konnten, daß ein Exnazi sie in einem öffentlichen moralischen Dilemma auf die Plätze verwiesen hatte.
Jetzt war der Saal schon mehr als halb leer, und der alte Eigentümer der Siam-Bank sah sich sorgsam um. Wer war gegangen, wer geblieben? Als Chinese fiel man in Bangkok besser nicht auf, ganz besonders nicht auf der falschen Seite. Dann flüsterte er seinem Sohn, der noch immer seiner Frau nachsah, etwas ins Ohr, und nun erhoben sich die beiden Männer, lautlos und ohne Krit anzusehen, und im gleichen Augenblick folgten ihnen die sieben anderen Bankiers. Damit saß Krit allein am Tisch neben Pong Hsi-Kun, der seinem General den Rücken zugekehrt hatte und nun sein ganzes Ansehen zusammen mit den Eigentümern der Siam-Bank entschwinden sah. Mit einem kopfschüttelnden »Ts-ts-ts« stand auch er auf und folgte, dabei hielt er seine Blicke auf die Schuhe gesenkt, um Krit nicht ansehen zu müssen, und kam so direkt zur Tür, wo er merkte, daß ihm jemand im Weg stand. Er blickte hoch und schaute Field in die Augen. Als er ihn erkannte, verlor er kurz die Beherrschung, als falle er gleich in Ohnmacht. Das dauerte kaum eine Sekunde, dann hatte er sich gefangen und huschte an Field vorbei die Treppe hinunter.
Die einfachste Lösung, dachte Field, ist immer die beste. Warum denn nicht die einfachste? Und die naheliegendste? Er sah Pong nach, wie er mit eiligen kleinen Schritten verschwand. Warum denn nicht? Er warf noch einen Blick in den Saal, wo kaum noch fünfzig Menschen saßen, ausnahmslos Armeeoffiziere. General Krit trank seinen Cognac aus, ohne aufzublicken.
Die Nacht verbrachte Field im Hotel *Dusit Thani,* wo ihm ein

Bekannter an der Rezeption ein Zimmer ohne Anmeldeformalitäten überließ, damit ihm niemand auf die Spur kommen konnte. Am nächsten Morgen fuhr er früh im Taxi zu Pongs Villa an der Sukhumvit Road, nicht weit von seinem eigenen Haus entfernt. Dort wartete er den halben Morgen auf dem Rücksitz des kleinen Toyota gegenüber der Ausfahrt des großen Gartens, bis Pongs Mercedes erschien. Der Bankier saß auf der Rückbank des überlangen Modells, das leicht zu verfolgen war, während es langsam und stetig seinen Weg durch den Verkehr in Richtung Bahnhof nahm. Dort stieg Pong an seinem alten Büro ab, in einem Gebäude, das einem liegenden Tiger ähnelte, um die schädlichen Kräfte der darauf zukommenden Straßen und Eisenbahnen abzuwehren. Wieder wartete Field. Jagen war seliger denn fliehen, aber einen konkreten Plan hatte er eigentlich noch nicht. Erst kurz vor Mittag tauchte Pong wieder auf, nun ging die Fahrt über die Universität und den Lumpini-Park zur Wireless Road, wo der Mercedes in die Einfahrt des Poloclubs bog. Field ließ sein Taxi warten und ging in ein winziges Loch von Restaurant direkt gegenüber der Einfahrt. Dort bekam man gebratenen Knoblauch und klebrigen Reis mit Brathähnchen und grünem Papayasalat. Das Hähnchen wurde auf der Straße gebraten, statt Servietten stand eine Rolle Toilettenpapier auf jedem Tisch.

Er wollte sich gerade zum zweitenmal nehmen, da erschien der Mercedes schon wieder. Neben Pong saß jetzt eine zweite Person auf der Rückbank, eine Frau. Field stand halb auf, um besser zu sehen. Es war Amara, das Haar sorgfältig hochfrisiert wie immer tagsüber, mit ihrem typischen Lachen. Dann war der Wagen verschwunden. Daß es Amara und niemand anders gewesen war, daran gab es keinen Zweifel. Andererseits durfte das doch nicht wahr sein, es machte einfach keinen Sinn! Amara konnte doch nicht die Frau an der Spitze eines … Und ausgerechnet in ihr Haus hatte er seine Tochter geschickt! Er setzte sich wieder und bestellte noch ein Bier. Danach trank er ein drittes, ging hinüber zur Telefonzelle neben der Einfahrt und rief bei Amara an.

Songlin klang leicht ungeduldig. Sie sitze wie in einem Käfig mitten im Wasser, sagte sie, die Gegend sei nicht freigepumpt, sie versäume ihre Vorlesungen. Seit Amaras Fahrer sie hergebracht habe, sei absolut nichts geschehen, sie sehe den ganzen Tag keinen Menschen ... Field fragte sie nach den Individuen, auf die Amara angeblich die Hunde gehetzt hatte. Davon hatte Songlin nichts bemerkt.

Mitten im Stau der Wireless Road verkaufte ein Junge Abendzeitungen, schrie Krits Namen. Field lief zwischen den Autos hindurch, kaufte ein Blatt und ging zurück an seinen Tisch. Krit und sein Tagesablauf füllten fast die ganze erste Seite. Ein Foto zeigte ihn im Zentralgefängnis, wo er am frühen Morgen persönlich Dr. Meechai Wuthiwat befreite und sich für das Durcheinander entschuldigte, das versehentlich zur Festnahme geführt hatte. Gleichzeitig überreichte er ihm eine Million Baht in bar als persönliches Geschenk an die Opfer des Feuers. Anschließend fuhr er gemeinsam mit Woodward nach Klong Toey, wo er die Soldaten, die den umstrittenen Raum für das Hafenamt bewachten, anwies, den Leuten ihre alten Grundstücke zum Wiederaufbau zu geben.

Dabei wurde er ständig von einer Horde Journalisten begleitet, die ihm dann zur Obersten Heeresleitung folgten, wo er seinen Rücktritt als Kommandeur der 1. Armeedivision einreichte und zugleich die Entbindung von allen Pflichten als Offizier beantragte. Diese Bitte hielt alles eine Stunde auf, weil dazu die Genehmigung des Königs nötig war. Als sie endlich eintraf, fuhr Krit in einem kleinen Privatauto – einem alten Fiat, mit dem in normalen Zeiten das Hauspersonal Einkäufe erledigte – nach Hause, um von seiner Familie Abschied zu nehmen. Auch davon gab es Augenzeugenberichte, doch waren keine Fotografen zugelassen, und so mußte man sich mit Berichten über Frau Krits Tränen begnügen. Ein Fotograf war aber auf die Gartenmauer geklettert und hatte mit einem Teleobjektiv festgehalten, wie Krit in einfachen Zivilkleidern sein Haus verließ. Im Hintergrund hielten ihm zwei Diener die Flügel der Haustür auf, dahinter konnte man ein großzügiges Entree erkennen und die Umrisse zweier großer Buddhas, die Field irgendwie bekannt vorkamen. Dann folgten die Journalisten Krit in einer Kavalkade bis zum Fluß in der Nähe des Großen Palasts, wo er in eine schlichte private Motorjacht umstieg und stromaufwärts entschwand. Polizisten verhinderten unter Gewaltandrohung, daß man ihm mit gemieteten Booten folgte, bis die Jacht außer Sicht war. Nun wurde am Anleger eine kurze Presseverlautbarung verteilt, der zufolge Krit sich in ein auf dem Landweg unzugängliches Kloster begebe, um in einen Mönchsorden einzutreten und sein bisheriges Leben zu überdenken.

»Gott im Himmel«, murmelte Field vor sich hin. »Jetzt geht es aber rund! Wie im Zirkus!«

Dann erinnerte er sich daran, daß alles auf Pong ankam und jetzt auch auf Amara, und stieg in sein Taxi. Mühsam quälten sie sich zur Zentrale der Siam-Bank an der Sathorn Avenue, dreiviertel Kilometer von Mrs. Lakers East-West Trading Company entfernt. Nach ein paar Minuten setzte der Regen ein, und als sie sich der Bank näherten, floß der Abwasserkanal in der Mitte der Straße bereits über. Die Siam-Bank hatte sich einen neuen Wolkenkratzer aus Marmor geleistet, dessen fünfunddreißig Stockwerke auf tiefen Pfahlfundamenten ruhten. Das Land ringsherum war aber allmählich abgesunken. Als das Taxi zu diesem tieferen Wasser kam, hielt der Fahrer an. Field ließ ihn auf dem Bürgersteig warten, bis der Schauer aufhörte. Von hier aus sah er den Mercedes unter dem ausladenden Vordach der Bank parken: Pong hatte es also noch geschafft, bevor der Kanal überfloß. Typisch Bangkok: Hier kümmerten sich die Reichen nur um ihr Eigentum, für die Nachbarschaft, über die sie es erreichten, gaben sie keinen Baht.

Nach einer halben Stunde hörte der Schauer auf, und Field sagte dem Fahrer, er solle einen Versuch wagen. Aber schon fünfzig Meter vor der Bank fing der Motor zu stottern an. Field zahlte, stieg in das fast knietiefe Wasser und watete weiter, bis es ihm zu den Oberschenkeln reichte. Er überlegte kurz, was für Krankheiten er sich holen konnte, wenn ihm diese schlammige Brühe in seine Körperöffnungen kam: Da gab es verschiedene Würmer, die einem zum Beispiel die Leber auffraßen, dann vor allem Hepatitis ... Aber er fand, jetzt mache das nichts mehr aus – er war ja schon infiziert. Die Schmerzen waren inzwischen so beständig geworden, daß er sie kaum noch als Schmerz wahrnahm, sondern eher als einen dauernden Hintergrundlärm seines Lebens. Ein paar Meter weiter bewegte sich etwas auf der Wasserfläche. Er sah näher hin und stellte fest, daß es sich um eine Ratte handelte, ein ziemlich großes Exemplar, das ganz friedlich von der Bank her kam und mit offenem Maul und deutlich sichtbaren grauen Zähnen auf ihn zuschwamm. Er spritzte sie an, worauf sie prompt ihren Kurs änderte, und watete weiter. Nach ein paar Metern hob sich der Beton unter seinen Füßen. Er hing in einem recht steilen Winkel an den Mauern des Bankturms.

Nun betrat er entschlossen den weißen Marmor der Eingangshalle. Aus seinen Hosen lief das Wasser, das saugende Geräusch der Socken in seinen Schuhen ließ ihn innehalten und überlegen. Wenn er hier wartete, würde früher oder später Amara herunterkommen, dann wäre die Konfrontation da. Er blickte sich um. Die Portiers an den breiten Eingangstüren warfen bereits kritische Blicke auf ihn. Er ließ seinen Blick zu der kathedralenhohen Decke schweifen. Das Gebäude unterschied sich in nichts von anderen Banken-Wolkenkratzern rund um die Welt. Er drückte auf den Liftknopf und im Lift den Knopf 35 für das höchste Stockwerk.

Dort erkundigte sich ein Bediensteter nach seinem Namen, und Field erkundigte sich nach Pong Hsi-Kun. Das war sonst nicht die angemessene Bezeichnung für den Präsidenten der Siam-Bank, aber jetzt fand es Field ganz richtig so. Er wartete kaum vier Minuten auf dem Wollteppich, dann wurde er durch einen holzgetäfelten Korridor in ein Vorzimmer geführt, von dort in einen Sitzungsraum und dann in ein Büro, das bedeutend größer war als der gesamte Grundriß von Fields Haus. Pong saß weit entfernt am anderen Ende hinter seinem Schreibtisch, die Unterarme flach auf der Schreibunterlage, die Hände gefaltet. Mehrere goldene Ringe glänzten an seinen Fingern. Er lächelte, und seine großen Zähne blitzten im Licht.

Field marschierte auf ihn zu. Nach wie vor tropfte es aus seinen Hosen, aber er ging mitten über den Teppich zwischen schwer vergoldeten, pseudofranzösischen Stilmöbeln im kombinierten Geschmack aller nur denkbaren Louis'. Als er vor dem Schreibtisch stand, starrte er Pong in die Augen. Der Bankier trug einen grauen Seidenanzug, ein schweres cremefarbenes Seidenhemd und eine dicke schwarze Seidenkrawatte, Kleider, die man in Bangkok nur tragen konnte, wenn man sich nie aus dem Schutz der Klimaanlagen wagen mußte. Field schaute sich gemächlich um. Eine Wand bestand nur aus Fenstern und ging auf einen Fluß, der sonst Sathorn Avenue hieß. Die gegenüberliegende Wand war holzgetäfelt, mit mehreren Türen darin.

»Amara ist also schon weg?«

Pong blinzelte durch seine Brille, aber nur einmal. »Mr. Field liebt die Überraschungen. Aber nein! Sie ist nicht schon weg, aus dem einfachen Grund, weil sie gar nicht hier war.«

»Sie sind aber mit ihr aus dem Poloclub gekommen.«

Pong nickte. »Ganz richtig. Und dann habe ich sie abgesetzt. Hatten Sie sich hier mit ihr verabredet?«

Jetzt wußte Field nicht mehr weiter. Er ließ sich in einen der beiden Ledersessel vor dem Schreibtisch fallen und spürte, wie das Wasser langsam aus seinen Hosenbeinen sickerte. In der klimatisierten Luft fühlten sie sich auf einmal sehr klamm und kalt an.

»Eine charmante Dame!« half ihm Pong weiter. »Ich hätte nicht gedacht, daß ich mich so gut mit ihr verstehe. Nicht mit einer Dame der allerbesten Gesellschaft. Sonst mag ich Frauen eher einfacher.«

»War das Ihr erstes Gespräch?«

»O ja. Sie rief mich heute morgen an. Ich kenne einen ganz hervorragenden jungen Brigadegeneral, dem ich vielleicht bei seiner Karriere helfen kann, nachdem mein Freund Krit sich zurückgezogen hat. Und Ihre Freundin Amara ist seine Cousine. Deshalb haben wir gemeinsam zu Mittag gegessen.«

»Und was fällt dabei für Amara ab?«

»Sie sind aber sehr neugierig, Mr. Field! Vielleicht fragen Sie sie selbst?«

»Das mache ich schon noch. Aber jetzt bin ich wegen Somchai hier.«

»Somchai?«

»Somchai. Thai. In Vientiane. Es geht um Rauschgift, glaube ich. Und um das ermordete kanadische Ehepaar.«

»Ach richtig, dieses Ehepaar! Davon habe ich gehört. Aber von dem anderen Mann noch nie.«

»Das macht nichts, Mr. Pong. Aber hören Sie zu: Ich werde nichts unternehmen, ich werde nichts veröffentlichen, ich habe nichts gesehen, ich weiß von nichts! Also nehmen Sie bitte Ihre Hunde an die Leine. Ich lasse Sie in Ruhe und Sie mich. Mir ist völlig egal, was für Geschäfte Sie machen, und Sie kümmern sich nicht um mich. Das ist doch ein faires Angebot!«

»Ich lasse Sie in Ruhe, Mr. Field. Sie kommen doch zu mir, nicht? Ich gebe zu, daß Sie falsche Schlüsse ziehen können, wenn Sie an den Ruf des armen Krit denken und an meinen eigenen in jungen Jahren. Ich wüßte zwar auch dann nicht, welche Schlüsse. Aber das waren doch Kinderstreiche, Mr. Field. Schauen Sie sich einmal um.« Er breitete die fleischig-weichen Hände aus. »Glauben Sie, ich interessiere mich für solche schäbigen Geschäftchen?«

»Sechs Tonnen Heroin pro Jahr sind nicht schäbig, die würden kaum in dieses Zimmer passen. Ich habe mich im Keller dieses Palasts noch nicht umsehen können, aber allein der Reingewinn aus dieser Menge würde ihn ganz schön füllen.« Er riß sich

zusammen: Das hatte er nicht sagen wollen. »Aber das ist mir auch gleichgültig.«
»Mir auch, Mr. Field, und allmählich glaube ich, daß Sie an die falsche Adresse geraten sind.«
Field nickte energisch. »Sicher, deshalb haben Sie mich bei Ihrer knapp bemessenen Zeit ja auch so schnell vorgelassen.« Und er breitete die Hände aus wie Pong vorher. »Aber beruhigen Sie sich, ich bin nicht gekommen, um Ihnen zu drohen, ich möchte ja nur, daß Sie mich vergessen!«
Pong drückte auf einen Knopf, und sofort öffnete ein Sekretär eine Tür hinter Field. »Nichts lieber als das, Mr. Field! Leben Sie wohl.« Er blieb ruhig sitzen.
Field bemerkte aus dem Augenwinkel einen dunklen Fleck auf dem Ledersessel. Um so besser, dachte er. Als er hinausging, hörte er wieder das Geräusch der Socken in den Schuhen.
Inzwischen war das Wasser so weit gestiegen, daß sich Taxis nicht mehr in dieses Viertel wagten. Er watete an den flachsten Stellen der Straße dahin, dann stieg er in einen Bus und fuhr ein gutes Stück nach Hause. Fast die ganze Strecke mußte er stehen und unter dem niedrigen Dach den Kopf schräg halten. Auf der Rama IV. Road bekam er endlich ein Taxi, und als er nach Hause kam, war es schon dunkel. Hier war das Wasser nur knöcheltief. In der Einfahrt warteten keine Killer auf ihn. Das erstaunte ihn – sollte es ihm schon gelungen sein, sie loszuwerden? Er erteilte dem Enkel der Haushälterin eine erneute Lektion in Sachen Sicherheit, versperrte eigenhändig alle Türen, aß etwas Rührei und ging schlafen. Auch die Schlafzimmertür versperrte er selbst, den Revolver legte er neben das Kissen. Lange konnte er nicht einschlafen, bis er auf die Idee kam, Aos Abwesenheit halte ihn wach. Vielleicht half es, daß ihm das bewußt wurde, auf jeden Fall schlummerte er bald ein.
Um drei Uhr morgens warf ihn etwas in die Luft, dann landete er unsanft auf dem Fußboden neben dem Bett. Er war so schlaftrunken, daß ihm erst nach ein paar Sekunden das Krachen der

Explosion ins Bewußtsein drang. Er suchte überall nach seinem Revolver – endlich fand er ihn neben sich auf dem Boden –, dann öffnete er vorsichtig die Schlafzimmertür. Sofort schlug ihm ein atemberaubender Gestank entgegen.

»Yai! Mae Yai!«

Er brüllte so lange vom Treppenabsatz herunter, bis die Haushälterin und der Wachmann am Fuß der Treppe erschienen.

»Was wünschen, Mister?«

»Was soll ich wünschen! Könnt ihr nicht riechen? Verfluchte Scheiße!«

Er rannte die Treppe hinunter und knipste die Lichter an. Alles wirkte völlig normal, bis auf den Gestank. Unter der Treppe, praktisch unter seinem Schlafzimmer, war eine Toilette. Als er näher kam, konnte er kaum noch atmen. »Komm her!« Der Wachmann gehorchte. »Mach die Tür auf!« Der Bursche zögerte sichtlich. »Nun los! Dafür wirst du bezahlt!« Field schob ihn näher und ging dann ein paar Schritte zurück. »Los jetzt, Himmel noch mal!«

Der Bursche drückte vorsichtig auf die Klinke und öffnete die Tür. Ein überwältigender Gestank verbreitete sich, dann begann breiartig Unrat ins Eßzimmer zu fließen. Drinnen erkannte man eine dunkelbraune Masse und dazwischen Porzellanscherben. Unter dem Druck des Flutwassers war die Versitzgrube explodiert.

»Zumachen«, brüllte Field, »zumachen!« Dann ging er entschlossen die Treppe hinauf, und als er oben war, rief er der Haushälterin zu: »Sag dem Enkel, er soll es saubermachen. Und zwar sofort!« Damit ging er ins Schlafzimmer, drehte den Ventilator auf volle Kraft und legte sich wieder schlafen.

Am Morgen stank das gesamte Haus, und doch wachte Field ganz glücklich auf. Er hatte das deutliche Gefühl, der Regen werde bald aufhören, die Flut werde sinken, und Pong mit seinem Rauschgift und seinen Freunden werde sich in Nichts auflösen. Er warf einen Blick auf seine Unterhose, zog sie aus und unter-

suchte die leidenden Körperteile. Auch das, so schien ihm, werde jetzt vergehen, und dann werde die Sonne wieder scheinen.
Er hing noch seinen Gedanken nach, als die Haushälterin an die Tür klopfte. Ein Polizist und ein Mann in Zivil seien unten und fragten nach ihm. Sein erster Gedanke war Songlin. Er sprang in eine Hose, warf sich ein Hemd über und rannte hinunter. Der zweite Mann entpuppte sich als Beamter der Einwanderungsbehörde; er trug ein Prem-Hemd aus Perlon und schiefgelaufene Schuhe. Sogleich händigte er Field einen Brief aus, genauer gesagt einen Ausweisungsbefehl, der binnen sieben Tagen in Kraft trat. Field mußte ihn zweimal lesen.
»Ich habe ein Halbjahresvisum«, entgegnete er lahm.
»Ihr achtunddreißigstes Halbjahresvisum, nicht wahr, Mr. Field?« entgegnete der Beamte. »Und das ist jetzt widerrufen.«
»Widerrufen? Aber warum denn?«
Er deutete auf den Polizisten. »Auf Anweisung der Kriminalpolizei.«
Field sah sich den Polizisten genauer an. Er wirkte weichlich, sein Körper drückte überall gleichmäßig gegen den straffen Perlonstoff der Uniform, so daß Bauch und Hüften unnatürlich eingezwängt erschienen. Eine Atmosphäre erwiesener und erhaltener Freundschaftsdienste umgab ihn. »Sie sind von der Kriminalpolizei?« Keine Antwort. »Und ich soll eine Gefahr für Sicherheit und Ordnung darstellen? Ich bitte Sie! Was für eine Gefahr denn?«
Der Polizist sagte nichts, aber der Beamte lächelte freundlich. »Wahrscheinlich können Sie das nur von höherer Ebene erfahren.«
Field las den Ausweisungsbefehl erneut durch, dann noch einmal, und schaute von einem Mann zum anderen. »Lieber Gott!« Er blickte sich ratlos im Halbkreis um, dann sagte er halblaut: »Ich will aber nicht weg! Ich will hier leben.« Das überhörte der Beamte. »Natürlich können Sie jederzeit als Tourist kommen, Sie brauchen kein Visum, wenn Sie nicht länger als zwei Wochen im

Lande bleiben. Dann können Sie ganz normal am Flughafen aus dem Ausland einreisen.«
»Sie meinen, daß ich alle zwei Wochen wegfliege und wiederkomme?«
»Sie könnten es ja versuchen.« Field hörte, daß der Mann nichts gegen ihn hatte.
»Aber dann steht mein Name auf der schwarzen Liste der Paßkontrolle?«
»Das kann ich Ihnen wirklich nicht sagen. Dafür ist eine andere Abteilung zuständig.« Er sah an Field vorbei.
»Also stehe ich schon auf der Liste?«
»Ich kann es Ihnen wirklich nicht sagen!« Ein Schweigen folgte, in dem der Beamte einen schnellen Blick auf den Farang wagte.
»Aber denkbar ist es.«
»Warum soll ich es dann versuchen?«
Jetzt sagte der Beamte nichts mehr, sondern ging verlegen zur Tür. Der Polizist folgte ihm. Field machte ein paar Schritte zur anderen Seite und schaute hinaus, auf den Rasen mit dem Abfall der täglichen Überschwemmungen und auf das stehende Wasser im randvollen Klong. »Ich will nicht weggehen.« Als er sich umschaute, waren die beiden Männer verschwunden. »Und ich werde nicht gehen!«
Er rief Crappe zu Hause an und befahl seiner Frau, ihn sofort zu wecken.
Crappe meldete sich heftig protestierend. »Wenn Sie meinen Schlaf stören, sinkt die Qualität meiner Artikel ...«
»Nur eine Frage. Wo ist Krit?«
»Hier ist gute Information teuer.«
»Ich stehe unter Druck, Henry. Wo ist er hin?«
Crappe seufzte. »Ich höre, daß unser General diesmal gegen den Strom schwimmt, flußaufwärts also. Kurz: nach Wat Chalerm, hinter Nonthaburi.«
»Danke!« Field wollte schon aufhängen.
»John? Moment mal. Brauchen Sie nicht etwas Zucker?«

»Zucker?«
»Ja. Der Putsch war zu schnell vorbei, und jetzt habe ich zuviel Ware hier.«
»Behalten Sie sie doch gleich für den nächsten Putsch, Henry.«
»Gute Idee, aber ich habe allerhand in diese eiserne Reserve investiert, leider zuviel für meine Möglichkeiten.«
»Wir sprechen uns noch, Henry!« Field hängte auf, zog sich an und ging auf die Straße. Ein kleiner Fiat parkte vor seinem Garten, und als Field etwa fünfzig Meter weit in Richtung Sukhumvit Road gegangen war, setzte er sich langsam in Bewegung. Field blieb stehen und schaute sich um. Im jetzigen Stadium konnten sie alles mögliche sein: auch Geheimpolizisten, die ihn beschatteten, damit er nicht einfach verschwand. Andererseits wollten sie doch genau das – solange er nur über die Grenze ging. Vielleicht waren es aber doch Pongs Männer? Fast hätte er sie gebeten, ihn ein Stück mitzunehmen, aber dann ging er doch lieber auf die andere Seite des Soi und auf die Sukhumvit Road hinaus, wo er in ein Taxi stieg und sich zum Fluß fahren ließ. Kaum hatte er die Tür zugeschlagen, schaltete der Fahrer schon den Kassettenrecorder an. Gitarrenklänge, dann das übliche Gebrüll: *Born in the USA! Born in the USA!* Field beugte sich ohne ein Wort über den Vordersitz und drückte die Stopptaste. Die Sathorn Avenue war fast trocken, nur die Siam-Bank lag inmitten ihres kleinen Sees. Pongs grauer Mercedes stand schon wieder unter dem Vordach, zusammen mit zwei schwarzen Limousinen; eine Farbe, die hier den Eigentümern vorbehalten war. Ein Stück weiter lag Mrs. Lakers viereckige Insel, von Deichen umgeben und nur über ein erhöhtes Brückchen zu erreichen.
Am Ende der Avenue, beim Anleger der Flußfähren, zahlte er das Taxi. Die neue Brücke gleich stromabwärts hing wie ein dunkler Schatten im Himmel, als Field auf die schwimmende Plattform des Anlegers hinaustrat. Gleich darauf hielt der kleine Fiat; an der Beifahrerseite stieg ein Mann aus. Er war schwer einzuordnen, konnte ebensogut ein Polizist sein wie ein Killer der

gehobenen Klasse. Field glaubte ziemlich sicher, eine gewisse Ausbeulung an seinem Hemd wahrzunehmen. Alle paar Minuten erschienen nun weitere Passagiere, bis etwa zwanzig im Schatten warteten. Nur Field stand allein mitten auf der Plattform in der Sonne.

Es dauerte noch fünfzehn Minuten, bis das rot und weiß gestrichene Fährboot den Fluß heraufkam. Es lag tief im Wasser; am Vorderdeck war die Hälfte der etwa sechzig Sitze besetzt, am Heck standen ein paar Mönche neben der Maschine. Wenige Sekunden bevor das Boot mit dem Bug an die Plattform stieß, pfiff ein Bursche mit einem Tau in der Hand grell auf einer Trillerpfeife. Der Fahrer stoppte die Maschine, legte den Rückwärtsgang ein und warf das Ruder herum. Wie durch ein Wunder legte sich nun das Heck bis auf einen knappen Meter sanft an den Anleger, der Bursche sprang an Land und wand das Tau um einen Poller. Nun strömten die wartenden Menschen auf die Plattform, die wild zu schaukeln begann, einer nach dem anderen sprangen sie an Bord und drängten sich zwischen die Sitzbänke. Field wartete breitbeinig, bis alle eingestiegen waren. Er behielt seinen Verfolger im Auge, der ebenfalls zurückgeblieben war. Jetzt waren sie allein auf der Plattform, kaum einen Meter voneinander entfernt, da pfiff der Bursche wieder und fing an das Tau loszuwerfen. Field lächelte den Mann aus dem Fiat an, dann nickte er dem Burschen zu, als wolle er ihm sagen, daß sie nun doch nicht mitfahren wollten. Der Bursche pfiff noch einmal und sprang, als der Fahrer die Maschine losdonnern ließ, ins Heck. Field sprang ihm sofort nach und klammerte sich ans Geländer. Darauf hatte der Mann nur gewartet, er folgte Field auf den Fersen. Field streckte eine Hand aus, als wolle er ihn an Bord ziehen, drückte ihn aber energisch vom schwankenden und vorwärtsdrängenden Boot ab. Der Mann landete im Wasser.

Der Bursche sah sich erschrocken um, aber Field lachte fröhlich, und so nahm auch der Bursche den Vorfall als Scherz und lachte.

Field setzte sich auf einen freien Platz im Bug, hinter der Kabine des Fahrers, der an seinem Kofferradio drehte. Endlich fand er *Made in Thailand* und drehte das Radio auf volle Lautstärke. Field ließ sich zurücksinken. Er lehnte sich an die Reling, so daß das Wasser auf sein Hemd spritzte und sein Gesicht mit feinem Gischt bedeckte.

Nun kreuzten sie wiederholt von einer Seite des Flusses auf die andere, wichen Fähren und langen Reihen von Lastkähnen aus, während weiße Motorjachten aus dem Nichts auftauchten und mit langem Kielwasser vorüberschossen. So fuhr der Expreß allmählich flußaufwärts, vorbei an den sieben alten Kirchen am Fluß, den Resten eines nicht verwirklichten Missionstraums, vorbei am Gro-Palast und an Wat Mahattat mit seinen Reliquienhändlern. Dann wurden die modernen Betonblöcke am Flußufer immer seltener, und alte Holzhäuser lösten sie ab, mit rostbraunen Blechdächern und Holztreppen in den Fluß. Hier und dort saß eine Frau auf einer Treppe bis zu den Schultern im Wasser und wusch sich. Bei jeder Haltestelle stürmten Jungen auf das Dach des Expresses und sprangen, wenn das Boot abfuhr, in den weißen Schaum. Fields Kopf war die ganze Stunde bis zur Endstation absolut leer, außer dem einzigen Gedanken: »Ich will nicht weg! Ich will hierbleiben!«

Die Endhaltestelle in Nonthaburi lag nicht weit vom Gefängnis entfernt, das er vor einer Woche besucht hatte. Neben dem Anleger sah Field ein schlankes Flußtaxi liegen, er kletterte vorsichtig in das zerbrechliche Gefährt hinunter; dessen Bord kaum über das Wasser ragte. Es schoß so rasch über die Wellen, daß sie in kaum fünf Minuten in Wat Chalerm anlegten, etwas flußaufwärts auf der anderen Seite des Stroms. Ein taubstummer Junge mit einem kleinen Vogelkäfig saß am Anleger und wartete auf Kunden, die die Vögel freilassen und damit Gnade erwerben wollten. Drei elegante hölzerne Salas standen ein paar Meter vom Anleger vor einer weißen Mauer in chinesischem Stil, über die drei kleine Tempel schauten, zwei davon in Ruinen. Die

Mönchshäuser befanden sich weiter im Inneren des Geländes, nahe der Stupa, unter dichten Bäumen. Es waren einfache Holzhütten entlang eines Klong, der mehr einem Bach im Dschungel glich. Jedes Haus hatte einen kleinen Vorgarten mit Blumen und Steinen, jeder individuell verschieden, je nach dem Geschmack des Mönchs, der ihn gestaltete und pflegte. Man sah kein Gemüse. Es gehörte sich nicht, daß sich ein Mönch um seinen Lebensunterhalt besorgt zeigte.

Field schlenderte unter den Bäumen umher, bis er einen Mönch im Untergewand sah, der im Klong seine Kleider wusch. Als der die Schritte des Besuchers hörte, sah er auf.

»Guten Tag, Mr. Field«, sagte er lächelnd. Es brauchte einige Zeit, bis Field in diesem Mönch mit rasiertem Haar und rasierten Augenbrauen, der barfuß in einem Klong stand, General Krit erkannte. Aber das war nicht alles. Krits Ausdruck hatte sich noch mehr verändert: Das Feuer in seinen Augen war erloschen. »Sie können dort warten, bis ich fertig bin.«

Field stieg ein paar Stufen hinauf in das Mönchshaus. Es bestand aus einem einzigen Raum und war völlig leer bis auf eine Matte und ein paar Gewänder, die gefaltet in einer Ecke lagen. In diesem Raum aus dunklem Holz war es kühl, durch die offenen, unvergitterten Fenster wehte eine leichte Brise. Von draußen hörte man das Plätschern des Wassers.

Als Krit hereinkam, legte er gemessen ein sauberes Gewand an. Die Haut an seiner Brust war glatt, aber das Fleisch hing locker wie bei einem alten Mann. Er ließ sich Field gegenüber nieder und betrachtete ihn mit distanzierter, aber nicht unfreundlicher Gelassenheit. Sein Gewand war dunkelbraun, die Farbe der strengsten buddhistischen Orden.

»Schaut recht überzeugend aus«, knurrte Field.

In Krits Gesicht zeigte sich ein Anflug von Nachsicht. »Sie kennen sicher das Sprichwort: Die wenigsten überqueren den Fluß, die meisten laufen nur am Ufer hin und her.«

»Die Überfahrt kostet fünf Baht.«

Krit lachte. »Deshalb habe ich ja das braune Habit gewählt. Wir dürfen nicht einen einzigen Baht anrühren.«
»Das können Sie sich doch leisten! Nein, entschuldigen Sie, Krit. Ist ja nicht wichtig, was ich denke.«
»Was ich denke, auch nicht. Aber ich mache hier einen Versuch. Gestern habe ich Macht, Familie, Reichtum und sogar den Cognac aufgegeben, Mr. Field. Ein toller Trick, finden Sie? Eine eindrucksvolle Show? Dann kam ich hier heraus, legte meine Kleider ab, mein Haar und meine Augenbrauen, und tauchte im Klong unter, um mich reinzuwaschen. Und wissen Sie was? Ich spürte, wie alles von mir abfiel. Das war eine große Überraschung für mich! Nun, ich werde ja sehen, wohin mich der Versuch führt. Aber meines alten Lebens bin ich überdrüssig. Vielleicht ist das der Kern der Sache. Ich finde es nicht langweilig – ich möchte es nicht mehr.«
»Ich brauche Ihre Hilfe.«
»Und ich würde Ihnen gern helfen, verfüge aber wirklich über keine Möglichkeiten mehr, nicht einmal über Pong.«
»Sie wissen über den Drogenhandel mit Laos Bescheid.«
»Vage.«
»Vage? Was heißt das? Sie wissen doch, worum es geht?«
»Entfernt. Ich erinnere mich gut an Ihre Artikel: daß wir Generäle vom Drogenhandel leben. Das ist natürlich ganz richtig. Aber unsere Geschäftspartner doch auch. Sie können mir glauben: In den letzten Jahren habe ich das Interesse daran verloren. Sie werden wieder sagen, daß ich es mir leisten kann, aber so denkt natürlich kein Geschäftsmann. Ich war mit meinem Profit völlig zufrieden, aber die Kaufleute träumen immer von mehr und noch mehr Umsatz bis in alle Ewigkeit. Ich bin nur ein einfacher Soldat, dazu bin ich letztlich zu bequem. Also: Wer benutzt wen in diesem Spiel? Das ist mir bis heute nicht klargeworden.«
»Ich habe gestern mit Pong gesprochen. Er sagte sinngemäß dasselbe. Daß er darüber hinausgewachsen ist.«
»Nun, das kann ja stimmen. Andererseits ist sein Aufstieg in die

Arme der Siam-Bank noch jung, der Laos-Handel läuft aber schon lange. Übrigens vertragen sich doch das Bankgeschäft und der Drogenhandel, oder?«

»Mag sein. Aber jetzt hetzen sie Killer auf mich.«

»Und ist das ein Widerspruch? Der Name Siam-Bank steht für Vertrauenswürdigkeit – und Sie wissen zuviel. Das könnte doch dem Image schaden, nicht?«

»Jetzt haben sie sogar mein Visum widerrufen.«

»Tatsächlich?« Krit lächelte, als könne er eine geheime Bewunderung für diesen zugleich einfachen und wirkungsvollen Schritt nicht verbergen. »Darauf wäre ich nicht gekommen.« Dann gewann er wieder Haltung. »Fahren Sie, Mr. Field! Fahren Sie! Vielleicht bekommen Sie sicheres Geleit.«

»Aber ich will nicht gehen! Deshalb bitte ich Sie doch um Hilfe. Ich bin in Bangkok zu Hause!«

»Dann wissen Sie aber auch, wie hier Rache geübt wird. Sie kann sofort kommen oder später, sie kann sich offen zeigen oder versteckt bleiben. Wenn Sie gehen und sich unauffällig verhalten, läßt man Sie vielleicht in Ruhe. Wenn Sie aber bleiben, kommt die Rache eines Tages, darauf können Sie sich verlassen, und Sie werden nicht wissen, aus welcher Richtung. Ihre Ausweisung kann sogar die Vorbereitung dazu sein. Nehmen wir an, Sie sterben morgen. Dann wird es heißen, Field hatte mit der Unterwelt zu tun, mangels solider Beweise wollten wir ihn ausweisen, aber seine Feinde haben ihn erledigt, solange er noch in Reichweite war.«

»Aber ich will nicht gehen!«

»Nun gut. Vielleicht ist das Ihr Karma, vielleicht ist es Ihnen bestimmt, ermordet zu werden. Natürlich gehört Ihr Tod Ihnen allein. Solange Sie leben, ist er Ihr Eigentum. Und es ist Ihre Sache, wenn Sie ihn auf sich ziehen wollen. Aber warum nehmen Sie dann nicht einfach den Revolver aus dem Gürtel und machen es selbst? Das ist natürlich kein buddhistischer Rat und auch kein christlicher … aber wäre das nicht besser, als auf die Hand aus dem Dunkel zu warten? Fragen Sie sich einmal: Wer hat Ihre Ausweisung erwirkt? Vielleicht Pong, vielleicht die Laoten über Beziehungen, von denen wir nichts wissen. Aber vielleicht ist Ihr Feind, der Sie töten will, jemand anderes. Vielleicht paßt es ihm nicht, daß Sie jetzt verschwinden und vor ihm sicher sind. Der Dealer zum Beispiel ...«

»Somchai.«

»Heißt er so? Ach ja, der damals nicht ins Gefängnis kam, ich erinnere mich. Vielleicht hat er etwas dagegen, daß Sie ausgewiesen werden. Ich habe gehört, daß vor ein paar Tagen jemand im Schlachthof umgebracht worden ist. Sein Bruder. Das wäre ein weiteres Rachemotiv. Und die Amerikanerin? Was für eine Rolle spielt sie eigentlich?« Krit beobachtete Field genau, als er das sagte, und bemerkte den Ausdruck des Erstaunens in Fields Augen, aber er fuhr fort, als hätte er nichts gesehen: »Dieses Mosaiksteinchen war mir immer ein Rätsel. Warum sollte eine geschäftlich so erfolgreiche Farang sich da hineinziehen lassen? Aber ich muß zugeben: Ich wollte es lieber nicht wissen.«

Die Glocken des Wat ertönten zum Elf-Uhr-Gebet. Krit schwieg und hörte den friedvollen, beruhigenden Klängen zu. »Als ich Oberst wurde«, fuhr er dann fort, »verbrachte ich ein paar Monate in den USA auf einem Kurs, genauer gesagt in Fort Benning, Georgia, in der Fallschirmjägerschule. Später hatte ich im ganzen Vietnam-Krieg mit Amerikanern zu tun. Und ob Sie es glauben oder nicht: Ich habe sie immer weniger verstanden. Vielleicht hat das etwas mit eurem Dogma zu tun. Christen stellen das Dogma ins Zentrum des Glaubens und damit der ganzen Welt. Für euch ist jede Aussage entweder richtig oder falsch, und jede Handlung auch. Euer Heil hängt vom richtigen Glauben ab, nicht wahr, von der richtigen Formulierung. Entsprechend wollt ihr niemanden gelten lassen, der eure Wahrheit ablehnt, und zum Schluß tötet ihr ihn sogar. Alles völlig abstrakt, nicht wahr, grauenhaft abstrakt, mit Ausnahme des Tötens selbst. Unsere asiatische Gewalt

ist viel persönlicher. Wir glauben von keinem einzigen Satz, daß er absolut richtig oder falsch ist. Er ist mit Sicherheit falsch, schon wenn wir ihn aussprechen. Wenn wir töten, dann aus Liebe oder Haß oder weil wir keine Wahl haben. Diese Leute sehen sich anscheinend gezwungen, Sie zu töten, und wenn Sie schnell genug verschwinden, dann besteht vielleicht dieser Zwang nicht mehr. Die Amerikanerin hingegen glaubt eisern an bestimmte Wahrheiten. Ich kenne sie gut, hatte jahrelang geschäftlich mit ihr zu tun, aber ich verstehe sie nicht im geringsten. Immer ist sie entweder für etwas oder gegen etwas, und immer ist sie sich ganz sicher. Dieses sichere Wissen ist eine schlimme Ablenkung für den Geist. Sicherheit verdunkelt Klarheit. Deshalb bin ich hier, wo es keine Sicherheiten und keine Ablenkungen gibt und wo ich Ihnen nicht mehr helfen kann. Weder mit Ihrem Visum noch sonst. Wirklich nicht.« Er lächelte voll Mitgefühl. Der Ausdruck war noch ein wenig ungeübt, aber ganz echt und kam von innen heraus. »Und jetzt muß ich zum Gebet.«
Fields Unsicherheit war so groß, daß er wortlos und gehorsam hinter Krit das Holztreppchen auf das verwilderte Gras hinunterstolperte. Der Vorgarten des Häuschens war ungepflegt, aber in einer Ecke war die Erde frisch gehackt, erst heute morgen, die Hacke lehnte noch am Baum. Als er aufblickte, war Krit hinter der Mauer der Stupa verschwunden.
Er ging zum Anleger und hörte einige Zeit die Mönche ihre Litaneien singen. Der Taubstumme wartete noch immer mit seinem Vogelkäfig. Field gab ihm zehn Baht und hielt den Käfig vor das Gesicht. Er war etwa fünfzehn Zentimeter hoch, bestand aus je einem Brett als Boden und Decke mit Holzstäben dazwischen. An einer Seite konnte man ein Türchen öffnen. Der Vogel war ein gewöhnlicher Sperling.
»Und wenn ich dich loslasse, kommst du dann freiwillig zurück? Bist du so einer? Laß mich in deine Augen sehen: Lockt er dich mit Opium, hm? Fliegst du eine Runde und kommst dann stracks zurück in den Käfig? Gib es zu!« Der Vogel starrte ihn unbewegt

an. Field öffnete das Türchen, hielt den Käfig aber so nahe, daß der Vogel sich in eine Ecke drückte. »Magst wohl keine Farangs, was? Nun komm schon, gib mir einen Kuß zum Abschied, komm.« Er hielt seinen Mund an die Tür und machte leise küssende Laute. Der Vogel rührte sich nicht. »Nun komm schon. Ach, ist ja egal!« Er drehte den Käfig um, und sofort flatterte der Vogel heraus und verschwand in den Bäumen. »Komm ja nicht wieder! Los, flieg weiter.« Field wollte einen Stein nach ihm werfen, fand aber keinen im Gras.

Er gab dem Burschen den Käfig zurück. Der Taubstumme hatte gelächelt, als der Farang den Vogel küssen wollte, und machte jetzt Fields Küsse nach, mit unheimlichen, warmen Schmatzlauten, dabei rollte er die Augen in gespielter Leidenschaft. Field lachte und gab ihm noch zehn Baht, dann ging er hinunter zum Flußtaxi.

13 Catherine Laker war nicht im Büro. Eine halbe Stunde mußte Field mit einem thailändischen Angestellten plaudern, bis er herausbekam, daß sie heute noch in ihrem Haus im hinteren Teil des Anwesens war. Hin und wieder arbeitete sie dort, schickte schriftliche Anweisungen nach vorn und ließ sich vom Dienstmädchen Akten holen.

Field ging die Vortreppe der alten Kolonialvilla hinunter und verschwand zwischen den Traktoren, Straßenbaumaschinen und Gasrohren unter den Bäumen. Vereinzelt waren im Schlamm letzte Reste des alten Gartens zu erkennen, hier Scherben eines glasierten Blumentopfs, dort Platten von einem Weg. Die Betonmauern um Mrs. Lakers Haus bildeten ein Quadrat von zehn Meter Seitenlänge, waren vier Meter hoch und weiß gestrichen. Die Glasscherben und der elektrisch geladene Stacheldraht auf der Mauerkrone glänzten in der Sonne. Field ging einmal um die Mauer herum. Als einzige Öffnung hatte sie eine Stahltür mit modernen Sicherheitsschlössern, außen glatt und ohne Klinke. An der Wand daneben sah er einen Klingelknopf und einen Sprechapparat, über der Tür eine Fernsehkamera. Er zog ein Papier aus der Tasche und hielt es der Kamera entgegen, als wollte er Unterlagen überbringen, dann wartete er mit gesenktem Kopf. Es dauerte dreißig Sekunden, dann meldete sich eine metallisch klingende Stimme im Sprechapparat.

»Wer ist da?«

»Ich bringe Akten.«

»Ich kann Sie nicht sehen. Heben Sie den Kopf.«

Field erkannte Mrs. Laker an der Stimme. Er sah zur Kamera auf und mühte sich um einen freundlichen Ausdruck.

»Was wollen Sie denn, John?«

»Ich machte mit Ihnen sprechen, Catherine.«

»Heute nicht. Später. Ich fühle mich heute nicht wohl.«

»Catherine, es ist dringend. Ich muß Sie sprechen.«

»Worum geht es?«

»Um das Laos-Geschäft.«

Kurzes Schweigen. Dann fragte Mrs. Laker: »Und worum da?«

»Um meine Ausweisung. Die Schweine werfen mich einfach raus, Catherine.« Er wartete, aber sie antwortete nichts. Nach einiger Zeit rief er in den Sprechapparat: »Catherine! Machen Sie mir auf, verdammt noch mal.«

Schweigen.

Er sah sich um. Drei Thais kamen zwischen den Traktoren auf ihn zu. Es waren Wächter, und Field sah, daß sie Eisenstangen in der Hand hielten. Er starrte sie einen Augenblick an, bis ihm klar wurde, daß sie sich für ihn interessierten. Nachdem sie bis auf zehn Meter herangekommen waren, ging er in Richtung Straße davon. Sie rannten ihm nicht nach, kamen aber zielbewußt hinterher. Er drehte sich um und marschierte zügig durch den Schlamm, und sie folgten ihm in gleicher Entfernung.

Der Regen drohte schon, als er auf die Straße trat. Das einzige Transportmittel in Sicht war ein Tuctuc, und Field nannte seine

Adresse, ohne um den Preis zu feilschen. Die drei Thais sahen ihm wie Hofhunde von der Grundstücksgrenze aus nach. Zehn Minuten später fing der erste Wolkenbruch an, und Field ließ die durchsichtigen Plastikvorhänge herunter. Sie reichten nicht ganz bis unten, so daß der Regen im Fahrtwind durch die Vorhänge auf den Sitz und von dort auf den Boden spritzte. Das war Field jetzt gleichgültig. Der Fahrer hörte Thai-Rock im Radio. Field wollte es ihn schon ausschalten lassen, aber als er den Stau sah, in dem sie gerade hielten, rief er: »Drehen Sie es lauter!« Dann steckten sie eine Viertelstunde fest.

Als Field nach Hause kam, bemerkte er zwei Autos, die in der Einfahrt parkten. Es saß niemand darin, aber das war ja nicht entscheidend. Er ging durch den Kücheneingang und rief nach einem Bier, das er auf der Veranda trank. Der Kanal trat gerade für den Rest des Tages über die Ufer. Field schaute in die Bäume und suchte die weißen Eichhörnchen, aber bei diesem Regen sahen sie wohl keinen Grund herumzuhüpfen. Er fragte sich, wo sie jetzt wohl steckten, dann rief er nach einem weiteren Bier. Die Angelegenheit war im Grunde lächerlich, das sagte er sich immer wieder. Später ging er hinein und rief Crappe zu Hause an.

»Jetzt habe ich alles komplett, Henry. Alle Namen!«

»Kann ich Sie später anrufen? Ich bin gerade am Schreiben.«

»Henry, die Story ist doch wohl wichtiger als die schärfste Tänzerin der Woche!«

Crappe mußte diese Frage gründlich abwägen, jedenfalls schwieg er ein paar Sekunden. »Erstens«, sagte er dann bedächtig, »bin ich ein Qualitätsjournalist, das darf ich Ihnen versichern. Man verwendet meine Kolumnen nicht zum Ausmisten von Vogelkäfigen. Zweitens: Erst in dieser Woche ist in Chiang Mai wieder ein Journalist erschossen worden. Wir übertreffen damit bereits die Vorjahreszahlen, und dabei sind wir erst im neunten Monat. Ich höre mir Ihre Story gerne an, John, nur dürfen Sie bitte nicht zu viel erwarten. Drittens: Ich habe Grund zur Annahme, daß der eigentliche Zweck Ihres Anrufs darin besteht, den Preis für meine Nahrungsmittel zu drücken. Ich betrachte das als ein moralisch bedenkliches Ausnutzen unserer Freundschaft. Ich fasse zusammen: Können wir später weitersprechen?«

Field knallte den Hörer auf die Gabel, ließ sich ein drittes Bier bringen und ging zurück auf die Veranda. Inzwischen war der gesamte Garten überschwemmt. Die Kobras kamen unter dem Haus hervorgeschwommen und glitten am anderen Ende der Veranda auf die Bretter. Dort drehten sie sich elegant um, bis sie parallel nebeneinander lagen, und schauten auf das Wasser hinaus, als ob Field nicht existierte.

»Da seid ihr wieder«, sagte er. »Was darf ich anbieten? Eine Maus vielleicht?« Während er die Schlangen beobachtete, erfaßten seine Augen im Gebüsch hinter ihnen eine Bewegung. War das der Schatten eines Menschen? Momentan schien es ihm so. Aber sobald sich nichts mehr rührte, konnte er nichts mehr erkennen. Er beugte sich vor und starrte ins Gebüsch. Nein, es war nichts. Doch – eine Sekunde drauf sah er wieder eine Bewegung. »Scheiße«, murmelte er und brüllte auf thailändisch: »Verschwindet! Haut bloß ab!«

Yai hörte ihn und kam auf die Veranda, um nach seinen Wünschen zu fragen. Als sie die Kobras sah, stieß sie einen unterdrückten Schrei aus.

»Wo ist dein Enkel? Hol ihn, aber schnell!«

Der Bursche erschien und watete zu den Bäumen, fand aber nichts. Field trank weiter, bis er sich immer deutlicher als Zielscheibe vorkam. Es war verrückt, sich hier auf die Veranda zu setzen! Er sprang so abrupt auf, daß sich die Kobras ins Wasser stürzten. Aber auch als er hinter seiner Wand aus Glas und Bambus saß, wollte das Gefühl nicht weichen. Vorhänge hatte er keine. Er sah seine Stühle an, einen nach dem anderen. Nein, hier unten konnte er nicht bleiben. Also verriegelte er die Schiebetür, nahm ein paar Flaschen aus dem Kühlschrank und ging ins obere Stockwerk. Um acht Uhr ließ er sich das Abendessen ans Bett

bringen. »Lächerlich!« sagte er laut zu sich selbst. »So etwas Idiotisches!«
Er ging hinunter ins Wohnzimmer und stolperte herum, bis er in der Dunkelheit die Fotografie seines Vaters fand. Er konnte die Gestalt kaum erkennen. In der kleinen Küche setzte er sich so, daß man ihn durch das Fenster nicht sehen konnte, knipste das Licht über dem Spültisch an und sah sich das Bild genauer an. Der junge Mann sah sympathisch aus, mit einem netten und intelligenten Ausdruck. Seltsam, daß Vater nichts aus seinem Leben gemacht hatte. Field hielt das Foto näher vor die Augen und prüfte alle Einzelheiten. Dabei entdeckte er Dinge, die er noch nie wahrgenommen hatte. Ein kleiner Vogel saß hinter Vater auf einem Zweig. Die Uhrkette wickelte sich um eine Hand, die halb in der Tasche steckte. An die Uhr konnte sich Field nicht erinnern, eigentlich hätte er sie ja bekommen müssen, als einziges Kind. Dann ging er hinüber zum Telefon und rief, im Dunkeln tastend, Barry Davis zu Hause an. Davis hatte Gäste zum Abendessen, wahrscheinlich auch sie Diplomaten. Man konnte sie im Hintergrund hören.
»Ich liege im Sterben«, sagte Field.
»Davon müssen Sie mir mehr erzählen. Morgen bin ich ab neun im Dienst.«
»Gern, Barry. Ich schicke Ihnen meinen Geist.«
Einen Augenblick Pause. Davis überlegte offenbar. »Also schön. Dann kommen Sie eben sofort herüber.«
»Ich kann nicht, Barry. Ich meine, ich kann nicht vor die Tür gehen. Wirklich nicht. Ich hätte nicht nach Hause kommen sollen.«
»Haben Sie getrunken, John?«
»Das ändert nichts an den Tatsachen.«
»Da mögen Sie recht haben. Ich höre, daß Sie allerhand Ärger machen.«
»Ich? Ärger?«
»Ja. Sie sollen sich sehr unklug aufgeführt haben.«

»Wer sagt denn das?«
»Stellen Sie sich nicht an, John. So was spricht sich rum. Sie kennen doch Bangkok.«
»Und nun, Barry?«
Erneut Schweigen, dann seufzte Davis. »Also schön. Ich komme nach dem Essen zu Ihnen rüber. Genügt das?«
»Vollkommen, Barry. Sie allein sind ja schuld.«
Davis hängte auf.
Nach Mitternacht wachte Field schweißgebadet auf. Draußen gab es laute Worte: Der Wachmann wollte Davis nicht hereinlassen. Field rief aus dem Fenster hinunter, daß der Besucher eintreten solle, und schlüpfte wieder unter das Laken, schon um die Spuren seiner Krankheit zu verbergen.
Davis stapfte die Treppe herauf und sah Field unter düsteren Brauen an. »Für einen Sterbenden haben Sie noch eine recht kräftige Stimme.«
»Barry, ich muß nach Hause.«
»Nach Hause?«
»Sie haben recht gehört. Ausgewiesen!«
»Dann steigen Sie doch einfach ins nächste Flugzeug.«
»So einfach ist das nicht. Setzen Sie sich.« Er sah, daß Davis ihm genau zuhörte und gerne mehr erfahren hätte. »In der nächsten Szene bin ich tot.«
Davis nickte.
»Ich höre, daß es bei Mrs. Laker Spannungen gegeben hat. Sie hat Sie wegen Hausfriedensbruchs angezeigt. Und die Polizei hat uns informiert, weil Sie Kanadier sind. Sie sollen die Dame bedroht haben.« Davis sah sich um, bemerkte den Biervorrat, den sich Field mitgebracht hatte, nahm sich eine Flasche und setzte sich wieder auf die Bettkante. »Die Polizei sagt, sie muß Anklage erheben, wenn die Betroffene darauf besteht.«
»Das möchte ich bezweifeln. Ich könnte nämlich etwas öffentlich ausplaudern, bevor sie mich in der Zelle haben, in der ich dann hinscheide.«

»Wir könnten natürlich beim Außenministerium gegen die Ausweisung protestieren.«
»Das könntet ihr, jawohl. Doch nützen wird es nichts, aber können könntet ihr. Es wäre jedenfalls eine nette Geste und würde Gewissensbisse andeuten. Nutzlose, aber freundliche Gewissensbisse.«
»Tut mir leid, John.«
»Ich weiß. Das haben Sie bei unserem letzten Telefongespräch auch schon gesagt. Aber wenn ich gehe, dann gehe ich nicht allein. Wir sind zu dritt. Ich will auf jeden Fall meine Tochter mitnehmen.«
»Sie haben ein Kind?«
»Richtig. Und die Freunde, die ich durch Ihre Vermittlung gewonnen habe, sind auch hinter ihr her.«
»Wer ist die Mutter?«
»Eine Thai.«
»Und wie alt ist das Mädchen?«
»Achtzehn. Ich möchte es adoptieren und mitnehmen.«
»Geht nicht, John, bedaure. Nach unserem alten Einwanderungsgesetz bleibt sie Thailänderin, da können Sie machen, was Sie wollen, und nach dem neuen könnten Sie sie zwar adoptieren, aber nicht mehr in diesem Alter. Wollen Sie die Mutter mitnehmen?«
»Nein, um Himmels willen! Hören Sie zu: Das Mädchen studiert an der Chulalongkorn. Es geht nicht um eine Tänzerin aus Patpong.«
»Und sie lebt bei ihrer Mutter?«
»Sicher. Und ich zahle für beide.«
»Will das Mädchen mit?«
Field hob die Schultern. »Keine Ahnung, ich habe sie noch nicht gefragt. Bleibt ihr wohl nichts anderes übrig, wenn sie nicht Selbstmord begehen will.«
»Jetzt halten Sie mal den Mund und hören mir zu. Wahrscheinlich hat sie keinen Paß. Beschaffen Sie ihr einen Paß, bringen Sie sie

mit der Mutter zu mir ins Büro. Mit, habe ich gesagt! Dann muß die Mutter der Ausreise zustimmen ...«

»Dazu krieg ich die alte Hexe nie.«

»Das werden Sie schon müssen, sonst stehen wir wegen Kindesentführung vor Gericht. Also: Sie bringen die beiden in die Botschaft, und ich erteile eine Ministererlaubnis, das darf ich als Ermessensentscheidung in dringenden Fällen. Damit kommt sie auf ein Jahr durch die Paßkontrolle. Alles Weitere können Sie in Ruhe in Kanada regeln.«

»Wir werden schon vorher wieder hiersein.«

»Wie Sie wollen. Und wer ist die dritte Person?«

Field gab sich bewußt locker. »Ein Mädchen. Siebzehn Jahre.«

»Noch eine Tochter?«

»Nein. Eine Bekannte.«

»Was ist sie?«

»Ich habe es doch gesagt: eine Bekannte.«

»Und?«

Field kam sich wie ein Idiot vor. Er sah zu Davis auf, der ihn streng dienstlich musterte, und merkte, daß er ein Gespräch in diesem Stil nicht durchhielt. »Sie ist eine kleine Hure, Barry! Sonst nichts.«

»Nun, dann wird man ihr doch nichts antun. Bestimmt nicht wegen Rauschgift.«

»Weiß ich. Aber sie braucht mich, deshalb nehme ich sie mit.«

»Nur über meine Leiche.«

Field sagte absolut ruhig: »Barry, Sie können sich das Nordirisch-Puritanische abschminken. Ich – nehme – sie – mit.«

»Hören Sie jetzt mal gut zu. Ich könnte menschlich und moralisch argumentieren und von einem alternden Sexstrolch sprechen, der schon jede Tänzerin in der Stadt ausprobiert hat. Und daß der einzige Unterschied zu allen anderen darin besteht, daß er der aktuellste Fall ist. Und wenn er sie über den Pazifik schleppt und satt kriegt, was dann? Wir kriegen doch jede Woche so einen grauhaarigen Trottel in die Botschaft mit einer Nummer,

die er unter Umständen vielleicht quasi am liebsten mitnehmen würde.«
»Sie verstehen mich nicht. Sie ist keine Nummer!«
»Interessiert mich nicht, John! So eine kriegen Sie nicht rüber. Sie hat keine Familie, die sie notfalls unterstützt, hat nichts gelernt außer Vögeln und Go-go-Tanzen, kriegt kein polizeiliches Führungszeugnis und so weiter und so fort. Hier gibt es keinen Ermessensspielraum, weil keine besonderen Umstände vorliegen. Sie ist eben nur Fields letzter Betthase!«
»Das ist nicht wahr!« brüllte Field. »Sie verstehen das nicht.« Er hüllte sich in sein Laken und stand auf, wollte den Umschlag mit ihren Dokumenten holen und beweisen, daß der Fall ganz anders lag.
Davis rief ihm nach: »Wenn Sie sie so sehr wollen, warum heiraten Sie sie dann nicht? Ihre Frau dürfen Sie natürlich mitnehmen.«
»Heiraten?« Field drehte sich an der Tür um.
»Ja. Heiraten Sie sie doch! Lassen Sie mich nachrechnen, ich habe Ihnen ja gerade einen Paß gemacht: Sie sind doch vierundvierzig, nicht? Dann sind Sie ja kaum siebenundzwanzig Jahre älter!«
»Sie können mich, Barry. Kreuzweise!«
»Heiraten Sie sie doch! Dann können Sie sie sogar mit thailändischem Paß importieren. Dann garantieren Sie nämlich als Ehemann für den Lebensunterhalt. Ein kurzes Gespräch in der Botschaft, Kaffee, Kekse und ein paar höfliche Fragen: Ihre Familie, Fräulein – 'tschuldigung, gnädige Frau natürlich. Im Reisanbau tätig, sieh mal an! Und der werte Beruf? Masseuse? Wie originell und interessant! Dann brauchen wir nur noch einen kleinen medizinischen Test, daß Sie auch keine Geschlechtskrankheiten haben, und heidi, schon flattert das glückliche Pärchen auf Flitter-Hochzeits-Heimreise!«
»Gut.« Field stand noch immer an der Tür, jetzt wickelte er das Tuch fester um sich. »Das mache ich. Ich heirate sie.«
Davis sah aus, als hätte er Bier in die falsche Kehle bekommen.

»Zu Hause geht eine Scheidung nicht so einfach wie hier, das wissen Sie ja.«
»Wir sprechen übers Heiraten, Barry, nicht übers Scheiden.«
»Das kann ich einfach nicht glauben. Field und eine siebzehnjährige Hure heiraten? Solche Mädchen kriegt man doch auf Vertrag, die braucht man doch nicht zu heiraten.«
»Das ist das gleiche.«
»Wie bitte?«
»Es ist das gleiche: Beides sind Verträge.«
Davis stand auf. Er wirkte erschöpft. »Dann bringen Sie die Damen in die Botschaft. Es wird mir ein Vergnügen sein.«
Am Freitag morgen ging Field schon früh hinaus in den Garten, dann in die Einfahrt. Es war niemand zu sehen. Er schlenderte weiter zur Sukhumvit Road, schaute sich immer wieder um, und als er an der Kreuzung war, winkte er einem Taxi. Während er am Bordstein den Preis zu Pagas Golfclub aushandelte, kam ein Fußgänger dicht an ihm vorbei. Field richtete sich blitzartig auf, der Mann erschrak und wich ihm aus. Als Field sich wieder dem Taxi zuwandte, fuhr es wieder an, wahrscheinlich hatte der Fahrer aus der unfreundlichen Bewegung geschlossen, der Preis sei zu hoch. Field schaute sich um. Der Mann ging ruhig weiter, ohne einen Blick zurück.
»Nur die Ruhe«, flüsterte sich Field zu, »jetzt nur ruhig Blut!«
Er winkte dem nächsten Taxi.
Nach Stunden kam er in Pagas Club an. Als erstes sah er ihren Sohn und Ao in der sonst leeren Sala sitzen und Karten spielen. Field beobachtete sie vom Eingang aus, suchte nach einem Anzeichen für etwas mehr als ein Kartenspiel. Der Bursche war eine Null, das war jedem klar, nur ein Schatten seiner Mutter. Ao blickte auf, sah Field, lief auf ihn zu und umarmte ihn.
»Wo du gewesen, John? Warum nicht zurückgekommen?«
»Ich bin doch zurückgekommen.«
»Aber so lange, John! Paga und ich Sorgen gemacht.«
Sie hob ihm ihr Gesicht entgegen, das vom Lächeln verwandelt

war. Was verbarg sich dahinter? Er konnte nur ehrliche Freude über sein Kommen sehen. »Komm mal mit, Ao. Ich möchte mit dir sprechen.«

Er führte sie durch den Eukalyptushain auf den Deich. Die Reisfelder auf der anderen Seite standen so tief unter Wasser, daß man nicht einmal die Erdwälle zwischen ihnen sah. Field wanderte ein Stück auf dem Deich entlang, dann schaute er sich um, weil Ao Mühe hatte mitzuhalten. Sie hatte die Sandalen in die Hand genommen und kam ihm mit breitgestellten Füßen schnell nach.

»Ist das wie in deinem Dorf hier?«

»Mein Dorf ganz anders, John. Wir haben nie Überschwemmung.«

»Möchtest du gern in dein Dorf zurück?«

Ihre Augen leuchteten auf. »Wir fahren auf Besuch?«

»Nein. Ich meine, ob du wieder dort leben möchtest.«

»Nie!« Barfuß stampfte sie heftig auf. »Zuviel Schmutz. Keine Autos. Keine schönen Badezimmer.« Sie blickte um sich, suchte nach überzeugenden Argumenten. »Kein Ventilator, John! Kein Arzt. Schick mich nicht heim!«

Field spürte, wie ihm die Morgensonne voll auf den Kopf brannte. Er genoß, daß sie ihm durch Haar und Kleider und Haut drang, durch das Fleisch bis ins Mark. »Möchtest du mich heiraten?«

Ao starrte ihn an wie einen Verrückten. »Warum soll ich dich heiraten?«

Die Frage machte ihn rasend. »Ich will es eben.«

Der scharfe Ton beeindruckte sie gar nicht. »Du brauchst mich nicht heiraten. Du hast doch den Vertrag.«

»Ich will einen besseren Vertrag.«

Sie nickte, das leuchtete ihr ein. »Aber warum, John? Ich bin krank. Du bist krank. Der Doktor sagt, ich bekomme kein Baby. Warum willst du mich?«

»Ich möchte dich bei mir haben.«

»Hast du ja, John. Ich gehe nicht weg.«
Er sah sie an. Sollte das ein Scherz sein? Nein, ihre Augen waren ganz ernst. »Aber ich, Ao. Ich gehe nach Hause. Und wenn du mitkommen willst, müssen wir heiraten.«
»In dein Land?«
»Ja.«
Sie nickte gedankenverloren. »Ich weiß von Kanada. Das Land neben den USA. Wir haben im Hotel gesprochen, bevor du mich geholt hast. Von Mädchen, die Farangs geheiratet haben, mit ihnen heimgegangen sind. Ist schön in Kanada?«
»Sicher! Wenigstens vor zwanzig Jahren. Große Berge, Ao, die Rocky Mountains. Dort fahren wir mal hin. Schau dir dieses Wasser an – Kanada ist das genaue Gegenteil. Tausende von riesigen Bergen und überall Bäume, riesige Bäume. Und alles ist neu dort.«
»Neu!« wiederholte sie, als wäre das Wort eine Zauberformel.
Field lachte. »Neue Badewannen. Neue Autos. Neue Klimaanlagen. Alles neu. Alles sauber.«
»Wann fahren wir, John?«
»Sobald ich dich geheiratet habe.«
»Okay. Fahren wir sofort?« Sie lachte und rannte die Erdböschung hinunter auf den Fairway.
Field rannte ihr nach, rutschte fast aus, holte sie ein und warf sie über die Schulter. »Jetzt sofort! Ich trag dich hin.« Sie lachte und strampelte und packte ihn am Nacken. Ein Motorengeräusch ließ sie aufschauen, es war Paga in einem Golf-Buggy. Ao glitt von seiner Schulter und rannte zu ihr hinüber. Er sah ihrer aufgeregten Unterhaltung zu, in der aber bald Meinungsverschiedenheiten zu hören waren, deshalb wandte er sich ab und ging zum Clubhaus. Paga holte ihn bald ein, mit Ao auf dem Beifahrersitz.
»John! Das geht nicht«, sagte Paga. »Du brauchst die Zustimmung der Eltern.«
»Was brauche ich?« Field blieb stehen. »Ihr laßt Millionen Kin-

der in Fabriken arbeiten. Ihr schickt Zwölfjährige ins Bordell. Ihr verkauft Kinder wie Vieh. Und ich soll eine beschissene Zustimmung brauchen?«

»Ich weiß, John. Aber hast du vergessen, daß ich Gruppensex und Heiratstouren für Deutsche organisiert habe? Mädchen unter zwanzig brauchen die Zustimmung. Aber ist doch nur ein Papier! Auf einer neuen Kennkarte könnten wir sie älter machen: Sieht aber zu jung aus. Trotzdem: Keine Sorge, John! Ich fahre mit ihr ins Dorf und handle es aus. Dann wird nicht zu teuer. Wenn du selber fährst, wird sehr teuer.«

»Ich bin ausgewiesen, Paga. Bis Donnerstag früh!«

»Okay, John, kein Problem. Mein Sohn fährt uns übers Wochenende hin. Genug Zeit. Kannst hierbleiben.«

Am Abend fuhren sie los, damit sie nicht zwölf Stunden Fahrt in der Hitze hatten. Field kaute allein auf seinem Essen in der leeren Sala herum, bis ihn die Moskitos ins Mönchshaus trieben. Aus den anderen Häusern war nicht das geringste zu hören. Vielleicht hatten die Mönche ein Geheimnis, wie man lautlos schlief, vielleicht hatte das etwas mit der buddhistischen Aufgabe aller Begierden zu tun? Field lag ganz still und hörte den Geräuschen draußen zu. Nach einiger Zeit merkte er, daß er keine Freude dabei spürte. Das leiseste Rascheln konnte von jemandem kommen, der ihn töten wollte. Er hatte keinen Wagen bemerkt, der ihm auf der Landstraße gefolgt war, aber was bemerkte er denn schon? Was wußte er denn im Grunde? Und je mehr er an Paga dachte und wie eifrig sie Ao mitgenommen hatte, desto mehr fragte er sich, was er alles nicht bemerkt hatte. Wer spielte hier welches Spiel? Paga zum Beispiel? Oder Davis? Was trieb Davis denn in Wirklichkeit? Darüber dachte Field lange nach. Warum war er zum Beispiel der einzige Diplomat, der so lange in Bangkok bleiben durfte?

Er schlief schlecht. Zweimal brach Mrs. Laker in seine Träume, eine herablassende, hochfrisierte, bedrohliche Gestalt, und am Morgen weckte ihn ein schrecklicher Anblick. Aber es war nur

Pagas Vater: Er stand vor der Tür, sein rasierter Kopf war genau auf der Höhe des Fußbodens, auf dem Field schlief, und so schaute er den Farang unverwandt an, mit einem undeutbaren Blick. Field setzte sich und hob die Hände zu einem Wai, aber der Alte wandte sich wortlos ab und ging weg.
Über das Wochenende kamen einige Gruppen von Golfern, was Field immer nervöser machte, bis er nicht mehr schlafen konnte. Und als auch Montag morgen Paga und Ao nicht erschienen, ließ er eine kurze Notiz bei dem alten Mönch, wanderte den Damm hinaus zur Autobahn und fuhr mit dem nächsten Bus in die Stadt.

14 »Der Kolonialherr und Vordrängler! Du kommst genau richtig, alter Junge.« Woodward zeigte auf einen Stapel Päckchen auf seinem Schreibtisch. »Vielleicht deine Rettung, aber freu dich nicht zu früh. Ich habe die Sachen schon mal durchgesehen, im Grunde sind es die gleichen, die deine lieben Tierchen schon aufgefressen haben.«
»Wieder voll aktiv, Michael?«
Woodward lächelte nachsichtig. »Ein paar Tage Gefängnis bringen einen doch nicht um Arbeit und Brot! Das schafft nicht einmal der Ruhm. Ich war ein Königsmörder – jetzt bin ich ein Held. Wahrscheinlich hoffen sie, daß sie mich jetzt in der Hand haben, daß ich jetzt bequemer und genehmer bin, ein braver Bubi. Aber morgen sehen sie wieder klarer und ärgern sich über den Störenfried. Du warst angeblich Zeuge des großen Auftritts meines Vaters. Wie in der klassischen Komödie, höre ich.«
»Ganz richtig«, sagte Field. »Und dabei ist Komik viel schwerer über die Rampe zu bringen als Tragik. Aber Tragik paßt ja auch nicht zu Bangkok, erst recht nicht zu Krit und bestimmt nicht zu deinem Vater.«
»Mag sein, aber seitdem hütet der alte Herr das Bett, und alle acht

Töchter und meine Frau pflegen ihn und sein Ego. Die beste Medizin gegen Krankheit und Tod – das Ego, meine ich. Nun herunter damit, mach schon.« Er zeigte mit dem Stäbchen auf Fields Hose. Nach einem kurzen Blick auf die grünlichen Flecken in der Unterwäsche fügte er hinzu: »Du könntest selber ein bißchen mehr Ego brauchen.« Er führte das Stäbchen ein. »Angeblich wirft man dich raus, stimmt das? In meiner neuen Glorie könnte ich die Sache vielleicht rückgängig machen.«

»Das möchte ich fast bezweifeln, Michael. Aber ich brauche etwas viel Schwierigeres: ein Gesundheitszeugnis für Ao. Ich nehme sie mit.«

»Aber das ist doch irre, alter Junge!«

»Ich heirate sie.«

»Dein Ernst? Dann darf ich dir nicht verhehlen, daß ich momentan keine Möglichkeit sehe, euch als geheilt zu entlassen. Und auch keinen Grund zum Optimismus für das gute alte Ihr-sollt-ein-Fleisch-Sein. Das sage ich nur widerstrebend: Was die Medizin und ihre Leistungen angeht, bin und bleibe ich ein rettungsloser Optimist. Aber wir kommen nicht recht voran mit dir, mein Junge, und auch mit Ao nicht. Von der Unfruchtbarkeit ganz abgesehen, die ich zwar noch nicht verifiziert habe, aber das ist kaum nötig.«

»Und das Gesundheitszeugnis?«

»Nur wenn du mich dazu zwingst.«

»Hiermit zwinge ich dich. Ein medizinischer Meineid ist eine Lappalie im Vergleich zu einem Königsmord. Sonst kann ich sie nämlich nicht mitnehmen.«

»Ich sehe immer noch keinen Grund dafür! Und was wird aus deiner Tochter?«

»Die nehme ich auch mit.«

»Der direkte Weg ins Unglück, will mir scheinen.«

»Also machst du es?«

»Muß ich wohl.«

Field lächelte erleichtert. »Da kannst du sehen, wie schnell kriminelle Gewohnheiten hängenbleiben.«
»Ich werde mit Freunden über deine Ausweisung sprechen.«
»Das wäre nett.« Field hatte wenig Hoffnung. »Hör mal, hast du den mongoloiden Burschen im Feuer gesehen, der immer in die Häuser rannte? Wie geht es ihm?«
»Meinst du Tak? Natürlich habe ich ihn gesehen. Jetzt ist auch er ein Held. Du hast einmal gesagt, man könne den einzigen, alles entscheidenden Augenblick nicht vorübergehen lassen. Nun, Tak hat seinen kritischen Moment bestanden: Von jetzt ab ist er ein Held und bleibt es auf immer.«
»Ausgezeichnet.«
Erst jetzt fiel Woodward auf, wie mutlos Field vor ihm saß. »Was ist denn los, John?«
»Wenn ich ehrlich sein soll: Ich weiß nicht recht, wie es weitergehen soll. Ich habe ein bißchen Angst vor Kanada. Aber sonst kann ich wohl nirgendshin. Und hier sitzt dieses verdammte alte Weib in seiner Festung und läßt Gott weiß was für Beziehungen spielen. Diese Schweinehunde, jetzt sehe ich sie schon hinter jedem Baum und weiß nicht einmal, ob sie wirklich da sind.«
Woodward sah ihn voll Mitgefühl an. »Sagen wir lieber, daß du krank bist. Ich werde dir hier ein Zimmer geben. Deinen Namen setzen wir aber nicht auf die Ehrenliste am Eingang, oder?«
Erleichtert ließ sich Field in das Zimmer bringen. Es war im zweiten Stock, also setzte er sich in einen Rohrsessel auf der Veranda und wartete auf den Regen und auf Ao. Er mußte wohl eingeschlafen sein, denn auf einmal kitzelte ihn etwas an der Nase. Er sprang hoch und hielt die Hände zum Schutz vors Gesicht.
»John, ich habe es!«
»Du darfst mich nicht so erschrecken!« Dann sah er, daß Ao lächelte. Sie war bis auf die Haut naß, weil sie die paar Meter zwischen Auto und Halle durch den Regen gerannt war. »Wo ist Paga?«

»Hat schon good bye! gesagt. Sie mag Krankenhäuser nicht leiden. Mag Bangkok nicht. Aber sie hat guten Preis für mich ausgehandelt.« Sie reichte ihm das Papier, mit dem sie ihn an der Nase gekitzelt hatte. »Paga hat bei meinem Vater für mich bezahlt, Geschenk an dich! Zweitausend Baht!«

Ihre fraglose Selbstsicherheit vertrieb seine Angst, genauer eine Depression, die schlimmer war als Angst. Jetzt, so meinte er, waren die Würfel gefallen. Mit dem Rest konnte er fertig werden.

Dienstag früh fuhr er mit Ao hinaus zu Amara. Zum erstenmal in der Regenzeit war Huamok völlig trocken. Sie gingen hinter dem Diener unter die Plattform und durch das offene Erdgeschoß, wo die Fresken abblätterten und die Fliesen von der Wand fielen. Amara kam aus ihrem Schlafzimmer gerannt. »Ahha, Johnny Boy! Du willst deinen Edelstein abholen.« Dann sah sie Ao, und ihre Begeisterung ließ nach.

Field zeigte auf das trockene Land. »Kein Wasser mehr?« Das brachte Amaras Humor zurück. »Der richtige Händedruck und ein paar Pumpen wirken Wunder. Ahha! Und es kostet mich nicht einen Baht! O nein! Nachdem der liebe Krit das Festmahl allein genießen mußte, hörte ich, daß sich sein Freund Pong um Nachwuchs umschaut. Die Jugend soll ran, die neue Generation, nicht wahr? Und ich habe zufällig einen Cousin, einen jungen Brigadegeneral, der absolut mittelmäßig und sehr geldgierig ist. Alle sagen, er ist der geborene Führer. Ein Mann mit Zukunft! Und zwar so sehr, daß man nicht leicht an ihn rankommt. Macht sich sehr rar! Vielleicht auch nur sehr teuer? Auf jeden Fall schon gewaltig aufgeblasen. Er sagt zwar immer, er mag keine chinesischen Bankiers, aber das heißt wohl nur, daß er bisher keinen wirklich großzügigen gefunden hat. Und weil ich für meine Fundamente und Fliesen sorgen muß, rief ich ihn an und lud ihn vorgestern mit Pong zusammen im Poloclub zum Mittagessen ein. Harte Arbeit, Johnny! Schwerarbeit! Bankiers und Soldaten haben nicht viel Hirn. Die eine Hälfte davon denkt ans Geld, die

andere ist leer. Aber am nächsten Tag haben wir die Pumpen! Songlin!!« rief sie auf einmal.
»Ich muß sie allein sprechen, Amara.«
»Ahha! Das Drama geht weiter. Sehr spannend! Dann gebe ich deiner Freundin einen Keks. Sie mögen doch sicher einen Keks, meine Liebe?«
Ao lächelte glücklich. »Haben Sie Cola?«
»Ich lebe davon! Es ist sehr gut gegen Dünnschiß, aber man kann beinahe süchtig werden danach. Songlin!« Sie hakte sich bei Ao ein und führte sie hinunter zu einem Pavillon am Klong.
Songlin erschien wenige Augenblicke darauf in ihrer blauweißen Uniform und hob die Hände zu einem Wai. Er trat zu ihr und drückte sie leicht an den Armen, dann ließ er sie wieder los. »Ich muß dich etwas fragen.«
Sie unterbrach ihn, viel selbstbewußter als sonst. »Amara hat mir alles über deine Probleme erzählt. Sie werfen dich hinaus, weil du ehrlich warst.«
»Ja, so ungefähr. Sie weiß es also?«
»Sie sagt, daß es schon alle wissen. Und daß du zu stur bist.«
Field sah sie erstaunt an. »Vielleicht. Auf jeden Fall bin ich bald weit weg, in Alberta, glaube ich, in den Rockies, und dieselben Leute wollen vielleicht auch dir etwas antun. Vielleicht auch nicht, eigentlich haben sie dann keinen Grund mehr, aber ich will nicht, daß dir etwas geschieht.«
»Vielleicht sollte ich mit dir weggehen?«
»Das wollte ich ja eigentlich nicht. Du sollst in Thailand leben.«
Das überging Songlin. »Ich komme wieder zurück. Wann fliegen wir?«
»Nun, da gibt es noch ein Problem: das Mädchen. Du kennst es ja.«
»Ao? Die bei dir war, als du mich rauswarfst?«
»Ja. Ao kommt auch mit. Ich muß sie sogar heiraten, sonst bekommt sie keine Einreiseerlaubnis.«
Der jugendliche Optimismus in Songlins Augen zerbrach in

Stücke. Der Schock, dachte Field. Sie mühte sich sichtlich um Haltung, dann fragte sie: »Ist das der einzige Grund?«
»Na ja«, sagte Field stockend, »ich dachte, es ist vielleicht auch sonst eine ganz gute Idee.«
»Wirklich? Das freut mich!« sagte Songlin und versuchte ihre Gedanken zu klären. »Wann geht es denn los?«
»Donnerstag früh.«
»Schon übermorgen? Ich brauche aber noch einen Paß!«
Und schon rannte sie die Treppe hinunter.
»Unter anderem«, rief ihr Field nach, aber sie hörte es schon nicht mehr.
Später kam Amara mit beiden Mädchen zurück. »Was für eine phantastische Idee! Du hast ein herrliches Mädchen!« Sie sah Ao mit echter Freude an. »Und wegen des Altersunterschieds würde ich mir keine großen Sorgen machen.«
»Mach ich mir ja nicht«, sagte Field.
»Es ist ein Riesenfehler, wenn ein Mädchen einen jungen Burschen heiratet, der noch im Eros gefangen ist. Ahha! Der Eros, die tierischen Triebe, sie spornen den Mann an, machen ihn interessant, leidenschaftlich, besorgt. Und das mögen die Mädchen. Ahha! Aber das verdeckt auch seine Persönlichkeit, so wie er wirklich ist. Und wenn alles vollzogen ist und ein paar Jahre vergehen, dann vergehen auch die tierischen Triebe wie Spreu im Wind. Und was bleibt? Ahha! Da weiß ich Bescheid. Da bleibt nicht viel! Reife ist ein dummes Wort, es heißt vor allem, daß ein Mann nicht mehr fünfmal am Tag zum Orgasmus kommt. Und warum? Weil sein Geist sich klärt. Und deshalb hat es Ao gut. Sie bekommt schon jetzt die Wirklichkeit.«
»Nur allzu ungeschminkt!« sagte Field.
Nun verkündete Amara, daß sie die Angelegenheit persönlich in die Hand nehmen werde. Sie sagte ihre Termine ab und ließ sich zum Paßamt am Königspalast chauffieren. Dort schritt sie erhobenen Hauptes an den Tausenden vorüber, die vor dem Gebäude unter einer Markise Schlange standen, die meisten

mit Lunchpaketen ausgerüstet, um die Wartezeit durchzustehen; einige hatten hier schon übernachtet. Es waren alles Auswanderer, Gastarbeiter, die als Straßenbauer, Hotelpersonal oder Hilfsarbeiter in den Mittleren Osten gehen wollten. Studenten, Akademiker und andere Höhergestellte gingen durch einen besonderen Eingang an ihnen vorbei. Amara hatte einen Neffen im Paßamt, und so waren die Pässe für die Mädchen in einer Stunde fertig.

»Und jetzt geht es ans Heiraten!« sagte Amara im Auto. »Ahha! Johnny Boy! Jetzt wird geheiratet!«

Als sie ein Stück zum zuständigen Standesamt an der Sukhumvit Road gefahren waren, wo Field gemeldet war, flüsterte Ao Amara verlegen zu: »Kennen Sie Khun Viictoria?«

»Wen?«

»Khun Viictoria!«

»Victoria?« fragte Field. »Die den Massagesalon hat?«

»Die Mädchen im Hotel sagen, sie ist gut für Kinder bekommen. Sie hat ein Denkmal in Bangkok. Ich möchte ihr etwas geben.«

»Ahha!« rief Amara. »Die Queen! Aber natürlich!«

»Kennen Sie sie?« fragte Ao.

»Ihr Denkmal? Aber natürlich!«

»Können wir zuerst hinfahren?«

Amara ignorierte Fields Stöhnen und blickte das Mädchen mit neuer Anteilnahme an. »Sie dürften doch mit der Fruchtbarkeit keine Probleme haben, mein Kind! Ahha!«

»Also gut«, unterbrach Field, »wir können ja am Tor anhalten.«

An der nächsten Verkehrsampel legte sich Ao halb über Fields Schoß, öffnete das Fenster und rief Kinder heran, die hier Blumengirlanden verkauften. Sie ließ Field ein halbes Dutzend der längsten kaufen, und ein paar Sekunden später duftete der Wagen süß und betörend nach Jasmin. Als sie vor dem Tor der Botschaft anhielten, schob Ao Field hinaus und sprang selbst aus dem Wagen. Ein Gurkha-Wachposten beobachtete mißtrauisch, wie sie ihr Gesicht zwischen die Gitterstäbe drückte. Die Statue

war mitten im Garten an der Auffahrt zur Residenz des Botschafters.
»Ich will hinein«, sagte sie. Und als niemand davon Notiz nahm, wandte sie sich an Amara, die vom Auto aus zusah. »Bitte, kann ich nicht hinein?«
Nun stieg auch Songlin aus und sagte auf thailändisch: »Ja, gehen wir hinein. Ich war noch nie drin. Bitte, Amara!«
»Warum nicht? Warum nicht?« Amara kritzelte ein paar Worte an die Gattin des Botschafters und reichte sie dem Gurkha. Nach zehn Minuten wurde ihnen das Tor geöffnet. Ao rannte sofort über den Rasen zum Sockel der Statue, der ihr fast bis zum Kopf reichte.
Ein paar nasse Girlanden hingen der Queen um den Hals, eine um ihren Reichsapfel. Zepter und Reichsapfel waren der Grund für ihren Ruf als Fruchtbarkeitsgöttin. Es lag nahe, sie als Sexualsymbole zu verstehen, und in Bangkok lautete eine alte Scherzfrage: Warum ist der nährende Reichsapfel in ihrer Linken so viel größer als das phallische Zepter in der Rechten? Die übliche Antwort war: Er mußte so groß sein, weil sie nur einen hatte. Es gab aber noch eine andere, weniger leichtfertige Deutung: Khun Victoria verlieh Fruchtbarkeit, nicht Wollust, das Zepter war nur ein notwendiges Werkzeug, der Reichsapfel aber spendete Leben.
»Ich bin zu klein, John. Du mußt es für mich machen«, rief Ao Field und den beiden nachkommenden Frauen zu. Field zuckte mit den Schultern, nahm die Girlanden und kletterte auf den Sockel. Als er sich streckte, um der Queen die Blumen um den Hals zu legen, sah er jemanden aus einem Fenster im ersten Stock der Botschaft schauen. Warum nicht? dachte er, balancierte auf einem Bronzeknie und legte die Girlande über die Krone. Als er wieder unten war, sah Ao noch immer unzufrieden aus.
»Ist was nicht richtig?«
»Nur Blumen«, sagte sie. »Ich soll ihr mehr geben.«
»Engländer lieben Blumen.«

»Ist nicht genug, John. Ich soll mehr geben.«
»Hier«, sagte Amara und zog einen schmalen Goldring vom Finger. »Hier! Geben Sie ihr das!« Aber Ao wollte ihn nicht nehmen. »Nehmen Sie ihn nur! Ahha! Ich glaube, sie mag auch Gold recht gern. Vielleicht wirkt das sogar am besten!«
Ao nahm den Ring und kletterte auf die Statue. »Hilf mir, John!« Er schob sie halb auf den Sockel, aber als sie sich streckte, rutschte sie aus, fiel der Riesin in den Schoß und lag wie ein Baby in Victorias Armen. Dann trat sie mit einem Fuß auf Fields Schulter und hielt sich an einem Bronzearm fest, hob den Ring hoch und zeigte ihn der Königin, schließlich kletterte sie hinauf und steckte ihn an die Spitze des kleinen Fingers. Field warf noch einmal einen Blick auf die Botschaft, da sah er ein ganzes Fenster voller Köpfe mit hochgestecktem Haar, die alle wie Mrs. Laker aussahen. Er zuckte so zusammen, daß Ao rief: »John, hör auf!«, und schaute wieder hin. Natürlich war es nur Einbildung gewesen, und überhaupt ging Mrs. Laker nicht zum Lunch aus, sie aß ja nicht einmal zu Mittag. Aber die Zuschauer blieben ihnen treu, auch als Ao wieder neben ihm stand und ein Gebet sprach. Übrigens machte es keinen Unterschied, dachte er, ob Mrs. Laker ausging oder nicht. Sie konnte ruhig in ihrer Festung bleiben; ein Telefongespräch genügte, ihn zu ermorden oder auszuweisen, dafür brauchte sie keinen Schritt zu tun.
»Das genügt jetzt sicher«, sagte Amara und winkte den Zuschauern zu. Schlagartig verschwanden die Köpfe.
Der Regen setzte ein, als sie auf der Fahrt zum Standesamt in der Sukhumvit Road, draußen bei Soi 54, waren. Amara blieb lieber im Auto und behielt auch Songlin bei sich.
Die Stelle für Eheschließungen befand sich in einer Ecke des großen Büroraums im ersten Stock, wo im Wind von sechs Deckenventilatoren unaufhörlich die Akten auf den Schreibtischen raschelten und flatterten. Für Field und Ao waren zwei hübsche junge Frauen zuständig. Sie brachten die Dokumente, die Field ihnen überreichte, in die richtige Ordnung und kopier-

ten sie in Bücher. Ao saß vor ihnen und verfolgte jeden Federstrich, Field drückte sich neben ihr an einen rostigen Aktenschrank. Auf dem Schreibtisch stand eine kleine Vase mit vier Chrysanthemen. Field konnte den Blick nicht von ihnen wenden, irgendwie erinnerten sie ihn an Mrs. Laker. Er wollte in Bangkok bleiben! Dazwischen sah er Ao an, sie war aufgeregt wie ein Kind. Es machte ihm ja nichts aus, sie zu heiraten, aber er wollte hierbleiben. Als alles fertig war, mußten sie zusätzlich eine Erklärung unterschreiben, daß sie nicht schon verheiratet waren. Dann überprüfte ein Beamter höheren Ranges noch einmal alles und wünschte ihnen »yue dee mee suke«.

Ao ergriff Fields Hand diskret erst auf der Treppe, aber er ließ sie ihr nur ein paar Augenblicke. Irgendwie fühlte er sich auf einmal frei, als hätte er jetzt alles Nötige und Mögliche für andere Menschen getan, als müsse er endlich allein sein. Er setzte Ao zu Songlin ins Auto und bat Amara, sich um die beiden zu kümmern, bis sie sich am Mittwoch in der Botschaft trafen.

Dann machte er sich auf den Weg zu Songlins Mutter, deren Zustimmung noch ausstand. Dieses Gespräch verlief noch unerfreulicher als befürchtet. Er versprach ihr alles: weiterhin Zahlungen für den Lebensunterhalt, eine größere Summe sofort, er versuchte ihr sogar zu erklären, warum er abreiste. Aber die Frau konnte ihm nicht verzeihen, daß er sie vor achtzehn Jahren zum Opfer seiner eigenen Unerfahrenheit gemacht hatte. Und jetzt, meinte sie, werde er sie endgültig ruinieren, wie sie es immer erwartet hatte, jetzt wolle er ihr die Tochter nehmen.

Am Ende erhielt er aber doch das Versprechen, daß sie am nächsten Morgen in die Botschaft kommen werde. Das wurde dann so oft wiederholt, bis kein Mißverständnis mehr möglich war, und so fuhr er zurück ins Nursing Home. Dort überließ er sich den Schuldgefühlen, die sie in ihm geweckt hatte.

Der Termin in der Botschaft hingegen lief problemlos ab, unter anderem deshalb, weil Amara auf jeden Fall dabeisein wollte und Songlins Mutter bei der Stange hielt. So gab es keine Tränen und keinen Umschwung in letzter Minute. Amara brachte sogar Barry Davis zum Lächeln, weil er als gutbürgerlicher Protestant auf jede schöne Frau ansprach, die ihm gesellschaftlich überlegen und auch noch elegant war.

Dann mußte Field Amara ein letztes Mal bitten, die beiden Mädchen für den Rest des Tages und die Nacht zu beschützen. Am nächsten Morgen erwarte er sie am Flughafen. Als sie davonfuhren, war er auf einmal ganz allein, und das hatte er eigentlich auch nicht gewollt. Er schlenderte durch den dichten Verkehr der Silom Road und verlor sich in den kleinen Nebenstraßen auf der gegenüberliegenden Seite, nach einiger Zeit verspürte er Hunger und kaufte sich an einem Karren am Straßenrand einen kleinen Kokosnußpfannkuchen. Danach ging er weiter und merkte zu seinem Erstaunen, daß er auf der Sathorn Avenue herauskam, fast gegenüber von Mrs. Lakers Anwesen. Er ging den Boulevard hinunter zu einem erhöhten Fußgängerüberweg, drüben kam er vorsichtig zurück. Die Wächter waren nicht zu sehen. Er ging zur Brücke, die in das Grundstück führte, rannte hinüber und versteckte sich zwischen aufgestapelten Gasrohren.

Dann wartete er. Es rührte sich nichts, er hörte keine Stimmen, keine Geräusche. Vorsichtig schaute er sich um und schlich sich an die Festung heran. Die Traktoren boten ihm gute Deckung, schließlich duckte er sich hinter eine Planiermaschine. Von hier aus konnte er die Betonmauer um das Haus und den einzigen Zugang im Auge behalten. Die Entfernung betrug etwa fünfzehn Meter. Er konnte die Blicke nicht von den Glasscherben und dem elektrischen Draht auf der Mauerkrone wenden. Im ganzen Garten war kein Mensch zu sehen. Nach zwanzig Minuten kam ein junger Mann in weißem Hemd mit Krawatte vom Bürohaus her, Field hatte in der Expedition schon einmal mit ihm zu tun gehabt. Er trug eine Akte und läutete an der Tür.

Sofort hörte man Mrs. Lakers Stimme aus dem Sprechapparat tönen: Er möge warten. Gehorsam lächelte er in die Kamera. Nach einer Minute öffnete sich die Stahltür, und eine matronenhafte thailändische Hausangestellte erschien. Sie nahm die Akte entgegen und plauderte einen Augenblick mit dem jungen Mann; wahrscheinlich war dies ihr einziger Augenblick an der frischen Luft an diesem Tag.

Field kam jetzt rasch aus seinem Versteck, so schnell, daß sie ihn erst im letzten Augenblick bemerkten. Er nahm das Dienstmädchen am Genick, zog sie heraus und ging selbst hinein, dann verriegelte er die Tür von innen. Die Klingeldrähte kamen auf der anderen Seite der Mauer heraus, er riß sie mit einem kräftigen Ruck ab. Der Vorgang hatte keine zehn Sekunden gedauert, erst jetzt hörte er gedämpft zwei Stimmen schreien.

Zwischen Betonmauer und Haus verlief ein etwa einen Meter breiter Gang, das Haus war ebenfalls aus weißgestrichenem Beton und ohne Fensteröffnung. Auch hier führte nur eine einzige Tür weiter, sie stand offen. Er ging vorsichtig hinein und kam unmittelbar in ein kleines Wohnzimmer. Wieder schloß er die Tür hinter sich, und sofort verstummten die beiden Stimmen. Die gesamte Einrichtung war amerikanisch und bestand nur aus Kunststoff, aus einer Symphonie von Plastik und Polyester. Die Wände waren in Holzimitat getäfelt, zwei Sträuße künstlicher Blumen standen auf niedrigen Tischen. Aus zellophangeschützten Lampenschirmen erhellte weiches Licht die ewige Nacht.

Das Zimmer hatte zwei Türen, beide standen offen. Durch die rechte hörte er eine weibliche, fast mädchenhafte Stimme sprechen. Field ging zunächst nach links und warf einen Blick in ein Küchen- und Eßzimmer, das so sauber war, als hätte man nie darin gekocht oder gegessen. Dann ging er zu der Stimme zurück.

»Ja, natürlich, mein Lieber. Du hast völlig recht. Ich erledige es noch heute nachmittag.«

Dann Schweigen. Field schlich näher. Allmählich konnte er durch die Tür das große Porträt eines eleganten, schlanken Mannes mit breitem Lächeln sehen. Er sah sympathisch aus, was auch durch

die gräßliche Malerei und den gestreiften Plastikholzrahmen kaum beeinträchtigt wurde. Von der Decke richteten sich zwei kleine Scheinwerfer auf das Gemälde, auf einem niedrigen Tisch daneben stand die Silberurne mit der Asche des Mannes, der laut Catherine Laker nicht ihr Mann gewesen war.
»Darauf wäre ich nicht gekommen. Wirklich eine ausgezeichnete Idee!« sagte die Stimme nun.
Field drückte sich zur Seite, um mehr zu erkennen, und sah eine Tür in ein Badezimmer. Das war auch schon das ganze Haus. Er überlegte kurz, dann ging er energisch in den Raum hinein. Catherine Laker saß in einem blauen Morgenmantel aus Nylonsatin mit üppigen Nylonrüschen auf dem Bett und betrachtete verzückt das Porträt. Sie war allein. Als sie sich umdrehte, zuckte kurz Angst über ihr Gesicht und verschwand sofort wieder.
»Was wollen Sie denn hier?« Der mädchenhafte Ton war abrupt aus der Stimme verschwunden.
»Mit Ihnen sprechen.«
»Gehen Sie sofort raus, und warten Sie im Büro.«
»Nein.«
»Wo ist das Dienstmädchen?«
»Draußen. Ich hab sie ausgesperrt.«
Sie überlegte kurz und schaute ihn prüfend an. »Nun, John, worum geht es denn?«
»Mit wem haben Sie jetzt gesprochen?«
»Mit Norman.«
»Mit wem?«
Sie deutete mit ihrem weißen Finger auf das Porträt. »Mit Norman.«
»Ach ja. Wie geht es ihm? Wie steht es in Brasilien?«
»In Peru. Ausgezeichnet, jetzt noch besser, weil ich ihn von der organischen Substanz entlastet habe. Er hat die Asche gern in der Nähe, sie zeigt ihm seine neue Freiheit. Ich bin Ihnen sehr dankbar, John, für all ihre Hilfe. Auch Norman läßt Ihnen danken.«

»Ausgezeichnet.« Field warf einen Blick auf das Porträt. Es war tatsächlich nicht der Mann aus dem Sarg. »Und wie oft sprechen Sie mit ihm?«
»Jeden Morgen. Wir unterhalten uns immer ausführlich nach dem Frühstück. Auf seinem Rat beruht der Erfolg der East-West Trading Company.« Der romantische Ton in ihrer Stimme machte sich wieder bemerkbar. »Wissen Sie, die Firma, das ist unser beider Kind.« Sie sah ihm erwartungsvoll in die Augen, dann sagte sie streng: »Und was wollen Sie nun?«
Er zog den Revolver heraus und warf ihn neben sie auf das Bett. »Daß Sie mich erschießen.«
Sie starrte die Waffe auf dem rosa Polyesterlaken an. »Ich verstehe Sie nicht.«
»Sie sollen mich umbringen. Ihre Geschäftspartner in Vientiane haben meine Freunde ermordet, seitdem wollen Sie und Ihre Partner in Bangkok mich umbringen. Und jetzt haben Sie mich aus Bangkok vertrieben. Aber ich will nicht gehen. Und ich werde nicht gehen! Deshalb töten Sie mich lieber gleich.«
Sie streckte die Hand nach dem Revolver aus, zuckte aber im letzten Moment zurück.
»Brauchen Sie Rat, Catherine? Fragen Sie doch Norman! Norman ist klug und ein Mann der Tat. Er wird Ihnen raten, mich umzulegen.«
Sie blickte zuerst auf das Bild, dann wieder auf den Revolver.
»Ich habe Sie noch nie so still erlebt, Catherine. Vielleicht empfangen Sie nicht gern fremde Männer im Morgenrock, vielleicht sind Sie verschämt. Soll ich mich umdrehen, daß Sie mich erschießen können?«
»Hören Sie auf, mich zu quälen.« Sie schüttelte sich geziert. »Ich habe das nicht gewollt, mit dem meisten hatte ich auch gar nichts zu tun. Sie sind so ungeschickt und tolpatschig! Sie kommen einem immer in die Quere, schauen nie, in welches Fettnäpfchen Sie treten. Jetzt sind Sie schon zwanzig Jahre hier und trampeln noch immer herum, als stiegen Sie frisch aus dem Flugzeug. Ich

brauche Sie nicht zu töten, das werden andere erledigen. Gehen Sie jetzt. Und nehmen Sie den Revolver mit.«

Field bückte sich und hob den Revolver auf. Er fühlte sich kühler an, weil er auf dem Laken gelegen hatte. Field ging zum Fußende des Bettes und sah sich das Porträt genauer an. Dann hob er den Deckel von der Urne. Erst jetzt bemerkte er, daß er heftig zitterte. Es war geradezu ein Schüttelkrampf, so daß ihm der Deckel aus der Hand fiel. Field schaute in die Urne. In der Asche sah er kleine Knochenstücke, und dann verschwamm ihm alles vor den Augen, die graue Masse wurde farbig, und auf einmal lag wieder Diana vor ihm auf dem Boden, brutal geschlachtet, und das rohe Fleisch glänzte vor frischem Blut. Er begann zu würgen und wandte sich schnell ab, um es zu unterdrücken. »Sie sollten nicht so distanziert tun, Catherine. Mit seinen Gesprächspartnern muß man engen Kontakt halten.« Er packte die Urne am Fuß und schüttete sie mit einem Schwung über Mrs. Laker. Als er sie wieder sah, hatte sich feiner Staub über sie und das ganze Bett gebreitet.

Sie kreischte wild auf, schaute sich hilfesuchend um und kreischte wieder, heftig und langgezogen, dann schüttelte sie krampfhaft die Asche aus dem Haar und dem Morgenmantel. Das Kreischen klang schaurig zwischen den Betonwänden. Sie kniete sich auf das Bett und versuchte, die Asche auf ein Häufchen zusammenzuschieben. Einige Knochenstücke konnte man noch als Reste von Hüfte und Kiefer erkennen, eins hatte sich in ihrem Haar verhakt. »Hören Sie auf, John! Gehen Sie jetzt! Gehen Sie! Gehen Sie!« Sie kreischte weiter, blickte aber nicht auf, sondern kümmerte sich nur um die Asche.

Field ließ die Urne auf den Teppich fallen. »Erst wenn Sie mir verraten, wo das Problem liegt.« Er entsicherte den Revolver, zielte auf ein Auge des Porträts und drückte ab. Die Explosion hallte wild durch das Haus, und Mrs. Laker fing wieder an zu kreischen. Er steckte einen Finger durch das Loch im Auge und riß einen Teil des Gesichts herunter.

»Norman hat nichts damit zu tun! Lassen Sie ihn in Ruhe!

Oooh!« Nun kreischte sie wieder und wischte Asche zusammen. »Oooh! Und dabei werden sie uns alle aus diesem Land vertreiben! Alle müssen wir gehen! Schauen Sie mich an, was habe ich hier gemacht? Nichts als harte Arbeit! Aber die Vietnamesen kommen, o ja, und zwar bald. Und wenn sie kommen, sind sie sofort in Bangkok. Die Thais leisten ihnen keinen Widerstand, das weiß ich genau. Sie werden kollaborieren, genau wie mit den Japanern. Und dann haben wir alles verloren, John, alles, an die Kommunisten! An die größten Lügner, das wissen Sie so gut wie ich. Sagen Sie mir, warum! Ich weiß schon lange, daß alles so enden wird, Norman hat es mir immer gesagt. Nach der Tet-Offensive, erinnern Sie sich? Die hatten wir gewonnen! Ich hasse den Krieg, aber die Offensive war ein großer Sieg, und unsere Presse hat sie in eine Niederlage umgemünzt. Ich weiß nicht, warum, John. Was soll an einem Sieg falsch sein? Und schauen Sie sich diese Kommunisten an«, hier schürzte sie die Lippen vor Haß, »die wollen uns immer das Heroin verkaufen. Sechs Tonnen im Jahr! Als ich das hörte, wußte ich, was ich zu tun hatte. Ich mußte die Beweise haben. Beweise, die nicht einmal unsere Presse verdrehen kann.«

»Sie haben sich auf den Drogenhandel eingelassen, um die Kommunisten bloßzustellen?«

»Und die Thais auch! Die Thais wollen ihr Land den Kommunisten verkaufen, alle wollen das. Alle sind sie korrupt! So korrupt, so dreckig! So dreckig! Die Leute verstehen das nicht, John. Diesen ganzen Dreck! Überall nur Dreck! Und zum Schluß verlieren wir alles!«

Field ging zum Bett und setzte sich neben sie; das Häufchen Asche lag zwischen ihnen. Haare und Augenbrauen waren noch hellgrau gepudert. Auch ohne die offizielle Maske ihres Make-ups war Catherine Laker sehr schön. Er zog ihr den Knochen aus dem Haar.

»Hören Sie zu, Catherine. Ich will nicht ausreisen. Ich will hierbleiben. Wollen Sie meine Ausweisung annullieren?«

»Aber wir müssen doch alle gehen! Warum verstehen Sie mich denn nicht?«
»Nur auf kurze Zeit, Catherine«, sagte er ganz ruhig, ganz gelassen. »Nur bis die Vietnamesen kommen. Dann gehen wir alle gemeinsam. Das können Sie doch für mich machen!«
»Das kann ich eben nicht! Ich war es auch nicht. Ich kann gar nichts für Sie tun.«
»Dann rutschen Sie mir doch den Buckel runter!« Er sprang auf. »Morgen früh erfährt ganz Bangkok Ihren großen Plan. Wenn ich gehe, dann gehen Sie auch!«
»Sie verstehen gar nichts!«
»Da haben Sie recht. Ich verstehe nichts.« Er warf den Revolver wieder auf das Bett. »Wenn Sie mich schon nicht erschießen wollen, dann bringen Sie sich selber um!«
Er schaute sie nicht mehr an, rannte durch die Haustür und schloß sie hinter sich. Auf der anderen Seite der Betonmauer hörte er aufgeregte Stimmen. Er drückte ganz plötzlich die äußere Tür auf, so daß die Gruppe zurückschreckte. Es waren Angestellte und Arbeiter, und natürlich das Dienstmädchen, zusammen dreißig bis vierzig Menschen. Field ließ die Tür hinter sich zufallen, und sie stürzten sich darauf, kamen aber zu spät. Offenbar hatte niemand einen Schlüssel. In der Verwirrung gelang es ihm durchzubrechen, dann rannte er zur Straße. Hinter sich hörte er gedämpft einen Schuß, und erst jetzt wurde ihm klar, daß er den Revolver nicht mehr hatte. Schlimm, dachte er, schlimm.
Er sprang in ein Taxi und ließ sich zum Fluß fahren, erwischte sofort einen Expreß und fuhr bis zur Endstation flußaufwärts. Wieder ließ er sich die Sonne auf den Kopf scheinen und das Wasser ins Gesicht spritzen. Und als der Regen anfing, blieb er einfach sitzen, während die Bootsleute die Segeltuchmarkise herunterließen und der Monsun dennoch durch die Schlitze drang und die Fahrgäste durchnäßte. Die Rückfahrt war ein melancholisches Gleiten, immer leichter und immer schneller mit der Strömung, als ob der Wille des großen Flusses und seiner Gezei-

ten ihn schon forttrüge, hinunter in den Golf von Siam und weit fort aus dem Fernen Osten. Aber das Boot fuhr nur bis zur neuen Brücke, von da nahm Field ein Taxi zum *Grand Prix.* Er trank ein letztes Bier, ohne zu sagen, daß es das letzte war, winkte wieder einem Taxi und sagte dem Fahrer, er solle in der Stadt herumfahren, wohin er wolle, aber immer in Bewegung bleiben. So fuhr er die ganze Nacht umher, die meiste Zeit wach, dazwischen schlummerte er ein und wachte kurz auf, wenn die Reifen in eine große Pfütze zischten oder an einer Kreuzung ein Hupkonzert lostobte.

Im tiefsten Dunkel der Nacht fuhr er zum letztenmal zu seinem Haus. Den Taxifahrer ließ er warten. Nach wie vor hatte er das Gefühl, daß ihm jemand auflauerte, daß jede Bewegung eines Zweigs ihre Bedeutung hatte, deshalb schloß er sich ein und ging in den oberen Stock. Als er ins Schlafzimmer trat, wußte er nicht mehr, was er eigentlich vorhatte. Hier gab es nichts, was er mitnehmen wollte. Nichts. Er schlich umher wie ein Einbrecher, dann lief er hinunter. Auch hier nichts. Im letzten Moment ging er zurück ins Wohnzimmer und starrte eine gute Minute lang das Foto seines Vaters an. Dann schmetterte er den Rahmen an das Regal. Das Glas zersplitterte, und der Barockrahmen fiel in zwei Teilen auf den Fußboden, er bückte sich und holte das Foto vorsichtig aus den Splittern. Dann steckte er es zu den Papieren in einen Umschlag und ging zum wartenden Taxi hinaus.

Er war schon lange am Flughafen, als Songlin und Ao kamen. Amara war sofort weitergefahren – sie mochte Flughäfen nicht leiden. Vorher war sie mit ihnen zum Einkaufen gegangen, und jetzt trugen die beiden leichte Baumwollkleider, in denen sie völlig anders aussahen. Field ging ihnen zum Einchecken der Maschine nach Hongkong voran. Dort wollte er einen Tag unterbrechen, um seine Geldsachen zu regeln, und anschließend nach Vancouver und Calgary weiterfliegen.

Vom Einchecken ging es durch eine Wand mit drei Öffnungen zur Paßkontrolle. Field stellte die beiden Mädchen vor sich in die

Schlange, hinter ihm kamen zwei Japaner. Er warf einen Blick zurück in die Haupthalle, wo sich wie immer die Fluggäste drängten. Es war noch eine typische Bangkoker Menschenmenge. Songlin stand gerade am Schalter und bekam einen Stempel in den Paß, und als Ao an die Reihe kam, schaute sich Field noch einmal um. Er sah einen ärmlich gekleideten Mann durch die Schalterhalle in seine Richtung kommen. Er erkannte den Typ sofort: dürr, mit unzufriedenem Gesichtsausdruck, locker hängender Kleidung, einem seltsamen Gang, als wäre er unsichtbar. Field wollte ihn lieber nicht scharf ins Auge fassen. Nun war Ao fertig und ging durch die Sperre, sie sprach mit Songlin und lachte. Er warf Paß und Zollerklärung auf den Schalter. Der Paßbeamte sah ihn genau an und schaute dann in einem Buch nach, wo er wahrscheinlich einen Hinweis auf Fields Ausweisung fand, denn er schaute plötzlich unfreundlich hoch. Dann prüfte er Paß und Papiere noch einmal, diesmal viel genauer. Er war makellos herausgeputzt, die Haare glatt zurückgekämmt, die Sonnenbrille bei diesem Licht wohl eher hinderlich. Field überlegte kurz, ob er ihm nicht klarmachen sollte, daß er nur gezwungenermaßen ausreise und gerne hierbleiben würde, wenn ein Fehler in den Papieren dies nötig machen sollte.

Aber er warf lieber einen Blick über die Schulter und sah den Mann gerade durch die Mauer mit den drei Öffnungen kommen, nur noch ein paar Meter entfernt. Sein billiges weißes Hemd hing über der Hose, und jetzt faßte er mit der rechten Hand darunter und ergriff etwas. Field warf einen hilfesuchenden Blick auf den Paßbeamten, aber von den Augen hinter diesen dunklen Gläsern war keine Hilfe zu erwarten. Er drehte sich um und wollte schreien, da stand der Mann schon hinter ihm, und Field konnte nur noch die Hände heben, um ihm den Gegenstand aus der Hand zu reißen.

»Khun Field«, flüsterte ihm der Mann zu, »Dr. Meechai konnte nicht selbst kommen. Er schickt Ihnen etwas.« Er zog einen Briefumschlag hervor.

Field zitterte so heftig, daß er ihn kaum entgegennehmen konnte. Er riß ihn auf und fand zwei Blätter darin. Das eine waren die Ergebnisse seiner jüngsten Antibiotikatests, das andere eine handschriftliche Notiz.

»Gute Nachrichten, alter Freund! Die Ausgewiesenen sind nicht mehr ausgewiesen, alles ist vergeben! Wir feiern es beim Lunch, ja? Ich warte im Home auf Dich. Herzlichst Dein Michael.«

Er las den Zettel noch einmal und starrte den Paßbeamten an, der gerade seinen Paß stempelte, dann Songlin und Ao, die auf ihn warteten. Er schüttelte den Kopf und bückte sich zum Schalter, dann kritzelte er auf das Blatt »Zu spät! Der Vorhang des Tempels ist zerrissen. Bis später einmal!« Er gab es dem Mann zurück, und erst jetzt erkannte er seinen Leibwächter aus dem Schlachthof. »Geben Sie das Khun Meechai.«

Der Mann nahm es entgegen und zog unter seinem Hemd ein in Zeitungspapier gewickeltes Päckchen heraus. Das bot er Field mit einem Lächeln an.

»Danke«, konnte Field noch sagen, dann nahm er seine Papiere und ging durch die Sperre.

Der Tag war wolkig, es war der erste, an dem der Monsunregen schon am Vormittag einsetzte. Wahrscheinlich regnete es heute den ganzen Nachmittag. Mitten in einem heftigen Schauer hob die Maschine ab, Field hatte seinen Sitz zurückgestellt und die Augen geschlossen.

Das Zeichen »Bitte anschnallen« war kaum erloschen, als ihn schon eine Stewardeß weckte. »Sorry, Sir, aber ein Passagier in der ersten Klasse möchte Sie gerne sprechen.«

Field drückte sich an Songlin vorbei in den Mittelgang. Zu spät fiel ihm ein, daß der Betreffende ja genausogut in die Economy Class kommen konnte. Es war George Espoir, der sich hinter der Londoner *Times* versteckte.

»John!« rief er aus und holte Luft, als sei er ganz erstaunt. »Wie reizend! Kommen Sie, nehmen Sie doch Platz!« Die Kabine war weitgehend leer. »Was möchten Sie trinken? Champagner?«

Field schüttelte den Kopf.
»Ich habe es geschafft, John! Ich habe alles, was ich brauche, vor allem dank Ihrer Hilfe und der Ihres – Sie nehmen mir das ja nicht übel? –, Ihres höchst seltsamen Freundes. Übrigens: Schade, daß ich Ihre Story nicht verwenden konnte. Sie ist wirklich gut, aber die Zeitungen wollen keine Drogensachen mehr bringen. Nicht schon wieder! hieß es immer, über Bangkok muß es doch noch etwas anderes zu berichten geben!«
»Klar. Macht nichts.« Field stand auf.
»Aber ich glaube jetzt, daß ich dem Roman eine ganz ungewöhnliche Stimmung geben kann, eine ganz andere Aura. Etwas völlig Neues, mit dem ich die zentrale Krankheit unseres Jahrhunderts diagnostiziere. Den Verlust aller Sicherheiten. Die Auflösung aller Werte. Übrigens, möchten Sie einen?« Und er hielt Field eine Packung Durian-Kuchen entgegen. Es war nur noch ein Bruchteil des starken Geruchs der Früchte zu bemerken.
»Danke. Ist zu früh dafür.«
»Sie mögen sie doch, oder?«
»Aber sicher.«
Das beruhigte Espoir. »Ich habe Sie schon beim Einchecken gesehen. Sie haben ja allerhand Gepäck dabei!«
»Wie?«
»Gleich zwei Mädchen! Haha! Bleiben Sie länger in Hongkong? Ich muß dort noch etwas recherchieren: Kennen Sie zufällig jemanden im Jockey Club? Den muß ich mir näher ansehen.«
Field schüttelte den Kopf.
»Macht nichts. Hongkong ist ja fast heimatliches Gefilde, dort sitzen noch viele von uns. Nun kommen Sie, probieren Sie doch mal! Wirklich nicht?« Er nahm einen Kuchen und biß vorsichtig hinein. »Sehr exotisch! Übrigens: Sind Sie heute abend frei? Zum Dinner oder was Sie wollen? Und Ihre Puppen bringen Sie einfach mit? Ich meine: Zwei ist doch zuviel für einen, oder? Ich hätte nichts dagegen, an einer von ihnen Maß zu nehmen.«
Field entschuldigte sich und ging zu seinem Sitz zurück, wo er

sich zwischen die Mädchen zurücksinken ließ und überlegte, ob er nicht Ao zu Espoir in die Toilette schicken und ihm ihre Krankheiten aufhalsen lassen sollte. Dann dachte er an die Durian-Kuchen. Wenn man zu frischem Durian Bier trinkt, bläht es einem den Bauch so auf, daß er platzt, wenn man ihn nicht rechtzeitig punktiert. Ob wohl genügend Durian im Kuchen war, um wenigstens eine kleine Kolik zu erzeugen? Dafür brauchte er nur zu Espoir in die erste Klasse zu gehen und ihn zu einem Bier einzuladen. Doch während er noch überlegte, sah er ihn schon den Gang entlangkommen.

»Hallo, ihr Süßen. Die beiden sind wirklich verdammt hübsch, John. Kommen Sie jetzt, seien Sie kein Egoist. Ich lade euch alle zum Dinner ein, und dann splitten wir Ihren kleinen Harem auf und ziehen uns in die Séparées zurück.«

Songlin schaute zu Espoir hoch, der sich tief zu ihr herunterbeugte, und fragte in etwas steifem, aber akzentfreiem Englisch: »Mit wem sprechen Sie eigentlich, mit meinem Vater oder meiner Stiefmutter?«

»Was?«

»Auf jeden Fall sollte ein Mann in Ihrem Alter merken, wenn er sich lächerlich macht. Und jetzt können Sie gehen. Am besten sofort!«

Espoir war schon hinter dem Vorhang verschwunden, als Field endlich Songlin am Arm fassen konnte. »Du kannst Englisch?«

»Natürlich, das lernt doch jeder. Tut mir leid, aber dabei wäre es sinnlos gewesen, dir zu gehorchen.«

Field lachte. »Das scheint mir auch so, vor allem im nachhinein. Jetzt kannst du dich um so schneller einleben.«

»Eben.«

Mit einem Satz schoß jetzt das Flugzeug aus den Wolken in einen makellos blauen Himmel. Es war Aos erster Flug, und da sie gerade aus dem Fenster schaute, rief sie: »Schaut! Die Sonne, die Sonne!« Riesig und rot stand die Sonne über dem Horizont.

Field ging noch einmal an Songlin vorbei und nach hinten zu den

Toiletten. In einer Hand hielt er den Umschlag mit den Papieren, in der anderen das Päckchen des Leibwächters. Er bat die Stewardeß im Heck um Streichhölzer und stellte sich in die Schlange, die sich vor den Toiletten gebildet hatte. Hier im Heck konnte man die Turbulenzen deutlicher spüren, deshalb stand Field etwas breitbeiniger als sonst.

Die Stewardeß brachte ihm die Hölzer und sagte mit ernster Miene: »In den Toiletten ist aber Rauchen verboten, Sir.«

»Ich weiß«, sagte er. »Ich sammle Zündholzschachteln.« Schließlich kam ein Inder heraus, und Field war an der Reihe. Auf dem Toilettensitz war frischer Schmutz in Form von zwei Schuhabdrücken.

»Scheiße«, sagte Field und wollte den Sitz schon abwischen, aber dann zog er die Hose aus, hängte sie an die Tür, stieg auf den Sitz, wobei er sich auf die Abdrücke stellte, und hockte sich nieder. Er leerte die Papiere und die Fotografie seines Vaters auf den Waschtisch und suchte Aos Kaufvertrag. Dann nahm er ein Zündholz, hielt den Vertrag über die Toilettenschüssel und zündete ihn genau unter dem Schild »Rauchen verboten« an. Das billige gelbliche Papier zerfiel in Sekundenschnelle zu Nichts. Als nächstes las er die Testergebnisse, die er an der Paßkontrolle erhalten hatte. Sämtliche Tests waren negativ ausgefallen, seine Bakterien hatten alle Antibiotika besiegt. Woodward hatte »schade!« daruntergekritzelt. Field zuckte mit den Achseln. Er hatte nichts anderes erwartet. Dann wickelte er das Päckchen des Schlachthofarbeiters aus dem Zeitungspapier. Es enthielt eine Handvoll tiefgefrorene Schweineschwarte. Field legte das Päckchen auf die Ablage neben dem Waschbecken, betrachtete die Fotografie seines Vaters und aß die Schwarte Stück für Stück auf.